게이샤의
추억

Memoirs of a Geisha

by Arthur Golden

Arthur Golden

Memoirs of a Geisha

게이샤의
추억

아서 골든
임정희 옮김

1

정원이 내려다보이는 조용한 방에 앉아 당신과 내가 녹차를 마시면서 담소를 나누고 있다고 상상해보라. 오래 전에 일어났던 일들에 대해 얘기를 나누는 동안 난 당신에게 이렇게 말을 건넨다.

「내가 아무개 씨를 만났던 그날 오후는 내 인생에서 최고의 오후이자 최악의 오후였어요.」

그러면 당신은 찻잔을 내려놓고 이렇게 물을 것이다.

「그래요? 지금 생각해보니 어느 쪽 같아요? 최고였어요, 아니면 최악이었어요? 둘 다일 수는 없을 테니까요.」

다른 때 같으면 난 이런 경우 웃어버리고 당신 말에 동의하겠지만, 사실 내가 다나카 이치로 씨를 만났던 그날은 정말 내 생애 최고의 날이자 최악의 날이었다. 손에서 나던 생선 비린내가 향수 냄새처럼 느껴질 정도로 그는 정말 매력적인 사람이었다. 그를 알지 못했더라면, 난 결코 게이샤(일본의 기녀)가 되지 않았을 것이다.

난 교토의 게이샤로 태어나지도 않았고, 또 그렇게 되기 위해 길러지지도 않았다. 사실 난 교토에서 태어난 게 아니라, 동해 연안의 요로이도라고 불리는 작은 마을에서 어부의 딸로 태어났다. 일생을 통틀어 요로이도나 내가 자랐던 집, 부모님 그리고 언니에 대해 얘기했던 사람은 불과 몇 사람에 지나지 않는다. 어떻게 게이샤가 되었는지 혹은 게이샤가 된다는 게 뭘 의미하는지에 대해서도 결코 입을 열어본 적이 없다. 많은 사람들은 내 어머니나 할머니가 게이샤였을 것이고, 그래서 내가 젖을 떼자마자 춤을 배우기 시작했을 거라는 등 마음대로 상상하고 싶어할 것이다.

그러나 사실은 한참 거리가 멀다.

수년 전 어느 날, 난 우연히 한 남자에게 술을 따라주게 되었다. 그는 1주일 전에 요로이도에 다녀왔다고 했다. 그때 난 바다를 건너 날아온 새가 자신의 둥지를 알고 있는 어떤 생명체를 만났을 때처럼 충격을 받아서 소리치지 않을 수 없었다.

「요로이도라구요? 어쩜, 내가 자란 곳이에요!」

가련한 남자 같으니라고! 그의 얼굴은 여러 가지 표정으로 눈에 띄게 변해갔다. 그는 미소를 지어보려고 애썼지만 얼굴에서 충격의 빛을 떨쳐낼 수가 없어서인지 제대로 웃지 못했다.

「요로이도 말이오? 그럴 리가 없을 텐데요!」

오래 전에 난 아주 쓸모 있는 미소를 하나 개발했는데, 얼굴이 얼어붙은 노(能:일본의 전통 가면극) 가면을 닮았다고 해서 '노 미소' 라고 이름 지었다. 그 미소의 장점은 보는 사람들이 저마다 원하는 대로 해석할 수가 있다는 것이었다. 그러니 내가 얼마나 자주 그 미소를 애용했을지 짐작하고도 남을 것이다. 바로 그 순간에도 '노 미소' 를 써먹어야겠다는 생각이 들었는데, 물론 그런 생각이 잘 들어맞았다. 그는 숨을 크게 한번 내쉬더니, 내가 따라준 술잔을 내려놓고는 큰 소리로 웃어댔다. 난 그것이 무엇보다도 안도감 때문이라고 확신했다.

「정말 너무하군. 당신이 쓰레기 같은 요로이도에서 자랐다니 말이오. 밤새 오물통에서 끓여낸 차와 비슷하군 그래!」

다시 한 번 웃으면서 그는 말을 이었다.

「사유리 상, 그래서 당신이 그렇게 재미있는 사람인가 보군요. 당신 농담이 진짜가 아닐까 하는 생각이 종종 들었거든요.」

밤새 오물통에서 끓여낸 한 잔의 차라는 비유가 별로 마음에 들지 않았지만, 어떤 점에서는 사실일지도 모른다고 생각한다.

어쨌든 난 요로이도에서 자랐고 아무도 그곳이 매력적인 곳이라고는 말하지 못할 것이다. 방문하는 사람도 없을 뿐더러 떠날 기회도 거의 없는 마을, 그렇다면 난 어떻게 그곳을 떠나올 수 있었을까? 내 이야기는 바로 여기에서 시작된다.

　요로이도의 한 작은 어촌, 나는 '비틀거리는 집'이라 불리는 집에서 살았다. 그 집은 절벽 가까이 있었는데 바다에서는 언제나 바람이 불어닥쳤다. 어린아이였던 내게는 바다가 꼭 지독한 감기에라도 걸린 것처럼 보였다. 물보라를 흩뿌리며 바람이 일 때면 언제나 그르렁거렸고 한참 동안이나 심한 재채기를 해댔다. 재채기를 해대는 바다가 조그마한 우리 집을 조금씩 병들게 했다. 그래서 난 곧 무너지려 했던 집 뒤쪽에 주의를 기울였다.
　만약 아버지가 난파선에서 목재를 잘라와 처마를 떠받치지 않았더라면 우리 집은 틀림없이 무너졌을 것이다. 그렇게 해서 우리 집은 목발을 집고 비틀거리는 노인처럼 보이게 되었다.
　그 비틀거리는 집에서 나는 한쪽으로 치우친 인생을 살았다. 왜냐하면 어린 시절부터 난 엄마만 무척 닮았고, 아버지나 언니와는 닮은 점이 거의 없었기 때문이었다. 엄마는 늘 엄마와 내가 닮은꼴이라고 말했다. 엄마와 나의 눈은 일본에서 찾아보기 힘들 정도로 특이했다. 다른 사람들처럼 짙은 갈색이 아니라 반투명한 회색이었는데, 아주 어렸을 적에 난 엄마에게 이런 말을 한 적이 있었다. 누군가가 엄마 눈에 구멍을 뚫어놓고 거기에다 잉크를 부어 말린 것 같다고. 엄마는 그 생각을 재미있어했다.
　점쟁이들은 엄마 팔자에 물이 너무 많아서 눈빛이 그렇게 흐리다고 했다. 팔자에 물이 너무 많아서 다른 네 가지 성분은 거의 없다시피 하고, 그래서 그렇게 가련해 보이는 거라고. 엄마도 어렸을 적에는, 크면 예쁠 거라는 말을 많이 들었다고 했다. 외조부모님이 너무나 잘생긴 사람들이었기 때문이었다. 글쎄, 복숭아도 맛이 좋고 버섯도 정말 맛있긴 하지만, 이 둘을 합쳐놓으면 어떻게 될까? 이처럼 자연의 끔찍한 술책이 엄마에게 농간을 부렸다. 엄마는 할머니의 뿌루퉁한 입과 할아버지의 모난 턱을 물려받아서, 아주 강한 선과 섬세한 인상을 풍겼다. 또한 엄마의 사랑스러운 회색 눈은 할아버지를 꼭 빼닮아 짙은 속눈썹으로 둘러싸여 있었는데, 그 때문에 항상 놀란 사람처럼 보였다.

　엄마는 늘 자신의 팔자엔 물이 너무 많고, 아버지 팔자엔 나무가 너무 많기 때문에 아버지와 결혼했다고 했다. 아버지를 알고 있던 사람들은 엄마의 말이 무슨 뜻인지 금방 이해했다. 물은 이곳에서 저곳으로 빠르게 흘러 언제나 스며들 틈새를 찾기 마련이다. 반면에 나무는 땅에 단단하게 뿌리를 박는다. 이건 아버지를 위해서는 좋은 의미였다. 왜냐하면 아버지는 어부였기 때문에 팔자에 나무가 많아야 했다. 사실, 아버지는 다른 어떤 곳보다 바다를 더 편하게 생각했으며, 바다를 멀리 떠난 적이 한번도 없었다.

　그는 목욕한 후에도 바다 냄새를 풍겼다. 고기 잡으러 나가지 않는 날이면 어두운 현관방 작은 테이블에 앉아서 어망을 수선했다. 만약 어망이 잠을 자는 생명체였더라도 결코 깨어나지 않을 정도로 천천히 일을 했다. 아버지는 모든 일을 그처럼 천천히 했다. 아버지의 얼굴에는 주름이 너무 많았다. 그리고 주름마다 온갖 걱정거리로 덮여 있었다. 더 이상 아버지 자신의 얼굴이라기보다는, 가지마다 새들이 둥지를 튼 나무 같았다. 그는 늘 이 주름을 어떻게 해보려고 애썼지만, 그런 노력은 사람을 더 지치게 할 뿐이었다. 여섯 살인가 일곱 살 때, 난 아버지에 관해 전혀 새로운 사실을 하나 알게 되었다.

「아빠는 왜 그렇게 늙었어요?」

　그 말에 눈을 치켜 뜬 아버지의 눈썹이 작은 우산 모양으로 휘어졌다.

「나도 모르겠다.」

　엄마에게 고개를 돌리자, 엄마는 다른 기회에 대답해주겠다는 표정으로 나를 가만히 쳐다보았다. 그 다음날 엄마는 아무 말도 없이 나를 데리고 마을 쪽으로 난 언덕을 내려가다가, 숲 속 묘지로 향하는 길로 접어들었다. 엄마는 구석에 자리잡은 세 개의 무덤 쪽으로 날 이끌었는데, 그곳에는 나보다 훨씬 키가 큰 하얀 푯말 세 개가 세워져 있었다. 푯말에는 준엄하게 보이는 검은 글씨가 위에서 아래까지 적혀 있었지만, 학교에 다닌 지 얼마 되지 않았던 나는 글자가 어디에서 시작하고 어디에서 끝나는지조차 알 수 없었다.

엄마는 푯말을 가리키며 말했다.

「나추. 사카모토 미노루의 부인. 메이지 19년 24세의 나이로 죽다.」

사카모토 미노루는 아버지 이름이었다.

그리고 나서 엄마는 다음 푯말을 가리켰다.

「지니치로. 사카모토 미노루의 아들. 메이지 19년 6세의 나이로 죽다.」

다음 푯말도 똑같았는데 이름이 마사오라는 것과 3세라는 것만 달랐다. 순간 난 아버지가 벌써 오래 전에 한 번 결혼을 했고, 그 가족이 모두 죽었다는 사실을 알게 되었다. 묘지 앞으로 다가선 나는 깊은 슬픔을 느꼈다. 마치 그 무덤들이 잡아당기기라도 하듯, 몸이 전에 비해 두 배나 무거웠다.

팔자에 끼어든 물과 나무 덕택에 부모님은 서로 균형을 이루면서 살았다. 두 분이 낳은 자식들도 그런 성분을 골고루 갖추고 있다고 생각하겠지만, 우리 자매는 철저하게 한쪽만 닮아 부모님을 놀라게 했다. 나는 엄마를 빼닮고 엄마의 그 특이한 눈을 물려받은 반면, 언니 사추는 심할 정도로 아버지를 닮았다. 사추는 나보다 여섯 살이 더 많았는데, 나이가 좀더 든 사람답게 내가 할 수 없었던 일들을 할 수 있었다. 하지만 모든 일을 사고처럼 보이도록 하는 남다른 특징을 가지고 있었다. 만약 당신이 스토브 위의 냄비에서 수프를 한 그릇 퍼달라고 부탁한다면, 우리 언니는 수프를 푸는 게 아니라 운 좋게 사발에다 쏟아 붓는 것처럼 수프를 퍼줄 것이다.

부모님은 사추와 나 외에 다른 자식을 더 가질 수도 있었을 것이다. 특히 아버지는 함께 고기를 잡을 수 있는 아들을 원했다. 그러나 내가 일곱 살이었을 때 엄마의 병이 점점 더 심해졌다. 엄마는 골수암 비슷한 병을 앓았지만, 당시 나는 그게 무슨 병인지 전혀 짐작도 못 했다.

엄마가 고통을 잊는 유일한 방법은 잠이었다. 엄마는 고양이처럼 잠을 자곤 했다. 그 말은 곧 아무 때나 잠이 들곤 했다는 뜻이다. 몇 달이 지나자, 엄마는 대부분의 시간을 잠으로 보내더니, 깨어날 때면 신음소리를 냈다. 엄마의 몸 속에서 무엇인가 빠르게 변화하고 있음을 알았지만, 팔자에 물이 아주 많으니까 별로 걱정할 만한 일이 아니라고 생각했다. 그 후 몇 달이 지나면서 엄마는 더 야위어졌는데, 그러다가도 금방 다시 기력을 회복하곤 했다.

그러나 내가 아홉 살이 되었을 때부턴, 얼굴뼈가 튀어나오기 시작하더니 그 이후로는 다시 몸이 불지 않았다. 질병 때문에 엄마에게서 물이 빠져나가고 있다는 사실을 난 미처 깨닫지 못했다. 해초는 본래 상태에서는 물에 흠뻑 젖어 있지만 마르면 부서지기 쉬운 것처럼, 엄마도 점점 자신의 실체를 잃어가고 있었다.

어느 날 오후, 난 어두운 현관방의 흠집투성이 마루에 앉아서 그날 아침 발견한 귀뚜라미에게 노래를 불러주고 있었다.

「어이, 문 열어요! 미우라 의사예요!」

1주일에 한 번 우리 마을로 오던 미우라 의사는, 엄마가 아프기 시작한 다음부터는 엄마를 진찰하러 언덕 위에까지 꼭 와주었다. 심한 폭풍이 일었기 때문에 그날 아버지는 집에 있었다. 아버지는 늘 앉는 테이블에 앉아 거미같이 커다란 손으로 어망을 손질하고 있었다.

아버지는 나를 바라보면서 손가락 하나를 치켜들었다. 문을 열어주라는 뜻이었다.

미우라 의사는 아주 중요한 사람이었다. 아니 적어도 우리 마을 사람들은 그렇게 믿었다. 도쿄에서 공부를 했으며 그 누구보다도 한자를 많이 알고 있다고들 했다. 그는 너무 자부심이 강해서 나 같은 사람은 아는 척도 하지 않았다. 문을 열어주자, 살그머니 신발을 벗은 미우라 의사는 내 앞을 똑바로 지나 안으로 들어갔다.

「사카모토 상, 난 당신이 고기 잡으러 하루종일 바다에 나가 있을 거라고 생각했어요. 날씨가 나쁜 날에는 휴식을 취하시다니, 정말 놀랍군요! 부인께서 아직도 주무시고 계신지 보러 왔습니다. 정말 유감이에요. 정밀 검사를 해봐야겠어요.」

「네?」

「다음주에는 제가 못 올 겁니다. 부인을 좀 깨워주시겠습니까?」

아버지는 어망에서 잠시 손을 떼더니 결국 테이블에서 몸을 일으켰다.

「치요, 의사 선생님께 차 한 잔 갖다드려라.」

당시 내 이름은 치요였다. 그 후 몇 년 지나고 나서야 사유리라는 게이샤 이름으로 불리게 되었다.

아버지와 의사는 엄마가 잠들어 있는 방으로 들어갔다. 나는 문 밖에서 엿들어보려고 애썼으나 엄마의 신음소리만 들릴 뿐, 그들이 하는 소리는 전혀 들리지 않았다.

차를 끓이고 있을 때, 의사가 두 손을 마주 비비며 단호한 표정으로 나왔다. 의사와 아버지는 테이블에 함께 앉았다.

「사카모토 상, 당신에게 말할 때가 온 것 같군요. 마을 여자들과 얘기해 보셔야겠어요. 수지 부인이면 좋을 것 같군요. 부인을 위해 멋진 옷을 한 벌 만들어달라고 하세요.」

「난 돈이 없습니다, 의사 선생님.」

「우리들 모두 요즘 들어 점점 더 가난해지고 있지요. 무슨 말씀인지 이해합니다. 하지만 부인에게 그렇게 해주셔야 합니다. 부인이 지금 입고 있는 그 다 떨어진 옷을 입고 황천길을 떠날 수는 없습니다.」

「곧 죽을 거란 말씀이신가요?」

「아마 몇 주 후에요. 부인은 지금 끔찍한 고통 속에 계십니다. 죽음이 부인을 편하게 해줄 것입니다.」

난 그들의 목소리를 더 이상 들을 수가 없었다. 새가 공포에 질려 날개를 퍼덕거리는 소리가 귓속에서 들렸기 때문이었다. 아마도 그건 내 심장이었는지도 모르겠다. 만약 절간 법당에 갇혀, 빠져나갈 구멍을 찾고 있는 새를 본 적이 있다면, 글쎄, 바로 그때의 내 마음을 이해할 수 있을지도 모르겠다.

엄마가 죽으면 어떻게 될까 하는 생각을 해본 적이 없다고는 말할 수 없다. 그런 생각을 하기는 했다. 그러나 그건 지진이 우리 집을 삼켜버리면 어떻게 될까 하는 그런 식의 생각이었다. 그런 사건이 일어난 후의 생활이란 존재할 수가 없는 것이다.

「내가 먼저 죽을 거라고 생각했는데…….」

「사카모토 상, 당신은 연로하셨지만 아직 건강하세요. 앞으로 4, 5년은 더 사실 거예요. 부인에게 드릴 약을 좀더 많이 두고 갈게요. 필요하면 한 번에 두 알씩 주세요.」

그 약에 대해 좀더 얘기를 나눈 뒤, 미우라 의사는 떠났다. 아버지는 내 게 등을 돌린 채 한참 동안 침묵 속에 앉아 있었다. 셔츠도 입지 않고, 축 늘어진 살갗을 드러내놓은 채.

처다보면 처다볼수록, 아버지가 이상한 물체처럼 보였다. 척추는 마디 들의 통로, 변색된 반점으로 뒤덮인 머리는 멍든 과일, 팔은 두 개의 혹에 매달려 있는, 늙은 가죽으로 감싼 막대기였다. 만약 엄마가 죽게 된다면, 어떻게 아버지와 함께 이 집에서 살 수 있단 말인가? 아버지로부터 떠나 고 싶었던 건 아니었지만 엄마가 떠나고 나면 이 집은 빈집이 되리라는 생 각이 들었다. 아버지가 이곳에 있든 없든 말이다.

마침내 아버지가 내 이름을 속삭이듯 불렀다. 나는 아버지 옆에 무릎을 꿇었다.

「아주 중요한 일이란다.」

얼굴이 평상시보다 더 어두워 보였다. 이제 얼마 후면 엄마가 죽게 될 거 라고 말할 줄 알았으나 아버지 말은 예상 밖이었다.

「마을로 내려가서 제단에 피울 향을 좀 사 오너라.」

부엌 입구의 오래된 나무 상자 위에는 작은 불상 제단이 놓여 있었는데, 그것이 우리 비틀거리는 집에서 유일하게 값나가는 물건이었다. 아미타 의 조잡한 조각 앞에는 조그마한 위패가 있었는데, 그곳에는 죽은 조상들 의 불교식 이름이 적혀 있었다.

「하지만 아버지……, 남은 게 하나도 없어요?」

아버지는 나에게 그만 가보라는 뜻의 손동작을 했다.

비틀거리는 집 앞으로 나 있는 길은 바닷가 절벽을 따라 이어지다가 마 을을 향해 내지(內地)로 휘어졌다. 그런 날에 그 길을 걷기란 힘든 일이었 지만, 사나운 바람이 복잡한 내 마음을 해방시켜 주었다는 점에 있어서는 고마웠다. 바다는 거칠었고, 파도는 뭐든지 잘라버릴 것처럼 날카로웠다.

세상과 내가 닮아간다는 생각이 들었다. 인생이란 폭풍과도 같은 것일까? 휩쓸고 지나가면 초라함만 남는다.

한번도 그런 생각을 해본 적이 없었다. 그런 생각에서 벗어나기 위해, 나는 마을이 눈앞에 보일 때까지 달려 내려갔다. 요로이도는 바다가 굽어 들어오는 입구에 위치한 작은 마을이었다. 보통 때 같으면, 바다는 어선으로 점점을 이루고 있을 테지만, 오늘은 돌아오는 어선 몇 척만이 눈에 뜨일 뿐이었다. 언제나 그렇듯이, 물방개처럼 수면을 찰싹이면서 말이다.

폭풍은 이제 본격적으로 다가왔다. 으르렁거리는 소리가 들려오고, 머리 위 구름은 석탄처럼 새까맸다. 후미에 있던 어부들이 비를 막는 천막 안으로 사라지더니, 나중에는 완전히 다 가버리고 없었다.

폭풍이 내 쪽을 향해 언덕 위로 올라오고 있었다. 메추라기 알만한 빗줄기가 한 차례 내리쳤다. 그 빗줄기가 두 번째로 내리쳤을 때, 나는 바다에 빠진 사람처럼 흠뻑 젖어버렸다.

요로이도에는 '일본 코스털 시푸드 회사' 정문으로 곧장 큰길이 하나나 있을 뿐이었다. 길옆으로는 집이 죽 늘어서 있었고, 그 집들의 문간방들은 가게로 사용되고 있었다. 나는 포목류를 파는 오카다 집을 향해 거리를 가로질러 뛰어갔다. 그런데 그때 일이 벌어졌다. 계단을 잘못 디뎌 기차 앞으로 떨어지게 된 것처럼, 사건 자체는 별거 아니었지만 그 결과는 엄청났다. 진흙탕 길이 미끄러워 땅에 얼굴을 처박고 만 것이다. 입 안의 이물질을 뱉어버리고 싶다는 느낌만 있었을 뿐, 감각을 잃은 나는 어리둥절한 상태였다. 그 다음에 일어난 일에 대해서는 어렴풋하게만 기억이 났다.

여러 사람 목소리가 들리는가 싶더니 내가 뒤집히는 느낌이 들었다. 누군가 나를 들어올려 옮겼다. 주위에서 풍기는 생선 비린내로 미루어 사람들이 나를 '일본 코스털 시푸드 회사'로 데려가고 있음을 알 수 있었다. 나무 테이블 위에 올려져 있던 생선을 바닥으로 내던지는 소리가 들리더니, 사람들이 나를 그 끈적끈적한 테이블 위에 눕혔다.

나는 비 때문에 몸이 흠뻑 젖어 있었으며 피도 흘리고 있었다. 게다가 맨발에 농부들이 입는 더러운 옷을 입고 있었다. 그러나 그 순간이 어떤 의미를 갖는지는 모르고 있었다. 다나카 이치로 씨와의 인연이 시작되는 자리였는데도 말이다.

　나는 그 전에 우리 마을에서 다나카 씨를 몇 번 본 적이 있었다. 그는 근처의 좀더 큰 마을에서 살고 있었으나, 가족이 '일본 코스틸 시푸드 회사'를 소유하고 있었기 때문에 매일 그곳을 드나들었다. 다나카 씨는 기모노(일본의 전통 의복) 바지를 입고 있었는데, 그 모습이 사무라이 사진을 보는 듯한 느낌을 주었다. 피부는 북처럼 팽팽하고 부드러웠으며 광대뼈 주위는 구운 생선의 바삭바삭한 살집처럼 빛이 났다. 나는 언제나 그를 매혹적이라고 생각했다. 다른 아이들과 함께 공기놀이를 하고 있다가도 다나카 씨가 시푸드 회사에서 걸어나오면, 난 언제나 행동을 멈추고 그를 쳐다보았다.

　다나카 씨가 내 입술을 들여다보면서, 손가락으로 입술을 당겨보거나 머리를 이리저리 툭툭 건드려보는 동안, 나는 그 끈적끈적한 테이블 위에 누워 있었다. 너무 황홀해서 그의 얼굴을 뚫어져라 쳐다보고 있었다. 그런데 갑자기 그가 내 회색 눈을 들여다보았기 때문에, 난 그의 눈길을 외면할 수가 없었다. 나를 염치없는 소녀라고 탓하는 듯한 냉소적인 태도도 보이지 않았고, 내가 어디를 쳐다보고 있든지, 또는 뭘 생각하고 있든지 상관없다는 식으로 다른 곳으로 시선을 돌리지도 않았다. 우리는 오랫동안 서로를 바라보았다. 너무 오랫동안 쳐다보고 있었기 때문에 시푸드 회사의 후덥지근한 공기 속에서도 한기를 느낄 정도였다.

　「네가 누군지 알고 있다. 늙은 사카모토의 작은딸이지.」

　어린아이였음에도 불구하고 난 다나카 씨가 자신을 둘러싸고 있는 세상을 있는 그대로 보고 있음을 알 수 있었다. 그는 한번도 우리 아버지처럼 어리둥절한 표정을 지은 적이 없었다. 그러면 소나무 몸통에서 나오는 수액이나, 구름에 가린 태양 주위에서 밝은 햇무리를 찾아낼 수 있으리란 생각이 들었다. 그는 눈에 보이는 세상에서 살고 있었다. 그런 세상에 산다는 것이 언제나 기쁜 일은 아니라고 하더라도 말이다. 그는 항상 나무와 진흙 그리고 거리에서 노는 아이들을 지켜보곤 했다. 그렇다고 해서 그가 나를 주목하고 있었다고 믿을 이유는 하나도 없었다.

　아마도 그런 이유로 해서 그가 말을 걸었을 때, 내 눈에 눈물이 글썽거렸는지도 모르겠다.

　다나카 씨는 나를 들어올려 앉혔다. 그만 가보라고 할 줄 알았으나, 그는 다른 말을 했다.

　「애야, 피를 빨아먹지 말아라. 뱃속에 돌을 만들고 싶지 않다면 말이다. 나라면 바닥에다 뱉어버리겠어.」

　「다나카 씨, 피를 바닥에다요? 생선을 내려놓은 여기 이 바닥에다 피를 뱉으라는 말씀이신가요?」

　어떤 남자가 말했다.

　당신도 알겠지만, 어부들은 끔찍하리만치 미신을 신봉하는 사람들이다. 특히 고기 잡는 일에 여자들이 관계되면 싫어한다. 우리 마을의 야마무라 씨는 어느 날 아침 배에서 놀고 있는 자신의 딸을 발견했다. 그는 딸을 막대기로 때리고는 술과 잿물로 배를 씻어냈는데, 얼마나 박박 문질러댔던지, 나무 무늬의 색이 다 바랬을 정도였다. 하지만 그걸로 끝나지 않았다. 야마무라 씨는 신도(神道, 일본의 민족신앙)의 신관(神道의 제사를 주관하는 사제)을 오라고 해서 제를 올리게 했다.

　그건 순전히 딸이 고기를 잡아들이는 곳에서 놀았다고 해서 일어난 일이었다. 그런데 지금 다나카 씨는 나더러 생선을 씻는 바닥에 피를 뱉으라고 제안했다.

　「이 애의 침이 생선 창자에 묻을까봐 걱정되면, 그것들을 집으로 가져가게나. 여긴 아직도 충분히 많으니까.」

　「다나카 씨, 생선 창자가 문제가 아닙니다.」

　「이 애의 피는 자네나 내가 태어난 이후로 이 바닥에 뿌려진 것 중에 가장 깨끗한 것이라고 말하고 싶네. 어서 일어나 계속하게.」

　다나카 씨는 그렇게 말하고 나서, 이번에는 나를 향해 말했다.

　「뱉어.」

　나는 그 끈적끈적한 테이블 위에서 어떻게 해야 할지 몰라 그냥 앉아 있었다. 그런데 다나카 씨의 말을 거스른다는 건 끔찍하다는 생각이 들었다. 난 마침내 입 안의 이물질을 더 이상 참지 못하고, 다나카 씨 말대로 피를 뱉어버렸다. 다나카 씨의 조수인 수지라는 사람을 제외하고는 모두들 역겨워하며 사라져버렸다.

다나카 씨는 수지에게 미우라 의사를 데려오라고 시켰다.

「어디서 그 의사를 찾을 수 있는지 모르겠어요.」

그 말은 곧 별로 도와주고 싶은 생각이 없다는 뜻으로 들렸다.

나는 다나카 씨에게 그 의사가 조금 전에 우리 집에 왔었다고 말했다.

「네 집이 어디니?」

「절벽 위에 있는, 작은 비틀거리는 집이에요.」

「비틀거리는 집이라니……, 무슨 말이지?」

「한쪽으로 기울어진 집이에요. 술을 너무 많이 마신 것처럼 말이에요.」

다나카 씨는 내 말이 무슨 뜻인지 이해하지 못했다.

「그럼, 수지. 사카모토 씨의 비틀거리는 집으로 올라가서 미우라 의사를 찾아보게. 별로 어렵지 않게 찾을 수 있을 걸세. 미우라 의사가 환자들을 진찰할 때 환자들이 지르는 소리에만 귀를 기울이면 될 테니까.」

수지가 가고 나면 다나카 씨도 자신의 일터로 돌아가리라고 생각했다. 그러나 그는 테이블 근처에서 한참 동안 나를 들여다보며 서 있었다.

나는 얼굴이 달아올랐다. 마침내 그가 내게 말을 건넸는데, 아주 현명한 말처럼 들렸다.

「네 얼굴에 가지가 하나 열렸구나.」

그는 서랍으로 걸어가더니 내게 보여주려고 작은 거울을 하나 꺼내왔다. 내 입술은 다나카 씨의 말처럼 멍들고 부어 있었다.

「근데 내가 정말 알고 싶은 것은, 어떻게 네 눈은 그렇게 특이하며, 어째서 네 아버지는 조금도 닮지 않았느냐 하는 거야.」

「이 눈은 엄마에게서 물려받은 거예요. 그리고 아버지는 주름이 너무 많아서 아버지가 정말 어떻게 생겼는지 한번도 제대로 본 적이 없어요.」

「너도 언젠가는 그렇게 주름이 생기게 될 거야.」

「하지만 아버지 주름 중에는 아버지가 스스로 만든 것도 있어요. 아버지의 머리 뒷부분은 이마처럼 늙긴 했지만 계란처럼 부드러운걸요.」

「아버지에 대해 그렇게 얘기하는 건 좋지 않아. 하지만 네 말이 맞는 것 같구나.」

그러고 나서 그는 내 얼굴을 빨갛게 물들일 만한 말을 했는데, 그래서 내 입술은 틀림없이 더 창백하게 보였을 것이다.

「그런데 계란 같은 머리의 그 주름투성이 늙은 아버지가 어떻게 너처럼 어여쁜 딸을 얻었지?」

그 이후로 나는 일일이 다 기억할 수 없을 정도로 어여쁘다는 말을 자주 듣게 되었다. 물론 게이샤들은 실제로 그렇지 않더라도 언제나 예쁘다는 말을 듣곤 한다. 그러나 내가 게이샤라는 존재에 대해 듣기도 전인 그 당시, 다나카 씨에게서 어여쁘다는 말을 들었을 때, 난 그 말을 거의 믿을 수가 없었다.

미우라 의사가 내 입술을 치료한 뒤, 아버지가 시킨 대로 향을 사서 약간 흥분한 상태로 집으로 돌아갔다. 내 마음속은 마치 개미집같이 활기를 띠게 되었다.

모든 감정들이 한 방향으로 나를 잡아끌었더라면 훨씬 견디기 쉬웠을 것이다. 그러나 그건 그렇게 간단하지 않았다. 바람에 찢기는 종이처럼 나는 이리저리 흔들렸다. 엄마에 대해 여러 가지 생각을 하던 도중 어느 곳에선가―입술의 통증도 느껴지지 않는 어느 곳에서―자꾸만 내 신경을 집중시키는 유쾌한 생각이 머리를 들곤 했다. 바로 다나카 씨에 관한 생각이었다.

절벽에 멈춰 서서 바다를 내려다보았는데, 폭풍이 지나갔음에도 불구하고 파도는 여전히 예리한 돌처럼 날카로웠고, 하늘은 진흙처럼 갈색을 띠었다. 아무도 보지 않는다는 확신이 서자, 나는 향을 가슴에 꼭 안고 세찬 바람 속에서 다나카 씨의 이름을 부르고 또 불렀다. 음악을 들을 때처럼 각 음절마다 만족이 느껴질 때까지 말이다. 내 행동이 바보 같다는 것을 알고 있었다. 사실 그건 바보 같은 행동이었다. 하지만 그때 난 단지 혼란스런 나이의 어린 소녀에 불과했다.

저녁을 먹고 난 뒤, 아버지는 장기판을 구경하러 마을로 내려갔고 사추와 나는 말없이 부엌을 청소했다.

다나카 씨가 나로 하여금 어떤 기분이 들게 했는지 기억해보려 애썼지만 집안의 그 냉랭한 침묵 속에서는 그때 기분이 그냥 빠져나갈 따름이었다. 그 대신에 엄마 병에 대한 생각으로 끈덕지고 싸늘한 공포만이 찾아왔다. 언제쯤 엄마가 아버지의 다른 식구들과 함께 묘지에 묻히게 될까, 어느 순간 나는 그런 생각을 하고 있었다. 그러고 나면 나는 어떻게 될까? 엄마의 죽음으로 사추는 자신의 자리를 찾게 되리라는 생각이 들었다. 나는 국을 끓였던 강철 냄비를 닦고 있는 언니를 쳐다보았다. 냄비는 언니 바로 앞에 놓여 있었고, 언니의 시선도 그 냄비에 가 있었지만 난 언니가 냄비를 보고 있지 않다는 사실을 알 수 있었다. 냄비가 깨끗해졌는데도 한참이나 문질러대고 있었으니까.

「사추 언니, 기분이 좋지 않아.」

「밖에 나가서 목욕물 좀 데우렴.」

그녀는 그렇게 말하더니, 눈가를 덮은 헝클어진 머리를 젖은 손으로 빗어 넘겼다.

「목욕하고 싶지 않아. 사추 언니, 엄마가 곧 죽을 거래……」

「이 냄비에 금이 갔어. 봐!」

「금이 간 게 아니야. 그 자국은 원래 있던 거야.」

「그렇다면 어떻게 해서 물이 새는 거지?」

「언니가 물을 튀긴 거야. 내가 봤어.」

바로 그 순간, 나는 언니가 아주 강력한 그 무엇을 느끼고 있음을 알 수 있었다. 그 감정은 다른 감정들과 마찬가지로 극도의 당황스런 표정과 함께 얼굴에 그대로 나타났다. 그러나 언니는 더 이상 아무 말도 하지 않았다. 스토브에서 냄비를 들어내더니, 내다버리기 위해 문 쪽으로 걸어갈 뿐이었다.

2

　다음날 아침, 걱정거리들을 잊기 위해 나는 작은 소나무 숲 한가운데에 있는 우리 집에서 나와 내지(內地)에 있는 호수로 수영을 하러 갔다. 날씨가 좋은 날 아침이면 마을에서 아이들이 그곳으로 왔다. 사추도 종종 아버지의 낡은 어부복으로 기워 만든 수영복을 입고서 함께 갔다. 그건 그다지 훌륭한 수영복이 아니었다. 왜냐하면 몸을 굽힐 때마다 가슴께가 축 늘어져서, 남자아이들이 소리를 질러대곤 했기 때문이었다.

「저것 봐, 후지산이 다 보인다!」

　그러나 사추는 늘 그 수영복을 입었다.

　정오경에, 난 뭘 좀 먹기 위해 집으로 돌아가기로 했다. 사추는 수지의 아들과 함께 훨씬 일찍 집으로 돌아갔다. 수지라면 다나카 씨의 조수였다. 사추는 수지의 아들 앞에서 항상 개처럼 굴었다. 그 소년은 어딘가로 갈 때마다, 어깨 너머로 뒤돌아보며 사추더러 따라오라는 신호를 보냈고, 사추는 언제나 시키는 대로 했다. 저녁식사 시간이 될 때까지는 사추를 못 볼 줄 알았는데, 집이 가까워지면서 길가 나무에 기대서 있는 그녀를 발견했다. 만약 당신이 그 광경을 보았더라면, 무슨 일인지 금방 이해했을 것이다. 하지만 난 그때 어린 소녀에 불과했다. 사추는 그 기워 만든 수영복을 어깨 근처까지 걷어올렸고, 수지의 아들은 남자아이들이 이름 붙였던 사추의 '후지산'을 희롱하고 있었다.

　엄마가 아프기 시작한 이래로, 언니는 약간 뚱뚱해졌다. 가슴은 머리통

만해져서 다루기 힘들 정도였다. 내가 가장 의아하게 생각한 것은, 바로 그 점이 수지의 아들을 매혹시켰다는 사실이었다. 그 소년은 손으로 사추의 가슴을 가볍게 만지작거렸다. 나는 훔쳐보아서는 안 된다고 생각했지만, 길이 가로막혔기 때문에 어떻게 해야 할지 알 수가 없었다. 그때 뒤에서 갑자기 남자 목소리가 들렸다.

「치요, 왜 그렇게 나무 뒤에 쪼그리고 앉아 있지?」

난 그때 아홉 살로 호수에서 수영을 하고 돌아오던 중이었다. 비록 뭘 감출 만큼 몸이 발달하지는 않았지만……, 난 할 수 있는 한 팔을 힘껏 벌려 알몸을 감싸면서 뒤를 돌아보았다. 그곳에는 다나카 씨가 서 있었다. 난 너무나 깜짝 놀랐다! 그는 한번도 우리가 살고 있는 지역으로 언덕을 올라온 적이 없었다.

「저기 저곳이 너의 비틀거리는 집이겠구나? 그런데 저기 저 애는 수지의 아들같이 보이는데……, 무척 바쁜 모양이군 그래! 같이 있는 저 여자아이는 누구지?」

「글쎄, 우리 언니 같은데요, 다나카 씨. 저 두 사람이 갈 때까지 기다리고 있는 중이에요.」

다나카 씨는 손을 입으로 가져가더니 소리를 질렀다. 그러자 수지의 아들이 길을 뛰어 내려가는 소리가 들렸다. 다나카 씨가 나더러 이제 집으로 가서 옷을 입어도 되겠다고 했을 때에야 언니도 달아났음을 알 수 있었다.

「네 언니를 만나거든, 이걸 좀 전해주면 좋겠구나.」

그는 내게 두꺼운 종이로 싼, 생선 대가리만한 크기의 꾸러미를 전해주었다.

「한약이란다. 미우라 의사가 이게 쓸모 없는 거라고 말하더라도 절대 믿어서는 안 된다. 네 언니더러 이걸 달여서 어머니한테 드리라고 해라. 고통을 없애줄 거다. 이건 아주 귀한 약초란다. 낭비하지 않도록 조심해야 해.」

「다나카 씨, 제가 달여드리는 게 낫겠어요. 언니는 이런 걸 달일 줄 모르거든요.」

「네 어머니가 편찮으시다고 미우라 의사가 그러더구나. 근데 네 언니는 약 하나 달일 줄 모르다니! 네 아버지는 그렇게 늙으셨고, 이제 넌 어떻게 하려고 그러니? 치요, 도대체 누가 널 돌봐주고 있지?」

「전 제가 돌보고 있어요.」

「내가 아는 사람이 하나 있단다. 지금은 늙었지만, 그가 네 또래의 소년이었을 때, 아버지가 돌아가셨지. 바로 그 다음해에 어머니도 돌아가시자, 그의 형은 그를 혼자 남겨두고 오사카로 도망쳐버렸지. 네 얘기처럼 들리지 않니, 안 그래?」

다나카 씨는 그렇게 말하더니, 부정하지 말라는 듯한 눈길을 보냈다.

「그 남자 이름이 다나카 이치로란다. 그래, 바로 나야……. 그 당시 이름은 모리하시 이치로였지만. 난 열두 살 때 다나카 씨 가족과 살게 되었는데 좀더 나이가 들고 나서 그 집 딸과 결혼을 하고는 양자가 되었어. 지금은 가족의 시푸드 회사 경영을 돕고 있지. 보다시피 모든 것이 잘 풀렸어. 그런 일이 네게도 일어날 수 있을 게다.」

나는 잠시 다나카 씨의 희끗희끗한 머리와 이마에 나 있는 주름살을 쳐다보았다. 다나카 씨는 세상에서 가장 현명하고 지식이 많은 사람처럼 보였다. 그는 내가 결코 알 수 없는 일들을 알고 있었으며, 내가 결코 갖지 못할 우아함을 갖고 있었다. 그의 푸른색 기모노는 내가 입게 될 그 어떤 옷보다 더 멋져 보였다.

나는 진흙 속에 엉덩이를 박고서, 헝클어진 머리와 더러운 얼굴로 다나카 씨 앞에 벌거벗은 채 앉아 있었다.

「아무도 날 입양하고 싶어하지 않을 거예요.」

「그렇게 생각하니? 넌 똑똑한 아이지, 안 그래? 너희 집을 비틀거리는 집이라고 이름 지은 걸 보면 안다. 네 아버지 머리가 계란같이 보인다고 한 걸 봐도 그렇고!」

「하지만 정말 계란처럼 보이는걸요.」

「다르게 말했더라면 별로 똑똑하다고 말할 수 없었겠지. 치요, 이제 가보렴. 점심을 먹고 싶겠구나, 그렇지? 네 언니가 수프를 먹고 있다면, 마루에 누워서 언니가 흘리는 걸 얻어먹을 수도 있겠구나.」

바로 그 순간부터, 나는 다나카 씨가 나를 입양할 거라는 환상을 품기 시작했다.

그 기간 동안 내가 얼마나 괴로워했는지에 대해 종종 잊어버리곤 한다. 그때는 내게 안락함을 제공하는 것이라면 뭐가 됐든 붙잡았으리라는 생각이 든다. 괴로움을 느낄 때면 종종 난 내 마음이 엄마를 닮아감을 발견하곤 했다. 엄마가 고통으로 인해 아침마다 신음소리를 내기 전의 그 모습으로 말이다.

네 살 때 우리 마을에서는 본 축제가 열렸다. 죽은 자의 영혼이 돌아온다는 해가 있는데 그 해를 기념해 열리는 축제가 바로 본 축제였다.

며칠 밤 동안 묘지에서 제를 지냈다. 영혼을 집으로 인도하기 위해 집 입구에 불을 밝혀놓은 후, 축제 마지막 밤이 되자 우리는 협만(峽灣)이 내려다보이는 바위 위에 서 있는 신사(神社, 神道의 신령을 모셔놓고 제를 지내는 곳) 앞으로 모여들었다. 그날 밤 신사에는 여러 가지 색깔의 종이로 만든 제등이 밧줄에 매달려 나무 사이에 걸려 있었다. 엄마와 나는 북과 피리 소리에 맞춰 마을 사람들과 함께 한참 동안 춤을 추었다. 이윽고 내가 피곤해하자, 엄마는 모퉁이에 앉아 나를 무릎에 앉혔다.

갑자기 절벽으로 바람이 불어닥쳐, 제등 중 한 곳에 불이 붙었다. 불은 밧줄을 타고 옮겨 붙었는데, 바람이 다시 한 번 제등을 휘감자 불꽃은 하늘로 치닫더니 곧장 아래로 흔들거리며 내려왔다. 그 불덩어리는 바람을 타고 우리 앞으로 다가왔다. 엄마는 나를 안심시킨 뒤, 즉시 불을 흩뜨리기 위해 팔을 내저었다. 한순간 우리 두 사람은 화염에 둘러싸이게 되었다. 그때 불꽃이 나무로 옮겨 붙어 나무를 다 태웠지만 아무도, 심지어 우리 엄마도 다치지는 않았다.

1주일 정도 지나, 입양에 대한 나의 환상이 한창 무르익을 무렵이었다. 어느 날 오후 집으로 돌아오자, 우리 집의 작은 테이블에 다나카 씨와 아버지가 마주 앉아 있었다. 두 사람은 내가 현관으로 들어서도 알아차리지 못했다. 나는 그곳에 얼어붙은 듯이 서서 그들이 하는 말을 들었다.

「내 제안에 대해 어떻게 생각하시오?」

「모르겠습니다. 난 다른 곳에서 지내는 내 딸들의 모습을 상상할 수가 없군요.」

「이해하오. 하지만 당신 딸들로서도 이곳을 떠나는 게 더 나을 거요. 당신도 그렇구요. 내일 오후에 그 애들이 마을로 내려가는 모습을 지켜보기나 하시오.」

그 말을 끝으로 다나카 씨는 일어났다. 나는 방금 도착한 척했고, 그래서 우리는 문 앞에서 마주치게 되었다.

「치요, 네 문제로 아버지와 방금 얘기를 나누었단다. 나는 센주루 마을의 산등성이 너머에 살고 있어. 요로이도보다 큰 곳이지. 너도 그곳을 좋아하게 될 거라고 생각해. 내일 사추와 같이 그곳으로 오지 않겠니? 우리 집도 보고 내 어린 딸들도 만나보고 말이야. 하룻밤 묵고 갈 수 있지? 하룻밤이면 돼. 그러고 나면 내가 다시 집까지 바래다줄게. 그러면 괜찮겠니?」

나는 아주 좋다고 말하고는 그 제안을 아무것도 아니라는 듯이 받아들이느라 무척 애를 썼다. 그러나 머릿속은 폭발이라도 일어났는지 생각을 끼워 맞출 수가 없을 정도였다. 한편으로는 엄마가 돌아가시고 난 뒤 다나카 씨 집에 입양되기를 필사적으로 바라고 있었지만, 다른 한편으로는 몹시 두렵기도 했다. 비틀거리는 집이 아닌 다른 곳에서 지내게 될지 모른다는 상상만으로도 나는 지독한 수치심을 느꼈다.

다나카 씨가 떠나고 난 뒤, 나는 부엌일에 몰두하려고 애써보았으나, 사추처럼 내 앞에 놓인 물건들이 눈에 들어오지 않았다.

얼마나 시간이 지났을까? 아버지가 코를 훌쩍거리는 소리에 정신을 차린 나는 수치심으로 얼굴이 달아올랐다. 아버지는 어망을 손에 칭칭 감은 채, 살갗처럼 달라붙은 얇은 이불을 덮고 뒷방에 누워 있는 엄마를 들여다보며 복도에 서 있었다.

그 다음날, 마을에서 다나카 씨를 만날 준비를 하며 나는 더러운 발목을 문지르고 한참 동안 목욕통 속에 몸을 푹 담갔다. 그 목욕통은 원래 낡은 증기 엔진에서 나온 보일러 칸막이로 누군가 내다버린 물건이었다. 꼭대기 부분은 잘려 나갔으며 안은 목재로 채워져 있었다.

나는 강한 자립심을 느끼면서 바다를 내려다보며 오랫동안 앉아 있었다. 조금 있으면 내 인생에서 처음으로 마을 밖의 세상을 보게 될 것이기 때문이었다.

사추와 내가 시푸드 회사에 도착하자, 부두에서 어획물을 하역하는 어부들이 보였다. 뼈대가 굵은 손으로 생선을 잡아 바구니에 던져 넣는 그들 속에 아버지도 끼어 있었다. 아버지는 나와 사추를 한번 바라보더니, 셔츠 소매로 얼굴을 닦았다. 아버지의 모습은 평상시보다 다소 어두워 보였다. 어부들은 물고기가 가득 담긴 바구니를 다나카 씨의 마차로 날랐다. 나는 바퀴 위로 올라가 그 모습을 지켜보았다. 물고기들은 대개 유리 같은 눈으로 빤히 쳐다보다가 이따금씩 아가리를 뻐끔거리는데, 마치 조그맣게 소리라도 지르는 것처럼 보였다.

「작은 물고기들아, 너희들은 센주루 마을로 가게 될 거야. 모든 게 다 될 거야.」

그들에게 진실을 말한다고 해서 어떤 도움이 될지는 나도 몰랐다.

마침내 다나카 씨가 나타나더니, 사추와 내게 마차에 올라타라고 했다. 내가 중간에 앉게 되었는데, 기모노가 내 손에 닿을 정도로 다나카 씨와 나는 바싹 붙어 앉았다. 그래서 얼굴이 붉어지고 말았다. 사추는 나를 똑바로 보고 있었으나 아무것도 눈치 못 챈 듯, 평상시처럼 흐리멍덩한 표정을 하고 있었다.

나는 여행 중 많은 시간을 바구니에서 꿈틀거리는 물고기들을 돌아보면서 보냈다. 요로이도를 떠나면서 산등성이를 넘다, 바퀴가 바위에 걸려 마차가 한쪽으로 갑작스럽게 기울어졌다. 그 바람에 농어 한 마리가 바구니에서 튀어나와 바닥에 내동댕이쳐졌다. 그 물고기가 퍼덕거리는 꼴을 더 이상 보고 있을 수 없었다. 눈물을 머금고 돌아선 나는 다나카 씨에게 눈물을 보이지 않으려고 애썼음에도 불구하고 들키고 말았다. 그가 물고기를 집어넣은 뒤 다시 길을 떠나면서, 무슨 일이냐고 물었다.

「가엾은 물고기 때문에요!」

「넌 내 아내와 비슷하구나. 아내가 생선 요리를 할 때는 보통 물고기들이 죽어 있는 상태지. 하지만 게나 살아 있는 생선을 요리해야 할 때는 눈물을 글썽거리면서 물고기들에게 노래를 불러준단다.」

그러면서 다나카 씨는 짧은 노래를 하나 가르쳐주었다. 기도문 같은 노
래로, 그의 부인이 지은 것 같았다. 부인은 게를 위해 그 노래를 부른다지
만, 우리는 물고기로 가사를 바꿔버렸다.

　　　작은 농어, 오, 작은 농어여!
　　　어서 부처님의 깨달음의 경지에 이르거라!

그리고 나서 다른 노래도 가르쳐주었는데, 한번도 들어본 적이 없는 자
장가였다. 우리는 커다란 통 속의 바구니에 누워 있는 가자미한테 그 노
래를 불러주었다. 가자미는 머리 옆쪽에 달린, 단추 같은 두 개의 눈을 이
리저리 굴리고 있었다.

　　　자거라, 착한 가자미야!
　　　모두들 잠들어 있을 때에는―
　　　새들도 양들도
　　　정원에서, 들판에서 잠이 들고―
　　　오늘밤엔 별들도
　　　반짝이는 빛을
　　　창문으로 쏟아 부으리니.

조금 후 우리는 산마루에 이르렀다. 센주루의 마을이 우리 앞으로 펼쳐
졌다. 그날은 우중충했으며 세상이 회색빛으로 잠겨 있었다. 그것이 바로
요로이도 바깥 세상에 대한 나의 첫인상으로, 결코 그 모습을 잊지 못하리
라는 생각이 들었다. 협만을 둘러싸고 있는 마을에는 짚으로 덮은 지붕이
완만한 굴곡을 이루고 있었고 그 너머로는 하얀 사금파리처럼 부서진 바
다가 보였다. 마을 풍경은 내 마음을 끌기에 충분했지만 그곳을 가로지르
는 철로는 하나의 상처처럼 보였다.

센주루는 한마디로 더럽고 냄새나는 마을이었다. 고기들이 썩어가는지

심지어 바다조차도 지독한 냄새를 풍겼다. 부두의 교각 둘레에는 채소 나부랭이들이 우리 작은 협만의 해파리들처럼 둥둥 떠다니고 있었다.

사추와 내가 한참 동안 부두에 앉아 기다리고 있노라니, 다나카 씨가 우리를 일본 코스털 시푸드 회사의 본사 안으로 불렀다. 다나카 씨와 우리는 기다란 복도를 따라 걸어갔다. 물고기 뱃속처럼 그 복도에서는 생선 창자 냄새가 심하게 났다. 그러나 놀랍게도 복도 끝에는 멋진 사무실이 있었다. 계단을 통해 올라가는 다다미방도 내게 강한 인상을 남겼다. 어쨌든 그 방은 내가 본 중에서 가장 아름다운 방이었다. 지금 생각하면 동해 연안의 작은 마을에 있는 한 생선 도매회사 사무실이 그렇게 깊은 인상을 줄 수 있었다는 사실이 우습지만 말이다.

그 다다미방에는 한 늙은 여자가 방석 위에 앉아 있다가 우리를 보고 일어나더니 구석으로 가서 무릎을 꿇었다. 나이가 들고 괴팍스러워 보이는 여자로, 그 여자보다 더 안달하는 사람을 만나보기는 힘들 거라는 생각이 들었다. 여자는 쉴새없이 기모노 매무새를 만지거나 눈가에서 뭔가를 떼어내거나 아니면 코를 긁어댔다. 그러고는 그렇게 안달한 게 미안하기라도 하다는 듯이 내내 한숨을 내쉬었다.

다나카 씨가 그 여자에게 말했다.

「이 애가 치요고 이쪽은 언니 사추상이오.」

나는 약간 허리를 굽혔고, 안달 여사는 고개를 끄떡임으로써 답례를 보냈다. 그러고 나서 지금까지보다도 더 커다란 한숨을 짓더니, 목에 난 딱딱한 부스럼을 한 손으로 잡아뜯었다.

난 다른 곳으로 시선을 돌리고 싶었지만, 그 여자의 눈이 내게 고정되어 있었다.

「그렇군! 그래, 네가 사추구나?」

그 여자는 말을 하면서 여전히 나를 똑바로 쳐다보고 있었다.

「내가 사추예요.」

언니가 말했다.

「언제 태어났지?」

누구에게 묻는지를 사추가 아직도 모르는 것 같아 내가 대신 대답해주었다.

「언니는 소띠예요.」

그 늙은 여자는 손을 내밀더니 나를 쓰다듬었다. 그녀는 여러 번 내 턱을 찌르면서 아주 특이한 방법으로 쓰다듬었다. 그녀가 친절한 표정을 하고 있었기 때문에 난 그것이 쓰다듬는 동작임을 알았다.

「이 애가 더 예쁜데 그래? 눈이 아주 특이해. 그리고 총명해 보이고. 이마만 봐도 알지.」

그러면서 여자는 다시 언니에게로 몸을 돌렸다.

「소띠면 열다섯 살이고 금성자리군. 여섯에 흰색이야. 흠……, 좀더 가까이 와보렴.」

사추는 그 여자가 시키는 대로 했다. 안달 여사는 눈과 손끝을 이용해 언니의 얼굴을 자세히 뜯어보았다. 코를 여러 각도에서 살펴보고 나서 한참 동안 귀도 살펴보았다. 귓불을 몇 번 꼬집더니, 사추에게는 볼일이 끝났다는 듯 툴툴거리다가 내 쪽으로 몸을 돌렸다.

「넌 원숭이띠지? 그냥 보기만 해도 알 수 있어. 넌 팔자에 물이 참 많기도 하구나! 여덟에 흰색이군. 토성이야. 그리고 참 매력적인 애로구나. 좀더 가까이 와보렴.」

여자는 내 귀를 잡아당기는 등 똑같은 행동을 계속했다. 난 여자가 바로 그 손가락으로 목에 난 딱딱한 부스럼을 뜯어대던 모습을 그려보았다.

그녀는 몸을 일으키더니 우리가 서 있던 돌바닥으로 내려왔다. 여자는 구부정한 발을 조리에 집어넣느라 한참을 보내더니 드디어 몸을 돌려 다나카 씨 쪽으로 눈길을 보냈다. 다나카 씨가 문을 닫고 방을 떠나는 걸로 보아 그 눈길의 의미를 금방 이해한 모양이었다.

안달 여사는 사추가 입고 있던 옷을 벗겼다. 그러고 나서 사추의 가슴을 한번 흔들어보고 겨드랑이도 들여다보더니 몸을 돌려 세워 등을 바라보았다. 난 너무 충격을 받은 나머지 계속 쳐다볼 수가 없었다. 물론 전에도 사추의 벌거벗은 몸을 본 적은 있었지만, 안달 여사가 사추의 몸을 만지는 태도는 사추가 수지의 아들을 위해 수영복을 들어올렸을 때보다 훨씬 더 추잡스러워 보였다. 그래도 충분하지 않다는 듯, 안달 여사는 바지를 바닥으로 홱 잡아당기더니 아래위로 훑어보고 나서 다시 사추를 돌려 세웠다.

「바지를 다 벗어봐.」

사추의 얼굴이 점점 더 어리둥절해졌다. 하지만 언니는 바지를 벗어 끈 적끈적한 돌바닥 위로 던졌다. 안달 여사는 사추의 어깨를 붙들어 마루 위에 앉혔다. 사추는 완전히 발가벗은 상태였다. 언니도 자신이 왜 그곳에 그렇게 앉아 있어야 하는지 나만큼이나 모르고 있었다. 그러나 안달 여사가 갑자기 무릎을 벌렸기 때문에 언니는 그 이유에 대해 궁금해할 시간도 없었다. 한순간도 지체하지 않고 그 여자는 사추의 무릎 사이에 손을 집어넣었다. 그 다음부터는 난 더 이상 쳐다볼 수가 없었다. 사추가 반항했던 게 분명했다. 왜냐하면 안달 여사가 소리를 지르면서 사추의 다리를 철썩 때리는 소리가 들렸기 때문이었다. 나중에 그곳에 빨간 자국이 보였다. 안달 여사는 일을 마치자 사추더러 다시 옷을 입으라고 말했다. 사추는 옷을 입으면서 큰 소리로 킁킁거렸다. 언니가 울고 있다는 생각이 들었으나 난 감히 쳐다보지도 못했다.

그리고 나서 안달 여사는 똑바로 내게 오더니, 곧장 바지를 무릎까지 끌어내렸다. 내겐 그 늙은 여자가 흔들어볼 만한 가슴이 없었다. 대신 여자는 언니에게 했던 것처럼 겨드랑이를 들여다보더니 몸을 돌려 세웠다. 그리고 마루에 앉히면서 바지를 벗겨 치워버렸다. 나는 여자가 어떤 짓을 할지 심한 두려움을 느끼고 있었다. 그 여자는 내 무릎을 벌리기 위해 사추에게 했던 것처럼 다리를 찰싹 때려야 했다. 그 때문에 나는 눈물을 삼키느라 목이 따끔거렸다.

여자가 내 다리 사이로 손가락을 집어넣어 꼬집듯이 만졌기 때문에 난 그만 울부짖고 말았다. 다시 옷을 입으라고 말했을 때, 나는 물이 다 말라버린 샘이 된 심정이었다. 그러면서도 우리가 어린아이처럼 흐느껴 울게 되면, 다나카 씨의 눈에 안 좋게 보일 수도 있다는 걱정을 했다.

「이 애들은 건강하군요.」

다나카 씨가 방으로 다시 돌아왔을 때 그 여자가 말했다.

「그리고 아주 적합해요. 둘 다 손도 타지 않았구요. 언니는 팔자에 나무가 지나치게 많지만, 동생에겐 물이 많아요. 예쁘기도 하고. 그렇게 생각하지 않아요? 언니는 동생 옆에 있으니 꼭 농부같이 보이네요!」

「둘 다 나름대로 매력적인 애들이라고 생각하오. 밖으로 나가서 얘기하는 게 어떻겠소? 이 애들은 여기서 날 기다려야 하니까.」

다나카 씨가 문을 닫고 나간 뒤, 사추는 마루 위 한구석에 앉아 천장을 쳐다보고 있었다. 언니가 얼굴을 들고 있었기 때문에, 코끝에 맺힌 눈물이 보였다. 언니의 상심한 모습을 보는 순간 눈물이 쏟아졌다. 지금까지 일어난 일에 대해 수치심을 느낀 나는 옷자락으로 언니의 눈물을 닦아주었다.

「그 끔찍한 여자는 누구지?」

「점쟁이 같애. 다나카 씨는 우리에 대해 알고 싶은 게 많았는지도 모르지…….」

「그래도 왜 그렇게 끔찍한 방법으로 우리를 봐야 하느냔 말이야!」

「이해 못 하겠어? 다나카 씨는 우리를 입양할 생각이란 말이야.」

그 말을 듣고 나자 사추는 눈 속에 벌레라도 들어간 사람처럼 눈을 깜빡거렸다.

「무슨 말을 하고 있는 거야? 다나카 씨가 우리를 입양할 리 없어.」

「아버지는 너무 늙으셨어. 엄마도 아프시고. 내 생각에 다나카 씨는 우리 앞날을 걱정하고 계셔. 우리를 돌봐줄 사람이 없을지 모르잖아.」

사추는 그 말을 듣고 몹시 흥분해서 일어섰다. 그 순간 사추의 눈은 사팔눈이 되었는데, 그 무엇도 우리를 그 비틀거리는 집에서 데려갈 수 없다고 애써 믿으려는 눈치였다. 그녀는 스펀지에서 물을 짜내듯이 내가 한 말을 몽땅 짜내고 있었다. 얼굴이 다시 서서히 펴지더니, 마루 한 모퉁이에 가서 앉았다. 그리고 방 안을 한 바퀴 둘러보았다.

다나카 씨의 집은 마을 바깥 쪽 좁다란 길이 끝나는 곳에 있었다.

집 주변을 둘러싸고 있는 소나무 숲은 우리 집 뒤의 절벽에서 나는 바다 냄새만큼이나 강한 냄새를 풍겼다. 그 순간 나는 공허했다. 절벽을 내려다보고 나서 한 걸음 물러설 때처럼 말이다.

우리 마을에 있는 신사(神社, 神道의 신령을 모셔놓고 제를 지내는 곳)처럼 거대한 처마가 달린 그 집은 요로이도의 그 어떤 집보다도 훌륭했다.

다나카 씨는 현관으로 올라가더니 신발을 벗어 그 자리에다 그냥 내버려두었다. 그러자 하녀가 나와서 신발장 위에 올려놓았다.

내가 신발을 벗어 집어들려고 몸을 굽히는 순간, 등뒤에서 무엇인가가 부드럽게 스쳤다. 그와 동시에 솔방울 하나가 마룻바닥에 떨어지더니 내 발 사이에 놓였다. 뒤를 돌아보자 문 밖에 내 또래의 어린 소녀가 서 있었다. 나보다 약간 키가 작고 아주 짧은 머리를 한 여자아이였다. 그 아이는 삼각형 모양으로 벌어진 앞니를 내보이며 미소를 짓더니, 내가 뒤따를 수 있게끔 어깨 너머로 뒤돌아보면서 달아났다. 난 그 아이를 실제로 만난 적이 없었기 때문에 묘한 느낌이 들었다. 어쨌든 처음 본 순간부터 너무 친절했던 다나카 씨의 어린 딸 코마코 때문에, 한 세계에서 다른 세계로 옮기는 일이 내겐 별일 아닌 것처럼 보였다.

조리를 신은 코마코는 나보다 훨씬 더 세련된 옷을 입고 있었다. 나는 시골 아이답게 맨발로 그녀를 따라 숲 속으로 갔다. 죽은 나뭇가지를 톱으로 잘라 만든, 일종의 정자 같은 곳에서 나는 그 아이를 붙잡았다. 그 아이는 자리를 만들기 위해 솔방울과 돌멩이들을 치웠다. 처음에는 이가 빠진 컵으로 차를 대접하는 놀이를 하다가, 다음에는 그 애의 인형을 교대로 돌보는 놀이를 했다. 그 인형은 '타로' 라는 이름의 어린 남자아이로, 실제로는 잡동사니를 넣어 만든 무명천 자루에 지나지 않았다. 코마코는 타로가 낯선 사람들은 좋아하지만, 지렁이를 몹시 무서워한다고 했다. 그리고 정말 우연하게도 지렁이를 싫어하는 건 코마코도 마찬가지라 했다. 그래서 지렁이를 보게 되면, 가련한 타로가 울음을 터뜨리기 전에 나더러 얼른 치워달라고 신신당부를 했다.

나는 코마코를 동생으로 갖게 된다는 사실이 기뻤다. 위풍당당한 나무들이나 소나무 냄새, 그리고 다나카 씨조차도 코마코 다음으로 순위가 밀려나고 말았다.

요로이도에서의 생활과 다나카 씨 집에서의 생활은 엄청난 차이가 났다. 그 차이는 뭐랄까, 맛있는 요리를 눈앞에 두고 냄새만 맡아야 하는 처지와 그 맛있는 음식을 한입 가득 넣고 있을 때의 차이만큼이나 컸다.

어두워지기 시작하자, 우리는 우물에서 손발을 씻고 안으로 들어가 사각 테이블 근처 바닥에 자리를 잡았다. 우리가 곧 먹게 될 음식에서 피어오른 김이 머리 위의 천장 서까래에 달린 전등 쪽으로 올라가는 모양을 보고 나는 그만 놀라버렸다. 그 방은 놀랄 정도로 밝았다.

곧 하인들이 구운 농어, 장아찌, 국, 그리고 밥을 날라왔다. 식사하는 동안은 아무도 말이 없었다. 매혹적인 여자일 거라는 내 기대와는 달리, 다나카 씨 부인은 미소를 잘 짓는다는 사실만 빼면 사추가 늙었을 때의 모습을 연상시키는 얼굴이었다. 저녁식사 후에 부인과 사추는 게임을 했고 다나카 씨는 하녀더러 기모노 재킷을 가져오라고 시켰다. 그가 나가고 나서 잠시 후, 코마코는 내게 자기를 따라 나오라는 손짓을 했다. 코마코는 짚으로 만든 조리를 신더니 내게도 한 켤레 빌려주었다. 나는 우리가 어디로 가는지 물어보았다.

「조용히 해! 아빠를 따라가는 거야. 아빠가 외출할 때마다 난 따라가. 이건 비밀이야.」

우리는 다나카 씨 뒤로 약간의 거리를 두고 길을 올라가다가 센주루의 마을 쪽으로 향한 큰길로 접어들었다. 잠시 후 마을의 집들이 나타나자, 코마코는 내 팔을 잡더니 길 옆쪽으로 잡아당겼다. 두 집 사이의 돌길이 끝나는 곳에 창호지를 바른 창문이 나타났는데, 그 창문은 방 안에서 흘러나온 불빛으로 환했다.

코마코는 눈 높이에 딱 맞게 나 있는 창호지 구멍에다 눈을 갖다 댔다. 그 아이가 구멍을 들여다보고 있는 동안, 웃고 떠드는 소리와 누군가가 샤미센(줄이 세 개 달린 일본의 전통 현악기) 반주에 맞춰 부르는 노랫소리가 들렸다.

마침내 코마코가 옆으로 물러나고 내가 그 구멍에 눈을 갖다 댔다. 방 안의 절반 정도는 창호지의 접힌 부분 때문에 가려 있었지만, 다나카 씨가 서너 명의 남자들과 함께 자리에 앉아 있는 모습은 똑똑히 볼 수 있었다.

다나카 씨 옆에 있는 한 늙은 남자가, 젊은 여자를 위해 사다리를 붙잡고 있다가 그 여자의 옷 속을 들여다보았다는 이야기를 하고 있었다. 그 얘기에 다나카 씨만 빼고 모두들 웃었다. 다나카 씨는 방 한쪽을 똑바로 처다보고 있었다. 기모노를 입은 중년의 여자가 맥주를 따라주는 동안 그는 잔을 들고 있었다. 다나카 씨는 마치 바다 한가운데에 떠 있는 섬 같았다. 왜냐하면 모두들 그 이야기에 즐거워하는데도, 더군다나 중년 여인이 맥주를 따르고 있는데도 계속 테이블 건너편만 응시하고 있었으니 말이다.

나는 구멍에서 눈을 떼고 거기가 어디인지 코마코에게 물어보았다.

「여긴 찻집이야. 게이샤가 접대하는 곳이지. 우리 아빠는 거의 매일 밤 이곳으로 와. 여기를 왜 그렇게 좋아하시는지 나도 몰라. 여자들이 술을 따라주고 남자들은 이야기를 해. 노래를 부를 때를 제외하면 말이야. 끝내는 모두들 술에 취해버려.」

내가 창문에 어른거리는 그림자를 보려고 구멍에 다시 눈을 갖다 대자, 한 여자가 눈에 들어왔다. 그 여자의 머리는 버드나무의 푸른 꽃으로 장식되어 있었으며, 하얀 꽃무늬의 연한 핑크색 기모노를 입고 있었다. 허리 둘레에 맨 넓은 오비는 오렌지색과 노란색을 띠고 있었다. 나는 그렇게 우아한 옷을 본 적이 없었다. 요로이도의 여자들 중에는 면으로 된 옷이나 혹은 단순한 패턴의 남색 리넨보다 더 세련된 옷을 가진 사람이 없었다. 그러나 의상과 달리 그 여자 자체는 전혀 아름답지 않았다. 치아는 형편없이 튀어나와 입술로 잘 가려지지 않을 정도였으며, 머리통이 너무 좁아 아기였을 때 혹시 두 개의 판 사이에 머리가 눌린 건 아닐까 하는 의심이 들 정도였다. 아무도 그 여자를 미인이라고 할 정도가 아니었음에도 불구하고 다나카 씨의 눈은 갈고리에 걸린 넝마조각처럼 그녀에게 고정되어 있었다.

코마코가 다시 한 번 구멍을 들여다보고 나서 우리는 다시 집으로 돌아가 소나무 숲 가장자리에 있는 목욕탕으로 함께 들어갔다. 나뭇가지에 가린 곳을 제외하면 하늘은 별로 꽉 차 있었다. 나는 그날 겪었던 모든 일들과 내게 닥쳐올 변화들을 이해하려고 노력하면서 오랫동안 앉아 있었다. 그러나 코마코가 너무 졸린 탓에 하인들이 와서 우리를 데려갔다.

사츠는 이미 코를 골고 있었다. 코마코와 나는 서로 몸을 딱 붙이고 팔을 한데 감고서 사츠 옆에 누웠다.

「내가 너랑 함께 살게 되리라는 걸 알고 있었니?」

그 말에 코마코의 눈이 번쩍 뜨이거나 아니면 벌떡 일어나 앉을 거라고 생각했다. 하지만 그 애는 선잠에서 깨지 않았다. 끙끙 소리를 내더니 조금 후에는 가르랑 소리를 내며 따뜻하고 축축한 숨을 내뿜었다.

3

집으로 다시 돌아왔다. 우리가 집을 떠나 있는 동안 엄마는 더 아팠던 모양이었다. 아니면 엄마가 얼마나 아픈지 그 동안 잊고 있었던 탓이었는지도 모르겠다. 다나카 씨 집에서는 연기와 소나무 냄새가 났지만 우리 집에서는 표현하기도 싫을 정도로 심하게 엄마의 병 냄새가 났다.

사추는 오후 동안 마을에서 일을 하고 있었기 때문에 수지 부인이 엄마 목욕시키는 일을 도우러 왔다. 밖에서 엄마를 보니, 흉곽은 예전보다 더넓어졌으며 눈의 흰자위도 흐릿해져 있었다. 힘차고 건강하던 엄마와 함께 목욕탕에서 걸어나오던 때를 기억해내고 나서야 난 화가 났다. 내가 돌로 등을 문질러주었을 정도로 엄마의 피부는 단단했는데……, 그런 엄마가 여름이 끝나기도 전에 죽는다니!

그날 밤 나는 침상에 누워, 이 혼동스런 상황을 모든 각도에서 그려보았다. 우선, 엄마 없이 어떻게 계속 살아나갈 수 있을까? 다나카 씨에게 입양된다 하더라도 더 이상 우리만의 가족이 존재할까? 결국 나는 다나카 씨가 나와 언니만 입양할 게 아니라 아버지도 받아들여야 한다고 결정했다. 다나카 씨라면, 아버지가 혼자 살아갈 수 있다고 믿지는 않겠지.

여름 더위가 한창이던 어느 날 아침, 마을에서 차 꾸러미를 가지고 돌아오는 길이었는데 뒤에서 저벅거리는 소리가 들렸다. 다나카 씨의 조수인 수지 씨가 뛰어오는 소리였다. 그는 센주루에서부터 달려온 사람처럼 숨을 거칠게 내쉬며 한참 동안 숨을 가다듬었다. 아직 날씨가 그렇게 덥지 않았음에도 불구하고 그는 도미처럼 벌겋게 번들거렸다.

「다나카 씨는 너와 네 언니가…… 될 수 있는 대로 빨리…… 마을로 내려왔으면 하서.」

그날 아침 아버지는 이상하게도 고기를 잡으러 나가지 않았다. 그때야 이유를 알 듯했다.

「우리 아버지는요? 다나카 씨가 아버지에 관해 뭐라고 말씀하셨나요?」

「치요, 어서 가보기나 해. 가서 네 언니를 데려와.」

할 수 없이 집으로 뛰어간 나는 테이블에 앉아 나무에 난 홈집에서 손톱으로 먼지를 파내고 있는 아버지를 발견했다. 사추는 난로에다 석탄 조각을 집어넣고 있었다. 그 두 사람은 마치 뭔가 끔찍한 일이 일어나기를 기다리고 있는 사람처럼 보였다.

「아버지, 다나카 씨가 나하고 언니에게 마을로 내려오라고 하셨어요.」

사추는 앞치마를 벗어 못에 걸더니 문 밖으로 걸어나갔다. 아버지는 아무 말도 없이 사추를 쳐다보며 몇 번 눈을 깜빡거렸다. 그리고 나서 마루쪽으로 힘겹게 눈을 돌리더니 고개를 끄덕거렸다. 뒷방에서는 엄마가 잠결에 지르는 소리가 들려왔다.

내가 미처 사추를 따라 잡기도 전에 그녀는 벌써 마을에 이르렀다. 몇 주 전부터 그려보던 일이었지만, 그때처럼 두려움을 느끼리라고는 생각지 못했다. 사추는 이번에 마을로 내려가는 것이 지난번과는 다르다는 것을 깨닫지 못했다. 심지어 손에 묻은 석탄을 닦지도 않은 채 머리를 매만지다가 얼굴을 더 더럽히고 말았다. 나는 사추가 그런 모습으로 다나카 씨를 만나러 가는 걸 원치 않았기 때문에 엄마가 하듯이 얼룩을 닦아주려고 손을 내밀었다. 사추가 그런 내 손을 뿌리쳤다.

시푸드 회사 밖에서 다나카 씨 모습이 보였을 때, 나는 그가 우리를 보면 기뻐할 거라 기대하면서 인사를 했다. 그러나 그는 이상하게도 냉랭하게 굴었다. 그건 내가 상상했던 대로 일이 되어가지 않는다는 첫번째 단서라는 생각이 들었다. 다나카 씨가 우리를 자신의 마차로 데려가는 동안, 나는 그의 집으로 가는 줄로만 알았다. 아내와 딸이 있는 자리에서 우리 입양 문제에 대해 얘기하기 위해서 말이다.

「수지 씨는 나와 같이 앞쪽에 탈 거야. 그러니 너와 시주상은 뒤에 타는 게 좋겠다.」

그는 언니를 '시주상'이라고 불렀다. 나는 언니 이름을 그런 식으로 잘 못 부르는 걸 아주 무례한 일이라고 생각했지만, 언니는 눈치도 못 챈 것 같았다. 마차 뒤에 올라탄 언니는, 끈적끈적한 널빤지 위에 한 손을 올려 놓으며 텅 빈 생선 바구니 사이에 앉았다. 그리고 나서 다시 그 손으로 뺨에 붙은 파리를 내쫓았다. 나는 사추처럼 끈적거림이 아무렇지도 않다는 듯이 굴 수가 없었다.

여행하는 동안 사추는 한마디도 않다가, 센주루가 내려다보이는 언덕길을 오르자 갑자기 말을 꺼냈다.

「기차다.」

나는 저 멀리 마을을 향해 달려가고 있는 기차를 보려고 밖을 내다보았다. 기차가 내뿜는 연기가 뱀 껍질 같다는 생각이 들었다. 그런 내 생각이 기특해서 사추에게 설명해보려 했지만 사추는 전혀 아랑곳하지 않았다. 다나카 씨라면 그 생각을 칭찬할 것이고 코마코도 그럴 거라는 느낌이 들었다. 다나카 씨 집에 도착하면 두 사람에게 그 느낌을 설명해주어야겠다고 마음먹었다.

그러나 그때 갑자기 우리가 다나카 씨 집 방향으로 가고 있는 게 아니라는 사실을 알게 되었다. 마차는 잠시 후 마을 바로 바깥 쪽, 철로 옆 쓰레기 더미 근처에 멈춰 섰다. 흩어진 자루와 나무 상자 옆으로 한 무리의 사람들이 서 있었다. 그 한 곳에 뻣뻣한 기모노를 입고 이상하리만큼 마른 남자 옆에 안달 부인이 서 있었다. 고양이처럼 부드러운 검은 머리를 한 그 남자는 한 손에 끈이 매달린 옷가방을 들고 있었다. 왠지 센주루에는 어울리지 않는다는 느낌이 들었는데, 특히 나무 상자를 든 농부나 어부, 그리고 감자 자루를 지고 있는 등이 굽은 노인 옆에서는 더욱 그렇게 보였다.

안달 부인이 그 남자에게 뭐라고 말을 하자, 그는 뒤를 돌아보며 우리를 자세히 쳐다보았다. 순간 두려움이 엄습했다.

다나카 씨는 베쿠라는 이름의 그 남자에게 우리를 인사시켰다. 베쿠는 아무 말도 하지 않고 나를 가만히 들여다보기만 하더니, 사주를 보고서는 당황해했다.

「요로이도에서 수지와 함께 왔소. 수지와 함께 가고 싶소? 그 사람은 이 애들을 알고 있고, 나도 하루 이틀 정도는 그에게 시간을 내줄 수 있소.」

「아뇨, 아뇨.」

다나카 씨의 물음에 베쿠가 손을 저으면서 말했다.

정말 그런 일은 예측하지 못했다. 어디로 가는 거냐고 물어보았지만, 아무도 내 말을 들은 것 같지 않아서 나는 스스로 대답을 내려보았다. 나는 마침내, 안달 부인의 점괘가 다나카 씨를 불쾌하게 했기 때문에, 그 이상하게 마른 베쿠가 우리 앞날을 좀더 자세하게 점쳐보려고 어디론가 데려가는 거라고 결론지었다. 그 일이 끝나면 우리는 다시 다나카 씨에게로 돌아오게 될 것이다.

내가 그런 생각들로 스스로를 진정시키고자 애쓰는 동안 명랑한 미소를 짓고 있던 안달 부인, 진흙투성이 플랫폼 아래 좀 떨어진 곳으로 사추와 나를 데려갔다. 다른 사람들이 우리 얘기를 들을 수 없을 정도로 거리가 멀어지자, 안달 부인은 미소를 거두고 말했다.

「이제 내 말 잘 들어, 이 버릇없는 계집애들아!」

우리를 지켜보는 사람이 없는지 한 바퀴 둘러보고 나서, 그 여자는 우리의 머리를 때렸다. 아프지는 않았으나 놀란 나는 소리를 질렀고, 사추도 마찬가지였다.

「너희들이 나를 곤란에 빠뜨리는 짓을 한다면, 내가 가만히 내버려두지 않겠다! 베쿠 씨는 가차없는 사람이야. 그 사람이 하는 말을 잘 들어야 할 게다. 만약 그 사람이 너희더러 기차 의자 밑으로 기어들라면 그렇게 해야 해, 알겠어?」

안달 부인의 표정을 보고서 나는 그 여자의 말에 대답해야 한다는 것을 알았다. 안 그러면 때릴 것 같았다. 그러나 너무 충격을 받은 나머지 나는 아무 말도 할 수가 없었다. 그러자 과연 염려했던 대로 그 여자가 내 목을 꼬집었다. 너무 세게 꼬집었기 때문에 나는 도대체 어디가 아픈지도 모를 지경이었다. 나는 훌쩍훌쩍 울어버렸다.

그 뒤 기억 나는 것은 다나카 씨가 바로 우리 옆에 서 있었다는 사실뿐이었다.

「무슨 일이지? 이 애들에게 뭔가 할말이 더 있으면, 내가 있을 때 하시오. 이 애들에게 이런 식으로 굴 이유가 없잖소?」

「우린 할 얘기가 아직도 많아요. 하지만 벌써 기차가 오네요.」

안달 부인의 말은 사실이었다. 그다지 멀지 않은 곳에서 기차가 모퉁이를 돌아오고 있었다.

농부들과 노파들이 자신들의 물건을 쌓아 올리고 있는 플랫폼 쪽으로 다나카 씨가 우리를 다시 데려갔다. 곧 기차가 우리 앞에 멈춰 섰다. 뻣뻣한 기모노를 입은 베쿠가 사추와 나 사이에 끼어들어 팔꿈치를 잡더니 기차 안으로 데려갔다. 다나카 씨가 뭐라고 말했으나, 너무 혼란스럽고 당황해서 무슨 말인지 제대로 알아듣지 못했다.

창 밖을 내다보자, 다나카 씨는 자신의 마차 쪽으로 걸어가고 있었고 안달 부인은 기모노에 이리저리 손을 닦고 있었다.

잠시 후에 언니가 말했다.

「치요!」

나는 손에 얼굴을 파묻었다. 솔직히 말해 너무나 고통스러웠던 나는 할 수만 있다면 창 밖으로 뛰어내리고 싶었다.

「우리가 어디로 가는지 알고 있니?」

사실 언니는 '어디로 가는지'를 묻는 게 아니라 내가 알고 있는가 하는 걸 묻고 있었다. 목적지가 어디인지 언니에게는 상관없는 일인지도 모르겠다. 무슨 일이 벌어지고 있는지 알고 있다면 말이다. 물론 난 목적지를 알 리 없었다. 그 마른 남자인 베쿠에게 물어보았으나, 그는 내 말을 들은 척도 하지 않았다. 그는 이런 사람은 한번도 본 적이 없다는 듯 여전히 사추만 응시하고 있었다. 마침내 그는 구역질나는 표정을 짓더니 입을 열었다.

「이 비린내! 너희 둘한테서는 정말 악취가 심하구나!」

그는 졸라매는 끈이 달린 가방에서 빗을 꺼내더니 언니의 머리를 박박 빗겼다. 그 남자가 분명히 언니를 아프게 했겠지만, 내가 창 밖 풍경이나 보고 있다는 사실이 언니의 마음을 더 아프게 한 게 분명했다. 순간 사추의 입술이 어린아이처럼 처지더니 울음을 터뜨렸다. 언니의 얼굴 전체가 그렇게 떨리는 모습을 보니 차라리 언니한테 한 대 얻어맞는 편이 덜 고통스러웠을 것이다. 모든 게 내 잘못이었다.

개처럼 이빨을 다 드러낸 한 늙은 아낙이 당근을 가져와서 사추에게 주며 어디로 가는지 물었다.

「교토.」

베쿠의 말을 들은 나는 걱정스런 마음이 들어 사추의 눈을 더 이상 쳐다볼 수가 없었다. 당시 나에게는 센주루 마을만 해도 머나먼 곳이었다. 교토라면 언젠가 미우라 박사한테 들었던 홍콩이나 뉴욕처럼 낯선 곳이었다.

우리는 음식도 먹지 못하고 몇 시간이나 기차에 앉아 있었다. 베쿠가 연꽃잎으로 싼, 참깨가 반짝거리는 주먹밥을 가방에서 끄집어내자 내 주의는 자연히 그쪽으로 기울어졌다. 그러나 뼈대가 굵은 손가락으로 주먹밥을 꺼낸 베쿠는 내 쪽은 거들떠보지도 않은 채 천박한 자기 입에다가 주먹밥을 쑤셔 넣었다. 그 시간은 나에게 고문이나 다름없었다.

드디어 교토라고 생각되는 커다란 마을에 이르자 우리는 기차에서 내렸다. 그러나 잠시 후에 다른 기차가 역으로 들어오자 우리는 다시 그 기차에 올라탔다. 그 기차는 먼저 탔던 기차보다 훨씬 더 붐볐기 때문에 우리는 서 있어야 했다.

교토 역이 가까워지고 있었지만 도시의 전경은 별로 보이지 않았다. 그러나 얼마 안 있어, 저 멀리 언덕 아래까지 지붕들이 늘어서 있는 광경이 흘깃 눈에 들어왔다. 난 도시가 그렇게 크리라고는 한번도 상상해보지 못했다. 요즘에 와서도 기차 밖으로 내다보이는 거리와 건물 풍경은, 내가 처음으로 집을 떠난 그 기묘한 날에 느꼈던 끔찍스런 공포를 종종 기억 나게 만든다.

1930년 무렵, 교토에는 아직도 인력거들이 상당히 많았다.

사실, 역 앞에 너무 많은 인력거들이 줄을 지어 기다리고 있어서, 난 그 커다란 도시에서는 인력거 없이 아무 데도 갈 수 없나보다라고 생각했다.

그다지 틀린 생각도 아니었다. 인력거를 모는 사람들은 근처에 쪼그리고 앉아 담배를 피우거나 뭔가를 먹고 있었다. 그들 중 몇몇은 지저분한 거리에서 새우잠을 자기도 했다.

베쿠는 우리가 양어깨에 지고 가는 물통이라도 되듯이 다시 우리 팔꿈치를 붙들었다. 잠시라도 놓아주면 도망갈 거라고 생각했는지 모르겠지만, 난 그럴 생각이 전혀 없었다.

우리를 어디로 데려가든, 사람과 건물로 가득한 그 굉장한 곳에 혼자 내던져지는 것보다는 낫겠다는 생각이 들었다. 왜냐하면 그곳은 바다 밑바닥만큼이나 생소한 곳이었기 때문이었다.

인력거에 올라타자, 베쿠는 우리 두 사람 중간에 꼭 붙어 앉았다. 기모노 아래 감춰진 그의 몸은 생각보다 훨씬 더 뼈대가 굵었다.

「기온의 토미나가초로 갑시다.」

인력거꾼은 아무런 대답도 하지 않은 채 총총걸음으로 출발했다. 두 블록쯤 지나서 나는 용기를 내 베쿠에게 물어보았다.

「우리가 지금 어디로 가고 있는 건지 좀 말해주시겠어요?」

그는 나를 쳐다보지도 않고서 잠시 후에 대답했다.

「새로운 집으로 가는 거다.」

그 말에 내 눈은 눈물로 가득 차버렸다. 베쿠 옆쪽에서 사추의 울음소리가 들려왔다. 내게서도 흐느낌 소리가 막 터져 나오려는 순간, 갑자기 베쿠가 언니를 때리는 소리가 들렸다. 나는 울지 않으려고 입술을 꼭 깨물었다.

그러다가 곧 우리는 요로이도 마을만큼이나 넓어 보이는 길로 들어섰다. 길 건너편에 있는 사람들과 자전거, 자동차, 트럭들이 거의 보이지 않을 정도였다. 나는 차를 한번도 본 적이 없었다. 사진으로는 본 적이 있었지만. 겁을 먹은 상태여서 차들이 너무 잔인하게 보였다. 마치 사람을 돕기 위해 만들어졌다기보다는 해치기 위해 고안된 물건 같았다.

내 모든 감각이 습격을 당했다. 트럭이 덜거덕거리며 지나가자 타이어 타는 냄새가 났다.

날카로운 외침소리도 들렸는데, 그건 길 한복판의 전차 소리였다.

주위에 밤이 엄습해오자 나는 무서움을 느꼈다. 도시의 불빛을 처음 보았을 때처럼 그렇게 놀란 적도 없었다. 다나카 씨 집에서 저녁을 먹으면서 보았던 전등을 제외하고는 그런 전깃불은 처음이었다. 창문마다 불이 켜져 있었으며 사람들은 노란 백열등 아래 거리를 걷고 있었다. 멀리 있는 작은 물건조차 보일 정도였다. 또 다른 길로 접어들자, 다리 건너편에 서 있는 미나미자 극장이 눈에 들어왔다. 기와를 이은 지붕이 너무나 장대해서 나는 그곳이 궁전인 줄 알았다.

마침내 인력거는 목재 가옥들이 들어선 골목으로 내려갔다. 그 집들은 모두 나란히 늘어서 있어서 마치 대문이 하나로 연결된 것 같았다. 그 광경은 나로 하여금 다시 한 번 끔찍한 상실감을 느끼게 했다.

좁은 길을 분주하게 돌아다니고 있는 기모노 차림의 여자들이 보였다.

인력거가 어느 문 앞에 멈추자, 베쿠는 나더러 내리라고 했다. 그도 내 뒤를 따라 내렸는데, 그때 끔찍한 일이 벌어졌다. 사츠가 따라 내리려고 하자, 베쿠가 뒤를 돌아보면서 그 긴 팔로 사츠의 등을 밀어버린 것이다.

「넌 여기 있어. 넌 다른 데로 가게 될 거야.」

나와 사츠는 서로를 바라보았다. 우리가 서로의 감정을 완전히 이해할 수 있었던 적은 아마 그때가 처음이었을 것이다. 그러나 그건 단지 순간에 불과했으며, 그 뒤로 기억 나는 거라곤 내 눈에 눈물이 고여서 더 이상 앞이 보이지 않았다는 사실뿐이다.

베쿠가 등을 떼미는 순간, 여자들의 목소리와 소란한 소리가 들려왔다.

한쪽으로는 오래된 우물이, 그리고 다른 한쪽으로는 나무가 몇 그루 서 있는 좁은 입구에 난 서 있었다. 베쿠가 나를 안으로 잡아당기더니 위로 올라가도록 이끌었다. 계단 위에는, 내가 꿈꾸었던 그 어떤 것보다도 훨씬 아름다운 기모노를 입은, 말할 수 없이 아름다운 한 여자가 래커칠한 조리를 신고 서 있었다. 그 여자가 입고 있는 기모노는 파란 물빛 색으로 물살의 흐름을 나타내기 위해 아이보리색으로 소용돌이 무늬가 그려져 있었다. 은빛 숭어가 물살에서 튀어 올라 반짝거렸고, 물 표면은 연한 나뭇잎이 떨어지는 곳마다 금색으로 고리를 이루고 있었다. 그 기모노와 자수가 놓인 오비(기모노를 여미고 나서 허리에 두르는 넓은 허리띠)는 순

실크로 만들어진 것이 틀림없었다. 그녀의 얼굴은 마치 햇빛을 머금은 듯이 하였고 작은 은색 조각이 매달린 머리핀은 움직일 때마다 희미하게 반짝거렸다.

하추모모에 대한 내 첫인상은 그랬다. 당시 그녀는 기온에서 가장 이름난 게이샤 중 한 사람이었으나, 물론 나는 그런 사실은 알지 못했다. 하추모모는 몸집이 작은 여자였다. 머리를 올렸음에도 베쿠의 어깨를 넘지 못했다.

그녀의 외모에 너무 놀란 나머지 나는 예의를 잊고 그녀의 얼굴을 똑바로 쳐다보았다. 그녀도 나를 향해 웃었지만 친절한 태도는 아니었다.

「베쿠 씨, 이 쓰레기 좀 치워줄래요? 좀 지나가야 하거든요.」

입구에는 쓰레기가 없었다. 그것은 나를 가리켜 한 말이었다. 베쿠는 하추모모에게 충분히 지나갈 수 있다고 말했다.

「이 아이와 가까이 붙어 있는 게 아무렇지도 않은 모양이군요. 하지만 난 길거리에서 오물을 보면 다른 쪽 길로 가죠.」

키 큰 대나무 같은 여자가 하추모모가 서 있는 문 뒤로 나타났다. 나이가 꽤 들어 보였다.

「하추모모 상, 누가 너 같은 여자를 그냥 봐줄 수 있을지 모르겠다.」

나이 든 여자가 말했다. 하지만 하추모모는 베쿠에게 나를 다시 길 쪽으로 밀어내라는 제스처를 취했고, 베쿠는 그대로 했다.

한쪽 엉덩이가 툭 튀어나와 끔찍한 걸음걸이로 걷는 그 나이 든 여자는 벽에 붙은 작은 상자 쪽으로 다가갔다. 그곳에서 어부들이 칼을 갈 때 사용하는 네모난 돌과 함께 부싯돌처럼 보이는 돌멩이를 꺼내더니 하추모모 뒤에 서서 돌에다가 부싯돌을 내리쳤다. 그러자 하추모모의 등뒤로 작은 불꽃이 튀어 올랐다. 내겐 이해하기 힘든 일이었지만, 게이샤는 어부보다도 더 미신을 강하게 믿는 사람들이었다. 게이샤는 누군가가 행운을 빌어주며 등뒤에서 불꽃을 일으켜주기 전에는 밤에 절대로 외출하지 않는다.

하추모모는 아주 작은 보폭으로 걸어갔다. 마치 기모노 아랫부분이 펄럭거리면서 미끄러지는 것 같았다.

하추모모의 모습이 센주루에서 보았던 그 게이샤보다 더 멋있어 보였기 때문에, 난 하추모모가 게이샤일 거라고는 생각하지 못했다. 대신 그녀가 일종의 무대 연기자임에 틀림없다고 단정지었다. 마침내 베쿠가 입구에 서 있던 나이 든 여자에게 나를 넘겨주었다. 베쿠는 언니가 타고 있던 인력거로 다시 올라갔고 인력거꾼은 막대기를 들어올렸다. 눈물이 나서 입구에 주저앉은 나는 그들이 떠나는 모습을 전혀 보지 못했다.

한참 동안이나 슬프게 울도록 내버려둔 것으로 보아 그 나이 든 여자가 나를 측은히 여겼음에 틀림없었다. 집 안에서 하녀가 나와 그 나이 든 여자에게 뭐라고 말하려고 하자 조용히 하라고 시키는 소리까지 들렸다. 마침내 그 여자는 나를 일으켜 세우더니 순박한 회색 기모노 소매에서 손수건을 꺼내 내 얼굴을 닦아주었다.

「자, 자, 애야. 그렇게 걱정할 필요 없단다. 아무도 널 해치지 않아.」

그 여자는 베쿠와 하추모모처럼 이상한 억양으로 말했다. 우리 마을에서 쓰는 일본어와 너무 달랐기 때문에 난 그녀의 말을 이해하기가 힘들었다. 하지만 어쨌든, 그녀는 그날 하루종일 내게 말을 걸었던 사람 중에서 가장 친절했기 때문에 나는 하라는 대로 하기로 마음먹었다. 그녀는 자기를 아줌마라고 부르라고 했다. 그리고 나서 나를 내려다보더니 정색을 하고는 쉰 목소리로 말했다.

「세상에, 정말 굉장한 눈이네! 너, 참 예쁜 아이로구나! 어머니가 보시면 정말 놀라시겠는데.」

그 여자의 어머니가 누구든 간에 아주 늙었을 거라는 생각이 퍼뜩 들었다. 왜냐하면 뒤쪽으로 단단하게 틀어 맨 아줌마의 머리는 거의 반백에 가까웠고 검은 머리카락은 듬성듬성했기 때문이었다.

문 쪽으로 이끌려 가자, 뒷마당으로 향한 두 집 사이에 흙으로 된 복도가 있었다. 두 집 중 하나는 요로이도의 우리 집처럼 작은 집이었는데, 진흙으로 만든 마루에 방이 두 개 딸려 있었다. 나중에 알고 보니 하녀들이 거주하는 집이었다. 복도 다른 한쪽으로는 작고 우아한 집이 주춧돌을 딛고 우뚝 서 있었는데 마치 그 아래로 고양이가 기어다닐 것만 같았다.

그 집은 교토 지역의 전형적인 집이었다. 다나카 씨 집보다 대지가 좁은 그 집에 여덟 명이 살고 있었다. 아니, 내가 도착했으니까 아홉 명이었다.

그 작은 집의 특이한 배치를 살펴보다가 나는 본채의 우아한 모습을 발견하게 되었다. 나무로 지은 요로이도의 집들은 갈색보다는 회색 쪽에 가까웠고 소금기를 머금은 공기 때문에 홈이 파이곤 했다. 그러나 그곳의 나무로 된 마루와 기둥들은 전기 램프의 노란 불빛으로 빛을 냈다. 정면 복도로 나가는 문은 창호지를 바른 미닫이문으로 되어 있었으며, 곧장 위로 향하는 계단에도 그런 문이 달려 있었다. 그 문들 중 하나가 열려 있어서 불상 제단이 놓인 목재 진열장이 들여다보였다. 그 우아한 방은 가족을 위한 방이었다. 내가 알게 된 바에 의하면 하추모모는 가족이 아니었지만 그 방을 이용할 수 있었다. 마당으로 나가고 싶을 때면, 가족들은 하인들처럼 흙으로 된 복도로 내려가지 않고, 집의 측면을 따라 나 있는, 나무로 된 경사로를 이용했다. 심지어 화장실도 따로 있었다. 가족의 화장실을 위층에 있었고 하인들의 화장실은 아래층에 있었다.

복도에 서서 한참 동안 그곳이 어떤 종류의 집일까를 생각하는 동안 난 몹시 두려웠다. 부엌으로 사라진 아줌마는 목쉰 소리로 누군가와 이야기를 나누고 있었다. 마침내 어떤 여자아이가 나왔는데 나중에 알고 보니 나와 나이가 같았다. 그 여자아이가 들고 있던 나무 물통에는 물이 너무 많이 담겨 있어서 절반 정도가 바닥으로 넘쳐흘렀다. 그 여자애는 몸은 말랐으나 얼굴이 포동포동하고 거의 완벽한 원형이었기 때문에, 내게는 막대기에 꽂아놓은 멜론처럼 보였다.

물통을 지던 그녀는 너무 힘이 들었는지 혀를 입 밖으로 내밀었는데, 그 모습이 마치 호박 위쪽으로 빠져 나온 줄기 같았다. 나중에 알고 보니, 그건 그녀의 습관이었다. 된장국을 젓거나 밥을 그릇에 담을 때 아니면 옷의 매듭을 묶을 때 그런 식으로 혀를 내밀곤 했다.

얼굴이 포동포동한데다가 호박 줄기처럼 혀가 말려 나와 있어, 나는 며칠 지나지 않아 그녀에게 '호박'이라는 별명을 붙여주었다. 그렇게 해서 모두들 그녀를 '호박'이라고 부르게 되었고, 몇 년 후 그녀가 기온에서 게이샤가 되었을 때 손님들조차 그렇게 불렀다.

물통을 내 옆으로 내려놓은 호박은 혀를 집어넣고서는 귀 뒤로 머리 한

가닥을 쓸어 넘기면서 나를 쳐다보았다. 무슨 말이든 할 거라고 생각했으나, 호박은 마치 나를 물어뜯을 것인가 말 것인가 결정하느라고 고민하는 사람처럼 계속 노려보기만 했다. 그녀는 배가 고파 보였는데, 마침내 잠시 후 몸을 숙이면서 내게 속삭였다.

「도대체 넌 어디서 왔니?」

요로이도에서 왔다는 말은 소용없을 것 같았다. 왜냐하면 그녀의 억양 또한 다른 사람들처럼 낯설었기 때문에 그녀가 내 고향을 알 리 없다는 생각에서였다. 대신에 나는 방금 도착했다고 말해주었다.

「내 또래의 아이는 절대로 못 만나볼 거라고 생각했는데……, 근데 눈은 왜 그렇게 된 거야?」

그때 아줌마가 부엌에서 나오더니 '쉬잇' 하면서 호박을 쫓아버렸다. 아줌마는 물통과 걸레조각 같은 옷을 집어들고는 나를 마당으로 데리고 갔다. 뒷마당의 창고 쪽으로 난 돌계단에는 이끼가 아름답게 끼어 있었다. 그러나 한쪽의 작은 오두막에 화장실이 있었기 때문에 냄새가 지독하게 났다. 아줌마는 나더러 옷을 벗으라고 했다. 나는 아줌마가 안달 부인이 했던 짓을 되풀이할까봐 두려웠다. 그러나 아줌마는 그런 짓을 하는 대신 내 어깨 위로 물을 붓더니 천조각으로 내 몸을 문질렀다. 그러고 난 뒤 내게 옷을 한 벌 주었는데, 그 옷은 짙은 파란색의 단순한 무늬로 이루어진, 조잡하게 짠 목화옷이었다. 하지만 내가 그때까지 입었던 옷 중에서는 가장 아름다운 옷임에 틀림없었다. 조금 후, 늙은 요리사가 나이 지긋한 몇몇 하녀들과 함께 복도로 내려와서 나를 훔쳐보고 있었다. 아줌마는 앞으로 나를 실컷 볼 기회가 있을 거라면서 그들을 다시 돌려보냈다.

「얘야, 잘 들어라. 지금은 네 이름조차도 알고 싶지 않구나. 마지막으로 왔던 여자아이는 할머니와 어머니가 좋아하지 않으셔서 이곳에 한 달 동안만 있었단다. 난 너무 늙어서 새로운 이름을 기억할 수 없으니 할머니와 어머니가 널 받아들일 것인지 결정하실 때까지 기다려봐야겠다.」

우리 둘만 남게 되자 아줌마가 말했다.

「그 사람들이 나를 받아들이지 않으면 어떻게 되죠?」

「그 사람들이 널 받아들이는 것이 널 위해서는 좋을 게다.」

「여쭤봐도 된다면, 부인……, 여긴 뭐하는 곳이죠?」

「여긴 오키야란다. 게이샤들이 사는 곳이지. 너도 아주 열심히 일하면 게이샤가 될 수 있을 거야. 하지만 이제 조금 후면 할머니와 어머니가 너를 보러 내려오실 텐데, 내 말을 아주 잘 듣지 않으면 다음주가 될 때까지 대답을 못 얻을 게다. 그 두 사람은 널 직접 보고 판단하고 싶어하서. 할 수 있는 한 깊숙이 몸을 굽혀 절을 하고 눈은 쳐다보지 말아라. 우리가 할머니라고 부르는 그 나이 든 여자는 일생 동안 누구도 좋아해본 적이 없는 사람이니까, 그 사람 말에는 신경 쓰지 말아라. 할머니가 네게 질문을 하시더라도 넌 대답하면 안 돼, 절대로! 내가 대신 대답해줄 테니까. 네가 깊은 인상을 주어야 할 사람은 어머니야. 어머니는 나쁜 사람은 아니지만 단지 한 가지만 마음에 두신단다.」

그 한 가지가 무엇인지 알아낼 겨를도 없이, 정면 입구 홀 쪽에서 삐걱거리는 소리가 들리더니 조금 후에 두 여자가 복도로 내려왔다.

나는 감히 그들을 쳐다보지 않았다. 그러나 곁눈으로 흘깃 보았을 때, 마치 강을 따라 떠도는 사랑스런 실크 두 다발 같은 것이 눈에 들어왔다. 잠시 후 그들은 복도에서 서성거리다가 내 앞에 와서 앉더니 무릎께의 기모노 매무새를 만졌다.

「우메코 상, 할머니 드릴 차 좀 가져와.」

아줌마가 요리사를 불렀다.

「난 차 마시고 싶지 않다.」

앙앙거리는 말소리가 들려왔다.

「자, 할머니, 꼭 마실 필요는 없어요. 아줌마는 할머니가 편안하신지 확인하려고 할 뿐이에요.」

신경질적인 목소리가 들렸는데, 어머니의 목소리 같았다.

「뼈가 이래 가지고는 편할 리가 없지.」

노파가 투덜거렸다. 할머니가 뭔가 더 말하려고 숨을 가다듬는 소리가 들렸지만, 아줌마가 말을 끊어버렸다.

「어머니, 새로 온 아이예요.」

아줌마는 말하면서 나를 조금 밀었는데, 절을 하라는 신호 같았다. 나는 무릎을 꿇어 아주 나지막하게 절을 올렸는데, 토방 아래에서 곰팡내가 났다. 절을 하고 나니 어머니의 목소리가 다시 들렸다.

「일어나서 이리 가까이 오너라. 널 좀 가까이 보고 싶구나.」

가까이 가면 뭐라고 좀더 말할 거라고 생각했지만, 어머니는 아무 말 없이 오비에서 대나무로 만든 기다란 파이프와 금속 주발을 꺼냈다. 그녀는 파이프를 옆에다 내려놓고, 소매 주머니에서 졸라매는 끈이 달린 실크 지갑을 꺼내더니 그 안에서 담배를 한 움큼 꺼냈다. 그러고는 굽다가 타버린 고구마처럼 얼룩덜룩한 손가락으로 담배를 파이프에 담아 입에 물더니 작은 금속 상자에서 성냥을 꺼내 불을 붙였다.

늙은 할머니가 옆에서 한숨을 쉬고 있는 동안, 어머니는 담배를 피우며 처음으로 나를 자세히 들여다보았다. 난 어머니를 똑바로 쳐다볼 수 없었으나, 어머니의 얼굴에서 스며 나오는 연기가 마치 땅바닥에서 피어오르는 아지랑이 같다는 인상을 받았다.

어머니에 대한 호기심이 너무 강렬했던 나머지 나는 그녀에게서 눈을 떼지 못하고 시선을 고정시켰다. 쳐다보면 쳐다볼수록 점점 더 매료당했다. 그녀는 초록과 오렌지빛 잎이 달린 버드나무 가지가 그려진 노란색 기모노를 입고 있었다. 거미줄같이 섬세한 실크로 만든 옷이었다. 오비도 어느 모로 보나 내겐 놀라울 따름이었다.

어머니의 옷을 쳐다보면 쳐다볼수록 나는 점점 나 자신이 흙으로 된 복도에 서 있다는 사실과 언니가 어떻게 되었으며 그리고 나는 어떻게 될 것인가 하는 문제에 대해 잊어버리게 되었다.

그러고 난 뒤 나는 충격을 받았다. 그 우아한 기모노 옷깃 위에 얹혀진 얼굴이 옷과 너무나 어울리지 않아서였는데, 그건 마치 고운 고양이 털 위에 불독 머리를 얹어놓은 형상이었다.

어머니는 내 예상과 달리 아줌마보다 훨씬 나이가 어렸음에도 불구하고 소름끼치는 외모를 하고 있었다. 나중에 알게 된 바에 의하면 어머니는 사실 아줌마의 동생이었다. 오키야의 모든 사람들이 그렇게 부르듯이 그들도 서로를 '어머니'와 '아줌마'라고 불렀다. 그러나 실제로는 나와 사촌같이 진짜 자매지간은 아니었다. 같은 가족으로 태어난 게 아니라, 할머니가 두 사람을 입양했던 것이다.

　여러 가지 생각에 파묻혀 어리둥절한 채 그곳에 서 있던 나는 결국 아줌마가 하지 말라고 했던 짓을 저지르고 말았다. 어머니의 눈을 똑바로 쳐다본 것이다. 내가 쳐다보자 어머니는 입에서 파이프를 꺼냈는데, 그러자 턱이 덧문처럼 딱 벌어졌다.

　어떻게 해서든지 다시 눈을 내리깔아야 한다는 사실을 알고 있었음에도 불구하고, 어머니의 추한 모습에 너무나 충격을 받은 나머지 눈길을 옮기지 못했다. 그녀의 눈은 소름끼치는 노란 광채를 띠고 있었기 때문에, 누군가가 막 소변을 본 화장실을 연상시켰다. 차고 습한 눈꺼풀로 둘러싸인 어머니의 눈에는 탁한 물기가 고여 있었고 눈 주위의 살갗도 축 처져 있었다.

　나는 아직도 벌어져 있는 어머니의 입 주위로 시선을 내렸다. 어머니 안색은 여러 가지로 뒤섞여 있었다. 눈썹 주변은 고깃덩어리처럼 붉었고 잇몸과 혀는 회색이었다. 거기에다 어머니의 모습을 더욱더 끔찍하게 만든 것은 아랫니 하나하나가 피 묻은 잇몸에 박혀 있는 것처럼 보인다는 사실이었다. 그게 오랜 다이어트로 인한 일종의 결핍 때문이란 걸 나중에야 알게 되었다. 그러나 쳐다보면 쳐다볼수록 잎이 떨어지기 시작한 나무 같다는 느낌을 떨쳐버릴 수가 없었다. 전체적인 인상에 충격을 받은 나는 한 걸음 뒤로 물러서던가 아니면 숨을 헐떡거리던가 해서 내 감정을 어떤 식으로든 나타내야 한다는 생각이 들었다. 그때 어머니가 신경질적인 목소리로 말했다.

　「뭘 쳐다보고 있는 게냐!」

　「정말 죄송합니다, 어머니. 어머니의 기모노를 보고 있었습니다. 그런 기모노는 한번도 본 적이 없어서요.」

　그건 옳은 대답이었음에 틀림없었다. 만약 옳은 대답이 있다면 말이다. 왜냐하면 어머니가 약간 웃음소리를 냈기 때문인데 그 웃음소리는 기침소리처럼 들리기도 했다.

　「그래 마음에 드느냐? 이게 얼마짜리인지 아니?」

　그녀는 말하면서 기침인지 웃음인지 계속 토해냈는데, 도무지 구분할 수가 없었다.

「아뇨, 어머니.」

「네가 생각하는 것보다 훨씬 비싸지, 확실히.」

그때 하녀가 차를 갖고 들어왔다. 차를 접대하는 동안 나는 할머니를 몰래 처다볼 수 있는 기회를 포착했다. 어머니는 손가락이 땅딸막하고 목에 살이 쪄서 약간 통통한 반면에 할머니는 늙고 주름이 많았다. 할머니는 우리 아버지 정도 나이가 들어 보였으나, 평생 속을 끓인 탓인지 천박한 느낌이 들었다. 그녀의 회색 머리칼 사이로 머리 가죽이 보였다. 머리 가죽조차도 천박하게 보인 이유는 살갗이 변색되어 생긴 얼룩 때문이었다. 할머니는 딱히 인상을 찌푸리는 것도 아니었는데, 가만있는 상태에서도 입은 찌푸린 모양을 하고 있었다.

할머니는 말하기 전, 준비 자세로 깊은숨을 들이쉬었다. 그러고 나서 다시 한 번 숨을 들이쉬면서 중얼거렸다.

「차 안 마시겠다고 얘기하지 않았더냐?」

그러고 나서 할머니는 한숨을 쉬며 고개를 흔들더니 내게 말했다.

「애야, 넌 몇 살이냐?」

「그 애는 원숭이띠예요.」

아줌마가 대신 대답해주었다.

「저 멍청한 요리사가 원숭이띠지.」

「아홉 살이에요. 아줌마, 저 애가 어떤 것 같아?」

어머니가 할머니에게 대답해주고는 아줌마에게 물었다.

아줌마는 내 앞을 한 바퀴 빙 돌더니 내 얼굴을 처다보기 위해 고개를 뒤로 젖혔다.

「이 애는 팔자에 물이 상당히 많아요.」

「아름다운 눈이야. 저 애 눈을 보셨어요, 할머니?」

「내겐 바보처럼 보이는데. 어쨌든 이제 우리에겐 원숭이띠는 필요 없어.」

「할머니 말씀이 옳아요. 아마 당신이 보신 그대로일지도 몰라요. 하지만 저 애는 아주 똑똑하고 입양할 만한 아이 같아요. 저 애의 귀를 보면 알 수 있으실 거예요.」

아줌마가 옆에서 거들었다.

「팔자에 그렇게 물이 많다면, 아마 불이 나기 전에 냄새를 맡을 수 있을지도 몰라요. 그럼 좋지 않겠어요, 할머니? 그럼 기모노가 잔뜩 들어 있는 창고에 불이 날 걱정을 할 필요도 없겠죠.」

나중에 알고 보니, 할머니는 불을 굉장히 무서워했다.

「하여튼 저 애는 예쁘잖아요, 안 그래요?」

「기온에는 예쁜 애들이 너무 많아. 우리가 필요한 애는 총명한 아이이지 예쁜 애가 아니야. 저 하추모모도 예쁘기는 하지만 얼마나 멍청한지 좀 보렴!」

그렇게 말한 다음, 할머니는 아줌마의 도움을 받아 다시 복도로 걸어나갔다. 한쪽 엉덩이가 다른 쪽보다 더 튀어나왔기 때문에 아줌마의 걸음걸이는 서툴렀지만, 두 여자 모두 힘들게 걷기는 마찬가지였다. 그리고 나서 곧 현관 정문이 열리고 다시 닫히는 소리가 나더니 아줌마가 돌아왔다.

「애야, 머리에 이가 있니?」

어머니가 내게 물었다.

「없어요.」

「넌 좀더 공손하게 말하는 법을 배워야겠구나. 아줌마, 애 머리 좀 다듬어줘야겠어. 그래야 안심이 되니까.」

아줌마는 하인더러 가위를 가지고 오라고 시켰다.

「애야, 여긴 교토란다. 넌 어떻게 처신해야 하는지 배워야 해. 안 그러면 매맞을 줄 알아라. 여기서는 할머니가 매질을 하게 될 텐데, 그럼 너도 후회하게 될 거야. 너한테 하고 싶은 충고는 바로 이거야. 아주 열심히 일해야 하고 허락 없이 절대 오키야를 떠나서는 안 돼. 시키는 대로 하고 너무 말썽 부리지 마. 앞으로 두세 달 후면 게이샤 교육을 받게 될 거야. 하녀로 만들려고 널 여기 데려온 게 아니야. 하녀처럼 군다면 쫓아버리겠어.」

말을 마친 어머니는 담배 연기를 혹 내뿜으면서 계속 나를 응시하고 있었다. 어머니가 특별히 무슨 지시를 내릴 때까지는 감히 움직일 수도 없었다.

　사추 언니도 이 끔찍한 도시 어딘가 다른 집에서, 또 다른 사악한 여자 앞에 이렇게 서 있는 건 아닐까 하는 생각에 빠져들었다. 그리고 마음속에 갑작스런 영상이 하나 떠올랐는데, 병든 우리 엄마가 침상에 한쪽 팔꿈치를 올려놓고 기댄 채 우리가 어디로 가버렸는지 둘러보는 모습이었다. 나는 오키야의 어머니에게 우는 모습을 보이기 싫었지만, 눈물을 감추려고 하기도 전에 눈물이 가득 고여버렸다. 흐릿해진 시선 때문에 어머니의 노란 기모노가 점점 더 부드럽게 보이더니 마침내는 반짝거리는 것 같았다. 어머니는 담배 연기를 훅 내불더니 내 시야에서 완전히 사라져버렸다.

4

 그 낯선 집에서 처음 며칠은, 한마디로 팔다리를 잃었다 해도 집과 가족을 잃은 것보다는 나을 것 같은 그런 생활이었다. 혼동과 비참함뿐인데다, 다시 사추를 만날 수 있을지에 대해서는 회의만 생길 뿐이었다. 내게는 엄마도 아버지도 없었으며, 심지어 내가 늘 입고 다녔던 옷도 없었다. 그러나 1,2주가 지나면서, 난 살아남았다는 사실에 놀라곤 했다. 부엌에서 밥그릇을 닦고 있던 그 순간을 나는 아직도 기억하고 있다. 그때 갑자기 혼란스러워진 나는 하던 일을 멈추고 잠시 내 손을 바라본 적이 있었다. 그릇을 닦고 있는 사람이 실제로 나라는 사실을 이해하기 어려웠던 것이다.
 어머니는 내가 열심히 일하고 행동도 바르게 하면 몇 달 내로 교육을 받을 수 있다고 했다. 호박에게 들은 바에 의하면, 교육을 시작한다는 말은 기온의 다른 지역에 있는 학교에 가서 음악이나 무용, 그리고 다도(茶道) 같은 수업을 받는다는 의미였다. 게이샤가 되고자 공부하는 모든 여자아이들은 모두 그 학교에서 수업을 받았다.
 그 학교에 들어가게 되면 사추를 만날 수 있으리라는 확신이 들었다. 그래서 첫 주가 끝나갈 무렵, 어머니가 하루빨리 그 학교에 보내주었으면 하는 희망 아래, 나는 고삐에 매달린 소처럼 순종해야겠다는 결심을 했다.
 내가 맡은 허드렛일은 대부분 수월했다. 아침에는 침상을 개켜 넣고 방을 청소한 뒤, 흙으로 된 복도를 쓸면 되었다. 가끔은 옴에 바를 연고를 사러 약국에 심부름을 가거나 아니면 아줌마가 좋아하는 쌀과자를 사러 시죠 거리에 있는 가게에 갈 때도 있었다. 다행스럽게도 가장 하기 싫은 일들, 예를 들어 화장실 청소 등은 나이 든 하녀의 몫이었다.

그러나 성의껏 열심히 일했음에도 불구하고, 내가 바라던 좋은 인상은 결코 심어주지 못했다. 매일 내가 해내야 했던 허드렛일은 끝이 없을 정도로 많았으며, 게다가 문제는 할머니에 의해 더 나빠지기만 했다. 할머니를 돌보는 일은 사실 내 몫이 아니었다. 아줌마가 내게 하라고 시킨 적이 없었으니까. 그러나 할머니가 나를 부를 때면, 그 소리를 못 들은 척할 수가 없었는데, 그건 할머니가 그 오키야에서 가장 연장자였기 때문이었다. 하루는 내가 어머니에게 차를 갖다드리려고 위층으로 가는데, 할머니가 부르는 소리가 들려왔다.

「그 애 어디 있니? 그 애를 이리 좀 보내!」

나는 어머니의 쟁반을 내려놓고는 할머니가 점심을 들고 있는 방으로 급히 들어갔다.

「넌 이 방이 너무 더운 것도 몰랐니? 이 방에 들어와서 창문을 열었어야지.」

내가 할머니에게 무릎을 꿇고 절을 하고 나자, 그렇게 말씀하셨다.

「죄송합니다, 할머니. 할머니께서 더우신지 몰랐습니다.」

「내가 더워 보이지 않느냐?」

밥을 먹고 있던 할머니의 아랫입술에는 밥알 몇 개가 붙어 있었다. 더워 보이기보다는 야비해 보였지만, 난 곧장 창문으로 가서 문을 열었다. 창문을 열자마자 파리 한 마리가 들어와 밥상 둘레에서 윙윙거렸다.

「무슨 일이냐? 다른 하녀들이 창문을 열 때에는 파리가 안으로 들어오지 않았는데!」

할머니가 젓가락으로 파리를 쫓아내면서 말했다. 나는 사죄를 하고는 파리채를 가져오겠다고 말했다.

「그래서 파리를 내 음식에다 떨어뜨리겠다고? 아, 그건 안 되지! 내가 밥을 먹는 동안 여기 서서 파리를 내쫓아주렴.」

그래서 나는 할머니가 식사를 하는 동안 그곳에 서서, 그 유명한 가부키

(歌舞伎, 일본 고유의 전통 연극) 배우 이치무라 우재몬 14세에 대해 할머니가 하는 얘기를 듣고 있어야 했다. 달이 비치는 어느 파티에서 그 가부키 배우는 열네 살 소녀였던 할머니의 손을 잡았다는 얘기였다.

이야기가 끝나고, 가도 된다는 허락을 받았지만 어머니의 차가 너무 차가워져서 갖다드릴 수가 없게 되었다. 요리사와 어머니 모두 내게 화가 나 있었다.

사실 할머니는 혼자 있는 걸 싫어했다. 화장실을 갈 때에도 아줌마를 문밖에다 세워놓고는, 균형을 잡기 위해 아줌마의 손을 붙잡으며 쪼그리고 앉는 자세를 취했다. 냄새가 하도 지독해서, 가련한 아줌마는 될 수 있는 대로 고개를 멀리 돌리기 위해 애쓰느라 목이 부러질 지경이었다. 난 그 정도의 힘든 일은 하지 않았으나, 할머니는 가끔 나를 불러 조그마한 귀이개로 귀를 청소하는 동안 마사지를 하게 했다. 그러나 할머니를 마사지하는 일은 일반적으로 생각하는 마사지보다 훨씬 더 끔찍한 일이었다. 할머니가 어깨에서 옷을 벗어 내리는 모습을 처음 보았을 때 난 구역질을 할 뻔했다. 왜냐하면 할머니의 어깨와 목 근처 피부가 요리하기 전의 닭처럼 울퉁불퉁하고 누렇기 때문이었다. 나중에 안 사실이지만, 그건 할머니가 게이샤 시절, '중국 점토'로 만든 일종의 미백 화장품을 사용한 탓이었다. 중국 점토에 독성이 있기도 했지만 무엇보다 할머니의 지저분한 성격에도 문제가 있었다. 할머니는 젊었을 때 교토 북쪽의 온천에 자주 갔는데, 화장품이 물 속에서 화학 제품과 섞이면서 착색 현상을 일으켜 피부를 망쳐버렸던 것이다.

그런 문제로 고생했던 사람이 비단 할머니만은 아니었다. 제2차 세계대전이 발발하고 몇 년이 지난 후에도 기온의 거리에는 축 처진 누런 목으로 돌아다니는 늙은 여자들이 눈에 많이 띄었다.

오키야에서 지낸 지 3주 정도 지난 어느 날, 나는 평상시보다 훨씬 늦은 시간에 하추모모의 방을 정돈하기 위해 위층으로 올라갔다. 하추모모가 너무 바쁜 생활을 했기 때문에 서로 부딪치는 일은 거의 없었지만 그래도 나는 두려웠다. 혼자 있는 나를 보면 하추모모가 어떻게 굴까 걱정이 되었던 나는, 그녀가 무용수업을 받으러 오키야를 떠나고 난 후에야 방을 청소하곤 했다. 그런데 재수 없게도 그날 아침에는 할머니가 거의 정오까지 나를 붙들어 일을 시켰다.

하추모모의 방은 오키야에서 가장 큰 방으로, 마루만 해도 우리 비틀거리는 집을 다 합친 것보다 더 넓었다. 그 방이 왜 다른 사람의 방보다 그렇게 더 큰지 이유를 모르고 있다가 나이 지긋한 하녀가 해준 얘기를 듣고서야 알게 되었다. 그때만 해도 오키야에 게이샤가 하추모모 하나뿐이었지만 예전에는 서너 명의 게이샤들이 있어서 모두 그 방에서 같이 잠을 잤다는 얘기였다.

하추모모 혼자서 쓰는데도, 그 방은 마치 네 사람 정도가 어질러놓은 방처럼 지저분했다. 평상시처럼 잡지들이 어수선하게 널려 있었고, 브러시와 파우더들은 작은 화장대 옆 다다미 위에 그리고 테이블 밑에는 빈 위스키 병과 먹다 남은 사과가 굴러다니고 있었다. 창문은 열려 있었고, 전날 밤 입었던 기모노를 걸어놓은 나무 옷걸이는 쓰러져 있었다. 오키야에서 옷을 관리하는 일을 맡은 아줌마가 다른 때 같았으면 기모노를 가지고 왔을 텐데 그날은 무슨 일인지 아직 오지 않았다. 내가 그 옷걸이를 다시 똑바로 세우고 있을 때, 문이 갑자기 열리더니 하추모모가 들어왔다.

「오, 너로구나? 난 또 작은 쥐새끼나 뭐 그런 소리인 줄 알았지. 내 방을 정돈하고 있는 중이었구나! 내 화장품 바구니를 정리하는 사람은 너밖에 없는 모양이지? 너, 왜 자꾸 거기에 손대는 거야?」

「아가씨, 정말 죄송합니다. 밑에 묻은 먼지를 털려고 옮겼을 뿐이에요.」

「하지만 네가 만지면, 화장품에서 네 냄새가 풍기잖아. 그러면 남자들이 이렇게 말하겠지. '하추모모 상, 왜 당신한테서 어촌에서 온 무식한 여자애 냄새가 나는 거지?' 너도 무슨 말인지 알아들었을 것 같긴 하지만 확실하게 해두기 위해 그 말을 다시 한 번 반복해보렴. 네가 내 화장품에 손대는 걸 내가 싫어하는 이유가 뭐라고?」

나는 정말 싫었지만 꾹 참고서 대답했다.

「내 냄새가 풍기기 때문입니다.」

「아주 좋아! 그러면 남자들이 뭐라고 말하지?」

「'하추모모 상, 왜 당신한테서 어촌에서 온 여자애 냄새가 나는 거지?'라고 말할 겁니다.」

「흠, 네 말투가 별로 마음에 들지 않는데. 하지만 그건 그렇다고 치자. 어촌에서 온 너희한테서는 왜 그렇게 고약한 냄새가 나는지 모르겠어. 언젠가 그 못생긴 네 언니가 널 만나러 여기 왔었는데 악취가 거의 너만큼이나 심하더구나.」

나는 그때까지만 해도 눈을 바닥에다 내리깔고 있었다. 그러나 그 말을 듣는 순간 하추모모의 말이 사실인지 아닌지 확인하기 위해 고개를 들었다.

「아주 놀란 것 같구나! 네 언니가 여기 왔었다고 내가 말 안 했니? 네 언니는 자기가 사는 곳을 네게 좀 전해달라고 하더구나. 네가 찾아오기를 바라고 있는지도 모르지. 그럼 둘이서 함께 도망칠 수 있을 테니까 말이야.」

「하추모모 상…….」

「네 언니가 어디 있는지 말해줬으면 좋겠니? 글쎄, 너도 언젠가는 알게 되겠지. 언제 말해줄지 결정해서 알려주마. 지금은 썩 나가.」

감히 그녀의 말을 거스를 생각은 없었으나, 그녀를 설득할 수 있을지도 모른다는 생각이 들어 방을 나가려다가 다시 걸음을 멈추었다.

「하추모모 상, 아가씨가 저를 좋아하지 않는다는 거 알아요. 언니가 어디 있는지 말씀해주신다면, 다시는 아가씨를 성가시게 하지 않겠다고 약속할게요.」

그 말을 듣고 아주 즐거워진 하추모모는 행복으로 빛나는 얼굴을 하고서 내 쪽으로 걸어왔다. 솔직히 말해 나는 그녀보다 더 아름다운 여자를 본 적이 없었다. 길거리에서 남자들은 종종 발길을 멈추고는 입에서 담배를 꺼내 들고 그녀에게 눈길을 주곤 했다. 나는 그녀가 내 귓가에 뭔가 속삭이려고 다가오는 줄 알았다. 그러나 그녀는 잠시 웃으면서 나를 바라보더니 손을 치켜들어 나를 찰싹 때렸다.

「내 방에서 썩 나가라고 했잖아?」

너무 놀란 나머지 나는 무슨 일인지도 몰랐다. 그러나 내가 마룻바닥에 주저앉아 손으로 얼굴을 감싸고 있던 것으로 보아, 맞고 난 뒤 비틀거리며 넘어졌던 것 같았다. 바로 그 순간, 어머니가 방문을 열었다.

「하추모모, 치요에게 무슨 짓을 한 거니?」

어머니는 소리를 지르며 다가오더니 나를 일으켜주었다.

「어머니, 저 애는 도망칠 궁리를 하고 있었어요. 그래서 어머니를 위해 내가 대신 저 애를 때려주는 것이 좋겠다고 생각했어요. 어머니는 너무 바쁘셔서 손수 그럴 시간이 없으실 것 같아서요.」

어머니는 하녀를 불러 싱싱한 생강 몇 조각을 가져오라고 시키더니, 나를 자신의 방으로 데려가 테이블에 앉히고는 전화 통화를 계속했다. 어머니가 그 뭉뚝한 손가락으로 수화기를 너무나 세게 잡고 있었기 때문에 물이 뚝뚝 떨어질 것 같은 느낌이 들었다.

「미안해요. 하추모모가 또 하녀들을 때리고 다녀요.」

어머니는 신경질적인 목소리로 전화에 대고 말했다.

오키야에서 보냈던 처음 몇 주 동안, 나는 어머니에 대해 알 수 없는 애정을 느끼게 되었다. 그 애정이란 마치 아가리에서 낚싯바늘을 떼어준 어부에게 물고기가 느꼈을지도 모를 그런 감정이었다.

어머니는 언제나 테이블에 그렇게 앉아서는, 서가에서 회계장부를 꺼내 앞에다 펼쳐놓고 한 손으로 크림색 주판알을 튕기고 있었다. 회계장부를 정리한다는 것만 다를 뿐, 어머니는 하추모모보다 더 지저분하게 방을 썼다. 파이프를 테이블에다 내려놓으면 담뱃재와 찌꺼기가 함께 떨어지는데도 어머니는 항상 그렇게 했다. 다른 사람이 자신의 침상을 만지거나 시트를 바꾸는 것을 좋아하지 않기 때문에, 어머니 방에서는 더러운 냄새가 났다. 창문의 창호지에도 담배 연기로 인해 얼룩이 심하게 나 있었다. 그래서 방 안에는 암울한 빛이 드리우고 있었다.

어머니가 전화 통화를 하는 동안에, 나이 지긋한 하녀가 방금 자른 생강 조각을 몇 개 가지고 들어왔는데, 그건 하추모모가 때려 생긴 자국에 붙이기 위해서였다. 문을 여닫는 소리에 어머니가 기르는 강아지, 타쿠가 잠에서 깼다. 그 타쿠는 찌그러진 얼굴을 한, 성질 나쁜 개였다. 그 개는 살면서 단지 세 가지만 소일거리로 삼았다. 짖고, 으르렁거리고, 자기를 쓰다듬어주려는 사람을 무는 일 말이다.

하녀가 다시 나가자, 타쿠가 내 옆으로 와서 몸을 뉘었다. 그것은 사소한 술책 중 하나였다. 내가 실수로 자기를 밟을 만한 위치에 누워 있다가 내가 밟기라도 하면 금세 물어버리기 위해.

어머니와 타쿠 사이에 앉은 나는 미닫이문에 끼인 생쥐 같은 기분이었다. 드디어 전화를 끊은 어머니가 누런 눈으로 나를 쳐다보았다.

「자, 잘 들어라, 애야. 하추모모가 하는 거짓말을 너도 들었을 게다. 그애는 용케 빠져나갔지만, 그렇다고 너도 빠져나갈 수 있는 건 아니다. 내가 알고 싶은 건 그 애가 왜 널 때렸냐 하는 거야.」

「저더러 방에서 나가라고 했어요, 어머니. 정말 죄송합니다.」

어머니는 나로 하여금 그 말을 다시 적절한 교토의 악센트를 사용해 발음하도록 했는데, 내겐 힘든 일이었다. 마침내 충분히 만족시킬 정도로 정확히 말하고 나자, 어머니가 말했다.

「내가 보기에 너는 오키야에서 네 일이 무엇인지 아직 이해하지 못하는 것 같구나. 우리 모두는 오직 한 가지만 생각하고 있단다. 어떻게 하면 하추모모가 게이샤로 성공할 수 있도록 돕느냐 하는 것이지. 그건 할머니도 마찬가지야. 네게는 할머니가 쓸모 없는 노인네로밖에 안 보이겠지만, 할머니는 정말 하루종일 하추모모에게 도움이 될 만한 일을 생각하면서 지내신단다.」

나는 어머니가 무슨 말을 하고 있는지 조금도 이해하지 못했다. 사실을 말하자면, 할머니가 어떤 식으로든 누구에게 도움이 된다는 어머니의 그 말을 믿을 사람은 하나도 없다는 생각이 들었다.

「할머니처럼 나이 드신 분이 하추모모의 일을 더 수월하게 하기 위해 하루종일 열심히 일하고 계신다면, 너는 얼마나 더 열심히 일해야 하는지 짐작할 수 있을 게다.」

「네, 어머니. 계속 열심히 일하도록 하겠습니다.」

「다시 하추모모를 화나게 했다는 말이 안 들렸으면 좋겠다. 다른 아이들은 하추모모 눈에 띄지 않도록 조심하고 있어. 너도 그렇게 하면 돼.」

「네, 어머니. 그런데 저……, 가보기 전에 뭐 하나 여쭤봐도 될까요? 우리 언니가 어디 있는지 아니면 누가 알고 있는지 궁금해요. 언니에게 쪽지를 하나 보내고 싶거든요.」

어머니는 얼굴에 비해 지나치게 커다랗고 특이한 입을 갖고 있었는데, 보통은 늘 입을 벌리고 있었다. 그러나 그때 어머니의 얼굴은 내가 전에는 한번도 본 적이 없는 모습으로, 이를 꽉 물고 있었다.

「도대체 내가 왜 너한테 그런 말을 해야 하지?」

어머니는 몇 번 더 쿨룩거리며 웃더니, 그만 방에서 나가보라는 손짓을 해 보였다.

밖으로 나오자, 허드렛일을 시키려고 아줌마가 기다리고 있었다. 아줌마는 내게 양동이를 들려주면서 지붕으로 나 있는 덧문에 사다리를 걸쳐 놓고 나를 그곳으로 올려 보냈다. 그곳 버팀목에는 빗물을 받기 위한 물통이 놓여 있었다. 빗물이 넘치면 아래로 내려와 어머니 방 근처에 있는 이층 작은 화장실에다 물을 채웠다. 그 당시에는 부엌에조차 수도관이 없었다. 조금 후 날씨가 개이고 화장실은 악취를 풍기기 시작했다. 내가 물통에다 물을 쏟아 부으면, 아줌마는 그 물로 몇 번이고 화장실을 씻어냈다.

한낮의 햇볕 아래 기와는 마치 뜨거운 냄비 같았다. 양동이의 물을 비우는 동안 나는 늘 수영을 하던 우리 마을의 호수를 생각했다. 단지 몇 주 전까지만 해도 그 호수에서 지냈는데…… 그러나 오키야의 지붕 위에서는 그 모든 기억이 너무나 멀기만 했다. 아줌마는 나더러 내려오기 전에 기와 사이에 있는 잡초를 뽑아 오라고 시켰다. 나는 도시를 휘감고 있는 몽롱한 열기와 감옥의 벽처럼 우리를 둘러싸고 있는 언덕을 내려다보았다. 그 집들 중 어딘가에서 언니도 나처럼 허드렛일을 하고 있을지 모를 일이었다. 언니 생각을 하다가 나는 실수로 물통을 밀쳐버렸고, 그래서 물이 쏟아져 거리 쪽으로 흘러 넘쳤다.

오키야에 온 지 한 달 정도 됐을 때, 어머니는 내가 학교를 다닐 시기가 되었다고 말했다. 그 다음날 아침 나는 호박과 함께 선생님들에게 인사를 하러 가기로 했다. 그러고 나면 한번도 들어본 적이 없는 '등록소'라는 곳으로 하추모모가 나를 데려가고, 그 다음 늦은 오후에는 하추모모가 화장을 하고 기모노를 입는 모습을 관찰하기로 했다. 교육을 시작하는 젊은 여자아이라면 교육 첫날 가장 연장자인 게이샤가 하는 행동을 이런 식으로 지켜보는 게 오키야의 전통이었다.

다음날 아침이면 나를 학교로 데려가야 한다는 말을 들은 호박은 신경이 몹시 날카로워졌다.

「일어나자마자 떠날 준비가 되어 있어야 해. 만약 지각이라도 하게 되는 날이면, 차라리 하수구에 빠지는 편이 나을걸…….」

매일 아침, 나는 일찍 잠을 깬 호박이 눈곱이 붙은 상태에서 오키야를 휘젓고 다니는 모습을 보았다. 사실 호박은 수업에 뛰어난 편은 아니었다. 그녀는 나보다 6개월 정도 먼저 오키야에 왔지만, 학교에 다니기 시작한 지는 내가 오고 나서 2주 정도 지났을 때였다. 보통 정오경이면 집으로 돌아오는 그녀는 곧장 하녀들 방으로 숨어들었기 때문에, 아무도 낙담한 그녀의 모습을 보지 못했다.

그 다음날 아침, 평상시보다 더 일찍 일어난 나는 학생들이 입는 푸른색과 흰색으로 된 옷을 난생 처음 입어보았다. 그 옷은 어린애다운 디자인의, 안을 대지 않은 목화옷이었다. 그때의 내 모습은 분명히 목욕하러 가는 여관 투숙객처럼 보였을 것이다. 그러나 나는 그보다 더 훌륭한 옷을 내 몸에 걸쳐본 적이 없었다.

호박이 걱정스런 얼굴로 입구에서 나를 기다리고 있었다. 내가 신발에다 발을 집어넣으려는 순간 할머니가 방에서 부르는 소리가 들렸다.

「안 돼! 나 또 지각할 거야. 그냥 못 들은 척하고 가자!」

호박이 작은 소리로 말했다. 그렇게 말하는 호박의 얼굴은 녹아 내린 밀랍처럼 축 처졌다.

나도 호박 말처럼 하고 싶었지만, 할머니는 이미 복도에 나와 현관 홀을 가로질러 나를 쳐다보고 있었다. 할머니는 15분 정도 지나서 나를 놓아주었지만, 그때까지 호박의 눈에는 눈물이 흐르고 있었다. 마침내 출발할 수 있게 되자, 호박은 내가 따라갈 수 없을 정도로 빨리 걷기 시작했다.

「저 늙은 할망구는 정말 잔인해! 저 할망구 목을 문지르고 나면 소금물에다 꼭 손을 씻도록 해.」

「왜 그래야 해?」

「우리 엄마가 늘 그랬어. 악은 접촉을 통해 세상에 퍼진다고. 나도 그 말이 맞다고 생각해. 왜냐하면 어느 날 아침 엄마는 지나가던 악마와 스치는 바람에 죽었거든. 너도 네 손을 깨끗하게 하지 않으면, 할머니처럼 쪼그라든 늙은 장아찌가 되어버릴 거야.」

호박과 내 나이가 같고 인생의 특이한 입장이 같다는 점을 생각할 때, 우리 두 사람은 기회가 생길 때마다 자주 이야기를 나누어야 했지만 해야 할 허드렛일이 너무 많아서 식사시간에도 만나는 일이 별로 없었다. 오키야에서는 호박이 나보다 연장자였기 때문에 호박이 먼저 식사를 했던 것이다.

「호박아. 너, 교토에서 태어났니? 억양을 들어보면 그런 것 같은데.」

「난 삿포로에서 태어났어. 하지만 다섯 살 때 엄마가 돌아가시고 나자 아빠가 삼촌과 살라고 나를 교토로 보냈어. 작년에 삼촌이 직장을 잃고 나서 이곳으로 보내졌지.」

「왜 다시 삿포로로 도망가지 않니?」

「아빠가 삼촌을 저주한데다가 작년에 돌아가셨어. 난 도망갈 수가 없어. 갈 데가 없거든.」

「내가 언니를 찾으면, 너도 우리와 같이 가자. 함께 도망가는 거야.」

호박이 수업에서 겪고 있는 어려움을 고려해본다면, 그녀도 내 제안에 기뻐할 것 같았다. 그러나 그녀는 아무 말도 하지 않았다. 그때 시죠 거리에 다다른 우리는 말없이 길을 건너갔다. 그 길은 바로 베쿠가 사츠와 나를 역에서 데려온 그날 지나왔던 그 길이었다.

이른 아침에 와서 보니, 그날처럼 붐비지는 않고 멀리 전차 한 대와 자전거 탄 사람이 몇몇 눈에 띌 따름이었다. 길을 건넌 우리는 좁은 길을 계속 올라갔다. 그때 오키야를 떠난 후 처음으로 호박이 발길을 멈추었다.

「삼촌은 정말 좋은 분이셨어. 삼촌이 나를 떠나 보내기 전에 마지막으로 하신 말씀이 있는데 뭔 줄 알아? '현명한 여자애들도 있고 어리석은 여자애들도 있다. 너는 참한 애지만 어리석은 여자에 속해. 넌 네 혼자 힘으로 세상을 살아갈 수가 없어. 그래서 네가 어떻게 해야 하는지 가르쳐줄 만한 곳으로 널 보내려고 해. 그 사람들이 시키는 대로 하면 언제나 널 잘 돌봐줄 게다.' 그러니까 치요, 도망가고 싶으면 그렇게 해. 하지만 이제 난 평생 지낼 곳을 찾았어. 난 저 사람들이 날 내보내지 않도록 최대한 열심히 일할 거야. 그리고 하추모모와 같은 게이샤가 될 기회를 잃느니 차라리 절벽에다 몸을 던져버리겠어.」

거기에서 호박은 말을 중단했다. 그녀는 내 뒤쪽 땅바닥에 있는 뭔가를 보고 있었다.

「오, 세상에! 치요, 너, 저거 먹고 싶지 않니?」

나는 다른 오키야의 입구 쪽으로 고개를 돌렸다. 문 안의 선반에는 작은 신사(神社)가 있었는데 그 앞에 제물로 바친 쌀과자가 놓여 있었다. 난 호박이 본 게 그 쌀과자일 거라고 생각했다. 그러나 호박의 눈은 땅바닥을 향해 있었다. 안쪽 문으로 이끄는 길에는 양치류와 이끼가 나 있을 뿐, 아무것도 보이지 않았다. 그때 내 눈에 들어온 것이 하나 있었다. 입구 바깥쪽, 거리 바로 가장자리에 석탄으로 구운 오징어 한 조각이 나무 꼬챙이에 끼워져 놓여 있었다. 밤에 행상인들이 손수레에서 그 오징어를 팔았던 모양이었다. 맛있는 양념 냄새가 나를 괴롭혔다. 우리 같은 하녀들에게는 식사 때마다 밥이나 장아찌, 그리고 하루 한 번 국과 한 달에 두 번 소량의 고기만이 주어졌다. 그러나 그렇다 하더라도 땅바닥에 떨어진 오징어 조각에 군침이 넘어갈 정도는 아니었다. 파리 두 마리가 공원에 산책이라도 나온 것처럼 오징어 위로 원을 그리며 날고 있었다.

호박이 이쪽저쪽 주위를 살피기 전까지만 해도, 나는 정말 그녀가 땅바닥의 오징어를 먹으리라고는 생각지 않았다.

「세상에! 호박아, 너, 그렇게 배고프면 저 선반에 있는 쌀과자를 먹어. 오징어는 벌써 파리들이 차지했잖아.」

「난 파리보다 훨씬 더 커. 게다가 쌀과자를 먹으면 신성모독이 될걸. 그건 제물이잖아!」

그렇게 말하고 나서 그녀는 몸을 굽혀 꼬챙이를 집어들었다.

내가 자라났던 곳에서는 어린아이들이 움직이는 것이면 뭐든지 먹어보려 했다. 나도 네 살인가 다섯 살 때 귀뚜라미를 먹은 적이 있었지만 그건 단지 누군가가 나를 속였기 때문이었다. 하지만 호박이 길바닥에서 흙이 묻고 파리가 꼬인 오징어 꼬챙이를 들고 서 있는 모습은……

그녀는 파리를 내쫓으려고 훅훅 불어댔지만, 파리들은 균형을 잡으며 주위를 맴돌 뿐이었다.

「호박아, 그거 먹으면 안 돼. 그건 혀로 길바닥을 핥는 거나 마찬가지 야!」

「이 길바닥이 뭐가 그렇게 더러운데?」

호박은 말하고는……, 무릎을 꿇어 혀를 쑥 내밀더니 조심스럽게 땅바 닥을 한번 핥았다. 내 입은 놀라 벌어졌고, 다시 몸을 일으킨 호박도 자신 이 한 일을 별로 못 믿는 눈치였다. 그러나 손바닥으로 혀를 쓱 문지르고 여러 번 침을 뱉은 호박은 오징어 조각을 이 사이에 끼워 물고 꼬챙이를 빼냈다.

완만한 언덕을 올라 학교 운동장으로 나 있는 길을 걸어가는 동안에도, 호박이 내내 그 오징어를 씹고 있는 걸로 보아 그 오징어는 질긴 오징어였 음이 분명했다. 학교 정원이 너무나 커 보였기 때문에, 안으로 들어가던 나는 위장에 뭔가 맺히는 기분이었다. 상록수 관목과 소나무들이 잉어로 가득 찬, 화사한 연못 주위를 에워싸고 있었다. 연못에는 석판이 놓여 있 었는데, 기모노를 입은 늙은 여자 두 명이 이른 아침 햇살을 막기 위해 래 커칠을 한 양산을 들고 그 위에 서 있었다.

당시 나는 내가 보고 있는 건물이 무엇인지 몰랐다. 하지만 지금 생각해 보니 그 건물의 일부만이 학교 건물이었다. 뒤에 있던 그 거대한 건물은 카부렌조 극장으로, 해마다 봄이면 기온의 게이샤들이 '고도(古都)의 춤' 을 공연하는 곳이었다.

하인들의 방이라고 생각했던 기다란 목재 건물의 입구로 호박이 급하게 들어갔는데, 알고 보니 그곳이 학교였다. 입구에 발을 들여놓는 순간, 구 운 찻잎의 특이한 냄새가 났다.

신발을 벗어 가장 가까이 있는 신발장에 넣으려던 나를 호박이 제지했 다. 어떤 신발장을 사용해야 할지에 대해 무언의 규율이 있었던 것이다.

호박은 전체 여학생들 중에서도 가장 나이가 어린 편에 속했기 때문에 신발장 맨 꼭대기에 신발을 올려놓기 위해 사다리를 올라타듯이 다른 신발장을 기어올라야 했다. 나로서는 첫 등교였기 때문에 호박이 신발을 올려놓은 그 위 신발장을 사용해야 했다.

「올라갈 때 다른 사람의 신발을 밟지 않도록 조심해. 네가 다른 사람 신발을 밟는 걸 누가 보기라도 한다면 귀가 따갑게 야단을 들을 거야.」

신발이 몇 켤레밖에 없었음에도 불구하고 호박이 그렇게 말했다.

학교 건물의 내부는 폐가처럼 낡고 먼지로 뒤덮여 있었다. 기다란 복도가 끝나는 곳에 예닐곱 명 가량의 여학생들이 서 있었다. 그들을 바라보던 나는 심한 동요를 느꼈다. 그 중 한 사람이 사츠처럼 보였기 때문이었다. 그러나 그들이 뒤를 돌아보았을 때 나는 실망하고 말았다. 그들 모두 젊은 게이샤 견습생답게 와레시노부라는 똑같은 머리 모양을 하고 있었으며, 호박이나 나보다 기온에 대해 훨씬 많이 알고 있는 것처럼 보였다.

복도를 반쯤 내려간 우리는 전통적인 일본 스타일로 꾸며진 커다란 교실로 들어갔다. 한쪽 벽면에는 작은 나무 액자들로 꾸며진 커다란 못박이판이 걸려 있었고, 각각의 액자에는 진한 글씨로 이름이 쓰여 있었다. 그때는 아직도 내가 글을 잘 읽거나 쓰지 못하던 때였다. 요로이도에서 아침마다 학교에 다녔고 교토에 온 이래로 매일 오후 한 시간씩 아줌마와 공부를 하긴 했지만, 내가 읽을 수 있는 이름은 얼마 되지 않았다. 못박이판으로 간 호박은 다다미 위에 놓인 야트막한 상자 위로 올라가더니, 자기 이름이 쓰인 액자를 집어 빈 고리에 걸어두었다. 그 못박이판은 바로 출석표였다.

그리고 난 뒤, 다른 수업을 위해서도 같은 방법으로 출석을 표시하기 위해 몇 군데의 다른 교실로 갔다. 호박은 그날 아침 수업이 네 개 있었다. 샤미센, 무용, 다도와 나가우타라고 부르는 노래수업이었다. 수업에 가장 늦을까봐 너무나 조바심을 내던 호박은 아침을 먹기 위해 오키야로 돌아갈 때가 되자 옷의 허리띠를 단단히 조여 맸다. 우리가 신발을 신자마자, 우리 또래의 한 여학생이 머리를 흩날리며 정원을 가로질러 급하게 뛰어들어왔다. 호박은 그 여학생을 조용히 쳐다보았다. 그날 가장 늦은 학생이었다.

국 한 그릇을 먹은 우리는 될 수 있는 대로 재빨리 학교로 돌아왔기 때문에 호박은 교실 뒤에 앉아 샤미센을 조립할 수 있었다.

샤미센을 한번도 본 적이 없는 사람이라면, 샤미센이야말로 특이하게 생긴 악기라고 생각할지 모른다. 어떤 사람들은 샤미센을 가리켜 일본 기타라고 부르기도 하지만, 사실 기타보다는 훨씬 작다. 나무로 된 가느다란 목 끝 부분에는 줄을 감는 막대못이 세 개 달려 있고, 몸통에는 북처럼 고양이 가죽이 덮여 있다. 그 악기는 따로 분리하여 가방이나 상자 속에 담아 운반할 수 있다.

어쨌든 조립을 끝낸 호박은 혀를 쑥 내민 채 샤미센을 조율하기 시작했다. 이렇게 말하는 게 좀 미안한 일이긴 하지만, 호박의 음감은 별로 신통치가 않아서, 음조가 제자리를 찾지 못하고 파도에 실린 보트처럼 아래위로 오르락내리락했다. 교실은 곧 샤미센을 든 여학생들로 꽉 찼다. 학생들은 상자 속에 든 초콜릿처럼 질서 있게 간격을 유지하며 앉았다. 나는 사추가 들어올지도 모른다는 희망으로 계속해서 문 쪽을 쳐다보았으나, 사추는 결코 오지 않았다.

잠시 후 선생님이 들어왔다. 선생님은 날카로운 목소리와 작은 체구를 한 늙은 부인이었다. 그 선생님의 성은 미추미였는데, 우리는 그녀 앞에서만 미추미라고 불렀다. 미추미는 네추미('쥐'라는 뜻)와 아주 흡사하게 들리기 때문에 우리는 그녀가 없는 곳에서는 네추미 선생님이라고 불렀다. 쥐 선생님.

쥐 선생님은 학생들을 마주보며 방석 위에 무릎을 꿇고는 옆에 있는 테이블 위의 주전자에서 차를 한 잔 따라 부었다. 친절하게 보이려는 노력은 조금도 하지 않았다. 그리고 학생들이 선생님께 절을 올리며 입을 모아 '안녕하세요'라고 인사를 하면, 차를 막 한 모금 마시고 아무런 말도 없이 학생들의 등을 빤히 바라보았다.

드디어 벽에 걸린 못박이판을 보고는 첫번째 학생의 이름을 호명하였다. 그 첫번째 여학생은 자의식이 무척 강해 보였다. 교실 앞쪽으로 미끄러지듯 걸어오더니 선생님 앞에서 절을 하고는 연주를 시작했다. 얼마 지나지 않아 쥐 선생님은 연주를 그만두라고 하더니 그 여학생의 연주에 대해 좋지 않은 점들을 지적했다. 그러고 나서 부채를 탁 접고는 그만 가보라는 식으로 흔들어 보였다. 그 여학생은 선생님에게 감사의 뜻을 표하고 다시 한 번 절을 하더니 자기 자리로 되돌아갔다. 그러고 나서 쥐 선생님은 다시 한 번 차를 마시더니 다음 학생을 호명하기 위해 못박이판을 쳐다보았다.

한 시간이 넘도록 그렇게 진행되다가 드디어 호박의 이름이 호명되었다. 긴장해 있던 호박이 연주를 시작하려는 순간 모든 것이 잘못되고 말았다. 우선 쥐 선생님이 호박을 제지시키더니 샤미센을 다시 조율해주었다. 그러고 나서 호박이 다시 연주를 했으나, 학생들은 호박이 어떤 곡을 연주하고 있는지 몰라 서로 얼굴만 쳐다보았다. 선생님은 테이블을 한번 세게 두드린 다음, 모두 얼굴을 똑바로 들라고 학생들에게 소리쳤다. 그러고 나서는 접은 부채를 이용해 호박이 리듬을 따라할 수 있도록 두드려주었다. 그것도 별 효과가 없자, 쥐 선생님은 이번에는 채를 쥐는 방법을 가르쳐주었다. 호박이 적절하게 채를 잡도록 가르친다는 것이 내게는 마치 호박의 손가락을 부러뜨릴 것처럼 보였다. 끝내는 그것조차 포기한 선생님이 화가 나서 채를 다다미 위에다 던져버렸다. 채를 주워 든 호박은 눈물을 글썽이며 자기 자리로 다시 돌아왔다.

그러고 난 뒤 나는 호박이 왜 그렇게 학교에 가장 늦는 것을 겁내는지 그 이유를 알게 되었다. 우리가 아침 먹으러 갔을 때 급하게 학교 안으로 뛰어들어왔던 그 헝클어진 머리의 여학생이 교실 앞쪽으로 와서 절을 했다.
「내게 잘 보이려고 그렇게 시간 낭비할 것 없다! 오늘 아침에 그렇게 늦잠만 자지 않았더라면 제시간에 와서 뭔가 좀 배울 수 있었을 텐데 말이다.」

쥐 선생님이 그 여학생에게 딱딱거렸다. 그 여학생은 사과를 하고는 곧 연주를 시작했으나, 선생님은 조금도 주의를 기울이지 않았다. 선생님은 차만 훌쩍거리며 마시더니 무겁게 입을 열었다.
「넌 아침마다 너무 늦게 일어나. 다른 학생들처럼 일찍 학교에 와서 제

시간에 출석 체크를 하는 수고도 안 하면서 어떻게 널 가르쳐달라고 기대할 수 있지? 그냥 자리로 돌아가거라. 너 때문에 성가시고 싶지 않다.」

수업이 끝나고 나자, 호박이 나를 교실 앞쪽으로 데리고 가서 쥐 선생님에게 절을 했다.

「선생님께 치요를 소개해드려도 될까요? 치요는 아주 재능이 없는 학생이니까 선생님께서 관용을 베푸셔서 좀 가르쳐주셨으면 합니다.」

호박이 그렇게 말했던 이유는 나를 모욕하기 위해서가 아니라 공손하게 보이기 위해서였다. 내 엄마라도 같은 식으로 말했을 것이다.

다시 절을 올린 나는 스스로에 대해서도 그와 비슷한 말을 했다. 쥐 선생님은 잠시 아무 말 없이 나를 쳐다보기만 했다.

「넌 똑똑한 아이로구나. 그냥 보기만 해도 알 수 있지. 네 언니가 수업받는 것을 도와줄 수 있을지도 모르겠구나.」

물론 언니는 호박을 지칭하는 말이었다.

「매일 아침 될 수 있는 대로 일찍 와서 네 이름을 못박이판에 올려놓도록 해라. 교실에서는 조용히 해야 한다. 난 떠드는 건 절대 참을 수가 없어! 그리고 눈은 앞을 향해야 해. 그렇게 하기만 하면 최선을 다해 가르쳐주마.」

그 말과 함께 선생님은 우리를 내보냈다.

복도에서 사추를 찾기 위해 눈을 크게 뜨고 있었으나 사추는 보이지 않았다. 다시는 사추를 못 만날지도 모른다는 걱정이 들어 상심하던 나에게, 막 수업을 시작하려던 선생님이 물었다.

「거기 너, 무슨 일이지?」

「아무것도 아니에요, 선생님. 그냥, 모르고 입술을 깨물었을 뿐이에요.」

난 말을 해놓고 그 말을 증명하기 위해 입술을 한번 강하게 깨물고는 피를 빨았다.

다행히 호박의 다른 수업은 첫번째 수업만큼 힘들지 않았다. 예를 들어 무용시간에 학생들은 모두 호흡을 맞춰 같은 동작을 연습했는데, 눈에 거슬린 학생은 아무도 없었다. 여하튼 호박이 가장 춤을 못 추는 학생은 아니었으며, 그녀의 동작에는 어색한 우아함마저 있었다. 그 다음 음악시간은 음감이 나쁜 호박에게는 좀더 힘든 시간이었다. 그러나 학생들이 입을 모아 연습했기 때문에 호박은 입은 크게 벌리면서도 조용한 소리로 노래를 불러 자신의 실수를 숨길 수가 있었다.

수업이 끝날 때마다 호박은 선생님께 나를 인사시켰다. 그 중 한 선생님이 내게 물었다.

「너 호박하고 같은 오키야에 사니?」

「네, 선생님. 니타 오키야예요.」

니타는 할머니와 어머니, 그리고 아줌마의 성이었다.

「그럼 하추모모와 같이 살겠구나?」

「네, 선생님. 하추모모는 현재 우리 오키야에서 유일한 게이샤예요.」

「힘닿는 대로 네게 노래 부르는 법을 가르쳐주마. 네가 잘 버텨내는 한 말이다!」

그 말을 하고 나서 선생님은 농담이라도 했다는 듯이 웃으면서 우리를 내보냈다.

5

그날 오후 하추모모는 나를 데리고 기온의 등록소에 갔다. 등록소란 말을 듣고 난 뭔가 굉장한 곳을 기대했지만, 학교 건물 이층에 있는 몇 개의 어두운 다다미방으로, 책상과 장부와 지독한 담배 냄새로 가득한 곳이었다.

사무관 하나가 흐릿한 연기 너머로 우리를 쳐다보더니 고개를 끄덕이며 뒷방으로 들어오라는 시늉을 했다. 그곳에는 내가 언젠가 한 번 본 적 있는, 몸집이 커다란 남자가 서류가 널려 있는 책상에 앉아 있었다. 그 당시에는 알아차리지 못했지만, 그는 한때 스모 선수였던 사람이었다. 실제로 그가 그 커다란 몸을 건물에다 부딪기라도 하면 책상들이 모두 다다미 마루 위로 떨어져버릴 것만 같았다. 그는 자신이 선수 시절 사용했던 이름으로 불리기를 좋아했는데, 그 이름이 콘재몬이었다. 사람들은 그 이름을 줄여 재몬이라고 불렀다.

방으로 들어가자, 하추모모는 교태를 부렸다. 하추모모가 그렇게 구는 모습은 처음 보았다. 그녀는 그를 '재몬 상'이라고 불렀다. 그러나 그 부르는 방식으로 보아서는 하추모모가 말하는 도중에 숨이 끊어졌다 해도 별로 놀랄 일이 아니었다. 왜냐하면 어쩌나 말을 늘여 빼는지 이런 식으로 들렸기 때문이었다.

재애애모오오온 사아아아앙!

하추모모의 목소리를 듣더니 재몬의 입이 귀까지 찢어졌다.

「음, 하추모모 상, 자네가 점점 그렇게 예뻐진다면 난 정말 어떻게 해야
할지 모르겠네!」

그의 말소리는 커다란 속삭임처럼 들렸다.

재몬은 하마만큼이나 몸집이 컸으나, 가는 세로 줄무늬의 우아한 기모
노를 입고 있었다. 그의 직업은, 기온을 거쳐 유통되는 돈이 가야 할 곳으
로 제대로 흘러가고 있는지 확인하고, 현금이라는 강물에서 떨어지는 물
방울을 곧장 자기 호주머니로 들어오도록 하는 일이었다. 그렇다고 해서
그가 도둑질을 하는 건 아니었다. 당시에는 모두들 그런 식으로 일을 했
다. 재몬이 그렇게 중요한 직업을 가졌다면, 그를 행복하게 하는 게 게이
샤들에게도 이득이었다.

하추모모는 재몬과 한참 동안 얘기를 나누고 나서, 드디어 나를 학교에
등록시키기 위해 왔다고 말했다. 그때까지 나를 쳐다보지도 않던 재몬이
그제야 그 커다란 머리를 내 쪽으로 돌렸다. 그는 방 안을 좀더 밝게 하려
고 창호지를 바른 창문을 하나 열었다.

「아니, 난 또 내가 잘못 본 줄 알았네. 하추모모 상, 자네가 얼마나 예쁜
여자아이를 데려왔는지 얼른 말했어야지. 저 애의 눈은⋯⋯, 거울 색이군
그래!」

「거울 색이라구요? 재몬 상, 거울에는 색깔이 없어요.」

「색깔이 있지. 광채 있는 회색. 자네는 거울 속에서 자네 얼굴밖에 안 보
겠지만, 난 거울 속에서 예쁜 색깔을 보지.」

「그래요? 글쎄요, 난 별로 예쁜 색이 아니라고 생각하는데요. 물에서 막
건져낸 시체를 한 번 본 적이 있는데, 그 사람 혀가 저 애의 눈 색깔과 똑
같았어요.」

「자네가 너무 예뻐서 그걸 못 보는 건지도 모르겠군.」

회계장부를 펴고 펜을 집어들면서 재몬이 말했다.

「어쨌든 저 아이를 등록시키도록 하지. 자, 치요라고 했지? 네 이름을 전
부 말해보렴. 출생지도.」

그 말을 듣는 순간, 내 마음속에는 혼란과 두려움으로 가득 찬 사추가 재
몬을 쳐다보고 있는 영상이 떠올랐다. 언젠가 사추도 틀림없이 바로 이

방에 왔을 것이다. 내가 등록을 해야 한다면, 사추도 반드시 등록을 해야 할 테니까.

「사카모토가 내 성이에요. 요로이도에서 태어났구요. 우리 언니 사추 때문에 그 이름을 들어본 적이 있죠, 선생님?」

나는 하추모모가 무섭게 화낼 거라고 생각했다. 그러나 놀랍게도 그녀는 내 질문에 오히려 즐거워했다.

「너보다 나이가 많다면, 네 언니는 이미 등록을 마쳤겠지. 근데 네 언니를 만난 적이 없어. 기온에는 없는 것 같은데.」

그제야 난 하추모모가 웃는 이유를 알았다. 그녀는 재몬이 무슨 말을 할지 이미 알고 있었던 것이다. 하추모모가 사추를 만났다는 말을 더 이상 의심하지 않았다. 잘 모르긴 하지만, 교토에는 다른 게이샤 구역들이 있었다. 사추는 그 중 어느 한 곳에 있을 것이고 난 그녀를 찾기로 마음먹었다.

오키야로 돌아오자, 날 목욕탕에 데려가기 위해 아줌마가 기다리고 있었다. 예전에 나이 든 하녀들과 함께 목욕탕에 간 적이 있었는데, 아줌마는 그 하녀들보다는 좀더 친절하게 대해주었다. 무릎을 꿇고 앉아 내 등을 밀어주기도 했다. 아줌마가 정숙치 못하게 튜브 모양의 가슴을 사방으로 흔들어대는 모습을 보고 난 놀랐다.

목욕을 마치고 아줌마는 나를 다시 오키야로 데려가서는, 비단 기모노를 입혀주었다. 그 옷은 단 둘레가 모두 풀잎 색깔이 나는 밝은 파란색으로, 소매와 가슴에는 노란색 꽃이 그려져 있었다. 그러고 나서 아줌마는 나를 이층 하추모모의 방으로 데려갔다.

방으로 들어가기 전에 아줌마는 어떤 경우에도 하추모모를 심란하게 하거나 화나게 하는 짓은 말라고 엄하게 경고했다. 그 당시 나는 그 말뜻을 이해하지 못했으나, 이제는 아줌마의 그런 걱정을 잘 이해하고 있다. 그 이유는 아침에 눈을 뜰 때, 게이샤는 딴 여자처럼 보이기 때문이었다. 잠에서 깨어난 게이샤의 얼굴은 유난히 번들거리고 숨소리도 불쾌한 법이었다.

방 안에서 나는 하추모모 옆쪽으로 팔 하나 길이 정도의 거리를 두고 앉아 있으라는 지시를 받았는데, 화장대 위에 있는 작은 거울을 통해 하추모모의 얼굴을 볼 수가 있었다. 면옷을 입고 쿠션에 무릎을 꿇고 앉은 하추모모는 손에 여러 가지 모양의 화장용 브러시를 쥐고 있었다. 어떤 브러시는 부채처럼 넓기도 하고 또 어떤 브러시는 부드러운 솔이 달린 젓가락처럼 보이기도 했다. 드디어 하추모모가 몸을 돌려 내게 브러시를 보여주었다.

「이게 내 브러시야. 근데 너, 이거 기억 나니?」

　하추모모는 화장대 서랍 속에서 새하얀 화장품을 담은 유리 용기를 하나 꺼내더니 보란 듯이 공중에 흔들어댔다.

「이게 절대로 손대서는 안 된다고 했던 그 화장품이야.」

「난 만진 적 없어요.」

「그래, 만진 것 같지는 않구나.」

　그리고 나서 화장품을 펴 바른 하추모모는 안료 스틱을 세 개 꺼내더니 내 손등에 발라주었다.

「이건 섀도하기 위한 거야. 봐도 괜찮아.」

　나는 그녀의 손에서 스틱 하나를 받아 들었다. 그 스틱은 아기 손가락만 했다. 하추모모는 안료 스틱을 다시 가져가더니 하나를 골라 내밀었다. 그건 한쪽 끝이 탄 나뭇가지처럼 보였다.

「이건 잘 마른 오동나무로 만든 거야. 눈썹 그리는 거지. 그리고 이건 왁스고. 내가 이런 걸 왜 네게 보여준다고 생각하니?」

「아가씨가 어떻게 화장하는지 알 수 있도록 하기 위해서요.」

「맙소사, 그게 아니야! 화장이 마술이 아니라는 걸 네게 보여주려는 거야. 넌 정말 안 됐구나! 화장만으로는 가련한 치요를 아름다운 사람으로 만들기에 충분하지 않다는 말이지.」

　하추모모는 거울 쪽으로 몸을 돌리더니 연노랑 크림통을 열면서 조용하게 노래를 불렀다. 그 크림이 나이팅게일 똥으로 만든 거라고 하면 안 믿을지 모르겠지만 사실이었다. 당시에는 나이팅게일 똥이 피부에 아주 좋다고 믿고 있었기 때문에 많은 게이샤들이 그걸 크림으로 사용했다. 그러나 가격이 너무 비쌌기 때문에 하추모모는 눈과 입 주위에 조금씩 찍어 바르기만 했다. 그리고 나서 왁스 조각을 조그맣게 쪼개 손끝으로 부드럽게 만든 후 얼굴과 목, 그리고 가슴에다 문질렀다. 그리고 수건에다 손을 깨끗이 닦고 나서는 편편한 브러시를 접시 물에다 적신 다음 분필같이 하얀 반죽이 될 때까지 화장품에다 문질렀다.

그걸 얼굴과 목에 발랐는데 눈과 입, 그리고 코 주변은 칠하지 않고 남겨두었다. 하추모모는 마치 어린아이가 가면을 만들기 위해 종이에 구멍을 내놓은 모습 같았다. 그리고 나서 그녀는 작은 솔 몇 개를 축축하게 적신 뒤 남은 부분을 칠했다. 마치 쌀가루 자루에 얼굴부터 처박힌 사람처럼 보였다. 그 모습이 악마처럼 보이기도 했지만, 나는 질투와 수치심으로 괴로워했다. 왜냐하면 하추모모 주위에는 그녀의 얼굴을 경탄하며 쳐다볼 남자들이 모여들겠지만, 나는 땀에 젖은 평범한 얼굴로 계속 오키야에 남아 있어야 할 테니까.

하추모모는 안료 스틱을 촉촉하게 만들어 붉은 홍조가 될 때까지 뺨에 문질렀다. 오키야에서 한 달이 지나기 전, 난 이미 몇 번인가 화장을 끝낸 하추모모의 얼굴을 본 적이 있었다. 무례하게 보이지 않도록 하면서도 기회만 있으면 그녀의 얼굴을 훔쳐보기도 했다. 기모노 색상에 맞추어 화장 색깔도 다양했다.

그건 별로 새로운 사실이 아니었지만, 그 후 몇 년이 지날 때까지 알 수 없었던 것은 하추모모가 왜 다른 사람들보다 훨씬 더 붉은 빛이 도는 새도를 사용하는가 하는 점이었다. 왜 그랬는지는 나도 알 수가 없었다. 그 색이 사람들로 하여금 피를 생각나게 만든다는 사실을 제외하고는. 하지만 하추모모는 바보가 아니었다. 그녀도 어떻게 하면 자신의 외모를 아름답게 꾸밀 수 있는지 알고 있었다.

하추모모는 발그레하게 화장을 했으나 아직 눈썹이나 입술은 그리지 않았다. 그래서 하얀 가면 같은 얼굴로 아줌마에게 목 뒤에 그림을 그려달라고 부탁했다.

혹시 당신이 모를지도 모르니까 일본 사람들의 목에 대해서 이야기해야겠다. 일반적으로 일본 남자들은 여성의 목에 대해, 서양 남자들이 여자의 다리에 대해 느끼는 식으로 생각한다. 게이샤들이 등골 첫 마디가 다 드러나도록 기모노의 등을 파서 입는 이유는, 파리에서 여성들이 미니스 커트를 입는 이유와 같다고 보면 된다.

아줌마는 하추모모의 목 뒤에 '세 다리'라는 뜻의 '산본아시'라고 불리 는 그림을 그려 넣었다. 하얀 울타리를 통해 맨살을 들여다보는 기분이 들게 하는 그림이었다. 그 당시 나는 그 그림이 남자들에게 주는 에로틱 한 효과에 대해서는 모를 때였다. 어떻게 보면 그 그림은 손가락 사이로 들여다보이는 여자 모습 같기도 했다. 실제로 게이샤들은 머리선 둘레에 약간 여유를 두어 맨살이 드러나도록 남겨두었는데, 그건 화장을 더욱더 가공적으로 보이게 하고, 노(能:일본의 전통 가면극)에서 사용하는 가면 처럼 보이도록 하기 위해서였다. 남자들은 게이샤의 가면 같은 화장을 보 면 그 아래 감춰진 맨살을 더욱더 의식하기 마련이었다.

브러시를 헹구면서 하추모모는 몇 번이나 거울에 비친 나를 흘깃 쳐다 보았다.

「네가 무슨 생각을 하는지 알아. 넌 절대 이렇게 아름다워질 수 없을 거 라고 생각하고 있어. 그래, 정말 맞는 말이지 뭐야.」

「어떤 사람들은 치요를 정말 사랑스런 아이라고 생각한다는 것을 네게 말해주고 싶구나.」

아줌마가 말했다.

「썩은 생선 냄새를 좋아하는 사람들이 말이죠?」

그 말과 함께 하추모모는 속옷을 갈아입을 수 있게 우리더러 나가달라 고 했다.

아줌마와 내가 층계참으로 나오자, 전신거울 옆에 베쿠가 기다리고 있 었다. 오키야에서 지내는 동안 알게 된 바에 의하면, 베쿠의 진짜 직업은 여자아이들을 집에서 빼내 오는 게 아니라 의상 담당이었다. 그는 하추모 모가 기모노를 잘 입을 수 있도록 도와주기 위해 날마다 오키야에 왔다.

그날 밤에 하추모모가 입을 옷이 거울 옆 옷걸이에 걸려 있었다. 아줌 마는 녹빛 속옷을 입은 하추모모가 나타날 때까지 그 옷을 매만지며 서 있었다.

기모노는 복잡한 의상이다.

우선, 가정주부와 게이샤는 완전히 다른 방식으로 기모노를 입는다. 가정주부가 기모노를 입을 때는 온갖 패딩을 사용하여 허리 부분에서 주름이 잡히지 않게끔 한다. 그 결과 가정주부는 절간 복도의 나무 기둥처럼 완전히 원통 모습이 되고 만다.

그러나 게이샤는 기모노를 자주 입기 때문에 패딩이 거의 필요 없고 주름도 문제가 되지 않는다. 기모노를 입는 첫 단계는 알몸 상태에서 코시마키라고 부르는 비단 슬립을 이용해 엉덩이를 감싸는 것으로 시작한다. 그리고 나서는 짧은 소매의 기모노 속셔츠를 입고 허리 부분을 단단히 묶은 뒤 뒤에 패드를 댄다. 그 패드는 약간 부풀어오른 베개처럼 생겼는데, 제자리에 단단히 묶기 위해 끈이 달려 있다. 하추모모는 전통미가 느껴지는 작은 엉덩이와 가냘픈 몸매, 그리고 오랜 경험으로 인해 패딩을 전혀 사용하지 않았다.

옷을 완전히 차려 입게 되면, 지금까지 입은 옷은 겉으로 드러나지 않는다. 하지만 그 다음 입게 되는 속옷은 실제로는 전혀 속옷이 아니다. 게이샤가 춤을 출 때나 혼자 거리를 걸을 때, 종종 기모노가 바닥에 끌리지 않도록 왼손으로 기모노 자락을 치켜 올릴 때가 있는데 그럴 때 무릎 아래로 속옷이 노출된다. 그런 까닭에 속옷의 무늬와 천은 기모노와 조화를 이루어야만 한다.

아줌마는 하추모모가 입을 속옷에다 매일 실크 깃을 달고 그 다음날 아침에는 빨기 위해 떼어냈다. 게이샤 견습생은 빨간 깃을 달지만 하추모모는 견습생이 아니었으므로 하얀 깃을 달았다.

방에서 나온 하추모모는 지금까지 묘사했던 옷들을 모두 걸치고 있었다. 그녀는 옆쪽으로 딱 맞게 단추를 채우는 타비라는 하얀 양말도 신고 있었다.

베쿠가 일하는 모습을 보면 그가 하는 일이 얼마나 필요한지 금방 이해할 수 있었다.

기모노는 누가 입든지 간에 모두 길이가 똑같아서 아주 키가 큰 여성을 제외하고는 남는 천을 오비 아래 접어 넣어야만 했다. 의상 담당자로서 베쿠의 가장 중요한 임무는 오비를 묶는 일이었다. 하추모모가 매는 오비의 길이는 사람 키의 두 배 정도였으며, 폭 또한 여자 어깨 너비 정도였다. 오비를 허리 둘레에 감싸게 되면 가슴뼈에서부터 배꼽 아래까지 덮었다.

기모노에 대해 모르는 사람들은 대부분 오비를 끈처럼 등에 간단히 묶는다고 생각하지만 그건 전혀 사실이 아니다. 오비를 제자리에 잘 묶기 위해서는 여섯 개의 끈과 버클이 필요하며, 매듭을 잘 만들기 위해서는 많은 패딩이 필요하다. 베쿠가 하추모모의 오비를 묶는 데에는 수분이 걸렸다. 오랜 시간을 들여 그렇게 묶고 나면, 어느 곳에서도 주름을 찾아볼 수가 없었다.

나는 그날 층계참에서 보았던 일을 별로 이해하지 못했다.

베쿠가 멋진 동작으로 끈을 묶고 옷을 매만지는 동안, 하추모모는 팔을 뻗어보거나 자신의 모습을 거울에 비춰보았다. 하추모모를 지켜보던 나는 질투심 섞인 비참함을 느꼈다. 하추모모는 갈색과 금색이 섞인, 무늬를 두드러지게 짠 옷감으로 만든 기모노를 입고 있었다.

당시에는 몰랐으나 하추모모의 의복 값은 경찰이나 소방관의 일 년 월급에 달하는 정도였다. 그러나 하추모모를 보면, 아무리 많은 돈을 들인다 해도 그녀만큼 매혹적으로 보일 수 있는 여자는 없으리라는 생각이 들었다.

이제는 화장을 마무리하고 머리 장신구를 손질해야 했다. 아줌마와 나는 하추모모를 따라 방으로 들어갔는데, 하추모모는 화장대에 무릎을 꿇고 앉아 입술 연지가 들어 있는 작은 상자를 하나 꺼냈다. 그녀는 입술 연지를 바르기 위해 작은 브러시를 사용했다. 그 당시의 유행은 윗입술을 칠하지 않고 남겨두는 것이었는데, 그로 인해 아랫입술이 더 풍만하게 보였다.

하추모모는 아까 보여주었던 오동나무 가지를 집어들더니 성냥으로 불을 붙였다. 몇 초 동안 그을린 뒤 그 목탄으로 눈썹을 그리자, 곧 아름다운 회색이 되었다. 그러고 난 뒤 머리에 꽂을 별갑 장신구와 비단으로 만든 제비꽃 장신구를 몇 개 골랐다.

장신구를 머리에 꽂고 나서 하추모모는 목 뒤에 향수를 조금 뿌리더니,

향수병을 오비 속으로 밀어 넣었다. 접는 부채도 오비 속으로 집어넣고, 손수건은 오른쪽 소매 안에 넣어두었다.

그리고 나를 돌아보았다. 하추모모는 예전과 같이 창백한 미소를 짓고 있었지만, 그 황홀한 모습에는 아줌마조차도 한숨을 내쉬고 말았다.

6

　우리가 하추모모를 어떻게 생각하고 있든 간에, 우리 모두를 먹여 살릴 만한 수입을 벌어온 이후부터 그녀는 우리 오키야에서 여왕과도 같은 존재였다. 여왕이 밤늦은 시각에 돌아왔을 때, 자신의 궁정에 불이 꺼져 있고 하인들이 모두 잠들어 있다면 몹시 불쾌할 것이다. 다시 말해, 하추모모가 양말 단추를 끄르지 못할 정도로 심하게 술에 취해 집으로 돌아오면 누군가가 그녀를 위해 단추를 풀어주어야 한다는 얘기였다. 더구나 하추모모는 아무리 배가 고파도 자신이 좋아하는 간식을 만들기 위해 부엌으로 내려가는 법이 없었다. 집으로 돌아오는 게이샤를 맞이하고 절을 올리기 위해 기다리는 일은 거의 언제나 나이가 가장 어린 '누에고치' 의 몫이었다. 교육받고 있는 어린 게이샤들을 종종 누에고치라고 불렀다. 내가 학교에서 수업을 받기 시작한 다음부터 우리 오키야에서 가장 나이 어린 누에고치는 바로 나였다. 자정이 되기 훨씬 전부터 호박과 두 명의 나이 든 하녀들은 현관 홀 마루에서 1미터 정도 떨어진 침상에서 단잠을 자고 있었다. 그러나 나는 그곳에 계속 꿇어앉아 있어야 했고, 때로는 새벽 2시가 될 때까지 힘들게 수마와 싸워야만 했다.

　할머니 방이 근처에 있었는데, 할머니는 언제나 불을 켜놓고 방문을 약간 열어둔 채 잠자리에 들었다. 거기서 흘러나오는 불빛이 내 텅 빈 침상을 비추면 집 생각이 났다. 엄마가 잠들어 있는 모습을 보기 위해 뒷방을 들여다보던 생각……, 아버지는 방을 어둡게 하기 위해 창호지 문을 어망으로 덮어두었는데, 그러면 방이 무척 암울해 보였다. 그래서 창문을 하나 열면 밝은 햇살이 침상에 떨어져, 엄마 손이 더 창백하고 여위어 보였다. 노란 불빛이 내 침상을 비추는 광경을 보니……, 난 우리 엄마가 아직도 살아 있는지 궁금했다. 우리는 너무나 닮았으니까, 엄마가 죽게 되면 내가 반드시 알게 되리라는 느낌이 들었다. 그러나 아직 어떤 식으로든 그런 느낌은 없었다.

가을이 여물어 점점 쌀쌀해지던 어느 날 밤, 기둥에 기대어 막 잠이 들려고 하던 나는 바깥문이 열리는 소리를 들었다. 잠들어 있으면 하추모모가 몹시 화를 내리라는 생각 때문에 나는 정신을 바짝 차렸다. 그러나 그곳에는 헐렁한 작업용 재킷과 농부들이 입는 바지를 입은 한 남자가 서 있었다. 옷차림에도 불구하고 그는 전혀 노동자나 농부처럼 보이지 않았다. 머리는 현대적인 방식으로 기름을 발라 뒤로 넘겼으며 수염도 아주 잘 다듬었기 때문에 지성인다운 느낌을 주었다. 그는 몸을 숙이더니 내 얼굴을 자세히 들여다보기 위해 손으로 내 머리를 잡았다.

「야, 너 정말 예쁘구나. 네 이름이 뭐지?」

낮은 목소리로 그가 물었다.

그 사람이 묻는 말에 대답하기가 무서웠지만 내 이름만은 겨우 댈 수 있었다. 그는 손가락 끝에 침을 묻힌 뒤 내 뺨을 만졌는데, 그것은 내 얼굴에 붙은 눈썹을 떼어내려는 동작이었다.

「요코는 아직 여기에 있니?」

요코는 한낮부터 밤늦은 시각까지 하추모모의 스케줄을 짜느라 하녀방 전화 옆에 앉아 지내는 젊은 여자였다. 당시에는 기온의 오키야와 찻집들이 모두 개인 전화 체제로 연결되어 있어서 요코는 하추모모의 출연 예약을 받느라 하루종일 바빴다. 때로는 연회나 파티 출연이 6개월이나 일 년 정도 미리 예약되기도 했다. 보통 하추모모의 스케줄은 그 전날 아침까지는 완전히 차지 않았지만, 하추모모가 시간이 있으면 한번 들러주기를 원하는 찻집에서 저녁 내내 전화가 걸려오기도 했다. 그러나 그날은 전화가 많지 않았기 때문에 요코는 잠들었을 것이다. 그 남자는 내 대답도 기다리지 않은 채 조용히 하라는 시늉을 하더니 하녀방으로 걸어갔다.

잠시 후, 잠들어 있던 요코가 사과하는 소리와 전화 다이얼을 돌리는 소리가 들렸다. 여러 군데의 찻집에 전화를 하고 나서야 드디어 하추모모를 찾아낸 요코는 가부키(歌舞伎, 일본 고유의 전통 연극) 배우인 오노에 시칸이 왔다고 전해주었다. 당시 나는 그 말이 암호일 뿐이라는 사실을 모르고 오노에 시칸이 누군가 하는 의심을 품었다.

전화를 걸고 난 뒤 요코는 자러 갔다. 요코는 낯선 남자가 하녀방에서 기다리고 있다는 사실이 전혀 신경 쓰이지 않는 모양이었다. 그래서 나도 아무에게 말하지 않기로 마음먹었다. 그리고 그것은 잘한 일로 드러났다. 왜냐하면 20분 후에 하추모모가 현관 홀에 나타나 나에게 엄한 경고를 퍼부었기 때문이었다.

「난 지금까지 네 인생을 정말 비참하게 만들 생각은 없었어. 하지만 어떤 남자가 여기 왔었다거나 아니면 내가 일찍 돌아왔다는 사실을 입 밖에 낸다면 그땐 내 생각이 바뀔 거야.」

하녀방으로 들어간 하추모모는 문을 닫았다. 중얼거리는 소리가 잠시 들리더니 오키야는 조용해졌다. 이따금 부드러운 흐느낌 소리와 신음소리가 들렸으나 너무 작아서 확신할 수가 없었다. 두 사람이 그곳에서 무엇을 하고 있는지는 확신할 수 없었지만, 수지의 아들을 위해 수영복을 붙들고 있던 언니 생각이 났다.

하추모모와 그녀의 남자친구는—나중에 알게 된 바에 의하면 그는 근처 국숫집 요리사였다—1주일에 한 번 정도 오키야의 하녀방 문을 걸어 잠갔다. 그들은 다른 곳에서도 만났다. 요코가 종종 메시지를 전해주기도 했다. 하추모모가 하는 짓을 하녀들은 다 알고 있었다. 그러나 아무도 할머니나 어머니, 아줌마에게는 한마디도 하지 않았다. 남자친구를 둔다는 사실이 하추모모에게는 분명 힘든 일이었을 것이다. 남자친구와 함께 지내려면 파티에서 빠져 나와야 하기 때문이었다. 게다가 지속적인 관계를 맺고 싶어하는 부유한 남자가 하추모모의 외도를 알게 되면, 관심이 줄어들거나 마음을 바꿔먹을 위험도 있었다.

어느 날 밤, 마당의 우물에서 물을 한 잔 들이켜고 돌아오는데, 바깥문이 열리면서 문틀에 탁 부딪히는 소리가 들렸다.

「하추모모 상, 사람들을 다 깨울 텐데…….」

깊은 목소리였는데 난 하추모모의 남자친구일 거라고 생각했다. 전에는 한번도 그렇게 부주의하게 심한 소음을 낸 적이 없는 하추모모였다. 나는 무릎걸음으로 내 자리로 서둘러 돌아갔는데, 그 순간 리넨으로 싼 상자 두 개를 들고 현관 홀에 서 있는 하추모모의 모습이 눈에 들어왔다. 그녀는 낮은 문을 지나가기 위해 몸을 숙여야 했다. 몸을 일으키는 순간 내 눈과 마주쳤는데, 그녀의 입술이 부자연스럽고 무거워 보였다.

「얘가 그 아둔하고 천한 우리 하녀야. 얘도 이름이 있긴 하지만 그냥 '작은 바보 양'이라고 불러.」

「그래, 작은 바보 양, 가서 네 큰언니더러 나를 위해 마실 것 좀 갖다주라고 할래?」

다른 게이샤가 말했다. 내가 들었던 깊은 목소리는 하추모모의 남자친구가 아니라 바로 그 게이샤의 목소리였다.

하추모모는 아마구치라고 불리는 특별한 종류의 술을 좋아했는데, 그 술은 아주 순하고 달콤했다. 그러나 아마구치는 겨울에만 양조되는 술이라, 집에 남아 있는 게 없었다. 나는 대신에 맥주 두 잔을 부어 그들에게 갖다주었다. 하추모모와 그녀의 친구는 정원으로 내려가 흙으로 된 복도에 나무신을 신고 서 있었다. 그들은 몹시 취해 있었다. 집 바깥 쪽으로 나무가 깔린 산책길이 있었는데, 내가 맥주를 갖다주었을 때, 하추모모는 그 길에다 상자를 내려놓고 막 열려고 하던 참이었다.

「난 맥주가 싫어.」

그렇게 말하더니 하추모모는 맥주 두 잔을 집터 아래로 부어버렸다.

「난 싫지 않은데 왜 내 것까지 버려?」

그녀의 친구가 말했지만 이미 너무 늦었다.

「조용해, 코린! 이제 더 안 마셔도 되잖아. 이것 좀 봐. 이걸 보면 너무 좋아서 죽어버릴걸!」

그리고 나서 하추모모는 끈을 풀더니 너무나 아름다운 기모노 한 벌을 산책로 위에다 펼쳐놓았다. 붉은 잎사귀가 달린 포도가 그려진, 특이한 초록빛 기모노였다.

하추모모의 친구 코린은 그 옷에 대해 찬사를 늘어놓다가 침을 잘못 삼켜 캑캑거리기도 했다. 그래서 두 사람은 또다시 웃음을 터뜨렸다. 내가 물러날 시간이 되었다고 생각하고 발길을 돌리려 하자, 하추모모가 말했다.

「가지 마, 작은 바보 양.」

그리고 나서 다시 친구에게로 몸을 돌리더니 말했다.

「코린 상, 재미있는 장난 시간이야. 이게 누구 기모노인지 맞춰봐!」

겨우 웃음을 참은 코린은 간신히 입을 열었다.

「내 것이었으면 좋겠는데!」

「아니야. 이건 우리 두 사람이 이 세상에서 가장 미워하는 게이샤 옷이야.」

「아, 하추모모……, 넌 정말 신통해. 어떻게 사토카의 기모노를 손에 넣었니?」

「사토카 얘기를 하고 있는 게 아니야. 내가 말하는 사람은 완벽 양이라구!」

「누구라고?」

「나는 너보다 훨씬 더 낫다, 이래도 모르겠어?」

긴 침묵이 흐른 뒤, 코린이 입을 열었다.

「마메하? 세상에, 이거 마메하 기모노구나. 내가 그걸 몰라봤다니 믿을 수가 없어! 어떻게 그걸 손에 넣었니?」

「며칠 전에 리허설을 하다가 카부렌조 극장에 뭘 두고 왔었어. 그래서 다시 찾으려고 갔는데, 지하실 계단에서 신음소리가 들리잖아. 그래서 나는 아주 재미있는 일이 벌어지고 있다고 생각하고 살금살금 내려가 불을 켰지. 바닥에 두 개의 쌀자루처럼 누워 있던 사람이 누구였는지 맞춰볼래?」

「마메하? 믿을 수가 없어!」

「바보같이 좀 굴지 마. 그 여자는 너무 좀스러워서 그런 짓 안 해. 두 개의 쌀자루는 다름 아니라 그 여자의 하녀하고 극장의 수위였어. 그 사실을 입다물어주는 대신, 그 하녀에게 마메하의 기모노를 갖고 싶다고 말했어. 내가 어떤 기모노를 갖고 싶어하는지 알자, 그 하녀는 울음을 터뜨리더군.」

「근데 저건 또 뭐야?」

아직도 끈이 묶인 채 산책로 위에 놓여 있는 두 번째 상자를 가리키며 코린이 물었다.

「이건 그 하녀 돈으로 사게 한 거야. 그러니 이젠 내 것이지.」

「그 하녀 돈으로? 어떤 하녀가 기모노를 살 만큼 돈이 많아?」

「글쎄, 그 하녀 말처럼 산 게 아닐지도 모르겠지만, 어디서 났는지 알고 싶지 않아. 어쨌든 작은 바보 양은 이걸 좀 창고에 갖다놔야겠어.」

「하추모모 상, 전 창고에 들어가면 안 돼요.」

나는 즉시 대답했다.

「네 언니가 어디 있는지 알고 싶다면, 오늘밤 내가 말을 두 번씩 하지 않도록 해라. 나도 다 계획이 있어. 나중에는 물어봐도 좋아. 대답해줄 테니까.」

하추모모의 말을 믿지는 않았지만, 어쨌든 그녀에게는 원한다면 어떤 식으로든 내 인생을 비참하게 만들 힘이 있었다. 복종하는 수밖에 다른 도리가 없었다.

하추모모는 그 기모노를 리넨에 싸서 내 팔에 올려놓더니 마당에 있는 창고 쪽으로 데려갔다. 그리고 창고 문을 열더니 찰칵 소리를 내며 전등 스위치를 켰다. 이불보와 베개로 가득 찬 선반, 잠긴 금고 여러 개와 접힌 침상 몇 개가 보였다. 하추모모는 뒤에서 팔로 나를 감싸더니 한쪽 벽을 따라 설치된 사다리를 가리켰다.

「저 위에 기모노를 올려놔.」

나는 사다리를 올라가 맨 위에 있는, 나무로 만든 미닫이문을 열었다. 이 층 창고에는 아래층과 같은 선반이 없었다. 그 대신에 빨간 래커칠을 한 상자가 벽을 따라 천장 높이만큼이나 쌓여 있었다. 그 상자들 사이로 좁은 통로가 나 있었고, 통로 끝 슬레이트 창문에는 통풍을 위한 방충망이 덮여 있었다. 그곳은 아래층보다 훨씬 더 밝았다. 안으로 발을 들여놓자, 상자 앞쪽에 새겨진 검은 글자가 눈에 들어왔다. 거기에는 옷 종류와 사람 이름이 적혀 있었다. 솔직히 말해 그 당시 난 글씨를 다 읽지는 못했지만 꼭대기 선반 위에 놓인 하추모모의 이름이 적힌 상자는 찾아낼 수 있었다. 그 상자를 힘들게 내려 그 안에 새 기모노를 넣고는 원래 있던 곳에다 올려놓았다. 호기심에 다른 상자도 잽싸게 열어보았더니 그곳에는 열다섯 벌 정도나 되는 기모노가 담겨 있었고, 뚜껑을 들춰본 다른 상자들도 모두 마찬가지였다.

창고에 불이 날까봐 할머니가 왜 그렇게 걱정하는지 금방 이해가 되었다. 그렇게 모아둔 기모노는 요로이도와 센주루 마을 전체를 합한 것보다 두 배쯤 더 비싸리라는 생각이 들었다. 뒤에 알게 된 바에 의하면 가장 값비싼 기모노들은 다른 창고에 보관되어 있었다. 그런 기모노들은 아주 젊은 게이샤만 입는 것으로 하추모모가 더 이상 입을 수 없게 되자, 다시 필요할 때까지 안전하게 보관하기 위해 임대 금고에 맡겼던 것이다.

마당으로 돌아오니, 그 사이 하추모모는 방으로 올라가 벼루와 먹, 붓을 가지고 왔다. 나는 하추모모가 쪽지를 하나 써서 기모노를 다시 접을 때 그 속에 집어넣으려 한다고 생각했다. 우물에서 떠온 물을 벼루에 똑똑 떨어뜨리고 나더니 하추모모는 산책로에 앉아 먹을 갈았다. 검은빛을 띠자, 그녀는 벼루에다 붓을 담가 그 끝을 부드럽게 만들었다. 하추모모는 내 손에 붓을 쥐어주더니 그 아름다운 기모노 위로 내 손을 가져갔다.

「치요, 서예 연습을 좀 하렴.」

이름을 들어본 적은 없었지만, 마메하라는 이름의 게이샤 것이었던 그 기모노는 그야말로 예술 작품이었다. 옷단에서부터 허리까지는 래커칠한 실로 만든 아름다운 포도나무로 짜여 있었다. 단지 천조각에 불과했으나, 마치 진짜 포도가 자라고 있는 것처럼 보여서, 원하기만 한다면 흙에서 잡초를 뽑듯이 손가락으로 그 포도나무를 뽑아낼 수 있을 것 같은 느낌이 들었다.

「그렇게는 못 해요, 하추모모 상!」

내가 소리쳤다.

「하추모모가 한 번 더 말하게끔 한다면 넌 네 언니를 찾을 기회를 잃고 말 게다.」

84

하추모모의 친구가 내게 말했다.

「코린, 입 닥쳐! 치요는 내가 시키는 대로 해야 한다는 걸 알고 있어. 바보 양, 이 옷 위에다 뭐든지 써봐. 뭘 쓰든 상관없어.」

붓이 기모노에 닿는 순간, 너무 흥분한 코린이 비명을 질렀기 때문에 잠을 깬 하녀 하나가 머리에 이불을 뒤집어쓰고 잠옷을 질질 끌면서 복도로 나와 내다보았다. 하추모모가 그 나이 든 하녀를 향해 발길질을 해 보이자, 그 하녀는 자기 침상으로 돌아갔다. 내가 그 푸른 실크에다 그린 몇 개의 선을 코린이 못마땅해하자, 하추모모는 어디에 어떤 그림을 그려야 하는지 내게 다시 가르쳐주었다. 하추모모는 나름대로 예술적으로 그리고자 했지만 아무런 의미도 없는 그림이었다. 그림을 그리고 나서 기모노를 리넨에 싸서 다시 끈으로 묶었다. 거리로 난 문을 열면서 하추모모는 나더러 따라오라고 했다.

「하추모모 상, 허락 없이 오키야 밖을 나가면 어머니가 몹시 화내실 거예요. 그리고……」

「내가 허락하겠어. 우린 기모노를 돌려줘야 해, 안 그래? 날 기다리게 하려는 건 아니겠지?」

나는 신발을 신고 좁다란 시라카와 강 옆으로 나 있는 길 쪽으로 하추모모를 따라갈 수밖에 없었다. 기온의 거리와 골목길은 돌로 아름답게 포장되어 있었다. 우리는 검은 강물 위로 축 늘어진 벚나무를 지나 달빛 속에서 한 블록 정도 더 걸은 뒤, 마침내 내가 한번도 가본 적이 없는 기온의 어떤 구역으로 향하는 아치형의 나무다리를 건넜다. 강둑은 돌로 되어 있었으며 대부분 이끼로 뒤덮여 있었다.

강둑을 따라 찻집과 오키야들이 줄지어 있었다. 창문에 친 발을 통해 작은 선을 이루며 비쳐오는 노란 불빛을 보자 그날 아침 요리사가 만든 무장아찌 생각이 났다.

남자들과 게이샤들의 웃음소리가 들렸다. 그 찻집 중 어느 곳에선가 아주 재미있는 일이라도 벌어지고 있는 모양이었다. 웃음소리가 잦아들고 나면 샤미센 소리가 감돌았다. 재몬은 사추가 기온에 없다고 말했지만 그 파티들 중 어느 한 곳에 그녀가 있을지도 모른다는 생각이 들었다.

잠시 후, 하추모모와 코린은 어떤 집 앞에서 걸음을 멈추었다.

「이 기모노를 위층으로 가져가서 거기 있는 하녀에게 줘. 혹시 완벽 양이 직접 문을 열면, 그 여자에게 줘도 괜찮아. 아무 말도 하지 말고 그냥 주고 와. 우린 여기서 널 지켜보고 있을 테니까.」

　코린이 문을 열어주는 동안, 하추모모는 포장한 기모노를 내 두 팔에 올려놓았다. 반들반들하게 닦인 나무 계단이 보였다. 두려움에 사로잡힌 나머지 난 계단을 절반 정도 올라가다가 멈춰 서고 말았다. 그러자 계단을 향해 코린이 속삭이듯 소리쳤다.

「계속 가! 그 기모노를 그냥 들고 내려오지만 않는다면 아무도 널 잡아 먹지는 않을 테니까. 그렇지, 하추모모 상?」

　하추모모는 그 말에 한숨만 내쉴 뿐, 아무 말도 하지 않았다. 키가 코린의 어깨 높이도 안 되는 하추모모는 손톱을 씹으면서 허공만 쳐다보았다. 그 끔찍한 두려움 속에서도 나는 하추모모가 얼마나 아름다운지 곱씹고 있었다. 거미만큼이나 잔인한 사람이었지만, 그녀는 사진을 찍으려고 포즈를 취하는 그 어떤 게이샤보다도 더 아름다운 모습으로 손톱을 씹고 있었다. 하추모모와 비교하면 코린은 보석과 함께 길가에 놓인 돌멩이처럼 보였다. 머리에 꽂은 장신구는 거북스러워 보였고 기모노는 항상 따로 놀았다. 반면에 하추모모가 기모노를 입으면 마치 자신의 살갗처럼 자연스러웠다.

　계단 꼭대기의 층계참 위에서 나는 무릎을 꿇고 소리를 질렀다.

「실례합니다!」

　기다렸으나 아무 반응이 없었다.

「더 크게! 그 사람들은 네가 오는지 모르잖아.」

　코린의 말에, 난 다시 소리질렀다.

「실례합니다!」

「잠깐만요!」

　중얼거리는 듯한 소리가 들리더니 곧 문이 열렸다. 맞은편에 무릎을 꿇고 앉아 있는 여자는 사추보다는 어렸지만 새처럼 가냘프고 신경이 날카로워 보였다. 나는 그 여자에게 리넨으로 싼 기모노를 건네주었다.

그녀는 몹시 놀라더니 절망적으로 기모노를 받아 들었다.

「아사미 상, 거기 누구지?」

집 안쪽에서 다른 목소리가 들렸다. 새로 만든 침상 옆으로 고풍스런 스탠드 불빛이 보였다. 산뜻한 시트와 아름다운 실크 커버, 그리고 하추모모가 사용하는 것과 같은 종류인 '타카마쿠라'라는 높은 베개를 보고, 목소리의 주인공이 마메하임을 알 수 있었다. 그 타카마쿠라는 사실 진짜 베개가 아니라 목 부분에 솜을 넣어 만든 나무 받침대였다. 그래야만 게이샤는 그 정교한 헤어스타일을 망치지 않고 잠을 잘 수가 있었다.

하녀는 아무 대답도 하지 않고 최대한 빠르게 기모노를 싼 포장지를 벗겨냈다. 기모노를 불빛에 비쳐본 그녀는 얼른 입을 막았다. 금세 눈물이 뺨을 적셨는데, 그때 다시 목소리가 들렸다.

「아사미 상, 누구냐니까?」

「아, 아무도 없어요, 아가씨!」

하녀는 다시 소리지르고는 재빨리 소매로 눈물을 훔쳤다. 그 모습을 보니 정말 미안한 마음이 들었다. 그녀가 문을 닫으려고 몸을 일으켰을 때 여주인 모습이 흘깃 보였다. 난 왜 하추모모가 마메하를 '완벽 양'이라고 부르는지 금방 알 수 있었다. 마메하의 얼굴은 완벽한 계란형으로 정말 인형같이 생겼으며, 화장기가 없는데도 불구하고 도자기처럼 부드럽고 섬세하게 보였다. 마메하가 계단 쪽을 내다보려고 기웃거리면서 문 쪽으로 걸어왔지만 하녀가 재빨리 문을 닫아버렸다.

다음날 아침 수업이 끝난 다음, 오키야로 돌아오니 어머니와 할머니, 그리고 아줌마가 일층에 있는 응접실에 문을 닫고 들어앉아 있었다. 그들은 기모노에 대해 얘기하고 있었다.

그때 하추모모가 집으로 들어왔다. 하녀 중 한 명이 그 사실을 알리자, 어머니는 층계를 올라가려던 하추모모를 불러 세웠다.

「오늘 아침에 마메하와 그 집 하녀가 잠깐 여기 다녀갔단다.」

「어머니, 무슨 말씀을 하시려는지 알아요. 나도 그 기모노에 대해서는 정말 미안해요. 치요가 그 위에 먹칠을 하기 전에 막아보려고 했는데…… 하지만 너무 늦어버렸죠. 치요는 그 기모노가 내 것이라고 생각했나봐요! 치요가 여기 온 다음부터 왜 그렇게 나를 미워하는지 모르겠어요. 단지 나를 괴롭히겠다는 생각으로 치요가 그렇게 아름다운 기모노를 망치려 했다는 걸 좀 생각해보세요!」

그때 아줌마가 홀 쪽으로 절뚝거리며 걸어나와 소리쳤다.

「마테 마시타!」

그 말은 '우리는 널 기다리고 있다! 라는 뜻이었다. 그러나 아줌마가 뭘 말하려고 했는지 나로서는 알 수가 없었다. 그 말은 위대한 스타가 가부키 무대에 입장하려고 할 때 종종 관객들이 사용하는 말이었다.

「아줌마, 그 기모노를 망친 게 나와 무슨 상관이라도 있다는 말씀이신가요? 내가 왜 그런 짓을 하겠어요?」

「네가 얼마나 마메하를 미워하는지는 모두가 다 아는 일이다. 넌 너보다 성공한 사람은 다 미워하잖아.」

「그 말은 아줌마가 실패자니까, 내가 아줌마를 끔찍이 좋아해야 한다는 뜻이기도 한가요?」

「그거하고는 아무 상관 없는 일이다.」

어머니가 두 사람 사이에 끼어들었다.

「하추모모, 내 말 좀 들어보렴. 네가 꾸며낸 이야기를 믿을 만큼 우리 머리가 텅 비었다고 생각하는 건 아니겠지? 난 우리 오키야에서 이따위 일이 일어나는 걸 참을 수가 없어. 비록 네가 한 일이라도 말이다. 난 마메하를 아주 존경하고 있어. 이런 일은 두 번 다시 없었으면 해. 그리고 그 기모노는 누군가 보상해줘야 해. 난 어젯밤에 무슨 일이 있었는지 모른다. 하지만 그 붓을 누가 잡고 있었는지는 이제 더 이상 말할 필요가 없어. 누가 그랬는지 본 하녀가 있으니까. 그러니 치요가 보상해야 해.」

그렇게 말한 어머니는 파이프를 다시 입으로 가져갔다.

그때 할머니가 응접실에서 나와 하녀에게 대나무 막대기를 가져오라고 시켰다.

「치요는 아직도 빚이 많아요. 왜 하추모모가 한 짓에 대해 치요가 값을 치러야 하는지 모르겠군요.」

아줌마가 거들고 나섰다.

「이 일은 그만 얘기하기로 하자. 그 애는 좀 맞아야 해. 그리고 기모노 값을 보상해야지. 그래야 하고말고. 대나무 막대기가 어디 있니?」

할머니가 말했다.

「그 애는 내가 때리겠어요. 할머니 관절이 다시 화끈거리는 건 원치 않으니까요. 치요, 이리 오렴.」

아줌마는 하녀가 막대기를 가져올 때까지 기다렸다가 나를 정원으로 데리고 갔다. 너무 화가 난 아줌마의 콧구멍은 평소보다 더 커졌고 눈은 주먹처럼 불끈 솟아올랐다. 오키야에 온 이래 나는 맞을 짓을 하지 않으려고 언제나 조심했다. 갑자기 뜨거운 것이 올라오면서 발 아래 계단이 흐릿해졌다. 그러나 아줌마는 나를 때리는 대신 막대기를 창고 벽에 세워놓고는 절뚝거리며 다가와 조용히 물었다.

「하추모모에게 무슨 짓을 한 거니? 하추모모는 널 망치려고 안달이다. 거기에는 무슨 이유가 있을 거야. 그게 뭔지 알고 싶구나.」

「맹세하겠어요, 아줌마. 내가 온 날부터 하추모모는 늘 이런 식으로 날 대했어요. 내가 하추모모에게 어떻게 했는지 나도 모르겠어요.」

「할머니는 하추모모를 바보라고 부를지 모르겠지만, 그러나 내 말을 믿어라, 하추모모는 바보가 아냐. 만약 하추모모가 네 인생을 망치려고 든다면, 그 애는 그렇게 하고 말 거야. 네가 하추모모를 화나게 만드는 일을 했다면 이젠 그만두도록 해라.」

「아줌마, 난 아무 짓도 안 했어요. 맹세해요.」

「넌 절대 하추모모를 믿어서는 안 돼. 그 애가 널 도우려고 한다 해도 말이야. 이미 그 애는 네게 절대로 갚을 수 없는 많은 빚을 지웠단다.」

「무슨 말씀이신지……, 빚이라니요?」

「하추모모가 그 기모노로 꾸며낸 술책이 너로 하여금 생각지 못할 정도의 큰 빚을 지게 했어. 바로 그 빚을 말하는 거야.」

「하지만 내가 어떻게 갚을 수 있죠?」

「네가 게이샤로 일하기 시작하면 그 돈을 오키야에 갚아야 해. 네가 빚지고 있는 다른 모든 비용과 함께 말이야. 음식이나 수업 같은 거 말이지.

네가 아프기라도 하면 의사를 부르는 비용도 들 테고. 너한테 드는 돈은 모두 네가 지불해야 해. 어머니가 왜 하루종일 방에 앉아 그 조그마한 공책에 숫자들을 써넣고 있다고 생각하니? 너는 오키야가 널 데려오느라고 낸 비용도 빚지고 있는 거야.」

기온에서 지내던 몇 달 동안, 나는 그 모든 비용이 집에서 나오기 전에 이미 지불되었다고 믿고 있었다. 내가 엿들었던 다나카 씨와 우리 아버지의 대화나 안달 여사가 사추와 나를 두고 '적합하다'고 한 말이 무슨 뜻인지도 종종 생각해보았다. 나는 다나카 씨가 우리를 팔아 치우는 일을 도움으로써 돈을 벌었는지, 그리고 우리 몸값이 얼마였는지를 두려운 마음으로 생각해보았다. 그러나 내가 그 돈을 다시 갚아야 한다고는 생각지 못했다.

「게이샤로 오래 일하지 않으면 그 돈을 갚을 수 없을 게다. 나처럼 실패한 게이샤로 끝난다면 그 돈을 결코 갚을 수가 없어. 너도 앞으로 이런 식으로 살고 싶은 게냐?」

나는 앞으로의 일에 대해서는 전혀 관심이 없었다.

「기온에서의 네 인생을 망치고 싶다면, 방법은 아주 많지. 도망치려고 하면 돼. 한번이라도 그런 짓을 한다면, 어머니는 널 투자 가치가 없다고 생각하게 될 거야. 언젠가 도망쳐버릴 사람에게 돈을 투자하려고 하진 않겠지. 그 말은 네 학교 수업이 끝장난다는 뜻이야. 교육을 받지 않고서는 게이샤가 될 수 없어. 아니면 선생님에게 인기 없는 학생이 될 수도 있겠지. 그러면 필요한 도움을 못 받을 테니까. 아니면 나처럼 못생긴 여자로 성장할 수도 있어. 우리 부모가 할머니에게 날 팔았을 때 난 그다지 못생긴 아이가 아니었어. 하지만 자라면서 안 예뻐지자, 할머니는 언제나 날 미워하셨지. 한번은 내가 어떤 잘못을 저질렀다고 날 아주 심하게 때렸는데 그때 엉덩이 한쪽이 부러졌어. 그러고 나서 난 게이샤 일을 그만두었다. 그래서 할머니가 네게 손대지 못하게 하려고 차라리 내가 널 때리겠다는 거야.」

아줌마는 나를 산책로로 데려가더니 엎드리라고 했다. 나는 아줌마가 날 때리든 말든 조금도 개의치 않았다. 뭐가 더 나빠질 수 있을까, 나는 그런 생각을 하고 있었다. 매가 내 몸을 내리칠 때마다 큰 소리를 지르면서도 나는 날 내려다보며 웃음 짓는 하추모모의 예쁜 얼굴을 그려보았다. 매질을 끝내자 아줌마는 울고 있는 나를 내버려두고 갔다. 곧 누군가가 걸어오는 기척이 느껴졌다. 하추모모가 나를 내려다보고 있었다.

「치요, 길을 좀 비켜줬으면 정말 고맙겠구나.」

「하추모모, 우리 언니를 어디서 찾을 수 있는지 말해주겠다고 약속했잖아요.」

「그랬지!」

몸을 숙인 하추모모의 얼굴이 내 앞으로 다가왔다. 난 그녀가 지금까지 한 짓으로도 충분하지 않다고, 앞으로 더한 일이 있을 거라고 말할 줄 알았다.

「네 언니는 타추요라고 불리는 조로우야에 있어. 기온의 남쪽인 미야가와초 지역이지.」

그렇게 말하고 하추모모가 나를 가볍게 발로 찼기 때문에 난 길옆으로 밀려나고 말았다.

7

　조로우야라는 말은 한번도 들어본 적이 없었다. 그래서 바로 그 다음날 저녁, 아줌마가 현관 마루에 떨어뜨린 바느질 상자 치우는 일을 좀 도와달라고 부탁했을 때 물어보았다.

「아줌마, 조로우야가 뭐예요?」

　아줌마는 실패만 계속 감고 있었다.

「아줌마?」

「거긴 하추모모가 마지막에 가게 될 그런 곳이지. 자기 행동의 대가를 치르게 된다면 말이야.」

　아줌마가 더 말하고 싶어하지 않아 나는 그만 가보는 수밖에 달리 도리가 없었다.

　분명 내 질문에 대한 대답은 아니었다. 그러나 그 말을 듣고 보니 사추가 나보다 더 고통받고 있을지도 모른다는 생각이 들었다. 그래서 언제 기회가 생긴다면 그 타추요라는 곳에 숨어 들어갈 궁리를 하기 시작했다. 그러나 재수 없게도 마메하의 기모노를 망친 벌로 50일 동안 오키야에 감금되었다. 호박이 나와 동행한다는 조건하에서 학교 다니는 건 허락되었다. 그러나 심부름을 갈 수는 없었다. 원하기만 한다면 언제라도 문을 부술 수 있다고 생각했지만 그건 어리석은 짓이었다. 타추요를 어떻게 찾느냐도 문제였지만, 내가 없어지는 순간 베쿠나 누군가가 날 찾으러 오리라는 점도 문제였다. 몇 달 전에, 이웃 오키야에서 한 젊은 하녀가 도망친 일이 있었는데, 그녀는 그 다음날 아침에 다시 잡혀왔다. 며칠 동안 심하게 매를 맞은 그녀의 통곡은 정말 끔찍했다. 그 소리를 안 들으려고 손가락으로 귀를 막아야 할 정도였다.

난 50일간의 감금 기간이 끝날 때까지 기다리는 수밖에 없다고 결론지었다. 그 동안 어떻게 하면 하추모모와 할머니의 그 잔악한 행동에 대해 복수할 수 있을까 궁리했다. 하추모모의 경우 계단을 청소하면서 긁어모은 비둘기 똥을 그녀의 얼굴 크림에 섞는 것으로 복수를 했다. 원래 그 크림은 이미 얘기한 대로 나이팅게일의 똥으로 만들었기 때문에 내가 한 짓이 하추모모에게 별로 큰 해를 끼치지는 못했지만, 그 일은 나를 만족시켰다. 할머니에게는 화장실 걸레를 할머니의 잠옷 안쪽에다 문지름으로써 복수를 했다. 할머니가 옷을 벗을 생각은 않고 영문을 몰라 코를 킁킁거리는 모습을 보니 기분이 좋았다. 얼마 안 있어, 난 요리사가 기모노 사건으로 나를 혼내줄 계획을 세웠다는 사실을 알게 되었다. 아무도 시킨 사람이 없는데도 그녀는 한 달에 두 번 나오는 내 고기 몫을 줄였다. 어떻게 복수할까 생각하다가 어느 날 복도에서 망치를 들고 쥐를 쫓고 있는 그녀를 보게 되었다. 알고 보니 그녀는 쥐를 끔찍이 싫어했다. 그래서 나는 집터 아래에서 쥐똥을 모아 부엌 여기저기에 뿌려놓았다. 심지어 내가 젓가락으로 쌀자루 아래 구멍을 뚫어놓았기 때문에 그 요리사는 쥐를 찾아 찬장 안에 있던 그릇을 모두 끄집어내야만 했다.

어느 날 밤, 하추모모를 기다리고 있던 중에 전화 벨소리가 들렸다. 잠시 후 요코가 나오더니 이층으로 올라갔다. 다시 내려온 그녀의 손에는 하추모모의 샤미센을 넣어둔 상자가 들려 있었다.

「이거 미주키 찻집에 갖다주고 와. 하추모모가 내기에 져서 샤미센에 맞춰 노래를 불러야 한대. 어떻게 된 일인지는 잘 모르겠는데, 하추모모가 찻집에서 주는 샤미센은 안 쓰겠다고 했대. 내 생각에는 하추모모가 그냥 시간을 끌려고 그러는 것 같애. 몇 년 동안 샤미센에는 손도 안 댔거든.」

요코는 내가 오키야 밖으로 나가면 안 된다는 점을 모르고 있었던 게 분명했다. 사실 그건 별로 놀랄 일도 아니었다. 중요한 전화를 놓칠까봐 그녀는 한시도 전화 곁을 떠나지 못하도록 되어 있었다. 그래서 요코는 오키야 생활에는 별로 관여하지 않았다. 그녀가 기모노 외투를 입는 동안 나는 샤미센을 받아 들었다. 미주키 찻집의 위치를 확인한 뒤, 나는 누군가가 나를 제지할지도 모른다는 생각에 가슴을 졸이며 현관에서 신발을 신었다. 하녀들과 호박, 그리고 세 명의 노인들조차 모두 잠들어 있었고, 이제 몇 분 후면 요코도 가버릴 것이다. 드디어 언니를 찾을 수 있는 기회였다.

머리 위에서 천둥이 우르릉거리는 소리가 들렸고 공기에는 비 냄새가 섞여 있었다. 나는 서둘러 거리를 걸어갔다. 길거리에서 만난 남자들 중 몇몇은 내게 이상한 눈길을 보내기도 했는데, 그들 중 일부는 내가 샤미센을 훔쳐 달아나는 중이라고 생각하는 눈치였다.

미주키 찻집에 도착하자 비가 떨어지기 시작했다. 그러나 입구가 너무나 훌륭해서 그 집에 발을 들여놓기가 두려웠다. 문에 걸린 작은 커튼 뒤로 보이는 벽은 부드러운 오렌지색이었고 짙은 나무로 잘 다듬어져 있었다. 광택 나는 돌로 만든 길은 커다란 화병 쪽으로 향해 있었는데, 그 화병에는 화려한 단풍나무 가지들이 가지런히 놓여 있었다. 드디어 용기를 내 그 작은 커튼을 스쳐 지나갔다. 화병 옆으로 입구가 있었고 바닥에는 조야하게 광택을 낸 화강암이 깔려 있었다. 찻집으로 들어가는 길은 정말 말할 수 없이 아름다웠다. 나로서는 그런 고급 찻집이 처음이었으니 놀란 것도 무리는 아니었다. 알다시피 찻집은 차를 파는 곳이 아니었다. 그곳은 남자들이 게이샤의 향응을 받기 위해 가는 곳이었다.

입구에 발을 들여놓는 순간, 내 앞의 문이 스르르 열렸다. 마루 위에 무릎을 꿇고 앉아 있던 한 젊은 하녀가 나를 내려다보았다. 돌바닥 위로 울린 내 발소리를 들었음이 분명했다. 그 여자는 단순한 회색 무늬가 있는 파란색 기모노를 입고 있었다. 일 년 전이었다면, 그녀가 그 아름다운 집의 젊은 여주인이라고 생각했겠지만, 기온에서 몇 달을 지내다보니 그녀의 기모노가 게이샤나 찻집의 여주인이 입기에는 너무 단순하다는 사실을 한눈에 알아차렸다. 물론 헤어스타일도 평범했다. 그럼에도 불구하고 그녀는 나보다 훨씬 더 우아했다.

「뒷문으로 가.」

「하추모모가 시켜서…….」

「뒷문으로 가라구!」

다시 말하더니 그 여자는 내 대답은 듣지도 않고 문을 닫아버렸다.

비가 더 심하게 내리고 있었기 때문에 나는 찻집을 따라 나 있는 좁은 골목길을 뛰어갔다. 내가 도착하자 뒷문은 열려 있었으며, 아까 그 하녀가 무릎을 꿇고 나를 기다리고 있었다. 그 하녀는 한마디도 없이 내 팔에서 샤미센 상자를 가져갔다.

「아가씨, 뭐 좀 물어봐도 되나요? 미야가와초 구역이 어디 있는지 아세요?」

「왜 거기 가려는 거지?」

「뭘 좀 가지러 가야 하거든요.」

그 여자는 이상하게 쳐다보더니, 강을 따라 걷다가 미나미자 극장을 지나면 곧 미야가와초가 나온다고 말해주었다.

비가 그칠 때까지 찻집 처마 밑에서 기다리기로 하고는 주위를 돌아보는데 옆에 있는 울타리 널빤지 사이로 건물 한 채가 눈에 들어왔다. 울타리 너머로 아름다운 정원을 가로질러 유리 창문이 보였다. 그 안에는 아름다운 다다미방이 오렌지 불빛 속에 잠겨 있었고, 한 무리의 남자들과 게이샤들이 술잔이 흐트러진 테이블에 둘러앉아 있었다. 하추모모의 얼굴도 보였는데, 흐릿한 눈을 한 어떤 노인과 이야기 중이었다. 하추모모는 무슨 이유에서인지 재미있어했지만, 그 노인이 하는 얘기 때문은 아닌 것 같았다. 하추모모는 내 쪽으로 등을 돌리고 앉아 있는 어떤 게이샤를 계속 쳐다보고 있었다. 다나카 씨의 어린 딸인 코마코와 함께 찻집을 들여다보던 일이 생각났다. 그러자 오래 전에 아버지의 첫번째 가족들 무덤 앞에서 느꼈던 무거운 감정이 엄습해왔다. 마치 땅이 나를 밑으로 잡아당기는 그런 느낌 말이다. 어떤 생각이 내 머릿속에서 부풀어오르더니 더 이상 무시할 수 없을 정도로 커져갔다.

나는 그 생각을 떨쳐버리고 싶었지만, 바람이 스스로 멈출 수 없듯이 나도 마음속에서 그 생각을 떨쳐낼 수가 없었다. 그래서 한 걸음 물러나 문에다 등을 기대고는 현관 돌계단 위에 앉아 울기 시작했다. 다나카 씨에 대한 생각을 떨쳐버릴 수가 없었다.

그 사람은 우리를 부모님에게서 떼어내 나는 하녀로, 언니는 더 나쁜 곳으로 팔아버렸다. 나는 그 사람을 친절한 사람으로 여기고 있었다. 그러니 난 얼마나 어리석은 아이였던가!

난 결코 요로이도로 돌아가지 않겠다고 결심했다. 아니 내가 만약 그곳으로 돌아간다면, 그것은 내가 다나카 씨를 얼마나 증오하는지 말하기 위해서일 것이다.

몸을 일으켜 젖은 옷으로 눈물을 닦을 무렵에는 비가 안개로 변해 있었다. 돌이 깔린 골목길은 전등 불빛에 반사되어 금빛으로 반짝거렸다. 나는 거대한 기와 지붕의 미나미자 극장을 향해 기온의 토미나가초 구역으로 다시 발길을 돌렸다. 그 극장을 보니 베쿠가 사츠와 나를 역에서 데려오던 날이 생각났다. 미주키 찻집의 그 하녀는 미나미자를 지나 강을 따라 걸어가라고 했다. 그러나 강을 따라 나 있는 길은 극장 앞에서 끊어졌다. 그래서 나는 미나미자 뒤로 난 길을 따라갔다.

몇 블록 정도 걸어가니 가로등도 없고 인적도 없는 지역이 나왔다. 그때는 잘 몰랐으나, 그 당시 거리는 대공황 때문에 대부분 텅 비어 있었다. 시대가 달랐다면 미야가와초가 기온보다 더 붐볐을지도 모르겠다. 그날 밤 그곳은 내게 아주 슬픈 장소처럼 보였다. 나무로 된 건물들은 기온과 비슷했으나, 그곳에는 나무도 없었고 아름다운 시라카와 강도 없었으며 아름다운 현관들도 없었다. 문틈으로 새어 나오는 백열등 불빛이 유일한 불빛이었는데, 그곳에는 노인들이 앉아 있었다. 그 옆 길거리에는 게이샤로 보이는 여자 두세 명이 서 있었다. 게이샤처럼 기모노를 입고 있었지만, 오비를 뒤쪽이 아니라 앞쪽에 매고 있었다. 그런 모습은 한번도 본 적이 없어서 난 영문을 몰랐다. 그러나 그것은 바로 창녀 표시였다. 밤새도록 오비를 풀었다 묶었다 해야 하는 여자라면 굳이 성가시게 그 띠를 뒤에다 묶을 필요가 없는 것이다.

그 여자들 중 한 명의 도움을 얻어, 나는 집이 세 채밖에 없는 막다른 골목에서 타추요를 찾아냈다. 타추요의 현관 의자에 어떤 노파가 앉아 있었는데, 그 노파는 골목 맞은편의 젊은 여자와 이야기를 나누고 있었다. 문틀에 등을 기대고 앉은 그 노파의 회색 옷은 축 처져 있었고 발은 조리 밖으로 빠져 나와 있었다. 짚으로 조야하게 짠 그 조리는 하추모모가 기모노를 입을 때 신는 조리와는 거리가 멀었다. 게다가 그 노파는 타비라고 부르는 부드러운 실크 양말도 신지 않은 맨발이었다. 마치 그 울퉁불퉁한 발톱을 자랑이라도 하듯, 앞으로 쭉 내밀고 있었다.

「이제 3주만 지나면, 난 가서 안 돌아올 거야. 여주인은 내가 돌아올 거라고 생각하겠지만, 난 안 돌아와. 내 며느리가 날 잘 돌봐줄 테니까. 그 아이는 별로 똑똑하진 않지만 일은 열심히 하지. 그 애를 만나봤나?」

노파가 그렇게 말하던 중이었다.

「만나봤다 해도 기억이 나겠어요? 저기 저 여자아이가 당신과 얘기하려고 기다리는 것 같아요. 안 보여요?」

길 건너편 젊은 여자의 말에 노파가 처음으로 내게 눈길을 주었다. 노파는 아무 말도 하지 않은 채, 내 말을 들어보겠다는 듯 고개를 한번 끄떡여 보였다.

「저, 부인, 여기 사추라는 이름을 가진 여자가 있나요?」

「여긴 사추라는 사람이 없는데.」

그 말에 너무 충격을 받은 나머지 난 무슨 말을 해야 할지 알 수가 없었다. 그때 어떤 남자가 내 앞을 지나 입구 쪽으로 걸어가자, 노파는 몸을 조금 일으켜 무릎에 손을 얹고 여러 번 그에게 절을 했다.

「어서 오세요!」

남자가 안으로 들어가자, 노파는 다시 의자에 앉아 발을 뻗었다.

「왜 아직도 여기에 있니? 여기엔 사추라는 사람이 없다고 말했잖아.」

「저기요, 근데, 당신네 유키요 말이에요. 내 기억으로는 그 애 이름이 사추였던 것 같은데.」

길 건너편의 젊은 여자가 말했다.

「그럴지도 모르지. 하지만 이 애가 찾는 사추는 없어. 난 쓸데없이 문제를 일으키고 싶지 않아.」

내게 단 1센도 없는 것처럼 보인다고 그 젊은 여자가 중얼거릴 때까지

난 노파의 말뜻을 알아듣지 못했다. 그녀의 말이 맞았다. 1엔의 100분의 1에 불과한 1센은 당시 일반적으로 사용되던 화폐였다. 그 1센으로는 컵 하나도 살 수 없지만 말이다. 교토에 온 이래로 난 수중에 동전 하나 가져 본 적이 없었다. 심부름을 갈 때도 물건값은 니타 오키야 앞으로 달아놓았다.

「당신이 원하는 게 돈이라면, 사추가 줄 거예요.」

「그 애가 뭐하러 너 같은 애를 위해 돈을 쓴단 말이니?」

「전 사추 동생이에요.」

그 노파는 나더러 와보라고 손짓했다. 내가 가까이 다가가자, 노파는 내 팔을 잡더니 한 바퀴 돌려보았다.

「이 애를 좀 봐. 이 애가 유키요 동생처럼 보이니? 우리 유키요가 이 애 만큼 예뻤다면 우리 집이 이 동네에서 가장 손님이 많은 집이 되었을 텐데! 넌 거짓말쟁이야, 그렇고말고.」

그 말과 함께 노파는 나를 골목 밖으로 떼다 밀었다.

솔직히 난 두려웠다. 하지만 그 두려움을 누를 수 있는 결연함이 있었다. 단지 늙은 여자가 내 말을 믿지 않는다고 해서 그냥 떠날 수는 없었다. 그래서 나는 몸을 돌려 노파에게 절을 한 뒤 다시 매달렸다.

「부인, 내가 거짓말쟁이로 보였다면 사과 드립니다. 그러나 난 거짓말쟁이가 아니에요. 유키요는 내 언니입니다. 당신이 유키요에게 치요가 여기 왔다고 말씀해주신다면, 유키요는 당신이 원하는 만큼 지불할 겁니다.」

마침내 노파가 골목 맞은편에 있는 젊은 여자에게, 내 말이 먹혀들었음을 증명하는 말을 건넸다.

「네가 내 대신 좀 가봐. 넌 오늘밤에 별로 안 바쁘잖아. 게다가 난 목도 아파. 내가 여기 남아서 이 애를 감시하고 있을게.」

그 젊은 여자는 의자에서 일어서더니 타추요 안으로 걸어 들어갔다. 그녀가 계단을 오르는 소리가 들렸다. 마침내 그녀가 다시 내려왔다.

「유키요는 손님이 있어요. 손님이 일을 끝내면 내려올 거예요.」

그 노파가 나더러 문에서 멀찌감치 떨어져 어둠 속에 숨어 있으라고 해서 나는 눈에 띄지 않는 곳에 쪼그리고 앉아 있었다. 얼마나 시간이 흘렀

을까, 오키야의 누군가가 내가 없어진 사실을 눈치라도 챌까봐 덜컥 겁이
났다.

　마침내 어떤 남자가 이쑤시개를 이 사이에 끼운 채 나왔다. 노파는 일어
나 절을 하면서 찾아주셔서 고맙다고 말했다. 그러고 나서 교토에 온 이
래로 가장 반가운 목소리가 들렸다.

「날 보자고 했어요?」

　사추의 목소리였다.

　나는 벌떡 일어나서 문에 서 있는 언니를 보려고 달려갔다. 사추의 피부
는 창백해 거의 회색빛을 띠었는데, 그건 아마 번쩍거리는 기모노를 입고
있어서였는지도 모르겠다. 언니의 입술은 어머니가 사용하는 것과 같은
밝은 립스틱으로 칠해져 있었다.

　사추는 오는 길에 보았던 여자들처럼 오비를 앞쪽에다 매던 중이었다.
언니를 보자 난 그녀의 품으로 달려들었다. 사추 역시 비명을 지르며 손
을 입으로 가져갔다.

「여주인이 내게 화낼 텐데.」

　노파의 말에 사추는 다시 타추요 안으로 사라졌다. 잠시 후 다시 돌아온
그녀가 노파의 손에 동전 몇 개를 떨어뜨리자, 그 노파는 일층에 있는 객
실로 나를 데려가라고 말했다.

「내 기침 소리가 나거든, 그건 여주인이 온다는 뜻이야. 빨리 서둘러.」

　나는 사추를 따라 타추요의 어두컴컴한 현관으로 들어갔다. 불빛은 노
란색이 아니라 갈색이었고 공기에서는 땀 냄새가 났다. 층계 아래에는 미
닫이문이 있었으나 그 문은 빠져 있었다. 그 문을 여닫기 위해서는 힘껏
당겨야만 했다. 우리는 창호지로 덮인 창문 하나만 있는 작은 다다미방에
서 있었다.

「아, 치요.」

　사추는 그렇게 말한 다음 팔을 뻗어 자신의 얼굴을 닦아댔다. 아니 적어
도 내게는 사추가 얼굴을 닦고 있는 것처럼 보였다. 잘 보이지 않았으니
까. 나는 언니가 왜 울고 있는지 금방 이해했다. 나도 눈물을 참을 수가 없
었다.

「미안해, 사추! 모두 내 잘못이야.」

우리는 어둠 속에서 서로를 향해 비틀거리며 다가가 한참 동안 껴안고 있었다. 언니는 몹시 여위어 있었다. 언니는 엄마가 늘 하던 대로 내 머리를 쓰다듬어주었는데, 그 때문에 난 다시 눈물을 펑펑 쏟고 말았다.

「조용해, 치요! 네가 여기 있는 걸 여주인이 알게 되면 난 매를 맞을 거야. 왜 이제야 왔니?」

「사추, 정말 미안해! 언니가 우리 오키야에 왔다는 거 알아…….」

「몇 달 전에…….」

「그때 언니하고 얘기했던 그 여자는 괴물이야. 그 여자는 한참 동안 언니 소식을 전해주지도 않았어.」

「치요, 난 도망쳐야겠어. 난 더 이상 이곳에 있고 싶지 않아.」

「나도 같이 갈래!」

「우리 집으로 돌아가자. 이층 다다미 아래 기차 시간표를 숨겨두었어. 난 기회 있을 때마다 돈을 훔쳐놓았어. 키시노 여사에게 갚을 돈은 충분해. 그 여자는 여자애들이 도망칠 때마다 매질을 하지. 먼저 그 여자에게 돈을 갚지 않으면 도망치도록 내버려두지 않을 거야.」

「키시노 여사? 그 여자가 누군데?」

「정문 앞에 있던 그 늙은 여자야. 그 여자도 가버릴 거야. 누가 그 자리를 대신하게 될지는 나도 몰라. 난 더 이상 기다릴 수가 없어. 여긴 끔찍한 곳이야. 치요, 넌 이제 돌아가는 게 좋겠어. 곧 여주인이 올지도 모르니까.」

「잠깐 기다려봐. 우리, 언제 도망가는 건데?」

「저기 구석에서 기다려. 아무 말도 하지 말고. 난 이층으로 가봐야 해.」

나는 언니가 시키는 대로 했다. 언니가 올라가는 동안 그 늙은 여자가 문 앞에서 어떤 남자에게 인사하는 소리가 들리더니 그 남자의 무거운 발걸음이 내 머리 위 층계를 올라가고 있었다. 잠시 후 누군가가 다시 급하게 내려오더니 방문이 열렸다. 난 잠시 겁에 질렸으나, 그 사람은 몹시 창백해 보이는 사추일 뿐이었다.

「화요일, 우린 화요일 밤늦게 도망치는 거야. 앞으로 5일 후야. 치요, 난 이층으로 가봐야 해. 손님이 왔어.」

「잠깐만, 우리 어디서 만나는 거지? 몇 시에?」

「몰라……, 새벽 1시에 만나자. 한데 어디서 만나야 할지는 모르겠어.」

내가 미나미자 극장 근처에서 만나자고 했으나, 사추는 들키기 쉽다는 이유로 안 된다고 했다. 그 극장에서부터 정확하게 강 건너편 지점에서 만나기로 동의했다.

「이제 가야 해.」

「하지만……, 내가 못 나오면 어떻게 하지? 아니면 우리가 못 만나기라도 하면?」

「치요, 그냥 거기 있으면 돼! 기회는 한 번뿐이야. 난 지금까지 기다려왔어. 여주인이 돌아오기 전에 넌 가야 해. 그 여자가 너를 보게 되면, 난 절대 도망칠 수 없게 될 거야.」

언니에게 하고 싶은 말이 너무 많았지만, 언니는 나를 복도로 데려가더니 등뒤에서 문을 힘들게 닫았다.

미야가와초에서부터 달려온 나는 떠날 때처럼 조용한 오키야를 둘러보고 안심했다. 안으로 기어 들어간 나는 현관의 흐릿한 불빛 아래 무릎을 꿇었다. 숨을 죽이려고 애쓰면서, 그리고 이마와 목에서 흐르는 땀을 소매로 닦으면서.

그런데 하녀 방문이 팔 하나 들어갈 정도로 열려 있었다. 날씨가 더울 때만 빼고 그 문은 항상 닫혀 있었다. 그 문을 쳐다보고 있자니, 안에서 뭔가 살랑거리는 소리가 들리는 것 같았다. 난 그것이 쥐이기를 바랐다. 쥐가 아니라면 하추모모와 그녀의 남자친구이리라는 생각 때문이었다. 미야가와초에 가지 말 걸 하는 후회가 일었다.

몸을 일으켜 복도로 기어가던 나는 두려움에 현기증을 느꼈다. 방문 앞에 이르러, 안을 들여다보기 위해 벌어진 틈새에 눈을 갖다 댔다. 잘 보이지 않았다. 습한 날씨 때문에 그날 저녁 일찌감치 요코는 마루에 있는 화로에 석탄을 피워 놓았다. 그때는 단지 희미한 불꽃만 남아 있었는데, 그 희미한 불빛 속에서 작고 희미한 무엇인가가 꿈틀거렸다. 그 모습을 본 순간 난 비명을 지를 뻔했다. 쥐 한 마리가 뭔가를 씹으면서 머리를 까딱거리고 있었기 때문이었다. 끔찍하게도 쥐 주둥이에서는 입맛을 다시는 소리가 들리기도 했다. 말아 올린 천 뭉치가 내 쪽으로 뻗어 나왔는데, 쥐가 지나가면서 그 뭉치 사이를 씹어대고 있는 듯한 인상을 주었다. 쥐가 복도로 빠져나갈 것 같아 막 문을 닫으려던 찰나에 여자의 신음소리가 들렸다. 그러고 나서 쥐가 뭔가를 씹고 있던 바로 그 자리에서 갑자기 머리 하나가 올라오더니, 하추모모가 나를 똑바로 쳐다보았다. 나는 깜짝 놀라 펄쩍 뒤로 물러섰다. 천 뭉치라고 생각했던 건 하추모모의 다리였다. 쥐라고 생각했던 것도 쥐가 아니라, 그녀의 남자친구 어깨에 놓여 있던 손이었다.

「뭐야, 누가 왔어?」

하추모모의 남자친구가 나지막하게 소리쳤다.

「아무것도 아니에요.」

「누가 왔잖아?」

「아니에요, 아무도 없어요. 무슨 소리인가 들린 것 같았는데, 아무도 없네요.」

하추모모는 틀림없이 나를 보았다. 하지만 남자친구가 모르기를 바라는 모양이었다. 서둘러 복도로 돌아온 나는 전차에라도 부딪힌 사람처럼 온몸을 떨면서 무릎을 꿇었다. 이따금 하녀방에서 신음소리와 시끄러운 소리가 들리더니, 드디어 그 소리가 멈췄다. 마침내 두 사람이 복도로 나오더니, 하추모모의 남자친구가 나를 똑바로 쳐다보았다.

「현관에 앉아 있는 저 애 말이야, 내가 왔을 때는 없었잖아?」

「아, 저 애는 신경 쓰지 말아요. 저 애는 오늘밤 나쁜 짓을 했어요. 오키야 밖으로 나가면 안 되는데도 나갔다 온 거예요. 나중에 내가 혼내줄 거예요.」

「그러니까 누군가 우리를 엿보고 있었던 거지? 너 왜 나한테 거짓말했어?」

「코이치 상, 당신 오늘밤 참 기분이 안 좋군요?」

「넌 저 애를 보고서도 조금도 놀라지 않았어. 저 애가 거기 있다는 걸 알면서도 말이야.」

하추모모의 남자친구는 현관으로 성큼성큼 걸어가더니, 잠시 걸음을 멈추고 나를 한번 보더니 현관 아래로 내려갔다. 나는 계속 마루에 눈길을 두고 있었으나, 자꾸만 얼굴이 달아올랐다. 하추모모는 남자친구가 신발 신는 것을 도와주려고 급하게 내 앞을 지나쳐 갔다. 하추모모는 거의 흐느끼듯 애원하는 목소리로 그 남자에게 말했는데, 그녀가 그런 식으로 누군가에게 말한 적은 한번도 없었다.

「코이치 상, 제발 진정해요. 오늘밤 당신이 왜 이러는지 모르겠어요. 내일 다시 와줘요…….」

「내일 널 만나고 싶지 않아.」

「당신이 날 그렇게 오랫동안 기다리게 하는 게 싫어요. 당신이 만나자는 곳이라면 어디라도 갈게요. 강바닥이라 하더라도 말이에요.」

「널 만날 수 있는 곳은 아무 데도 없어. 마누라가 도끼눈을 해서 날 감시하고 있단 말이야.」

「그럼 이리 와요. 우린 하녀방이 있잖아요…….」

「그렇지. 누가 살금살금 들어와서 엿보는 게 좋다면 말이지! 하추모모, 그만 가게 내버려둬. 집에 가고 싶어.」

「코이치 상, 제발 나한테 화내지 말아요. 당신이 왜 이러는지 모르겠어요. 다시 오겠다고 말해주세요. 내일이 아니더라도 말이에요.」

바깥문이 열리고 다시 닫히는 소리가 들렸다. 잠시 후에 현관 홀로 돌아온 하추모모는 멍하니 복도를 내려다보며 서 있었다. 마침내 내 쪽을 보더니 눈에서 물기를 훔쳤다.

「그래, 작은 치요야. 그 못생긴 네 언니를 찾으러 갔었지, 안 그래?」

「하추모모 상, 제발요!」

「그러고는 나를 훔쳐보려고 돌아온 게지!」

하추모모가 너무 큰 소리로 떠들었기 때문에 나이 든 하녀 한 명이 잠에서 깨 팔꿈치에 기대어 우리를 보고 있었다. 하추모모가 그 하녀에게 소리를 질렀다.

「그만 잠이나 자. 이 어리석은 할망구야!」

그러자 그 하녀는 머리를 흔들며 다시 몸을 눕혔다.

「하추모모 상, 당신이 시키는 건 뭐든지 할게요. 어머니와 문제를 일으키고 싶지 않아요.」

「물론 넌 내가 하라는 대로 해야지. 그건 말할 필요도 없는 거야! 그리고 넌 이미 문제를 일으켰어.」

「당신의 샤미센을 갖다주러 나갔다 온 거예요.」

「그건 한 시간도 전의 일이야. 넌 언니를 찾으러 갔고, 네 언니와 도망칠 계획을 세운 거야. 넌 내가 바보로 보이니? 그리고 나를 엿보려고 돌아온 거야!」

「제발 용서해주세요. 아가씨가 거기 있는 줄 몰랐어요. 난 그저……」

쥐인 줄 알았다고 말하고 싶었으나, 하추모모가 그 말을 좋게 받아줄 리 없었다. 하추모모는 잠시 나를 들여다보더니 이층 자신의 방으로 올라갔다. 다시 아래로 내려온 그녀의 주먹에는 뭔가가 들려 있었다.

「네 언니와 도망치고 싶지, 그렇지? 그거 좋은 생각이야. 네가 이 오키야에서 하루빨리 나가줄수록 난 좋아. 어떤 사람들은 내게 동정심이 없다고 말하지만, 그건 사실이 아니야. 네가 그 살찐 소 같은 언니와 도망가서 살아보려고 발버둥칠 생각을 하니 가슴이 찡하구나. 세상에, 단둘이서만 말이야! 나로서는 네가 하루빨리 오키야에서 없어지는 게 더 낫지. 일어나.」

하추모모가 어떻게 할지 두려웠지만 난 일어섰다. 손에 들려 있는 게 뭔지는 알 수 없었지만, 하추모모는 내 옷의 오비를 들추려고 했다. 하지만 그녀가 내 쪽으로 다가오자, 나는 뒷걸음질쳤다.

「봐.」

하추모모가 손을 펴자, 꼬깃꼬깃한 지폐 몇 장이 보였다. 그 돈이 얼마나 되는지는 몰랐지만, 여태까지 내가 본 중에서는 가장 많은 돈이었다.

「널 위해 이 돈을 가져왔어. 내게 고마워할 것 없어. 그냥 가져가. 다시는 널 안 봤으면 해서 주는 거니까. 그냥 꺼져주면 돼. 그게 나한테 보답하는 길이야.」

절대 하추모모의 말을 믿지 말라고 아줌마가 말했다. 나한테 도움을 주는 일이라 하더라도 말이다. 그러나 하추모모가 나를 얼마나 미워하는지 생각해볼 때 그럴 만하다는 생각이 들었다. 하추모모는 자기 자신을 위해 나를 없애버리려고 하는지도 몰랐다. 그래서 하추모모가 내 옷을 잡아 오비 아래 지폐를 집어넣을 때 나는 가만히 서 있었다. 유리 같은 하추모모의 손톱이 내 살갗을 스쳤다. 그녀는 나를 뒤로 돌리더니 돈이 떨어지지 않도록 오비를 다시 묶어주었다. 그러고 나서 정말 그녀답지 않은 짓을 했다.

하추모모가 나를 자기 쪽으로 다시 한 바퀴 빙 돌리더니 손으로 내 머리 한쪽을 쓰다듬었다. 엄마처럼 다정한 눈길을 해서는 말이다. 하추모모의 그 행동이 너무나 기묘해, 마치 독사가 다가와 고양이처럼 문질러대는 느낌이었다. 그러고 난 뒤, 하추모모는 사납게 이를 악물면서 내 머리를 한 움큼 잡았다. 머리를 홱 잡아당기는 바람에 나는 소리를 지르며 바닥에 넘어지고 말았다. 난 무슨 일인지 도대체 영문을 알 수 없었다.

하추모모는 곧장 다시 나를 일으켜 세우더니, 머리를 이리저리 잡아당기면서 이층으로 끌고 갔다. 하추모모는 화가 나서 내게 소리를 질러댔고, 나도 큰 소리로 비명을 질렀기 때문에 동네 사람들이 우리 때문에 모두 잠을 깼을지도 모를 일이었다.

계단 꼭대기에 이르자, 하추모모는 어머니의 방문을 두드려대면서 어머니를 불렀다. 어머니는 허리에 오비를 매면서 화가 난 표정으로 즉시 방문을 열었다.

「너희들, 지금 이게 무슨 짓이야!」

「내 보석요! 이 바보 같은 애가, 글쎄 이 바보 같은 애가!」

그러면서 하추모모는 나를 때리기 시작했다. 난 어머니가 하추모모를 말려줄 때까지 제발 멈추라고 울부짖는 것 외에는 아무 짓도 할 수가 없었다. 바로 그때 아줌마가 층계참으로 나왔다.

「어머니, 오늘밤 오키야로 돌아오다가, 골목 끝에서 치요같이 생긴 애가 어떤 남자와 이야기하고 있는 걸 보았어요. 하지만 치요일 리가 없다고 생각했기 때문에 별 신경을 쓰지 않았어요. 치요는 오키야 밖으로 나가면 안 되잖아요. 그런데 내 방으로 올라와 보니까, 보석 상자가 어질러져 있지 뭐예요. 그래서 급히 내려가 보니까 마침 치요가 그 남자에게 뭔가를 건네주는 게 아니겠어요! 나를 보고 도망치려고 하기에 내가 치요를 붙잡았어요!」

어머니는 나를 쳐다보면서 한참 동안 아무 말도 하지 않았다.

「그 남자는 도망갔어요. 내 생각에는 치요가 돈을 벌려고 내 보석을 팔아 치운 것 같아요. 치요는 오키야를 도망칠 일을 꾸미고 있어요. 어머니, 그게 내 생각이에요. 우리가 치요에게 그렇게 잘해주었는데도 말이에요!」

「알았다, 하추모모. 그걸로 충분해. 아줌마하고 같이 방에 가서 뭐가 없어졌는지 찾아보거라.」

그 순간 어머니와 단둘이 남은 나는 마루에 꿇어앉아 어머니를 올려다보며 낮은 소리로 말했다.

「어머니, 그건 사실이 아니에요……. 하추모모는 남자친구와 함께 하녀 방에 있었어요. 무슨 일 때문인지 화가 나서는 그걸 다 내게 화풀이하고 있는 거예요. 하추모모 물건은 하나도 훔치지 않았어요!」

어머니는 아무 말도 하지 않았다. 내 말을 듣고 있는지도 확실치 않았다. 곧 하추모모가 오더니 오비 앞을 장식하는 데 사용하던 브로치를 잃어버렸다고 말했다.

「어머니, 내 에메랄드 브로치요!」

그렇게 지껄이던 하추모모는 훌륭한 배우처럼 울기까지 했다.

「저 애가 그 끔찍스런 남자에게 내 에메랄드 브로치를 팔아버렸어요! 그건 내 브로치였는데! 저 애가 내게서 그런 물건을 훔치리라고 누가 생각이나 했겠어요!」

「저 애 몸을 뒤져라.」

어머니가 말했다.

내가 여섯 살의 어린아이였을 때, 집 한 모퉁이에서 거미집을 짓고 있는 거미를 본 적이 있었다. 거미가 집을 채 짓기도 전에 모기 한 마리가 거미집에 걸려들었다. 거미는 신경도 쓰지 않고 계속 집을 지었다. 그러다가 집이 완성되었을 때에야 비로소 뾰족한 발로 기어올라가 그 가련한 모기를 찔러 죽였다. 거기 마루에 앉아 하추모모가 그 섬세한 손가락으로 내 몸을 뒤지려 하자, 그때서야 난 하추모모가 짠 거미집에 걸려들었음을 알아차렸다. 나는 오비 아래 품고 있던 돈에 대해 아무런 설명도 할 수가 없었다. 하추모모가 돈을 꺼내자, 어머니는 그 돈을 세어보았다.

「에메랄드 브로치를 겨우 이 정도 받고 팔다니 너도 바보구나. 그걸 다시 구하려면 네 돈이 훨씬 많이 들겠구나.」

어머니가 내게 말했다. 그 돈을 잠옷에다 집어넣고 나서 어머니는 하추모모에게 고개를 돌렸다.

「너, 오늘밤 오키야에 남자친구를 데려왔지?」

하추모모는 그 말에 깜짝 놀랐으나, 주저하지 않고 대꾸했다.

「어머니, 어떻게 그런 생각을 다 하셨어요?」

긴 침묵이 흐른 후에, 어머니가 아줌마에게 말했다.

「저 애 팔을 붙들게.」

아줌마가 뒤에서 하추모모 팔을 붙잡자, 어머니는 하추모모 허벅지 근처의 기모노 솔기를 잡아당겼다. 난 하추모모가 저항할 거라고 생각했지만, 하추모모는 저항하지 않았다. 어머니가 하추모모의 무릎을 벌리는 동안 그녀는 차가운 눈길로 나를 쏘아보았다.

어머니의 손이 하추모모 다리 사이로 들어갔다가 다시 나왔을 때, 그녀의 손가락은 젖어 있었다. 어머니는 손가락을 엄지손가락에 대고 잠시 문지르더니 냄새를 맡아보았다. 그리고 나서 어머니가 손을 내려 하추모모 얼굴을 찰싹 때리자, 끈끈한 액이 그녀의 얼굴에 묻었다.

8

그 다음날 내게 화가 난 사람은 하추모모만이 아니었다. 왜냐하면 하추모모의 남자친구가 오키야에 온 사실에 대해 입다물고 있었던 벌로 모든 하녀들에게 6주 동안 고기를 먹지 못하도록 지시가 내려졌기 때문이었다.

내 손으로 그릇에서 직접 고기를 훔쳤다 하더라도 하녀들이 그렇게 상심하지는 않았을 것이다. 호박의 경우 어머니가 그런 지시를 내렸다는 말을 듣자 울어버렸다.

어머니는 내가 오비 브로치를 정말 훔쳤다고 믿고 있는 것 같지는 않았다. 그러나 내가 오키야 밖으로 나갔다 왔다는 얘기만은 어머니도 확실히 믿고 있었다. 요코가 확인해주었기 때문이었다. 내가 다시는 밖으로 나가지 못하도록 현관문을 잠그라고 어머니가 지시했다는 말을 듣는 순간, 내 인생 자체가 내 몸에서 빠져나가는 기분이었다. 이제 어떻게 오키야를 벗어날 수 있단 말인가? 아줌마만이 열쇠를 갖고 있었지만, 아줌마는 잠을 자는 동안에도 목에 열쇠를 감고 있었다. 추가 조치로 밤에 문 옆에 앉아 기다리는 일도 호박에게로 넘어갔다. 하추모모가 집으로 돌아오면 호박은 문을 열기 위해 아줌마를 깨워야 했다.

매일 밤 나는 침상에 누워 머리를 굴렸다. 그러나 사추와 도망가기로 약속한 화요일이 하루 앞으로 닥쳐올 때까지 탈출 계획에는 아무런 진전이 없었다. 나는 점점 의기소침해져서 허드렛일을 할 힘이 하나도 없었다. 거기다가 하녀들도 내가 청소해야 하는 마룻바닥 위로 내 옷을 질질 끌고 다니거나, 아니면 내가 쓸려고 하는 복도에 빗자루를 밀고 다니면서 나를 괴롭혔다. 월요일 오후 내내 나는 정원에서 잡초를 뽑는 척하면서 시간을 보냈는데, 실제로는 돌멩이 위에 쪼그리고 앉아 생각에만 잠겨 있었다. 그때 하녀 하나가 오더니 하녀방의 마루를 닦으라고 했다. 요코가 전화 옆에 지키고 앉아 있는 방을 청소하려는 순간, 뭔가 이상한 일이 일어났다. 나는 물이 뚝뚝 떨어지는 걸레를 마루 위에다 짰다. 그러나 물은 문 쪽으로 흘러가지 않고 방 뒤 모서리 쪽으로 흘러갔다.

「요코, 이것 봐. 물이 높은 쪽으로 흐르고 있어.」

물론 그곳은 높은 쪽이 아니었다. 그냥 그렇게 보일 뿐이었다. 너무 놀라, 난 다시 한 번 걸레를 짜서 모퉁이 쪽으로 흘러가는 물을 지켜보았다. 그러고 나서……, 글쎄 어떻게 그런 일이 일어나는지 정확하게 말할 수는 없었다. 그러나 나 자신이 계단을 타고 이층으로 흘러간 뒤, 거기에서 사다리를 타고 덧문을 통과해 급수 탱크 옆의 지붕까지 올라가는 모습을 그려보았다.

지붕이다! 그 생각에 너무 놀란 나머지, 요코 옆에 있던 전화벨이 울렸을 때 비명을 지를 뻔했다. 지붕까지 올라갈 수 있을지 확신할 순 없었지만, 지붕에서 아래로 내려오는 길을 발견할 수 있다면, 결국 사추를 만날 수 있을지도 모를 일이었다.

그 다음날 밤, 침대로 가면서 난 요란하게 하품을 해 보였고 쌀자루처럼 내 몸을 침상 위로 내던졌다. 날 본 사람이 있다면 곧 내가 잠들리라 생각했을 것이다. 그러나 실제로는 그 어느 때보다도 정신이 말짱했다. 한참 동안 나는 집 생각을 하면서, 그리고 만약 아버지가 문 앞에 서 있는 나를 보게 되면 어떤 표정을 지을까 하는 생각을 하면서 누워 있었다. 엄마에 대해서는 그렇게 생생하게 떠올릴 수가 없었다. 엄마를 다시 만난다는 생각만으로도 눈물이 솟았다.

마침내 하녀들은 모두 잠자리에 들었고, 호박은 하추모모를 기다리며 자리를 지키고 있었다. 할머니가 경전 외우는 소리가 들렸는데, 그건 할머니가 잠자리에 들기 전에 하는 일과였다. 잠시 후, 침상 옆에 서서 잠옷을 갈아입는 할머니의 모습이 보였다. 할머니의 발가벗은 모습을 보고 난 기겁을 했다. 목과 어깨에 닭살처럼 쪼글쪼글 주름이 잡혀 있었기 때문이었다. 잠옷을 펴기 위해 손으로 더듬거리는 모습이 이상하게 처량하게 보였다. 할머니 몸에 달린 모든 것이 축 처져 있었다. 심지어 튀어나온 젖꼭지도 손가락처럼 대롱대롱 매달려 있었다.

할머니를 쳐다보면 쳐다볼수록, 그 희미하고 늙은 여자의 마음 안에서 할머니도 자신의 부모님 생각을 하며 몸부림치리라는 느낌이 밀려왔다. 마치 내가 우리 부모님 생각으로 몸부림치고 있듯이 말이다. 할머니도 나처럼 언니를 잃었을지도 모를 일이었다. 전에는 한번도 할머니를 그런 식으로 생각해본 적이 없었다. 할머니도 나처럼 그렇게 인생을 시작했을까 하는 의구심이 들었다. 그렇다고 해서 할머니가 야비한 노인네라는 사실이 달라지지는 않았다.

잘못된 삶이 한 사람으로 하여금 야비해지도록 만들 수도 있을까? 요로이도에 있을 때, 한 소년이 나를 연못 근처의 덤불 속으로 밀어버린 기억이 났다. 나는 미친 듯이 덤불을 헤치면서 기어 나왔다. 그렇게 짧은 순간의 고통이 나를 그렇게 화나게 만들 수 있다면, 몇 년간의 고통이야 더 말할 필요가 있겠는가? 비를 많이 맞으면 돌멩이도 닳을 수 있는 법이다.

어떻게 하면 지붕으로 올라갈 수 있는지는 이미 알아냈다. 지붕에서 내려오는 방법에 대해서는…… 글쎄, 전혀 자신이 없었다. 그러나 어둠 속에서 기회를 노리는 수밖에 달리 방법이 없었다. 다치지 않고 땅으로 내려올 수 있다 하더라도, 거리에 발을 내딛는 순간부터 어려움은 시작되는 것이다. 기온에서의 생활이 얼마나 고생스러웠든지 간에 도망친 후의 생활은 훨씬 더 고생스러울 테니까.

세상은 너무 잔인할 뿐이었다. 내가 어떻게 살아남을 수 있겠는가? 나는 잠시 고민에 빠져 침상에 누워 있었다. 내게 정말 그럴 만한 힘이 있을까? 하지만 사추를 믿기로 했다.

상당한 시간이 지나고 나자, 할머니도 자리에 들었다. 하녀들이 시끄럽게 코를 골았다. 멀지 않은 곳에 무릎을 꿇고 앉아 있는 호박을 훔쳐보려고 난 몸을 뒤척이는 척했다. 호박의 얼굴이 잘 보이지 않았으나, 그녀가

110

꾸벅꾸벅 졸고 있다는 인상을 받았다. 원래는 호박이 잠들 때까지 기다릴 계획이었으나, 시간이 얼마나 되었는지 알 수가 없었다. 게다가 하추모모가 언제 들어올지 모를 일이었다. 만약 누가 나를 보게 되면 화장실만 갔다가 다시 돌아와야지 하는 생각을 하면서 재빠르게 일어났다. 그러나 아무도 내게 주의를 기울이지 않았다. 다음날 아침 입을 옷이 한쪽 옆으로 개켜져 있었다. 나는 그 옷을 집어들고 곧장 계단으로 올라갔다.

어머니의 방문 앞에서 나는 잠시 귀를 기울였다. 어머니는 보통 코를 골지 않기 때문에, 전화를 하거나 다른 소리를 내지 않으면 아무것도 알아낼 수가 없었다. 사실, 어머니의 방은 그 작은 개 타쿠 때문에 완전히 조용한 법은 없었는데, 타쿠는 잠 속에서 그르렁거리는 소리를 내고 있었다. 어머니가 잠들어 있는지 확인하기 전까지는 오키야를 빠져나갈 수가 없었다. 그래서 나는 방문을 살짝 열어 확인해보기로 했다. 만약 어머니가 깨어 있으면, 누가 날 부른 줄 알았다고 말할 작정이었다. 어머니도 할머니처럼 테이블에 램프를 켜놓고 잠을 잤다. 그래서 방문을 약간 열고 안을 들여다보자, 시트 밖으로 빠져 나온 바싹 마른 어머니 발바닥이 보였다. 타쿠는 어머니 발 사이에 가슴을 벌렁벌렁하면서 누워 있었다.

다시 문을 닫은 나는 위층 복도에서 옷을 갈아입었다. 그런데 신발이 없었다. 호박만 아니었다면 좀더 편한 신발을 가져올 수도 있었다. 나는 대신에 위층 화장실에서 사용하는 신발을 집어들었다. 그건 발등에 가죽끈이 하나 달린, 아주 형편없는 신발이었다. 더 나쁜 것은, 그 신발이 내게 너무 크다는 사실이었다. 그러나 다른 선택의 여지가 없었다.

덧문을 조용히 닫은 다음, 급수 탱크 아래 잠옷을 쑤셔 넣고 가까스로 올라가, 용마루 위로 다리를 걸쳤다. 거리에 있는 사람들의 목소리가 정말 까마득히 멀게 느껴졌다. 시간이 없었다. 신발을 놓치지 않으려고 꼭 붙들고는 용마루를 따라 잽싸게 뛰었는데, 그 일은 생각보다 훨씬 힘들었다. 기와가 너무 두꺼웠기 때문에 기와가 겹쳐져 있는 곳에는 발 디딜 곳이 없었다. 그리고 걸음을 옮길 때마다 기와가 차례대로 절거덕거리는 소리를 냈기 때문에 아주 천천히 걸음을 옮겨야 했다. 그 소리가 근처 지붕으로 퍼져 나갔다.

맞은편으로 건너가는 데에 몇 분 정도의 시간이 걸렸다. 옆집 지붕은 우리 오키야보다 한 단계 낮았다. 난 그 지붕 쪽으로 내려가 잠시 멈춘 다음 거리로 난 길을 찾아보았다. 달빛이 있었지만, 아무것도 보이지 않았다. 지붕이 너무 높고 가팔라서 타고 내려간다는 건 너무 위험한 일이었다. 그리고 그 옆집 지붕이 실제로 더 낮은지도 확신할 수 없었다. 그러자 약간 두려워졌다.

이쪽에서 저쪽으로 계속 옮겨 다니다가, 마당이 내려다보이는 곳을 찾아냈다. 홈통까지 갈 수만 있다면, 목욕탕으로 보이는 곳까지 내려갈 수 있겠다는 생각이 들었다. 목욕탕 지붕 위에서 마당까지는 쉽게 내려갈 수 있을 테니까.

다른 사람의 집 한복판으로 떨어진다는 건 별로 기분 좋은 생각이 아니었다. 그 집도 분명히 오키야였다. 현관에 앉아 그 집 게이샤가 돌아오기를 기다리고 있던 사람이 내가 뛰어내리는 순간 팔을 붙드는 일이 생길 수도 있었다.

나는 저 아래 정원에서 들려오는 조그마한 소리에도 귀를 기울이면서 한참 동안 용마루 위에 앉아 있었다. 간간이 웃음소리와 소곤거리는 소리가 들려왔다. 뛰어내리면 정원에 뭐가 기다리고 있을지 전혀 알 수 없었으나, 우리 오키야에서 내가 없어진 사실을 눈치채기 전에 서두르는 게 낫겠다는 생각이 들었다. 내가 하고 있는 짓이 얼마나 위험한지 알았더라면, 그 용마루 위에서 될 수 있는 대로 빨리 달아나 얼른 방으로 되돌아갔을 것이다. 그러나 무엇이 위험한 일인지 난 전혀 알지 못했다. 단지 꽤 위험한 모험을 하고 있다고 생각했을 뿐이었다.

다리가 휘청거리면서 그만 지붕 경사면을 따라 미끄러진 나는 겨우 용마루에 매달릴 수 있었다. 지붕이 생각보다 훨씬 가파르다는 사실을 깨닫고 나자 무서워졌다. 재빨리 위로 올라가려고 해봤으나 잘 되지 않았다. 손에 든 신발 때문에 간신히 손목만 걸친 채였다. 다시 올라갈 수 없게 된 나는 꼼짝 못할 처지가 되어버렸다. 그렇다고 손을 놓으면 바로 균형을 잃고 지붕에서 미끄러질 형편이었다. 마음은 그런 생각들로 갈팡질팡했지만 용마루에서 손을 떼야겠다는 결정을 내리기도 전에 벌써 손을 놓고 말았다. 미끄러지는 속도는 생각처럼 그다지 빠르지 않았다. 그래서 좀더 내려가면, 바깥으로 지붕이 굽은 처마 부분에서 멈출 수 있을지도 모른다는 희망이 생겼다. 그러나 그때 내 다리가 기와를 한 장 건드리자, 그 기와는 달가닥거리며 긁히는 소리와 함께 마당으로 떨어졌다. 동시에 나는 신발 한 짝을 놓쳐버렸다. 신발이 땅에 떨어지면서 푹 하는 소리가 조용하게 들렸는데, 바로 그때 최악의 소리라고 할 수 있는 발소리가 들렸다. 누군가 정원으로 나 있는 산책길을 걸어오고 있었다.

마치 땅에 있는 것처럼 벽이나 천장에 붙어 있는 파리를 본 적이 있을 것이다. 끈끈한 발이 있어서 그렇게 붙어 있을 수 있는 건지 아니면 몸이 아주 가벼워서 그런 건지는 알 수 없었으나, 누군가 아래쪽에서 걸어오는 소리를 들었을 때, 나는 파리처럼 그렇게 지붕에 붙어 있는 방법을 알아내고 싶었다. 나는 지붕 속으로 우선 발가락을, 그리고 팔꿈치와 무릎을 쑤셔 넣으려고 애썼다. 마지막 필사적인 행동으로 나는 가장 어리석은 짓을 저지르고 말았다. 한 손에 들고 있던 신발을 던져버리고는, 지붕 기와를 두 손바닥으로 눌러 멈춰보려고 했던 것이다. 하지만 손바닥이 땀으로 범벅이 되어 있어서 기왓장에 손을 대자마자 쉿 소리와 함께 미끄러지고 말았다. 얼마 후, 내 눈에 더 이상 지붕은 보이지 않았다.

잠시 아무 소리도 들리지 않았다. 두려운 침묵만이 흘렀다. 떨어지면서도 언뜻 어떤 여자를 본 기억은 났다. 한 여자가 마당으로 걸어 와서, 땅에 떨어진 기와 조각을 내려다보고는 지붕 쪽으로 고개를 돌리던 장면이었다. 떨어지면서 몸을 돌렸기 때문에 옆구리부터 땅에 닿기는 했지만 아주 심하게 땅에 부딪혔기 때문에 아직도 어리둥절한 상태였다. 나는 그 여자가 어디에 서 있었는지도 알 수 없었다. 하지만 그 여자가 지붕에서 떨어지는 나를 본 것만은 틀림없었다. 망연자실하여 바닥에 누워 있는데 그 여자의 말소리가 들려왔다.

「세상에, 하늘에서 여자아이가 내려오네!」

나는 벌떡 일어나서 도망치고 싶었으나 그렇게 할 수가 없었다. 내 몸의 어느 한 부분이 심하게 아팠기 때문이었다. 내 앞에 앉아 있는 두 여자의 모습이 천천히 눈에 들어왔다. 한 여자가 계속 뭐라고 말을 하고 있었지만, 알아들을 수가 없었다. 그들은 서로 얘기를 나누더니 이끼에서 나를 들어올려 산책로 위에 앉혔다.

「마님, 저 애가 지붕에서 내려왔어요.」

「세상에, 화장실 슬리퍼는 왜 갖고 다니지? 너 화장실 가려고 거기 올라 간 거니? 애야, 내 말 들려? 정말 위험했어! 떨어지면서 몸이 산산조각 나지 않았으니 정말 운이 좋구나!」

「마님, 저 애는 말이 안 들려요. 저 눈 좀 보세요.」

「말 좀 해봐, 애야!」

아무 말도 할 수 없었다. 난 그저 거기 가만히 누워, 미나미자 극장 맞은 편에서 사추가 날 얼마나 기다리고 있을까, 그리고 나는 이제 절대 갈 수가 없게 되었구나 하는 생각을 했다.

그 하녀는 내가 어느 집에 사는지 알아내기 위해 거리로 나가 집집마다 문을 두드리고 다녔다. 나는 아픈 팔을 감싸 쥐고는 눈물도 흘리지 않고 울었다. 그때 누가 발을 잡아당기고 얼굴을 때리는 느낌이 들었다.

「이 바보야, 이 바보 같은 것아!」

몹시 화가 난 아줌마가 나를 그 오키야에서 끌어내더니 거리로 데려갔다. 우리 오키야에 이르자, 아줌마는 나를 나무 대문에 세우고 다시 얼굴을 때렸다.

「네가 무슨 짓을 했는지 아니?」

아줌마가 물었지만 난 대답할 수가 없었다.

「도대체 뭘 생각하고 있는 거냐! 넌 이제 모든 것을 망쳐버렸어. 가장 어리석은 짓이지. 바보야, 이 바보야!」

아줌마가 그렇게 화를 내리라고는 꿈에도 생각하지 못했다. 아줌마는 나를 마당으로 끌고 가더니 산책로 위에 넘어뜨렸다. 앞으로 무슨 일이 일어날지 짐작하고 있었기에 난 서럽게 울었다.

아줌마의 매질은 지난번처럼 건성이 아니었다. 물 한 양동이를 내 옷 위로 붓더니 숨도 제대로 못 쉴 정도로 심하게 때렸다. 매질을 끝내고 나서 아줌마는 막대기를 땅에다 내던지면서 내 얼굴이 보이도록 몸을 뒤집었다.

114

「넌 이제 절대 게이샤가 될 수 없어. 이런 실수를 저지르지 말라고 경고했잖아! 이젠 너를 도와줄 수 있는 사람은 아무도 없어.」

산책로 저쪽에서 끔찍한 비명소리가 들렸기 때문에 아줌마가 하는 소리는 더 이상 들리지 않았다. 호박이 나를 잘 감시하지 못했다는 이유로 할머니한테 매질을 당하고 있었다.

옆집 마당으로 떨어지면서 팔이 부러졌다. 그 다음날 아침 의사가 와서 가까운 병원으로 나를 데려갔다. 팔에 깁스붕대를 하고 오키야로 돌아왔을 때는 이미 늦은 오후였다. 그때까지도 몹시 아팠지만, 어머니가 즉시 나를 방으로 불렀다. 어머니는 입에 파이프를 문 채, 한 손으로 타쿠를 쓰다듬으면서 나를 한참 동안 바라보았다.

「내가 널 얼마 주고 샀는지 아느냐?」

「아뇨. 하지만 실제의 가치보다 더 많은 돈을 줬다고 말씀하시려는 거죠?」

그 말이 공손한 대답이라고 말하지는 않겠다. 사실 그 말을 듣고 어머니가 내 뺨을 때릴 거라고 생각했다. 하지만 어머니는 이를 악물더니 그 특이한 웃음소리로 몇 번 기침을 할 뿐이었다.

「그건 네 말이 맞구나. 네 몸값은 반 엔도 안 될 거다. 글쎄, 난 네가 영리하다는 인상을 받았어. 하지만 너한테 좋은 것이 무엇인지 알 만큼 영리하지는 못하구나.」

어머니는 잠시 파이프를 빨더니 말을 이었다.

「널 75엔 주고 샀어. 그게 내가 쓴 돈이야. 그런데 네가 기모노를 한 벌 망쳤고, 브로치도 훔쳤고, 이제 팔까지 부러뜨렸지. 그래서 네 빚에다 치료비를 더해야겠다. 거기에다 네 식비와 수업료를 더해야지. 그리고 바로 오늘 아침, 미야가와초 구역의 타추요 여주인한테 들은 얘긴데, 네 언니가 도망쳤다는구나. 그 여주인은 나한테 진 빚을 아직 갚지 못했어. 그런데 이제 더 이상 그 빚을 갚지 않겠다더구나! 그러니 네 빚에다 더할 수밖에. 하지만 그렇다고 뭐가 달라지겠니? 어차피 넌 벌써 네가 갚을 수 없을 정도로 빚을 졌는데.」

사추는 도망쳤다. 하루종일 그 생각을 하면서 보냈는데, 마침내 그 대답을 듣게 되었다. 언니를 위해 기뻐하고 싶었으나, 그럴 수 없었다.

「네가 게이샤로 10년이나 15년 정도 일하고 나면 갚을 수 있다고 생각해. 게이샤로 성공하는 경우 말이다. 하지만 도망치려는 아이한테 누가 한푼이라도 투자하려고 하겠니?」

그런 말에 어떻게 대답해야 할지 몰라 나는 어머니에게 미안하다고 말했다. 그때까지 유쾌하게 말하던 어머니는, 내가 사과하자 파이프를 테이블에 올려놓더니 턱을 쑥 내밀었다. 그 모습은 마치 싸울 태세를 갖추는 동물 같은 인상을 주었다.

「미안하다구? 처음부터 네게 그렇게 많은 돈을 투자한 내가 어리석지. 넌 아마 전 기온에서 가장 값비싼 하녀일 게다! 네 뼈를 팔아 네 빚 중 얼마라도 돌려 받을 수 있다면, 당장 네 몸에서 뼈를 발라버리겠다!」

그 말과 함께 어머니는 당장 나가라고 명령하더니 다시 파이프를 입에 물었다. 나가는 동안 난 입술이 떨렸지만, 감정을 삭였다.

층계참에 하추모모가 서 있었다. 베쿠는 하추모모의 오비를 마저 묶기 위해 기다리고 있었고, 손에 손수건을 든 아줌마는 하추모모의 눈을 살피며 서 있었다.

「다 엉망이 되어버렸어. 내가 더 이상 해줄 게 없구나. 그만 울음이나 그쳐라. 화장은 나중에 다시 해야겠다.」

아줌마가 하추모모에게 말했다. 하추모모는 남자친구가 만나주지 않기 때문에 울고 있었다. 더 이상 남자친구를 오키야로 데려올 수도 없게 되어버렸다. 나는 그 사실을 전날 아침에 알게 되었는데, 하추모모가 그 문제를 내 탓으로 돌리려는 게 분명했다. 하추모모가 욕을 퍼붓기 전에 얼른 아래층으로 내려가려고 했지만 때는 이미 늦었다. 그녀는 아줌마 손에서 손수건을 홱 낚아채더니 내게 와보라는 시늉을 했다. 난 정말 가고 싶지 않았으나 거절할 수도 없었다.

「넌 치요하고는 볼일이 없잖아. 네 방으로 가서 화장이나 끝내.」

아줌마가 하추모모에게 말했다.

하추모모는 대꾸하지 않고 나를 자기 방으로 끌고 가더니 문을 닫았다.

116

「며칠 동안 어떻게 하면 네 인생을 망가뜨릴 수 있을까 하고 생각하면서 보냈지. 그런데 넌 도망치려고 했어. 날 위해서 말이야! 정말 얼마나 기분이 좋은지 모르겠구나. 그걸 고대하고 있었거든.」

무척 무례한 일이긴 했지만, 난 아무런 대꾸도 없이 하추모모에게 절을 하고 문을 열었다. 하추모모는 내 뺨이라도 때려주고 싶었겠지만 그냥 내 뒤를 따라 나오더니 이렇게 말했다.

「일생 동안 하녀로 지내는 것이 어떤 건지 궁금하거든 아줌마와 얘기하면 돼! 너희 두 사람은 이미 같은 배를 탔으니까. 아줌마는 엉덩이가 부러졌고, 넌 팔이 부러졌잖아. 아줌마처럼 너도 언젠가는 남자처럼 보이게 될 거야!」

내가 다섯 살인가 여섯 살이었을 때, 우리 마을에 노보루라는 어린 소년이 하나 있었는데, 모두들 그를 무시했다. 그는 분명히 좋은 아이였지만 아주 불쾌한 냄새를 풍겼다. 애들이 노보루를 싫어하는 이유도 바로 그 냄새 때문이 아닌가 싶었다. 그 애가 말을 할 때면 아이들은 모두 고개를 돌려버렸다. 그러면 그 불쌍한 노보루는 바닥에 주저앉아 울었다.

탈출에 실패한 뒤 몇 달 동안, 난 노보루의 인생을 이해하게 되었다. 왜냐하면 뭔가를 명령할 때만 빼고는 아무도 내게 말을 걸지 않았기 때문이었다. 어머니를 비롯해 오키야의 모든 식구들이 나를 한 줄기 연기 정도로밖에 취급하지 않았다.

그렇게 추운 겨울 날씨에 사추와 아버지, 엄마는 어떻게 되었을까 궁금했다. 난 밤마다 침상에 누워 불안에 떨었다. 온 세상이 마치 사람 하나 없는 커다란 공간 같았다. 스스로를 위로하기 위해 눈을 감고 요로이도의 바닷가 절벽 옆으로 난 길을 따라 걷는 내 모습을 그려보았다. 사추와 함께 도망쳐서 다시 집으로 돌아간 것처럼 생생한 장면이 눈앞에 펼쳐졌다. 난 사추의 손을 잡고―한번도 언니의 손을 잡아본 적은 없었지만―우리 비틀거리는 집으로 달려가고 있었다. 얼마 안 있으면 다시 엄마, 아버지와 함께 살 수 있을 거라는 생각을 하면서. 그러나 환상 속에서도 집까지는 가보지 못했다.

어느 순간, 옆에 있던 하녀의 기침 소리와 함께 바다 냄새는 흩어졌고, 발 밑의 거친 흙도 다시 침상의 시트로 변했다. 그와 함께 처음의 외로움이 다시 나를 반겨주었다.

봄이 오자 마루야마 공원에 벚꽃이 피었고, 교토 사람들은 온통 그 얘기만 하며 지냈다. 하추모모는 벚꽃 축제 때문에 낮에도 평상시보다 더 바빴다. 매일 오후 외출 준비를 하는 하추모모를 보며 그녀의 분주한 생활을 부러워했다.

언젠가 사추가 나를 구하러 오키야로 몰래 찾아올지도 모른다는 생각이나, 아니면 요로이도의 가족 소식을 들을 수 있을지도 모른다는 희망은 이미 포기한 지 오래였다.

그러던 어느 날 아침 어머니와 아줌마가 할머니 소풍 준비를 하고 있는 동안, 계단을 내려온 나는 현관 마루 위에서 소포 하나를 발견했다. 두꺼운 종이로 포장한 그 소포는 다 떨어진 끈으로 묶여 있었다. 나와는 전혀 상관없다는 것을 알면서도 보고 있는 사람이 아무도 없어서, 소포 위에 굵은 글씨로 적힌 이름과 주소를 읽어보려고 가까이 가보았다. 그런데 놀랍게도 거기에는 우리 오키야 주소와 내 이름이 적혀 있었다.

너무 놀란 나는 손으로 입을 막은 채 한참 동안 서 있었다. 내 눈이 찻잔만큼이나 커졌음이 분명했다. 우표 아래 적힌 발신인 주소를 보니까 다나카 씨로부터 온 소포였다. 소포 안에 뭐가 들었는지는 전혀 알 수 없었으나, 다나카 씨의 이름을 보는 순간……, 정말 말도 안 되는 소리로 들리겠지만, 다나카 씨가 날 그 끔찍한 곳으로 보낸 것이 실수였음을 깨닫고, 그 오키야에서 풀어주기 위해 뭔가를 보내지 않았을까 하는 기대를 했다. 소포 안에 뭐가 들어 있었어야 어린 여자아이를 노예 생활에서 풀어줄 수 있을지는 지금도 상상이 잘 안 되지만 말이다. 어쨌든 그 소포를 열면, 내 인생이 어떻게든 변할 거라고 진심으로 믿었다.

어떻게 해야 하나 미처 생각하기도 전에, 아줌마가 아래층으로 내려오더니, 소포에서 물러서라고 했다. 그 위에 내 이름이 적혀 있는데도 말이다. 그 소포를 직접 열고 싶었으나, 아줌마는 끈을 자를 칼을 가져오라고 시키더니, 조금 시간을 들여 그 거친 종이를 풀었다. 그 안에는 어부들이 사용하는 두꺼운 실로 수를 놓은 삼베 자루가 겹겹이 놓여 있었다. 자루 모퉁이에 내 이름이 적힌 봉투가 꿰매어 있었다. 아줌마는 봉투를 뜯어내고 자루를 찢어 검은 나무 상자를 꺼냈다. 그 안에 뭐가 들었을까 생각하니 흥분이 되었다. 그러나 아줌마가 뚜껑을 열자, 갑자기 온몸이 무거워졌다. 하얀 리넨을 접은 중간에, 한때 우리 비틀거리는 집의 제단 앞에 서 있던 작은 위패가 들어 있었다. 그 중 두 개는 전에 본 적이 없는 것으로 다른 위패보다 새것이었다. 그리고 그 위에 낯선 불교식 이름이 적혀 있었는데, 내가 모르는 글자였다. 다나카 씨가 왜 그걸 내게 보냈을까, 생각하기조차 무서웠다.

아줌마는 위패들을 상자 안에다 말쑥하게 일렬로 세우더니 봉투에서 편지를 꺼내 읽었다. 나는 겁에 질린 채, 그리고 감히 아무 생각도 하지 못한 상태에서 한참을 기다렸다. 마침내 아줌마는 깊은 한숨을 내쉬더니 내 팔을 잡고 응접실로 들어갔다. 테이블 앞에 꿇어앉으면서도 내 손은 무릎 위에서 떨리고 있었는데, 그건 의식 밖으로 올라오는 끔찍한 생각들을 억지로 막으려 했기 때문이었다.

다나카 씨가 위패를 보낸 건 어쩌면 희망의 표시인지도 모른다. 우리 가족이 교토로 이사 와서 새 제단을 사려고 하는데, 그 전에 위패들을 보관하라는 뜻일 수도 있지 않을까? 사추는 지금 집으로 돌아가는 중이니까 그 임무를 맡을 사람은 나밖에 없을 테고.

그때 아줌마가 내 생각을 방해했다.

「치요, 다나카 이치로라는 남자가 보낸 편지를 읽어주마.」

아줌마는 무거운 목소리로 천천히 말했다.

치요에게,

네가 요로이도를 떠난 이래 벌써 계절이 두 번 바뀌었구나. 이제 곧 나무가 새 꽃을 피우게 되겠지. 꽃이 졌던 자리에서 새로 피어나는 꽃은 우리로 하여금 누구에게나 죽음이 찾아온다는 사실을 상기시켜 주는구나.

한때 고아였던 사람으로서, 네게 이 끔찍한 고통을 알려주어야 한다는 게 유감이구나. 네가 새로운 인생을 위해 떠난 뒤 6주 만에, 존경하는 네 어머님의 고통은 끝이 났다. 그 후 몇 주 만에 네 아버님도 이 세상을 하직하셨단다. 네 부모님 유해가 마을 묘지에 잘 모셔졌다는 사실에 너도 안심하기를 바란다. 장례식은 센주루의 호코지 신사(神社)에서 치러졌다. 그리고 요로이도 여자들이 경전을 외워주었다. 이 비천한 인간은 네 존경하는 부모님이 낙원에서 편히 쉬시리라고 믿고 있다.

게이샤 견습생 교육은 힘든 길이다. 그러나 이 비천한 인간은 자신의 고통을 극복하고 위대한 예술가가 된 사람들에게 존경의 마음을 품고 있다. 몇 년 전 기온을 방문했을 때, 그 춤추는 듯한 봄을 관광하고 나서 찻집 파티에 참석한 적이 있었다. 내게 깊은 인상을 남겨준 영광스러운 자리였다. 그래서 치요, 바로 널 위해 이 세상에서 안전한 장소를 찾아냈던 것이다. 네가 불확실한 세월 속에서 고통받지 않아도 된다는 사실에 대해 만족한다. 이 비천한 인간은 두 세대의 아이들이 성장하는 모습을 지켜보았을 정도로 오래 살았다. 그래서 평범한 새가 백조가 되는 경우는 매우 드물다는 사실도 알고 있다. 부모의 둥지에서 계속 살아가는 백조는 곧 죽고 말 것이다. 아름답고 재능이 많은 사람들이 자신의 길을 스스로 찾아 나서야 하는 짐을 지게 된 것도 바로 그런 까닭에서이다.

네 언니 사츠는 지난 늦가을 요로이도로 돌아왔지만 곧장 수지 씨 아들과 함께 도망쳐버렸단다. 수지 씨는 죽기 전에 사랑하는 아들을 한 번만이라도 보았으면 하고 간절히 바라고 있다. 그래서 네가 언니로부터 무슨 소식을 듣게 되거든 수지 씨에게 곧장 알려주기를 부탁하는 바이다.

다나카 이치로.

아줌마가 편지를 다 읽기 훨씬 전부터, 끓는 주전자에서 물이 넘치듯 내 눈에서는 눈물이 솟구쳤다. 엄마와 아버지가 모두 영영 내 곁을 떠나갔으며, 언니마저도 영원히 잃게 되었다는 사실을 단 한순간에 알게 되다니……. 나는 깨진 화병이나 다름없었다. 나를 둘러싸고 있는 방조차 어디가 어딘지 통 알 수가 없었다.

엄마가 살아 있으리라는 희망을 몇 달 동안이나 간직하고 있었던 나를 아주 순진하다고 생각할지 모르겠다. 그러나 내겐 희망이 별로 없었다. 지푸라기라도 잡고 싶은 심정이었다.

정신을 차리려고 애쓰는 동안 아줌마는 몹시 친절하게 대해주었다.

「치요, 꿋꿋해야 해. 꿋꿋해져. 이 세상에 우리가 할 수 있는 일이라곤 아무것도 없단다.」

마침내 말할 기운이 나자, 난 아줌마에게 내가 볼 수 없는 곳에다 그 위패들을 세워놓고 나 대신 기도해줄 수 있는지 물어보았다. 내가 기도를 하게 되면 너무 심한 고통을 받게 될 것 같아서였다. 그러나 아줌마는 거절하면서 조상으로부터 등을 돌릴 생각을 한다는 것 자체가 부끄러운 일이라고 말해주었다. 아줌마는 계단 아랫부분 근처 선반에 위패들을 세우도록 도와주었는데, 그곳에서 난 매일 아침 기도를 드렸다.

「치요, 위패를 절대로 버리지 말아라. 네 어린 시절의 전부니까.」

9

부모님이 돌아가셨으며, 언니도 영영 나를 떠났다는 소식을 다나카 씨가 편지로 알려주지 않았더라면, 나도 다른 많은 가련한 여자아이들처럼 별 볼 일 없는 게이샤로 인생을 마감할 행운을 얻었을지도 모르겠다.

처음 다나카 씨를 만났던 그날 오후가 내 생애 최고의 오후이자 또한 최악의 오후였다고 했던 말을 아직도 기억하고 있을 줄 믿는다. 왜 최악의 오후였는지는 이제 설명이 된 듯하다. 그렇다면 어떻게 최고의 오후라는 수식어가 가능할까. 언뜻 돌이켜보면 그날 이후, 다나카 씨는 나에게 고통만을 가져다주었는데 말이다.

그는 내 운명도 영원히 바꿔버렸다. 삶은 흐르는 물과 같아서 그냥 한 방향으로 흘러가다가 새로운 길을 가도록 강요하는 무엇인가를 만나면 완전히 다른 곳으로 흘러가 버린다. 다나카 씨를 못 만났더라면, 내 인생은 작은 냇물처럼 우리 비틀거리는 집에서 바다로 흘러 들어갔을 것이다. 다나카 씨는 날 세상에 내보냄으로써 그 단순한 이치를 바꿔버렸다. 하지만 세상으로 나간다고 해서 꼭 집을 뒤로하고 떠날 필요는 없었다. 다나카 씨의 편지를 받았을 때는 기온에서 6개월 정도 생활한 후였는데, 그때까지 나는 단 한순간도 우리 가족의 미래를 포기해본 적이 없었다. 기온에서는 나의 반쪽만 생활하고 있었으며, 다른 반쪽은 집으로 돌아가는 꿈속에서 살고 있었다. 꿈은 그토록 위험할 수도 있었다. 불꽃처럼 화려하지만 때때로 우리를 완전히 소진시킬 수 있는 존재가 꿈이었다.

그 편지를 받은 후 얼마 남지 않았던 봄과 여름 내내, 나는 호숫가에서 안개 속을 헤매다가 길을 잃은 어린아이 같은 심정이었다. 하루하루가 혼란의 연속이었다. 계속되는 비참함과 공포를 제외하면, 사물의 단편적인 모습만 기억 날 뿐이었다.

어느 추운 겨울 밤, 난 하녀방에 앉아 오키야의 작은 정원으로 소리 없이 내리는 눈을 한참 동안 쳐다보고 있었다. 아버지가 비틀거리는 집의 쓸쓸한 테이블에 앉아서 기침하는 모습을 그려보았다. 몸이 너무 약해진 엄마가 쥐죽은듯이 침상 위에 누워 있는 모습도 그려보았다. 그 비참한 생각에서 벗어나려고 비틀거리며 정원으로 달려나가 보았지만, 결코 도망칠 수가 없었다.

우리 가족에 대한 끔찍한 소식을 들은 지 1년이 지난 어느 이른 봄날이었다. 벚나무가 다시 꽃을 피우던 4월, 그때 나는 열한 살이었고 조금씩 여자 티가 나기 시작했다. 호박은 그때까지도 어린아이처럼 보였다. 내키는 자랄 만큼 거의 다 자란 것 같았다. 몸은 나뭇가지처럼 마르고 여위었지만, 얼굴은 아이 티를 이미 벗어 턱과 광대뼈 근처가 갸름해졌으며, 눈도 가느다란 타원형을 이루게 되었다. 예전에는 비둘기 대하듯 하던 남자들도 내가 거리를 걸어갈 때면 주목하곤 했다. 그렇게 오랫동안 외면당하다가 주목을 끄는 대상이 된다는 사실이 이상했다.

어쨌든 그날은 4월의 아주 이른 아침이었다. 수염을 기른 남자에 대한 아주 이상한 꿈을 꾸다가, 그 남자가 창호지 문을 두드리는 바람에 잠에서 깨어났다. 하녀들은 자면서 한숨을 내쉬고 있었다. 호박은 그 동그란 얼굴을 베개에 처박고는 조용히 누워 있었다. 평상시와 다를 건 하나도 없었다. 그러나 이상하게 다른 기분이 들었다. 전날 보았던 세상과는 다소 변한 세상을 보고 있는 느낌이었다.

그날 아침 정원의 돌계단을 청소하면서 난 계속 그 문제에 대해 생각해 보았다. 단지 속으로 날아든 벌처럼 어디로 가야 할지 몰라 이리저리 날아다니는 생각 때문에 머릿속이 윙윙거렸다. 나는 곧장 빗자루를 놓고 흙으로 된 복도로 가서 앉았다. 그곳에 앉으니, 본채 아래에서부터 찬바람이 불어와 내 등을 어루만져주었다.

그때 교토에 도착한 첫째 주 이래로 한번도 생각해보지 않았던 어떤 것이 머리에 떠올랐다.

언니와 헤어지고 난 뒤 하루나 이틀 정도 지난 어느 오후, 난 걸레를 빨러 갔다. 그때 나방 한 마리가 하늘에서 날아오더니 내 팔에 펄럭거리며 앉았다. 난 나방이 날아가기를 바라며 가볍게 쫓아보았으나, 그 나방은 정원을 가로질러 돌멩이처럼 땅바닥으로 툭 떨어졌다. 그 나방이 이미 죽은 상태에서 떨어졌는지 아니면 내가 그 나방을 죽였는지는 알 수 없었다. 그러나 그 작은 곤충의 죽음이 내 마음을 아프게 했다. 나는 나방 날개의 아름다운 무늬에 감탄하면서 빨던 걸레를 하나 집어들어 나방을 싸서는 집터 아래에 숨겨놓았다.

나방에 대해 잊고 있다가 그 생각이 떠오른 순간 나는 몸을 일으켜 집 아래쪽을 뒤져보았다. 내 인생에서 그렇게 많은 것들이 변했지만, 심지어 내 외모조차 변했지만, 나방을 싼 천을 펼치자 그 나방은 여전히 놀랄 만큼 아름다운 모습을 하고 있었다. 내가 숨겨놓았을 때의 모습 그대로 말이다. 내 인생에서 달라지지 않고 그대로 남아 있는 게 하나라도 있다니, 얼마나 반가운 일인가. 거기까지 생각이 미치자, 나와 나방은 서로 반대편에 있는 두 극이라는 생각이 떠올랐다. 내 존재는 흐르는 강물처럼 불안정했지만, 나방은 돌과 같이 세월을 견뎌내고 있었다.

그런 생각을 하면서, 나는 손가락으로 벨벳 같은 나방 날개를 만져보았다. 그런데 쓰다듬자마자, 나방은 갑자기 한줌의 재로 변해버렸다. 소리도 없었고, 부스러지는 장면을 지켜볼 여유도 없었다. 너무 놀란 나는 소리를 질렀다. 내 마음속의 소용돌이가 멈추었다. 마치 폭풍의 눈 속으로 들어간 느낌이었다. 나는 날개 부스러기가 펄럭거리며 바닥으로 떨어지도록 내버려두었다. 그리고 나서 아침 내내 나를 어리둥절하게 했던 그 꿈을 이해하게 되었다. 이제 그 지지부진한 상태는 지나갔다. 과거는 이미 떠나갔고, 아버지와 엄마는 돌아가셨다. 그건 내가 어떻게 할 수가 없는 일이었다. 그리고 우리 언니…… 그래, 언니도 떠나갔다. 그러나 나는 가지 않았다.

말이 되는 얘기인지는 모르겠지만, 나는 몸을 돌려 다른 방향을 보게 된 것 같은 기분이 들었다. 더 이상 과거를 향해 뒤를 돌아보는 게 아니라 미래를 향해 앞으로 고개를 돌리게 된 것이다. 이제 내 앞에 가로놓인 질문은 과거가 아니라 미래를 향하고 있었다. 수염 기른 남자가 꿈속에서 창문을 두드렸던 이유도 바로 그 때문이었다.

아줌마가 나를 불렀기 때문에 그 생각을 계속 이어나갈 수가 없었다.

「치요, 이리 와보렴!」

흙으로 된 복도를 마치 무아지경에 빠진 사람처럼 걷고 있었다. 아줌마가 나더러 '네 미래에 대해 알고 싶으냐? 좋아, 잘 들어라……', 이렇게 말했다 하더라도 난 별로 놀라지 않았을 것이다. 그러나 아줌마는 하얀 실크 위에 놓인 머리 장신구 두 개를 내밀 뿐이었다.

「이거 받아라. 어젯밤에 하츠모모가 무슨 짓을 했는지 도무지 모르겠다. 글쎄 다른 여자의 장신구를 달고 오키야로 왔지 뭐니. 틀림없이 평소보다 술을 훨씬 많이 마신 게지. 학교에 가서 하츠모모를 찾아 이게 누구 건지 물어보고 돌려주고 오너라.」

아줌마는 그 장신구와 함께 종이 한 장도 같이 주었는데, 그 위에는 다른 심부름거리도 적혀 있었다. 아줌마는 빨리 뛰어가서 심부름을 마치고 될 수 있는 대로 빨리 오키야로 돌아오라고 말했다.

다른 사람의 머리 장신구를 달고 밤에 집으로 온다는 건 다른 사람의 속옷을 입고 집으로 오는 것과 같았다. 머리 장신구는 아주 개인적인 물건이기 때문이었다. 아줌마는 그 물건에 손도 대고 싶지 않았는지 사각 실크에다 싸주었다. 실크에 싸여 있는 장신구는 불과 몇 분 전까지만 해도 내가 손에 들고 있던 나방처럼 보였다. 물론 표징은 풀이하는 법을 모르면 아무런 의미도 없었다.

나는 아줌마의 손에 들려 있는 실크 꾸러미를 물끄러미 내려다보며 서 있었다.

「맙소사, 이걸 받으라니까!」

잠시 후, 학교로 가면서 나는 그 장신구를 다시 한 번 보기 위해 꾸러미를 열어보았다. 하나는 래커칠한 검은 빗으로, 테두리에 금으로 된 꽃이 장식되어 있었다. 다른 하나는 두 개의 진주가 달린 금빛 나무 막대기로,

끝에 호박색의 작은 구슬이 고정되어 있었다.

수업이 끝났음을 알리는 종소리가 울릴 때까지 난 학교 밖에서 기다렸다. 곧 푸른색과 하얀색 옷을 입은 여학생들이 쏟아져 나왔다. 내가 하추모모를 발견하기도 전에 하추모모가 먼저 나를 발견하고는 다른 게이샤와 함께 내 쪽으로 왔다. 하추모모가 소문난 무희이고 게이샤가 되는 데 필요한 모든 것을 이미 배웠는데도 왜 학교에 다니는지 궁금할지도 모르겠다. 그러나 명성이 높은 게이샤조차도 직업 생활을 하는 동안 상급자를 위한 무용 수업을 계속 받곤 했다. 어떤 게이샤들은 50대나 60대가 되어서까지 수업을 받았다.

「애, 여기 봐. 잡초 같은데, 얼마나 키가 큰지 좀 보렴!」

하추모모가 자기 친구에게 말했다. 그 말은 자기보다 손가락 하나 정도 키가 더 큰 나를 두고 하추모모가 놀리는 방법이었다.

「아가씨, 아줌마가 이리로 보냈어요. 아가씨가 어젯밤에 가져온 이 머리 장신구가 누구 건지 알아보라고 말이에요.」

하추모모의 미소가 사라졌다. 그녀는 내 손에서 작은 꾸러미를 낚아채더니 열어보았다.

「어, 이건 내 것이 아닌데……. 어디서 났지?」

「하추모모 상, 기억 안 나니? 너와 카나코가 우와주미 판사와 그 바보 같은 게임을 하느라고 머리 장신구를 끌렀잖아. 카나코는 네 머리 장신구를 달고 집으로 가고, 넌 그 애 것을 달고 집으로 간 게 틀림없어.」

다른 게이샤가 말했다.

「정말 구역질나는데. 카나코가 언제 마지막으로 머리를 감은 것 같니? 어쨌든 그 애의 오키야는 바로 네 오키야 옆이잖니. 나 대신 이것 좀 갖다 줄래? 내 것은 나중에 가지러 간다고 좀 전해주고.」

다른 게이샤는 머리 장신구를 받아 들더니 가버렸다.

「아, 넌 가지 마, 작은 치요야.」

하추모모가 나를 보며 말했다.

「네게 보여주고 싶은 사람이 있어. 바로 저기 있는 저 젊은 여자 말이야. 문을 막 걸어 나가고 있지. 저 애의 이름은 이치키미야.」

난 이치키미를 쳐다보았다. 그러나 하추모모는 그녀에 대해서 더 할말이 없는 모양이었다.

「난 저 여자를 모르는데요.」

「물론 모르겠지. 특별한 애가 아니야. 약간 아둔한데다가 절름발이 아줌마처럼 겁쟁이지. 하지만 저 애는 게이샤가 되려고 해. 그 사실이 너한테 흥미 있을 것 같다는 생각이 방금 들었거든. 넌 결코 게이샤가 될 수 없으니까 말이야.」

하추모모다운 잔인한 언변이었다. 나는 1년 반 동안 고역스런 하녀 생활을 해야 할 운명이었다. 내 앞에 펼쳐진 인생이 어느 곳으로도 빠져나갈 수 없는 기다란 길 같았다. 게이샤가 되고 싶지도 않았지만 그렇다고 하녀가 되고 싶은 건 더더욱 아니었다.

내 또래의 여자애들이 서로 이야기를 나누며 지나가는 모습을 보면서 나는 한참 동안 학교 정원에 서 있었다. 그들은 그냥 점심을 먹으러 오키야로 가고 있을 테지만, 내게는 그들이 인생의 어떤 목적을 가지고 한 가지 중요한 일에서 다른 중요한 일로 옮겨가고 있는 것처럼 보였다. 집으로 돌아가도 정원 돌계단을 문지르는 일 외에 달리 멋진 일이 없는 내 처지와는 대조적으로 말이다. 학교 정원이 텅 비자, 나는 그게 혹시 내가 기다렸던 표징이 아닐까 근심하며 서 있었다. 기온의 다른 젊은 여자들이 자신의 생활로 향하는데 나만 뒤에 남아 있다니, 그런 생각에 깜짝 놀란 나는 더 이상 학교 정원에 혼자 서 있을 수가 없었다. 나는 시죠 강으로 걸어가서 가모 강 쪽으로 몸을 돌렸다. 미나미자 극장에, 그날 오후 '시바라쿠'라는 가부키 공연이 있다는 현수막이 붙어 있었다. 아주 유명한 연극 중 하나였지만 나는 가부키에 대해 아는 게 전혀 없었다. 관객들이 극장을 향해 계단을 올라가고 있었다. 짙은 서양 양복이나 기모노를 입은 남자들이 눈에 띄었고, 밝은 색 옷을 입은 몇몇 게이샤들도 칙칙한 강물 위에 떠 있는 가을 낙엽처럼 눈에 띄었다. 요란한 흥분으로 들뜬 인생이 거기에서도 나를 스쳐 지나갔다. 그 길을 서둘러 빠져 나온 나는 시라카와 강을 따라 나 있는 옆길을 내려갔다. 그러나 거기에도 목적으로 가득 찬 남자들과 게이샤들이 그들 인생을 향해 밀려들고 있었다. 그런 고통스런 생각을 잊기 위해 시라카와를 향해 몸을 돌렸지만, 잔인하게도 시라카와 강물조차 목적을 갖고 흘러가고 있었다. 가모 강을 향하여, 다시 거기에 서부터 오사카 만을 향하여, 그러고 나면 내해(內海)를 향하여. 어디에나 같은 메시지가 나를 기다리고 있었다. 나는 강 언저리에 있는 작은 돌담 위에 몸을 던지고는 울어버렸다. 나는 대양 한가운데에 있는 잊혀진 섬이었다. 과거도 없고, 틀림없이 미래도 없을 것이다. 나는 다른 사람의 목소리가 들리지 않는 곳에 와 있다고 생각했다. 어떤 남자의 목소리가 들릴 때까지는 말이다.

「그렇게 슬퍼하기에는 너무 좋은 날씨야.」

기온의 거리를 걷는 보통 남자라면 나 같은 여자아이에게 주목하지 않았다. 눈물을 흘리는 등 바보 같은 짓을 할 때면 더더구나 그랬다. 그러나 그 남자는 내게 말을 걸었을 뿐만 아니라, 내가 명망 있는 젊은 여자나 친한 친구의 딸이라도 되듯 친절한 말투를 사용했다. 그 눈 깜짝할 순간에 나는 내가 언제나 알고 있던 세상과는 전혀 다른 세상을 그려보았다. 공평하게, 그리고 친절하게 대접받는 세상, 아버지가 자신의 딸을 팔지 않는 그런 세상을 말이다. 삶의 목적을 갖고 살아가는 많은 사람들의 소란하고 시끌벅적한 소리가 잠시 멈춘 듯했다. 아니 적어도 더 이상 그 소리를 의식하지 않게 되었다. 내게 말을 건 사람을 쳐다보기 위해 얼굴을 들었을 때, 돌담 뒤로 내 불행이 떠나가는 듯한 느낌을 받았다.

그 남자에 대해 잘 설명할 수 있다면 정말 좋겠다. 그러나 그렇게 하기 위해서는 한 가지 방법밖에 없다. 요로이도의 바닷가 절벽에 서 있는 어떤 나무에 대해 설명하면 되는 것이다. 그 나무는 바람 때문에 부목처럼 매끈매끈했다. 네 살인가 다섯 살 때, 나는 그 나무에서 한 남자의 얼굴을 보았다. 가장자리가 광대뼈처럼 날카롭게 솟아 있었고 거기서 생긴 그림자는 움푹 들어간 눈처럼 보였다. 그 그림자 아래로는 코가 부드럽게 솟아 있었다. 얼굴 전체는 우스꽝스럽게 나를 쳐다보면서 한쪽으로 약간 기울어져 있었다. 그런 모습이 내겐 남자 얼굴로 보였다. 어떻게 보면 명상에 잠긴 듯해서, 나는 부처의 얼굴을 발견한 것은 아닌가 하는 상상을 하기도 했다.

거리에서 내게 말을 건 그 남자도 똑같이 넓고 고요한 얼굴을 하고 있었다. 그의 용모가 너무나 부드럽고 고요해서, 내가 더 이상 슬퍼하지 않을 때까지 거기 그렇게 조용히 서 있어줄 것만 같았다.

회색 머리를 이마에서부터 똑바로 빗어 넘긴 그 남자는 대략 45세 정도 되어 보였다. 그러나 난 그를 오래 쳐다볼 수가 없었다. 그가 너무 우아하게 보였기 때문에 얼굴이 빨개진 나는 고개를 돌려버렸다.

그 사람 옆으로 한쪽에는 젊은 두 남자가, 또 다른 쪽으로는 게이샤가 서 있었다. 게이샤가 조용히 그 남자에게 말하는 소리가 들려왔다.

「글쎄 저 아이는 단지 하녀라니까요! 심부름하다가 발부리를 차였나보죠. 누군가 곧 저 애를 도와주러 올 거예요.」

「이주코 상, 나도 자네처럼 그렇게 사람들을 신뢰할 수 있으면 좋겠네.」

「잠시 후면 연극이 시작할 거예요. 정말이에요, 회장님. 더 이상 시간 낭비를 하시면 안 된다고 생각해요.」

기온에서 심부름 다니면서 종종 사람들이 '국장님'이니 '부사장님'이니 하는 칭호를 써서 부르는 소리를 들었다. 그러나 '회장님'이라는 칭호는 들어본 적이 없었다. 보통 회장이라고 불리는 남자들은 찡그린 얼굴을 한 대머리에, 젊은 간부들 한 무리를 뒤에 거느리고 거들먹거리면서 걷는 사람들이었다. 그러나 내 앞에 서 있는 남자는 흔히 보는 그런 회장과는 너무도 달랐다. 내가 비록 세상 경험이 없는 어린아이에 불과했지만, 그 사람의 회사가 그렇게 크고 중요한 회사는 아닐 거라는 생각이 들었다. 중요한 회사 회장님은 내게 말을 걸기 위해 가던 길을 멈추지 않을 테니까 말이다.

「자네는 내가 여기 있으면서 저 아이를 돕는 것을 시간 낭비라고 말하고 싶은 게지.」

「아, 아니, 그런 게 아니라 시간 낭비보다 더 중요한 일이죠. 벌써 1막이 시작되었을지도 모르거든요.」

「이봐, 이주코 상. 틀림없이 자네도 한때는 저 아이와 똑같은 입장에 처했던 적이 있을 걸세. 게이샤의 생활이 언제나 그렇게 간단할 수는 없을 테니까. 내 생각에 게이샤들은 누구나…….」

「저 아이와 내가 같은 입장이었다구요? 회장님, 그 말씀은…… 내가 사람들 앞에서 구경거리라도 되었다는 말씀인가요?」

그 말에 회장은 두 명의 젊은이에게로 몸을 돌려 이주코를 데리고 극장으로 들어가라고 말했다. 그들은 절을 하고는 극장으로 향했고, 회장은 뒤에 남았다. 한참 나를 쳐다보았지만 나는 감히 그를 쳐다볼 수가 없었다.

「저기, 선생님. 저 여자분 말씀이 옳아요. 전 단지 어리석은 여자아이에요……. 저 때문에 제발 여기 계시지는 마세요.」

「잠시 일어나 보아라.」

뭘 하려는지도 모르면서 난 감히 그 말을 거역할 수가 없었다. 그는 호주머니에서 손수건을 꺼내더니, 내 얼굴에서 모래알을 닦아주었다. 그 남자가 가까이 서자, 부드러운 피부에서 활석향이 났다.

그는 눈물과 모래알을 닦아주면서 내 머리를 약간 치켜들었다.

「자, 어디 보자……, 세상에 가진 것 하나 없는 아름다운 소녀가 부끄러워하는구나. 이제 날 쳐다보기도 두려운 모양이지? 누군가가 네게 몹쓸 짓을 했든지, 아니면 네 인생이 너무 잔인한 모양이구나.」

「모르겠어요, 선생님.」

물론 너무 잘 알고 있으면서도 난 그렇게 말했다.

「누구라고 할 것도 없이 이제는 이 세상에 마땅히 있어야 할 친절을 보기가 힘들구나.」

그는 자신이 한 말을 내가 진지하게 생각해봐야 한다는 식으로 한순간 눈을 찌푸렸다. 나는 무엇보다도 그의 부드러운 살결을 다시 한 번 보고 싶었다. 그러나 우리 두 사람의 사회적 신분에는 깊은 골이 있었다.

마침내 나는 잽싸게 눈을 치켜들었으나, 얼굴이 빨개져서 얼른 시선을 피해버렸다. 바로 그 순간에 내가 무엇을 보았는지 어떻게 설명할 수 있을까? 그 사람은 마치 음악가가 연주를 시작하기 전에 깊은 이해와 통찰로 자신의 악기를 바라보듯 나를 바라보고 있었다. 마치 내가 그의 일부분이 된 듯한 느낌이었다. 내가 그의 악기가 되어 사랑을 받는다면 얼마나 좋을까!

그 순간 그는 호주머니에 손을 집어넣어 뭔가를 꺼냈다.

「너, 단 자두나 버찌 좋아하니?」

「네? 먹는 걸 좋아하느냐는 말씀이신가요?」

「조금 전에 오다 보니까 시럽을 얹은 아이스크림을 파는 장사꾼이 있더구나. 어른이 되서는 먹어본 적이 없지만, 어릴 때는 아주 좋아했단다. 이동전을 가져가서 하나 사 먹어라. 내 손수건도 가져가고. 그럼 나중에 네얼굴을 닦을 수 있지 않겠니?」

그 말과 함께 그는 손수건 중간에 동전을 올려놓고 경쾌한 동작으로 꾸러미를 만들더니 내게 내밀었다.

회장이 처음 말을 걸던 순간부터, 난 내 미래에 대한 표징을 찾는 일을 잊고 있었다. 그러나 동전을 싼 손수건을 보는 순간, 그 꾸러미가 나방을 쌌던 모습과 너무나 닮았기 때문에, 난 또다시 어떤 표징을 보게 되었다. 나는 꾸러미를 받아 들고 감사의 표시로 깊은 절을 올리면서 내가 얼마나 고맙게 생각하는지 말하려 했다. 말이 내 감정을 충분히 전달해주지 못하리라는 걸 알면서도 말이다.

동전 때문에, 아니면 날 도와주려고 했다는 이유 때문에 감사했던 건 아니다. 그 사람이 고마웠던 이유는……, 글쎄, 무엇을 고마워했는지는 지금도 잘 설명할 수가 없다. 단지 이 세상에 잔인함 외에도 다른 뭔가가 있다는 사실을 보여준 것 같아 고마웠다.

나는 아픈 가슴을 안고 그의 뒷모습을 지켜보았다. 하지만 그 아픔은 기쁨이 수반된 감정이었다. 회장과의 짧은 만남 속에서 나는 공허한 인생을 앞에 둔 방황하는 소녀에서 인생의 목적으로 충만한 소녀로 바뀌었다. 평범한 만남이 그런 변화를 가져올 수 있다는 게 이상하게 들릴지도 모르겠다. 하지만 때때로 인생은 그렇지 않은가! 만약 그곳에서 당신이 내가 본 것을 보고, 내가 느낀 것을 느낀다면, 당신에게도 똑같은 일이 일어날 수 있다고 난 정말 믿는다.

회장이 시야에서 사라지자, 난 그 아이스크림 장사꾼을 찾아 달려갔다. 특별히 더운 날씨도 아니었고, 아이스크림을 별로 좋아하지도 않았지만, 아이스크림을 사 먹으면 회장과의 만남이 좀더 연장되리라는 생각이 들었다. 그래서 나는 시럽을 얹은 아이스크림을 하나 사서는 돌담에 가서 다시 앉았다. 단지 내 감정이 고조되어 있었던 탓이겠지만, 시럽의 맛은 놀라우리만치 복잡 미묘했다. 만약 이주코라는 여자처럼 나도 게이샤였다면, 회장 같은 남자와 함께 시간을 보낼지도 모른다는 생각이 들었다. 나는 한번도 게이샤를 부러워한 적이 없었다. 물론 게이샤가 되기 위해 교토에 왔지만, 그때까지는 할 수만 있다면 얼른 도망치고 싶어했다. 이제 모든 상황이 전체적으로 이해가 되었다. 문제는 게이샤가 된다는 것이 아니라, 게이샤로 산다는 것이었다. 게이샤가 된다는 것은…… 글쎄, 그것은 인생의 목적이 될 수 없었다. 그러나 게이샤로 산다는 것은……, 난 그 뜻을 분명히 이해할 수 있었다. 회장의 나이를 내가 제대로 맞췄다면, 그는 45세도 안 되어 보였다. 수많은 게이샤들이 20세 전후로 해서 성공을 거두었다.

회장이 준 동전은 아이스크림 하나 값보다 훨씬 많은 액수였다. 그래서 내 손에는 장사꾼이 거슬러준 잔돈이 있었다. 각각 다른 크기의 동전 세 개, 난 그 동전을 영원히 간직해야겠다고 생각했다. 그러나 얼마 안 가 그 동전이 훨씬 더 중요한 곳에 쓰일 수 있다는 데에 생각이 미쳤다.

나는 시죠 거리로 달려가 기온의 동부 지역이 끝나는 곳까지 내내 뛰어갔다. 그곳에 기온 신사가 있었다. 계단을 올라간 나는, 박공 지붕으로 된 거대한 이층짜리 현관문 아래로 걷기가 너무 부담스러워, 신사에 붙은 도리문(신사의 신성한 영역을 경계짓는 문) 아래로 지나갔다. 동전을 헌금통에 던져 넣고 세 번 합장한 뒤, 절을 올림으로써 신에게 내가 왔음을 알렸다. 눈을 꼭 감고, 두 손을 모아 게이샤가 되게 해주십사 하고 신들에게 기도를 올렸다. 회장 같은 남자의 주목을 끌 수 있는 기회를 잡기 위해서라면 어떤 교육도 다 견뎌내며 어떤 어려움도 참아낼 생각이었다.

바람이 한바탕 불자 나무들이 쉿 하는 소리를 냈다. 아무것도 변한 게 없었다. 신들이 내 기도를 들었는지 아닌지, 나로서는 알 길이 없었다. 나는 회장의 손수건을 옷 속에 쑤셔 넣고 다시 오키야로 돌아오는 수밖에 도리가 없었다.

10

　몇 개월이 지난 어느 날 아침, 여름 속옷을 집어넣고 가을 속옷을 꺼내오는데, 현관에서 너무 역겨운 냄새가 나서 난 잔뜩 들고 가던 옷을 떨어뜨리고 말았다. 그 냄새는 할머니 방에서 났다. 나는 즉시 뭔가 단단히 잘못되었다는 사실을 알아채고는 아줌마를 부르러 위층으로 뛰어갔다. 힘들게 절뚝거리며 계단을 내려온 아줌마는 죽은 할머니를 발견했다. 할머니는 정말 특이한 방식으로 죽었다.

　우리 오키야를 통틀어 할머니만 전기 히터를 갖고 있었다. 할머니는 여름만 빼고는 매일 밤 그 히터를 사용했다. 9월이 되어 우리가 여름용 속옷을 집어넣는 동안, 할머니는 히터를 다시 사용하기 시작했다. 그렇다고 날씨가 추워서는 아니었다. 실제로 우리는 바깥 기온에 의해 옷을 바꿔 입는 게 아니라 달력을 보고서 바꿔 입는다. 할머니도 그런 식으로 히터를 사용했다. 하도 감기 때문에 고생을 해서인지, 할머니는 히터에 무모할 정도로 애착을 보였다.

　경찰 조사에 따르면, 할머니는 코드를 감기 위해 과열된 히터에 손을 댔다가 감전돼서 즉사하고 말았다. 넘어지면서 얼굴이 뜨거운 히터 표면에 닿는 바람에 그렇게 역겨운 냄새까지 풍기게 됐다. 다행히 난 죽은 할머니의 모습을 보지는 않았지만, 문틈으로 언뜻 본 할머니의 다리는 가느다란 나뭇가지 같았다.

　할머니가 돌아가신 뒤 1, 2주 동안 우리는 상상할 수 없을 정도로 바빴다. 집을 청소하느라 바빴던 것은 물론이고—왜냐하면 신도(神道, 일본의 민족신앙)에서 죽음은 가장 불결한 일이었다—촛불을 켜고, 쟁반에 음식을 담고, 현관에는 전등을 달고, 부조금을 담을 쟁반과 차 테이블을 준비하는 등등 할 일이 많았다. 어머니는 할머니를 위해 신사에서 경전 읽을 계획을 세우거나 장의사에게서 연꽃 봉오리로 만든 화환을 구입하는 등 거의 무한정으로 돈을 써댔다. 그 어려웠던 대공황의 시기에 말이다.

며칠 동안 모든 기온 사람들이 우리 오키야로 왔다. 아니 적어도 그렇게 보였다. 우리는 그들에게 다과를 대접해야 했다. 어머니와 아줌마는 수많은 찻집과 오키야의 여주인들을 맞아들였고, 할머니와 친분이 있던 하녀들도 여러 명 왔다. 또한 가게 주인, 가발 만드는 사람, 미용사들도 왔는데 그들은 대부분 남자들이었다. 물론 수십 명의 게이샤들도 왔다. 할머니가 게이샤로 활동하던 때부터 알고 지내던 나이 많은 게이샤에서부터, 할머니에 대해서는 들어본 적도 없는 젊은 게이샤에 이르기까지. 할머니에 대한 존경심에서 찾아온 사람도 있는가 하면 하추모모와 이래저래 관계가 있기 때문에 찾아온 경우도 있었다.

나는 어머니와 아줌마가 기다리고 있는 응접실로 손님들을 안내하는 일을 맡았다. 응접실은 단지 몇 발짝 떨어진 곳에 있었지만, 방문객들은 혼자서는 잘 찾아가지 못했다. 게다가 나는 신발의 임자를 잘 기억하고 있어야 했다. 왜냐하면 내 임무 중 하나가 현관이 너무 복잡해지지 않도록 그 신발들을 하녀방으로 가져갔다가, 적절한 순간에 다시 제자리에 갖다 놓는 것이기 때문이었다. 무례하게 보이지 않도록 손님들의 얼굴을 쳐다보는 건 쉬운 일이 아니었다. 그래서 손님 얼굴을 훔쳐보는 데 실패하면 그들이 입고 있는 기모노를 자세히 봐두는 수밖에 없었다.

이틀인가 사흘이 지난 날 오후였다. 문이 열리더니 아름다운 기모노 하나가 내 눈길을 끌었다. 때가 때이니만큼 그 기모노는 칙칙한 색이었다. 그러나 옷단을 따라 퍼져 있는 초록과 금빛 잔디 무늬는 압도적으로 보였다.

나는 요로이도의 아낙네들이 그런 옷을 보면 얼마나 놀랄까 하는 상상을 하고 있었다. 그 옷을 입은 손님이 하녀를 데리고 왔기 때문에 난 그녀가 찻집이나 오키야의 여주인일 거라고 생각했다. 왜냐하면 그런 비용을 감당할 수 있는 게이샤는 별로 없기 때문이었다.

여자가 현관에 놓여 있는 작은 신사(神社)를 보고 있는 동안, 난 얼굴을 훔쳐볼 수 있는 기회를 얻었다. 얼굴이 너무나 완벽한 계란형이어서, 아줌마 방에 있는 족자 생각이 났다. 족자에는 헤이안 시대의 고급 게이샤가 그려져 있었다. 그 손님은 하추모모만큼 눈에 띄지는 않았지만, 용모가 너무 완벽했기 때문에 난 나 자신이 그 어느 때보다 더 하찮게 여겨지기 시작했다.

얼마 안 있어 난 그 여자가 누구인지 깨닫게 되었다. 그녀는 마메하였다. 하추모모가 나로 하여금 망쳐놓게 했던 그 기모노의 주인 말이다. 기모노를 망친 것은 정말 내 잘못이 아니었다. 그러나 그녀와의 충돌을 피하기 위해서라면 내가 입고 있던 옷이라도 벗어주고 싶은 심정이었다. 나는 마메하와 하녀를 응접실로 안내하면서 얼굴을 숨기기 위해 고개를 깊이 숙였다. 기모노를 갖다주던 날 밤, 마메하가 내 얼굴을 보지 못했기 때문에, 알아볼 것 같지는 않았다. 설령 얼굴을 봤다고 하더라도, 벌써 2년 전의 일이었다. 마메하 시중을 드는 하녀도 그날 밤 눈에 눈물을 가득 담고서 기모노를 받아 들던 그 젊은 여자가 아니었다.

난 절을 한 뒤, 응접실에 그들을 남겨두고 안도감을 느끼며 그곳을 빠져나왔다.

20분쯤 지나, 마메하와 하녀가 떠날 채비를 하자, 나는 그들의 신발을 가져와서 현관 계단 위에 가지런히 내려놓았다. 여전히 머리를 숙인 채, 그리고 아까처럼 계속 긴장하면서.

하녀가 문을 여는 순간, 나는 이제 시련도 끝났다고 생각했다. 그러나 마메하는 밖으로 나가지 않고 계속 그곳에 서 있었다.

「애야, 네 이름이 뭐지?」

아주 단호한 어조의 물음에 나는 치요라고 대답했다.

「잠시 일어나 보렴, 치요. 네 얼굴을 한번 보고 싶구나.」

나는 그녀가 시키는 대로 일어났다. 혹 빨려 들어가는 국수처럼 내 얼굴이 오그라지며 사라지게 할 수 있다면, 그렇게 하고 싶었다.

「이리 와보렴. 네 얼굴을 보고 싶다니까! 넌 마치 발가락이라도 세고 있는 것처럼 구는구나.」

나는 머리는 들었지만 눈은 여전히 내리깔았다. 그러자 마메하가 긴 한숨을 내쉬면서 눈을 들어 자기를 쳐다보라고 명령했다.

「정말 특이한 눈이구나! 그럴 줄 알았지. 타추미, 넌 이 눈을 어떤 색이라고 부르고 싶니?」

하녀가 현관으로 다시 돌아와서 내 얼굴을 바라보았다.

「푸른 회색이오, 아가씨.」

「나도 그렇게 말하고 싶구나. 그럼 기온에 이런 눈을 가진 여자아이가 얼마나 된다고 생각하니?」

나에게 묻는 말인지 아니면 타추미에게 묻는 말인지 알 수가 없었다. 그러나 우리 둘 다 대답하지 않았다. 마메하는 기묘한 인상을 지으며 나를 뚫어져라 바라보았다. 그러고 나더니 정말 다행스럽게도 마메하는 떠나갔다.

할머니의 장례식은 약 1주일 후, 점쟁이가 골라준 날 아침에 치러졌다. 장례식이 끝난 후 우리는 오키야를 다시 정리했는데, 약간의 변화가 있었다. 아줌마는 할머니가 쓰던 아래층으로 방을 옮겼고, 오래 전부터 게이샤 견습생활을 시작한 호박은 아줌마가 쓰던 이층방을 차지하게 되었다. 그 외에도 1주일쯤 지나, 두 명의 하녀가 새로 들어왔는데, 둘 다 중년의 활기찬 사람들이었다. 할머니가 돌아가셨는데도 하녀를 더 고용한 게 이상하게 생각될지 모르겠지만, 사실은 할머니가 북적거리는 것을 싫어했기 때문에 오키야의 일손은 언제나 부족했다.

결정적인 변화는 호박이 허드렛일을 하지 않아도 된다는 사실이었다. 대신 그녀는 게이샤로서 중요한 여러 가지 기예를 연습했다. 가련한 호박은 배우는 게 너무 느렸기 때문에 다른 사람보다 더 많은 시간을 필요로 했다. 호박은 나무로 된 복도 위에 무릎을 꿇고 앉아, 혀를 한쪽 옆으로 쑥 내밀고는 몇 시간씩 샤미센 연습을 했다. 나는 그 모습을 고통 속에서 지켜보았다. 서로의 눈이 마주칠 때면 호박은 내게 살짝 미소를 지어 보였다. 호박의 성격은 정말 더할 수 없이 친절하고 따뜻했다. 그러나 난 내가 견뎌내야 할 인내의 세월이 너무 힘겨웠다. 도대체 나에게는 언제 기회가 올 것인가.

가끔 잠자리에 들기 전, 나는 층계 밑 은밀한 곳에 숨겨둔, 회장이 준 손수건을 꺼내 들고는 활석향을 맡으면서 침상에 누워 있곤 했다. 모든 것이 내 마음속에서 지워졌지만 회장의 영상과 얼굴에 내리쬐던 따뜻한 햇살, 그리고 그를 만났을 때 앉아 있었던 딱딱한 돌담은 아직도 내 마음속에 남아 있었다. 그는 나를 도와줄 수천 개의 팔을 지닌 보살이었다. 그가 어떻게 나를 도울 수 있을지는 알 수 없었지만 그렇게 되기만을 기도했다.

할머니가 돌아가시고 난 뒤 한 달이 다 되어가던 어느 날, 새로 온 하녀가 내게 오더니 손님이 찾아왔다고 전해주었다.

10월이었지만 계절에 어울리지 않게 더운 날씨였다. 게다가 호박의 방을 청소하느라 내 전신은 땀으로 범벅이 되어 있었다. 호박은 쌀과자를 몰래 이층으로 가져와서 먹는 버릇이 있었으므로, 그 방 다다미를 자주 청소해주어야 했다. 젖은 타월로 잽싸게 땀을 닦고는 아래층으로 내려갔더니, 현관에 하녀처럼 기모노를 차려 입은 젊은 여자가 서 있었다. 나는 무릎을 꿇고 여자에게 인사를 했다. 두 번째로 얼굴을 쳐다보고 나서야 비로소 그 여자가 몇 주 전에 우리 오키야로 마메하를 수행하고 온 하녀임을 알아차렸다. 그 여자를 다시 보자 겁이 더럭 났다. 그 하녀가 현관으로 내려오라고 손짓을 해, 난 신발을 신고 그녀를 따라 거리로 나갔다.

「치요, 너 종종 심부름도 가니?」

오키야를 도망치려 했던 사건이 있고 나서 많은 시간이 흘렀기 때문에 난 오키야에 감금되지 않았다. 그 하녀가 왜 그런 걸 물어보는지 도무지 알 수 없었지만, 나는 그렇다고 말해주었다.

「좋아, 내일 오후 3시에 심부름 나올 수 있도록 좀 해보렴. 그때 시라카와 강 건너 작은 아치형 다리에서 만나자.」

「네. 그런데 왜 그러는지 물어봐도 될까요?」

「내일 알게 될 거야, 안 그래?」

코를 약간 찡긋하며 대답했기 때문에 그 여자가 날 놀리는 것만 같았다.

마메하의 하녀가 나를 어딘가로 데려가려 한다는 사실이 정말 꺼림칙했다. 내가 한 짓을 야단치기 위해 마메하에게 데려갈지도 모른다는 생각이 들었다.

어쨌든, 그 다음날 나는 심부름을 하나 만들어서 날 좀 내보내달라고 호박에게 말해보았다. 호박은 말썽이 생길까봐 걱정했지만, 나는 어떻게든 꼭 보답하겠노라고 약속했다. 그래서 3시에 정원에서 호박이 내게 소리를 질렀다.

「치요 상, 새 샤미센 줄하고 가부키 잡지 몇 권 좀 사다주겠니?」

호박은 교육상 가부키 잡지를 읽도록 되어 있었다. 그리고 나서 좀더 커다란 목소리로 이렇게 말하는 소리가 들렸다.

「가도 괜찮아요, 아줌마?」

그러나 아줌마는 이층에서 낮잠을 자고 있었기 때문에 아무 대답도 들을 수 없었다.

난 시라카와 강을 따라 기온의 모토요시초 구역으로 나 있는 아치형 다리 쪽으로 걸어갔다. 따스하고 화창한 날씨였다. 제법 많은 남자들과 게이샤들이 수면 위로 축축 늘어진 벚나무 가지에 찬사를 보내며 길을 따라 산책하고 있었다.

다리 옆에서 기다리면서 한 무리의 외국 여행객을 지켜보았다. 외국인을 처음 보는 건 아니었지만, 그들은 확실히 독특해 보였다. 긴 드레스를 입은 금발의 코 큰 여성들, 그리고 구두 뒤축으로 딱딱 소리를 내며 걷는 남자들은 키가 크고 자신만만해 보였다. 그 남자들 중 한 명이 손으로 나를 가리키면서 뭐라고 하자 모두들 돌아보았다. 너무 당황한 나머지 나는 땅에서 뭔가 찾는 척하면서 쪼그리고 앉아 몸을 숨겼다.

마침내 마메하의 하녀가 왔다. 내가 걱정한 대로 그녀는 나를 데리고 다리를 건너, 하추모모와 코린이 내게 기모노를 주며 계단을 올라가도록 시킨 바로 그 문을 향해 강을 따라 걸어갔다. 그때의 사건이 그렇게 오랜 시간이 흐른 뒤에도 여전히 문제가 되다니, 정말 불공평하다는 생각이 들었다. 하녀가 문을 열자, 나는 계단을 올라갔다. 계단 꼭대기에서 신을 벗고 방으로 들어갔다.

「치요가 왔어요, 아가씨!」

하녀가 소리치자, 뒷방에서 마메하의 말소리가 들려왔다.

「알았어. 고마워, 타추미!」

그 젊은 하녀는 열린 창문 옆의 테이블로 나를 인도했는데, 그곳에서 나는 불안하게 보이지 않으려고 애쓰며 쿠션 위에 무릎을 꿇고 앉았다. 금세 다른 하녀가 내게 줄 차를 들고 들어왔다. 나중에 알게 된 바에 의하면, 마메하는 하녀를 한 명도 아닌 두 명씩이나 거느리고 있었다.

나는 차를 대접받으리라고는 기대하지 못했다. 몇 년 전, 다나카 씨 집에서 저녁식사를 한 이후로 그런 대접은 받아본 적이 없었다. 나는 그 하녀에게 고맙다고 말하고는 무례하게 보이지 않으려고 차를 한 모금 마셨다. 그리고 나서 한참 동안 아무것도 하지 않은 채, 바깥 시라카와 강의 물소리를 들으며 앉아 있었다.

마메하의 방은 크지는 않았으나, 다다미가 깔린 참으로 우아한 방이었다. 노랑과 푸른색 광택이 감돌며 짚 냄새가 진한 걸로 보아 그 다다미는 새것임이 분명했다. 벽에는 족자가 하나 걸려 있었는데, 나중에 알고 보니 그 유명한 서예가인 마추다이라 코이치에게서 받은 선물이었다. 그 아래, 움푹 들어간 곳의 나무 받침대 위에는 산딸기 나뭇가지 꽂꽂이가 놓여 있었다. 그 접시는 약간 금이 간 까만 오지그릇이었다. 난 그 울퉁불퉁한 접시를 참 특이하다고 여겼는데, 알고 보니 요시다 사쿠헤이라는 사람으로부터 받은 선물이었다. 그 사람은 세토구로 스타일의 도자기에서 대가로 알려진 인물로, 2차 대전이 끝난 뒤 몇 년 동안 인간문화재로 대접받은 사람이었다.

옷단에 물이 그려진 크림색 기모노를 아름답게 차려 입은 마메하가 마침내 뒷방에서 나타났다. 그녀가 테이블로 다가오는 동안 나는 다다미 위에서 깊숙이 절을 올렸다.

내 맞은편에 자리잡은 마메하는 무릎을 가지런히 하고 나서 하녀가 갖다준 차를 한 모금 마시더니 입을 열었다.

「자, 치요라고 했지? 오늘 오후에 어떻게 오키야에서 빠져 나올 수 있었는지 말해볼래? 자기 하녀가 대낮에 개인적인 용무를 보러 다니는 걸 니타 여사가 알면 틀림없이 좋아하지 않을 텐데 말이야.」

난 정말이지 그런 종류의 질문은 기대도 하지 않았다. 사실, 난 뭐라고 얘기해야 할지 생각도 할 수 없었다.

「넌 내가 널 야단치려 한다고 생각하는구나? 난 그저 여기 온 것 때문에 너한테 곤란한 일이라도 생겼는지 알고 싶을 뿐이야.」

「아뇨, 아가씨. 가부키 잡지와 샤미센 줄을 사 오라는 심부름을 받고 나왔어요.」

「아, 그래? 그건 나한테 많아.」

그렇게 말한 마메하는 하녀에게 그것을 가져오라고 시키더니 내 앞에다 놓았다.

「오키야로 돌아갈 때 이것들을 가지고 가렴. 그럼 아무도 네가 어디 있었는지 모를 게다. 자, 이제 말해보렴. 내가 조문하러 너희 오키야로 갔을 때 네 또래의 다른 여자아이를 하나 보았어.」

「호박일 거예요. 얼굴이 아주 둥근 아이였죠?」

마메하는 왜 호박이라고 부르는지 물어보았다가 내가 설명해주자 웃음을 지었다.

「그 호박 말인데, 그 애와 하추모모는 서로 어떻게 지내지?」

「글쎄요, 아가씨. 제 생각에 하추모모는 호박보다 정원에 굴러다니는 나뭇잎한테 더 관심이 많을걸요.」

「정원에 굴러다니는 나뭇잎이라……, 정말 시적이구나. 하추모모가 너한테도 그런 식으로 대하니?」

난 말하려고 입을 열었으나, 뭐라고 해야 할지 난감했다. 마메하가 어떤 사람인지 잘 모르는 마당에 하추모모를 나쁘게 얘기하는 게 옳은 일인지 확신이 서지 않았다.

「대답할 필요 없어. 하추모모가 널 어떻게 대하는지 너무 잘 알고 있으니까.」

「아가씨, 누가 그런 얘기를 했는지 여쭤봐도 될까요?」

「아무도 안 했어. 내가 여섯 살이고 하추모모가 아홉 살이었을 때부터 우린 서로 알고 지냈어. 그렇게 오랫동안 못된 짓을 하는 사람이 다음에 무슨 짓을 할는지 누구나 다 알 수 있는 법이지.」

「제가 뭘 잘못해서 하추모모가 그렇게 절 미워하는지 모르겠어요.」

「하추모모는 고양이만큼이나 이해하기 힘들어. 고양이는 다른 고양이가 주변에 없고 혼자 햇볕 아래 누워 있을 때에만 행복해하지. 하지만 다른 고양이가 자기 밥그릇 근처를 어슬렁거리는 걸 알게 되면……. 하추모모가 그 젊은 하추오키를 기온에서 어떻게 쫓아냈는지 얘기 들었니?」

나는 못 들었다고 말했다.

「하추오키는 정말 매력적인 여자였어. 내 좋은 친구이기도 했지. 그 애와 하추모모는 자매였어. 그 말은 같은 게이샤한테서 교육을 받았다는 뜻이야. 그들의 경우, 당시 이미 나이가 상당히 든 훌륭한 토미하추가 교육을 시켰지. 하추모모는 조금도 하추오키를 좋아하지 않았어. 그들이 게이샤 견습생이 되었을 때, 하추모모는 경쟁자로서의 하추오키를 견뎌낼 수가 없었지. 그래서 하추모모는 기온에다 소문을 퍼뜨리기 시작한 거야. 하추오키가 어느 날 밤 골목길에서 어떤 젊은 경관과 아주 음란한 짓을 하다가 들켰다는 거지. 물론 그 말은 사실이 아니야. 만약 하추모모가 그런 이야기를 하고 돌아다녔다면, 기온에서는 아무도 그 말을 믿지 않았을 거야. 하추모모가 얼마나 하추오키를 질투하는지 다 알고 있었으니까. 그래서 하추모모는 일을 꾸몄어. 술이 심하게 취한 사람을 만나면, 그 사람이 게이샤든, 하녀든, 아니면 심지어 기온을 방문하러 온 사람이든 상관없이 하추오키에 대해 그런 식으로 속삭여댄 거야. 그러면 그 다음날, 그 이야기를 들은 사람은 하추모모에게서 그 소문이 나왔다는 것을 기억 못하지. 그래서 그 가련한 하추오키의 명성은 금세 손상을 입었고, 하추모모는 잔꾀를 이용해 쉽게 하추오키를 쫓아버렸어.」

내가 아닌 또 다른 사람이 하추모모에게 그렇게 터무니없는 대접을 받았다는 말을 들으니 이상한 안도감이 들었다.

「하추모모는 경쟁자가 있다는 사실을 견딜 수 없는 거야. 하추모모가 너한테 그런 식으로 대하는 이유도 바로 그래서야.」

「하지만 하추모모는 저를 절대 경쟁자로 생각하지 않을 거예요, 아가씨.

웅덩이가 바다의 경쟁 상대가 될 수 없듯이 저도 경쟁자가 될 수 없어요.」

「기온의 찻집에서는 안 될지도 모르지. 하지만 네 오키야에서는……. 넌 니타 여사가 하추모모를 아직도 딸로 입양 안 하는 게 이상하지 않니? 니타 오키야는 기온에서 후계자가 없는 가장 부유한 오키야임에 틀림없어. 만약 니타 여사가 하추모모를 입양하게 되면 후계자 문제가 해결될 뿐만 아니라, 하추모모의 수입 중 단 1센도 하추모모 빚을 갚는 데 쓸 필요가 없게 되지. 수입이 모두 오키야로 바로 들어가니까. 그리고 하추모모는 아주 성공한 게이샤야. 누구보다도 돈을 좋아하는 니타 여사가 벌써 오래 전에 하추모모를 입양했어야 당연하지. 그런데 그렇게 안 하는 데에는 분명히 무슨 이유가 있을 거야. 그렇게 생각하지 않니?」

전에는 그런 문제에 대해 한번도 생각해본 적이 없었지만, 마메하의 얘기를 듣고 나니 그 이유가 무엇인지 정확히 알 수 있을 것 같았다.

「하추모모를 입양하면 호랑이를 우리에서 풀어주는 꼴이 되고 말 거예요.」

「분명히 그럴 거야. 내 생각에도 니타 여사는 수양딸 하추모모가 나중에 어떤 식으로 변할지 너무 잘 알고 있는 것 같아. 어머니를 내쫓을 궁리나 할 사람이지. 어쨌든, 하추모모는 어린애보다도 더 인내심이 없어. 새장 안에 있는 귀뚜라미 한 마리도 가만 내버려두지 못할걸. 한두 해 지나면, 하추모모는 아마 오키야의 기모노 컬렉션을 모두 팔아버리고 은퇴해버릴걸. 그래서 하추모모가 널 그렇게 싫어하는 거란다. 하추모모는 니타 여사가 호박을 입양할까봐 걱정하지는 않아.」

「마메하 상, 아가씨는 그 망쳐진 기모노를 기억할 거라고 생각하는데요…….」

「그 기모노에 잉크를 부은 게 너라고 말하려는 거지?」

「저…… 네, 아가씨. 배후에 하추모모가 있었다는 걸 아가씨도 아실 거라고 믿지만, 그래도 그 일에 대해 제가 아가씨께 얼마나 죄송스러운지 언젠가는 말씀드리고 싶었어요.」

마메하는 한참 나를 바라보았다.

「원한다면 사과해도 좋아.」

나는 테이블에서 떨어져 절을 올렸다. 그러나 내가 무슨 말을 꺼내기도 전에 마메하가 방해했다.

「네가 만약 처음 교토를 방문하는 아낙네라면 그 절을 멋있다고 할 수 있겠지. 하지만 교양 있게 보이고 싶다면, 이런 식으로 해야 할 게다. 나를 봐. 테이블에서 더 뒤로 가. 그렇지. 자, 무릎을 꿇었지. 이제 팔을 똑바로 펴고, 손가락 끝은 다다미 위에 갖다 대. 손가락 끝만 갖다놓으라구, 손 전체가 아니라. 손가락을 절대 펴서는 안 돼. 아직도 손가락 사이가 벌어졌어. 아주 좋아, 손가락을 다다미 위에 올려놓고, 손도 같이……, 그렇지! 이제 훌륭하게 보이는구나. 될 수 있는 한 허리를 많이 구부려서 절을 해. 목은 똑바로 펴고. 그쪽으로 고개를 떨어뜨리면 안 돼. 그리고 어떤 경우에도 몸무게를 손에다 실으면 안 돼. 안 그러면 남자처럼 보일 테니까. 좋아, 이제 다시 한 번 해보렴.」

그래서 난 다시 한 번 절을 했다. 그리고 그 아름다운 기모노를 망친 일에 내가 관계되어 죄송하다고 말했다.

「정말 아름다운 기모노였지? 자, 이제 그건 잊기로 하자. 난 네가 게이샤 교육을 왜 안 받는지 알고 싶어. 학교 선생님은 네가 수업을 그만두기 전까지 아주 잘 해냈다고 말했어. 기온에서 성공하려면 계속 교육을 받아야 해. 니타 여사가 왜 네 교육을 중단시켰지?」

나는 마메하에게 그 기모노 건과 하추모모가 내가 훔쳤다고 우겼던 브로치에 대해 말해주었다. 이야기를 다 마쳤는데도, 마메하는 계속 냉정하게 나를 쳐다보고 있었다.

「뭔가 숨기고 있구나. 네 빚 때문에라도, 니타 여사는 네가 게이샤로 성공하는 것을 봐야겠다고 더 단호하게 결심했을 텐데. 하녀로 일해서는 절대로 그 돈을 갚을 수가 없어.」

그 말을 듣자, 나는 무의식적으로 수치심이 들어 눈을 내리깔았다. 바로 그때 마메하가 내 생각을 읽은 것 같았다.

「도망치려고 했구나?」

「네, 아가씨. 언니가 하나 있었어요. 우린 헤어졌지만, 어떻게 해서 서로 다시 만났죠. 어느 날 밤 만나서 함께 도망가기로 했어요. 하지만 그때 전

지붕에서 떨어져 팔을 부러뜨렸어요.」

「지붕이라구! 설마 농담이겠지. 교토의 밤을 마지막으로 보려고 거길 올라갔단 말이니?」

나는 왜 그런 짓을 했는지 그녀에게 설명했다.

「제가 어리석었다는 거 알아요. 이제 어머니는 내 교육에는 단 한 푼도 투자하려고 하지 않아요. 제가 다시 도망갈까봐 걱정되니까요.」

「꼭 그 때문만은 아니야. 누가 도망을 가면, 그 오키야 여주인의 인상이 나빠진단다. 기온 사람들 사고 방식이 그래. 세상에, 저 여자는 자기 하녀 하나도 제대로 간수를 못 하는구나, 그런 식으로 말하지. 한데 이제 넌 어떻게 하려고 하니, 치요? 내가 보기에 넌 일생을 하녀로 살 애는 아닌데 말이야.」

「아, 아가씨……, 제 잘못을 덮어줄 수만 있다면 뭐라도 하겠어요. 벌써 2년이 흘렀어요. 어떤 기회가 생길지도 모른다는 희망 속에 인내심을 갖고 기다리고 있어요.」

「인내심을 갖고 기다리는 것은 네게 어울리지 않아. 네 팔자에 물이 아주 많다는 거 안다. 물은 절대 기다리지 않지. 물은 모양을 변화시키고, 사물 주위를 흘러서 아무도 생각지 못한 은밀한 길을 찾아낸단다. 지붕 사이의 작은 구멍이나, 상자 밑바닥 등 말이야. 다섯 가지 요소 중에서 물이 가장 많은 능력을 지니고 있지. 흙을 씻어버릴 수도 있고 불을 꺼버릴 수도 있어. 나무조차도 물에 의해 영양분을 공급받지 못하면 살아남을 수 없어. 그런데 넌 아직 네 인생에서 이런 장점들을 살려본 적이 없니?」

「글쎄요, 아가씨. 사실은 물이 흐른다는 사실이 지붕을 타고 도망갈 생각을 하게 해주었어요.」

「치요, 넌 정말 똑똑한 아이로구나. 하지만 그건 그다지 현명한 선택이 아니었던 것 같구나. 우리처럼 팔자에 물이 많은 사람들은 흘러갈 곳을 선택할 수가 없단다. 우리가 할 수 있는 것이라곤 인생이 우리를 이끄는 곳으로 흘러가는 일이지.」

「제 생각에 저는 댐에 부딪힌 강 같아요. 그 댐은 하추모모구요.」

「그래, 그건 사실일 게다. 하지만 강이 때때로 댐을 무너뜨리지.」

마메하의 집에 도착한 순간부터, 나는 왜 그녀가 나를 보자고 했는지 궁금했다. 그 기모노와는 아무 관계도 없는 일이라는 것은 진작부터 알았다. 그때쯤에야 비로소 내 앞에 벌어지고 있는 일에 대해 눈이 뜨였다. 마메하는 하추모모에게 복수하기 위해 나를 이용하기로 작정한 모양이었다. 두 사람은 서로 경쟁자임이 분명했다. 그렇지 않다면 왜 하추모모가 마메하의 기모노를 망쳤겠는가? 의심할 필요도 없이 마메하는 적당한 순간을 기다려왔던 것이다. 마메하는 단순히 복수만을 하려는 게 아니었다. 내 판단이 틀리지 않다면, 그녀는 하추모모를 완전히 제거할 모양이었다.

「어쨌든, 니타 여사가 네 교육을 다시 허락하기 전까지는 아무것도 변하지 않을 거야.」

「전 별로 희망이 없어요. 어머니를 설득할 수 있다는 희망 말이에요.」

「설득할 수 있을지 없을지는 지금 걱정하지 않아도 돼. 설득하기 가장 좋은 때가 언제인지 알아내는 일이 문제지.」

　나는 이미 인생에서 참으로 많은 교훈을 배웠다고 확신했지만, 인내에 대해서는 아는 바가 전혀 없었다. 어머니에게 무슨 말을 해야 하는지 가르쳐준다면, 당장이라도 어머니와 한번 얘기해보고 싶다고 마메하에게 말했다.

「치요, 인생을 비틀거리며 가는 것은 앞으로 나아가기 위한 형편없는 방법이지. 어떤 일을 하기 위한 시간과 장소를 어떻게 알아내는지 배워야 해. 고양이를 놀려주려고 하는 쥐는 가벼운 위험이라도 느끼면 구멍에서 뛰쳐나오지 않아. 책력을 어떻게 보는지 모르니?」

　당신이 책력을 본 적이 있는지 모르겠다. 책력을 펴고 페이지들을 넘겨보면, 아주 복잡한 도표와 이상한 글자들로 가득 차 있다. 이미 말했듯이 게이샤들은 아주 미신을 좋아하는 무리다. 아줌마와 어머니, 그리고 심지어 요리사와 하녀들까지도 책력을 보지 않고서는, 신발을 새로 구입하는 것처럼 아주 간단한 일도 결정하는 법이 없다. 그러나 난 살면서 한번도 책력을 본 적이 없었다.

「그러니 네가 불행한 일을 당한 것도 놀라운 일이 아니지. 네 말은 그날이 길일인지 아닌지 알아보지도 않고서 도망치려고 했다는 거니?」

언니와 내가 헤어지기 전에, 언니가 도망칠 날을 정했다고 마메하에게 말해주었다. 마메하는 그 날짜를 기억하느냐고 물었다. 달력을 들여다본 후에 난 그 날짜를 기억해낼 수 있었다. 1929년 10월의 마지막 화요일, 사추와 내가 집에서 나온 지 몇 달 뒤였다.

마메하는 하녀에게 그 해 책력을 가져오라고 시켰다. 그리고 나서 내 띠를 물은 다음, 한참 동안 여러 가지 도표들을 이리저리 체크하더니 그 달의 전반적인 내 운을 말해주는 페이지도 체크했다.

「가장 불길한 시간. 바늘, 낯선 음식, 그리고 여행은 무조건 피해야 함.」

거기서 멈춘 마메하는 나를 쳐다보았다.

「들었니? 그 다음에는 네가 반드시 피해야 할 것에 대해 쓰고 있어. 어디 보자……, 수탉이 우는 시간에 목욕하는 것, 새 옷을 구입하는 것, 새로운 사업을 시작하는 것, 그리고 이것도 들어봐. 거주지를 옮기는 것. 이런 일들을 조심했니?」

마메하는 언니의 띠를 물은 뒤, 언니에 대해서도 같은 점괘를 찾아보았다.

「여기에 '작은 변화를 위한 길'이라고 적혀 있구나. 탈출과 같이 야심적인 일을 위해서는 최고의 날이 아니지만 그 주나 그 다음주의 다른 날보다는 확실히 나아.」

그리고 나서 놀라운 일이 벌어졌다.

「'양의 방향으로 여행하기 좋은 날임'이라고 적혀 있구나.」

그 구절을 읽고 나서 지도를 꺼내 요로이도를 찾아보았는데, 요로이도는 교토의 북북동쪽에 위치하고 있었다. 십이궁에 따르면 정말 양의 방향이었다. 사추는 자신의 책력을 보았던 게 틀림없었다. 아마 나를 방에 앉혀놓고는 타추요의 층계 아래에서 잠깐 책력을 보았는지도 모르겠다. 하지만 그건 정말 옳은 일이었다. 그녀는 탈출했고, 나는 못 했으니까.

나 자신이 얼마나 부주의했는지 깨닫는 순간이었다. 탈출뿐만 아니라, 모든 점에서 그랬다. 사물이 얼마나 서로 밀접하게 연관되어 있는지 난 결코 이해하지 못했다. 단지 십이궁에 대해서만 말하는 게 아니다. 우리 인간은 아주 커다란 그 무엇의 일부분일 뿐이다. 우리는 길을 걸으면서 딱정벌레를 밟을지도 모른다. 혹은 공기에 변화를 일으켜 파리로 하여금 전혀 알지 못할 곳으로 가게 만드는지도 모른다. 만약 그런 경우를 곤충이 아니라 우리 인간한테 적용해본다면, 그리고 우리가 생활하는 우주에 적용해본다면, 우리로서는 미처 어떻게 할 수 없는 어떤 힘에 의해 날마다 영향을 받을 수밖에 없다. 자신을 덮치는 인간의 거대한 발을 가련한 딱정벌레가 어쩔 수 없듯이 말이다. 우리는 무엇을 해야 하는가? 우리를 둘러싸고 있는 우주의 움직임을 이해하기 위해 우리는 모든 방법을 사용해야 한다. 그리고 시대와 맞서 싸우지 않고 시대와 함께 움직이기 위해 우리의 행동 시기를 적절히 맞추어야 한다.

마메하는 내 책력을 체크한 후, 중요한 변화를 위해 길일이 되는 날짜를 몇 개 골라주었다. 난 그 길일 중 하루를 택해서 어머니와 얘기를 해보는 게 좋겠는지, 그리고 정확히 뭐라고 말해야 좋겠는지를 물어보았다.

「사실 너에게 직접 니타 여사와 얘기하도록 할 생각은 아니었어. 니타 여사가 즉각 거절할지도 모르니까. 내가 니타 여사라도 그렇게 할 거야. 여사는 기온에 네 언니가 되고 싶어하는 사람은 하나도 없을 거라고 생각할 테니까 말이야.」

마메하의 말을 들은 나는 매우 낙심했다.

「그렇다면 전 어떻게 해야 하죠, 마메하 상?」

「치요, 오키야로 돌아가거라. 그리고 나와 만났다는 얘기는 아무에게도 하지 말아라.」

그 말을 한 뒤, 마메하가 절을 하고 물러가라는 의미의 눈길을 보냈기 때문에 난 그렇게 했다. 너무 정신이 없던 나는 마메하가 준 가부키 잡지와 샤미센 줄을 두고 나왔다. 그래서 마메하의 하녀가 그것을 가지고 거리로 달려 나와야 했다.

11

마메하가 말한 '언니' 가 무슨 뜻인지 설명해야 할 것 같다. 물론 난 그때 그 말이 뜻하는 바를 전혀 몰랐다.

견습생 생활을 끝내고 데뷔할 준비가 된 게이샤에게는 좀더 경험이 많은 게이샤와 관계를 맺는 일이 필요했다. 마메하가 하추모모의 언니였던 그 유명한 토미하추에 대해 언급한 적이 있었는데, 하추모모를 교육시킬 당시 토미하추는 나이가 이미 들어 있었다. 그러나 언니라고 해서 자신이 교육시키는 게이샤보다 반드시 나이가 많을 필요는 없었다.

두 여자가 자매로 묶이게 되면, 일종의 혼인 예식 같은 의식을 치렀다. 그리고 나면 두 사람은 서로를 '언니' '동생' 으로 불렀다. 그런 역할을 별로 심각하게 받아들이지 않는 게이샤들도 있었지만, 언니는 어린 게이샤의 일생에 가장 중요한 존재가 되기 마련이었다. 남자들이 지저분한 농담을 할 때 적당히 놀라는 척하며 웃어넘기는 방법에서부터 생활 전반의 자질구레한 일에 이르기까지 언니는 확실한 도움을 주어야 했다. 그리고 중요한 사람들이 동생을 눈여겨볼 수 있도록 도와주어야만 했다. 그래서 동생을 기온 전역으로 데리고 다니며 찻집의 여주인에게, 무대 가발을 만드는 사람에게, 그리고 큰 음식점의 요리사에게 소개시켰다.

그런 일들을 다 해내자면 정말 바빴다. 그러나 기온 전역에 동생을 데리고 다니며 소개시키는 일은 언니가 해야 할 일 중 절반에 불과했다. 그 이유는 기온이란 곳이 해가 지고 난 뒤에야 그 아름다움을 빛내는 곳이기 때문이었다. 밤이 되면 언니는 몇 년 동안 알고 지내게 될 손님이나 후원자에게 소개하기 위해 동생을 파티에 데리고 가야 했다. 언니는 그들에게 이렇게 말한다.

「제 새로운 동생과 인사를 나누셨나요? 이 애는 큰 별이 될 테니까 이름을 꼭 기억해주세요. 그리고 다음에 기온에 오시면 꼭 이 애를 불러주세요.」

물론 어린 게이샤와 담소를 나누기 위해 그렇게 많은 비용을 치를 수 있는 남자는 얼마 되지 않았다. 그래서 그 손님이 다시 기온에 들른다 해도 어린 게이샤를 부를 확률은 거의 없었다. 하지만 언니와 찻집 여주인은 손님이 그렇게 할 때까지 계속 동생을 손님 앞으로 밀어댔다. 만약 그 손님이 어떤 이유로 동생을 좋아하지 않는다면…… 글쎄, 그때는 이야기가 달라지겠지만 그런 경우가 아니라면, 그 손님은 적당한 때에 동생의 후원자가 될 것이고, 그 언니처럼 동생도 좋아하게 될 것이다.

이름난 게이샤가 동생을 하나씩 돌보는 이유는 견습생 게이샤가 성공할 경우 모두가 이득을 보기 때문이었다. 견습생인 게이샤는 빚을 다 갚게 되어 이득을 보게 되고, 또 운이 좋으면 돈 많은 남자의 여자가 될 수도 있었다. 언니는 동생 수입의 일정한 몫을 받음으로써 이득을 보는데, 그건 게이샤가 드나드는 찻집 여주인도 마찬가지였다. 그리고 가발 제조업체나 머리 장신구를 파는 가게, 견습생 게이샤들이 후원자를 위해 가끔씩 선물을 구입하는 사탕가게 같은 곳은 게이샤의 수입에서 일정한 몫을 받는 게 아니라, 성공한 게이샤의 후원자를 통해 돈을 벌었다. 기온에 와서 돈을 쓰고 갈 고객을 끌어들이는 사람이 바로 그들이기 때문이었다.

기온의 어린 게이샤는 거의 모든 것을 언니에게 의존하지만 자신의 언니를 스스로 결정할 수 있는 사람은 거의 없었다. 이름난 게이샤는 아둔해 보이거나 후원자가 좋아할 것 같지 않은 어린 게이샤를 동생으로 받아들여 자신의 명성에 먹칠을 하지는 않았다. 반면에 한 견습생을 교육시키느라 많은 돈을 투자한 오키야의 여주인도 그냥 가만히 앉아서 누군가가 그녀를 받아 교육시켜 주겠다고 제안할 때까지 기다리고 있지만은 않았다.

내가 오키야에 처음 왔을 당시, 어머니는 내 언니로 하추모모를 마음에 두고 있었는지도 모르겠다. 그러나 하추모모는 바로 뒤에서 목을 물어뜯을 거미 같은 종류의 여자였기 때문에 어떤 견습생도 그녀의 동생이 되고 싶어하지 않았다. 그러나 기온에서 이름을 날리고 있는 게이샤 중에는 하추모모의 동생이었던 사람도 둘이나 있긴 했다. 나를 고문한 것과는 달리 하추모모는 그들을 잘 대해주었다. 하추모모가 그들을 동생으로 받아들인 이유는 순전히 돈 때문이었다. 하지만 그게 나한테도 해당될까? 글쎄, 그보다는 고양이한테 쥐를 맡기며 사이좋게 지내라고 말하는 편이 훨씬 현명할 것이다.

어머니라면 나와 하추모모를 엮어주는 게 불가능한 일은 아니었다. 하지만 아무리 어머니라도 하추모모가 나를 적절히 교육시키게끔 강요할 수는 없었다. 언젠가 때가 되어 하추모모가 나를 미주키 찻집으로 데려가 그곳 여주인에게 소개시켜야 한다면, 그녀는 찻집 대신 나를 강둑으로 데려가 '가모 강아, 내 새로운 동생과 인사 나누었니?' 하면서 나를 밀어버릴 테니까.

다른 게이샤가 나를 맡는다는 건 곧 하추모모와 맞선다는 의미였다. 감히 그런 짓을 할 정도로 용감한 게이샤는 기온에 거의 없었다.

마메하를 만나고 몇 주 지난 어느 늦은 아침, 내가 응접실에서 어머니와 손님에게 차를 접대하고 있는데 아줌마가 문을 열고 들어왔다.

「방해해서 죄송해요. 잠시 실례해도 괜찮은지 모르겠네요, 카요코상. 밖에 손님이 와 계세요.」

카요코는 어머니의 진짜 이름이었지만, 우리 오키야에서는 거의 사용하는 법이 없었다.

「자네, 오늘 별로 할 일이 없는 모양이군. 손님 온 걸 자네가 전하다니 말이야. 하녀들은 자기 할 일을 제대로 안 하고, 대신 자네가 하녀들 일까지 하는 모양이지?」

「내가 직접 말하는 게 낫겠다고 생각했어요. 손님은 바로 마메하거든요.」

150

마메하와의 만남 이후로도 달라지는 게 없어, 난 걱정하고 있던 참이었다. 마메하가 우리 오키야에 나타났다는 말을 듣자 피가 갑자기 얼굴로 끓어올라 나 자신이 마치 스위치를 켠 전구가 된 느낌이었다. 한순간 조용해지더니 어머니의 손님이 말했다.

「마메하 상이라……, 굉장한데! 난 그만 가보겠어. 하지만 무슨 일인지 내일 꼭 말해줘야 해.」

　어머니의 손님이 나갈 때 나도 방을 빠져나갈 기회를 얻었다. 그러고 나자 현관 홀에서 어머니는 아줌마에게 상상도 못 했던 말을 했다.

「아줌마, 이리 와서 내 머리 좀 고쳐줘.」

　난 어머니가 외모에 대해 조금이라도 염려하는 모습을 본 적이 없었다. 어머니는 우아한 옷을 입고 있었다. 그러나 어머니의 방이 아름다운 물건으로 가득 차 있지만 암울하게 보이듯, 어머니 자신도 훌륭한 옷으로 감쌌지만 눈은 늙고 냄새나는 생선처럼 기름이 번들거리고……, 그리고 기차가 자신의 굴뚝에게 무관심하듯 그녀도 자신의 머리에 대해 무관심했다. 그냥 꼭대기에다 무심코 올려놓은 하찮은 물건일 뿐이었다.

　어머니가 문을 열어주는 동안, 나는 하녀방에서 재떨이를 깨끗이 비우고 있었다. 마메하와 어머니의 대화를 엿듣기 위해 지나치게 신경을 곤두세운 나머지 모든 근육이 다 귀로 집중되었다.

「마메하 상, 기다리게 해서 미안합니다. 이렇게 찾아주시다니 영광이군요!」

「이렇게 예고도 없이 찾아온 걸 용서하시기 바랍니다, 니타 여사님.」

　형식적인 인사말이 한참 동안 오갔다. 힘들게 엿듣고 있던 내게 그 시간은 지루하기 짝이 없었다.

　마침내 그들은 현관 홀을 지나 응접실로 들어갔다. 대화를 엿듣기 위해 나는 하녀방에서 걸레를 집어들고 나와 현관 홀 바닥을 문지르기 시작했다. 손님이 왔을 경우는 보통 거기서 일을 못 하게 하지만, 아줌마도 나처럼 얘기를 엿듣고 싶은 생각에 정신이 없었다. 하녀가 차를 접대하고 나오자, 아줌마는 한쪽으로 서서 말소리가 들릴 정도로 문이 열려 있는지 확인했다. 나는 그들의 나지막한 대화에 귀를 기울이느라 내 주변을 완전히 잊고 있었다. 그때 내 눈앞에 호박의 동그란 얼굴이 보였다. 호박은 무릎을 꿇고 마루를 닦고 있었다. 내가 이미 다 닦았고 또 그녀는 더 이상 허드렛일을 하지 않아도 되는데 말이다.

「마메하가 누구니?」

호박도 하녀들이 하는 얘기를 들은 게 분명했다.

산책로 가장자리에 있는, 흙으로 된 복도로 하녀들이 몰려들었다.

「마메하와 하추모모는 서로 경쟁자야. 하추모모가 낙서했던 그 기모노 주인이지.」

내가 속삭여주었다.

호박은 뭔가 더 물어볼 게 있는 눈치였지만, 그때 마메하의 목소리가 들려왔다.

「니타 여사님, 바쁘실 텐데 이렇게 성가시게 찾아와서 미안해요. 당신 하녀인 치요에 대해 간단하게 드릴 말씀이 있어서요.」

「아, 안 돼!」

소리를 지르면서 날 쳐다보는 호박의 눈은, 내게 닥칠 곤란한 문제로 마음이 얼마나 아픈지 말해주었다.

「우리 치요가 약간 말썽 많은 아이이긴 하지요. 그 애가 당신을 귀찮게 하지 않았기를 바랄래요.」

「아뇨, 그런 일이 아닙니다. 지난 몇 주 동안 그 애가 학교엘 나오지 않는 것 같더군요. 이따금씩 복도에서 그 애와 마주치곤 했거든요. 그 애가 심하게 아플지도 모른다는 생각이 들어서요……. 얼마 전에 아주 유능한 의사를 하나 알게 되었지요. 그 의사더러 한번 들러보라고 해볼까요?」

「정말 친절하시군요. 한데 당신은 다른 아이를 두고 말씀하시는 것 같군요. 학교 복도에서 우리 치요와 마주쳤을 리가 없어요. 그 애는 2년 전부터 학교에 다니지 않아요.」

「지금 우리가 다른 아이를 두고 말하는 건가요? 반짝이는 푸른 회색 눈을 한, 상당히 예쁜 아이인데요?」

「그 애의 눈이 특별하긴 하죠. 하지만 기온에는 그런 아이가 또 있을 거예요. 다른 애를 보신 거겠죠.」

「제가 그 애를 본 지 벌써 2년이나 흘렀단 말인가요? 그 기억이 아주 최근의 일처럼 생생한데……, 아마 그 애 인상이 무척 강했나보군요. 여쭤봐도 된다면, 니타 여사님……, 그 애는 잘 있나요?」

「아, 네. 어린 나뭇가지처럼 싱싱하죠. 그리고 이렇게 말해도 될지 모르겠지만 약간 다루기 힘들기도 하구요.」

「더 이상 학교엘 다니지 않는다구요? 이유가 궁금하군요.」

「당신처럼 인기 있는 젊은 게이샤에게, 기온은 틀림없이 생계를 꾸려나가기 쉬운 곳이겠죠. 하지만 당신도 아시다시피, 지금 우린 어려운 시대에 살고 있어요. 난 누구에게도 돈을 투자할 형편이 못 돼요. 치요가 얼마나 재능이 없는지 깨닫자마자 난…….」

「우린 서로 다른 아이에 대해 말하고 있는 게 확실하군요. 니타 여사님, 당신처럼 눈치 빠른 사업가가 치요에게 재능이 없다고 하시니…….」

「그 애 이름이 치요가 확실한가요?」

말을 하면서 어머니는 몸을 일으켜 방을 건너오고 있는 중이었지만, 우리는 아무도 그 사실을 알지 못했다. 잠시 후 방문이 열리자, 어머니와 아줌마의 귀가 정면으로 부딪쳤다. 아줌마는 아무 일도 없다는 듯이 그 자리를 벗어났고, 어머니도 아무 일 아닌 척하고자 했다.

「치요, 잠시 좀 들어와 봐.」

내가 문을 닫고 다다미 위에 무릎을 꿇어 절을 올릴 때, 어머니는 이미 원래 자리로 가 앉아 있었다.

「이 애가 우리 치요입니다.」

「내가 생각하던 바로 그 애예요! 어떻게 지내니, 치요? 네가 건강해 보이니 좋구나. 니타 여사님께 네 걱정을 하고 있었다고 말하던 참이었어. 근데 넌 정말 좋아 보이는구나.」

「아, 네, 아가씨. 아주 좋아요.」

「됐다, 치요.」

어머니의 말에 난 물러나려고 절을 올렸는데, 채 몸을 일으키기도 전에 마메하가 말했다.

「니타 여사님, 저 애는 너무 예쁜 아이예요. 저 애를 내 동생으로 삼으면 어떨까 하고 종종 생각했어요. 하지만 저 애가 더 이상 학교엘 다니지 않으니…….」

어머니는 그 말에 충격을 받았음이 틀림없었다. 왜냐하면 차를 막 입으로 가져가던 손이 멈칫하더니, 내가 방을 나가는 동안에도 차를 마시지 못했기 때문이었다.

「마메하 상, 당신처럼 인기 있는 게이샤는……, 기온에 있는 어떤 견습생이라도 동생으로 삼을 수 있잖아요?」

「사실 종종 그런 부탁을 받아요. 하지만 전 일 년 전부터 새로운 동생을 안 받고 있어요. 끔찍한 불경기 때문에 손님들이 줄어들 거라고 생각하겠지만, 사실은 얼마나 바쁜지 몰라요. 이런 시대에도 부자들은 돈이 많나봐요.」

「그 어느 때보다 지금 더 놀고 싶겠죠. 하지만 당신 말은…….」

「내가 뭐라고 말했죠? 아니, 뭐라고 했든 상관없는 일이에요. 당신의 시간을 더 뺏어서는 안 되겠군요. 어쨌든 치요가 아주 건강하니 다행이에요.」

「아주 건강해요. 근데 마메하 상, 괜찮으시다면 잠깐만 기다려주세요. 치요를 동생으로 받아들일 생각이었다고 말씀하셨나요?」

「글쎄요, 지금으로써는 그 애가 교육을 안 받은 지 상당히 되었으니까……. 어쨌든 당신이 내리신 결정에는 분명히 그만한 이유가 있었겠죠, 니타 여사님. 감히 넘겨짚으려고 하지 않겠어요.」

「난 저 애의 교육을 더 이상 감당할 수가 없었어요. 하지만 마메하 상, 저 애가 가능성 있다고 보신다면, 저 아이에 대한 투자는 충분히 보상받으리라고 봐요.」

어머니는 마메하를 이용하려는 속셈이었다. 어떤 게이샤도 동생의 수업 비용을 지불하지는 않았다.

「저도 그럴 수 있기를 바라요. 하지만 이런 심각한 불경기에…….」

「아마 내가 어떻게 해볼 수 있는 길이 있을 거예요. 치요가 약간 고집이 세고 빚도 상당하긴 하지만요. 저 애가 그 빚을 다 갚을 수 있다면 얼마나 놀라운 일일까 가끔 생각해보곤 해요.」

154

「저렇게 매력적인 애가요? 저 애가 빚을 갚을 수 없다면 그게 놀라운 일이겠죠.」

「어쨌든, 인생에는 돈보다 중요한 무언가가 있지 않겠어요? 치요 같은 여자아이를 위해서라면 최선을 다해볼 만하죠. 그 애에게 약간 투자할 수 있는 길이 있을 거예요……, 수업 비용 정도는요. 하지만 언제까지 그래야 하죠?」

「물론 치요의 빚이 상당할 거예요. 하지만 그렇다 해도, 저 애가 스무 살이 되면 빚을 다 갚을 수 있을 거예요.」

「스무 살이라구요? 기온의 어떤 게이샤도 그렇게 할 수는 없다고 생각해요. 더군다나 이런 대공황 중에…….」

「네, 대공황이죠. 사실이에요.」

「내게는 우리 호박이 더 안전한 투자 같아요. 당신이 치요 언니가 된다면, 결국 치요의 빚은 점점 불어나기만 할 거예요.」

어머니는 단지 내 수업 비용에 대해 말하고 있는 게 아니었다. 그녀는 마메하에게 지불해야 할지도 모를 비용에 대해 말하고 있었다. 마메하 정도의 위치에 있는 게이샤는 일반적으로 보통의 게이샤들보다 동생 수입에서 더 많은 몫을 떼어간다.

「마메하 상, 잠시만요. 당신이 내 제안을 받아들이실지 모르겠군요. 치요가 스무 살까지 빚을 다 갚을 수 있다고 그 유명한 마메하가 말씀하시는데, 제가 어떻게 의심할 수 있겠어요? 물론, 치요 같은 아이는 당신 같은 언니를 두지 않고서는 성공할 수가 없을 테고, 우리 작은 오키야로서도 지금 당장은 형편이 넉넉지 못해요. 그래서 당신에게 적당한 조건을 제시할 수가 없네요. 치요의 장래 수입에서 제가 제안할 수 있는 액수는 당신이 보통 기대하는 액수의 절반 정도입니다.」

「여러 가지 아주 관대한 제안을 하시는군요. 동생을 받아들일 경우, 그 몫을 깎겠다면 저도 감당할 수가 없습니다.」

「제 얘기는 아직 안 끝났어요, 마메하 상. 내 제안은 이거예요. 내가 당신이 기대하는 액수의 절반 정도밖에 드릴 수 없다는 건 사실이지만, 만약 치요가 당신의 기대대로 정말 스무 살에 빚을 다 갚는다면, 당신의 몫에다

30퍼센트를 추가해서 드리겠어요. 결국에는 돈을 더 버시는 셈이 되겠죠.」

「만약 치요가 빚을 다 못 갚은 채 스무 살이 되면 어떻게 하죠?」

「이렇게 말씀드려서 죄송합니다만, 그런 경우라면 우리 둘 다 어리석은 투자를 한 셈이죠. 우리 오키야는 당신께 비용을 갚을 수가 없을 겁니다.」

잠시 침묵이 흐르더니 마메하가 한숨을 쉬었다.

「전 숫자에 아주 약해요, 니타 여사님. 제가 제대로 이해했다면, 당신은 불가능해 보이는 일을 제게 떠맡기시려는 것 같군요. 그 액수는 일반적으로 생각하는 액수보다 적으니까요. 장래가 촉망한 기온의 많은 여자아이들이 어떤 위험 부담도 지우지 않고 내 동생이 되고 싶어하죠. 죄송하지만 당신의 제안을 거절해야겠습니다.」

「그건 당신 말이 옳아요. 30퍼센트는 좀 낮죠. 당신이 성공하는 경우 대신 두 배를 드리겠어요.」

「내가 실패하는 경우에는 한푼도 없구요?」

「제발 그걸 한푼도 없다는 식으로 생각하지 마세요. 치요 수입의 일부는 계속 당신에게로 갈 거예요. 오키야가 당신에게 빚진 추가 비용을 지불할 수 없을 거란 뜻일 뿐이죠.」

난 마메하가 거절하리라고 생각했다. 그러나 그녀는 거절하는 대신 이렇게 말했다.

「먼저 치요의 빚이 어느 정도인지 알고 싶군요.」

「회계장부를 가져오겠어요.」

난 그들의 대화를 더 이상 엿들을 수가 없었다. 내가 엿듣는 걸 참다 못한 아줌마가 심부름 목록을 주며 오키야 밖으로 내보냈기 때문이었다.

오후 내내, 나는 폭풍우에 휘날리는 낙엽처럼 흔들렸다. 어머니와 마메하가 어떤 합의도 끌어내지 못한다면, 평생 하녀로 남고 말 테니까.

오키야로 돌아왔을 때, 호박은 정원 근처의 산책로에서 무릎을 끓고 앉아 끔찍한 윙윙 소리를 내며 샤미센을 연습하고 있었다. 나를 발견하자 아주 기쁜 표정을 지으며 그녀가 나를 불러 세웠다.

「어머니 방으로 들어갈 핑곗거리 좀 찾아보렴. 오후 내내 어머니는 주판으로 무슨 계산을 하고 계셔. 어머니가 네게 뭔가 말씀하실 것 같아. 얘기가 끝나면 여기 돌아와서 나한테 다 말해줘야 해!」

좋은 생각 같았다. 내 심부름 목록 중에는 요리사의 옴에 바를 크림도 들어 있었는데, 약국에 가보니 크림이 다 떨어지고 없었다. 그래서 나는 위층으로 올라가 어머니에게 못 사고 돌아와서 죄송하다고 말할 작정이었다. 물론 어머니는 아무 상관도 안 할 테고, 심지어 내가 뭘 사러 갔는지조차 모를 테지만.

어머니는 라디오의 코미디 쇼를 듣고 있는 중이었다. 보통 때 같으면, 라디오를 듣고 있다가 손을 흔들어 들어오라고 한 뒤 다시 라디오에 귀를 기울이며, 다음 광고가 나올 때까지 회계장부를 들여다보거나 파이프를 빨곤 했다. 하지만 그날은 나를 보는 순간 놀랍게도 라디오를 끄더니 회계장부를 덮어버렸다. 나는 어머니에게 절을 올리고 테이블에 가서 무릎을 꿇고 앉았다.

「마메하가 왔을 때, 네가 현관 홀의 마루를 닦고 있는 걸 보았어. 너, 우리 대화를 엿들으려고 했니?」

「아뇨, 어머니. 마루에 긁힌 자국이 있었어요. 호박과 함께 그걸 지우려고 했어요.」

「네가 거짓말쟁이가 아니라 훌륭한 게이샤가 되길 바랄 뿐이다.」

그렇게 말한 어머니는 입에서 파이프를 꺼내지도 않고 웃었다. 그래서 잘못하여 담뱃대로 바람이 들어가 작은 금속 주둥이로 재가 뿜어져 나왔다. 기모노 위로 떨어진 담뱃재에 여전히 불씨가 남아 있었다. 파이프를 테이블에 내려놓은 어머니는 불씨가 완전히 꺼질 때까지 손바닥으로 재를 탁탁 눌렀다.

「치요야, 네가 오키야에 온 지 이제 일 년도 넘었구나.」

「어머니, 이 년이 넘었어요.」

「그 동안 난 널 주의 깊게 보지도 않았어. 그런데 마메하 같은 게이샤가 와서는 네 언니가 되고 싶다고 말하다니! 도대체 내가 이 일을 어떻게 이해할 수 있겠니?」

내가 아는 바에 의하면, 마메하는 사실 나를 돕는 일보다는 하추모모에게 해를 끼칠 일에 더 관심이 있었다. 하지만 어머니에게 그런 말을 할 수는 없었다. 나는 마메하가 왜 나한테 관심을 보이는지 나도 모르겠다고 말하려던 참이었다. 그러나 내가 말을 꺼내기 전에, 방문이 열리더니 하추모모의 목소리가 들렸다.

「죄송해요, 어머니. 하녀를 꾸짖느라 바쁘신지 몰랐어요!」

「저 애는 이제 더 이상 하녀가 아니다. 오늘 네 흥미를 자아낼 만한 손님이 오셨단다.」

「네. 마메하가 우리 어항에서 작은 잉어를 가로챘다는 얘기 들었어요.」

하추모모가 어찌나 테이블에 바싹 다가앉았던지 난 자리를 만들어주기 위해 뒤로 물러나야 했다.

「어떤 이유에서인지 모르겠지만, 마메하는 치요가 스무 살쯤 되면 빚을 다 갚을 수 있다고 생각하더구나.」

하추모모의 얼굴이 내 쪽으로 향했다. 웃는 모습을 보면, 자기 아기라도 내려다보는 엄마처럼 상냥하기 이를 데 없었지만 입에서 나오는 소리는 전혀 딴판이었다.

「혹시 또 모르죠, 어머니. 저 애를 갈보집에 팔아버린다면······.」

「그만 해라, 하추모모. 너더러 여기 와서 참견하라고 한 적 없다. 내가 알고 싶은 건 네가 최근에 마메하의 심기를 건드린 짓을 했느냐 하는 거야.」

「길거리에서 그 여자 앞을 어슬렁거리며 깔끔 양의 하루를 망친 적은 있었어요. 하지만 그 외에는 아무 짓도 안 했어요.」

「마메하는 뭔가 마음에 두고 있을 게다. 난 그게 뭔지 알고 싶어.」

「전혀 궁금할 게 없어요, 어머니. 그 여자는 작은 바보 양을 이용해서 날 야유할 생각이라구요.」

아무 대답 없이 어머니는 하추모모의 말을 곱씹는 눈치였다.

「혹시, 마메하는 정말 치요가 호박보다 게이샤로 더 성공할 수 있다고 생각하는지도 몰라. 그래서 저 애로부터 돈을 좀 벌고 싶은 게지. 그렇다고 해서 누가 마메하를 비난할 수 있겠니?」

「어머니······, 마메하는 돈을 벌기 위해 치요를 필요로 하는 게 아니에요. 그 여자가 나와 같은 오키야에 사는 아이의 교육을 맡겠다고 결정한 게 정말 우연이라고 생각하세요? 나를 기온에서 내쫓는 데 도움이 된다고 판단이 되면, 마메하는 어머니의 그 작은 개와도 관계를 만들지도 모를 여자예요.」

「진정해라, 하쓰모모. 마메하가 왜 너를 기온에서 내쫓고 싶어한단 말이냐?」

「그야 내가 더 아름답기 때문이죠. 다른 이유가 더 필요하겠어요? 그 여자는 이런 식으로 말하면서 날 모욕하고 싶어하겠죠. '아, 내 새로운 동생을 소개하겠어요. 이 아이는 하쓰모모와 같은 오키야에 살지만, 너무나도 보석 같은 존재여서 내게 교육을 맡겼답니다.'」

「마메하가 그런 식으로 행동할 것 같지는 않구나.」

어머니는 거의 속삭이듯이 말했다.

「만약 마메하가 치요를 호박보다 더 뛰어난 게이샤로 만들 수 있다고 생각했다면, 아주 놀랄 만한 일이 생기겠죠. 하지만 치요가 기모노를 입고 뽐내고 다닌다면 나로서도 기쁘겠어요. 이건 호박을 위해 더할 나위 없이 좋은 기회예요. 새끼 고양이에게 먹이 죽이는 법을 가르치는 어미 고양이를 본 적 있으세요? 호박이 발톱을 갈고 나면 훨씬 더 훌륭한 게이샤가 될 거예요.」

어머니는 그 생각이 마음에 들었는지 입가에 옅은 웃음을 지었다.

「오늘 이렇게 좋은 일이 생길 줄은 짐작도 못했지. 아침에 눈을 떴을 때는, 쓸모 없는 여자 두 명이 우리 오키야에 살고 있었는데 말이야. 이제 그들이 서로 싸우게 되다니……, 그리고 기온의 가장 뛰어난 게이샤 두 명이 그 애들을 이끌게 되다니 말이다.」

12

바로 그 다음날 오후, 마메하는 나를 자신의 집으로 불러들였다. 마메하는 테이블에 앉아 날 기다리고 있었다.

방으로 들어가기 전에 난 조심스럽게 예의를 갖춰 절을 한 뒤 테이블 쪽으로 가서 다시 한 번 절을 올렸다.

「마메하 상, 어떻게 이런 결정을 내리셨는지 저로서는 모르겠습니다. 하지만 제가 얼마나 감사드리는지 이루 설명할 수가 없어요.」

「아직은 감사할 것 없어. 아직 아무 일도 안 일어났으니까. 어제 내가 다녀간 뒤 니타 여사가 뭐라고 했는지 알고 싶구나.」

「글쎄요, 어머니는 당신이 왜 제게 관심을 보이시는지 약간 어리둥절해 했어요……. 어리둥절하긴 사실 저도 마찬가지구요.」

마메하가 뭐라고 말하리라 기대했으나, 그녀는 아무 말도 하지 않았다.

「하추모모 말은…….」

「하추모모의 말을 전하느라 시간 낭비할 필요 없어. 하추모모가 네 실패를 얼마나 바라고 있는지는 너도 이미 알잖아. 그건 니타 여사도 마찬가지고.」

「왜 어머니가 제 실패를 바라는지 모르겠어요. 제가 성공해야 더 많은 돈을 벌 수 있을 텐데요.」

「네가 스무 살까지 네 빚을 다 못 갚으면 나는 여사에게 큰 빚을 지게 되어 있어. 어제 난 여사와 일종의 내기를 한 셈이지.」

하녀가 우리에게 차를 접대하는 동안에도 마메하의 말은 계속됐다.

「네가 성공하리라는 확신이 없었다면 그런 내기를 하지 않았을 게다. 그리고 네가 내 동생이 되고자 한다면, 아주 엄격한 조건이 있다는 사실도 알아두어야 해.」

그 조건들을 말해줄 거라고 기대했으나, 마메하는 나를 빤히 쳐다보기만 하더니 다른 말을 했다.

「치요, 그런 식으로 차를 불어 마시는 짓은 이제 그만둬. 그러니까 농부처럼 보이잖니! 마시기 좋게 식을 때까지 테이블 위에 그냥 놓아두어라.」

「죄송합니다. 아무 생각 없이 한 행동이었어요.」

「이젠 그러면 안 돼. 게이샤는 자신의 이미지에 대해 아주 조심해야 해. 자, 아까 말한 대로 아주 엄격한 조건이 있단다. 우선, 내가 시키는 일은 어떤 경우에도 아무런 질문이나 의심 없이 그대로 해주기를 바란다. 네가 가끔씩 하추모모나 니타 여사의 말을 거역한 거 알고 있어. 그럴 이유가 있었다고 생각하겠지. 하지만 나한테 뭔가 요구하고 싶다면 우선은 더 복종해야 해. 그러면 그런 불행한 일은 절대로 일어나지 않을 테니까.」

마메하의 말이 옳았다. 그 당시만 해도, 연장자의 말을 거역하는 여자아이들은 곧 무시당했다.

「몇 년 전에 난 동생을 두 명 받아들인 적이 있었어. 한 아이는 아주 열심히 일했지만, 다른 한 아이는 게을렀지. 하루는 그 아이를 불러서, 날 바보로 만드는 걸 더 이상 참을 수 없다고 말했는데도 아무런 변화가 없더구나. 그래서 다음달에 다른 언니를 찾아보라고 했지.」

「마메하 상, 절대로 그런 짓을 하지 않겠다고 약속할게요. 아가씨 덕택에 저는 마치 바다에 처음 출항하는 배가 된 기분이에요. 정말 감사드려요. 아가씨를 실망시키게 되면 제가 제 자신을 절대 용서하지 못할 거예요.」

「그래, 됐다. 지금 난 너에게 얼마나 열심히 일해야 하는가에 대해 말하고 있는 게 아니야. 하추모모의 술책에 말려들지 않도록 조심해야 해. 그리고 절대 네 빚을 지금보다 늘릴 행동은 하지 말아라. 찻잔 하나도 깨뜨리면 안 돼!」

그렇게 하지 않겠다고 난 약속했다. 하지만 하추모모가 날 다시 곤경에 빠뜨린다면…… 글쎄, 그럴 경우 나 자신을 어떻게 방어해야 할지 솔직히 자신이 없었다.

「한 가지 더 있어. 우리가 한 얘기는 모두 비밀에 부쳐야 해. 하추모모에 게는 절대 한마디도 하면 안 돼. 비록 날씨 얘기만 했다 하더라도 말이다. 알아듣겠니? 내가 무슨 말을 했냐고 하추모모가 물으면, 그냥 이렇게만 말해야 한다. '하추모모 상, 마메하 상의 얘기는 정말 재미가 없어요. 무 슨 얘기든 곧 잊혀지고 말죠. 정말 지루한 여자라구요!'」

난 무슨 말인지 알겠다고 말했다.

「하추모모는 상당히 영리해. 네가 조그마한 힌트라도 주면, 하추모모는 거기에서 엄청난 사실들을 유추해내지.」

그때 갑자기 마메하가 내 쪽으로 몸을 숙이더니 화난 목소리로 물었다.

「어제 길거리에서 둘이 있는 걸 봤는데, 무슨 얘기를 하고 있었느냐?」

「아무 말도 안 했습니다, 아가씨!」

마메하가 계속 나를 노려보고 있었기 때문에, 너무 충격을 받은 나머지 난 아무 말도 할 수가 없었다.

「아무 말도 안 했다니 그게 무슨 말이냐? 썩 대답하지 못해, 이 어리석은 것아! 안 그러면 오늘밤 네가 자고 있는 동안에 네 눈에다 잉크를 부어버 리겠다.」

마메하가 하추모모의 흉내를 내고 있음을 이해하기까지 잠시 시간이 흘 렀다. 하추모모 흉내가 그다지 훌륭하진 못했지만, 나는 적절한 답변을 생각해낼 수 있었다.

「하추모모 상, 솔직히 말씀드려서 마메하 상은 언제나 지루한 이야기만 해요. 그래서 한마디도 기억에 남는 게 없어요. 눈송이처럼 그냥 녹아버 리죠. 어제 정말 우리 두 사람을 보셨나요? 설사 우리가 얘기를 나눴다고 하더라도 전혀 기억에 없어서…….」

마메하는 하추모모의 그 어설픈 흉내를 좀더 내더니 마침내 내게 잘 했 다고 말해주었다. 하지만 난 마메하만큼 자신할 수가 없었다. 마메하가 아무리 하추모모처럼 흉내를 내도 진짜 하추모모 앞에서 그런 질문을 맞닥뜨린다면 상황은 달라질 테니 말이다.

어머니가 수업을 중단시킨 후 그 2년 동안, 나는 배웠던 것을 거의 잊어버렸다. 사실 교육을 시작했을 무렵 내 마음은 딴 데 가 있었으므로 별로 많이 배우지도 못했었다. 그래서 마메하가 내 언니가 되기로 하고 다시 학교에 갔을 때 솔직히 수업을 처음 시작하는 기분이었다.

난 열두 살이었으며 마메하만큼이나 키가 컸다. 학교에 다니던 대부분의 여자아이들은 나보다 훨씬 더 어린 나이에 교육을 시작했으며, 어떤 경우에는 걸음마를 시작하자마자 교육을 받는 아이들도 있었다. 그렇게 어린 나이에 교육을 시작하는 아이들은 대부분 게이샤의 딸들이었는데 무용과 다도를 일상의 한 부분으로 받아들이면서 자라기 마련이었다. 마치 호수에서 수영하는 게 내 일상의 한 부분이었듯이 말이다.

쥐 선생님의 샤미센 수업에 대해서는 이미 설명한 적이 있다. 게이샤는 샤미센 외에도 많은 기예를 공부해야 한다. 사실 '게이샤'란 말의 원래 뜻은 '장인' 혹은 '예술가'이다.

아침 첫 수업은 추추미라고 불리는 일종의 장구를 배우는 시간이었다. 게이샤가 왜 추추미를 배우느라 고생해야 하는지 궁금하겠지만 대답은 아주 간단하다. 연회나 온갖 종류의 비공식 모임에서, 게이샤는 보통 샤미센 반주나 노래에 맞춰 춤을 춘다. 그러나 매년 봄마다 열리는 '고도의 춤' 같은 무대 공연을 위해서는 여섯 명 이상의 샤미센 연주가들이 앙상블을 이루게 되고, 여러 종류의 북과 피리도 배경에 깔리게 된다. 그래서 게이샤는 한두 가지 악기에 능통해야 함은 물론, 다른 악기들도 조금씩 다룰 수 있어야 한다.

추추미는 다른 악기들처럼 무릎을 꿇은 자세에서 연주하는 악기이지만 어깨 위에 올려놓고 연주한다는 점에서, 허벅지 위에 걸쳐놓는 커다란 오카와나 의자 가장자리에 앉아 굵은 북채로 두드리는 타이코와 구별된다. 북은 어린아이도 연주할 수 있는 악기처럼 보이지만, 사실 북을 치는 방법은 여러 가지다. 큰 타이코의 경우 팔을 교차시킨 뒤 북채를 역타로 흔드는데, 이를 우치코미라고 한다. 그리고 한 팔로 내리치면서 동시에 다른 쪽 팔을 치켜드는 방법도 있는데, 이는 사라시라고 부른다. 모든 방법마다 다른 소리를 만들어내지만, 수많은 연습을 한 뒤에야 가능하다.

추추미 수업이 끝나고 피리와 샤미센 수업이 이어졌다. 악기 연주 수업은 거의 똑같은 방식으로 진행되었다. 선생님이 뭔가 연주를 해 보이고 나면, 학생들이 따라서 연주했다. 간혹 동물원을 연상시키는 소리가 들리기도 하지만 자주 있는 일은 아니었다. 선생님이 쉬운 내용부터 시작하기 때문이었다. 피리 첫 수업 시간에 선생님은 한 음만 연주해 보였고, 우리는 그 음을 따라 연주했다. 단지 한 음이었음에도 불구하고 여전히 선생님은 할말이 많았다.

「아무개야, 네 작은 손가락을 위로 치켜들지 말고 아래로 내려야 해. 그리고 너, 피리에서 고약한 냄새라도 나니? 왜 코를 그렇게 찡그리고 있는 게냐!」

그 선생님도 다른 선생님들과 마찬가지로 몹시 엄격했기 때문에, 당연히 우리는 실수를 할까봐 겁을 냈다. 그 선생님이 서투른 학생에게서 피리를 빼앗아 어깨를 때리는 일도 그다지 드문 일은 아니었다.

북, 피리, 샤미센이 끝나고 나면 보통 노래 수업을 했다.

파티 중에 종종 노래를 부르는 일이 있었다. 남자들이 기온에 오는 이유는 당연히 그 파티 때문이었다. 노래를 잘 못 해 다른 사람 앞에서 노래할 일이 전혀 없다 하더라도, 게이샤는 춤에 대한 이해를 돕기 위해 노래를 공부해야 했다. 가수가 샤미센을 연주하면서 부르는 곡이 종종 춤과 함께 공연되기 때문이었다.

노래에는 많은 유형이 있지만 수업 시간에는 다섯 가지만 배웠다. 인기 있는 발라드도 있었고, 가부키 극장에서 공연되는 극으로 이루어진 곡도 있었으며, 짧은 시 같은 노래도 있었다. 그런 노래들을 설명하려고 한다면 어리석은 짓일 것이다. 그러나 내가 그런 노래들을 매혹적이라고 생각하는 반면, 외국인들은 절간 마당에서 울부짖는 고양이 소리 정도로밖에 생각하지 않았다. 사실, 전통적인 일본 노래는 떨림과 상당히 관계가 있다. 마치 입에서 나온다기보다는 코에서 나오는 소리처럼 목 저 뒤쪽에서 울려 나온다. 하지만 그건 단지 당신이 어떤 소리에 익숙해 있느냐 하는 문제일 뿐이다.

여러 가지 기예를 다 터득했다 하더라도 적절한 태도와 행동을 배우지 못한다면 여전히 게이샤로서 실패할 수 있다. 선생님들이 학생들에게 몸가짐을 조심하라고 엄하게 꾸짖는 이유도 그 때문이었다. 수업 도중에 적당한 언어를 쓰지 않거나, 교토 말이 아닌 다른 지방 사투리로 말하는 경우는 물론, 몸을 꾸부정하게 하거나 발을 질질 끌며 걸을 경우에도 지적을 당하게 된다. 사실, 가장 심하게 꾸중을 듣는 학생은 악기 연주를 제대로 못하거나 노래 가사를 못 외우는 학생이 아니라 손톱이 더럽다거나 무례하게 구는 그런 학생들이다.

가끔 외국인들과 얘기를 나누다보면, 꽃꽂이를 언제 배웠느냐고 묻는 경우가 있다. 물론 나는 전혀 배운 적이 없다. 게이샤란 엔터테이너이자 연기자라는 사실을 기억해야 한다. 우리는 남자에게 술이나 차를 따라주지만 결코 단무지를 가지러 가지는 않는다. 사실, 하녀들이 게이샤들의 버릇을 잘못 들여놔서, 우리는 찻집을 꽃으로 장식하는 법은 물론이고 스스로를 돌보거나 방을 정돈하는 법 따위는 거의 모른다.

오전의 마지막 수업은 다도(茶道)였다.

다도는 손님 앞에 앉아 아주 전통적인 방법으로 차를 준비하면서 행하는 의식이다. 손님들도 의식의 일부에 참가하는데, 이는 찻잔을 들어 차를 마시는 방식이 독특하기 때문이었다. 근사한 찻잔을 들고 앉아 있는 모습, 그 모습은 일종의 무용 같기도 하고 무릎을 꿇고 행하는 명상 같기도 하다.

다도는 게이샤 교육에서 가장 중요한 부분이다. 개인 저택에서 이루어지는 파티는 보통 간단한 다도로 시작한다. 그리고 철마다 열리는 무용을 보러 기온으로 오는 손님들은 우선 게이샤에게 차 대접을 받는다.

다도 선생님은 한 동작 한 동작 너무나 신성하다는 듯이 다도를 가르쳤다. 선생님의 열정으로 인해 나는 곧 그 수업을 좋아하게 되었다.

게이샤 교육이 힘들었던 이유는 꼭 배워야 하는 기예 때문이 아니라 그 분주한 생활 때문이었다. 오전 내내 수업을 받고 나서도 오후와 저녁때면 거의 매일 할 일이 기다리고 있었다. 그래서 매일 세 시간 내지 다섯 시간 정도밖에 잠을 잘 시간이 없었다. 호박처럼 허드렛일에서 해방되었다면 모르겠지만 당시 난 몸이 둘이었어도 바빴을 것이다.

마메하와 한 내기를 생각해볼 때, 어머니가 나한테 시간을 더 할애할 생각이 없었음은 분명했다. 허드렛일 중 일부는 하녀에게 돌아갔지만, 그래도 감당할 수 있는 양보다 훨씬 더 많은 일을 하며 지냈다. 그러면서도 오후 동안에는 한 시간 이상씩 샤미센을 연습해야 했다.

겨울이면, 호박과 나는 쓰려서 울음이 나올 때까지 차가운 얼음물에 손을 담갔다가 정원의 싸늘한 공기 속에서 샤미센을 연습했다. 몹시 잔인하게 들릴지 모르겠지만 당시에는 모두들 그렇게 했다. 그리고 실제로 그런 식으로 손을 무디게 해놓으면 연주하는 데 큰 도움이 됐다. 다 알겠지만, 무대 공포증은 손의 감각을 앗아갔다. 그런데 감각이 무딘 손으로 연주를 하다보면 무대 공포도 별 문제가 되지 않았다.

처음에는 매일 오후, 아줌마와 함께 읽기와 쓰기 공부를 한 시간 동안 하고 난 뒤 바로 호박과 함께 샤미센을 연습했다. 내가 오키야에 온 이래로 호박과 나는 아줌마한테서 글을 배웠는데, 아줌마는 언제나 우리에게 얌전히 굴라고 일렀다. 그러나 오후에 샤미센을 연습할 때면, 호박과 나는 정말 즐거운 시간을 가졌다. 우리가 큰 소리로 웃어젖히면, 아줌마나 하녀들이 와서 꾸짖곤 했다. 그러나 작은 소리로 떠들거나 샤미센을 팽개치고 이야기를 나눌 때면 서로 즐거운 시간을 보낼 수 있었다.

어느 날 오후, 호박이 음표를 잇대어 연주하는 기술을 내게 가르치고 있을 때, 하추모모가 복도에 모습을 나타냈다. 우리는 그녀가 오키야로 돌아오는 소리조차 듣지 못했다.

「오, 마메하의 어린 동생감이 있군 그래!」

내가 견습생 게이샤로 데뷔할 때까지는 공식적으로 마메하와 자매 관계가 아니었기 때문에 하추모모는 '감'이라는 말을 덧붙였다.

「난 널 작은 바보 양이라고 불렀는데……, 하지만 이제 보니까 그 말은 호박에게나 어울릴 것 같군 그래.」

강아지가 다리 사이로 꼬리를 내리듯이, 가련한 호박은 자신의 무릎 위로 샤미센을 내려놓았다.

「제가 뭘 잘못했나요?」

호박이 물었다.

난 똑바로 얼굴을 들어 하추모모의 화난 얼굴을 쳐다보는 일 따위는 하지 않았다. 그 다음에 어떤 일이 일어날지 너무나 두려웠기 때문이었다.

「아무것도 아니야. 네가 얼마나 정이 많은 아이인지 내가 몰랐을 뿐이지.」

「죄송해요, 하추모모. 치요를 도와주려고 했어요…….」

「치요는 네 도움 따위는 필요 없어. 샤미센 연습에 누군가의 도움이 필요하다면 자기 선생님한테 가겠지. 네 머리통은 텅 빈 커다란 바가지냐?」

말을 하면서 하추모모가 호박의 입술을 너무 세게 꼬집었기 때문에, 나무로 된 산책로 위에 앉아 있던 호박의 무릎에서 샤미센이 미끄러지며 흙으로 된 복도로 떨어졌다.

「너하고 잠시 얘기 좀 해야겠다. 샤미센 저리 치워. 네가 더 이상 바보 같은 짓을 안 하는지 지켜봐야겠어.」

하추모모가 같이 가자고 하자, 가련한 호박은 샤미센을 주워 올려 풀기 시작했다. 호박은 내게 간절한 눈길을 보냈지만, 난 그녀가 아무렇지도 않은 줄 알았다. 그런데 입술이 떨리기 시작하더니 마침내 얼굴 전체가 지진이 나기 전의 땅처럼 떨렸다. 샤미센을 산책로 위로 떨어뜨린 호박은 부풀어오른 입술로 손을 가져갔다. 눈물을 뚝뚝 흘리면서.

하추모모의 얼굴은 잔뜩 찌푸린 하늘이 개일 때처럼 부드러워지더니 내게 만족스런 미소를 지어 보였다.

「넌 다른 친구를 찾아봐야겠다. 호박이 나와 얘기를 마치고 나면, 앞으로는 너와 한마디도 하지 않는 게 낫다는 사실을 알게 될 거야. 그렇지 않니, 호박아?」

어쩔 수 없었던 호박은 고개를 끄덕였지만, 마음이 얼마나 아픈지 난 알수 있었다.

그러고 나서 우린 다시는 샤미센을 함께 연습할 수가 없었다. 그 다음에 마메하 집을 방문했을 때, 나는 그 일을 보고했다.

「하추모모가 한 말을 네가 명심했으면 좋겠어. 만약 호박이 한마디도 안

한다면, 너도 그 애에게 한마디도 해서는 안 돼. 자꾸 말을 걸면 그 애를 힘들게 할 뿐이지. 게다가 네가 뭐라고 말했는지 호박은 하추모모에게 다 보고해야 할 거야. 예전에는 그 불쌍한 호박을 믿을 수 있었겠지만, 이제 더 이상 믿어서는 안 돼.」

그 말을 들은 나는 너무 슬퍼서 한참 동안 아무 말도 할 수가 없었다.

「하추모모가 사는 오키야에서 살아남으려고 애쓰는 것은, 마치 돼지가 도살장에서 살아남으려고 애쓰는 것과 같아요.」

호박을 염두에 두고 한 말이었지만, 마메하는 날 두고 한 말이라고 생각한 모양이었다.

「네 말이 맞구나. 네 자신을 지키는 유일한 방법은 하추모모보다 더 성공해서 그녀를 내쫓는 거야.」

「하지만 모두들 하추모모가 가장 인기 있는 게이샤라고 하던데, 어떻게 하추모모보다 더 인기 있는 게이샤가 될 수 있죠?」

「난 더 인기 있는 게이샤라고 하지 않았어. 더 성공해야 한다고 말했지. 많은 파티가 전부는 아니야. 난 하녀와 함께 이렇게 큰 집에서 살고 있지만, 나만큼이나 많은 파티에 다니는 하추모모는 아직도 니타 오키야에서 살고 있잖니? 성공한 게이샤란 독립을 획득한 게이샤를 말한단다. 게이샤가 자신만의 기모노 컬렉션을 갖기 전까지는, 아니면 어떤 오키야의 딸로 입양되기 전까지는—같은 얘기이긴 하지만—평생 동안 다른 사람의 권한 아래 놓여 있게 되지. 너, 내 기모노를 본 적이 있지? 내가 어떻게 그 기모노들을 손에 넣었다고 생각하니?」

「이 집으로 오시기 전에 어떤 오키야의 딸로 입양되었을 거라고 생각했어요.」

「한 5년 전까지만 해도 오키야에서 살았지. 한데 그 여주인에게는 친딸이 있었어. 그래서 다른 사람은 입양하지 않았지.」

「실례가 안 된다면……, 그 기모노들을 전부 스스로 구입하신 건가요?」

「치요, 게이샤가 돈을 얼마나 번다고 생각하니? 완벽한 기모노 컬렉션이란 계절마다 갈아입을 두세 벌 정도를 말하는 게 아니야. 기온에는 단골로 오는 손님들이 있지. 우리가 밤마다 똑같은 옷을 입는다면 그들은 금방 지루해 할 거야.」

내가 어리둥절한 표정을 지었는지, 마메하가 나를 보고 웃었다.

「기운 내, 치요. 이 수수께끼에는 해답이 있어. 내 단나는 마음씨 좋은 남자여서 내 기모노 대부분을 사주었어. 그래서 내가 하추모모보다 더 성공한 거지. 난 돈 많은 단나가 있지만 하추모모는 없거든.」

나는 마메하가 말한 단나가 무슨 뜻인지 알고 있었다. 그 말은 아내가 남편에게 사용하는 호칭이었다. 아니 적어도 그 당시에는 그랬다. 하지만 게이샤가 단나라고 할 때는 남편을 지칭하는 말이 아니었다. 게이샤는 결코 결혼을 하지 않기 때문이었다. 아니 적어도 결혼한 여자는 더 이상 게이샤로 남을 수가 없었다.

파티가 끝나고 나면, 어떤 남자들은 시시덕거리는 정도로 만족하지 못하고 좀더 원하는 경우가 있다. 그런 남자들 중에는 내가 사추와 만났던 미야가와초의 그 불쾌한 집으로 가서 땀 냄새를 풍기며 만족을 얻는 경우도 있다. 어떤 남자들은 흐릿한 눈으로 기댄 채, 옆에 앉은 게이샤에게 화대가 얼마 정도 되는지 용기를 내어 물어보기도 한다. 급이 낮은 게이샤라면 자신에게 떨어질 수입을 기대하면서 그런 제안을 선뜻 받아들인다. 그런 여자들도 자신을 게이샤로 부르고 또 등록소에 이름이 올라가 있긴 하지만, 그녀가 정말 제대로 된 게이샤인지 알아보려면 우선 어떻게 춤을 추는지, 샤미센은 얼마나 잘 연주하는지, 그리고 다도에 대해 얼마나 알고 있는지 알아보아야 한다. 진짜 게이샤는 남자들에게 함부로 몸을 내맡김으로써 이름을 더럽히지 않는다.

그렇다고 해서 자신이 매력적이라고 생각하는 남자에게도 결코 몸을 허락하지 않는다는 얘기는 아니다. 게이샤도 다른 사람들처럼 열정이 있는 까닭에 그들도 똑같은 실수를 범한다. 위험을 감수하는 게이샤는 그런 사실이 발각되지 않기만을 바랄 뿐이다. 하지만 그런 일을 통해 자신의 명성이 위험에 처할 수도 있고, 단나와의 관계가 위험해질 수도 있다. 최악의 경우 오키야 여주인의 분노를 살 수도 있다. 자신의 열정을 따르기로 마음먹은 게이샤는 그런 위험을 감수해야 한다.

기온에서도 손꼽히는 게이샤의 경우, 그녀들의 하룻밤을 사기란 거의 불가능하다. 하지만 적당한 남자가 관심을 보이고─하룻밤이 아니라 좀 더 지속적으로─합당한 조건을 제시한다면, 게이샤는 그런 제의를 기쁘게 받아들일 것이다. 파티나 이런저런 행사도 아주 근사한 일이기는 하지만 진짜 돈은 단나를 얻음으로써 생긴다. 하추모모처럼 단나가 없는 게이샤는 먹이를 주는 주인 없이 길거리를 헤매고 다니는 길 잃은 고양이와 같다.

하추모모는 빼어난 아름다움 때문에 단나가 되겠다고 나서는 남자들이 많았다. 그러나 하추모모가 이런저런 일로 해서 단골 찻집인 미주키 찻집의 여주인 화를 돋우었기 때문에 하추모모에 대해 물어보았던 남자들은 그 여주인으로부터 그녀가 적당하지 않다는 대답을 듣곤 했다. 적당하지 않다는 말은 보통 하추모모에게 이미 단나가 있다는 뜻이었다.

여주인과의 관계를 망친 탓에 하추모모는 그 누구보다도 자기 자신에게 가장 큰 손해를 입히고 말았다. 인기 많은 게이샤로서 하추모모는 어머니를 기쁘게 해줄 만큼 충분한 돈을 벌었다. 하지만 단나가 없어, 독립을 획득하거나 한번이라도 오키야에서 나갈 수 있을 정도의 큰돈은 벌지 못했다. 더군다나 하추모모는 자신에게 단나를 소개시켜 줄 만한 다른 찻집으로 거처를 옮길 수도 없는 처지였다. 그 어떤 여주인도 미주키와의 관계가 악화되는 걸 원치 않았으니까.

물론, 평범한 게이샤는 하추모모의 전철을 밟지 않았다. 평범한 게이샤는 언젠가 남자들이 찻집 여주인에게 자신에 관해 물어오리라는 희망 속에 남자들을 매료시키느라 시간을 보냈다. 남자 쪽에서도 자신에게 돈이 별로 없다는 사실을 깨닫거나, 호의의 표시로 값비싼 기모노를 선물해달라는 제의를 받으면 좌절하고 마는 경우도 있었다. 만약 몇 주에 걸친 협상이 성공하게 되면, 게이샤와 새 단나는 예식을 치르게 되는데, 두 명의 게이샤가 자매로 맺어질 때의 예식과 비슷했다. 대부분의 경우 그 계약은 6개월 정도 지속되지만 그 이상 지속되기도 했다. 물론 그건 남자들이 한 여자에게 너무 빨리 싫증을 내기 때문이었다. 협정의 조건으로 단나는 게이샤 빚의 일부를 갚고, 매달 생활비를 지불해야 했다. 화장품 살 돈과 수업 비용의 일부 그리고 치료비 등을. 그런 엄청난 비용 외에도 게이샤와 함께 시간을 보낼 때마다 그 시간에 대해 계속 비용을 지불해야만 했다. 다른 고객들처럼 말이다. 하지만 그는 일종의 '특권'을 부여받았다.

그런 조건들은 평범한 게이샤를 위한 협정이었다. 기온에는 30명 내지 40명 정도의 일류급 게이샤들이 있는데 그들은 더 많은 요구 조건을 내걸었다. 우선 일류급 게이샤는 단나를 여럿 거침으로써 자신의 명성을 더럽히는 짓을 하지 않았다. 대신 일생 동안 한두 명의 단나만을 거쳤다.

일류급 게이샤의 단나는 생활비 전부를 대는 것으로 그치지 않았다. 거기다가 그녀가 쓸 돈을 주고, 무용 발표회를 후원하기도 하며 기모노나 보석 같은 선물을 사주기도 했다. 그리고 함께 시간을 보낼 때면, 단지 일반적인 시간 비용만을 지불하는 것이 아니라 호의의 표시로 그보다 더 많은 액수를 지불했다.

마메하는 분명히 일류급 게이샤에 속했다. 나중에 들은 바에 의하면 사실 그녀는 일본 전역에서 가장 유명한 두세 명의 게이샤 중 한 명이었다.

당신은 그 유명한 게이샤 마메추키에 대해 들어보았을 것이다. 그 게이샤는 1차 세계대전 전에 수상과 스캔들을 일으켰던 여자였다. 그녀가 바로 마메하의 언니였다. 두 사람의 이름에 '마메'라는 글자가 들어가는 이유도 그 때문이었다. 어린 게이샤가 언니 이름에서 자신의 이름을 따오는 일은 흔한 일이었다.

마메추키 같은 사람을 언니로 두었다는 사실만으로도 이미 마메하는 성공적인 경력을 보장받은 셈이었다. 그런데 1920년대 초반에 일본 관광청은 처음으로 국제 홍보 캠페인을 시작했다. 홍보 포스터에는 교토 동남부한 사찰의 아름다운 탑 사진과 함께 수줍어하는 게이샤의 사진이 실려 있었다. 벚나무 옆으로 더할 나위 없이 우아한 모습을 드러낸 그 주인공이 바로 마메하였다.

그 포스터는 전 세계의 대도시에 붙여졌다. '해뜨는 나라를 찾아주세요'라는 표어와 함께. 그리고 그 표어는 영어뿐만 아니라 독일어, 프랑스어, 러시아어, 그리고…… 한번도 들어본 적이 없는 외국어로 적혀 있었다. 당시 마메하는 겨우 열여섯 살이었지만, 일본을 방문하는 국가 수반들이나 영국과 독일의 귀족, 그리고 미국에서 온 백만장자들로부터 만나자는 연락을 받게 되었다. 한번은 독일의 대문호 토마스 만에게 술을 따라주었는데, 그는 통역관을 통해 마메하에게 길고도 지루한 얘기를 한 시간에 걸쳐 들려주기도 했다. 찰리 채플린, 손일선(손문의 아들), 그리고 어니스트 헤밍웨이도 만났는데, 술에 몹시 취한 헤밍웨이는 마메하에게 하얀 얼굴 위의 붉은 입술이 눈 속의 피를 생각나게 만든다고 말하기도 했다. 그때 이후로 몇 년 동안, 마메하는 주로 수상이나 유명인사들이 참석하는 도쿄의 가부키 극장 무용 공연에 참가하여 더 유명해지게 되었다.

마메하가 나를 동생으로 삼고 싶다는 말을 했을 때, 난 이런 사실들을 하나도 모르고 있었다. 너무 두려운 나머지 난 그저 그녀 앞에서 몸만 떨고 있었는지도 모르겠다.

마메하는 친절하게도 내게 편히 앉으라고 하더니 그런 사실들에 대해 설명해주었다.

「네가 데뷔를 하고 나면, 열여덟 살이 되기 전에 견습생 게이샤가 될 수 있어. 그러고 나면 네 빚을 갚기 위해 단나가 필요하지. 아주 돈 많은 단나가 말이다. 그때까지 네가 기온에서 유명해지도록 하는 일은 내가 할 일이지만, 넌 뛰어난 무희가 되기 위해 뼈를 깎아야 해. 열여섯 살이 될 때까지 적어도 다섯 번째 안에 들지 않으면, 나도 널 도울 방법이 없게 돼. 그렇게 되면 니타 여사는 내기에 이기게 되어 좋아하겠지.」

「하지만 마메하 상, 그게 무용하고 무슨 상관이 있는지 모르겠어요.」

「무용과 상관이 아주 많지. 가장 성공한 게이샤를 한번 둘러보면, 그들 모두 무희라는 사실을 알 수 있을 거야.」

게이샤의 기예에서 가장 추앙받는 요소는 무용이다. 가장 유망하고 아름다운 게이샤만이 무용을 전공하도록 권유받으며, 다도를 제외하면 그 어떤 것도 무용의 깊은 맛을 따를 수가 없다. 기온의 게이샤들이 다니는 이노우에 무용학교는 노(能:일본의 전통 가면극) 극장에서 파생되어 나왔다. 노가 황실에 의해 후원을 받는 역사 깊은 예술이기 때문에 기온의 무희들은 자신들의 학교가 폰토초에 있는 무용학교보다 더 우월하다고 여겼다. 강 건너 폰토초에 위치하고 있는 무용학교는 가부키에서 파생된 학교였다. 하지만 가부키는 1700년대 이전에는 존재하지도 않았던, 비교적 역사가 짧은 예술 형식이었다. 또한 황실보다는 평민들이 더 즐기던 형식이었다. 그래서 기온의 이노우에 학교와 폰토초의 무용학교를 간단히 비교하기란 어렵다.

모든 견습생 게이샤들은 무용을 공부해야 하지만, 장래가 유망하고 매력적인 게이샤만이 무용을 전공하게 된다. 부드럽고 둥근 얼굴의 호박이 불행하게도 그렇게 많은 시간을 샤미센에 매달려야 했던 이유도 무희로 뽑히지 못했기 때문이었다. 나로 말하자면, 그렇게 뛰어나게 아름다운 편은 아니었지만 하추모모처럼 무용 외에는 다른 선택의 여지가 없었다. 힘껏 노력하겠다는 맹약을 선생님들에게 보여준 덕택에 난 무희가 될 수 있었다.

그러나 하추모모 탓에 내 수업은 출발부터 무척 나빴다. 날 가르치는 선생님은 약 50세 정도 된 여자였는데, 우리들은 그녀를 궁둥이 선생님이라고 불렀다. 작은 궁둥이처럼 턱 아래에 살갗이 몰려 있었기 때문이었다. 궁둥이 선생님은 기온의 그 누구보다도 하추모모를 미워했다. 하추모모도 그 사실을 잘 알고 있었다.

하추모모가 어떻게 했을 것 같은가? 궁둥이 선생님이 몇 년 지난 뒤 내게 말해주어 알게 된 사실에 의하면, 하추모모는 그 선생님에게로 가서 이렇게 말했다.

「선생님, 뭐 하나 부탁을 드려도 될까요? 선생님 반의 어떤 학생을 눈여겨보았는데, 참 재능이 많은 학생 같아 보였어요. 선생님께서 그 학생에 대해 어떻게 생각하고 계신지 말씀해주시면 정말 고맙겠어요. 그 학생의 이름은 치요인데 전 그 학생을 정말 너무너무 좋아해요. 선생님이 그 애에게 특별한 도움을 주신다면 저로서는 선생님께 큰 신세를 지는 셈이 될 거예요.」

그 후 하추모모로서는 그런 부탁을 다시 할 필요가 없었다. 궁둥이 선생님은 하추모모가 원했던 '특별한 도움'을 당장 내게 주었기 때문이었다. 내 무용은 그렇게 형편없는 편이 아니었지만, 궁둥이 선생님은 그렇게 해서는 안 된다는 예를 들 때 나를 들먹였다. 어느 날 아침, 선생님이 우리들에게 팔을 교차시켜 끌어당기면서 다다미 위로 한 발을 굴리는 동작을 보여줄 때였다. 그러고 나면 학생들은 그 동작을 따라하기로 되어 있었다. 하지만 우리 모두 초보자였기 때문에 동작을 끝내고 발을 굴렀을 때, 마치 쟁반에 가득 찬 공깃돌이 바닥으로 쏟아진 듯한 소리가 났다. 단 한 사람도 다른 사람과 동시에 발을 구르지 못했기 때문이었다. 자신 있게 말하지만, 내가 다른 사람보다 특별히 더 못 한 건 없었다. 그러나 궁둥이 선생님은 턱 아래 그 작은 궁둥이를 흔들면서 내 앞으로 오더니 접은 부채를 몇 번 허벅지에 두드렸다. 그러고 나서 부채를 들어올려 내 머리 한쪽을 내리쳤다.

「그렇게 아무 때나 발을 구르면 안 돼. 그리고 턱을 씰룩거리지 마.」

이노우에 학교의 무용에서는 노 극장에서 쓰는 가면을 흉내내어 얼굴에 표정이 하나도 없도록 해야 했다. 그런데 자신의 턱이 분노로 떨리는 바로 그 순간 선생님은 내 턱이 씰룩거린다고 불평을 했다. 선생님한테 맞은 나는 눈물이 쏟아졌지만, 다른 학생들은 웃음을 터뜨렸다. 궁둥이 선생님은 눈물을 흘린다고 야단치면서 날 교실 밖으로 내쫓았다.

만약 마메하가 선생님을 만나 사실을 말하지 않았더라면, 어떻게 되었을지 모르겠다. 궁둥이 선생님이 그 전에 하추모모를 얼마나 미워했는지는 모르지만, 하추모모가 자신을 속였다는 사실을 알고 난 뒤 틀림없이 더 미워하게 되었을 것이다. 그 선생님은 나를 그렇게 취급한 데에 대해 몹시 미안해했으며, 기쁘게도 나는 곧 그 선생님의 애제자가 되었다.

무용이든 뭐든, 나한테 타고난 재능이 있었다고는 말할 수 없었다. 하지만 목표에 도달할 때까지 오직 성실하게 일하기로 굳게 마음먹었다. 그 화창한 봄날 거리에서 회장을 만난 이래, 나는 무엇보다도 게이샤가 될 수 있는 기회를 갈망했다. 마침내 마메하가 그 기회를 주었고, 난 좋은 결과를 얻겠다고 다짐했다. 하지만 그 많은 수업과 허드렛일, 그리고 턱없이 높은 기대로 인해 교육을 시작한 지 6개월이 지나고 나자, 난 완전히 녹초가 되고 말았다.

그래서 난 생활이 좀더 유연해질 수 있도록 작은 요령들을 찾아내기로 했다. 예를 들면, 심부름 가면서 샤미센을 연습하는 그런 식이었다. 마음속으로 노래를 부르면서, 샤미센의 목 부분에서 왼손은 어떻게 움직여야 하는지, 아니면 줄은 어떤 식으로 내리쳐야 하는지 그려보았다. 그런 방법 때문인지 실제로 악기를 무릎 위에 놓으면, 전에 한 번밖에 연주해보지 않았던 노래도 상당히 잘 연주할 수 있었다. 내가 연습 없이 배웠다고 말하는 사람도 있지만, 사실은 기온의 골목길을 오르락내리락하면서 연습했던 것이다.

나는 학교에서 배웠던 발라드나 다른 노래도 다른 요령을 이용해서 배워나갔다. 어린 시절부터 한번 들었던 노래는 꽤 잘 기억해내곤 했다. 왜 그런지 이유는 잘 모르겠지만, 내 안에 어떤 특별한 재능이 있었던 모양이었다. 나는 자러 가기 전에 종이에 가사를 적어두었다. 잠이 깨어 침상에서 일어나기 전, 내 마음이 여전히 고요에 잠겨 있는 동안, 그 종이를 다시 읽어보았다. 그러나 가장 큰 과제는 물론 무용이었다. 여러 달 동안 나는 내가 발견해낸 여러 가지 요령들을 이용해보려고 했지만, 별로 도움이 되지 못했다.

그러던 어느 날, 잡지에 내가 차를 엎질러 아줌마가 무척 화를 낸 일이 있었다. 아줌마가 나를 쳐다본 순간, 나는 아줌마에 대해 호의적인 생각을 하고 있었지만, 이상하게 몹시 슬픈 생각이 들었다. 나는 어딘가에 혼자 있을 언니와 천국에서 평화롭게 지내고 있을 엄마, 그리고 우리를 팔아치우고 말년을 혼자 보내고 싶어했던 아버지를 떠올렸다. 그런 생각들이 머릿속을 스치자, 몸이 점점 무거워졌다. 그래서 나는 계단을 올라가, 호박과 내가 잠을 자는 방으로 들어갔다.

마메하가 우리 오키야를 다녀간 후 어머니는 나를 그 방으로 옮겨주었다. 나는 다다미 위에 누워 눈물을 흘리는 대신, 가슴을 쓸어 내리는 동작으로 팔을 움직여 보았다. 왜 그렇게 했는지는 나도 모르겠지만 그 춤사위는 몹시 슬펐다. 동시에 나는 회장 같은 남자한테 의지할 수 있다면 내 인생이 얼마나 좋아질까 하는 생각을 했다. 춤사위를 보면서, 그런 동작으로 슬픔과 욕망을 표현해낼 수 있구나 하는 생각을 했다. 나는 공중으로 위엄 있게 팔을 뻗었다. 나무에서 펄럭거리며 떨어지는 나뭇잎이 아니라 물을 가로지르며 미끄러지는 대형 쾌속선처럼 말이다. 내가 말한 '위엄'이란 일종의 자신감이나 확신 같은 것으로, 바람이 불거나 파도가 한차례 휩쓴다 해도 조금도 동요하지 않을 그런 종류였다.

그날 난 몸이 무겁게 느껴질 때 위엄을 가지고 춤을 출 수 있다는 사실을 깨달았다. 그리고 회장이 나를 지켜보고 있다고 상상하면, 춤사위에 격한 감정을 실을 수 있었다. 머리를 한쪽으로 기울인 채 한 바퀴 휙 도는 동작은 '우리 어디서 함께 시간을 보낼까요, 회장님?' 하는 질문이었다. 팔을 뻗어 부채를 펼치는 동작은 나와 함께 있어줌으로써 날 영예롭게 해준 점에 대해 감사하다는 뜻이었다. 그리고 춤 마지막에 다시 부채를 접는 동작은 내 인생에 있어 회장을 기쁘게 해주는 것보다 더 중요한 일은 없다는 뜻이었다.

13

내가 교육을 시작한 지 2년쯤 지난 1934년 봄, 하추모모와 어머니는 이제 호박이 견습 게이샤로 데뷔할 때가 되었다고 결정했다. 물론 그 사실에 대해 내게 말해준 사람은 아무도 없었다. 호박은 나와 얘기를 하지 못하도록 되어 있었고, 하추모모와 어머니는 그런 일에 신경을 쓰느라 시간을 허비하지 않았다. 어느 날 오후 일찌감치 오키야를 나섰던 호박이 '쪼개진 복숭아'라는 뜻의 모모와레라는 어린 게이샤의 머리 모양을 한 채 밤늦게 돌아왔을 때에야, 난 그 사실을 알게 되었다.

현관에 발을 들여놓는 호박을 보는 순간, 나는 실망과 질투로 속이 울렁거렸다. 호박은 단 한순간도 나와 눈을 마주치지 않았다. 자신의 데뷔로 인해 내가 받을 영향을 생각한 모양이었다. 평소처럼 머리를 목 부분에서 묶지 않고 관자놀이에서부터 둥글게 뒤로 빗어 넘겼기 때문에, 호박의 얼굴은 약간이나마 젊은 여자다운 분위기를 풍겼다. 몇 년 동안 호박과 나는 우아한 헤어스타일을 한 여자들을 부러워했다. 마침내 나는 호박의 새로운 생활에 대해 질문조차 할 수 없이 뒤처져버렸고, 그녀는 게이샤로서 첫발을 내디뎠다.

하추모모와 호박이 서로 자매로 묶이는 예식일이 되자, 호박은 처음으로 견습 게이샤로서 옷을 차려 입고 하추모모와 함께 미주키 찻집으로 갔다. 나만 빼놓고 어머니와 아줌마도 그곳으로 갔다. 하녀들의 도움을 받아 호박이 계단을 다 내려갈 때까지 나는 현관 입구에 서 있었다.

호박은 니타 오키야라는 문장이 새겨진 검은색 기모노에 건포도색과 금빛이 나는 오비를 매고 있었다. 호박의 얼굴은 하얗게 칠해져 있었지만, 참으로 초조해 보였다. 그녀는 걷는 데에 큰 어려움을 겪었다. 견습 게이샤의 예복과 장신구가 거추장스러웠기 때문이었다. 어머니는 아줌마의 손에 카메라를 들려주며, 호박에게 첫 행운을 빌어주기 위해 등뒤에서 부싯돌로 불꽃을 일으킬 때 사진을 찍어주라고 했다. 나머지 사람들은 그 장면을 보지 못하고 현관 안에서 몸을 부대끼며 남아 있었다. 견습 게이샤가 신는 오코보라고 불리는 신발 안으로 호박이 발을 집어넣는 동안 하녀들이 팔을 붙들어주었다. 그리고 나서 어머니는 호박의 등뒤로 서더니 불꽃을 일으켜줄 때처럼 포즈를 취했다. 그러나 사실 그런 일은 아줌마나 하녀들 몫이었다. 마침내 사진을 찍고 나자, 호박은 문에서 몇 발짝 비틀거리며 걸음을 옮기다가 뒤를 돌아보았다. 다른 사람들은 모두 호박 쪽으로 가고 있었으나, 나는 가만히 서서 바라보기만 했다. 호박은 일이 그렇게 되어버린 데에 대해 몹시 미안하다는 듯한 표정을 지었다.

　그날 늦은 밤, 호박은 하추미요라는 이름으로 새로운 게이샤 생활을 시작했다. '하추'는 하추모모로부터 따온 이름이었다. 하추모모처럼 유명한 게이샤의 이름을 따오는 것이 호박에게 도움이 되어야 했지만, 결국은 그렇지 못했다. 그녀의 게이샤 이름을 아는 사람은 거의 없다시피 했으며, 우리처럼 사람들은 그녀를 언제나 호박이라고 불렀다.

　나는 호박의 데뷔를 하루빨리 마메하에게 알리고 싶었다. 그러나 마메하는 단나의 요구로 도쿄로 자주 여행을 하는 등 평상시보다 훨씬 더 바쁘게 지내고 있었다. 그래서 우리는 6개월 동안 만나지 못했다. 다시 몇 주 지나고 나서야 마침내 마메하는 나를 만날 만한 여유를 갖게 되었다.

　집으로 들어가자, 하녀가 나를 보고 놀라서 탄식 소리를 냈다. 잠시 후 뒷방에서 걸어나온 마메하 역시 탄식 소리를 내질렀다. 나는 왜 그러는지 이유를 알 수 없었다. 난 마메하에게 절을 하고 나서, 다시 보게 되어 얼마나 영광스러운지 모르겠다고 말했으나, 마메하는 그 말에 신경도 쓰지 않았다.

「세상에, 세월이 그렇게 흘렀니, 타추미? 도대체 저 애를 알아볼 수가 없구나.」

「아가씨도 그렇게 말씀하시니 안심이군요. 전 제 눈이 잘못된 줄 알았어요.」

난 그들이 무슨 얘기를 하고 있는지 의아스럽기만 했다. 그러나 그들과 마지막으로 만난 지 6개월이 지난 뒤라, 내 모습은 내 스스로 느끼는 것보다 훨씬 많이 변해 있었다.

「세상에, 처녀가 다 되었네!」

타추미까지 나서서 나더러 일어나 팔을 뻗어보라고 하더니, 손으로 내 허리와 엉덩이를 재어보았다.

「어쩜, 기모노가 몸에 착 들어맞겠는데요.」

타추미의 얼굴에 나타난 친절한 표정으로 보아 칭찬으로 한 말이 틀림없었다.

마침내 마메하는 타추미더러 나를 뒷방으로 데려가 맞는 기모노를 입혀보라고 했다. 나는 아침에 학교 갈 때 입었던 푸른색과 하얀색 면옷을 입고 있었으나, 타추미는 서로 다른 농도의 노랑과 빨강색의 작은 마차 바퀴가 그려진 짙은 푸른색 실크옷으로 갈아입혀 주었다. 타추미가 허리 둘레에 밝은 초록색 오비를 묶는 동안 난 전신거울을 통해 내 모습을 들여다보았다. 그 기모노가 가장 아름답다고 할 수는 없었으나, 평범한 헤어스타일만 제외하면, 파티에 갈 채비를 하는 젊은 견습 게이샤로 봐줄 만하다는 생각이 들었다. 그 방에서 나오면서 상당히 자부심을 느낀 나는 마메하가 다시 한 번 탄식 소리를 내거나 뭐 그럴 거라고 생각했다. 그러나 아무 말 없이 그냥 일어선 마메하는 손수건을 소매에다 쑤셔 넣더니 곧장 문으로 가서 래커칠한 조리에 발을 집어넣고는 어깨 너머로 나를 돌아보았다.

「자, 같이 안 갈 거니?」

어디로 가는지 알 수 없었으나, 마메하와 함께 거리에 모습을 드러낸다는 사실에 전율했다. 하녀는 나를 위해 부드러운 회색빛 조리 한 켤레를 내주었다. 그 조리를 신은 나는 어두운 계단을 빠져 나와 마메하를 따라 갔다. 거리로 나오자 나이 지긋한 한 여자가 마메하에게 몸을 굽혀 절을 하더니, 거의 같은 동작으로 내게도 몸을 돌려 절을 했다. 한번도 길거리에서 내게 관심을 보여준 사람이 없었기 때문에 난 그 일을 어떻게 받아들여야 할지 알 수가 없었다. 햇살 때문에 너무 눈이 부신 나는 그 여자가 아는 사람인지 아닌지도 알아채지 못했다. 그러나 내가 맞절을 하는 순간 그 여자는 가버리고 없었다. 나는 선생님들 중 한 사람일 거라고 생각했는데, 잠시 후에 똑같은 일이 다시 벌어졌다. 이번에는 내가 종종 경탄하곤 했던 젊은 게이샤로, 그 전에는 나한테 눈길 한번 준 적이 없었던 여자였다.

거리를 걷는 동안 지나치던 거의 모든 사람들이 마메하에게 뭔가 말을 건네거나 절을 했는데, 그러고 나면 내게도 살짝 고개를 끄떡거리거나 절을 해주었다. 몇 번인가 나도 멈춰 서서 맞절을 했기 때문에, 마메하보다 한두 발짝 뒤떨어지게 되었다. 마메하가 불편한 내 걸음걸이를 알아차리고는 조용한 골목길로 데려가 적절하게 걷는 법을 보여주었다. 마메하의 설명에 따르면 내가 걸음이 뒤처지는 이유는, 상반신과 하반신을 따로 분리해서 움직이는 법을 배우지 못했기 때문이었다. 누군가에게 절을 할 때 나는 걸음을 멈추었다.

「걸음을 늦춘다는 것은 일종의 존경심을 표현하는 방법이란다. 걸음을 늦추면 늦출수록, 더 큰 존경을 나타내는 거지. 선생님을 만나면 걸음을 멈춰야 하지만, 다른 사람을 만나면 필요 이상으로 걸음을 늦추지 마. 세상에, 안 그러면 아무 데도 못 갈 거야. 펄럭거리는 기모노 아랫단이 내려오지 않도록 보폭을 작게 해서, 될 수 있으면 일정한 속도로 걷도록 해. 여자가 걸을 때는 모래사장 위로 찰랑거리는 파도 같은 인상을 주어야 해.」

나는 마메하가 말한 대로 기모노가 제대로 펄럭거리는지 보기 위해 발을 똑바로 내려다보면서 골목길을 오르락내리락하며 연습을 했다. 마메하가 만족하자, 우리는 다시 길을 떠났다.

난 인사의 방식에 한두 가지의 형태가 있다는 사실을 깨달았다. 우리와 마주친 젊은 게이샤들은 주로 걸음을 늦춘다거나 완전히 멈춰 서서 마메하에게 깊은 절을 올리는데, 그에 반해 마메하는 다정한 말이나 한두 번 고개를 끄덕임으로써 화답했다. 그러고 나면 젊은 게이샤는 내게 다소 어리둥절한 눈길을 보내고는 어정쩡하게 절을 했다. 그러면 나는 훨씬 더 깊이 몸을 숙여 절을 해주었다. 만나는 사람들 모두 나보다 윗사람이었기 때문이었다. 그러나 나이가 좀 지긋한 여자를 만나게 되면, 거의 마메하 쪽에서 먼저 인사를 올리고, 그러고 나면 그 여자는 마메하만큼 몸을 굽히지는 않지만 존경 어린 절로 답을 했다. 그리고 나서 나를 아래위로 한번 훑어보고는 약간 고개를 끄덕여주었다. 나는 계속 걸으면서 될 수 있는 한 몸을 굽혀 그 끄떡거림에 응해주었다.

그날 오후 나는 마메하에게 호박의 데뷔에 대해 말했다. 그 말을 하고 나서, 몇 달이 지나면 나도 견습생활을 시작할 때가 된다고 마메하가 말해주기를 바랐다. 그러나 마메하로부터 아무 말도 듣지 못한 채 봄이 가고 여름도 갔다. 호박이 누리고 있는 그 흥미진진한 생활과는 달리, 내겐 수업과 허드렛일밖에 주어지지 않았으며, 오후가 되면 1주일에 몇 번씩 마메하와 함께 시간을 보냈다. 마메하가 뭔가를 가르치는 동안 그냥 가만히 앉아 있기도 했지만, 대개는 그녀의 기모노를 입고 마메하와 함께 점쟁이나 가발 제조업자에게 가는 등 기온을 돌아다녔다. 비가 내려 심부름 보낼 일이 없을 때에도, 우리는 래커칠한 우산을 쓰고는 이탈리아에서 새 향수가 언제 도착하는지, 아니면 기모노 수선이 다 되었는지 물어보면서 이 가게에서 저 가게로 돌아다녔다. 기모노 수선이 끝나려면 아직 멀었는데도 말이다.

처음에는 마메하가 나를 데리고 다니는 이유가 사람들에게 어떻게 행동하는지 보여주고, 올바른 자세를 가르치기 위해서라고 생각했다. 왜냐하면 마메하가 항상 나더러 똑바로 서 있으라며 접은 부채로 등을 툭툭 치기 때문이었다. 마메하는 어린 하녀라 하더라도 언제나 미소를 짓거나 친절한 말을 건넸다. 자신의 고귀한 위치는 바로 자신을 높게 생각해주는 사람들 덕분이란 사실을 잘 이해하고 있기 때문이었다. 어느 날 서점에서 나오면서, 나는 갑자기 마메하의 의도가 무엇인지 깨닫게 되었다. 마메하는 서점이나 가발 제조업자, 혹은 문방구에 가는 일에 별로 관심이 없었다. 그런 심부름은 특별히 중요하지도 않았고 하녀를 시킬 수도 있었다. 마메하는 단지 기온 사람들에게 우리가 함께 거리를 거닐고 있는 모습을 보여주고자 했을 뿐이었다. 모든 사람들한테 얼굴을 익힐 수 있는 시간을 주기 위해 내 데뷔를 늦추고 있었다.

어느 햇살 좋은 10월 오후, 우리는 마메하의 집에서 출발해 시라카와 강둑을 따라 강 아래쪽으로 걷고 있었다. 벚나무 이파리들이 펄럭거리며 강위로 떨어지는 광경을 지켜보면서. 많은 사람들이 우리와 같은 기분으로 산책을 하고 있었는데, 그들 모두 마메하에게 인사를 건넸다. 대부분은 마메하와 나한테 동시에 인사를 했다.

「너도 조금씩 유명해지고 있구나. 그렇게 생각하지 않니?」

「제 생각에 저 사람들은 양한테라도 인사를 할 거예요. 함께 걷고 있는 사람이 마메하 상이라면 말이에요.」

「양이라면 더욱 그렇겠지. 정말 특별하니까. 하지만 예쁜 회색 눈의 저 여자아이가 누구냐고 물어오는 사람이 많단다. 사람들이 네 이름은 모르지만 상관없어. 어차피 넌 더 이상 치요라고 불리지 않을 테니까.」

「마메하 상 말씀은 그러니까…….」

「와자 상과 거기에 관해 얘기하고 있는 중이라는 뜻이야. 그 사람은 11월 셋째 날이 네 데뷔를 위해 적절한 때라고 말했어.」

와자 상은 마메하의 점쟁이 이름이었다.

내가 쌀과자 같은 크기로 눈을 뜨고 그곳에 나무처럼 멈춰 서버리자, 마메하도 걸음을 멈추고 날 쳐다보았다. 나는 소리를 지르거나 손뼉을 치지는 않았으나 너무 기쁜 나머지 아무 말도 할 수가 없었다. 마침내 마메하에게 절을 하고 감사의 말을 했다.

「넌 훌륭한 게이샤가 될 거야. 하지만 눈을 좀더 강조한다면 더 훌륭한 게이샤가 될 수 있어.」

「그런 생각은 한번도 해본 적이 없어요.」

「눈은 여자의 몸 중에서 가장 감정이 풍부한 부분이지. 네 경우에는 특히 더 그래. 잠깐 여기 서 있어봐. 보여줄 게 있어.」

조용한 골목길에 나를 내버려두고 마메하는 모퉁이를 돌아갔다. 잠시 후에 다시 나타난 그녀는 저쪽으로 시선을 둔 채 내 앞을 지나갔다. 마치 내 쪽을 쳐다보면 무슨 일이라도 생길까봐 겁난다는 듯이.

「자, 만약 네가 남자라면, 어떻게 생각하겠니?」

「날 피하느라 다른 생각은 할 겨를도 없는 사람 같아 보여요.」

「내가 저 집에 달린 빗물 홈통을 보고 있었다고 말하면 어떨까?」

「그래도 날 보지 않으려고 피한 것 같은데요.」

「그게 바로 내가 하고 싶었던 얘기야. 뛰어난 미모를 가진 여자는 남자에게 메시지를 전달함에 있어 절대 실수하는 법이 없어. 하지만 남자들이 네 눈을 보게 되면, 실제로는 그렇지 않다 하더라도 네가 어떤 메시지를 보내고 있다고 상상할 거야. 자, 이제 다시 날 보렴.」

다시 모퉁이를 돌아간 마메하는 이번에는 눈을 땅에 내리깔고 꿈꾸는 듯한 모습으로 나타났다. 가까이 다가선 그녀는 잠시 내 눈을 들여다보더니 재빨리 눈길을 거두었다. 바로 그 순간 난 전기에 감전당한 듯한 충격을 느꼈다. 내가 남자였다면, 그녀가 감추고 싶은 어떤 강렬한 감정을 잠시 드러냈다고 생각했을 것이다.

「나처럼 평범한 눈으로도 그런 감정을 표현할 수 있다면, 네 눈으로는 말할 필요도 없지. 네가 바로 여기 길거리에서 어떤 남자를 넘어뜨릴 수 있다 하더라도 별로 놀랄 일은 아니지.」

「마메하 상, 만약 나한테 한 남자를 넘어뜨릴 수 있는 능력이 있다면, 지금까지 몰랐을 리가 없어요.」

「네가 그걸 모른다는 사실이 나로서도 너무 놀라워. 네가 어떤 남자에게 눈길을 보내서 그 남자의 걸음을 멈추게 한다면 데뷔할 준비가 다 된 걸로 치자.」

데뷔하고 싶어 안달이 난 나는 만약 마메하가 눈으로 나무를 쓰러뜨려 보라고 했더라도 틀림없이 시도했을 것이다. 내가 실험해보는 동안 함께 있어줄 건지 마메하에게 물어보았다. 그녀는 고개를 끄덕였다. 내가 첫번째로 마주친 남자는 아주 나이가 많은, 뼈만 앙상한 사람이었다. 그 남자는 지팡이에 의지한 채 거리를 천천히 걷고 있었는데, 안경에 먼지가 잔뜩 끼어 있어서 그 남자한테 뭔가를 기대하기는 사실상 어려웠다. 그래서 우리는 시죠 거리까지 계속 걸어갔다. 곧 양복을 입은 두 명의 사업가가 보였지만, 그들도 별로 다르지 않았다. 그들은 마메하가 나보다 더 예쁘다고 생각했는지 마메하에게서 눈길을 떼지 않았다.

막 포기하려고 할 때, 도시락으로 가득 찬 쟁반을 들고 가는 스무 살 가량의 배달 소년이 하나 보였다. 기온의 많은 식당이 배달을 했는데, 오후동안에는 빈 그릇을 가지러 배달 소년을 보냈다. 보통은 그릇을 나무 상자에 담아 자전거로 운반했지만 그 젊은이는 웬일인지 쟁반을 사용해서 운반했다. 마메하가 그를 똑바로 쳐다보면서 조용히 말했다.

「저 남자가 쟁반을 떨어뜨리도록 해봐.」

농담인지 아닌지 생각해보기도 전에, 마메하는 옆길로 돌아가 버렸다.

열네 살 난 소녀가—아니, 나이가 몇 살이든지 간에—눈길만으로 한 젊은이로 하여금 뭔가를 떨어뜨리게 만든다는 건 힘든 일이었다. 영화나 소설이라면 몰라도. 만약 두 가지 사실을 놓쳤더라면, 해보지도 않고 포기했을지 모른다. 첫째로, 그 젊은이는 굶주린 고양이가 쥐를 쳐다보듯이 이미 나를 쳐다보고 있었다. 둘째로는, 대부분의 기온 거리에는 인도와 차도 사이에 연석이 없지만 그 길에는 연석이 있었으며, 그 배달 소년은 연석 바로 옆을 걷고 있었다. 만약 내가 밀어버릴 수 있다면, 그는 인도로 발을 올려놓으려 하다가 연석 위로 넘어지면서 쟁반을 떨어뜨릴지도 모를 일이었다. 나는 아래를 내려다보기 시작했다. 그러고 나서 조금 전에 마메하가 했던 행동을 하리라 마음먹었다. 그 젊은이와 눈길이 잠깐 마주칠 때까지 눈을 치켜들었다가 즉시 돌려버렸다. 몇 걸음 더 걷고 나서 다시 똑같이 해보았다. 나를 너무 격렬하게 쳐다보는 바람에, 그는 발 밑의 연석은 물론이고 들고 있던 쟁반에 대해서도 잊어버린 눈치였다. 좀더 가까이 다가선 나는 그를 밀칠 수 있게 방향을 살짝 틀었다. 그러자 그는 연석 위로 올라서지 않고서는 내 앞을 지나갈 수가 없게 되었다. 나는 그의 눈을 똑바로 쳐다보았다. 나를 비켜서려고 애쓰던 그의 발이 생각대로 연석에 걸렸다. 순간 그 소년은 인도로 도시락을 떨어뜨리며 한쪽으로 넘어졌다. 난 웃지 않을 수 없었다! 그 젊은이도 같이 웃었기 때문에 기분이 좋았다. 그릇을 주워주고는 살며시 웃었더니, 그는 나와 인사했던 그 어떤 남자보다도 더 깊숙이 몸을 숙여 절을 하고는 계속 걸어갔다.

그 모든 광경을 다 지켜본 마메하가 잠시 후에 다시 나타났다.

「넌 이제 정말 준비가 다 된 것 같구나.」

그 말과 함께 마메하는 큰길을 건너 그녀의 점쟁이인 와자 상의 집으로 나를 데리고 갔다. 와자 상은 데뷔에 앞선 여러 가지 행사들을 위해 길일을 찾아주었다. 예를 들면 신들에게 내 각오를 고백하기 위해 신사에 가는 날이나 처음 머리를 올리는 날, 그리고 마메하와 내가 자매가 되는 예식을 치를 날 등을 말이다.

그날 밤 나는 한숨도 자지 못했다. 내가 그렇게 오랫동안 원했던 일이 드디어 이루어지려는 순간이었다. 아, 속이 얼마나 울렁거리던지! 황홀한 옷을 입고는 방에 가득 앉아 있는 남자들 앞에서 나를 소개한다는 생각만으로도 손에 땀이 날 지경이었다. 그런 생각을 할 때마다 무릎에서 가슴까지 따끔거렸다.

다다미방 문을 열고 들어가 찻집에 앉아 있는 나 자신을 그려보았다.

남자들이 내 쪽으로 고개를 돌린다. 물론 그 중에는 회장도 있다. 때때로 회장이 혼자 방 안에 있는 모습을 상상해보기도 했는데, 회장은 양복이 아니라 남자들이 밤에 휴식을 취할 때 흔히 입는 옷을 입고 있다. 부드러운 그의 손가락에는 술잔이 들려 있다. 난 이 세상 그 무엇보다도 오직 그를 위해 술을 가득 부어줄 수 있기만을 간절히 원한다. 내 눈이 그에게 향해 있듯이 그의 눈도 나를 향해 있다.

나는 그때 열네 살에 불과했지만, 이미 인생을 두 번이나 산 기분이 들었다. 옛 인생은 얼마 전에 종말을 고했으며, 새로운 인생이 막 시작되려는 순간이었다. 가족에 대한 슬픈 소식을 들은 지 몇 년, 내 마음의 풍경이 그토록 완전하게 변한 데에 대해서는 나 자신도 놀랐다.

우리 모두가 알고 있듯이, 하얀 눈으로 덮인 겨울 풍경은 봄이 되면 사라지기 마련이었다. 바로 그런 일이 내 안에서도 일어날 수 있다니, 놀라울 따름이었다. 가족에 대한 소식을 처음 접했을 때, 마치 눈으로 만든 담요를 뒤집어쓴 기분이었다. 그런데 그 잔인한 세월이 다 녹아버리고 나자, 한번도 상상한 적 없는 풍경이 모습을 드러냈다.

데뷔 전날 밤의 마음은, 막 피기 시작하는 꽃들로 가득 찬 정원과도 같았다. 꽃들이 어떤 모습을 하게 될지는 몰랐지만, 나는 흥분으로 가득 찼으며, 내 마음의 정원에는, 정확히 말해 정원 한복판에는 동상이 하나 서 있었다. 바로 내가 꿈꾸던 게이샤의 모습이었다.

14

견습 게이샤로 데뷔를 준비하는 그 1주일은 누에가 나비로 변할 때와 같다는 말을 들은 적이 있다. 분명 마음을 사로잡는 생각이지만, 내 인생을 들여다보면 이해가 잘 되지 않는다. 누에는 고치를 만들다가 잠시 졸기도 하지만, 내 경우에는 그보다 더 힘든 때가 없었다. 첫번째 할 일은 '쪼개진 복숭아' 라는 스타일로 머리를 매만지는 일이었다. 마메하가 다니던 미용실은 뱀장어 식당 위층에 있었는데 매우 붐비는 곳이었다. 나는 내 차례가 될 때까지 두 시간 동안이나 기다려야 했다. 유감스럽게도 더러운 머리에서 나는 냄새가 코를 찔렀다. 게이샤의 정교한 헤어스타일에는 많은 노력과 비용이 들기 때문에 1주일에 한 번 이상 미용실에 오는 사람은 아무도 없었다. 그래서 미용실에 올 때쯤 되면 머리에 뿌린 향수도 별 도움이 되지 못했다.

마침내 내 차례가 되자, 미용사는 우선 커다란 세면대로 데려가더니 마치 목이라도 자를 것 같은 자세로 날 눕혔다. 그리고 나서 머리 위로 따뜻한 물을 한 바가지 붓더니 비누로 문질렀다. 사실 '문지른다' 는 말은 적당한 표현이 아니다. 왜냐하면 농부가 괭이로 밭을 갈 듯이 손가락으로 내 두피를 박박 긁어댔기 때문이었다.

게이샤들 사이에서 비듬은 커다란 골칫거리였기 때문에 그 미용사는 성의를 다해 머리를 씻겨주었으나, 조금 지나자 머리가 너무 쓰라려서 눈물이 나올 지경이었다.

「울고 싶으면 계속 울어. 그렇게 하라고 세면대 위에 눕혀놓았으니까!」

말하고 나서 큰 소리로 웃는 걸로 보아, 재치 있는 농담을 건네려 했던 모양이었다.

손톱으로 내 두피를 충분히 문지르고 나서, 한쪽에 있던 다다미 위에 앉히더니 머리 속으로 나무빗을 집어넣어 목이 아플 정도로 힘껏 잡아당겼다. 엉킨 머리카락이 다 풀리자 동백기름을 발라 아름다운 광택을 냈다. 그러고 나서 미용사는 왁스 막대기를 꺼내 들었다. 동백기름을 윤활제로 쓰고, 왁스를 부드럽게 하기 위해 뜨거운 철사를 이용한다 해도, 머리에 왁스 바르는 일은 결코 쉬운 일이 아니었다. 젊은 여자가 훌쩍거리며 울고 앉아, 왁스칠을 하도록 남자에게 머리를 내맡긴다는 것은 우리 인간이 얼마나 문명화된 존재인가를 말해주는 광경이었다. 만약 개에게 그런 짓을 했더라면, 당신 손을 꽉 깨물고 말았을 것이다.

머리에 골고루 왁스칠을 하고 나자, 미용사는 내 앞머리를 뒤로 쓸어 넘기고, 나머지 머리카락은 바늘을 꽂아두는 집처럼 생긴, 머리 꼭대기의 커다란 매듭 속으로 집어넣었다. 뒤에서 보면, 그 바늘집 안에 틈이 생겨 마치 둘로 쪼개진 것처럼 보였기 때문에, 그 헤어스타일에는 '쪼개진 복숭아'라는 이름이 붙게 되었다.

나는 그 쪼개진 복숭아 머리를 수년 동안 하고 다녔지만, 어떤 남자로부터 설명을 듣고 나서야 오랫동안 알지 못했던 사실을 깨닫게 되었다. 내가 '바늘집'이라고 불렀던 그 매듭은 머리를 싸도록 만든 헝겊 조각이었다. 매듭이 갈라진 뒷부분으로 헝겊이 드러나 보였는데, 헝겊의 색깔이나 디자인은 아무 상관이 없었지만, 견습 게이샤의 경우 언제나 붉은색 실크를 사용했다.

「이 순진한 아가씨들 대부분은 '쪼개진 복숭아' 헤어스타일이 얼마나 선정적인지 모르고 있단 말이야. 자네가 한 젊은 게이샤의 뒤를 따라가고 있다고 상상해보게나. 온갖 외설적인 생각을 하면서 말이야. 그러다가 벌어진 틈새로 붉은색이 보이는 이 쪼개진 복숭아 머리 모양을 보게 된다면……, 무슨 생각이 들 것 같은가?」

글쎄, 나는 아무 생각도 들지 않았다.

「자네는 상상력을 발휘하지 않는군 그래!」

조금 후, 말뜻을 알아들은 내 얼굴이 붉어졌기 때문에, 그 남자는 날 보면서 웃었다.

오키야로 돌아오면서, 내 가련한 두피는 옹기장이가 예리한 막대기로 점토에 선을 그어놓은 것처럼 상처투성이였지만 난 아무렇지도 않았다. 가게의 유리 진열장으로 내 모습을 흘깃 쳐다볼 때마다, 이제 제대로 대접받는 사람이 된 기분이었다.

오키야에 도착하자, 아줌마는 내 머리를 이리저리 살피면서 찬사의 말을 해주었다. 호박조차도 감탄하며 내 주위를 맴돌았다. 하추모모가 알면 화를 내겠지만 말이다.

어머니는 좀더 잘 보려고 발뒤꿈치를 들어야 했다. 내 키가 어머니보다 더 커버렸기 때문이었다. 어머니는 마메하의 미용사보다는 하추모모의 미용사에게 갔더라면 더 좋았을 거라고 불평했다.

젊은 게이샤들은 모두 처음에는 자신의 헤어스타일을 자랑스러워하지만 3,4일만 지나면 곧 싫어하게 된다. 미용실에서 돌아온 게이샤가 낮잠을 자기 위해 머리를 베개에 누이면, 머리는 납작하게 주저앉게 된다. 그렇게 되면 잠에서 깨어난 순간 다시 미용사에게로 가야만 한다. 그래서 견습 게이샤는 처음 헤어스타일을 만들고 나면 잠자는 법을 새롭게 배워야 한다. 게이샤는 보통 베개를 쓰지 않고 타카마쿠라라는 베개를 쓰게 되는데, 여기에 대해서는 이미 언급한 바 있다. 이 베개는 목이 닿는 부분이 베개처럼 되어 있지 않다. 보통은 밀 껍질 주머니로 안을 대긴 했지만 돌멩이를 베는 것보다 크게 나을 바 없다.

머리를 치켜든 채 침상에 누워, 머리 모양이 망가지지는 않겠지 하고 생각하다가 잠이 들었다. 그러나 잠을 깨보면, 몸의 위치가 바뀌어 머리는 다다미 위로 내려와 있고, 머리 모양도 납작해져 있었다. 아줌마는 머리 밑, 다다미 위에 쌀가루 주머니를 놓아둠으로써 그런 일을 방지하라고 가르쳐주었다. 그러나 머리가 내려올 때마다 쌀가루가 왁스에 달라붙어 머리 모양을 망치곤 했다. 나는 호박이 그런 고충을 이겨나가는 모습을 이미 보았었다. 자고 일어나 머리가 망쳐진 아침에는 다시 고문을 받기 위해 미용실에 줄을 서서 기다려야 했다.

데뷔를 앞둔 그 주 내내, 오후가 되면 아줌마는 나를 완전히 견습 게이샤처럼 치장해놓고는 힘을 키워주기 위해 흙으로 된 오키야의 복도를 걸어다니게 했다. 처음엔 거의 걸을 수도 없었으며, 뒤로 넘어질까봐 걱정이 되었다.

젊은 게이샤의 옷은 나이 든 게이샤들보다 더 요란해서, 색상도 더 밝고 천도 화려할 뿐만 아니라 오비도 훨씬 더 길다. 나이 든 여자는 '통매듭'으로 오비를 매는데, 그렇게 하면 말쑥한 작은 상자 모양이 되어 천을 많이 필요로 하지 않는다. 그러나 채 스무 살이 안 된 여자는 좀더 화려한 형태로 오비를 묶는다. 견습 게이샤의 경우, 가장 과장된 형태로 오비를 묶는데, 거의 어깨뼈 높이까지 매듭을 만들고, 그 끝은 바닥까지 끌리게 한다. 기모노 색상의 밝기에 상관없이 대부분의 경우 오비는 가장 밝은 색을 띠게 된다. 견습 게이샤가 앞으로 걸어오는 경우, 눈에 띄는 것은 기모노가 아니라 달랑거리는 환한 색상의 오비이다. 그런 효과를 내기 위해서 오비는 방 한쪽 끝에서 다른 쪽까지 닿을 정도로 길어야 한다. 하지만 오비를 묶기 어려운 이유는 길이 때문이 아니라 무게 때문인데, 오비가 대부분 무거운 능라로 만들어진 탓이다. 들고 계단을 오르기도 힘든데, 그걸 입고 있다고 상상해보라. 그 두꺼운 띠는 끔찍한 뱀처럼 허리 부분을 압박하고, 뒤에는 무거운 천이 매달려 있어서, 마치 누군가가 등에 여행용 트렁크를 매단 듯한 기분이 들게 한다.

상황을 더 나쁘게 만드는 것은 기모노 자체가 무거운데다가, 그 소매도 길고 덜렁거린다는 사실이다. 기모노를 입은 여자가 팔을 뻗으면, 소매 아래의 천이 주머니처럼 처진다. 그 헐렁한 주머니는 견습 게이샤 기모노의 일부인데 조심하지 않으면 땅에 끌릴 수도 있다. 그래서 춤을 출 때 팔뚝에 수십 번씩 감지 않으면 소매에 걸려 넘어지기도 한다.

몇 년 지난 뒤, 교토 대학의 한 유명한 과학자가 하루는 몹시 술에 취해 견습 게이샤의 의상에 대해 뭐라고 말을 했는데, 난 그 말을 절대 잊지 않고 있다.

「중앙 아시아의 비비는 종종 가장 현란한 영장류로 취급되지. 하지만 난 기온의 견습 게이샤가 가장 화려한 색상을 가진 영장류일 거라고 생각해!」

마침내 마메하와 내가 자매로 묶이는 예식을 치를 날이 왔다. 나는 아침 일찍 목욕을 하고 오전 내내 옷 입느라 시간을 보냈다. 아줌마가 화장과 머리 손질을 도와주었다. 얼굴에 바른 왁스와 화장품 때문에 모든 감각을 잃은 듯한 이상한 기분이 들었다. 뺨을 자꾸 만져보는 바람에 아줌마는 내 화장을 다시 해야 했다.

거울에 내 모습을 비춰 보는데, 너무나 이상한 일이 벌어졌다. 화장대 앞에 무릎을 꿇고 앉아 있는 사람은 나였지만, 거울 속에서 나를 바라보고 있는 여자는 낯선 사람이었다. 실제로 나는 그녀 쪽으로 손을 뻗어보았으나 둘 사이에 놓인 차가운 유리 감촉 때문에 깜짝 놀랐다. 거울 속의 여자는 게이샤다운 훌륭한 화장을 하고 있었다. 입술은 하얀 얼굴 위에 붉은 꽃을 피우고 있었고, 뺨은 부드러운 핑크빛으로 물들어 있었다. 머리는 실크 꽃송이와 껍질을 벗기지 않은 벼 이삭으로 장식되어 있었다. 또한 니타 오키야의 문장이 달린 검은색 정식 기모노를 입고 있었다. 마침내 몸을 일으켜 세운 나는 홀 안으로 들어가 놀란 마음으로 전신거울을 들여다보았다. 앞자락에 수를 놓은 용 한 마리가 옷 아랫단에서 허벅지 중간 부분까지 휘감고 있었다. 용의 발톱과 이빨은 은색이었으며, 눈은 진짜 금으로 되어 있었다.

눈물이 계속 나오는 바람에, 뺨으로 흐르지 않도록 천장을 올려다보고 있어야 했다. 오키야를 떠나기 전에 회장이 준 손수건을 꺼내 행운을 빌며 오비 속으로 집어넣었다.

아줌마가 마메하의 집까지 동행했는데, 그녀의 집에 도착한 나는 마메하에게 감사의 말을 한 뒤 존경을 맹세했다. 그러고 나서 우리 셋은 기온 신사로 가서 마메하와 내가 자매로 맺어진 사실을 신들에게 알렸다.

예식은 일본 전역에서 가장 유명한 찻집인 이치리키 찻집에서 거행되었다. 그 찻집은 1700년경에 한 유명한 사무라이가 몸을 숨겼다는 역사를 지닌 곳이었다. 스승의 죽음을 복수한 뒤 할복으로 목숨을 끊은 47명의 무사 이야기를 들어본 적이 있는지 모르겠지만, 이치리키 찻집에 몸을 숨겨 복수를 꾀한 사람이 바로 그들의 지도자였다. 기온의 일류급 찻집은 대개 그 소박한 입구를 제외하면 거리에서 눈에 잘 안 띄지만, 이치리키 찻집은 나무에 달린 사과처럼 눈에 잘 띄었다. 그 찻집은 시죠 거리 모퉁이에 자리잡고 있었는데, 주위는 기와를 얹은 부드러운 살구색 벽으로 둘러싸여 있었다. 그래서 내게는 궁전처럼 보였다.

우리는 그곳에서 마메하의 다른 동생 두 명과 어머니를 만났다. 바깥 정원에 사람들이 모두 모이자, 하녀가 우리를 현관 홀로 안내하더니 아름답게 굽은 복도를 내려가 뒤쪽의 작은 다다미방으로 데려갔다. 그토록 우아한 곳은 본 적이 없었다. 목조 장식은 모두 반짝거렸으며, 회칠한 벽은 완벽한 부드러움을 띠고 있었다. 쿠로야키의 달콤한 향이 났는데, 그것은 나무를 태워서 빻아 부드러운 회색 먼지로 만든 일종의 향수였다. 그 향수는 아주 오래된 것으로, 가장 전통적인 게이샤라고 할 수 있는 마메하조차도 그보다는 서양 향수를 더 선호했다. 하지만 오랜 세월 게이샤들이 뿌렸던 쿠로야키 향기가 이치리키 찻집을 떠나지 않고 아직도 배어 있었다. 지금도 나는 나무로 만든 병에 그 향수를 조금 갖고 있는데, 그 향을 맡으면 나 자신이 다시 한 번 그곳으로 돌아가 있는 듯한 착각을 일으키곤 한다.

이치리키의 여주인이 참석한 예식은 10분 정도밖에 걸리지 않았다. 하녀가 술잔이 담긴 쟁반을 가져오자, 마메하와 나는 그 술을 함께 마셨다. 내가 세 모금 마시고 나서 마메하에게 건네주면, 그녀도 세 모금 마셨다. 세 가지 다른 잔을 사용해서 술잔을 건네고 나자 예식이 모두 끝났다. 그 이후로, 난 더 이상 치요가 아니었다. 난 견습 게이샤 사유리였다.

견습생활 첫 달 동안, 견습생으로 불리는 어린 게이샤는 언니의 허락 없이 혼자서 무용이나 향응을 베풀어서는 안 되며, 옆에서 지켜보면서 배우는 것 외에는 사실상 별로 일을 하지 않았다.

사유리라는 내 이름에 대해 말하자면, 마메하는 자신의 점쟁이와 함께 오랜 시간을 들여 그 이름을 골랐다. 이름은 어떻게 들리느냐 하는 문제도 중요하지만, 글자의 의미도 중요했다. 그리고 이름을 쓸 때 획순도 중요한데, 행운이나 불행을 가져다주는 획순이 있기 때문이었다. 내 새 이름의 '사'는 '함께'라는 의미이고, '유'는 십이지의 닭을 의미하는데, 그건 내 팔자의 다른 요소들과 균형을 이루기 위함이었다. 그리고 '리'는 '이해'를 의미했다. 점쟁이는 마메하의 이름에서 내 이름을 따오면 어떻게 지어도 불길하다고 했다.

난 사유리란 이름을 예쁘다고 생각했지만, 더 이상 치요라고 불리지 않는다는 사실이 이상하게 느껴졌다. 예식이 끝난 후에 우리는 점심으로 붉은 콩과 쌀을 섞어 지은 밥을 먹으려고 다른 방으로 갔다. 경사스러운 날이었음도 불구하고 나는 이상하게 불안을 느끼며 밥을 집적거렸다. 찻집 여주인이 뭔가를 물어보면서 나를 사유리라고 부르는 순간, 난 왜 내 마음이 그렇게 거북한지 깨달았다. 맨발로 호수에서 비틀거리는 집으로 뛰어가던 치요라는 소녀는 더 이상 존재하지 않았다. 반짝거리는 하얀 얼굴과 붉은 입술을 한 사유리란 여자가 치요를 없애버린 것이다.

마메하는 그날 오후에 나를 기온으로 데리고 다니면서, 자신과 관계 있는 여러 오키야와 찻집 여주인들에게 나를 소개할 생각이었다. 그러나 우린 점심을 먹고 나서 곧바로 출발하지 않았다. 대신에 마메하는 이치리키의 어느 방으로 나를 데려가더니 앉으라고 했다. 물론 기모노를 입고 있는 동안 게이샤는 결코 '앉지' 못했다. 우리가 앉는다고 할 때는 무릎을 꿇는다는 의미였다. 어쨌든, 내가 앉았는데도 마메하는 내 얼굴을 쳐다보며 다시 앉으라고 했다. 기모노는 너무 끔찍한 옷이어서 몇 번이나 시도한 뒤에야 제대로 앉을 수 있었다. 마메하는 호리병박 모양의 작은 장신구를 주면서 오비에 다는 법을 알려주었다. 속이 텅 빈 호리병박은 몸을 가볍게 해주기 위해 만들어진 장신구로, 서투른 견습생들은 넘어지지 않으려고 그 호리병박에 의지하곤 했다.

잠시 얘기를 나눈 후 막 떠날 채비를 하려고 할 때, 마메하는 차를 한 잔 따라달라고 부탁했다. 찻주전자가 비어 있었지만, 마메하는 차가 들어 있다고 생각하고 따라달라고 했다. 마메하는 내가 차를 따르면서 어떻게 소매를 처리하는지 보고 싶어했다. 원하는 걸 정확히 짚어내고 최선을 다했으나, 마메하는 마음에 들어 하지 않았다.

「우선, 누구 잔에 따르는 게냐?」

「아가씨 잔에요.」

「맙소사, 그렇게 나라고 강조할 것 없어. 내가 다른 사람인 척해 봐. 내가 남자니 여자니?」

「남자예요.」

「그럼 좋아. 다시 잔에 따라봐.」

마메하는 내가 팔을 올리면서 소매를 어떻게 하는지 가까이 들여다보느라 목이 부러질 지경이었다.

「어떤 것 같애? 팔을 그렇게 높이 들면 바로 그런 일이 생기잖아.」

팔을 약간 낮게 하고 다시 따라보았다. 마메하는 하품을 하더니 몸을 돌려 옆에 앉은 상상 속의 게이샤와 대화를 나누는 척했다.

「제가 아가씨를 지루하게 했다고 말씀하시려는 거죠? 하지만 차를 따르고 있을 뿐인데 어떻게 아가씨를 지루하게 만들었다는 거죠?」

「넌 네 소매를 보여주는 게 싫은 모양이구나. 하지만 그렇게까지 깔끔하게 굴 필요는 없어! 남자는 한 가지 일에만 관심이 있어. 날 믿어. 그게 무슨 소리인지 조만간 알게 될 테니까. 차를 따르는 동안, 아무도 볼 수 없는 네 몸의 일부를 그 남자에게 보여준다는 느낌이 들게 하면 남자가 좋아하지. 견습 게이샤가 바로 너처럼 행동한다면, 그러니까 마치 하녀처럼 차를 따른다면 그 가련한 남자는 모든 희망을 잃고 말 게야. 자, 다시 한 번 해봐. 우선 네 팔부터 보여주고.」

그래서 나는 팔꿈치까지 소매를 걷어올리고는 그녀에게 내 팔을 뻗어 보였다. 내 팔을 잡은 마메하는 위에서 아래까지 손으로 만져보았다.

「팔이 참 예쁘구나. 피부도 곱고. 네 옆에 앉는 남자들에게 적어도 한 번은 그 팔을 보여줘야겠구나.」

마메하가 만족할 때까지 계속해서 차를 따르면서, 너무 눈에 띄지 않게 주의하면서 팔이 충분히 보이도록 소매를 걷어올렸다. 만약 팔꿈치까지 소매를 걷어올렸다면 꼴이 우스웠을 것이다. 요령은 팔뚝이 조금 보이도록 손목 위로 손가락 넓이만큼 소매를 올리면서 그냥 살짝 잡아당기는 식이었다. 팔에서 가장 아름다운 부분은 아래쪽이라고 마메하가 말했기 때문에, 남자에게 팔의 윗부분이 아니라 아랫부분이 보이도록 항상 주전자를 들고 있어야 했다.

마메하가 다시 한 번 해보라고 요구해서, 이번에는 이치리키 찻집의 여주인에게 차를 따르는 척했다. 같은 방법으로 팔이 보이도록 했더니, 마메하는 당장 얼굴을 찡그렸다.

「맙소사, 난 여자야. 왜 네 팔을 그런 식으로 보여주는 게냐? 날 화나게 만들려는 게지?」

「화나게 한다구요?」

「그럼 내가 어떻게 생각할 것 같으냐? 난 이미 늙고 쇠약해져 있는데, 넌 자신이 얼마나 아름답고 싱싱한지 뽐내고 있잖아. 그게 아니라면 천박하게 굴고 싶은 거지……」

「그게 어떻게 천박한 거죠?」

「그럼 넌 왜 팔 아랫부분을 내게 보여주려는 거지? 발바닥이나 허벅지 안쪽이라도 보여주겠구나. 내가 우연히 여기저기를 훔쳐본 거라면 상관없어. 하지만 일부러 보여주려고 그러다니!」

그래서 좀더 적당한 방식을 배울 때까지 몇 번 더 차를 따랐다. 그러고 나자, 마메하는 기온으로 함께 외출해도 되겠다고 말했다.

그때까지도 난 몇 시간째 견습 게이샤의 완벽한 앙상블 옷을 입고 있었다. 더구나 오코보라고 부르는 신발을 신고 기온을 돌아다녀야 했다. 그 신발은 굽이 상당히 높아, 발을 제자리에 잡아주기 위해 래커칠한 예쁜 끈이 달려 있었다. 사람들은 쐐기처럼 끝이 점점 가늘어지는 그 신발 모양이 참 우아하다고 말한다. 바닥이 윗부분의 절반 정도에 불과하기 때문이었다. 그래서 그 신발을 신고 우아하게 걷기란 보통 힘든 일이 아니었다. 마치 발 밑에 기와를 매달고 걷는 느낌이었다.

마메하와 나는 약 스무 군데의 오키야와 찻집에 들렀는데, 대부분은 몇 분 정도밖에 머물지 않았다. 하녀가 문을 열어주면, 마메하는 공손하게 여주인과 얘기하고 싶다고 부탁했다. 그러고 나서 여주인이 나오면 나를 소개했다.

「제 새 동생 사유리를 소개하겠어요.」

그러고 나서 아주 깊숙이 몸을 숙여 인사를 한 뒤 덧붙였다.

「부인, 잘 부탁드립니다.」

여주인과 마메하가 잠시 이야기를 나누고 나면 다시 길을 떠났다. 몇몇 찻집에서는 5분 정도 시간을 내어 함께 차를 마시자는 곳도 있었다. 하지만 난 차가 별로 내키지 않아 입술만 축였다. 기모노를 입고 화장실을 가는 일처럼 배우기 힘든 일도 없었다. 그때까지도 난 내가 제대로 배웠는지 확신할 수가 없었다.

한 시간도 안 되어 지쳐버린 나는 걷는 동안 신음을 참느라고 애썼다. 하지만 우리는 계속 걸었다. 기온에는 30개 내지 40개의 일류 찻집이 있었으며, 다소 급이 떨어지는 찻집도 백여 군데나 되었다. 물론 모두 방문할 수는 없었다. 우리는 주로 마메하가 단골로 출입하던 열댓 군데 찻집을 방문했다. 오키야의 경우 수백 군데가 있었지만, 마메하와 관계가 있는 몇 군데만 들렀다.

3시가 지나자 일이 모두 끝났다. 난 그대로 오키야로 돌아가 한잠 푹 자고 싶은 생각밖에 없었다. 그러나 마메하는 그날 밤을 위해 계획이 또 있었다. 견습 게이샤로서 난 첫 행사에 참석하기로 되어 있었다.

「가서 목욕해. 땀을 많이 흘려서 화장이 다 지워졌어.」

그때는 따뜻한 가을날이었고 난 너무 열심히 일했던 것이다.

오키야로 돌아오자, 아줌마는 옷 벗는 것을 도와주더니 날 측은하게 여겨 30분 정도 낮잠을 자게 해주었다. 아줌마는 다시 내게 호의를 보여주었다. 내 어리석은 실수도 지나간 일이 되었고 내 앞날은 호박보다 더 밝아 보였다. 낮잠에서 일어나자 나는 재빨리 목욕탕으로 달려갔다. 5시까지 옷을 다 차려 입고 화장도 끝냈다.

난 극도로 흥분해 있었다. 수년 동안 하추모모가, 그 무렵에는 호박까지 아름답게 차려 입고 외출하는 모습을 보아왔는데, 마침내 내 차례가 온 것이다. 내가 처음으로 참석하게 되는 그날 밤 행사는 간사이 인터내셔널

호텔에서 열리는 연회였다.

연회는 공식적인 딱딱한 행사로, 손님들은 커다란 다다미방 둘레에 U자 모양으로 어깨를 맞대고 앉는데, 그들 앞의 작은 테이블 위에는 음식이 담긴 쟁반이 놓여 있었다. 손님을 접대하는 게이샤들은 방의 중앙을 돌면서 각 손님 앞에서 잠깐 동안만 무릎을 꿇고 앉아 술을 따라주며 이야기를 하면서 시간을 보냈다. 그건 별로 흥미 있는 일이라고 할 수 없었다. 그리고 견습생인 내 역할은 마메하보다 더 재미가 없었다. 마메하 옆에 그림자처럼 앉아 있다가 마메하가 자신을 소개할 때마다 나도 똑같이 몸을 깊이 숙이며 이렇게 말했다.

「제 이름은 사유리입니다. 저는 견습생이므로 너그럽게 봐주시기 바랍니다.」

그러고 나서 입을 다물었기 때문에, 아무도 내게 말을 걸지 않았다.

연회가 끝나갈 즈음에, 방 한쪽 끝에 있던 문이 열리더니 마메하가 다른 게이샤와 함께 '치요 노 토모(영원한 친구들)'라는 춤을 추었다. 서로 사랑하는 여자 두 명이 오랫동안 서로 못 만나다가 다시 만나게 된다는 아름다운 작품이었다. 그들이 춤을 추는 동안 대부분의 남자들은 이를 쑤시며 앉아 있었다. 그 남자들은 고무판인가 뭔가를 만드는 큰 회사의 간부들로 연례 연회를 위해 교토로 모인 것이다. 그 남자들은 모두 무용과 몽유병의 차이점도 구별하지 못하는 사람들 같았다. 그러나 나는 넋을 잃고 말았다.

기온의 게이샤들은 언제나 손에 부채를 들고 춤을 추는데, 특별히 마메하의 동작은 너무나 훌륭했다. 우선 부채를 접은 다음 그녀는 몸을 한 바퀴 돌리면서 물이 흘러가는 모양을 그리며 손목으로 부드럽게 부채를 흔들었다. 그러고 나서 부채를 펼쳤을 때, 그 부채는 동료가 술을 따라줄 잔으로 변해 있었다. 무용뿐만 아니라, 촉촉한 눈의 몹시 마른 게이샤가 샤미센으로 연주한 음악도 아름다웠다.

8시경, 우리는 다시 거리로 나왔다. 내가 몸을 막 돌려 마메하에게 감사의 말을 전하고 안녕히 주무시라는 말을 했을 때, 마메하가 말했다.

「이젠 널 그만 재우려 했는데 지금 보니 아직 힘이 넘치는 모양이구나.

난 지금 코모리야 찻집으로 가는 중이야. 나와 같이 가서 처음으로 비공식적인 파티의 맛을 느껴보는 게 어때? 그럼 다 한 번씩 보여주는 셈이 되는데 말이야.」

난 차마 너무 피곤해서 갈 수 없다는 말을 할 수 없었다. 그래서 내 진짜 감정은 목구멍으로 삼킨 채 마메하를 따라 거리를 걸어갔다.

길을 가면서 마메하가 설명한 바에 따르면, 그 파티는 도쿄의 국립극장을 운영하는 남자가 베푸는 파티였다. 그는 모든 게이샤 구역에 사는 유명한 게이샤들은 거의 다 알고 있었다. 마메하가 그에게 날 소개하면, 그는 성의를 보이기는 하겠지만 내게 많은 말을 걸어주리라고 기대할 수는 없었다.

「나쁜 인상을 줄 행동은 절대 하지 않도록 조심해.」

마메하가 주의를 주었다.

찻집으로 들어가자, 하녀가 이층방으로 우리를 안내했다. 마메하가 문 앞에 무릎을 꿇자, 문이 열렸다. 난 감히 방 안을 쳐다볼 수도 없었으나, 테이블 주위로 방석에 앉아 있는 7,8명의 남자들이 언뜻 보였다. 게이샤도 한 네 명 정도 있었다. 우리는 절을 하고 안으로 들어가서 방문이 닫힐 때까지 다다미 위에 무릎을 꿇고 앉아 기다렸다. 그것이 바로 게이샤가 방으로 들어가는 방식이었다. 마메하가 미리 일러준 대로 먼저 다른 게이샤와 인사를 나누고 난 뒤, 테이블 한쪽에 앉아 있는 주인과 다른 손님들에게 인사를 했다.

「마메하 상, 때마침 가발 만드는 콘다 상 얘기를 하러 오셨군요.」

어떤 게이샤가 말했다.

「오, 세상에! 그 얘기는 더 이상 기억이 안 나요.」

마메하의 말에 나머지 모두 웃었다. 난 그 농담이 무슨 뜻인지 모르고 있었다. 마메하가 나를 데리고 테이블로 가더니 감독 옆에 무릎을 꿇었다. 나도 한쪽으로 자리를 잡았다.

「감독님, 제 새 동생을 소개해도 괜찮을까요?」

그건 절을 하고 내 이름을 말한 뒤 감독님의 너그러운 처사를 바란다는 등등을 말하라는 신호였다. 감독은 몹시 신경질적인 남자로 눈은 튀어나

왔고 몸은 닭뼈다귀처럼 약했다. 그는 나를 쳐다보지도 않은 채, 꽁초가 수북한 재떨이에 재를 털면서 말했다.

「가발 만드는 콘다 상 얘기는 도대체 뭐요? 아가씨들이 저녁 내내 그 말을 하면서도 정작 아무도 얘기는 해주지 않는군 그래.」

「정말 전 모르는 이야기예요!」

「그 말은, 마메하 상이 너무 당혹스러워서 얘기를 못하겠다는 뜻이에요. 마메하 상이 안 하겠다면 제가 하는 수밖에요.」

다른 게이샤의 생각을 감독은 마음에 들어했으나, 마메하는 한숨만 내쉬었다.

「마메하가 진정하도록 내 술 한 잔 주리다.」

감독은 그렇게 말하더니 그녀에게 술잔을 권하기 전에 테이블 중간에 놓인 물그릇에다 자신의 술잔을 씻었다. 그 그릇은 바로 그런 용도로 사용하기 위해 거기 놓여 있었다.

「자, 이 콘다 상이란 친구는 기온에서 제일 가발을 잘 만드는 사람이에요. 적어도 모두들 그렇게 말하죠. 수년 동안 마메하는 그 가게를 이용했죠. 마메하는 언제나 최고만 쓰거든요. 마메하를 한번 보시면 알 수 있겠지만.」

마메하는 화난 척 얼굴을 찡그렸다.

「냉소도 최고이겠군 그래.」

어떤 남자가 말했다.

「공연 도중, 가발 만드는 사람은 옷 갈아입을 때 도와주기 위해 언제나 무대 뒤에서 기다려요. 게이샤가 옷을 벗고 다른 옷으로 갈아입을 때면 종종 여기저기 옷이 흘러내리곤 하죠. 그러다가 갑자기…… 벌거벗은 가슴이 보이기도 하죠. 아니면 체모도요. 어쨌든…….」

「몇 년 동안 난 은행에서 일하고 있는데, 나도 가발 만드는 사람이 되고 싶군 그래!」

「그건 벌거벗은 여자를 멍하니 쳐다보는 것과는 달라요. 어쨌든 언제나 새침하게 구는 마메하 상이 옷을 갈아입으러 칸막이 뒤로 갔죠…….」

「내가 얘기할게요.」

마메하가 끼어들었다.

「내 명성을 더럽히지 마세요. 난 그렇게 새침하게 굴지 않았어요. 콘다 상은 내가 다른 옷으로 갈아입는 걸 기다릴 수 없다는 듯이 언제나 나를 노려보기 때문에 칸막이를 가져간 거예요. 늘 하던 대로 콘다 상이 뚫어지게 노려보았는데도 칸막이에 구멍이 안 생기는 게 놀랄 정도였죠.」

「그 사람이 여기저기 좀 흘긋 보면 또 어떤가. 그런 친절을 베푼다고 뭐 손해볼 일 있나?」

감독이 참견했다.

「그런 식으로는 한번도 생각해보지 않았는데 당신 말이 옳아요. 조금 쳐다본다고 해서 뭐가 해롭겠어요? 지금 당장 감독님이 한번 그렇게 해보실래요?」

그 말에 방 안에 있던 사람들이 모두 웃음을 터뜨렸다. 웃음소리가 잔잔해지자, 감독이 몸을 일으키더니 허리띠를 풀기 시작했다.

「자네도 답례로 보여준다면, 나도 보여주지.」

「그런 제안은 한 적이 없는데요.」

「그건 별로 관대하지 않군 그래.」

「관대한 사람들은 게이샤가 되지 않아요. 그런 사람들은 게이샤의 후원자가 되죠.」

「그럼 할 수 없지.」

감독이 다시 자리에 앉았다. 솔직히, 감독이 포기해서 난 무척 마음이 놓였다. 다른 사람들 모두 그 일을 무척 즐기고 있는 눈치였지만, 난 당혹스러웠기 때문이었다.

「어디까지 얘기했죠? 자, 어느 날 난 칸막이를 가지고 갔죠. 그리고 그거면 콘다 상으로부터 나를 안전하게 지키기에 충분하다고 생각했어요. 그런데 한순간 화장실에 급히 다녀와서 보니까, 콘다 상이 아무 데도 없더라구요. 난 다음 출연에 쓸 가발이 필요했기 때문에 당황했죠. 그런데 그가 벽에 세워놓은 금고 위에 아주 힘없이, 땀을 흘리며 앉아 있었어요. 무슨 문제가 생겼나 하고 의아해했죠! 그는 내 가발을 갖고 있다가 나를 보더니 미안하다고 하면서 내가 가발 쓰는 걸 도와주었어요. 그날 오후 그는 내

200

게 쪽지를 건네주었는데 그 쪽지에는…….」

거기에서 마메하의 목소리가 잦아들었다.

「뭐라구요? 뭐라고 적혀 있었다구요?」

마메하는 손으로 눈을 가렸다. 너무 당황한 나머지 말을 잇지 못하자, 방 안에 있던 사람들 모두 웃음을 터뜨렸다.

「좋아요. 그가 뭐라고 썼는지 내가 말해줄게요.」

그 이야기를 시작했던 게이샤가 다시 입을 열었다.

「뭐 이런 글이었어요. 친애하는 마메하, 당신은 기온에서 가장 아름다운 게이샤요 등등. 당신이 쓰고 난 가발을 숭배 의식처럼 내 머리에 쓰고는 당신 머리의 향기를 하루에 몇 번씩 맡곤 합니다. 하지만 오늘 당신이 급하게 화장실을 가는 바람에, 당신은 오늘 내 생애 최고의 순간을 선사했어요. 당신이 화장실에 있는 동안, 나는 문 뒤에 몸을 숨기고, 그 아름다운 물 떨어지는 소리, 폭포 소리보다 더 아름다운…….」

남자들이 너무 심하게 웃었기 때문에 그 게이샤는 다음 말을 잇기 위해 조금 기다려야 했다.

「그 아름다운 물 떨어지는 소리, 폭포 소리보다 더 아름다운 그 소리는 내 몸의 물 떨어지는 곳을 너무 딱딱하게 만들어…….」

「그런 식으로 쓰진 않았어요. 그 아름다운 물 떨어지는 소리, 폭포 소리보다 더 아름다운 그 소리는, 바로 당신이 알몸이란 사실 때문에 나를 부풀리고 팽창시켜서…….」

「그리고 나서 흥분 때문에 더 이상 서 있을 수가 없었다고 썼지요. 그리고 다시 한 번 그런 순간을 경험할 수 있기를 바란다고도 했죠.」

물론 모두 웃었고, 나도 웃는 척했다. 하지만 요로이도 호숫가의 어린아이들이 그런 종류의 이야기를 했더라도, 그 남자들이ー아름답고 값비싼 옷을 두른 여자들과 함께 있기 위해 엄청난 비용을 치른ー정말 듣고 싶어했을까 하는 의심이 들었다. 나는 내가 제대로 이해하지 못할 문학이나 가부키, 뭐 그런 종류의 대화를 나눌 거라고 상상했다. 물론 기온에는 그런 파티들도 있었다. 하지만 내 첫번째 파티는 유치한 파티였을 뿐이었다.

마메하가 이야기를 하는 동안, 내 옆에 앉아 있던 남자는 내내 손으로 반점투성이 얼굴을 문지르면서 별로 주의를 기울이지 않았다. 그러더니 나를 한참 쳐다보면서 입을 열었다.

「자네 눈은 어떻게 된 건가? 아니면 내가 술을 너무 많이 마신 건가?」

그 남자는 확실히 술을 많이 마셨다. 그렇지만 그렇게 얘기하면 적절하지 않을 것 같았다. 그러나 내가 대답도 하기 전에, 그는 눈썹을 씰룩거리더니 잠시 후 머리를 심하게 긁어댔다. 그러자 작은 눈송이들이 어깨 위로 떨어졌다. 나중에 알게 된 바에 의하면, 그는 끔찍한 비듬 때문에 기온에서 '미스터 눈발'이라고 알려진 사람이었다. 그는 내게 했던 질문은 잊어버리고—아니면 대답을 기대하지도 않았는지 모르겠지만—내 나이를 물어보았다. 나는 열네 살이라고 말했다.

「자네는 내가 본 열네 살짜리 중에서 가장 성숙했군. 이 잔 받게나.」

그는 내게 자신의 빈 술잔을 건네주었다.

「아, 아니에요. 감사합니다만, 선생님, 전 단지 견습생이어서……」

그런 일이 발생할 경우 마메하는 그렇게 하라고 시켰다. 하지만 미스터 눈발은 듣지 않았다. 내가 술잔을 받아 들 때까지 공중으로 쳐들더니, 내게 따라주기 위해 술병을 들었다.

나는 술을 마시면 안 되었다. 왜냐하면 견습 게이샤는 어린아이처럼 보여야 하기 때문이었다. 하지만 미스터 눈발의 말을 거절할 수가 없었다. 그 남자가 술을 따르기 전에 다시 한 번 머리를 긁어댔기 때문에, 잔 속으로 비듬이 떨어질까봐 걱정이 되었다.

「이제 마셔보게. 어서, 단숨에 들이켜야지.」

나는 미소를 짓고 나서 잔을 천천히 입술로 가져갔다. 어떻게 해야 할지 모른 채. 다행히 마메하가 나를 구해주었다.

「사유리, 오늘은 기온에서의 네 첫날이야. 자신을 위해 술에 취하지 않는 게 좋겠어. 그냥 입술만 축이고 내려놔.」

마메하는 미스터 눈발이 들으라고 그렇게 말했다. 그래서 나는 마메하의 말에 따라 입술만 축였다. 그리고 나서 급히 잔을 테이블 위에 내려놓았다.

「음, 맛있어요!」

난 오비 속으로 손수건을 찾으면서 그렇게 말했다. 손수건으로 입술을 두드리면서 난 안도감을 느꼈다. 미스터 눈발은 자기 앞에 놓인 술잔을 바라보느라 정신이 없었다. 잠시 후 그는 손가락 두 개로 술잔을 집어들어 바로 목으로 부어버리더니 일어나서 화장실을 다녀와야겠다고 양해를 구했다.

견습 게이샤는 남자와 함께 화장실을 다녀와야 하지만, 풋내기의 경우 그럴 필요까지는 없었다. 방 안에 견습생이 하나도 없는 경우, 남자는 보통 혼자서 화장실을 다녀오거나 때때로 게이샤가 함께 가주기도 했다. 하지만 미스터 눈발은 나를 내려다보며 내가 일어설 때까지 기다리고 서 있었다.

나는 코모리야 찻집 구조를 잘 몰랐지만, 미스터 눈발은 틀림없이 알고 있으리란 생각이 들었다. 나는 그를 따라 홀을 내려가 모퉁이를 돌았다. 내가 화장실 문을 여는 동안 그는 옆으로 비켜섰다. 문을 닫아주고 나서 홀에서 기다리고 있는데, 누군가가 계단을 올라오는 소리가 들렸다. 하지만 난 별다른 주의를 기울이지 않았다. 곧 미스터 눈발이 일을 끝내고 우리는 다시 돌아왔다. 방에 들어와 보니 어떤 견습생과 게이샤가 새로 와 있었다. 그들이 등을 돌리고 앉아 있어서, 원래 내 자리로 돌아가기 전까지는 얼굴을 볼 수 없었다. 그들의 얼굴을 본 순간, 내가 얼마나 충격을 받았는지 쉽게 상상이 갈 것이다. 왜냐하면 테이블 다른 쪽에 앉아 있던 사람은 내가 어떻게든 피하고 싶은 여자, 바로 하추모모였기 때문이었다. 그 옆에는 호박이 앉아 있었다.

15

다른 사람들과 마찬가지로 하추모모도 행복할 때 웃었다. 그러나 하추모모는 다른 사람을 고통스럽게 만들 때 가장 행복을 느끼는 사람이었다. 바로 그 순간 하추모모가 그토록 아름다운 미소를 지은 까닭도 바로 거기에 있었다.

「아, 세상에! 정말 이상한 우연의 일치야. 여기 풋내기가 있네! 저 가련한 풋내기를 당혹스럽게 만들지도 모르니까 나머지 이야기는 하지 않는 게 좋겠어요.」

마메하가 양해를 구하고 나를 데리고 나가주기를 원했다. 그러나 그녀는 내게 불길한 눈길만을 보냈다. 하추모모와 남자들을 내버려두고 가는 건 불타는 집을 내버려두고 도망가는 꼴이라고 생각하는 모양이었다.

「정말, 풋내기 시절보다 더 힘든 시기는 없을 거예요. 그렇게 생각하지 않니, 호박아?」

호박은 제대로 자격을 갖춘 견습생이었다. 6개월 전에 풋내기 시절을 끝냈던 것이다. 나는 동정을 호소하며 호박을 쳐다보았으나, 그녀는 무릎에 손을 얹고 테이블만 쳐다보고 있을 뿐이었다. 호박도 당황했는지 코를 살짝 찡그렸다.

「네, 아가씨.」

「정말 인생에서 가장 힘든 때이지. 내가 얼마나 힘들어했는지 아직 기억이 나……. 네 이름은 뭐지, 풋내기야?」

다행히 나는 대답할 필요가 없었다. 마메하가 대신 대답했기 때문이었다.

「하추모모 상, 그때가 당신에게는 정말 힘든 시기였을 거예요. 당신은 다른 사람보다 훨씬 더 힘든 입장이었을 테니까.」

「나머지 이야기를 듣고 싶소.」

한 남자가 말했다.

「우리와 함께 있는 저 풋내기가 당황하면 어쩌죠? 내가 얘기를 하는 동안 여러분들이 이 가련한 풋내기에 대해 생각하지 않겠다고 약속한다면 말하겠어요. 마음속으로 다른 여자아이를 그려보셔야 해요.」

간사한 하추모모는 잔꾀를 부렸다. 그렇게 말함으로써 은연중에 내 이야기라는 식으로 몰아붙였다.

「어디 보자. 어디까지 얘기했죠? 아, 그렇지. 내가 말한 그 풋내기 이름은 기억이 안 나지만, 여러분들이 이 가련한 여자아이와 혼동하지 않도록 이름을 하나 지어줘야겠네요. 말해봐, 풋내기야, 네 이름은 뭐지?」

「사유리입니다, 아가씨.」

난 얼굴이 너무 달아오른 나머지, 화장이 녹아 내려 무릎 위로 떨어진다 해도 놀라지 않았을 것이다.

「사유리라고? 참 예쁜 이름이구나! 네게 어울리진 않지만 말이야. 그럼, 이야기 속의 견습생을 마유리라고 부르도록 합시다. 자, 그럼, 어느 날 난 마유리와 함께 그 아이의 언니 오키야를 향해 시죠 거리를 걷고 있었어요. 그때 창문이 덜컹거릴 정도로 바람이 세게 불었는데, 가련한 마유리는 기모노를 입어본 적이 별로 없었지요. 아이는 나뭇잎만큼이나 가벼운 데다가, 커다란 소매도 돛처럼 부풀어올랐어요. 거리를 막 건너려고 하는데, 그 애가 갑자기 온데간데없더군요. 그런데 뒤에서 작은 소리가 들려왔어요. 아 아……, 하는 소리가 아주 희미하게 들려왔죠.」

거기에서 하추모모는 몸을 돌려 나를 보았다.

「내 목소리는 그만큼 높지 않아요. 네가 한번 아 아……, 해보렴.」

난 최선을 다해 그 소리를 내보았다.

「아니, 더 높게……. 아니, 아무래도 좋아!」

하추모모는 옆에 앉은 남자에게로 몸을 돌리더니 작은 소리로 말했다.

「저 애는 별로 똑똑하진 않죠, 안 그래요?」

하추모모는 잠시 고개를 흔들더니 말을 이었다.

「어쨌든 주위를 둘러보니까, 가련한 마유리가 바람에 날려 한 블록 정도 뒤쪽에 있는 거예요. 팔다리를 너무 심하게 흔들어댔기 때문에 그 모습이 꼭 무슨 벌레처럼 보였지요. 난 얼마나 웃었던지 오비가 끊어지는 줄 알았다니까요. 그때 갑자기 그 애가 차가 막 달려오는 복잡한 교차로 쪽 연석 위로 넘어져버렸지요. 세상에, 아이는 자동차 보닛 위로 떨어졌어요. 다리를 쳐든 채……. 여러분이 상상할 수 있을지 모르겠지만, 때마침 바람이 불어 기모노가 올라가고……, 어떤 일이 일어났는지는 더 이상 얘기할 필요가 없겠네요.」

「하게!」

한 남자가 소리쳤다.

「상상이 안 가세요? 바람이 불어 그 애의 기모노가 엉덩이까지 올라간 거예요. 그 애는 자신의 속살을 아무에게도 보여주고 싶지 않았겠죠. 그래서 침착해지려고 애쓰면서, 몸을 이리저리 움직이다가 그만 다리를 서로 다른 방향으로 치켜 올려버렸죠. 그래서 은밀한 부분이 차 앞유리를 누르게 되었어요. 운전사 바로 눈앞에 말이에요…….」

물론 그 순간 남자들은 이성을 잃고 탄성을 질렀는데, 그건 감독도 마찬가지였다.

「왜 내겐 그런 일이 일어나지 않지?」

「감독님, 정말 그 애는 단지 풋내기였다니까요! 그 운전사는 아무것도 못 본 거나 마찬가지죠. 테이블 건너편에 앉아 있는 이 여자아이의 은밀한 부분을 본다고 상상할 수 있겠어요?」

하추모모는 물론 나를 두고 한 말이었다.

「아마 저 애는 아기와 조금도 다르지 않을 거예요.」

「열한 살 때부터 체모가 생기기 시작하는 여자아이도 있소.」

「넌 몇 살이지, 사유리 상?」

하추모모가 내게 물었다.

「열네 살입니다, 아가씨. 하지만 전 성숙한 열네 살이에요.」

나는 가능한 한 공손하게 말했다.

남자들이 그 대답을 듣고 좋아하자, 하추모모의 미소가 약간 굳어졌다.

「열네 살이라구? 정말 완벽해. 하지만 넌 아직 체모가 없겠지?」

「아, 있어요. 정말 많아요!」

나는 잘한다고 한 짓이었지만, 남자들이 하추모모의 이야기를 들을 때보다 더 심하게 웃어대는 걸로 보아 그다지 잘한 짓은 아닌 것 같았다. 하추모모도 따라 웃었지만, 내 농담이 자신을 겨냥하지 않았다는 식으로 분위기를 바꿔보려는 웃음일 뿐이었다.

웃음이 가라앉자, 마메하와 나는 그곳을 떠났다. 우리 뒤로 방문이 채 닫히기도 전에 하추모모가 자신도 실례한다며 일어서는 소리가 들렸다. 하추모모와 호박이 우리를 따라 계단을 내려왔다.

「마메하 상, 정말 재미있었어요. 좀더 자주 함께 시간을 보냈으면 좋겠군요!」

「네, 재미있었어요. 앞으로 일어날 일을 생각하니 정말 재미있더군요.」

그 말을 한 뒤, 마메하는 내게 아주 만족한 얼굴을 지어 보였다. 마메하는 하추모모가 망한 모습을 상상하며 즐거워했던 것이다.

그날 밤 목욕을 한 뒤 화장을 지우고 나서, 현관 홀에서 그날 있었던 일들에 대해 아줌마와 얘기를 하고 있는데, 하추모모가 들어오더니 내 앞으로 다가왔다. 하추모모의 얼굴을 보는 순간, 난 그녀가 나와 맞서기 위해 일찍 돌아왔다는 사실을 알아챘다. 하추모모는 그 잔인한 미소는 짓지 않았으나, 어쩌나 입술을 꼭 다물고 있었던지 얼굴이 흉측해 보였다. 하추모모는 내 앞에 서더니 손을 들어 내 얼굴을 때렸다. 나를 때리기 직전, 진주 꾸러미 같은 꼭 다문 치아가 언뜻 눈에 들어왔다.

너무 놀란 나는 무슨 일이 일어났는지도 제대로 기억할 수가 없었다. 하지만 언뜻 듣기에 하추모모와 아줌마가 언쟁을 하는 것 같았다.

「이 애가 만약 다시 한 번 사람들 앞에서 나를 당혹스럽게 만든다면, 기꺼이 다른 쪽 뺨도 때려주겠어!」

「내가 어떻게 아가씨를 당혹스럽게 만들었다는 거죠?」

「내가 체모가 있느냐고 물었을 때 넌 그게 무슨 말인지 다 알고 있었어. 그런데도 나를 바보처럼 보이게 만들었잖아. 난 네게 빚이 있어, 치요. 곧 돌려주고 말 거야. 약속하지.」

하추모모의 화풀이는 그것으로 끝이었다. 그녀가 다시 오키야 밖으로 나가자 길에서 기다리고 있던 호박이 절을 했다.

다음날 오후 마메하에게 그 사건을 보고했지만, 그녀는 별 주의를 기울이지 않았다.

「뭐가 문제라는 거니? 다행히 얼굴에 손자국이 남지는 않았구나. 넌 네 말이 하추모모를 기쁘게 해줄 거라고 기대하지는 않았겠지, 안 그래?」

「다음에 하추모모와 마주치면 어떻게 될까 걱정이 될 뿐이에요.」

「어떻게 할지 내가 말해주지. 돌아서서 와버리는 거야. 파티에 참석하자마자 바로 나가버리면 주인이 놀라겠지. 하지만 하추모모한테 널 모욕할 기회를 주느니 그 편이 나아. 어쨌든 하추모모와 마주치는 쪽이 우리한테 유리해.」

「마메하 상, 그게 어떻게 유리하다는 거죠?」

「만약 하추모모 때문에 찻집을 떠나야 한다면, 우린 더 많은 파티에 들를 수 있어. 그뿐이야. 그런 식으로 하면 우린 훨씬 빨리 기온에서 알려질 테니까.」

난 마메하의 확신에 안도했다.

그날 밤 우리가 첫번째 들른 파티는 젊은 영화배우의 파티로, 그 배우의 얼굴은 채 열여덟 살도 안 되어 보였지만, 머리에는 머리카락이 하나도 없었다. 속눈썹과 눈썹은 말할 것도 없이 말이다. 그는 몇 년 후에 아주 유명해졌는데, 그건 단지 죽은 방식 때문이었다. 그는 도쿄의 한 젊은 접대부를 죽이고 나서 칼로 자살했다. 어쨌든, 그가 날 쳐다보고 있다는 사실을 눈치채기 전까지 그는 참으로 이상하게 보였다. 솔직히 나는 대부분의 시간을 오키야에 고립되어 지냈기 때문에 다른 사람의 주목을 받는 걸 즐기고 있었다. 한 시간이 넘도록 그곳에 있었지만, 하추모모는 모습을 나타내지 않았다.

그리고 나서 우리는 교토 대학의 총장이 베푸는 파티에 들렀다. 마메하는 곧 오랜만에 만난 어떤 남자와 이야기를 나누기 시작했고 난 혼자 남았다. 테이블에서 찾아낸 공간이라곤 더러운 흰색 셔츠를 입고 있는 어떤 노인 옆자리였는데, 그는 몹시 갈증을 느끼는 사람 같았다. 왜냐하면 트림을 하려고 입에서 잔을 뗄 때만 제외하고는, 계속 맥주를 들이켜고 있었기 때문이었다. 노인 옆에 무릎을 꿇어 막 나를 소개하려고 할 때, 문 열리는 소리가 들렀다. 나는 하녀가 술을 가져왔으려니 했으나, 복도에는 하추모모와 호박이 무릎을 꿇고 앉아 있었다.

「아, 세상에! 당신 시계가 정확한가요?」

마메하가 접대하고 있던 남자에게 그렇게 물었다.

「아주 정확하지. 난 매일 오후 역에 있는 시계로 시간을 맞추니까.」

「죄송하지만 사유리와 나는 그만 실례해야겠어요. 벌써 30분 전에 다른 곳에 가 있어야 했거든요!」

그 말과 함께 일어난 우리는 하추모모와 호박이 막 들어오려는 순간 파티에서 빠져 나왔다. 찻집을 막 나오려는데, 마메하가 나를 끌고는 빈 다다미방으로 데려갔다. 어렴풋한 어둠 속에서 마메하의 형체는 잘 보이지 않았으나, 그 정교한 머리 꼭대기와 아름다운 계란형 얼굴 윤곽만은 또렷이 보였다. 내가 그녀의 모습을 볼 수 없었다면, 그녀도 내 모습을 볼 수 없었을 것이다. 절대로 하추모모를 피해 다니지 못하리라는 좌절과 절망으로 인해 내 턱은 축 처져 있었다.

「오늘 아침에 그 밉살스러운 여자한테 뭐라고 말했지?」

「절대로 아무 말도 안 했어요, 아가씨.」

「그럼 우리가 여기 있는 걸 어떻게 알았지?」

「우리가 여기 오리라는 건 저도 몰랐어요. 그러니 하추모모에게 말할 수도 없었죠.」

「하녀가 내 계획에 대해 알고 있긴 하지만 설마…….. 자, 아무도 모르고 있는 파티로 가자. 지난주에 나가 테루오미가 도쿄 필하모니의 새 지휘자로 임명되었어. 사람들의 축하를 받으려고 오늘 오후에 이곳으로 왔어. 별로 가고 싶진 않지만 적어도 하추모모가 오지는 않을 테니까.」

우리는 시쿄 거리를 지나 술 냄새와 고구마 굽는 냄새가 풍기는 좁은 골목길로 내려갔다. 머리 위로 밝게 불을 켜놓은 이층방에서 웃음소리가 쏟아졌다. 찻집 안으로 들어가니 하녀가 우리를 이층방으로 안내했다. 숱이 별로 없는 머리에 기름을 발라 뒤로 넘긴 지휘자가 화가 난 채 술잔을 만지작거리며 앉아 있었다. 방 안에 있던 다른 남자들은 두 명의 게이샤와 함께 술 마시기 게임을 하고 있었지만, 그 지휘자는 게임에 끼지 않았다. 마메하와 잠시 얘기를 나누던 그는 마메하에게 춤을 부탁했다. 그러나 그 사람은 그다지 춤을 좋아하는 것 같지 않았다. 단지 술 마시기 게임이 끝나가려 하는 마당에, 다시 손님의 주목을 끌고 싶어했을 뿐이었다. 하녀가 어떤 게이샤의 손에 막 샤미센을 건네주었고, 마메하는 막 포즈를 취하려는 순간이었다. 방문이 열리더니……, 내가 무슨 말을 하려는지 잘 알 것이다. 그들은 개처럼 우리를 뒤쫓는 일을 포기하지 않았다. 다시 하추모모와 호박이 나타난 것이다.

마메하와 하추모모는 서로 마주보며 웃었다. 하추모모는 틀림없이 우리를 찾아낸 데에 대한 승리감을 맛보고 있었다. 하지만 마메하의 미소는 분노를 감추기 위한 수단이었다. 춤을 추는 동안, 마메하의 턱이 튀어나오고 콧구멍이 반짝거렸다. 춤이 끝나자, 마메하는 테이블로 돌아오지도 않고서 지휘자에게 말했다.

「우리의 방문을 허락해주셔서 대단히 감사합니다! 하지만 너무 늦은 것 같군요. 사유리와 나는 이제 그만 실례해야겠습니다.」

나는 마메하를 따라 계단을 내려갔다. 계단을 다 내려가자 마메하가 걸음을 멈췄다. 마침내 젊은 하녀가 우리를 배웅하기 위해 현관 홀로 모습을 나타냈다. 조금 전에 우리를 계단 위로 안내했던 바로 그 하녀였다.

「하녀 생활이 얼마나 힘드니? 갖고 싶은 건 많겠지만 돈이 별로 없겠지? 근데 방금 번 돈으로 뭘 할 건지 말해볼래?」

「그런 돈은 없습니다, 아가씨.」

하지만 불안하게 침을 삼키는 걸 보니 거짓말이 분명했다.

「하추모모가 얼마나 준다고 하더냐?」

하녀의 눈길이 즉시 바닥으로 향했다. 그제야 난 마메하가 무슨 생각을 하고 있는지 이해했다. 나중에 알게 된 바에 의하면, 하추모모는 기온의 모든 일류급 찻집마다 하녀에게 뇌물을 주었다. 그 하녀들은 마메하와 내가 파티에 나타나면 요코―우리 오키야에서 전화를 받는 여자―에게 알리도록 되어 있었다. 물론 그때는 요코가 그 일에 관여했는지는 몰랐다. 하지만 그 찻집의 하녀가 어떤 식으로든 하추모모에게 귀띔했을 거라는 마메하의 추측은 옳았다.

하녀는 마메하의 얼굴을 쳐다보지도 못했다. 마메하가 턱을 치켜 올리는데도, 그 하녀의 눈은 여전히 바닥을 향해 있었다. 마치 두 눈 속에 무거운 납덩이라도 든 것처럼 말이다. 찻집 밖으로 나오자, 위층 창문을 통해 하추모모의 목소리가 들렸다. 모든 소리가 울릴 정도로 골목이 아주 좁았다.

「네, 그 애 이름이 뭐였죠?」

하추모모가 말했다.

「사유코.」

「사유코가 아니라 사유리지.」

어떤 남자의 말을 다른 남자가 고쳐주었다.

「그 이름이 맞는 것 같군요. 하지만, 그 애에게는 정말 난처한 일이죠…… 난 차마 말씀드릴 수가 없어요. 좋은 아이처럼 보이던데.」

하추모모의 목소리였다.

「별로 깊은 인상은 못 받았소. 하지만 아주 예쁘더군.」

어떤 남자가 말했다.

「눈이 참 특이했어요!」

다른 게이샤의 목소리였다.

「어떤 남자가 그 아이의 눈을 보고 뭐라고 얘기했는지 아세요? 그 남자 말로는 그 눈은 박살난 벌레 색이래요.」

「박살난 벌레라……, 색깔을 그런 식으로 묘사하는 건 처음 들어보는데.」

「그 애에 대해서 하려던 얘기를 계속할게요.」

하추모모의 말이 계속 이어졌다.

「다른 사람에게는 말하지 않겠다고 약속하셔야 해요. 그 아이에게 무슨 질병이 있대요. 그리고 가슴은 할머니처럼 축 늘어지고 주름이 져서, 정말이지 끔찍하다구요! 목욕탕에서 그 애를 한 번 본 적이 있는데……」

멈춰 서서 듣고 있던 마메하는 그 말을 듣자 나를 가볍게 밀었고, 우리는 함께 골목길을 빠져나갔다. 잠시 서서 길 아래위를 살피더니 마메하가 말했다.

「갈 만한 데를 생각해봤는데 한 군데도 안 떠오르는구나. 여기에서 하추모모가 우릴 찾아냈다면, 기온의 어딜 가도 찾아내고 말 거야. 사유리, 넌 오키야로 가는 게 좋겠어. 새로운 계획을 짤 때까지 말이야.」

제2차 세계대전이 한창이던 어느 날 오후, 단풍나무 아래서 열린 파티에서 한 장교가 내게 보여주려고 권총집에서 권총을 꺼내 짚단 위에 내려놓은 적이 있었다. 권총의 아름다움이 날 사로잡았다. 금속은 둔탁한 회색빛 광택을 내고 있었고, 그 곡선은 완벽하고 부드러웠다. 기름칠한 나무 손잡이에는 결이 잘 살아 있었다. 하지만 장교의 이야기를 들으면서 권총의 원래 목적을 생각해보니, 권총은 더 이상 아름답지 않고 괴물 같은 존재로 여겨졌다.

하추모모 때문에 내 데뷔가 중단되고 난 뒤, 내 눈에 비친 하추모모의 모습이 바로 그랬다. 그렇다고 해서 전에는 그녀를 괴물로 생각하지 않았다는 말이 아니다. 원래는 매일 밤 연회에 참석하고 그 외에도 열 내지 열다섯 군데의 파티에 참석해야 했지만, 나는 오키야에서 무용이나 샤미센을 연습하고 있는 수밖에 도리가 없었다. 하추모모가 의상을 완전히 차려 입고, 마치 어렴풋한 밤하늘의 달처럼 짙은 색 의상 위로 하얗게 화장한 얼굴을 빛내며 내 앞을 지나 밖으로 나가면, 어느 눈먼 남자는 틀림없이 아름답다고 여길 것이다. 하지만 나는 증오로 끓어올라 맥박 뛰는 소리가 귀에까지 들릴 지경이었다.

다음 며칠 동안 난 마메하의 집으로 여러 번 불려갔다. 매번 나는 그녀가 하추모모를 어떻게 해볼 방법을 찾았다고 말해주기를 기다렸다. 하지만 하녀를 믿을 수가 없었던 마메하는 내게 심부름만 시켰다. 어느 날 오후, 난 용기를 내어 어떻게 될 것인지 물어보았다.

「미안하지만 사유리, 지금으로서는 넌 유배자와 다름없어. 난 네가 그 사악한 여자를 파괴시키겠다는 결심을 이전보다 더 굳혔으면 좋겠어! 하지만 좋은 계획이 생각날 때까지는 기온으로 날 따라다녀 봤자 아무 도움도 안 될 거야.」

물론 난 그 말을 듣고 실망했지만, 마메하의 말은 상당히 일리가 있었다. 기온 사람들이 있는 자리에서 하추모모가 날 조롱한다면 난 큰 피해를 입을 게 뻔했기 때문에 집에 머무는 편이 더 나았다.

다행히, 마메하는 종종 아주 재치 있게 내가 안전하게 참석할 수 있는 파티를 찾아내곤 했다. 하추모모는 기온을 가릴 수는 있었지만, 세상 전체를 가릴 수는 없었다. 기온을 벗어난 곳에서 파티 약속이 있는 경우, 마메하는 종종 나도 함께 초대했다. 하루는 기차를 타고 고베에 갔는데, 마메하는 새로 지은 공장 준공식에서 테이프를 끊었다. 또 한 번은 '일본 전신전화국'의 새 사장이 리무진을 타고 교토로 여행하는 길에 마메하와 함께 동행하기도 했다. 그 여행은 내게 많은 인상을 남겼는데, 기온의 경계 너머에 있던 교토를 처음 보았기 때문이었다. 차를 타보는 것도 그때가 처음이었다.

난 도시 남쪽의 강을 따라 차를 타고 가면서 철길 옆의 나무 아래에서 아이를 돌보는 더러운 여자들과 잡초 사이에서 다 해진 짚신을 신고 웅크리고 앉아 있는 남자들을 보고 나서야 그렇게 비참하게 사는 사람들이 있다는 사실을 알게 되었다. 기온에도 가난한 사람들이 없었던 건 아니었지만 너무 가난해서 목욕도 못할 정도로 굶주린 사람들은 없었다. 내 자신이 그 불황 속에서도 비교적 유복한 생활을 하고 있다는 생각은 한번도 해본 적이 없었다.

어느 날 오전, 학교에서 돌아와 보니 화장품을 들고 빨리 마메하의 집으로 오라는 쪽지가 있었다. 마메하의 집에 도착해보니, 베쿠처럼 의상을 담당하는 이초다 씨가 뒷방에서 전신거울 앞에 서 있는 마메하의 오비를 매주고 있었다.

「서둘러서 화장해. 네가 입을 기모노는 다른 방에 꺼내놨어.」

마메하의 집은 기온의 규격대로 넓었다. 다다미가 여섯 장 깔린 큰 방 외에도 작은 방이 두 개 더 있었다. 하나는 하녀방과 의상실을 겸했고, 다른 하나는 마메하가 자는 방이었다. 침실에는 새로 만든 침상이 있었는데, 그 위에 날 위해 하녀가 꺼내놓은 완벽한 기모노 앙상블이 놓여 있었다. 침상을 본 나는 어리둥절해졌다. 그 이불은 전날 밤에 마메하가 덮고 잤던 이불이 아니었다. 왜냐하면 방금 내린 눈처럼 이불이 부드러웠기 때문이었다. 난 의아하게 생각하면서 내가 가져온 면옷으로 갈아입었다. 화장을 하려고 의상실로 가자, 마메하는 나를 왜 불렀는지 이유를 설명했다.

「남작이 돌아오셨어. 점심식사를 하러 이리 오실 거야. 네가 그분을 만났으면 해.」

남작에 대한 얘기를 들은 적은 없으나, 마메하는 마추나가 추네요시 남작, 즉 그녀의 단나 얘기를 하고 있었다. 지금은 더 이상 일본에 남작이나 백작이 존재하지 않지만 2차 세계대전 이전까지는 있었다. 마추나가 남작은 가장 돈 많은 사람 중 하나였다. 남작의 가족은 일본의 큰 은행들을 관장하고 있었으며 경제계에 큰 영향력을 행사했다. 원래는 그의 형이 남작 작위를 물려받았으나, 이누카이 수상 내각에서 재정 장관으로 일하던 시절 암살되었다. 30대였던 마메하의 단나는 남작 작위뿐만 아니라 형의 재산도 모두 물려받았다. 기온에서 별로 멀리 떨어지지 않은 교토의 넓은 부동산도 함께.

사업 때문에 도쿄에서 지내는 시간이 많기도 했지만 그를 도쿄에 잡아두는 또 다른 이유가 있었다. 몇 년 지난 후에 알게 된 사실이지만, 그는 도쿄의 아카사카라는 게이샤 구역에 또 다른 정부가 있었다. 게이샤를 정부로 둘 정도로 돈 많은 남자도 드문 법인데, 마추나가 추네요시 남작은 그런 정부를 두 명이나 두고 있었다.

나는 얼른 마메하가 날 위해 꺼내 놓은 옷으로 갈아입었다. 연한 초록색 속옷과 옷단에 소나무가 그려진, 적갈색과 노란색이 섞인 기모노였다.

그때 하녀가 남작의 점심이 든 상자를 들고 근처 식당에서 막 돌아왔다. 그 안의 음식은 접시와 그릇에 담겨 있어 식당에서처럼 바로 대접할 수 있었다. 가장 큰 접시에는 소금을 쳐서 구운 은어 두 마리가 담겨 있었는데,

그 생선은 강에서 헤엄이라도 치듯 배를 위로 하고 누워 있었다. 한쪽에는 통째 먹는 조그마한 찐 게 두 마리가 놓여 있었다.

잠시 후에 남작이 도착했다. 마메하가 신발끈을 푸는 동안, 난 문틈으로 현관 밖에 서 있는 남작을 엿보았다. 남작에 대한 첫인상은 아몬드나 땅콩을 떠올리게 했다. 왜냐하면 무척 작으면서도 어떤 힘으로 똘똘 뭉쳐 있기 때문이었다. 특히 눈 주위가 그랬다. 당시 턱수염이 대유행이었는데, 남작도 얼굴에 길고 부드러운 수염을 기르고 있었다. 그러나 내게는 수염이라기보다는 어떤 장식품처럼 보였다.

「아, 마메하, 너무 피곤하군. 이렇게 장시간 기차 타는 게 얼마나 싫은지 몰라!」

마침내 그는 신발을 벗어 활기찬 걸음으로 방을 건너왔다. 아침 일찍 마메하의 의상 담당자는 홀 건너편 벽장에서 두툼하게 속을 넣은 의자와 양탄자를 꺼내 창문 근처에 배치했다. 남작은 거기 앉았다. 그리고 나서 무슨 일이 일어났는지는 나도 모르겠다. 마메하의 하녀가 내게 오더니 미안하다면서 문을 닫았기 때문이었다.

하녀가 왔다갔다하면서 남작의 점심을 준비하는 동안, 난 한 시간 정도 마메하의 작은 의상실에서 기다렸다. 종종 마메하의 중얼거리는 소리가 들렸으나, 대부분은 남작이 이야기를 했다.

식사가 끝나고 하녀가 찻잔을 들여가자, 마메하가 나를 불렀다. 나는 한 번도 귀족을 만난 적이 없었기 때문에 몹시 긴장하며 남작 앞에 무릎을 꿇었다. 나는 절을 하며 잘 부탁드린다는 말을 했다. 나한테 뭐라고 말할 거라고 생각했으나, 남작은 전혀 아랑곳하지 않은 채 집을 둘러보았다.

「마메하, 벽에 걸어두었던 족자는 어떻게 되었나? 먹으로 그린 그림 같았는데. 지금 걸린 이 그림보다 훨씬 나았어.」

「남작님, 지금 걸려 있는 족자는 마추다이라 코이치가 직접 쓴 시예요. 4년 전부터 여기 걸려 있었고요.」

「4년 전부터라구? 지난달에 여기 왔을 때 먹그림이 걸려 있지 않았었나?」

「아니에요. 남작님은 3개월 동안이나 저를 찾아주시지 않으셨어요.」

「이렇게 피곤한 것도 무리가 아니군. 교토에서 좀더 시간을 보내야겠다
고 입버릇처럼 말하지. 하지만 일이 많아서 말이야. 방금 말한 그 족자 좀
보여주게. 그걸 본 지 4년이나 되었다는 게 믿어지지 않는군 그래.」

마메하는 하녀를 불러 족자를 가져오라고 시켰다. 족자를 펼치는 일은
내 몫이었다. 남작이 볼 수 있게 족자를 펴다가 너무 손이 떨려서 그만 놓
치고 말았다.

「조심하지…….」

나는 절을 하고 사과를 했음에도 불구하고 남작이 계속 화가 나 있는지
보려고 자꾸만 그의 얼굴을 쳐다보았다. 족자를 펼치는 동안, 남작은 족
자가 아니라 나를 쳐다보고 있었다. 하지만 꾸짖는 눈길이 아니었다. 그
눈길에 나는 더욱 자신감을 얻게 되었다.

「마메하, 이 족자는 지금 벽에 걸린 족자보다 훨씬 더 매력적이군.」

그는 여전히 나를 보고 있었다. 내가 눈길을 주자, 그는 아무렇지도 않다
는 듯이 다른 곳으로 시선을 돌렸다.

「서예는 어쨌든 너무 구식이야. 저기 벽면에 있는 액자를 내려놓고, 이
풍경화를 다시 걸어놓도록 하게.」

마메하는 남작이 시키는 대로 하는 수밖에 도리가 없었다. 그녀는 자신
도 그것이 좋은 생각이라고 느끼는 척까지 했다. 나와 하녀가 액자를 바
꿔 걸고 나자, 마메하는 나를 불러 남작에게 차를 따르라고 했다. 위에서
내려다보면, 우리는 작은 삼각형을 이루며 앉아 있었다. 마메하, 남작, 그
리고 나. 물론 마메하와 남작은 둘이서 계속 얘기를 나누었고, 나는 그곳
에 무릎을 꿇고 앉아 있었을 뿐, 별로 할 일도 없었다. 매의 둥지에 자리잡
은 비둘기처럼 활개도 못 치면서 말이다. 한때는 나도 마메하처럼 남작
같은 대귀족뿐만 아니라 회장 같은 사람에게도 그런 향응을 베풀 자격이
있다고 생각했다. 며칠 전의 그 극장 감독 같은 사람에게라도……, 그는
날 쳐다보지도 않았지만. 그렇다고 해서 내가 남작과 함께 있을 만한 자
격이 있어서 그렇게 느꼈다는 말은 아니다. 하지만 그 순간 나는 나 자신
이 어촌에서 온 무식한 여자아이에 지나지 않는다는 사실을 다시 한 번 깨
달았다.

만약 하추모모가 나를 그렇게 계속 냉대한다면 앞으로 나는 기온을 방문하는 손님들과 별 접촉 없이 지내야 했다.

남작은 뭐가 불안한지 테이블 위로 몸을 숙여 뭔가를 긁고 있었다. 그 모습은 바로 집을 떠나오던 날, 테이블의 파인 자국에서 손톱으로 먼지를 파내던 아버지 생각이 나게 만들었다. 만약 아버지가 마메하의 집에 무릎을 꿇고 앉아 있는 나를 본다면 어떻게 생각할까? 값비싼 옷을 입고, 일본 전역에서 가장 유명한 게이샤와 남작 옆에 앉아 있는 광경을 본다면 말이다. 난 그런 환경에 있을 만한 사람이 못 되었다. 그때 내 몸을 감싼 훌륭한 실크의 감촉이 느껴지면서, 아름다움에 폭 빠져버린 기분이 들었다. 그 순간, 아름다움은 나에게 우울함으로 다가왔다.

16

　어느 날 오후 폰토초 구역으로 새 머리 장신구를 사러—마메하는 기온의 가게들을 좋아하지 않았다—마메하와 내가 시죠 거리 다리를 건너가고 있었는데, 갑자기 마메하가 걸음을 멈추었다. 낡은 예인선 한 척이 다리 밑으로 소리를 내며 지나가고 있었다. 난 처음에 마메하가 시꺼먼 연기 때문에 그러는 줄 알았으나, 잠시 후 그녀는 이해할 수 없는 표정으로 나를 쳐다보았다.

「왜 그러세요, 마메하 상?」

「이젠 말해줘야 할 것 같구나. 다른 사람을 통해 어차피 듣게 될 테니까. 네 친구 호박이 견습생에게 주는 상을 탔어. 이번에도 또 그 애가 그 상을 탈 것 같구나.」

　마메하가 말한 그 상은 가장 수입이 많은 견습생에게 주는 상이었다. 그런 상이 존재한다는 사실이 이상하게 들릴지도 모르겠다. 하지만 거기에는 충분한 이유가 있었다. 견습생이 유명한 게이샤로 성장하면, 다른 사람들도 많은 돈을 벌 수 있기 때문이었다.

　마메하가 몇 번인가 예견하기를, 호박이 몇 년 동안은 잘해 나가겠지만, 결국에는 돈도 별로 없는 충직한 단골 손님 몇 명 얻는 정도에서 그칠 거라고 했다. 그건 슬픈 전망이었기 때문에, 난 호박이 기대보다 더 잘해 나가고 있다는 말을 듣고 기뻤다. 그러나 동시에 배가 쑤시는 듯한 불안도 느꼈다. 내가 암울한 상태에 빠져 있는 반면에 호박은 기온에서 가장 인기 있는 견습생 중 하나가 된 것처럼 보였기 때문이었다. 그 사실이 내 장래와 어떤 연관이 있을까 생각해보니 솔직히 나를 둘러싼 세상이 암울해 보였다.

다리 위에 서서 생각해보니, 호박의 성공에 있어서 가장 놀라운 점은, 지난 몇 달 동안 상을 받았던 라이하라는 너무나 아름다운 여자를 호박이 앞질렀다는 사실이었다. 라이하의 어머니는 명성 높은 게이샤였고, 아버지는 엄청난 재산을 소유한 수미토모 집안 사람이었다. 라이하가 내 앞을 지나갈 때면, 난 은빛 연어를 지켜보는 조그마한 빙어가 된 듯한 기분이 들곤 했다. 호박이 어떻게 그녀를 능가할 수 있었을까? 하추모모가 데뷔 첫날부터 밀어붙였음이 분명했다. 요즈음 호박은 몸무게가 몹시 줄어들어 다른 사람처럼 보일 정도였다. 하지만 그렇게 열심히 일했다고 해서 정말 라이하보다 더 많은 인기를 얻을 수 있을까?

「이젠 그렇게 슬픈 표정 짓지 마. 기분 전환 좀 해야겠는데!」

「네, 너무 제 생각만 했어요.」

「내 말은 그게 아니야. 하추모모와 호박은 이 상 때문에 많은 값을 치러야 할 거야. 5년 후면, 호박이 누군지 아무도 기억 못할걸.」

「모두들 라이하를 능가했던 여자로 기억해주지 않을까요?」

「아무도 라이하를 능가하지 않았어. 호박이 지난달에 가장 많은 돈을 벌었을지 모르지만, 기온에서 가장 인기 있는 견습생은 여전히 라이하야. 이리 와. 설명해줄게.」

마메하는 폰토초 구역에 있는 찻집으로 날 데려갔다.

마메하가 말하기를, 아주 인기 있는 게이샤는 만약 자신의 명성을 해칠지도 모른다는 위험을 감수한다면, 언제라도 자신의 동생이 기온에서 가장 많은 돈을 벌 수 있도록 할 수 있었다. 그 이유는 '오하나', 즉 꽃값이 지불되는 방식과 연관이 있었다. 오래 전, 그러니까 한 백여 년 전에 게이샤가 향응을 위해 파티에 도착할 때마다 찻집 여주인은 오하나 혹은 꽃이라고 불리는 한 시간짜리 향에 불을 피웠다. 게이샤의 비용은 떠날 때까지 몇 개의 향이 탔는지를 보고 지불되었다.

오하나 한 개 값은 언제나 기온 등록소에 의해 결정되었다. 내가 견습생이었을 때는 술 두 병 값 정도 되는 3엔이었다. 많은 액수처럼 들리겠지만, 한 시간에 오하나를 하나밖에 못 버는 인기 없는 게이샤의 생활은 비참했다. 그런 게이샤는 매일 밤 숯불 화로 옆에 앉아 누가 불러주기만을 기다리면서 시간을 보냈다. 그러다 보니 바쁠 때조차도 하룻밤에 10엔 이상을 벌기 힘들었다. 그 금액으로 빚을 갚기에도 부족했다. 기온으로 흘러드는 그 많은 돈을 생각할 때, 그런 게이샤는 시체나 뜯어먹는 벌레보다 더 나을 게 없었다. 사냥감으로 잔치를 하는, 하추모모와 마메하 같은 굉장한 암사자들과 비교한다면 말이다. 하추모모 같은 게이샤는 매일 밤 밤새도록 출연 일정이 잡혀 있을 뿐만 아니라, 매시간이 아니라 매 15분마다 오하나 값을 매겼다. 마메하는…… 글쎄, 마메하 같은 게이샤는 기온에는 더 이상 없었다. 그녀는 5분마다 오하나 값을 매기기 때문이었다.

물론 자신의 수입을 그대로 다 갖는 게이샤는 없었다. 마메하도 마찬가지였다. 돈을 벌게 해준 찻집이 일정한 몫을 떼고 나면 약간의 몫이 게이샤 단체로 들어갔다. 그리고 자신의 회계장부와 출연 약속을 체크해주는 대가로 오키야에도 일부 지불해야 했다. 그래서 게이샤가 갖는 돈의 액수는 자신이 벌어들인 돈의 절반을 조금 넘는 수준이었다. 그래도 날마다 더 깊은 수렁으로 빠지는 인기 없는 게이샤의 생활과 비교하면, 여전히 굉장한 액수였다.

하추모모 같은 게이샤가 동생을 실제보다 더 성공한 것처럼 보이도록 할 수 있었던 이유도 거기에 있었다.

우선, 기온의 인기 있는 게이샤는 거의 모든 파티에서 환영을 받고, 5분 정도만 머물다가 다른 파티로 옮겨가곤 했다. 고객들은 그녀가 단지 인사만 하고 가는데도 기꺼이 비용을 지불했다. 다시 기온을 방문하면, 그녀가 잠시라도 함께 동석해서 자신들을 기쁘게 해주리라는 사실을 알기 때문이었다. 하지만 그런 식으로 하면 견습생은 결코 성공할 수가 없었다. 관계를 넓히는 게 견습생의 역할이기 때문이었다. 견습생이 열여덟 살이 되어 제대로 자격을 갖춘 게이샤가 되면, 이 파티에서 저 파티로 옮겨 다니지 않는다. 대신 한 시간 이상 머물고 나서야, 자신의 오키야에 전화를 걸어 언니가 어디 있는지 물어본 뒤 다른 찻집으로 자리를 옮겨 새로운 손님들에게 인사를 한다. 인기 있는 자신의 언니가 하룻밤 동안 스무 군데 정도의 파티에 들르는 동안, 견습생은 다섯 군데 이상 참석하지 못한다. 그러나 하추모모는 그렇게 하지 않았다. 그녀는 가는 곳마다 호박을 데리고 다녔다.

열여섯 살이 되기 전까지 견습 게이샤는 시간당 반 오하나로 계산된다. 호박이 한 파티에 5분만 머무르는 경우에도, 주인은 꽉 채운 한 시간으로 계산을 한다. 그러나 시간이 좀 지나게 되면, 사람들은 하추모모가 왜 그렇게 바쁜지 의아해할 것이다. 시간당 3,4오하나⋯⋯, 호박의 수입이 높은 이유도 그 때문이었다. 그러나 호박은 자신의 명성으로 그 대가를 치러야 했고, 그건 하추모모도 마찬가지였다.

「하추모모의 행동은 자신이 얼마나 절망에 빠져 있는지 보여줄 뿐이야. 하추모모는 호박을 좋게 보이도록 하기 위해 어떤 짓이라도 할 거야. 그 이유가 뭔지 너도 알지?」

「잘 모르겠어요, 마메하 상.」

「그 여자는 호박을 잘 보이게 해서 니타 여사가 호박을 입양하기를 바라고 있어. 만약 호박이 오키야의 딸이 된다면, 두 사람의 앞날이 보장되니까. 결국 하추모모는 호박의 언니잖아. 그렇게 되면 니타가 그녀를 내쫓지는 않을 거라구. 내 말 이해하겠니? 만약 호박이 입양되면, 넌 결코 하추모모로부터 자유로워질 수가 없어⋯⋯. 그렇게 되면 내쫓기는 쪽은 네가 되겠지.」

구름이 태양을 가렸을 때 대양의 파도가 느껴졌을 듯한 기분이 내게 찾아들었다.

「난 오래 전부터 네가 인기 있는 젊은 견습생이 되는 걸 보고 싶었어. 하지만 하추모모가 분명히 우리를 방해했지.」

「네, 맞아요!」

「글쎄, 그래도 넌 적절하게 남자들을 접대하는 방법을 배우고 있어. 남작을 만난 건 운이 좋았어. 난 아직 하추모모를 어떻게 해야 할지 잘 모르겠지만, 사실을 말하면⋯⋯.」

거기서 마메하는 말을 멈추었다.

「네?」

「아, 아무것도 아니야, 사유리. 내 생각을 너한테 말하려 했다니 내가 어리석었어.」

그 말을 듣고 나는 상처를 받았다. 마메하는 내 기분을 알아차렸는지 재빨리 덧붙였다.

「넌 하추모모와 한지붕 밑에서 살고 있잖아. 네게 하는 말이 전부 하추모모 귀에 들어갈 수 있어서 그래.」

「죄송해요, 마메하 상. 제가 처신을 잘못해서 저를 그렇게밖에 여기지 않으시니 말이에요. 정말 제가 오키야로 달려가서 하추모모에게 모든 걸 다 말하리라고 생각하시는 거죠!」

「난 네 행동을 염려하는 게 아니야. 쥐가 왜 고양이한테 잡아먹힌다고 생각하니? 자고 있는 고양이를 일부러 깨웠기 때문일까? 넌 하추모모가 얼마나 영악한지 잘 알고 있잖아. 넌 나만 믿어, 사유리.」

「네, 아가씨.」

정말 더 할 말이 없었기 때문에 난 그렇게 대답했다.

「한 가지 더 말할 게 있어. 다음 두 주 동안 우린 하추모모가 절대 찾아내지 못할 곳에 출연 약속이 되어 있어.」

「어딘지 물어봐도 되나요?」

「절대 안 되지! 그게 언제인지도 비밀이야. 그냥 준비나 해. 적당한 때가 되면 모든 걸 알게 될 거야.」

그날 오후, 오키야로 돌아온 나는 책력을 살펴보기 위해 위층에 몸을 숨겼다. 다음 두 주 동안에는 눈에 띄는 날들이 많았다. 그 하루가 오는 수요일이었는데, 그날은 서쪽으로 여행하기 좋은 날이었다. 마메하가 날 데리고 도시 밖으로 나갈지도 모른다는 생각이 들었다. 그 다음 월요일도 길일이었다. 마지막으로, 그 다음 일요일에는 이상한 글이 씌어 있었다. 선과 악의 균형이 운명의 문을 열 수 있다, 너무나 흥미를 자아내는 말이었다.

수요일에는 마메하로부터 아무런 소식이 없었다. 며칠 지난 오후 마메하가 집으로 나를 불렀다. 책력에 따르면 운이 나쁜 날이었지만, 샤미센 수업의 진척 여부를 의논하기 위한 호출일 뿐이었다. 그 일이 있은 후, 아무런 소식도 듣지 못한 채 한 주가 그냥 지나갔다.

일요일 정오경, 한 시간 정도 샤미센을 연습하고 있는데 오키야 문이 열리는 소리가 들려, 난 샤미센을 산책로 위에 내려놓고 현관으로 달려갔다. 마메하의 하녀이기를 기대했으나, 관절염에 좋은 한약을 배달하러 온 한약방 사람이었다. 내가 샤미센을 연습하러 막 돌아가려는데, 배달 온 사람이 내 눈치를 살피는 기미가 보였다. 그는 한 손에 종이를 들고 있었다. 하녀가 막 문을 닫으려 할 때 그가 말했다.

「귀찮게 해서 죄송합니다만, 아가씨, 이걸 대신 좀 버려주시겠습니까?」

난 그 종이를 받아 들고 하녀방으로 가서 버리는 척했다. 그것은 마메하가 쓴 서명 없는 편지였다.

'아줌마에게 외출 허락을 받도록 해. 우리 집에 볼일이 있다고 말하고, 한 시 전까지는 와야 해. 네가 어디로 가는지 아무도 모르게 해야 한다.'

마메하의 조심성은 알아줄 만했지만, 어쨌든 어머니는 친구와 점심식사하러 나갔고, 하추모모와 호박은 오후 약속이 있어서 벌써 나가고 없었다. 아줌마와 하녀 외에는 오키야에 아무도 없었다. 위층 아줌마 방으로 가니 아줌마는 낮잠 준비를 하느라 침상에 두꺼운 면 담요를 펴고 있었다. 마메하가 날 불렀다는 말을 들은 아줌마는 이유를 알려고도 하지 않고 가보라는 식으로 손을 한번 흔들더니 담요 밑으로 기어 들어갔다.

마메하의 집에 도착하자, 그녀는 잠시 집을 비운 상태였다.

하녀는 나를 의상실로 데려가 화장을 도와주더니, 마메하가 날 위해 준비해놓은 기모노 앙상블을 가져왔다. 마메하의 기모노를 빌려 입는 데에 점점 익숙해졌지만, 사실 그런 식으로 옷을 빌리는 일이 게이샤에게 흔한 일은 아니었다. 기온에서는 친구들끼리 하룻밤이나 이틀 밤 정도 옷을 바꿔 입기는 했지만 언니가 동생에게 그런 친절을 베푸는 일은 드물었다. 사실, 마메하는 나 때문에 성가신 일이 많았다. 마메하 자신은 더 이상 소매가 긴 옷을 입지 않기 때문에 날 위해 창고에서 그 옷들을 끄집어내야 했다. 내가 얼마라도 돈을 지불해야 하지 않을까 하는 생각이 종종 들곤 했다.

그날 마메하가 날 위해 준비해놓은 기모노는 지금까지 입었던 중에 가장 아름다운 옷이었다. 무릎께에서 은색 폭포가 회색빛을 띤 짙푸른 바다로 떨어지는 회색 실크옷이었다. 갈색 낭떠러지에 의해 갈라진 폭포 아랫부분에는 부목들이 떠 있었다. 난 그때 잘 몰랐지만, 그 옷은 기온에서 꽤 알려진 옷이었다. 그 옷을 보는 사람들은 곧 마메하를 떠올렸다.

이초다 씨가 금실로 포인트를 준 적갈색 오비를 묶고 나자, 나는 화장 손질을 끝내고 머리에 장신구를 달았다. 회장의 손수건을 오비 속에 쑤셔 넣고는 거울 앞에 서서 멍하니 나를 바라보았다. 그때 집으로 돌아온 마메하는 나를 더 돋보이게 하려는 듯 자신은 아주 평범한 기모노로 갈아입었다. 회색 마름모 무늬의 감자색 기모노와 짙푸른 바탕에 다이아몬드가 그려진 오비였다. 함께 거리를 지나는 동안 마메하에게 인사하던 여자들은 모두 나를 쳐다보았다.

기온 신사에서부터 30분 정도 인력거를 타고 북쪽으로 간 우리는 처음 가보는 교토의 어떤 구역으로 들어갔다. 오사카의 '이와무라 전기' 설립자인 이와무라 켄의 손님으로 스모 경기장에 가는 길이라고 마메하가 말해주었다. 공교롭게도 그 회사는 할머니를 죽게 만든 난로를 제조한 회사였다. 그리고 이와무라의 오른팔인 노부 토시카주는 그 회사의 사장이었다. 노부는 스모의 열광적인 팬으로 그날 오후에 열릴 경기에 많은 도움을 준 사람이었다.

「할말이 있어. 그 노부라는 사람은……, 약간 특이하게 보여. 네가 그 사람에게 좋은 행동을 보이면 좋은 인상을 심어줄 수 있을 거야.」

그렇게 말한 마메하는 마치 내가 그렇게 하지 않으면 무척 실망할 거라는 듯이 나를 쳐다보았다.

하추모모에 대해서는 걱정할 필요가 없었다. 경기 관람 티켓은 몇 주 전에 이미 매진되었기 때문이었다.

마침내 교토 대학 캠퍼스에 다다른 우리는 인력거에서 내렸다. 마메하는 양옆으로 작은 소나무가 서 있는 흙길로 나를 이끌었다. 우리 양옆으로 작은 사각 유리창이 반짝거리는 서양식 건물들이 밀집해 있었다. 그곳에 서 있는 나 자신이 이방인처럼 느껴지는 것을 보니 어느새 난 기온을 고향으로 여기고 있던 모양이었다. 주위는 젊은이들로 붐볐는데, 그 중에는 머리를 기른 사람도 있었고 바지에 멜빵을 한 사람도 있었다. 그들은 나와 마메하를 이국적이라고 느꼈는지, 우리가 지나가면 멈춰 서서 쳐다보기도 하고 심지어 서로 농담을 하기도 했다.

곧 우리는 게이샤들과 나이 든 남자들로 붐비는 철문을 통과했다. 교토에는 실내에서 스모 경기를 열 만한 장소가 별로 없었는데, 교토 대학의 낡은 경기장이 그 중 한 곳이었다. 지금은 존재하지 않지만, 당시 그 경기장은 말쑥하게 정장을 차려 입은 사업가들 사이에 낀 기모노 차림의 주름 많은 노인처럼 보였다. 그 건물은 그다지 견고해 보이지 않는 지붕이 덮인 커다란 홀로, 엉뚱한 주전자에 덮어놓은 뚜껑 생각이 나게 만들었다. 그 초라한 모습을 보니 우리 비틀거리는 집 생각이 너무 간절해서, 난 잠시 슬픔에 빠졌다.

건물로 들어가는 돌계단을 오르는 동안, 자갈 깔린 마당을 건너오는 게이샤 두 명이 눈에 띄었다. 우리가 인사를 하자 그들도 고개를 끄덕이더니 한 게이샤가 다른 게이샤에게 뭐라고 말을 했다. 이상하다는 생각이 들었다. 그들을 좀더 자세히 보자 내 가슴이 덜컥 내려앉았다. 두 여자 중 하나는 하추모모의 친구 코린이었다. 그녀를 알아본 나는 다시 인사를 하고는 애써 미소를 지어 보였다. 그들이 시야 밖으로 벗어나자, 난 마메하에게 속삭였다.

「마메하 상, 방금 하추모모의 친구를 봤어요!」

「하추모모에게도 친구가 있는지 몰랐군.」

「코린이에요. 저기 있어요……, 아니 조금 전까지만 해도 다른 게이샤와 저기 있었는데.」

「나도 코린을 알아. 그런데 왜 그렇게 겁을 내지? 그녀가 어떻게라도 한단 말이니?」

난 그 질문에 아무런 대답도 하지 못했다. 하지만 마메하가 아무 염려 하지 않는다면, 나도 굳이 걱정할 필요가 없었다.

경기장에 들어서는 순간 내가 받은 첫인상은, 커다란 텅 빈 공간이 높다란 창문을 통해 햇살이 쏟아져 들어오는 지붕까지 연결되어 있다는 느낌이었다. 그 거대한 공간은 군중들의 소음으로 가득 찼다. 중앙에는 스모 선수들이 경기를 펼치는 사각형 마운드가 있었는데, 신사(神社) 스타일의 지붕이 눈에 띄었다. 신관이 축복을 내리며 그 주위를 돌면서, 접은 종이 끈으로 장식한 신성한 지팡이를 흔들어댔다.

마메하는 정면 맨 앞줄로 나를 데려가더니, 그곳에서 신발을 벗고 나무 가장자리 위로 지나갔다. 우리를 초대한 사람들이 그 줄에 앉아 있었지만, 어떤 남자가 마메하에게 손을 흔들기 전까지는 그들이 누군지 몰랐다. 난 그 사람이 노부라는 사실을 금방 알아챘다. 마메하가 그의 외모에 대해 주의를 준 이유도 이해했다. 멀리서 봐도 그의 얼굴은 녹아 내린 양초처럼 보였다. 외모 전체가 너무나 비극적으로 보였기 때문에 그가 견디어냈을 화상의 고통은 좀처럼 상상할 수도 없었다. 우연히 코린을 만났다는 사실만으로도 난 이미 기분이 이상한 상태였다. 하지만 노부를 보자, 왜 그런지 뚜렷한 이유도 없이 바보처럼 굴게 될까봐 걱정이 됐다. 마메하 뒤를 따라 걸으면서, 난 노부가 아니라 노부와 함께 다다미에 앉아 있는 아주 품위 있는 남자에게 관심이 쏠렸다. 가는 세로줄 무늬의 기모노를 입고 있는 그 남자에게 눈길을 준 순간부터 이상한 고요함이 나를 휘감았다. 그는 다른 다다미에 앉은 사람과 이야기하고 있었기 때문에 내겐 뒤통수만 보였다. 하지만 그 모습이 너무 낯익어 보여서 내가 뭘 보고 있는지 헷갈릴 정도였다. 그 남자가 경기장에 어울리지 않는 사람이란 점만은 확실했다. 이유가 뭘까 생각해보기도 전에, 우리 작은 마을 거리에서 날 향해 다가오는 그 남자의 이미지를 보았다…….

다나카 씨!

그는 내가 설명할 수 없는 모습으로 변해 있었다. 나는 그가 자신의 회색 머리를 부드럽게 쓸어 올리는 모습을 지켜보다가, 손가락을 움직이는 그 우아한 모습에 감동했다.

왜 나는 그 사람을 보면서 위안을 얻는 걸까? 그를 쳐다보느라 너무 어리둥절해서 내 진짜 감정을 잊은 건 아닐까? 내가 이 세상에서 미워하는 사람이 있다면, 그 사람은 바로 다나카 씨였다. 그 점을 상기해야만 했다. 난 내가 어떻게 느끼는지 그에게 알려줄 방법을 궁리해보았다. 비록 견습생으로서 어울리는 일은 아니겠지만 말이다. 할 수만 있다면 잔이 아니라 그의 다리에 술을 쏟아 붓고 싶은 심정이었다. 미소를 지어야 한다면 미소를 짓겠지만, 그 미소는 종종 하추모모의 얼굴에서 보던 그런 미소일 것이다. 난 그에게 해줄 말을 생각해보았다.

'다나카 씨, 생선 비린내가 몹시 나는군요. 당신 옆에 앉으니 고향이 몹시 그리워지는군요!'

하지만 그는 정말 멋져 보였다. 생각보다 훨씬 더 멋있었다. 그곳에 다다른 마메하는 무릎을 꿇고는 몸을 숙여 절을 했다. 그러자 그가 고개를 돌렸다. 그의 넓은 얼굴과 날카로운 광대뼈……, 무엇보다 부드럽고도 평평한 눈꺼풀이 먼저 눈에 들어왔다. 나를 둘러싼 모든 사물이 갑자기 조용해졌다. 순간, 그는 바람이었고, 난 바람에 실려가는 구름이었다.

그는 물론 낯익은 사람이었다. 어떤 점에서는 거울 속에 비친 나 자신보다 더 낯이 익었다. 그러나 그는 다나카 씨가 아니었다. 바로 회장이었다.

17

회장을 본 것은 내 인생의 짧은 한순간에 불과했으나, 그때부터 난 그를 마음속에 그리면서 살았다. 그는 마치 단편적으로 한 번 들은 적이 있는, 그러나 그 이후로 내 마음속에서 계속 흥얼거리게 되는 노래와도 같았다. 물론 그 음조는 시간이 지나면서 약간씩 달라지긴 했지만……

마메하가 그 두 남자에게 인사를 하는 동안, 나는 절할 차례를 기다리며 옆에 서 있었다. 말문을 열 때, 내 목에서 만약 찍찍거리는 벌레 같은 소리가 나면 어떻게 한담? 비극적인 상처를 입은 노부가 나를 쳐다보았지만, 회장이 날 알아보았는지는 확실하지 않았다. 너무 소심했던 나는 회장 쪽으로 눈을 들 수가 없었다. 마메하가 자리를 잡고 무릎께에서 기모노를 바로잡을 때, 난 회장이 호기심 어린 눈길로 날 보고 있음을 알아챘다. 모든 피가 얼굴로 치솟는 바람에 발이 차가워졌다.

「이와무라 회장님……, 노부 사장님, 이쪽은 제 새 동생 사유리입니다.」

'이와무라 전기' 설립자인 그 유명한 이와무라 켄에 대해 들어본 적이 있을 것이다. 노부 토시카주에 대해서도 아마 들었을 것이다. 그 두 사람은 일본에서 가장 유명한 사업 동반자였다. 열네 살 소녀였던 나도 그들에 대해 들어본 적이 있었다. 하지만 내가 시라카와 강둑에서 만났던 그 남자가 이와무라 켄일지도 모른다는 생각은 단 한순간도 해본 적이 없었다. 나는 잘 부탁드린다는 등 늘 하는 인사말을 하면서 무릎을 꿇고 그들에게 절했다. 그러고 나서 그 두 사람 사이에 자리를 잡았다. 노부는 옆에 앉은 남자와 이야기를 시작했고, 다른 쪽에 앉아 있던 회장은 무릎께에 놓인 쟁반 위의 텅 빈 찻잔을 만지작거렸다. 마메하가 그에게 말을 거는 동안, 나는 작은 찻주전자를 집어 차를 따르기 위해 소매를 약간 올렸다. 놀랍게도, 회장의 눈이 내 팔에 머물렀다. 경기장의 흐릿한 불빛 때문에 내 팔뚝 아랫부분이 진주같이 부드러운 빛으로 빛나면서 아름다운 아이보리 색을 띠었다. 내 몸의 어느 한 부분이 그처럼 아름답게 느껴진 때도 없었다. 회장의 눈길이 움직이지 않았다. 그가 내 팔을 쳐다보는 한 난 그대로 팔을 들고 있을 생각이었다. 그때 갑자기 마메하가 입을 다물었다. 난 회장이 마메하의 말을 듣지 않고 내 팔만 쳐다보고 있기 때문에 입을 다물었다고 생각했다. 그러나 잠시 후 난 마메하가 왜 그러는지 깨달았다. 찻주전자가 비어 있었던 것이다. 찻주전자는 내가 들었을 때부터 이미 비어 있었다.

조금 전까지만 해도 넋을 잃고 있었던 나는 사과의 말을 중얼거리면서 재빨리 찻주전자를 내려놓았다. 마메하가 웃었다.

「회장님, 저 애가 얼마나 알뜰한 아이인지 아시겠죠? 주전자 안에 차가 한 방울이라도 남아 있었다면, 사유리는 분명히 따르고 말았을 거예요.」

「마메하, 자네 동생이 입고 있는 기모노는 정말 아름답군 그래. 자네가 견습생이었을 때 입고 있는 걸 본 기억이 나는데?」

귀에 익은 그 친절한 목소리를 듣는 순간, 그 남자가 정말 그 회장이 맞을까 하는 의심은 사라져버렸다.

「그럴지도 모르죠. 하지만 회장님은 몇 년 동안 수없이 많은 기모노를 입은 저를 봐오셨는데, 그걸 다 기억하신다고는 볼 수 없군요.」

「글쎄, 나도 다른 남자들과 다를 바 없지. 미인은 아주 깊은 인상을 남기는 법이니까. 물론 스모 선수들이라면 난 한 명도 구별 못하지.」

마메하는 회장 앞에서 몸을 기울이더니 내게 속삭였다.

「회장님 말씀은 스모를 별로 좋아하지 않으신다는 뜻이야.」

「자, 마메하. 자네가 만약 나와 노부 사이에 문제를 일으키려고 한다면…….」

「회장님, 노부 상은 당신 기분을 이미 알고 계세요.」

「그래도……. 사유리, 스모 경기는 이번이 처음인가?」

그와 얘기할 구실을 기다리고 있던 내가 채 숨을 가다듬기도 전에, 그 큰 건물이 흔들릴 정도로 쿵 하는 소리가 들려와 모두들 깜짝 놀랐다. 우리는 모두 숨을 죽이며 소리나는 쪽으로 고개를 돌렸다. 그 소리는 커다란 문이 닫히는 소리였을 뿐이었다. 그 순간 경첩이 삐걱거리는 소리가 들리더니 두 명의 스모 선수가 문을 미는 바람에 두 번째 문도 흔들거렸다. 노부는 내게서 머리를 돌렸다. 나는 그의 목과 귀, 그리고 얼굴 옆에 나 있는 보기 흉한 화상 자국을 정면으로 들여다보게 되었다. 텅 빈 윗저고리 소매도 눈에 들어왔다. 너무 정신이 없던 나는 어리둥절해하기만 했으나, 분명 소매는 두 번 접어서 긴 은색 핀으로 어깨에 고정되어 있었다.

당신이 아직 모르고 있을 터이니 설명해주겠다. 일본 해군의 대위였던 노부는 조선이 일본에 합병되던 1910년 서울 외곽지대에서 폭탄으로 심한 상처를 입었다. 노부의 영웅적인 이야기는 일본 전역에 알려져 있었는데도 나는 그를 만날 당시 아무것도 모르고 있었다. 노부가 만약 회장과의 만남으로 '이와무라 전기'의 사장이 되지 않았다면, 아마도 그는 전쟁 영웅으로 잊혀졌을 것이다.

학교에서는 기예만을 가르쳤기 때문에 난 역사에 대해서는 잘 알지 못했다. 어쨌든, 러일전쟁이 끝나갈 무렵, 일본 정부는 조선에 대한 통제권을 장악했으며, 그 뒤 몇 년 동안, 일본은 조선을 통합할 결정을 내렸다.

조선인들의 반발도 만만치 않았다. 노부는 그런 일들을 통제하기 위해 소규모 부대의 일원으로 조선에 갔다. 어느 늦은 오후, 부대 지휘관을 데리고 노부는 경성 근교 마을을 방문했다. 포탄이 날아오는 요란한 소리가 들리자, 지휘관은 도랑 아래로 몸을 숨겼다. 그러나 나이가 많았던 그는 조개가 바위 아래로 기어가는 것처럼 속도가 느렸다. 포탄이 터지기 바로 직전, 그는 발 디딜 곳을 찾느라 애쓰던 중이었다. 지휘관을 구하려고 노부는 그 위로 몸을 덮쳤다. 밑에서 불편함을 느낀 지휘관은 기어 나오려고 애쓰다가 떨어진 포탄에 목숨을 잃었고 노부는 심하게 다쳤다. 수술을 받은 노부는 왼팔 팔꿈치 위를 잘라내야 했다.

핀으로 고정시킨 그의 소매를 처음 보았을 때, 너무 놀란 나는 시선을 피

230

할 수밖에 없었다. 난 사지를 잃은 사람을 본 적이 없었다. 어린아이였을 때, 다나카 씨의 조수가 생선을 다듬다가 손가락 끝을 자른 걸 본 적은 있지만 말이다. 노부의 경우, 팔은 그나마 가장 나은 부분이었다. 피부는 상처투성이였다. 언젠가 어떤 게이샤는 '그 사람 얼굴을 쳐다볼 때마다, 불에 데어 물집이 생긴 감자 생각이 나.' 하며 치를 떨었다.

그 커다란 문이 닫히고 나서, 회장의 질문에 대답하려고 난 그쪽으로 몸을 돌렸다. 견습생으로서 나는 꽃꽂이처럼 조용히 앉아 있어도 괜찮았다. 하지만 난 그 기회를 놓치지 않기로 마음먹었다. 먼지 많은 마루에 나 있는 어린아이의 발자국처럼 내가 그에게 사소한 인상만을 남긴다 하더라도, 적어도 시작은 될 수 있다는 생각 때문이었다.

「스모 경기가 처음이냐고 질문하셨죠? 처음이에요. 그러니 경기를 보시면서 회장님이 설명해주신다면 저로서는 정말 감사하겠습니다.」

「경기가 어떻게 진행되는지 알고 싶다면, 나와 얘기하는 게 더 나을 걸세. 자네 이름이 뭐지? 사람들 소리가 시끄러워서 잘 못 들었네.」

노부가 끼어들었다.

마치 음식 접시를 두고 돌아서는 배고픈 아이처럼 난 힘겹게 회장에게서 몸을 돌렸다.

「선생님, 제 이름은 사유리입니다.」

「자네는 마메하 동생이지. 그런데 왜 마메 어쩌구 하는 식으로 이름을 짓지 않았지? 그게 자네들의 우스꽝스런 전통 아니었나?」

「맞아요, 선생님. 하지만 점쟁이 말에 따르면, 마메로 시작하는 이름은 모두 제게 불길하다고 하더군요.」

「점쟁이라, 점쟁이가 자네 이름을 지어주었나?」

「제가 그 이름을 지어주었어요. 점쟁이는 이름은 짓지 않아요. 그 이름이 괜찮은지만 말해주죠.」

마메하가 말했다.

「마메하, 언젠가 자네도 어른이 되면 그런 바보들 얘기에는 귀 기울이지 않을 걸세.」

「자, 자, 노부 상. 자네 얘기를 들으면 자네가 이 나라에서 가장 문명화된 사람인 줄 알겠네. 하지만 자네보다 더 강하게 운명을 믿는 사람도 없지.」

회장이 말했다.

「사람마다 자기 운명이 있지요. 하지만 그걸 찾기 위해 점쟁이한테 갈 필요가 있습니까? 내가 배고픈지 알기 위해 요리사에게 가야 합니까? 어쨌든, 사유리는 예쁜 이름이군. 이름이 예쁘다고 얼굴도 항상 예쁜 건 아니지만.」

다음에 어떤 말이 나올까 두려웠지만 다행히 그는 이렇게 말했다.

「이번 경우는 이름과 얼굴이 서로 잘 어울리는군. 저 애는 자네보다 더 예쁜 것 같은데, 마메하!」

「노부 상, 자신이 가장 예쁜 여자가 아니라는 말을 듣고 좋아할 여자는 없어요.」

「특히 자네가 그렇겠지, 음? 글쎄, 그런 말에는 익숙해지는 게 좋을 걸세. 저 애는 특히 눈이 아름다워. 사유리, 이쪽을 쳐다보게. 그 눈을 다시 한 번 볼 수 있게 말이야.」

노부가 눈을 보길 원했으므로, 난 더 이상 다다미로 눈을 내리깔고 있을 수가 없었다. 앞을 보지 않고서는 그를 똑바로 쳐다볼 수가 없었다. 마치 얼음 위에 발 디딜 곳을 찾듯이 이리저리 시선을 돌리다가, 마침내 그의 턱 언저리에 시선을 고정시켰다. 노부의 얼굴은 엉망으로 빚어놓은 점토처럼 보였다. 어떻게 저 지경이 되었을까 의아해하면서, 내 마음은 어쩔 수 없이 무거워졌다.

「자네 눈은 놀랄 정도로 빛이 나는군.」

순간, 작은 문이 열리더니, 머리에 높다란 모자를 쓰고 유난히 격식을 갖춘 기모노를 입은 남자가 들어왔다. 마치 궁정에 걸린 그림에서 막 걸어 나오는 듯한 모습이었다. 그의 뒤를 따라 복도를 행진하는 스모 선수들은 너무나 몸이 육중해서 문을 빠져 나오기 위해 몸을 숙여야 할 정도였다.

「스모에 대해서는 뭘 알고 있나?」

노부가 내게 물었다.

「스모 선수들이 고래처럼 크다는 사실만 압니다, 선생님. 한때 스모 선수였던 사람이 기온에서 일하고 있어요.」

「재몬 말이군. 그 사람 저기 앉아 있네.」

노부는 한 손으로 재몬이 앉아 있는 열을 가리켰다. 코린 옆에 앉은 재몬은 무엇 때문인지 웃고 있었다. 코린이 살짝 미소를 지으며 우리 쪽을 보고 있던 재몬에게 뭔가 속닥이는 모습을 보니, 날 조롱하고 있음이 분명했다.

「저 사람은 한번도 훌륭한 스모 선수가 되지 못했지. 상대편 선수를 어깨로 치는 걸 좋아했어. 한번도 성공한 적은 없었지만. 미련한 사람 같으니라구. 어깨뼈만 여러 번 깨졌지 뭐야.」

선수들은 마운드 아래를 둘러쌌다. 차례로 이름이 불리자, 그들은 마운드 위로 올라가서 관중들을 향해 원을 그리며 섰다. 잠시 후, 상대편 선수들이 입장할 수 있도록 그들이 경기장을 다시 빠져나가자, 노부가 말했다.

「바닥에 원형으로 된 줄은 링을 표시한 거야. 링 밖으로 먼저 밀려 나가거나 발 이외의 부분이 마운드에 먼저 닿는 선수가 지는 거지. 간단하게 들릴지 모르겠지만, 자네가 만약 저 거인들을 줄 밖으로 밀어내려고 한다면 어떻게 될 것 같은가?」

「저 사람 뒤에서 나무 딱딱이를 두드리는 거예요. 그러면 겁을 잔뜩 집어먹은 저 사람이 도망가겠죠.」

「진지해지게.」

그렇게 말한 것이 특별히 잘한 짓은 아니었지만, 나로서는 처음으로 남자에게 해본 농담이었다. 너무나 당황한 나는 뭐라고 말해야 할지 알 수가 없었다. 그때 회장이 내 쪽으로 몸을 기울였다.

「노부 상은 스모에 대해서는 농담하지 않아.」

「난 인생의 가장 중요한 세 가지 일에 대해서는 농담하지 않아. 스모, 사업, 그리고 전쟁이지.」

「세상에, 그거야말로 농담이로군요. 그건 바로 선생님이 모순된 말을 하고 있다는 뜻이 아니겠어요?」

마메하가 말했다.

「자네가 전쟁을 보게 된다면, 아니면 사업 회의에 참석하게 된다면, 무슨 일이 일어나는지 이해할 수 있겠나?」

무슨 의미로 하는 말인지 확신할 수 없었으나, 그가 말하는 톤으로 보아 아니라는 대답을 기대하는 것 같았다.

「전혀 이해하지 못하죠.」

나는 원하는 대답을 해주었다.

「바로 그렇지. 스모에 대해서도 이해할 수 있다고 기대해서는 안 돼. 그러니 자네는 마메하의 농담을 웃어넘기든지 아니면 내 말이 무슨 뜻인지 귀 기울이든지 알아서 하게나.」

「저 친구는 몇 년 동안이나 그걸 내게 가르치려고 들었지. 하지만 난 아직도 형편없는 학생이야.」

회장이 내게 조용히 말했다.

「회장님은 영리하신 분이야. 스모에 대해서는 관심이 없으니까 형편없는 학생일 뿐이지. 이와무라 전기에서 이 경기를 후원하자고 했을 때, 고맙게도 내 제안을 받아들이셨지만, 사실 오늘 여기는 안 오고 싶어하셨지.」

입장식이 끝나고 두 가지 특별한 의식이 더 이어졌는데, 그 중 하나는 두 명의 요코주나를 위한 의식이었다. 노부의 설명에 따르면 요코주나는 스모의 최고 등급을 지칭하는 말이었다, 기온에서의 마메하의 위치처럼. 노부의 말은 의심할 여지가 없었지만 만약 마메하가 요코주나들처럼 시간을 질질 끌면서 파티에 입장한다면, 그녀는 틀림없이 두 번 다시 초대받지 못할 것이다. 두 번째 요코주나는 작은 키에 얼굴이 눈에 띄는 사람이었다. 돌처럼 깎은 듯한 얼굴로, 턱은 어선의 뱃머리를 생각나게 했다.

관중들이 너무 시끄럽게 환호했기 때문에 난 귀를 막아버렸다. 그의 이름은 미야기야마였는데, 만약 당신이 스모에 대해 안다면, 사람들이 왜 그렇게 열광하는지 이해할 것이다.

「저 사람은 내가 본 중에서 가장 실력 있는 선수야.」

노부가 말했다.

한판 승부가 시작되기 전에, 아나운서가 우승자의 부상을 발표했다. 그 중 하나는 이와무라 전기 사장인 노부 토시카주에 의해 제공된 상당한 액

234

수의 상금이었다. 그 발표를 듣자, 노부는 몹시 화를 냈다.

「정말 바보로군! 그 돈은 내가 주는 게 아니라 이와무라 전기가 주는 건데……, 죄송합니다, 회장님. 사람을 불러서 아나운서의 실수를 정정하도록 하겠습니다.」

「실수가 아니야. 내가 자네에게 진 큰 빚을 생각해보면, 그건 아무것도 아니네.」

「회장님은 너무 관대하십니다. 정말 감사합니다.」

그 말과 함께 그는 회장에게 술잔을 건네 술을 따르더니 함께 마셨다.

첫번째 선수들이 링으로 들어가면, 한판 승부가 바로 시작될 줄 알았다. 그러나 선수들은 마운드 위로 소금을 뿌리거나, 몸을 한쪽으로 숙이며 웅크리고 앉아 다리를 공중으로 높이 쳐들면서 5분 정도 시간을 보냈다. 이제 곧 싸움이 시작되겠지 하고 생각하는 순간, 한 선수가 일어서더니 성큼성큼 걸어가 한줌 가득 소금을 퍼 올렸다. 그러다가 결국은 내가 생각지도 못한 때에 경기가 시작되었다. 서로 맞붙은 지 얼마 되지 않아, 한 선수가 다른 선수를 메쳐서 쓰러뜨리자 경기가 끝났다. 관중들은 박수를 치며 소리를 질렀지만 노부는 고개를 흔들었다.

「형편없는 기술이군.」

경기가 진행되는 동안, 내 한쪽 귀는 마음에, 다른 쪽 귀는 심장에 연결된 듯한 기분이 들었다. 왜냐하면 한쪽 귀로는 노부가 하는 말에 귀를 기울이고 있었는데, 상당히 재미있었다. 그러나 마메하와 얘기를 나누고 있는, 다른 쪽에서 들려오는 회장의 목소리도 계속 나를 심란하게 만들었다.

한 시간쯤 지나 재몬이 앉아 있는 열에서 밝은 색의 움직임이 내 눈을 끌었다. 한 여자의 머리 위에서 흔들거리는 오렌지색 실크 꽃이었다. 처음에는 그 사람이 기모노를 갈아입은 코린인 줄 알았다. 하지만 그 사람은 코린이 아니었다. 바로 하추모모였다.

나는 전깃줄을 밟은 사람처럼 전율했다. 수백 명의 관중이 모인 큰 경기장이라 할지라도, 하추모모가 나를 모욕할 방법을 찾아내기란 시간 문제일 뿐이었다. 관중 앞에서 바보가 되는 건 상관없었다. 하지만 회장 앞에서 바보가 되기는 죽기보다 싫었다. 목에 너무 뜨거운 기운이 치밀어 올랐다. 마메하를 돌아보자, 그녀의 눈이 하추모모 쪽을 향해 깜박거리고 있었다.

「회장님, 용서하세요. 실례를 좀 해야겠어요. 사유리도 마찬가지구요.」

노부가 무슨 얘기를 하고 있었기 때문에 다 끝날 때까지 기다렸다가 우리는 경기장 밖으로 빠져나갔다.

「마메하 상……, 하추모모는 사탄 같아요.」

「코린이 나간 지 한 시간도 지났어. 하추모모를 만나서 이리로 보낸 게 틀림없어. 널 괴롭히려고 수고스럽게 여기까지 달려온 하추모모에 대해 넌 감사해야 해.」

「내가 참을 수 없는 것은 하추모모가 날 그 사람 앞에서……, 그러니까 저렇게 많은 사람들 앞에서 날 바보로 만드는 거예요.」

「하지만 만약 하추모모가 보기에 네가 웃기는 짓을 한다면, 그녀도 널 내버려둘 거야. 그렇게 생각하지 않니?」

「마메하 상, 제발 절 당혹스럽게 만들지 마세요.」

우리는 정원을 가로질러 화장실이 늘어서 있는 건물로 막 들어가려던 참이었다. 그때 마메하가 저 멀리 떨어진 포장된 길로 나를 이끌었다. 아무도 듣는 사람이 없자, 마메하가 조용히 말했다.

「몇 년 전부터 노부 상과 회장은 나의 중요한 후원자야. 노부는 자기가 싫어하는 사람들에게는 매정하게 굴지만, 친구들에게는 신하가 영주에게 하듯이 아주 충직하지. 그 사람보다 더 믿을 만한 사람도 없을 거야. 하추모모가 그런 품성을 이해할 거라고 생각하니? 그녀에게 노부는 '미스터 도마뱀'일 뿐이지. 실제로 하추모모는 노부를 그렇게 불러. '마메하 상, 지난밤에 당신이 미스터 도마뱀과 함께 있는 걸 봤어요! 세상에, 온통 더러워진 것 같네요. 그 사람이 당신을 막 문질렀나봐요.' 뭐 이런 식이지. 자, 네가 지금 노부 상을 어떻게 생각하는지는 아무래도 상관없어. 때가 되면 그가 얼마나 좋은 사람인지 알게 될 거야. 하지만 만약 지금 네가 노부를 굉장히 좋아하는 것처럼 굴면, 하추모모가 널 내버려둘지도 몰라.」

난 그 말에 어떻게 대답해야 할지 알 수가 없었다.

「노부 상은 지금 스모에 대해 네게 많은 이야기를 해주고 있어. 그리고 너도 그 사람을 존경하고. 하추모모를 긁어주기 위해 연극을 해보는 거야. 네가 그 사람에게 끌린 것처럼 보이도록 말이지. 그럼 하추모모는 정말 웃기는 일이라고 생각하겠지. 기온에서도 널 그냥 내버려둘지 몰라. 너의 그런 모습을 좀더 보려고 말이야.」

「하지만 마메하 상, 그 사람에게 빠져 있는 것처럼 보이려면 어떻게 해야 하죠?」

「네가 그런 일도 해내지 못한다면, 난 널 제대로 교육시키지 못한 거야.」

우리 자리로 돌아왔을 때, 노부는 다시 옆에 있는 남자와 대화에 열중해 있었다. 그를 방해할 수가 없어, 난 한판 경기를 위해 마운드에서 준비 중인 선수를 열심히 지켜보는 척했다. 노부만 떠드는 게 아니라 관중들도 들떠 있었다. 난 회장에게로 몸을 돌려 몇 년 전 어린 소녀에게 친절을 보여주었던 그날을 기억하고 있는지 물어보고 싶었다……. 하지만 당연히 그런 말은 결코 입 밖에 꺼낼 수가 없었다.

얼마 안 있어 노부가 내게 몸을 돌리며 말했다.

「이런 경기는 너무 지겨워. 미야기야마가 나와야 진짜 기술을 좀 볼 수 있지.」

그때야말로 노부에게 흠뻑 빠진 척할 수 있는 기회로 보였다.

「하지만 지금까지 본 경기도 정말 인상 깊은데요! 그리고 노부 사장님이 친절하게 해주신 말씀이 너무 재미있어서, 아직까지 가장 훌륭한 경기를 못 봤다는 사실이 믿기 힘드네요.」

「말도 안 되는 소리! 이런 선수들은 미야기야마와 같은 링에 설 자격이 없지.」

노부의 어깨 너머로, 저 멀리 앉아 있는 하추모모가 보였다. 그녀는 재몬과 얘기하느라 날 보고 있지 않았다.

「아주 바보 같은 질문인데요, 미야기야마같이 저렇게 몸집이 작은 선수가 어떻게 최고의 선수가 될 수 있었죠?」

나는 말을 하면서 그보다 더 내 관심을 끌 만한 주제는 없다는 듯한 표정을 지었다. 그러니 우리가 영혼 깊숙한 비밀에 대해 얘기하는 게 아니라는 점은 아무도 눈치채지 못했을 것이다. 바로 그 순간 하추모모가 내 쪽으로 고개를 돌리자 난 기분이 좋아졌다.

「다른 선수들이 너무 살쪄서 미야기야마가 작게 보이는 것뿐이지. 하지만 그 사람은 자기 체격을 좀 부풀려서 말한다네. 그 사람의 정확한 키와 몸무게가 몇 년 전에 신문에 난 적이 있었는데, 너무 화가 난 그는 친구에게 널빤지로 머리를 내리치게 한 뒤, 고구마와 물을 입에 잔뜩 쑤셔 넣고는 신문사로 가서 그 기사가 잘못됐음을 보여주었지.」

하추모모를 곯려주기 위해서라면 노부가 어떤 말을 해도 웃을 참이었다. 그러나 미야기야마가 눈을 감은 채 곁눈질을 하며 자신의 머리 위로 내리칠 널빤지를 기다리고 있는 모습을 상상하니 정말 너무 우스웠다. 그 모습을 마음속으로 그리며 마음껏 웃었더니 노부도 곧 따라 웃었다. 그 모습이 하추모모에게는 아주 친한 친구처럼 보였음에 틀림없었다. 그녀는 너무 좋아하며 박수까지 쳐댔다.

그러자 문득 노부를 회장처럼 생각하자는 아이디어가 떠올랐다. 노부가 말할 때마다 우락부락한 모습은 못 본 척하고, 대신에 부드러운 모습을 그려보았다. 그 순간 나 자신이 경기장이 아니라 어느 조용한 방에 회장과 함께 앉아 있는 듯한 착각이 들었다. 그런 행복을 느껴본 적은 없었다.

경기장을 한번 둘러본 나는 거대한 목재 기둥의 아름다움과 달콤한 떡에서 나는 향기에 파묻혀 있었다. 어느 순간, 내가 뭐라고 말을 했는데 그 말은 기억조차 나지 않고 대신 노부의 대답만 기억할 수 있었다.

「도대체 무슨 말을 하고 있는 건가? 바보 같은 사람만이 그런 어리석은 생각을 하지!」

팽팽하던 줄이 끊어질 때처럼 내 얼굴에서 웃음이 사라졌다. 노부가 눈을 부릅뜨고 날 쳐다보았다. 멀리 떨어져 있긴 했지만, 하추모모가 우리를 지켜보고 있음이 확실했다. 나는 그런 말을 한 사람이 회장이었다고 상상해보았다. 그러자 입술이 떨려왔다. 나는 머리를 숙이며 어린아이처럼 행동했다.

「내 말에 마음이 아픈 게지?」

신파조로 코를 쿵쿵대는 일이 나로서는 어려운 일이 아니었다. 노부는 한참 날 쳐다보더니 다시 입을 열었다.

「자네는 매력적인 여자야.」

뭐라고 더 말을 할 줄 알았으나, 미야기야마가 경기장에 나타나자, 노부는 입을 다물어버렸다.

미야기야마는 사이호라는 선수와 함께 소금을 퍼 올려 링 안으로 뿌리거나 혹은 다른 스모 선수들처럼 발을 구르며 마운드 둘레를 돌아다녔다. 두 선수가 서로 마주보며 몸을 구부릴 때마다 두 개의 동그란 돌이 막 굴러 떨어지는 모습이 떠올랐다. 서로 맞붙으면, 틀림없이 가련한 미야기야마가 뒤로 나자빠질 것 같았다.

두 선수 다 뚜렷한 공격 없이 8,9회 정도 자기 위치만 고수하고 있었다. 그때 노부가 내게 속삭였다.

「하타키 코미! 저 선수가 하타키 코미를 써먹으려고 하고 있어. 저 선수 눈만 지켜봐.」

하지만 내가 보기에, 미야기야마는 사이호의 눈을 피하고 있을 뿐이었다. 반면에 사이호는 짐승처럼 사납게 상대편을 노려보고 있었다. 그의 뺨이 너무 커서 머리가 산처럼 보였다.

「이제 얼마 안 남았어.」

다음 순간 그들이 주먹을 쥐고 웅크리더니, 사이호가 공격을 가했다. 미야기야마가 몸을 앞으로 숙였을 때, 난 그가 사이호 위로 몸을 내던지려 한다고 생각했다. 그러나 그는 사이호의 공격력을 이용해서 뒤로 물러나 단단히 자리를 잡았다. 한순간 자동문처럼 한 바퀴 몸을 돌린 그는 손으로 사이호의 목 뒷부분을 잡았다. 몸무게가 너무 앞으로 쏠린 사이호는 곧 계단 아래로 굴러 떨어지려는 사람처럼 보였다. 미야기야마는 있는 힘을 다해 그를 밀었고, 사이호의 발이 줄을 스치고 지나갔다. 그러자 놀랍게도, 그 몸집 좋은 남자가 마운드의 가장자리를 지나 관중 첫째 줄에 큰 대자로 뻗어버렸다. 관중들은 질겁하며 몸을 피했고, 한 남자가 숨을 헐떡거리며 일어섰다. 사이호의 한쪽 어깨가 그를 눌렀기 때문이었다.

시합은 거의 일 초도 걸리지 않았다. 사이호는 모욕을 느꼈는지, 어떤 패자보다도 간단하게 절을 마치더니 관중들이 여전히 환호성을 지르고 있는 동안 경기장을 빠져나갔다.

「저게 바로, 하타키 코미라는 동작이지.」

「정말 대단하지 않아요?」

마메하가 정신없이 말했다.

「뭐가 그렇게 대단하다는 거요?」

회장이 물었다.

「미야기야마가 방금 사용한 기술 말이에요. 저런 기술은 처음 봤어요.」

「그래, 그랬겠지. 스모 선수들을 언제나 저런 식으로 하지.」

「저걸 보니 좋은 생각이 하나 떠오르는군요……」

마메하가 말했다.

나중에 기온으로 돌아오는 인력거에서 흥분한 마메하가 말했다.

「스모 선수들이 어떻게 하는지 봤지? 미야기야마가 그 남자를 링 밖으로 내던질 때 말이야. 그걸 보니 아주 멋진 생각이 하나 떠올랐어. 하추모모는 아직 모르고 있겠지만, 그녀도 균형을 잃고 내던져질 거야. 그걸 알아차렸을 때는 이미 늦고 말걸.」

「무슨 계획이라도 있으세요? 마메하 상, 제발 말 좀 해주세요!」

「내가 지금 당장 그 얘길 해줄 것 같니? 내 하녀에게도 말 안 할 참이야. 노부 상이 네게 계속 관심을 갖도록 신경이나 써. 일은 이제 노부 상과 또 다른 한 사람에게 달렸으니까.」

「다른 한 사람이라뇨?」

「네가 아직 만나보지 못한 사람이야. 이제 이 문제는 더 이상 얘기하지 말자. 이미 말을 너무 많이 해버렸어. 네가 오늘 노부 상을 만난 건 큰 행운이야. 확실히 네 구원자가 되어줄 테니까.」

솔직히 그 말을 듣자, 속이 메스꺼웠다. 내게 만약 구원자가 생긴다면, 그 사람은 다른 누구도 아닌 회장이어야 했다.

18

회장의 정체를 알게 된 나는 바로 그날 밤부터 버려진 잡지들을 주워 읽기 시작했다. 회장에 대해 더 많은 사실을 알아내겠다는 희망 속에서 말이다. 1주일도 안 되어 한 무더기의 잡지를 방 안에 쌓아두자, 아줌마는 내가 정신이 어떻게 된 건 아닌가 하는 식으로 쳐다보았다. 회장에 관한 많은 기사를 찾아냈으나, 대부분 몇 줄밖에 없어서 내가 정말 알고 싶은 내용은 어디에서도 찾을 수가 없었다. 그러던 어느 날 어떤 찻집 뒤에서 뭉치로 묶어놓은 낡은 종이 더미를 발견했다. 그 속에 이와무라 전기에 관한 기사를 다룬 2년 전 잡지가 끼여 있었다.

이와무라 전기는 1931년 4월에 20주년 기념행사를 가졌다. 내가 시라카와 강둑에서 회장을 만났던 바로 그 시기였다. 잡지를 들추기만 하면 모든 잡지에서 그의 얼굴을 볼 수가 있었다. 날짜를 알아낸 나는 기념행사에 관한 기사를 더 알아내기 위해 많은 시간을 보냈다. 자료 대부분은 골목길 건너편 오키야에 살았던 늙은 할머니가 죽고 난 후 내버려진 잡동사니 중에서 찾아냈다.

내가 알아낸 바에 의하면, 회장은 1890년 생이었는데, 말하자면 회색 머리에도 불구하고 내가 그를 처음 만났을 때는 40을 갓 넘긴 나이였다. 그날 난 그가 별로 중요하지 않은 회사의 회장일 거라는 인상을 받았으나, 그런 내 생각은 완전히 틀렸다. 모든 기사를 읽어본 결과, 이와무라 전기는 일본 서부 지역의 주요 라이벌인 '오사카 전기' 만큼 크지는 않았지만 회장과 노부는 뛰어난 협력 관계로 인해 큰 회사의 총수들보다 더 많이 알려져 있었다. 어쨌든, 이와무라 전기는 혁신적인 회사로 알려졌고 명성도 좋았다.

회장은 17세의 나이로 오사카의 작은 전기회사에서 일을 시작했다. 곧 그는 그 지역 공장에서 기계 배선을 설치하는 사람들을 감독하게 되었다. 당시 가정과 회사 내에서 전등에 대한 수요가 늘고 있었기 때문에, 회장은 원래 한 개의 백열전구를 위해 만들어진 소켓에 두 개의 전구를 사용할 수 있는 장치를 고안해냈다. 하지만 그 전기회사가 그 장치를 생산하려 하지 않자, 스물두 살의 나이로 회장은 회사를 나와 자신의 회사를 설립하였다.

몇 년 동안은 사정이 어려웠다. 그러나 1914년, 회장의 회사는 오사카 군사기지에 설치할 전기배선 계약을 따냈다. 노부는 전쟁의 상처로 인해 어느 곳에서도 직장을 얻기 힘들었기 때문에 아직 군대에 남아 있었다. 그때 그에게 이와무라 전기의 작업을 감독하는 업무가 주어졌다. 그와 회장은 금방 친구가 되었으며, 이듬해 회장이 일자리를 제공하자, 노부가 받아들였다.

글을 읽으면 읽을수록, 그들이 서로 얼마나 잘 어울리는 사람들인지 이해가 되었다. 기사에 실린 두 사람의 사진은 언제나 거의 동일했다. 두꺼운 울로 만든 멋진 양복을 입은 회장이 첫 생산품인 세라믹 소켓을 들고 있는 사진이었다. 회장은 마치 누군가에게서 그 소켓을 받아 들고는 어떻게 할지 아직 결정하지 못한 사람처럼 보였다. 노부는 모닝코트와 가는 세로줄 무늬 바지를 입고 있었다. 상처 난 얼굴에는 표정이 없었으며, 눈은 졸린 듯이 보였다. 실제로는 두 살밖에 차이가 나지 않았지만, 회장은 때 이른 회색 머리와 키 차이 때문에 노부의 아버지처럼 보였다. 기사에 의하면, 회장은 회사의 발전이나 목표를 책임지고 있고, 노부는 경영에 대한 책임을 지고 있다고 쓰여 있었다. 노부는 별 대단치 않은 일을 맡은 대단치 않은 사람이었으나 자신의 일을 훌륭히 해냈기 때문에, 회장은 종종 사람들에게 노부의 재능이 없었다면 회사가 몇 번의 위기를 극복해낼 수 없었을 거라고 말하곤 했다. 투자가들을 끌어들여서 20년대 초의 파산에서 회사를 구해낸 사람도 바로 노부였다. 회장은 몇 번씩이나, 노부에게 결코 갚을 수 없는 빚이 있다고 말하곤 했다.

몇 주가 지난 어느 날, 마메하에게서 다음날 오후 집으로 오라는 내용의 쪽지를 받았다. 그녀의 집에 도착한 나는, 황금 들판에 낙엽이 흩어진 가을 분위기 나는 실크옷으로 갈아입다가, 가운 뒤쪽이 손가락 두 개가 들어갈 정도로 심하게 찢어진 것을 보고는 깜짝 놀랐다. 마메하는 아직 집에 돌아오지 않았다. 나는 옷을 팔에 걸고는 하녀에게로 갔다.

「타추미 상, 곤란한 일이 생겼어요. 이 기모노가 못 쓰게 되었어요.」

「그건 못 쓰게 된 게 아니야. 수선만 하면 돼. 마메하 아가씨가 아침에 저 아래 오키야에서 빌려오셨어.」

「내가 기모노를 망쳤다는 소문이 나면, 마메하 아가씨는 분명히…….」

「마메하 아가씨도 알고 계셔. 사실은, 속옷도 똑같은 자리에 구멍이 났어.」

입고 있던 속옷 뒤를 만져보니 타추미 말대로 허벅지 부위에 정말 구멍이 나 있었다.

「마메하 아가씨는 분명히 이 옷을 입으라고 하셨어.」

난 잘 이해가 되지 않았지만, 타추미가 시키는 대로 했다. 마침내 마메하가 돌아와 화장하는 동안, 그녀에게 가서 물어보았다.

「이미 말했지만 내 계획에 따르면, 네 장래를 위해 두 남자가 중요해. 몇 주 전에 노부를 만났지. 다른 한 남자는 아직 안 만났지만, 그 찢어진 기모노 덕분에 곧 만나게 될 거야. 그 스모 선수가 그런 멋진 아이디어를 주었지 뭐야! 하추모모가 어떤 반응을 보일지 정말 궁금하구나. 일전에 하추모모가 내게 뭐라고 했는지 아니? 널 경기장에 데려와서 얼마나 고마운지 모르겠대. 네가 미스터 도마뱀에게 눈을 커다랗게 뜨는 것만 봐도 거기 간 보람이 있었다는 거야. 네가 노부를 접대하는 걸 보면 널 그냥 내버려 둘 게 틀림없어. 하추모모가 있는 자리에서 노부에 대해 얘기를 많이 하면 할수록 더 좋아. 하지만 오늘 오후에 만날 남자에 대해서는 한마디도 해서는 안 돼.」

그 말을 들은 나는 겉으로는 기쁜 척했지만 속이 불편했다. 왜냐하면 어떤 남자도 친한 사람의 정부였던 게이샤와 친밀한 관계를 맺지 않기 때문이었다.

「아가씨, 뭐 하나 물어봐도 되나요? 그 계획 속에 언젠가 노부 상이 내 단나가 된다는 계획도 들어가 있나요?」

마메하는 브러시를 내려놓은 채, 기차라도 멈춰버리게 할 듯한 눈길로 거울 속의 나를 바라보았다.

「노부 상은 좋은 사람이야. 네 말은 그 사람을 단나로 갖는 게 창피하다는 뜻이니?」

「아뇨, 아가씨. 그런 뜻은 아니에요. 내가 알고 싶은 건 단지…….」

「잘 알겠다. 하지만 네게 해줄 말은 두 가지밖에 없어. 첫째, 넌 아무런 명성도 없는 열네 살 소녀야. 노부 같은 남자를 단나로 맞이한다면, 그에 어울리는 지위를 가진 게이샤가 되는 행운을 얻는 거지. 둘째로, 노부 상은 정부로 맞고 싶어할 만큼 그렇게 좋아하는 게이샤가 아직 한 명도 없었어. 네가 만약 그의 첫번째 정부가 된다면, 넌 아주 자랑스러움을 느끼게 될 거야.」

마치 불이라도 난 것처럼 얼굴이 화끈거렸다. 마메하의 말은 상당히 옳았다. 앞으로 내가 어떻게 되든 간에, 노부 같은 남자의 주목을 끈다는 것은 행운이었다. 노부가 내가 닿지 못할 먼 곳에 있다면, 회장은 얼마나 더 먼 곳에 있는 사람일까? 스모 경기장에서 회장을 만난 이래로, 난 인생이 내게 주는 모든 가능성들을 생각해보았다. 하지만 마메하의 말을 들은 후 난 슬픔의 바다를 건너는 느낌이었다.

서둘러 옷을 입고 나자, 마메하는 6년 전, 그녀가 독립하기 전에 살았던 오키야로 나를 데려갔다. 문에 이르자 한 나이 많은 하녀가 우리에게 인사를 하더니 입을 다시며 머리를 흔들었다.

「병원에 연락했어요. 오늘은 의사가 4시에 나간대요. 30분 남았어요.」

「가기 전에 의사에게 전화할 거야, 카주코 상. 틀림없이 의사가 우릴 기다릴 거야.」

「그랬으면 좋겠군요. 불쌍한 그 애가 피를 그냥 흘리도록 내버려둔다면 끔찍할 거예요.」

「누가 피를 흘려요?」

놀라서 내가 물었지만, 하녀는 한숨을 쉬며 날 보더니 우리를 사람들로 붐비는 이층으로 안내할 뿐이었다.

다다미 두 장 정도의 공간에는 마메하와 나뿐만 아니라 우리를 안내한 하녀, 그리고 세 명의 젊은 여자와 산뜻한 앞치마를 두른 깡마른 요리사가 모여 있었다. 그들 모두 날 조심스럽게 쳐다보았지만, 어깨에 수건을 두른 요리사만은 제외였다. 그 요리사는 생선 대가리를 자를 때 사용하는 칼을 갈고 있었다. 난 생선장사가 방금 배달한 참치 조각이 된 기분이었다. 피를 흘리게 될 사람이 바로 나라는 사실을 알아차렸던 것이다.

「마메하 상……」

「사유리, 네가 무슨 말을 하려고 하는지 다 알아.」

마메하가 그렇게 말했는데, 그건 흥미 있는 말이었다. 왜냐하면 무슨 말을 하려고 했는지 나 자신은 몰랐기 때문이었다.

「내가 네 언니가 되기 전에, 넌 내가 시키는 대로 하겠다고 약속하지 않았니?」

「내 간을 잘라내는 것도 포함되는 줄 알았더라면……」

「아무도 당신 간을 잘라내지 않아요.」

나를 안심시키려는 듯한 톤으로 요리사가 말했지만, 조금도 도움이 되지 않았다.

「사유리, 네 살갗을 조금 자르려고 할 뿐이야. 아주 조금만. 네가 병원에 가서 어떤 의사를 만날 수 있도록 말이야. 내가 말했던 그 남자 알지? 그 사람은 의사거든.」

「배가 아픈 것처럼 하면 안 될까요?」

난 아주 진지하게 말했지만, 내가 재치 있는 농담을 한다고 생각했는지 모두들 웃었다. 마메하까지도 웃었다.

「사유리, 우리 모두 진심으로 네 심정을 이해해. 우린 단지 네가 약간의 피를 흘리도록 하려는 거야. 그 의사가 널 진찰할 정도로만 말이야.」

그 순간 칼을 다 갈고 난 요리사가 마치 내 화장을 도와주려는 사람처럼—세상에, 손에 들고 있는 칼만 빼면 말이다—조용히 내 앞으로 다가섰다. 우리를 안내했던 카주코가 두 손으로 옷깃을 잡아당기면 말했다.

「목이 훨씬 선정적이죠.」

「카주코 상, 만약 칼자국이 다리가 아니라 목에 있다면, 기모노 뒤의 이 찢어진 자국은 어떻게 설명하겠어?」

마메하가 이의를 제기했다.

「그 두 가지가 무슨 상관이 있지요? 찢어진 기모노에, 목에는 칼자국이 있는 거지요 뭐.」

「카주코가 무슨 말을 지껄이고 있는지 모르겠군. 마메하 상, 어디를 자르고 싶으신지 말씀만 해주세요. 그럼 자를게요.」

요리사의 말이 끝나자, 마메하는 젊은 하녀에게 입술 그릴 때 사용하는 붉은 스틱을 가져오라고 시켰다. 그러고 나서 기모노에 난 구멍 속으로 스틱을 집어넣더니 내 허벅지 위쪽으로 재빨리 표시를 했다.

「정확하게 여기를 잘라야 해.」

내가 입을 열려고 했으나, 채 뭐라고 하기도 전에 마메하가 막았다.

「사유리, 그냥 조용히 누워 있어. 우리를 더 더디게 만든다면, 화를 내버릴 거야.」

따르긴 싫었지만, 다른 선택의 여지가 없었다. 그래서 난 이불 위에 엎드려 마메하가 거의 엉덩이까지 옷을 올리는 동안 눈을 감았다.

「좀 깊게 찌르려면 한 번으로는 안 될 거야. 우선은 될 수 있는 대로 얕게 찔러봐.」

칼끝이 느껴지는 순간 난 입술을 깨물었다. 비명이라도 지를까봐 걱정이 되었다. 어쨌든 뭔가 누르는 느낌과 동시에 마메하의 목소리가 들렸다.

「그렇게 얕게 찌르면 안 돼.」

「빨간 자국 중간에다 칼자국을 내니까 입술처럼 보이는데. 의사가 보고 웃겠어.」

카주코가 요리사에게 말했다. 마메하도 그렇다고 동의하자, 요리사는 그 지점을 확실히 찾을 수 있다고 마메하에게 다짐을 하고 나서 그 자국을 지워버렸다. 순간 다시 칼끝이 느껴졌다.

난 피를 보는 일에 익숙지 않았다. 다나카 씨를 만났던 날, 입술이 찢어져서 얼마나 기절초풍했던가. 그러니 허벅지 안쪽을 타고 흐르는 핏줄기를 보았을 때 내 기분이 어땠을지 짐작할 수 있을 것이다. 난 너무 당황한 나머지 그 다음에 무슨 일이 있었는지 전혀 기억도 나지 않았다. 부축을 받아 인력거에 탔는지, 아니면 도대체 뭘 타기는 탔는지. 그리고 나서 우린 병원에 도착했다. 마메하는 내가 정신을 차리도록 머리를 이쪽저쪽으로 흔들어댔다.

「잘 들어! 견습생으로서 네가 할 일은 다른 게이샤에게 깊은 인상을 주는 거라고 수십 번도 더 들었을 거야. 네 경력에 도움을 줄 사람들은 다른 게이샤들이니까, 남자들이 어떻게 생각하는지는 걱정하지 말라고 말이야. 하지만 그런 말 따위는 잊어버려! 네 경우 그런 식으로는 안 돼. 이미 말한 대로 네 장래는 두 남자에게 달려 있고, 그 중 한 남자를 만나러 가는 거야. 좋은 인상을 줘야만 해. 내 말 듣고 있니?」

「네, 아가씨. 다 들었어요.」

「다리를 어떻게 다치게 되었냐고 물으면, 기모노를 입고 화장실에 가려다가 날카로운 물건 위로 넘어졌다고 하면 돼. 넌 기절했기 때문에 그 물건이 뭐였는지 모르겠다고 말해. 자세한 내용은 마음대로 지어내. 대신 아주 어린아이처럼 굴어야 해. 그리고 안으로 들어가면 힘이 없는 척 굴어. 어떻게 할 건지 한번 해봐.」

나는 머리를 뒤로 눕히고 눈을 머리 쪽으로 치켜 떴다. 정말 그런 기분이 들어서 그렇게 했지만, 마메하는 마음에 들어하지 않았다.

「죽은 척하라고 안 했어. 힘없는 척하라고 했지. 이렇게 말이야…….」

마메하는 실신이라도 한 사람처럼 얼른 표정을 짓더니 손을 뺨에다 갖다 댔다. 마메하가 만족할 때까지 난 그 표정을 따라해야 했다. 인력거꾼이 날 도와 병원 입구로 데려가는 동안 난 연극을 시작했다. 마메하는 옆에서 걸으며 날 매력적으로 보이게 하려고 옷을 이리저리 매만졌다.

회전문을 통해 안으로 들어간 우리는 병원장을 불러달라고 했다. 마메하는 그 사람이 우리를 기다리고 있을 거라고 말했다. 마침내 간호원이 우리를 어느 방으로 데려갔다. 기다리는 동안, 마메하는 내 다리를 감쌌던 타월을 벗기더니 쓰레기통으로 던져버렸다.

「잊지 마, 사유리. 가능한 한 의사에게 순진하고 힘없이 보이도록 해야 한다는 걸. 자, 누워서 연약하게 보이도록 해봐.」

그런 연기는 전혀 어렵지 않았다.

잠시 후 문이 열리더니 게박사가 들어왔다. 물론 진짜 이름은 게박사가 아니었지만, 그를 한번 보는 순간 게박사라는 이름이 얼마나 잘 어울리는지 알 수 있을 것이다. 왜냐하면 어깨는 둥글게 구부러졌고 팔꿈치는 너무 많이 튀어나와서, 게에 대해 연구했다 하더라도 그보다 게 흉내를 더잘 낼 수는 없으리라는 생각이 들었기 때문이었다. 심지어 걸을 때 보면, 마치 게가 옆으로 걷는 것처럼 한쪽 어깨를 앞으로 내밀기까지 했다. 콧수염을 기른 그는 마메하를 보자 아주 기뻐했다. 눈에는 웃음보다 놀라움이 더 담겨 있었지만 말이다.

게박사는 질서정연하고 규칙적인 사람이었다. 문을 닫을 때에도 빗장에서 소리가 나지 않도록 손잡이를 우선 돌린 다음, 제대로 닫혔는지 한번 더 힘을 주었다. 그렇게 하고 나서 코트 주머니에서 상자를 하나 꺼내더니 아주 조심스럽게 열었다. 하지만 그 안에는 안경이 들어 있을 뿐이었다.

「의사 선생님, 귀찮게 해서 죄송해요. 하지만 사유리는 장래가 촉망되는 아이거든요. 근데 불행하게도 지금 다리에 상처를 입었어요! 이 상처가 어떻게 될까요? 감염이 되거나 뭐 그런 일은 없을까요? 선생님만이 이 애를 치료할 수 있다고 생각했어요.」

「그건 그렇지. 자, 그럼 상처를 한번 볼까?」

「선생님, 사유리는 피를 보면 마음이 더 약해져요. 선생님이 직접 보시는 게 더 나을 거예요. 허벅지 뒷부분이에요.」

「잘 알겠네. 진찰대에 배를 깔고 누우라고 좀 말해주게?」

왜 게박사가 나한테 직접 말을 하지 않는지 이해할 수 없었다. 하지만 난 순종적이라는 사실을 보여주기 위해, 마메하가 뭐라고 지시를 내릴 때까지 기다렸다.

의사는 내 옷을 거의 엉덩이까지 걷어올리더니, 천 조각에 어떤 액체를 묻혀 허벅지에 문질렀다.

「사유리 상, 어떻게 하다 이런 상처를 입게 되었는지 얘기 좀 해보겠나?」

나는 가능한 한 연약하게 보이도록 애쓰면서 숨을 깊이, 과장되게 들이마셨다.

「글쎄, 저도 당황했어요. 하지만 사실……, 오후에 차를 많이 마신다는 건…….」

「사유리는 막 견습생활을 시작했죠. 난 기온을 돌아다니며 이 애를 인사시키고 있어요. 물론 모두들 차 한 잔 마시자고 이 애를 초대하죠.」

마메하가 옆에서 거들어주었다.

「어쨌든, 난 갑자기…… 글쎄, 선생님도 아시겠지만…….」

「차를 너무 많이 마시면 방광을 비우고 싶은 충동이 생기는 법이지.」

의사가 말했다.

「아, 감사합니다. 그런데 사실……, 글쎄, 강한 충동이란 부족한 표현이에요. 그 다음 순간 모든 것이 노랗게 보이기 시작하는 거예요. 무슨 말인지 아시는지 모르겠지만…….」

「사유리, 무슨 일이 있었는지만 말해.」

「죄송해요. 제가 말씀드리려고 했던 것은 제가 너무 갑자기 화장실에 가야 했다는 사실이에요. 너무 급한 나머지 화장실에 들어갔을 때……, 기모노를 벗으려고 씨름을 했죠. 그러다가 균형을 잃어버렸어요. 넘어지면서 다리에 뭔가 예리한 게 닿았어요. 그게 뭐였는지는 지금도 모르겠어요. 아마 기절했던 모양이에요.」

그동안 나는 화장을 망칠까봐 얼굴을 든 채, 진찰대에 배를 깔고 누워 있었다.

「그랬군. 상처는 아주 예리한 물건에 의해 생겼네. 깨진 유리나 아니면 금속 조각 위로 넘어진 것 같군.」

「네, 아주 예리했어요. 칼처럼 날카로웠다구요!」

게박사는 아무 말도 없이, 마치 어떻게 하면 그 상처를 아프게 할 수 있을까 궁리하는 사람처럼, 좀더 냄새가 심한 액체로 다리에 말라붙은 피를 닦아냈다. 마침내 그는 연고를 바르고 붕대만 감으면 괜찮다고 말하더니, 며칠 동안 필요한 치료 방법을 알려주었다. 그 말과 함께, 내 옷을 다시 내린 그는 조심스럽게 안경을 벗었다. 거칠게 다루면 깨지기라도 할 듯이 말이다.

「이렇게 아름다운 기모노를 망쳤으니 정말 안 됐어. 하지만 자네를 만나게 되어 정말 기쁘군. 내가 새로운 사람한테 늘 관심이 많다는 건 마메하 상도 알고 있다네.」

「아, 아니에요. 기쁜 건 제 쪽이죠, 선생님.」

「머지않아 이치리키 찻집에서 자네를 만날 수 있을지도 모르겠군.」

「선생님, 사실 사유리는 좀……, 특별한 아이거든요. 선생님도 아시겠지만요. 이 아이는 이미 곤란할 정도로 숭배자가 많아요. 그래서 될 수 있는 대로 이치리키 찻집에는 가지 않으려고 해요. 대신에 시래 찻집에서 만나면 어떨까요?」

「그래, 나도 그게 낫겠군.」

그러고 나서 게박사는 주머니에서 작은 수첩을 꺼내 들여다보기 위해 다시 한 번 안경을 바꿔 쓰는 절차를 반복했다.

「어디 보자……, 이틀 후에 갈 수 있어. 그곳에서 자네를 만나기를 고대하겠네.」

마메하도 틀림없이 가겠다고 다짐한 뒤 우리는 떠났다.

기온으로 돌아오는 인력거 안에서, 마메하는 내가 상당히 잘해 냈다고 말했다.

「하지만 마메하 상, 난 아무것도 한 게 없어요!」

「그래? 그럼 의사의 이마에 맺힌 땀방울은 어떻게 설명하겠니?」

「난 바로 앞에 있던 테이블 외에는 아무것도 못 봤어요.」

「네 다리에서 피를 닦아내는 동안 그 의사 이마에는 여름 더위 때처럼 땀이 맺혀 있던걸. 방 안이 덥지도 않았잖아, 안 그래?」

「안 더웠어요.」

난 마메하가 무슨 말을 하는지, 아니 나를 그 의사에게로 데려간 목적이 무엇인지 정말 알 수가 없었다. 하지만 물어볼 수도 없었다. 마메하는 자신의 계획을 얘기하지 않겠다고 분명하게 밝혔기 때문이었다.

인력거가 시죠 거리 다리 위를 건너고 있을 때, 마메하가 다시 입을 열었다.

「너, 아니? 그 기모노를 입으니까 네 눈이 정말 너무나 아름답게 보인다는 사실 말이야. 그 녹빛과 노란빛……, 네 눈을 은처럼 빛나게 하는구나! 맙소사, 이런 생각을 미처 못 했다니 믿을 수가 없어. 이봐요, 너무 많이 왔어요. 여기서 세워줘요.」

마메하가 인력거꾼을 불렀다.

「부인, 기온 토미나가초라고 말씀하셨잖아요? 다리 한복판에서 인력거를 세울 수는 없어요.」

「여기서 우릴 내려주든지 아니면 다리를 다 건너가서 다시 돌아오든지 하세요. 아무래도 상관없으니까요.」

할 수 없이 인력거꾼이 그 자리에 인력거를 세웠다. 자전거를 탄 사람들이 몇 명 지나가다가 인력거에서 내리는 우리를 보고는 화를 냈지만 마메하는 조금도 개의치 않았다. 마메하는 자기 위치에 너무 자신이 있어서, 자신이 그따위 사소한 일로 다른 사람을 방해하리라고는 생각도 못 하는 모양이었다. 그녀는 실크로 된 잔돈 지갑에서 동전을 하나씩 꺼내 정확하게 셈을 치르고 난 뒤, 왔던 방향으로 다시 다리를 건너갔다.

「우치다 코사부로의 화실로 가는 거야. 그는 유명한 예술가야. 그 사람은 틀림없이 네 눈을 좋아할 거야. 내가 장담해. 근데 때로 그 사람은 약간…… 미친 것처럼 보여. 그리고 화실도 엉망이고. 하지만 금방 네 눈을 알아볼 거야.」

조그마한 골목이 나타날 때까지 난 옆길을 따라 마메하를 따라갔다. 마침내 집들 사이로 바짝 붙어 있는 환한 붉은색의 도리문(신사의 신성한 영역을 경계짓는 문)이 나왔다. 그 문 뒤로 몇 개의 작은 누각을 지나, 우리는 돌계단 쪽으로 갔다. 계단 뒤쪽에서 불어오는 축축한 바람이 물처럼 차가웠기 때문에 마치 다른 세계로 들어가고 있는 느낌이었다. 바닷가의 조수가 쓸려가는 듯한, 쏴 하는 소리가 들렸지만, 알고 보니 그것은 어떤 남자가 우리 쪽으로 등을 돌리고 서서, 빗자루로 계단 꼭대기를 쓸어 내리는 소리였다.

「어쩜, 우치다 상! 청소해줄 하녀가 없으세요?」

그 남자가 우리를 향해 몸을 돌렸지만 햇빛 아래 서 있었기 때문에, 나무 아래의 흐릿한 형체 외에는 아무것도 보지 못하는 듯했다. 그러나 내겐 그가 잘 보였는데, 아주 기이하게 생긴 사람이었다. 입 언저리 한쪽에는 음식 조각처럼 커다란 사마귀가 붙어 있었고, 눈썹은 너무 숱이 많아 마치 잠을 자려고 머리에서 기어 내려온 쐐기벌레 같았다. 전체적인 인상은 지저분했고, 회색 머리뿐만 아니라 기모노도 밤에 자고 일어난 모습 그대로였다.

「누구요?」

「우치다 상, 아직도 내 목소리를 못 알아들었단 말이에요?」

「당신이 누구든 간에 날 화나게 만들 생각이라면 시작부터 벌써 안 좋군 그래. 난 방해받고 싶은 기분이 아니오. 당신이 누군지 말 안 하면 이 빗자루를 던져버리겠소.」

너무 화가 나 보였기 때문에, 우치다 상이 입 한쪽에 붙은 사마귀를 물어 뜯어 우리 쪽으로 뱉는다 해도 난 별로 놀라지 않았을 것이다. 하지만 마메하는 그냥 계단만 올라갔으며, 나도 그녀 뒤를 따랐다. 빗자루에 얻어맞지 않으려고 마메하 뒤에 조심스럽게 몸을 숨기면서 말이다.

「당신은 늘 손님을 이렇게 맞이하시나요, 우치다 상?」

햇빛 쪽으로 계단을 오르면서 마메하가 물었다.

우치다는 그녀를 실눈으로 내려다보았다.

「당신이었군. 왜 다른 사람들처럼 자신이 누구인지 말하지 않았소? 자, 이 빗자루를 들고 계단을 쓸도록 하시오. 내가 향을 피우기 전까지는 아무도 집으로 들어와서는 안 되오. 내 쥐가 또 한 마리 죽어서 집에서 온통 관 냄새가 난다니까.」

그 말에 즐거워하던 마메하는 우치다가 나무에 빗자루를 기대놓고 가버릴 때까지 기다렸다.

「너, 부스럼 난 적 있니? 우치다는 일이 잘 안 풀리면 이렇게 기분이 나빠지곤 해. 부스럼을 터뜨리듯이 네가 그 사람을 폭파시켜야 해. 그럼 다시 진정하지. 네가 그 사람을 화나게 만들지 못하면, 그는 술을 마시기 시작할 테고 그럼 상황은 더 나빠져.」

「저 사람, 쥐를 키우나요? 자기 쥐가 또 한 마리 죽었다고 말했잖아요.」

「세상에, 그게 아니야. 먹물을 아무 곳에다 내버리면, 쥐가 와서 먹고 중독되어 죽어버린대. 내가 먹물 담을 상자를 하나 줬는데, 전혀 사용하지 않아.」

바로 그때 방문이 조금 열리더니, 우치다는 문을 한번 밀치고는 다시 안으로 들어가 버렸다. 마메하와 나는 신발을 벗었다. 집 내부는 농가 스타일의 커다란 단칸방이었다. 저 멀리 구석에서는 향이 타고 있었지만, 누가 내 코에 담뱃대를 들이댔을 때처럼 죽은 쥐 냄새가 강한 걸로 보아 아직 별 효과가 없는 모양이었다. 그 방은 하추모모가 방을 심하게 어질러 놓았을 때보다 더 지저분했다. 긴 붓과 쥐들이 갉아먹은 붓들이 여기저기 널려 있었다. 그 한가운데에는 먹물로 얼룩진 침상과 개키지 않은 이불이 놓여 있었다. 우치다의 몸도 먹물투성이일 거라는 생각이 들어 그를 살피는데, 그가 나를 쏘아보았다.

「뭘 그렇게 쳐다보시오?」

「우치다 상, 내 동생 사유리를 소개할게요. 당신을 만나려고 기온에서 여기까지 날 따라왔어요.」

기온에서 거기까지는 사실 그리 먼길이 아니었다. 하지만 어쨌든 난 다다미에 무릎을 꿇고 절을 하며 우치다 상에게 호의를 부탁한다는 인사를 올렸다.

「점심때가 되기 전까지는 기분 좋은 하루였소. 그런데 무슨 일이 있었는지 좀 보시오!」

우치다는 방을 가로질러 가더니 화판을 들었다. 핀으로 고정시킨 그 화판에는 양산을 들고 한쪽을 바라보는 여자의 뒷모습이 스케치되어 있었다. 그런데 고양이가 먹물을 밟은 뒤, 그 위로 지나간 모양이었다.

문제의 고양이는 몸을 웅크린 채, 더러운 옷 더미 속에서 자고 있었다.

「보시오, 쥐를 잡으려고 저 녀석을 데려다놨는데, 내쫓을까 생각 중이오.」

「하지만 저 발자국은 귀여운데요. 그림이 더 살아나는 것 같아요. 넌 어떻게 생각하니, 사유리?」

마메하의 말에 우치다가 몹시 언짢아 하는 것 같아서 난 아무 말도 하고 싶지 않았다. 하지만 바로 그 순간, 마메하는 자신이 말한 대로 부스럼을 터뜨리려고 한다는 생각이 들었다. 그래서 나도 아주 열광적인 목소리로 말했다.

「네, 정말 매력적이에요! 저 고양이는 예술가 기질이 있나봐요.」

「당신이 왜 저 고양이를 싫어하는지 난 알아요. 당신은 고양이의 재능을 질투하시는 거예요.」

「질투한다고, 내가? 저 고양이는 예술가가 아니오. 저 녀석을 다른 이름으로 부르고 싶다면, 악마라고 하면 되겠지!」

「용서하세요, 우치다 상. 당신 말씀이 옳아요. 근데 당신은 저 그림을 그냥 내다 버릴 생각이시죠? 그렇다면 제가 갖고 싶어요. 우리 집에 잘 어울릴 것 같지 않니, 사유리?」

그 말을 들은 우치다는 화판에서 그림을 떼어냈다.

「이 그림이 좋다고? 알았소. 이 그림을 두 장 선물해주지!」

그러고 나서 그림을 두 조각으로 찢더니 마메하에게 주었다.

「여기 한 장 있소. 그리고 여기도 또 한 장 있고. 이제 나가시오!」

「안 찢었으면 정말 좋았을 텐데…… 이 그림은 당신이 지금까지 그린 그림 중에 가장 아름다운 그림이었어요.」

「나가요!」

「우치다 상, 난 나갈 수가 없어요. 떠나기 전에 당신 집을 조금이라도 정돈해주지 않는다면 난 친구도 아니에요.」

그 말에, 우치다는 문을 활짝 열어놓고 밖으로 뛰쳐나갔다. 그는 마메하가 나무에 기대놓은 빗자루를 발로 차더니, 미끄러지듯 계단을 뛰어 내려갔다. 그러고 나서 우리가 30분 동안 화실을 정리하고 있자니, 우치다는 마메하의 말대로 훨씬 기분이 좋아져서 돌아왔다. 그러나 여전히 쾌활하다고 할 정도는 아니었다. 그는 입 언저리에 붙은 사마귀를 계속 씹는 버룻이 있었는데, 그 모습이 겁먹은 듯한 인상을 주었다. 우리 두 사람을 똑바로 쳐다보지 못하는 걸로 보아, 아까 한 행동이 후회되는 모양이었다.

「사유리가 정말 예쁜 아이라고 생각지 않으세요? 저 애를 한번 쳐다보시기라도 했나요?」

하지만 우치다는 테이블에서 빵가루를 털어내듯 가볍게 흘깃 볼 뿐이었다. 마메하는 매우 실망하는 눈치였다. 오후도 벌써 저물어가자, 우리는 그만 가보려고 일어났다. 마메하는 작별인사를 하면서 짤막한 절을 올렸다.

밖으로 나온 나는 잠깐 걸음을 멈추고 일몰을 바라보았다. 저 멀리 언덕 너머의 하늘이 가장 아름다운 기모노 색, 아니 그보다 더 아름다운 강렬한 색으로 물들고 있었다. 기모노가 아무리 아름답다 하더라도, 그 빛으로 인해 손이 오렌지색으로 빛나지는 않을 것이기 때문이었다. 하지만 일몰로 인해 내 손은 무지갯빛 속에 잠긴 듯한 광경을 연출해냈다. 난 손을 들어올려 한참 동안 쳐다보았다.

「마메하 상, 이것 좀 보세요.」

마메하는 일몰을 보라는 줄 알고 무심하게 그쪽으로 몸을 돌렸다. 우치다는 골똘한 표정을 지은 채 회색 머리칼을 손으로 빗어 넘기면서 꼼짝 않고 현관에 서 있었다. 하지만 그는 일몰을 보고 있는 게 아니라 나를 보고 있었다.

당신이 만약 우치다 코사부로의 그 유명한 먹그림에서 눈을 빛내며 서 있는 기모노 입은 젊은 여자를 본 적이 있다면…… 글쎄, 처음부터 그는 그 그림의 아이디어를 그날 오후에 얻었다고 주장했다.

하지만 난 그의 말을 결코 믿을 수가 없었다. 어떻게 그렇게 아름다운 그림이 일몰 중에 바보같이 손을 들여다보고 있던 한 여자에게서 나올 수 있단 말인가?

19

회장과 노부, 그리고 게박사와 우치다 코사부로를 만난 그 놀라운 달은 나로 하여금 버들가지로 만든 새장에서 도망쳐 나온 애완용 귀뚜라미 같은 기분이 들게 해주었다. 다다미 위에 떨어진 차 한 방울처럼, 언제까지 남의 이목을 끌지 못하리라는 생각도 떨쳐버릴 수 있었다. 여전히 마메하의 계획이 무엇인지, 또한 그 계획이 어떻게 날 게이샤로 성공시킬지 혹은 게이샤로 성공하면 회장에게로 다가갈 수 있을지에 대해서는 알 수 없었다. 그러나 매일 밤 나는 회장과의 해후를 회상하면서 그의 손수건을 뺨에 갖다 댔다.

그 남자들 중 누구에게서도 아무런 소식 없이 몇 주가 흘러가자, 나와 마메하는 걱정이 되기 시작했다. 드디어 어느 날 아침 이와무라 전기의 비서가 이치리키 찻집으로 전화를 해서 나더러 그날 밤 파티에 참석해달라고 부탁했다. 노부로부터 초대를 바라고 있던 마메하는 그 소식을 듣고 기뻐했다. 물론 나는 나를 초대한 사람이 회장이기를 바랐다.

일부러 하추모모가 들을 때, 아줌마한테 노부를 접대하게 되었다고 말하면서 기모노 앙상블을 골라달라고 부탁했다. 놀랍게도 하추모모가 도와주겠다고 나섰다. 낯선 사람이 보았다면 틀림없이 우리를 아주 가까운 가족으로 오해했을 것이다. 하추모모는 전혀 비웃지도 않고 냉소적인 발언도 하지 않은 채 정말 도움을 주었다. 아줌마도 나만큼이나 어리둥절해했다.

우리는 은색과 주홍색 잎사귀 무늬로 장식한 흐릿한 녹색 기모노와 금실로 수놓은 회색 오비로 결정했다. 하추모모는 노부와 내가 함께 있는 모습을 보기 위해 꼭 들르겠다고 약속했다.

그날 밤 난 내 인생 전체가 바로 그 순간을 위해 달려왔다는 느낌으로 이치리키 찻집 복도에 무릎을 꿇고 앉아 있었다. 약한 웃음소리가 들려와서, 그 중에 회장 목소리가 있는지 더듬어보았다. 문을 열자 바로 테이블 상석에 그가 앉아 있었다. 나는 먼저 마메하에게 인사를 하고 나서 방에 있던 다른 게이샤와 6,7명의 남자들에게도 인사했다. 몸을 일으킨 나는 마메하가 원하던 대로 노부 쪽으로 곧장 다가갔다. 내가 너무 붙어 앉았던지, 노부가 테이블 위에 있던 술잔을 탁탁 치며 약간 거리를 두고 물러앉았다. 내가 사과를 했으나 그는 관심도 보이지 않았고, 마메하는 얼굴을 찡그렸다. 나머지 시간 동안 난 풀이 죽어 있었다. 나중에 함께 떠날 때가 되자, 마메하가 말했다.

「노부 상은 화를 잘 내. 앞으로는 그 사람이 짜증내지 않도록 조심해.」

「죄송해요, 아가씨. 그 사람은 아가씨 생각처럼 그렇게 나를 좋아하지 않는 게 분명해요.」

「오, 그 사람은 널 좋아해. 그 사람이 널 싫어했다면, 넌 눈물을 흘리며 파티를 떠나야 했을 거야. 때때로 그 사람 성격이 자갈을 담은 자루만큼이나 딱딱하지만, 그 사람도 나름대로 친절한 사람이란 걸 너도 알게 될 거야.」

그 주와 다음 몇 주 동안 나는 몇 번이고 이와무라 전기로부터 초대를 받아 이치리키 찻집으로 갔다. 항상 마메하와 함께 간 것은 아니었다. 마메하는 내가 너무 오래 머물면 인기 없어 보일까봐 주의를 주었다. 그래서 한 시간 정도 지나면 마치 다른 파티에 가는 사람처럼 실례를 구하고 나왔다. 저녁마다 내가 단장을 할 때면, 하추모모는 한번 들러보겠다고 넌지시 말하곤 했지만 한번도 그러지 않았다. 그러던 어느 날 오후, 하추모모는 그날 밤 시간이 좀 있으니 꼭 나한테 와보겠다고 했다.

짐작하겠지만, 난 그 말을 듣고 약간 불안해졌다. 이치리키 찻집에 이르러 노부가 없음을 알게 되자, 상황이 더 나빠 보였다. 그 파티는 기온에서 참석했던 파티 중 가장 규모가 작은 파티였다. 나말고 게이샤가 두 명 더 있었고, 남자는 네 명뿐이었다. 만약 하추모모가 와서 내가 노부 없이 회장을 접대하고 있는 모습을 보게 되면 어떻게 될까? 아무리 생각해도 별 뾰족한 수가 떠오르지 않았다. 그때 갑자기 문이 열렸다. 불안이 밀려오는 가운데 난 복도에 무릎을 꿇고 앉아 있는 하추모모를 보았다.

나는 노부 외에는 어떤 동석자에게도 관심 없다는 듯이 지루한 척하기로 마음먹었다. 그런데 다행스럽게도 몇 분 후에 노부가 도착했다. 그가 방으로 들어오는 순간, 하추모모의 아름다운 미소가 점점 커지더니 마침내 그녀의 입술은 풍성할 정도로 커다랗게 부풀었다.

노부가 테이블에 가서 자리를 잡자, 그 즉시 하추모모는 내게 가서 술을 따라주라고 어머니 같은 태도로 말했다. 노부 근처에 자리를 잡은 나는 교태를 부려보려고 애썼다. 그가 웃을 때마다, 난 참을 수 없다는 듯이 그에게 눈길을 보냈다. 기분이 좋아진 하추모모는 모든 남자들의 시선이 자신에게 집중되었다는 사실도 눈치채지 못했다. 하추모모는 언제나처럼 황홀할 정도로 아름다웠다. 테이블 끝에 앉아 있던 젊은 남자는 담배를 피우며 그녀만 쳐다보고 있었다. 우아하게 술잔을 쥐고 앉아 있던 회장조차도 하추모모를 흘깃 훔쳐보곤 했다. 남자들은 저런 아름다움에 눈이 멀어 사탄이라 할지라도 인생을 함께 할지 모른다는 생각이 들었다.

갑자기 내 마음속에는, 회장이 하추모모를 만나기 위해 우리 오키야의 현관 홀로 들어서는 영상이 떠올랐다. 손에 중절모를 쥐고 코트 단추를 끄르는 동안, 나를 내려다보면서 말이다. 하지만 회장이 그 잔악함을 간과할 정도로 하추모모의 아름다움에 매료당하는 일은 없으리라는 생각이 들었다. 그러나 한 가지만은 분명했다. 만약 하추모모가 회장에 대한 나의 감정을 알게 된다면, 회장을 유혹하려고 무척 애쓸 거라는 사실. 오직 내게 고통을 주겠다는 그 이유 하나만으로 말이다.

하추모모 자신이 말한 대로 그녀는 '무르익는 로맨스'를 보기 위해 거기 와 있었다. 그래서 난 그녀가 원하는 것을 보여주기로 결심했다. 우선 외모에 신경 쓴다는 인상을 주기 위해 손가락으로 목과 머리 여기저기를

만지기 시작했다. 손가락이 잘못해서 머리 장신구 하나를 건드리자, 좋은
생각이 하나 떠올랐다. 난 누군가가 우스갯소리를 할 때까지 기다렸다가,
따라 웃으면서 머리를 매만지며 노부 쪽으로 몸을 기울였다. 머리를 매만
지는 일은 솔직히 생소한 일이었다. 왁스를 바른 머리는 제자리에 붙어
있기 때문에 신경 쓰지 않아도 되었다. 하지만 내 목적은 머리 장신구 중
에서 폭포 모양의 실크 홍화를 빼 노부의 무릎에 떨어뜨리는 것이었다.
핀을 빼내자, 노부의 가슴 쪽으로 튀어 오르더니 다리 사이로 떨어졌다.
모두들 쳐다보기만 할 뿐 어떻게 해야 할지 아는 사람은 아무도 없었다.
원래는 그의 무릎 위로 손을 뻗어 소녀다운 수줍음을 보이며 핀을 도로 가
져올 생각이었지만, 도저히 그의 다리 사이로는 손을 집어넣을 수가 없었
다. 노부가 직접 그 핀을 집어들더니 바늘을 잡고 천천히 돌렸다.

「날 맞아들였던 그 젊은 하녀를 불러 내가 가져온 상자를 달라고 하게.」

노부가 시키는 대로 하고 방으로 돌아와 보니 모두들 날 기다리고 있었
다. 노부는 그때까지 내 머리핀을 들고 있었다. 내가 상자를 내밀자 그는
아무렇지도 않게 받아 들었다.

「원래는 나중에 자네가 나갈 때 주려고 했지. 하지만 지금 줘야 할 것 같
아서 말이야.」

말하면서 그는 나더러 상자를 열어보라는 식으로 상자 쪽으로 고개를
끄떡거렸다. 종이 포장지를 풀고 작은 나무상자를 열자, 더할 나위 없이
아름다운 장신구 빗이 공단 위에 놓여 있었다. 반달 모양의 그 빗은 화려
한 붉은색을 띠고 있었다.

「며칠 전에 찾아낸 골동품이야.」

생각에 잠겨 상자 속의 장신구를 들여다보던 회장은 입술을 씰룩거렸
다. 그는 목을 가다듬더니 이상하게 슬픈 목소리로 말했다.

「아니, 노부 상. 자네가 그렇게 감상적인 줄은 몰랐는데.」

하추모모가 테이블에서 일어섰다. 나가려는 줄 알았으나, 하추모모는
놀랍게도 내 옆으로 와 앉았다. 어찌해야 할지 모르고 있던 내게 하추모
모는 상자에서 빗을 꺼내 바늘집같이 생긴 타래 머리 아래로 조심스럽게
꽂아주었다. 하추모모가 손을 내밀자, 노부가 들고 있던 홍화 장신구를

건네주었다. 그녀는 어머니가 아기를 보살피듯이 아주 조심스럽게 그 핀을 내 머리에 꽂아주었다. 난 살짝 절을 하면서 감사의 말을 했다.

「저 애가 너무 아름답지 않아요?」

하추모모는 노부를 겨냥해서 그렇게 말했다. 그리고 나서 가장 낭만적인 사건을 경험했다는 듯이 신파조의 한숨을 짓더니, 내가 바라던 대로 자리를 떠났다.

아주 가까운 친구라도 같은 해의 서로 다른 시기에 핀 관목처럼 뚜렷이 구별된다는 것은 자명한 일이다. 스모 경기 후, 노부와 회장은 내게 관심을 보이는 것 같았으나, 몇 달이 지나도 게박사와 우치다에게서는 소식이 없었다. 마메하는 다시 접근할 구실을 찾기보다는 소식이 있을 때까지 기다려야 한다는 걸 분명히 했다. 하지만 더 이상 그 어중간한 상태를 참을 수 없었던 마메하는 어느 날 우치다에게 확인하러 갔다.

나중에 들은 바에 의하면, 우리가 다녀가고 나서 곧 그의 고양이는 오소리에게 물린 뒤 며칠 지나 감염을 일으켜 죽고 말았다. 그 결과 우치다는 술독에 빠졌다. 며칠 동안 마메하는 기운을 북돋아주기 위해 그를 방문했다. 그의 기분이 고비를 넘긴 듯하자, 마메하는 내게 담청색 기모노를 입히고, 그녀의 표현대로 '각도가 잘 나타나도록' 서구 스타일의 화장을 해준 뒤 그에게 보냈다. 얼마 주고 샀는지는 모르지만, 가는 길에 진주처럼 흰 새끼 고양이를 선물로 들려 보냈다. 우치다는 그 사랑스러운 새끼 고양이에게는 별 관심도 두지 않고, 대신에 실눈을 뜨고 나만 쳐다보면서 고개를 이쪽저쪽으로 돌려보았다. 며칠 후, 그에게서 날 모델로 그리고 싶다는 연락이 왔다. 마메하는 한마디도 하지 말라고 나에게 주의를 주면서 하녀 타추미를 딸려 보냈다. 우치다가 나를 이쪽저쪽으로 옮기면서 광적으로 물감을 섞고 종이에 그림을 그리는 동안, 타추미는 통풍이 잘 되는 구석에 앉아 꼬박꼬박 졸면서 오후 한나절을 보냈다.

만약 당신이 일본 전역을 여행할 기회가 있어서, 그 해 겨울과 그 다음해 동안 나를 모델로 그린 우치다의 여러 작품을 보게 된다면―예를 들면 오사카의 수미토모 은행 회의실에 걸린 우치다의 유일한 유화 따위―내가 굉장한 경험을 했다고 생각할지 모르겠다. 그러나 사실 그보다 더 지루한 일도 없었다. 한 시간 이상 불편하게 앉아 있는 것말고는 아무것도 한 일이 없었다. 갈증이 났던 기억이 나는데, 우치다는 한번도 마실 것을 준 적이 없었다. 내가 마실 차를 병에 담아갔을 때에도, 그는 방해가 되지 않도록 병을 방 한쪽 구석으로 치워버렸다. 마메하가 일러준 대로, 난 한마디도 안 하려고 노력했다.

2월 중순경 어느 무정한 오후, 나는 뭐라고 말을 해야 할 때조차 아무 말도 하지 못했다. 그날 우치다는 내 앞에 똑바로 앉아 입가의 사마귀를 씹으면서 내 눈을 들여다보고 있었다. 파란색과 회색을 여러 번 이리저리 섞어 바탕색을 칠해보았지만 만족할 만한 색상이 나오지 않자, 그는 밖으로 나가 눈 위에다 물감을 부어버렸다. 오후 내내 내 눈을 뚫어져라 쳐다보던 그는 점점 더 화가 나서 마침내 날 내쫓아버렸다. 그 후 2주 동안 아무 소식도 듣지 못하다가 마침내 그가 다시 술독에 빠졌다는 사실을 알게 되었다. 마메하는 그런 일이 일어나자 나를 나무랐다.

마메하와 나는 게박사와 시래 찻집에서 만나기로 약속했지만 6주가 지나도 아무 소식이 없었다. 시간이 흐르면서 마메하의 근심도 커졌다. 난 여전히 하추모모를 골탕먹인다는 마메하의 계획에 대해서는 아무것도 모르고 있었다. 단지 그 계획이 한쪽은 노부를, 다른 한쪽은 게박사를 주축으로 한 두 개의 경첩에 매달린 문과 같다는 점만 짐작하고 있었다. 마메하가 우치다와 꾸민 일이 무엇인지는 알 수 없었으나, 그것은 다른 계획이거나 적어도 핵심은 아니었다.

마침내 2월 하순, 마메하는 이치리키 찻집에서 우연히 게박사를 만나 그가 오사카의 새 병원 개원식 일로 분주했다는 소식을 듣게 됐다. 바쁜 일도 다 끝났으니, 게박사는 다음주 중에 시래 찻집에서 나를 한번 만나보고 싶다는 의사를 전해왔다. 내가 이치리키에 얼굴을 나타내면 사람들로부터 초대를 받느라 정신이 없을 거라고 했던 마메하의 말 때문에 게박사는 나를 시래에서 만나자고 했다. 그러나 마메하의 진짜 이유는 하추모모로부터 벗어나기 위함이었다. 박사를 다시 만날 준비를 하면서도 난 하추모모가 우리를 어떻게든 찾아내지 않을까 불안했다. 하지만 시래 찻집을 처음 보는 순간, 난 웃음이 나올 뻔했다. 모르긴 몰라도 그곳이라면 틀림없이 하추모모가 피하리라는 확신이 들었다. 기온은 대공황 동안에도 계속 북적거렸으나, 시래 찻집은 한번도 중요한 역할을 해보지 못하고 계속 시들어가기만 한 곳이었다. 게박사같이 부유한 남자가 그런 곳을 후원하는 이유는 단 하나, 그가 처음부터 그렇게 큰 부자는 아니었기 때문이었다. 처음에 그가 후원할 수 있었던 곳은 아마 시래 같은 곳이었을 것이다. 박사가 이치리키 같은 찻집을 후원할 수 있게 되었다고 해서 시래와의 계약을 쉽게 끊을 수 있는 건 아니었다. 한 남자가 정부를 맞아들인다고 해서 일변하여 부인과 이혼하지는 않듯이 말이다.

시래에서 만난 그날 밤, 내가 술을 따르고 마메하가 얘기를 나누는 동안, 팔꿈치를 내밀고 앉은 게박사는 자신의 팔꿈치로 우리를 칠 때마다 사과의 뜻으로 고개를 숙이곤 했다. 원래 성품이 조용했던 박사는 동그란 유리잔을 통해 테이블을 내려다보면서 대부분의 시간을 보냈다. 생선회를 콧수염 아래로 슬쩍 밀어 넣는 박사의 모습이 어린아이처럼 순진해 보였다.

그날 밤 그곳을 떠나오면서 난 우리가 실패했으며 앞으로는 그를 못 만날 거라고 생각했다. 보통 그 정도밖에 즐기지 못한 남자는 다시 기온에 오지 않기 때문이었다. 그러나 그 다음주에 게박사로부터 소식을 듣게 되었고 그 다음달까지 거의 매주마다 연락이 왔다.

3월 중순 어느 오후, 내가 어리석은 짓을 해서 마메하의 조심스런 그 계획을 거의 망칠 뻔하기 전까지 게박사와의 일은 아주 자연스럽게 진행되었다. 많은 여자아이들이 실수로 자신의 앞날을 망치는 경우가 종종 있지만, 내가 저지른 실수는 너무 사소해서 난 내가 무슨 짓을 저지르는지도 몰랐다.

그 사건은 어느 추운 날, 점심을 먹고 난 지 얼마 되지 않아 오키야에서 일어났다. 나는 그때 나무로 된 산책로 위에 무릎을 꿇고 앉아 샤미센 연습을 하고 있었다. 하추모모가 화장실을 가려고 어슬렁거리며 지나가고 있었다. 내가 만약 신발을 신고 있었더라면 길을 비켜주기 위해 흙으로 된 복도로 내려갔겠지만, 맨발이었던 나는 꽁꽁 얼어붙은 무릎을 펴고 일어나는 것 외에 달리 도리가 없었다. 동작이 좀더 빨랐다면 아마 그녀의 잔소리를 피할 수 있었을 것이다.

「독일 대사가 기온에 오셔. 하지만 호박이 그를 접대하러 갈 수가 없어. 마메하에게 말해서 호박의 자리를 네가 좀 대신하면 어떻겠니?」

말을 하고 난 하추모모는 내가 그런 짓을 한다는 게 황제에게 도토리 껍질이 담긴 접시를 대접하는 것만큼이나 우습다는 듯 웃음을 터뜨렸다.

당시 독일 대사는 기온에서 상당히 파문을 일으키고 있었다. 1935년 당시, 독일에는 새 정부가 들어섰는데, 정치에 대해 문외한이던 나도 그 당시 일본이 미국과 멀어지면서 새 독일 대사에게 좋은 인상을 심어주려고 했다는 정도는 알고 있었다. 기온에서는 모두들, 누가 대사를 접대할 영예를 안을까 궁금해했다.

하추모모가 말을 걸면, 난 머리를 깊이 숙이며 호박과 비교할 때 내 인생이 얼마나 비참한지 한탄하는 척해야 했다. 하지만 난 그 순간, 내 장래가 얼마나 더 좋아질까, 그리고 마메하와 내가 얼마나 능수 능란하게 하추모모를 잘 따돌렸나 생각하면서 즐거워했다. 그러자 하추모모가 이상한 눈길을 보냈다. 그때 난 그녀의 마음속에 뭔가 스쳐가고 있음을 눈치챘어야만 했다. 나는 재빨리 한쪽으로 비켜섰고, 그녀는 내 앞을 지나갔다. 내가 알기로는 그게 전부였다.

며칠 후, 마메하와 나는 게박사를 만나러 시래 찻집으로 다시 갔다. 찻집 문을 열었을 때, 떠날 채비를 하느라 신을 신고 있던 호박을 발견했다. 너무 놀란 나는 도대체 호박이 어떻게 거기 왔는지 어리둥절하기만 했다. 뒤를 따라 하추모모도 내려왔다. 그때 난 알아차렸다. 하추모모가 우리보다 한 수 위라는 사실을.

「안녕하세요, 마메하 상. 어머, 함께 온 사람 좀 봐! 박사님이 그렇게 좋아하던 그 견습생이네요.」

마메하도 나처럼 충격을 받은 게 확실했지만, 겉으로 드러내진 않았다.

「하추모모 상, 못 알아볼 뻔했어요. 아니 세상에, 많이 늙었군요!」

하추모모는 스물여덟 살인가 아홉 살밖에 되지 않았을 정도로 젊었다. 마메하는 그저 뭔가 기분 나쁜 소리를 하고 싶었을 뿐이었다.

「박사님을 만나러 가는 길인 것 같은데……, 정말 재미있는 사람이죠! 여전히 기분 좋게 당신을 맞아줬으면 좋겠군요. 자, 그럼 안녕.」

발걸음을 옮기는 하추모모의 기분은 좋아 보였지만, 불빛에 비친 호박의 얼굴에는 슬픈 기색이 엿보였다.

마메하와 나는 아무 말 없이 신발을 벗었다. 둘 다 뭐라고 입을 뗄 상황이 아니었다. 시래의 암울한 분위기는 연못 속의 물만큼이나 가라앉아 있었다. 공기 중을 떠도는 썩은 화장품 냄새, 방 모서리마다 벗겨져 내린 축축한 횟가루, 그냥 가버리고 싶은 마음뿐이었다.

복도에서 문을 열자, 게박사 일행을 접대하고 있는 찻집 여주인의 모습이 보였다. 보통 우리가 오면, 몇 분 더 앉아 있다가 박사에게 자신의 접대 시간을 청구하곤 했다. 그러나 그날 밤은 우리가 도착하자마자 실례한다면서 우리를 처다보지도 않고 나가버렸다. 게박사는 등을 돌리고 앉아 있었기 때문에 우리는 절을 생략하고 곧바로 그와 합류하려고 테이블로 갔다.

「박사님, 피곤해 보이시는군요. 오늘밤 기분이 어떠세요?」

게박사는 대답하지 않았다. 그는 테이블 위에 놓인 맥주잔을 할 일 없이 빙빙 돌리고만 있었다. 원래는 좀체 시간을 낭비하지 않는 꼼꼼한 사람임에도 불구하고 말이다.

「조금 피곤하군. 별로 말하고 싶은 기분이 아니네.」

그 말과 함께 박사는 남은 맥주를 마시더니 일어섰다. 마메하와 나는 시선을 주고받았다. 게박사는 문 쪽으로 가려다가 우리를 돌아보았다.

「내가 믿었던 사람들이 날 속였다는 건 정말 받아들일 수가 없어.」

그리고 나서 그는 문을 닫지도 않고 나가버렸다.

마메하와 나는 너무 놀라서 말도 나오지 않았다. 마침내 마메하가 일어나더니 문을 닫았다. 다시 테이블로 돌아온 그녀는 기모노를 가다듬더니 화난 눈으로 나를 쏘아보았다.

「알겠어, 사유리. 하추모모에게 정확히 뭐라고 말했지?」

「마메하 상, 이번 일에 대해서 말인가요? 제 기회를 망칠 짓은 결코 하지 않겠다고 약속했잖아요?」

「저 의사는 틀림없이 널 텅 빈 자루처럼 옆으로 차버리겠지. 거기에는 이유가 있을 거야. 하지만 하추모모가 그에게 뭐라고 말했는지 알아내기 전까지는 알 수가 없지.」

「어떻게 그걸 알아낼 수 있죠?」

「호박이 여기 함께 있었어. 호박에게 가서 물어봐.」

호박이 나와 말을 할지 확실치 않았으나 난 한번 해보겠다고 말했고, 마메하는 그 말에 만족하는 듯했다. 마메하는 일어나서 떠날 채비를 했지만 내가 계속 가만히 앉아 있자, 왜 그러냐는 듯이 날 바라보았다.

「마메하 상, 뭐 하나 물어봐도 되나요? 이제 하추모모는 제가 그 박사와 함께 시간을 보내고 있다는 걸 알아요. 그리고 그 이유도 알고 있겠죠. 게 박사도 왜 그러는지 알고 있겠지요. 아가씨도 알구요. 호박도 알고 있을지 몰라요! 저만 모르고 있다구요. 아가씨 계획이 뭔지 제게 말씀해주시면 안 되나요?」

내가 그렇게 묻자, 마메하는 무척 미안하다는 표정을 지으며 나를 바라보았다. 한참 동안 딴 곳을 쳐다보던 마메하가 마침내 한숨을 쉬더니, 다시 테이블에 앉아 내가 알고 싶어하는 사실에 대해 말해주었다.

「너도 잘 알지? 우치다 상은 예술가의 눈으로 널 본다는걸. 하지만 박사는 다른 데에 관심이 있어. 그건 노부도 마찬가지고. '집 없는 뱀장어' 라는 말이 무슨 뜻인지 아니?」

그 말이 무슨 뜻인지 전혀 몰랐던 나는 모른다고 얘기했다.

「남자들은 일종의……, 그러니까 뱀장어를 갖고 있단다. 여자들은 없지. 남자들만 있어. 어디에 있냐 하면…….」

「무슨 말인지 알 것 같아요. 그걸 뱀장어라고 부르는지 몰랐어요.」

「그건 사실 뱀장어가 아니야. 하지만 뱀장어라고 하면 훨씬 이해하기가 쉬워져. 그러니까 그렇게 생각하기로 하자. 바로 이렇단다. 이 뱀장어는 일생 동안 집을 찾기 위해 애쓰는데, 여자들이 몸 속에 뭘 갖고 있다고 생각하니? 동굴이야. 바로 뱀장어가 살고 싶어하는 곳이지. 이 동굴은 우리가 흔히 말하듯이 '구름에 달 지나가면' 매달 혈액이 나오는 곳이기도 해.」

마메하의 설명을 알아들을 만큼 나도 나이가 들었다. 왜냐하면 나도 이미 몇 년 전부터 그것을 경험하고 있기 때문이었다. 당시 난 재채기를 하다가, 손수건에 뇌 조각이 묻어 나왔다 하더라도 그보다 더 놀라지는 않았을 것이다. 난 내가 곧 죽는 줄 알고 정말 겁에 질렸다. 피 묻은 수건을 빨고 있는 모습을 본 아줌마가 하혈이 여자가 되는 과정이라고 설명해주기 전까지는 말이다.

「넌 뱀장어에 대해서는 잘 모를지도 모르겠구나. 뱀장어는 상당히 자기 영토에 대한 집착이 강하지. 그래서 자신이 좋아하는 동굴을 발견하면, 잠시 그 동굴 속에서 꿈틀거려……. 그러니까 그 동굴이 좋은지 확인하려고 그러는 걸 거야. 만약 그 동굴이 편안하다고 결정하게 되면 그 동굴을 자기 영역으로 표시한단다……, 침을 뱉음으로써 말이야. 알아듣겠니?」

마메하가 하고 싶은 말을 좀더 간단히 해주었더라면, 큰 충격을 받았겠지만, 그러나 적어도 무슨 말인지 금방 이해할 수 있었을 것이다. 몇 년 후, 난 마메하의 언니도 똑같은 방식으로 마메하에게 그렇게 설명해주었음을 알게 되었다.

「이제 정말 이상하게 들릴 얘기를 해줄게.」

마메하는 마치 지금까지 한 얘기는 하나도 이상하지 않았다는 듯이 그렇게 말했다.

「남자들은 동굴 찾는 일을 좋아한단다. 사실, 너무 좋아하지. 어떤 남자들은 자신의 뱀장어가 들어가 살 동굴을 찾아다니는 일 외에 평생 아무 일도 안 하는 사람들도 있어. 그 전에 다른 뱀장어가 한번도 들어간 적이 없는 여자의 동굴은 남자에게 아주 특별하지. 내 말 알아듣겠니? 우린 이를 '미주아지'라고 부른단다.」

「뭘 미주아지라고 부른다구요?」

「남자의 뱀장어에 의해 처음으로 여자의 동굴이 탐험되는 일 말이야.」

미주라는 말은 '물'이고 아지는 '모으다' 혹은 '배치하다'라는 뜻이었

266

다. 그래서 미주아지라는 말은 마치 물을 모은다는 말처럼 들렸다. 만약 게이샤가 세 명 있다면 세 명 모두 그 용어가 어디서 나왔는지 서로 다른 의견을 내놓을 것이다. 마메하가 설명을 끝내고 나자, 더 혼란스러웠지만 그래도 난 다 알아들은 척하려고 애썼다.

「박사가 왜 기온을 돌아다니며 노는 걸 좋아하는지 이젠 너도 짐작하겠지? 박사는 병원에서 상당히 많은 돈을 벌지. 가족을 부양하기 위해 필요한 돈만 제외하면 그 사람은 미주아지를 위해 돈을 다 써버린단다. 네게 흥미 있는 일인지도 모르겠지만, 넌 그 사람이 가장 좋아하는 타입이야. 그건 내가 잘 알지. 왜냐하면 나도 그가 좋아하는 타입이니까.」

나중에 알게 된 바에 의하면 내가 기온에 오기 1,2년 전쯤에, 게박사는 마메하의 미주아지를 위해 기록적인 액수를 지불한 적이 있었다. 7천 엔인가 8천 엔 정도였는데, 별로 큰 액수처럼 안 들릴지 모르겠지만 그 당시 그 정도면 엄청난 돈이었다. 돈 생각만 하면서, 어떻게 하면 더 벌 수 있을까만 생각하는 사람이라 할지라도 일생 동안 한두 번 만져볼까 말까 한 금액이었다. 마메하의 미주아지가 그렇게 비쌌던 이유는 그녀의 명성 때문만이 아니라, 아주 돈 많은 두 명의 남자가 서로 값을 흥정했기 때문이었다. 한 사람이 게박사였고 다른 한 사람은 후지카도라는 사업가였다. 보통 기온에서 남자들은 그런 식으로 경쟁하지 않았다. 기온 사람들은 서로 잘 아는 사이였고, 그래서 그런 일에 있어서는 경쟁보다 합의를 선호했다. 하지만 후지카도는 그 지방의 다른 지역에 살고 있었기 때문에 기온에는 단지 가끔 들르기만 했다. 그는 게박사와 맞선다는 사실에 개의치 않았다. 그리고 자기 몸 안에 귀족의 피가 흐르고 있다고 생각하는 게박사도 후지카도처럼 자수성가한 사람을 증오했다.

노부가 내게 관심을 보이게 된 그 스모 경기를 지켜보면서 마메하는 노부가 바로 후지카도와 공통점이 많다는 사실을 깨닫게 되었다. 자수성가한 사람이고 게박사 같은 사람에게는 냉정하게 구는 등 말이다. 주부가 바퀴벌레를 쫓아다니듯 하추모모가 날 계속 그렇게 쫓아다닌다면, 난 마메하처럼 유명해질 수도 없었고, 그 결과 값비싼 미주아지를 기대할 수도 없었다. 하지만 만약 그 두 남자가 내게 매력을 느껴 입찰전을 벌이게 된다면 난 마치 인기 있는 견습생이라도 된 것처럼 빚을 모두 청산할 수 있었다. 그 계획이 바로 마메하가 '하추모모를 골탕먹이는 방법'이었다. 하추모모는 노부가 내게 관심 있다는 사실을 알고 좋아했지만, 노부의 관심이 내 미주아지 값을 올려놓을 수 있다는 사실은 깨닫지 못했다.

분명히 우린 게박사의 관심을 이용해야 했다. 게박사가 없다면 노부는 원하는 값에 내 미주아지를 살 수 있었다. 만약 그가 내 미주아지에 관심이 있다면 말이다. 난 확신할 수 없었지만, 마메하는 어떤 남자도 열다섯 살 난 견습생 게이샤의 미주아지를 염두에 두지 않고서는 그녀와의 관계를 발전시킬 수가 없다고 장담했다.

「그 사람은 네 이야기에 끌린 게 아냐. 여기에 대해서는 내기를 걸어도 좋아.」

난 애써 상심하지 않은 척했다.

20

마메하와 나눈 대화로 인해 세상을 보는 나의 관점은 변하게 되었다. 순진한 아이였던 난 미주아지에 대해 전혀 알지 못했다. 게박사 같은 남자가 기온에 그 많은 시간과 돈을 투자하는 이유를 알게 되자, 사람들을 그 이전처럼 생각할 수가 없게 되었다.

그날 늦게 오키야로 돌아온 나는 내 방에서 하추모모와 호박이 계단을 올라오기를 기다리고 있었다. 자정이 한 시간 정도 지난 시각에 드디어 그들이 집으로 돌아왔다. 너무 힘든 나머지, 호박은 거의 기어서 계단을 올라왔다. 그들의 방문이 채 닫히기 전에, 하추모모가 하녀를 불러 맥주를 가져오라고 시키는 소리가 들렸다.

「아니, 잠깐만 기다려. 잔을 두 개 가져와. 호박이 나랑 같이 마셨으면 좋겠어.」

「제발, 하추모모 상, 차라리 침을 마시는 게 낫겠어요.」

호박의 지친 목소리가 들렸다.

「내가 맥주를 마시는 동안 넌 큰 소리로 읽어줘야 해. 그러니 너도 한 잔 필요할 거야. 그리고 난 사람들이 너무 말똥말똥한 게 싫어. 지겨워.」

잠시 후 하녀가 가져온 쟁반 위로 잔 부딪치는 소리가 들렸다.

내가 한참 동안 방문에 귀를 대고 있자니, 호박이 큰 소리로 새로운 가부키 배우에 관한 기사를 읽고 있었다. 마침내 하추모모가 복도로 비틀거리며 나오더니 위층 화장실 문을 열었다.

「호박아, 가락국수 한 그릇 안 먹고 싶니?」

「아뇨, 아가씨.」

「가서 가락국수 장사가 있는지 보고, 네가 먹을 것도 사 가지고 와. 그럼 나하고 같이 먹을 수 있잖아.」

한숨을 내쉬며 호박은 곧장 계단을 내려갔다. 나도 바로 호박의 뒤를 따라 내려가고 싶었으나 하추모모가 다시 방으로 돌아올 때까지 기다려야 했다.

너무 피곤했던 호박은 진흙이 언덕을 흘러 내려가는 속도만큼 느리게 걷고 있었다. 마침내 호박을 따라잡자, 나를 보고 깜짝 놀란 그녀는 무슨 일이냐고 물었다.

「아무 일도 아니야. 네 도움이 절실히 필요하다는 것만 제외하면……..」

「치요…….」

날 치요라고 부르는 사람은 호박뿐이었다.

「시간이 없어! 하추모모에게 줄 가락국수를 사러 가야 해. 내 것도 사야 하고. 근데 너무 피곤해서 국수를 쏟지 않을까 걱정이야.」

「가련한 호박아, 넌 막 녹기 시작하는 얼음처럼 보이는구나.」

호박의 얼굴은 피로로 축 늘어졌고, 무거운 옷은 마치 그녀를 땅으로 잡아당기는 듯했다. 나는 호박에게 내가 국수를 사 올 테니 가서 좀 앉아 있으라고 말했다. 너무 피곤했던 호박은 거절도 못한 채, 내게 돈을 주더니 시라카와 강 옆 벤치에 앉았다.

장사를 찾는 데 시간이 좀 걸렸지만, 결국 나는 김이 무럭무럭 나는 국수 두 그릇을 들고 돌아왔다. 호박은 머리를 뒤로 젖힌 채 깊이 잠들어 있었는데, 마치 빗방울이라도 받아먹고 싶다는 듯 입을 벌리고 있었다. 새벽 두 시였지만 주위에는 여전히 사람들이 거닐고 있었다. 한 무리의 남자들이 재미있는 광경이라는 듯 호박을 바라보았다. 하긴 내가 생각하기에도, 복장을 완전히 차려 입은 게이샤가 벤치에서 코를 골고 있는 모습은 보기 드문 일이었다.

국수 그릇을 옆에 내려놓은 나는 최대한 부드럽게 호박을 깨우면서 말했다.

「호박아, 네게 부탁이 하나 있어. 하지만……, 내 부탁을 듣고서 네가 기분 나빠 할까봐 걱정이야.」

「괜찮아. 더 이상 아무것도 날 기분 나쁘게 하지 못해.」

「오늘 저녁에 하추모모가 그 박사와 얘기하고 있을 때 너도 옆에 있었잖아. 그 사람들이 한 얘기 때문에 내 장래가 어떻게 될까봐 걱정이야. 하추모모가 박사에게 나에 관해 거짓말을 한 게 틀림없어. 왜냐하면 이제 박사는 날 더 이상 만나지 않겠다고 했거든.」

하추모모를 증오한 만큼이나 그녀가 무슨 짓을 했는지 알아내고 싶었다. 그렇지만 호박을 이용한다는 게 미안했다. 난 단지 슬쩍 호박을 떠보았을 뿐이지만, 호박은 금방 고민에 빠져버렸다. 갑자기 몇 방울의 눈물이 그녀의 커다란 뺨을 타고 흘러내렸다.

「모르겠어, 치요! 정말 모르겠어!」

호박은 말을 하며 오비에서 손수건을 찾았다.

「네 말은, 하추모모가 뭘 말하고 싶었는지 모르겠다는 말이니? 하지만 그걸 어떻게 알 수 있겠니?」

「그 말이 아니야. 사람이 어떻게 그렇게 악할 수 있는지 모르겠다는 말이야! 난 정말 이해 못 하겠어……. 하추모모가 그런 짓을 하는 데에는 사람들을 해치겠다는 이유밖에 없어. 게다가 하추모모는 내가 자기를 숭배하고 내가 꼭 자기처럼 되고 싶어한다고 생각해. 하지만 난 증오해! 난 지금까지 사람을 그렇게 미워한 적이 없어.」

가엾은 호박의 노란 손수건은 흰색 화장품으로 얼룩져 있었다. 조금 전까지는 호박이 막 녹기 시작하는 사각 얼음 같더니 이제는 웅덩이같이 보였다.

「호박아, 제발 내 말 좀 들어봐. 달리 방법이 있었다면, 네게 물어보지도 않았을 거야. 난 다시 일생을 하녀로 지내고 싶지 않아. 하지만 하추모모가 계속 그런 식으로 나온다면 난 그렇게 되고 말 거야. 하추모모는 나를 바퀴벌레처럼 밟을 수 있을 때까지 포기하지 않을걸. 내 말은, 네가 날 도와주지 않는다면 하추모모가 날 짓밟아버릴 거라는 말이지!」

호박은 그 말을 재미있어했고, 우리 둘은 마주보며 웃었다. 호박이 웃다

울다 하는 동안, 난 그녀의 손수건으로 호박의 얼굴 화장을 고쳐주었다. 한때 내 친구였던 호박을 다시 보니 가슴이 터질 것 같아, 내 눈도 젖어왔다. 우리는 서로 껴안았다.

「널 도와주고 싶어, 치요. 하지만 난 너무 멀리 왔어. 빨리 돌아가지 않으면 하추모모가 날 찾으러 올 거야. 우리가 함께 있는 걸 하추모모가 본다면…….」

「몇 가지만 물어볼게. 내가 시래 찻집에서 그 박사를 접대하고 있는 걸 하추모모가 어떻게 알아냈니?」

「아, 그거? 며칠 전에 하추모모는 독일 대사에 대해 말하면서 널 좀 골려주려고 했는데, 넌 하추모모 말에 별 신경도 안 썼잖아. 너무 평온해 보이니까, 너와 마메하가 무슨 일을 꾸미고 있다고 생각한 거야. 그래서 등록소의 재몬 상에게 가서 네가 요즘 어떤 찻집에 계산서를 청구하는지 물어봤지. 그 중 한 곳이 시래 찻집이란 말을 듣고는 안색이 변했어. 그래서 우린 네가 그 박사와 만나기로 한 날 그곳으로 간 거야. 그 박사를 만나려고 두 번이나 거기 갔었어.」

사회적 지위가 있는 사람 중에서 시래를 후원하는 사람은 얼마 되지 않았다. 그래서 하추모모는 당장 게박사를 생각해냈다. 내가 이해하게 된 바에 따르면, 게박사는 기온에서 '미주아지 전문가'로 명성을 떨치고 있었다. 그래서 게박사를 떠올리자마자, 하추모모는 마메하가 어떤 일을 꾸미고 있는지 정확하게 알아냈다.

「하추모모가 오늘밤 박사에게 뭐라고 했니? 너희가 가고 나서 박사는 우리하고 말도 하지 않으려고 했어.」

「한참 얘기를 나누던 중, 갑자기 하추모모가 어떤 이야기가 생각난 듯 말했어. '사유리란 젊은 견습생이 우리 오키야에 살고 있어요.' 네 이름을 듣더니 박사는……, 벌이 쏜 것처럼 똑바로 앉았어. 그리고 말했지. '그녀를 안다구?' '물론 알죠, 박사님. 우리 오키야에 산다니까요.' 그리고 나서 하추모모가 뭐라고 했는데, 그건 기억이 안 나. 그리고 나서 하추모모 이렇게 말했어. '난 사유리에 대해 얘기해서는 안 돼요. 왜냐하면……, 그녀의 중요한 비밀을 지켜줘야 하거든요.'」

그 말을 듣고 난 전율했다. 하추모모가 정말 뭔가 끔찍한 일을 생각해냈음이 틀림없었다.

「호박아, 그 비밀이란 게 뭐였니?」

「글쎄, 나도 잘 모르겠어. 별로 대단한 비밀 같지도 않았어. 하추모모가 말하기를, 오키야 근처에 젊은 남자가 하나 살고 있는데, 어머니는 남자친구에 대해 엄하다는 거야. 너와 그 남자가 서로 좋아했지만 어머니가 지나치게 엄하게 굴었기 때문에 하추모모는 널 위해 비밀을 덮어두고 싶었다는 거지. 심지어 어머니가 외출하고 없을 때, 자기 방에서 너희 두 사람이 단둘이 시간을 보낼 수 있도록 해주었다는 거야. 그러고 나서 뭐 이런 식으로 말했어. '박사님……, 정말 이런 말을 하지 말았어야 했는데! 사유리의 비밀을 지켜주려고 그렇게 애썼는데도, 어머니 귀에 들어가게 되면 어떡하죠!' 하지만 그 박사는 하추모모에게 말해줘서 고맙고, 자신도 비밀을 지켜주겠다고 했어.」

하추모모가 그 음모를 얼마나 즐겼을까 난 충분히 짐작할 수 있었다.

난 도와줘서 고맙다고 여러 번 말한 뒤, 하추모모의 노예처럼 살아야 하는 호박에게 위로의 말을 건넸다.

「그래도 좋은 일도 생기는 것 같애. 바로 며칠 전에, 어머니가 날 입양할 생각이라고 말씀하셨어. 내 삶을 살아갈 어떤 곳을 갖고 싶다던 내 꿈이 실현되려나봐.」

그 말을 듣고 난 속이 울렁거렸다. 호박에게는 정말 잘된 일이라고 말하긴 했지만. 내가 호박을 위해 기뻐한 건 사실이었다. 하지만 어머니가 호박 대신 날 입양하는 것도 마메하 계획의 중요한 부분이었다.

다음날, 난 마메하에게 알아낸 바를 말해주었다. 남자친구에 대한 말을 듣는 순간, 마메하는 넌더리가 나서 고개를 흔들었다. 말하자면 하추모모는 내 '동굴'이 이미 다른 누군가의 '뱀장어'에 의해 탐험되었다는 생각을 게박사의 마음에 넣어줄 아주 영리한 방법을 찾아낸 셈이었다.

호박의 입양 소식을 듣자 마메하는 크게 실망했다.

「내 추측으로는, 몇 달 후면 입양이 이루어질 거야. 그 말은 네 미주아지를 위한 때가 왔다는 거야, 사유리. 네가 준비가 됐든 안 됐든 상관없이.」

그 주에 마메하는 나를 위해, 보조개라는 뜻의 에쿠보라는 달콤한 떡을 주문했다. 그 떡을 에쿠보라고 부르는 이유는 중앙에 빨갛고 작은 원이 있는데 그 위가 움푹 들어갔기 때문이었다. 그 떡을 아주 도발적이라고 보는 사람들도 있었다. 난 늘 그 떡이 작은 베개 같다는 생각을 했다. 잠들기 전에 화장을 미처 지우지 못해, 립스틱이 베개에 빨갛게 묻은 것처럼 보였기 때문이었다. 어쨌든, 견습 게이샤는 미주아지가 준비되면, 자신을 후원하는 남자들에게 그 에쿠보 상자를 선물했다. 보통 게이샤들은 열두 명 혹은 그보다 더 많은 남자들에게 떡 상자를 주는데, 내 경우에는 줄 사람이 노부와 박사밖에 없었다. 난 회장에게 떡 상자를 줄 수 없다는 사실이 슬펐다. 하지만 한편으로는 그 일 자체가 너무 혐오스러워 회장이 제외되었다는 사실이 그다지 유감스럽지만은 않았다.

노부에게 에쿠보를 선물하는 일은 쉬웠다. 이치리키 찻집의 여주인이 노부에게 좀 일찍 오라고 일러둔 어느 날 저녁, 나와 마메하는 현관 정원이 내려다보이는 작은 방에서 노부를 만났다. 난 노부의 사려 깊은 호의에 대해 감사의 말을 전했다. 노부는 지난 몇 달 동안 내게 극진한 친절을 보여주었다. 회장이 없을 때에도 나를 자주 파티에 불러주었고, 하추모모가 온 그날 밤 선물했던 장신구 빗 외에도 여러 가지 선물을 주었다. 감사의 말을 전하고 난 뒤, 표백하지 않은 종이로 포장하고 거친 끈으로 묶은 에쿠보 상자를 집어들고는 그에게 절을 한 다음 테이블 위로 내밀었다. 노부가 받아 들자, 마메하와 나는 여러 번 더 그의 친절함에 대해 감사의 말을 한 뒤, 거의 현기증이 날 때까지 몇 번이고 절을 했다. 그 간단한 의식은 빨리 끝이 났고, 노부는 한 손으로 그 상자를 들고 방에서 나갔다. 잠시 후, 파티에서 접대하게 되었을 때, 노부는 그 일에 관해 언급하지 않았다. 그런 식의 만남이 노부를 약간 불편하게 만들었다는 생각이 들었다.

물론 게박사의 경우는 문제가 달랐다. 마메하는 기온의 주요 찻집들을 돌면서 여주인에게 게박사가 나타나면 자신에게 알려달라고 부탁했다. 며칠 밤을 기다리자, 야시노라는 찻집에 게박사가 어떤 남자의 손님으로 참석했다는 소식이 들려왔다. 난 마메하의 집으로 달려가 옷을 갈아입고는 사각 실크로 싼 에쿠보 상자를 들고 야시노로 향했다.

  야시노는 아주 최근에 생긴 찻집으로 완전히 서구 스타일이었다. 방들
은 짙은 목재 빔을 사용하는 등 독특한 방식의 우아함을 자랑했다. 그날
밤 내가 들어간 방에는 다다미와 쿠션으로 둘러싸인 테이블 대신, 딱딱한
나무 바닥 위로 페르시아 양탄자가 깔려 있었다. 그리고 커피 테이블과
속을 두둑이 넣은 의자가 몇 개 놓여 있었다. 난 그 의자에 앉을 생각은 하
지도 못했다. 대신 난 양탄자 위에 무릎을 꿇고 앉아 마메하를 기다렸다.
무릎꿇고 앉기에는 바닥이 너무 딱딱했음에도 불구하고 30분 정도 그런
자세로 앉아 있었더니 마메하가 들어왔다.

  「뭐하고 있는 거니? 여긴 일본식 방이 아니야. 의자에 앉아서 분위기에
맞게 행동하도록 해봐.」

  나는 마메하가 시키는 대로 했다. 하지만 내 맞은편에 앉은 마메하도 나
만큼이나 불편해하는 눈치였다.

  박사는 옆 방에서 벌어지고 있는 파티에 참석하고 있는 모양이었다. 마
메하는 이미 그를 접대하고 오는 길이었다.

  「내가 맥주를 많이 따라주었으니까 박사는 곧 화장실로 갈 거야. 박사가
화장실로 가면, 복도에서 그를 붙들어 이 방으로 잠시 들어오라고 부탁할
생각이야. 그럼 넌 즉시 에쿠보를 주도록 해. 박사가 어떻게 나올지 모르
겠지만, 하추모모가 입힌 손실을 만회할 유일한 기회야.」

  마메하는 나갔고, 난 의자에 앉아 한참을 더 기다렸다. 잔뜩 긴장한 나는
땀으로 인해 내 하얀 화장이 마치 자고 난 뒤의 침상처럼 지저분한 구김투
성이로 보일까봐 걱정했다. 신경을 돌릴 만한 일을 찾아보았으나, 내가
할 수 있는 일이라곤 가끔 일어나서 벽에 걸린 거울에 얼굴을 비춰보는 게
전부였다. 드디어 방문 두드리는 소리가 나더니 마메하가 문을 열었다.

  「괜찮으시다면 잠시만요, 박사님.」

  복도의 어둠 속으로, 은행 로비에서나 볼 수 있는 오래된 초상화처럼 단
호하게 나를 바라보고 있는 박사의 모습이 보였다. 그는 안경 너머로 나
를 뚫어지게 내려다보고 있었다. 난 한참 동안 어떻게 해야 할지 모르다
가 양탄자 위에 무릎을 꿇고 절을 했다.

「파티로 다시 돌아가고 싶네. 용서하시게.」

「박사님, 사유리가 당신에게 뭘 가져왔어요. 괜찮으시다면, 잠시만 시간 좀 내주세요.」

마메하는 박사에게 방으로 들어오라고 손짓했다. 게박사는 마지못해 속을 두둑이 넣은 의자에 앉았다.

마메하와 나는 게박사의 양다리 앞으로 무릎을 꿇었다. 화려하게 차려입은 두 명의 여자가 자신의 발 앞에 그런 식으로 무릎꿇고 앉아 있었으니 게박사는 틀림없이 으쓱하는 기분이었을 것이다.

「박사님을 며칠 동안 뵙지 못해 섭섭했어요. 그리고 날씨는 벌써 따뜻해져가요. 이 계절도 이제 다 지나간 것 같군요!」

난 박사에게 그렇게 말했다. 박사는 아무런 대답이 없었지만, 다시 내게 눈길을 주었다.

「이 에쿠보를 받아주세요, 박사님.」

절을 한 뒤, 나는 그와 가까이 있던 보조 테이블 위에 상자를 올려놓았다. 그는 상자에 손대고 싶은 생각이 조금도 없다는 듯 무릎 위에 손을 올려놓았다.

「왜 이걸 나한테 주는 건가?」

그때 마메하가 끼어들었다.

「죄송합니다, 박사님. 에쿠보를 드리면 박사님이 좋아하실 거라고 내가 사유리에게 말했어요. 잘못 생각한 게 아니기를 바랍니다만?」

「자네가 잘못 생각했네. 자네도 이 여자에 대해서는 잘 모르고 있는 모양이군. 마메하 상, 난 자네를 높이 평가하네. 하지만 이 여자를 내게 소개한 것은 자네한테 불명예스런 일이었어.」

「죄송합니다, 박사님. 하지만 왜 그렇게 생각하시는지 알 길이 없군요. 난 박사님이 사유리를 좋아한다는 인상을 받았는데요.」

「잘 알겠네. 이제 모든 게 분명해졌으니, 난 이제 그만 돌아가겠네.」

「잠깐만 여쭤봐도 될까요? 사유리가 어떤 식으로 박사님을 화나게 만들었나요? 너무 예기치도 않게 사태가 변해서요.」

「날 화나게 했네. 이미 말했지만, 난 날 속인 사람들 때문에 화가 나는 거

276

야.」

「사유리, 네가 박사님을 속이다니 얼마나 부끄러운 일이니! 넌 틀림없이 박사님께 거짓말을 했을 거야. 그게 뭐였지?」

「모르겠어요! 단지 몇 주 전에 날씨가 점점 따뜻해지고 있다고 했는데, 사실은 그렇지 않았다는 것만 빼면……」

최대한 순진하게 말했지만 마메하는 그 말을 마음에 들어하지 않았다.

「그건 자네 두 사람 사이의 문제야. 내가 알 바 아니란 말이지. 이만 실례하겠네.」

「하지만 박사님, 오해일 수도 있지 않을까요? 사유리는 정직한 아이이고 결코 아무도 속인 적이 없어요. 특히 자신에게 친절한 사람은 말이에요.」

「사유리 상에게 이웃에 사는 소년에 관해 물어보시게.」

마침내 박사가 그 말을 꺼내자, 마음이 놓였다. 박사는 수줍음을 타는 남자였기 때문에, 그 말을 꺼내지 못했다 하더라도 그다지 놀랄 일은 아니었다.

「바로 그게 문제였군요! 틀림없이 하추모모에게서 들으신 얘기죠?」

「그게 무슨 상관인지 모르겠군.」

「하추모모는 가는 곳마다 그런 소문을 퍼뜨리고 다녀요. 그건 정말 사실이 아니에요! '고도의 춤' 공연에서 사유리가 중요한 역을 맡으니까, 하추모모는 사유리에게 망신을 주려고 갖은 애를 다 쓰고 있어요.」

'고도의 춤' 공연은 기온에서 가장 큰 연례행사였다. 그 행사의 개막식은 6주 후인 4월 초에 시작되었다. 행사 몇 달 전에 무용 배역이 모두 정해지는데, 나도 배역을 하나 맡게 되었다면 큰 영광이었을 것이다. 선생님 한 분이 내게 배역을 하나 제안했지만, 내가 알기로 무대 위에 서는 배역이 아니라 악단에서의 역이었다. 하추모모를 자극하지 않기 위해 마메하가 악단에서 배역을 맡도록 주선했기 때문이었다.

「이렇게 말씀드려서 죄송합니다만, 박사님, 하추모모는 누구나 다 아는 거짓말쟁이예요. 하추모모가 하는 말을 믿으시면 곤란해요.」

「만약 하추모모가 정말 거짓말쟁이라면, 왜 아무도 그 얘길 해주지 않은 거지?」

「아무도 박사님께 그런 이야기를 꺼낼 엄두를 못 내는 거죠.」

마메하는 누군가 엿들을까봐 걱정된다는 듯 목소리를 낮췄다.

「많은 게이샤들이 정직하지 못해요! 하지만 아무도 남의 흠을 자기가 먼저 들추려고 하지는 않아요. 하지만 지금 내가 거짓말을 하고 있든지, 아니면 하추모모가 거짓말을 했든지 둘 중에 하나겠죠. 우리 두 사람 중에 누가 더 믿을 만한 사람인지는 박사님이 결정하실 문제예요.」

「사유리가 단지 무대에서 배역을 하나 맡았다고 해서 하추모모가 그런 이야기를 꾸며냈다니 난 이해 못 하겠네.」

「박사님은 하추모모의 동생인 호박을 만나보셨죠? 하추모모는 호박이 배역을 하나 맡기를 바랐지만, 결국은 사유리가 맡게 됐어요. 그리고 하추모모가 원하던 배역은 내게 주어졌구요! 그렇지만 만약 박사님이 사유리의 순결을 의심하신다면, 사유리가 드리는 에쿠보를 안 받으시는 것도 이해가 가는 일이에요.」

박사는 한참 동안 날 내려다보며 앉아 있었다.

「병원에 가서 사유리를 진찰할 만한 의사를 한번 알아보겠네.」

「나도 최대한 협조해드리고 싶군요. 하지만 박사님이 아직 사유리의 미주아지 후원자가 되겠다고 결정하신 게 아니기 때문에 그런 진찰은 좀 곤란하군요. 만약 저 아이의 순결이 의심스럽다면……, 글쎄요, 사유리는 에쿠보를 선물할 남자들이 많으니까요. 그 사람들은 틀림없이 하추모모의 이야기를 믿지 않을 거예요.」

그 말이 효과가 있었는지, 게박사는 잠깐 말없이 앉아 있었다.

「어떻게 해야 할지 나도 모르겠네. 이렇게 난처한 입장에 처하기는 처음이야.」

「저 에쿠보를 받아주세요, 박사님. 그리고 하추모모의 어리석은 이야기는 잊어버리세요.」

「남자들을 쉽게 속일 수 있을 만한 때에 미주아지 시기를 결정하는 부정직한 여자들이 있다는 얘기는 종종 들었네. 하지만 난 의사야. 그렇게 쉽게 속지는 않을 거라고.」

「아무도 박사님을 속이려고 하지 않아요!」

박사는 어깨를 둥글게 구부리며 일어서더니 팔꿈치를 앞세우며 방을 걸어나갔다. 난 정신없이 절을 하느라 그가 에쿠보를 들고 가는지 보지 못했다. 하지만 박사와 마메하가 나가고 나서 테이블을 쳐다보니, 다행히 에쿠보는 없었다.

마메하가 무대 배역에 대해 언급했을 때, 난 하추모모가 꾸며낸 거짓말을 설명하기 위해 마메하가 지어낸 이야기인 줄 알았다. 그러니 그 다음 날, 마메하의 얘기가 사실이라는 말을 들었을 때 내가 얼마나 놀랐을지 짐작할 수 있을 것이다.

1930년대 중반 당시, 기온에는 약 7,8백 명의 게이샤들이 있었다. 그러나 매년 봄의 '고도의 춤' 공연을 위해서는 약 60여 명의 게이샤들만 필요했기 때문에, 배역 경쟁으로 수년간 맺어온 우정이 깨지기도 했다. 마메하가 하추모모로부터 배역을 따냈다고 얘기했지만 그 말은 사실이 아니었다. 마메하는 기온에서 해마다 단독 배역을 보장받는 몇 안 되는 게이샤 중 한 명이었다. 하지만 호박이 무대 위에 서는 걸 하추모모가 그토록 보고 싶어했다는 말은 사실이었다. 하추모모는 어떻게 그런 일이 가능할 거라고 생각했을까? 호박은 견습생에게 주는 상이나 그 외 다른 상을 받기는 했지만 무용에서는 결코 뛰어나지 못했다.

내가 박사에게 에쿠보를 주기 며칠 전에, 단독 배역을 따낸 열일곱 살 견습생이 층계에서 떨어져 다리를 다친 일이 생겼다. 가련한 소녀는 크게 다쳤지만, 기온의 다른 견습생들은 배역을 대신 차지할 수 있는 호기라고 생각하여 그녀의 불행을 오히려 기뻐했다. 결국 내게 돌아온 배역이 바로 그것이었다. 당시 난 열다섯 살에 불과했고, 한번도 무대에서 춤을 춰본 적이 없었지만, 그렇다고 해서 내가 준비가 안 되었다는 얘기는 아니었다. 나는 다른 견습생들처럼 파티를 전전하는 대신, 오키야에서 춤 연습을 하며 많은 밤을 보냈다. 그리고 아줌마는 내가 춤 연습을 할 수 있도록 종종 샤미센을 연주해주었다. 그렇게 해서 난 열다섯 살의 나이로 이미 열한 번째 등급에 오를 수가 있었다. 내가 무희로서 다른 사람보다 그다지 뛰어난 재능을 갖지 않았는데도 말이다. 하추모모를 의식한 마메하가 사람들로부터 나를 떼어놓지만 않았더라도, 난 그 전해에 벌써 무용제에서 배역을 맡았을지도 모를 일이었다.

배역이 나한테 돌아온 시기가 삼월 중순이었기 때문에 한 달 정도밖에 연습할 시간이 없었다. 다행히 내 무용 선생님은 많은 도움을 주었고, 오후에는 개인적으로 지도해주기까지 했다.

마작을 하다가 소문을 듣기 전까지 어머니는 그 사실을 모르고 있었다. 분명히 하추모모는 어머니에게 입을 다물려고 했을 것이다. 오키야로 돌아온 어머니는 내게 배역을 맡게 된 게 사실이냐고 물었다. 내가 그렇다고 대답하자, 어머니는 어리둥절한 눈길로 방을 나갔다. 그 표정은 마치 어머니의 개 타쿠가 자신을 위해 회계장부 정리라도 해놓았다면 지었을 만한 그런 표정이었다.

21

　며칠이 지난 어느 날 늦은 오후, 몹시 흥분한 마메하가 리허설 휴식시간에 날 찾아왔다. 그 하루 전날, 남작이 아라시노라는 기모노 재단사를 위해 오는 주말에 파티를 열 계획이라고 마메하에게 슬쩍 귀띔해주었다는 것이었다. 남작은 일본 전역에서 가장 유명한 기모노 컬렉션 중 하나를 소유하고 있었다. 소장품들은 대개 골동품이었지만, 현존하는 예술가들이 만든 아주 훌륭한 작품도 꽤 있었다. 아라시노의 작품을 사겠다는 결심이 그로 하여금 파티를 열게끔 부추겼다.

　「아라시노라는 이름은 들어본 적이 있어. 하지만 남작이 처음 그 이름을 꺼냈을 때, 누군지 기억 나지 않았지. 그런데 생각해보니 그 사람은 바로 노부의 가장 친한 친구였어. 일이 잘 되어갈 것 같지 않니? 오늘에야 생각이 났는데, 남작에게 말해서 노부와 박사를 파티에 같이 초대하라고 설득해볼 작정이야. 그 두 사람은 서로를 싫어하는 게 분명해. 네 미주아지를 위한 입찰이 시작되면, 둘 다 상대방에게 낙찰되도록 가만있지는 않을 거야.」

　난 무척 피곤했지만 마메하를 위해 열광적으로 손뼉을 치며, 그런 영리한 계획을 생각해냈다니 정말 고맙다고 말했다. 그건 정말 현명한 계획이었다. 하지만 마메하가 정말 현명하다는 증거는, 그 두 남자를 파티에 초대하도록 남작을 설득했다는 점이었다. 두 사람 모두 파티에 오고 싶어한다는 점만은 분명했다. 당시에는 몰랐지만, 사실 남작은 이와무라 전기의 투자가였다. 그리고 게박사의 경우는……, 글쎄, 박사는 스스로를 귀족이라고 생각하고 있었다. 사실 그에게는 귀족의 피가 섞인 분명치 않은 조상이 한 명 있는 정도였지만, 남작이 초대하는 행사에 참석하는 게 자신의 의무라고 여겼을 것이다.

하지만 남작이 그 두 사람을 초대하기로 동의한 이유에 대해서는 모르겠다. 그는 노부를 인정하지 않았다. 노부를 인정하는 사람은 거의 없었다. 그리고 남작은 게박사를 한번도 만난 적이 없었기 때문에 거리에서 만난 사람을 초청하는 경우와 다를 바가 없었다.

하지만 내가 알기로, 마메하는 설득에 뛰어난 재능이 있었다. 파티는 준비되었고, 마메하는 내가 파티에 참석할 수 있도록 무용 선생이 토요일 연습에서 면제해줄 거라고 말했다. 행사는 오후에 시작되어 저녁식사로 이어질 예정이었다. 그러나 마메하와 나는 파티가 한창 무르익을 때 가기로 했다. 그래서 3시경 인력거에 올라탄 우리는 도시 북동쪽의 언덕 아랫자락에 위치한 남작의 저택으로 향했다. 그렇게 호화로운 저택을 방문해본 적이 없었던 나는 완전히 압도당한 기분이었다. 기모노를 만들기 위해서도 세심한 주의가 필요했지만, 글쎄, 남작이 살고 있던 저택의 설계와 보존을 위해서는 그보다 몇십 배의 주의가 필요하리라는 생각이 들었다. 본채는 할아버지 시절로 거슬러 올라가지만, 거대하게 짜여진 옷감처럼 보이는 정원은 남작의 아버지가 계획해서 만든 작품이었다. 남작의 형이 암살되기 전, 연못의 위치를 바꾸고 달을 음미할 수 있는 정자에서 집까지 돌계단을 놓아 정원을 다시 꾸미지 않았더라면, 집과 정원은 결코 서로 어울리지 못했을 것이다. 우아한 자태로 연못을 가로지르는 흑고니들을 보니 인간처럼 꼴사나운 동물로 태어난 게 수치스러웠다.

우리는 우선 차를 준비했다. 준비가 끝나는 대로 남자들은 다도에 참여하게 되어 있었다. 그래서 마메하가 대문을 지나 정자로 향하지 않고, 작은 보트가 정박해 있는 연못 모퉁이 쪽으로 발길을 옮기자, 난 어리둥절해졌다. 그 보트는 작은 방만큼 컸다. 보트 가장자리는 모두 나무 의자로 꾸며져 있었고, 한쪽 끝에는 다다미 마루가 갖춰진 지붕 달린 작은 정자가 있었다. 보트 한가운데에는 사각형으로 움푹 들어간 곳이 있었고 그 안에는 모래가 담겨 있었는데, 마메하는 그곳을 화로로 사용해서 차를 끓이기 위해 석탄 덩어리에 불을 붙였다. 마메하가 물을 끓이는 동안, 난 다기를 정리하면서 도와주려고 했다. 내가 상당히 불안해하자, 마메하는 불 위에 주전자를 올려놓고 나서 나를 돌아다보며 말했다.

「사유리, 넌 영리한 여자야. 게박사나 노부가 너한테서 흥미를 잃는 경우, 네 장래가 어떻게 될지 다시 말할 필요가 없겠지. 그 두 사람 중 어느 한편에만 지나치게 신경 써서는 곤란해. 물론 어느 정도의 질투심은 해롭지 않지만 말이야. 네가 잘해 내리라고 믿어.」

난 자신이 없었지만, 잘해 내야만 했다.

30분 정도 지나자, 남작과 열 명 정도 되는 손님들이 집 안에서 나왔는데, 그들은 자주 발걸음을 멈추고 각도에 따라 달라 보이는 언덕 풍경에 감탄했다. 그들이 보트에 올라타자, 남작은 작대기를 이용해서 연못 한가운데로 보트를 저어갔다. 마메하는 차를 끓였고, 나는 손님들에게 찻잔을 갖다주었다.

그 후, 우리는 남자들과 함께 정원을 거닐다가 물위에 떠 있는 나무로 된 마루에 다다랐다. 기모노를 입은 여러 명의 하녀들이 방석을 정리하거나 쟁반 위로 따뜻한 술병을 갖다놓았다. 나는 게박사 옆에 꿇어앉아 뭐라고 말해야 할까 생각하던 중이었는데, 그때 놀랍게도 박사가 먼저 내게로 고개를 돌렸다.

「허벅지의 상처는 괜찮아졌는가?」

그때가 3월, 그리고 내가 다리에 상처를 낸 시기는 그 전해 9월이었다. 그 사이에 난 게박사를 셀 수도 없을 만큼 많이 만났다. 그래서 나는 그가 왜 그 순간을 기다려 그런 질문을 했는지 이해하지 못했다. 그것도 그렇게 많은 사람들 앞에서 말이다. 다행히 아무도 그 말을 듣지 못한 것 같아, 난 목소리를 낮게 깔고 대답했다.

「감사합니다, 박사님. 박사님 도움으로 완전히 나았어요.」

「너무 큰 흉터가 남지 않았으면 좋겠네.」

「아, 아니에요. 작은 혹 같은 것만 남았어요. 정말이에요.」

술을 더 따라주던가, 화제를 돌리던가 해서 대화를 거기서 끝냈어야 했

다. 하지만 그때 우연히 박사가 손가락으로 다른 쪽 엄지손가락을 어루만
지고 있는 것을 보게 되었다. 박사는 절대 허튼 동작을 하지 않는 사람이
었다. 만약 그가 내 다리를 생각하면서 그런 식으로 엄지손가락을 어루만
지고 있었다면……, 글쎄, 만약 그렇다면 화제를 바꾸는 건 어리석은 일이
라는 생각이 들었다.

「흉터가 별로 남지 않았어요. 목욕탕에 가면 종종 손가락으로 문질러보
는데……, 정말 조금 튀어나온 정도예요. 이것처럼 말이에요.」

나는 집게손가락으로 손가락 관절 하나를 문지르면서, 박사도 문질러볼
수 있게 손을 앞으로 내밀었다. 박사는 내 쪽으로 손을 뻗었지만 머뭇거
렸다. 순간 손을 뒤로 빼더니, 대신 자신의 손가락 관절을 문질렀다.

「그런 상처는 부드럽게 아물어야 하는데.」

「제가 말한 것처럼 그렇게 크지 않을지도 몰라요. 제 다리는 아주……,
박사님도 아시겠지만 민감하니까요. 만약 다리 위로 빗방울이 떨어졌다
해도 제 몸을 충분히 전율시켰을 거예요!」

말도 안 되는 이야기였다. 다리가 민감하다고 해서 혹이 더 크게 보일 리
는 없었다. 하지만 나는 왜 게박사가 내게 관심을 가지게 되었는지 이유
를 알고 있었다. 박사가 무슨 생각을 하는지 상상해보는 동안의 내 모습
은 어느 정도는 역겹고, 또 어느 정도는 매혹적이었으리라.

「근데 연습은 해보았는가?」

「연습이라구요?」

「자네가 상처를 입은 건 그때……, 몸의 균형을 잃고 넘어졌기 때문이라
고 했잖나. 그런 일이 또 일어나길 바라진 않을 테니, 연습을 좀 했을 것
같은데. 하지만 그런 건 어떻게 연습하는가?」

말을 끝내더니, 그는 몸을 뒤로 기대고 눈을 감았다. 그가 듣고자 하는
대답은 그렇다, 아니다는 식의 간단한 한두 마디가 아니었다.

「글쎄요, 박사님은 저를 바보 같다고 생각하시겠지만, 매일 밤…….」

난 말을 꺼내놓고 잠시 생각해봐야 했다. 침묵이 길어졌지만, 박사는 눈
을 뜨지 않았다. 그런 박사의 모습은 엄마새가 먹이를 물어오길 기다리는
아기새처럼 보였다.

「매일 밤, 목욕탕에 들어가기 바로 직전에, 난 여러 가지 자세로 균형 잡는 연습을 하죠. 때로는 맨살에 닿는 찬 공기 때문에 몸을 벌벌 떨기도 해요. 하지만 그런 식으로 5분이나 10분 정도 연습을 하죠.」

박사는 목을 가다듬었는데, 나는 그걸 좋은 징조로 받아들였다.

「우선 한 발로 서서 균형을 잡아보고, 그 다음에는 다른 발로 해보죠. 하지만 문제는…….」

바로 그 순간까지, 내 맞은편에 앉아 있던 남작은 다른 손님들과 얘기를 나누고 있었다. 그러나 그 순간 남작이 너무 갑작스럽게 이야기를 끝냈기 때문에, 나의 그 다음 말은 마치 연단 위에 서서 연설하는 것만큼이나 분명하게 들렸다.

「아무것도 걸치지 않았을 때에는…….」

손으로 입을 틀어막은 내가 어떻게 할지 생각해보기도 전에 남작이 불쑥 말을 꺼냈다.

「세상에, 자네 둘이 거기서 무슨 얘기를 하고 있었는지는 몰라도, 분명히 우리 얘기보다 더 재미있었던 것 같은데!」

그 말을 듣고 남자들이 모두 웃었다.

「사유리 상이 작년에 다리에 상처가 나서 내게 왔어요. 넘어져서 상처가 생겼죠. 그래서 제가 균형 잡는 연습을 좀 해보라고 제안했습니다.」

「사유리는 아주 열심히 연습하고 있어요. 이 옷들은 보기보다 훨씬 끔찍하거든요.」

마메하가 거들었다.

「그럼 옷을 모두 벗어버려요!」

어떤 남자의 농담에 모두들 웃었다.

「그래, 나도 동의하오! 우선 난 여자들이 왜 이 귀찮은 기모노를 입는지 모르겠소. 옷을 걸치지 않은 여자보다 더 아름다운 것도 없는데 말이오.」

「내 친한 친구 아라시노가 만든 기모노만 빼면 말이오.」

노부가 불쑥 끼어들었다.

「아라시노의 기모노라도 감싸고 있는 몸보다는 아름답지 않소.」

남작은 말하면서 마루 위로 술잔을 내려놓으려다가 결국 쏟고 말았다.

생각보다 훨씬 술을 많이 마신 건 분명했지만, 아직 술에 취하지는 않은 상태였다.

「오해하지 마시오. 아라시노의 옷들이 훌륭하다는 건 나도 알고 있소. 그렇지 않다면 아라시노가 여기 내 옆에 앉아 있지 못했겠지만, 지금 이렇게 앉아 있지 않소? 하지만 만약 당신이 내게 기모노와 벌거벗은 여자 중에서 뭘 보고 싶냐고 물으면……」

「아무도 물어보지 않소. 내가 듣고 싶은 대답은 최근에 아라시노가 어떤 옷을 만들었느냐 하는 거요.」

하지만 아라시노는 대답할 틈이 없었다. 왜냐하면 남은 술을 홀짝홀짝 마시던 남작이 거의 숨이 막힐 정도로 급하게 끼어들었기 때문이었다.

「음……, 잠깐만. 지구상의 모든 남자들이 벌거벗은 여자를 보고 싶어한다는 게 사실 아니오? 노부 상, 당신은 그러니까 여자 나체를 보는 데 흥미가 없다는 말이오?」

「물론 그런 말이 아니지요. 내 말은, 아라시노가 최근에 어떤 옷을 만들었는지 정확하게 들어볼 시간이란 말입니다.」

「아, 나도 그건 들어보고 싶소. 근데, 우리 남자들은 겉이 아무리 달라 보여도, 그 안에 있는 우리들은 거의 같은 모습이란 말이오. 당신이라고 그 이상인 척하지는 못하겠지요, 노부 상? 그건 우리도 다 아는 바 아니오? 여기 있는 남자 중에서 사유리가 목욕하는 장면을 지켜보기 위해 상당한 금액을 안 낼 사람이 어디 있겠소? 나의 각별한 환상이긴 하지만……, 인정하겠소. 이봐요, 다르게 느끼는 척하지 마시오.」

「가련한 사유리는 이제 겨우 견습생일 뿐이에요. 이런 대화는 나중을 위해 아껴둬야 할 것 같은데요.」

마메하가 끼어들었다.

「그건 아니지. 하루라도 빨리 있는 그대로의 세상을 보는 게 더 나아. 아닌 척하지만, 많은 남자들이 여자들 옷 속으로 접근할 기회만을 노리고 있지. 잘 들어보게, 사유리. 남자들은 다 똑같아. 그리고 이런 얘기를 하는 동안, 당신이 명심해야 할 게 있네. 여기 앉은 모든 남자들은 오늘 오후 갑자기 자네의 벌거벗은 모습을 보면 얼마나 좋을까 하는 생각을 하게 되었네. 그 말에 대해 어떻게 생각하시는가?」

나는 손을 무릎에 얹고, 시선은 마루에 내리깐 채 태연하게 보이려고 무척 애를 썼다. 남작이 한 말에 대해 어떻게든 대답을 해야 했다. 모두들 입 다물고 있었기 때문에 더더욱 그랬다. 하지만 내가 뭐라고 말하기도 전에, 노부가 아주 친절한 행동을 해주었다. 술잔을 마루 위로 쏟은 뒤 미안하다며 일어선 것이다.

「죄송합니다, 남작님. 화장실이 어디인지 모르겠군요.」

물론 그것은 나더러 동행해달라는 신호였다.

나도 화장실이 어디에 있는지 몰랐다. 하지만 사람들 앞에서 벗어날 수 있는 기회를 놓칠 수가 없었다. 내가 몸을 일으키자, 하녀가 길을 안내하였다.

집 안으로 들어가자, 한쪽으로 창문이 달린 기다란 복도가 나왔다. 다른 쪽으로는 유리덮개가 달린 장식장들이 햇빛 속에 환하게 서 있었다. 내가 노부를 복도 끝으로 안내하려고 하는 순간, 그는 검을 수집해놓은 장식장 앞에 발을 멈추었다. 장식품을 들여다보고 있는 줄 알았으나, 몹시 화가 나 있던 그는 손가락으로 유리판을 두드리며 계속 씩씩대고 있었다.

그런 일이 있었던 데에 대해 나 자신도 마음이 편치 않았다. 상아로 된 작은 조각상이 진열된 그 옆 장식장 앞에서, 나는 노부에게 골동품을 좋아하는지 물어보았다.

「남작 같은 골동품을 말하는 건가? 물론 안 좋아하지.」

남작은 그렇게 늙은 사람이 아니었다. 사실 노부보다도 더 젊었다. 하지만 난 그가 말한 의미를 이해했다. 노부는 남작을 봉건시대의 유물로 치부하고 있었다.

「죄송합니다. 이 장식장 안에 있는 골동품을 말한 겁니다.」

「저 안에 있는 검들을 보면 남작 생각이 난다네. 그리고 여기 있는 조각상을 봐도 남작 생각이 나고. 남작은 우리 회사의 후원자이고 난 그에게 많은 빚을 졌지. 하지만 쓸 데 없이 남작에 대한 생각으로 시간을 낭비하고 싶지는 않네. 자네 질문에 대한 대답이 이걸로 됐나?」

내가 대답으로 허리를 숙이자, 그는 화장실을 향해 복도를 성큼성큼 걸

어갔는데, 걸음이 너무 빨랐기 때문에 난 먼저 도착해서 화장실 문을 열어
줄 수가 없었다.

　다시 연못으로 돌아와 보니, 다행스럽게도 파티가 끝나가고 있었다. 몇
몇 손님들만 남아서 저녁식사를 할 예정이었다. 마메하와 난 손님들을 배
웅했다. 마지막 손님에게 인사를 하고 나서 뒤를 돌아보자, 남작의 하녀
가 우리를 집으로 안내하기 위해 기다리고 있었다.

　마메하와 나는 하녀 숙소에서 훌륭한 저녁을 먹으며 한 시간 정도 보냈
다. 저녁식사로 '타이 노 우수기리' 가 나왔는데, 종이처럼 얇게 저민 도미
를 소스와 함께 잎사귀 모양의 도자기 접시 위에 펼쳐 놓은 요리였다. 마
메하의 기분이 그렇게 언짢지만 않았더라면, 난 아주 즐겁게 먹었을 것이
다. 마메하는 도미를 몇 조각 먹고 나더니 창 밖으로 황혼만 바라보고 있
었다.

　저녁식사가 어느 정도 진행되자, 우리는 소연회실에서 다시 손님들과
합류했다. 그 연회실은 스무 명 내지 스물다섯 명 정도 들어갈 수 있는 방
이었지만 파티의 규모가 줄어들어, 손님은 아라시노, 노부 그리고 게박사
뿐이었다. 우리가 방으로 들어갔을 때, 그들은 말 한마디 없이 저녁을 먹
고 있었다. 남작은 술이 너무 취해 눈을 마냥 두리번거리고 있었다.

　마메하가 뭐라 말을 꺼내려는 순간, 게박사는 냅킨으로 턱수염을 두 번
문지르더니 화장실에 가야겠다고 했다. 나는 노부와 갔던 그 복도로 박사
를 안내했다. 밤이 되어, 머리 위의 불빛이 장식장 유리에 반사되었기 때
문에 장식품들이 잘 보이지 않았다. 하지만 검을 모아둔 장식장 앞에서
걸음을 멈춘 게박사는 머리를 이리저리 돌리며 안을 보려고 애썼다.

　「남작의 집 구조를 잘 알고 있나보군.」

　「아, 아니에요. 이렇게 큰 집에서는 어디가 어딘지 모르겠어요. 이 길은
아까 노부 상을 안내했기 때문에 아는 것뿐이에요.」

　「노부는 이곳을 그냥 지나쳐 갔을 것 같은데……, 노부 같은 남자는 감
수성이 부족해서 이런 장식장 속에 든 수집품들을 감상할 수 없지.」

　그 말에 난 뭐라고 답해야 할지 몰랐다. 게박사가 나를 날카롭게 바라보

았다.

「자네는 아직 세상을 많이 경험해보지 못했네. 하지만 때가 되면 그런 사람들을 조심해야 한다는 걸 알게 될 걸세. 내 말은 남작의 초대를 받아 와서는 무례하게 구는 사람 말이야. 오늘 오후에 노부가 한 것처럼 말이지.」

게박사의 말이 다 끝나자, 난 그를 화장실로 안내했다.

다시 소연회실로 돌아와 보니, 뒤쪽에 앉아 술을 따르고 있던 마메하의 보이지 않는 솜씨 덕분에 남자들은 다시 대화에 몰두해 있었다. 마메하는 종종, 게이샤는 때로 국을 젓기도 해야 한다고 말했다. 된장국은 탁하게 가라앉아 있다가도 젓가락으로 한두 번 휘저어주면 재빨리 다시 섞였다.

화제가 기모노로 옮겨가자, 우리는 모두 남작의 지하 박물관을 향해 계단을 내려갔다. 남작은 방 한가운데에 있는 의자에 앉아 팔꿈치를 무릎에 대고서는─여전히 흐릿한 눈으로─마메하가 우리들에게 소장품을 보여주는 동안 아무 말도 하지 않았다. 바다와 면한 가파른 언덕 한쪽에 위치한 고베의 풍경을 본떠 만든 기모노가 가장 아름답다는 데에 모두 의견을 같이했다. 그 기모노 어깨 부분에는 파란 하늘과 구름이, 무릎 부분에는 언덕이, 그리고 그 아래로는 금색 파도와 작은 배들로 점점을 이룬 푸른 바다가 길게 펼쳐져 있었다.

「마메하, 다음주 하코네에서 열리는 벚꽃 축제 파티에 자네가 저 옷을 입고 참석해야 할 것 같은데. 그럼 굉장할 것 같지 않은가?」

남작이 오랜만에 입을 열었다.

「저도 그러고 싶어요. 하지만 지난번에도 말씀드렸듯이, 올해는 그 파티에 참석할 수 없을 것 같아요.」

창문이 닫히듯 속눈썹이 감기는 걸로 보아, 남작의 불쾌한 심정을 읽을 수 있었다.

「무슨 말인가? 취소할 수 없는 약속을 미리 하기라도 했다는 말인가?」

「남작님, 저도 정말 그 파티에 참석하고 싶어요. 하지만 올해만은 그럴 수 없을 것 같아요. 그날 진료 약속이 되어 있거든요.」

「진료 약속이라구? 도대체 그게 무슨 말이지? 의사들은 진료 약속을 언

제라도 바꿀 수 있다구. 내일로 바꾸게. 그리고 늘 하던 대로 다음주 내 파
티에 참석해.」

「죄송합니다. 남작님의 동의하에 전 몇 주 전에 이미 진료 약속을 해두
었고, 이젠 변경할 수가 없어요.」

「난 자네한테 어떤 동의도 한 기억이 없는데? 어쨌든 낙태 같은 게 아니
라면······.」

길고도 당혹스런 침묵이 뒤따랐다. 마메하는 단지 소매만 만지작거리고
있었고, 우리들은 모두 조용히 서 있었다. 들리는 소리라곤 아라시노의
그르렁거리는 숨소리뿐이었다. 아무런 주의도 기울이지 않던 노부가 남
작의 반응을 살피기 위해 몸을 돌렸다.

「자네가 그런 말을 했다는 걸 내가 잊었다고 치세. 우린 아이들을 가질
수가 없네, 안 그런가? 하지만 마메하, 자네가 왜 이런 이야기를 개인적으
로 안 했는지 이유를 알 수 없군 그래.」

「죄송합니다, 남작님.」

「하코네에 올 수 없다면, 글쎄 올 수 없는 거지 뭐. 하지만 다른 사람들은
어떻소? 다음 주말에 하코네의 내 별장에서 아주 근사한 파티가 열릴 예
정이오. 여러분들은 오셔야 합니다. 난 매년 벚꽃이 절정을 이룰 때 파티
를 열곤 해요.」

박사와 아라시노는 둘 다 참석할 수 없었다. 노부는 대답하지 않다가 남
작이 다그치자 마지못해 입을 열었다.

「남작님, 남작님께서는 정말 제가 벚꽃 피는 걸 보려고 하코네까지 올
거라고 생각하십니까?」

「아, 벚꽃은 파티를 위한 핑계일 뿐이오. 어쨌든 상관없소. 당신 회사의
회장이 오니까. 회장은 매년 참석하거든요.」

오후 내내 회장 생각을 하고 있었기 때문에 그의 이름이 거론되자 난 당
황했다. 한순간 내 비밀이 탄로 난 것 같은 기분이 들었다.

「아무도 안 오겠다니 기분이 안 좋군 그래. 마메하가 개인적인 말을 꺼
내기 전까지 우린 정말 유쾌한 저녁을 보내고 있었는데 말이야. 자, 마메
하, 자네한테 적절한 벌을 내려야겠네. 자네는 이제 올해 열리는 내 파티

에 참석할 수 없네. 대신 사유리를 보내게.」

난 남작이 농담하는 줄 알았다. 하지만 솔직히 나는 노부나 게박사, 심지어 마메하도 없이, 그렇게 아름다운 별장 정원을 회장과 거닐면 얼마나 아름다울까 하는 생각을 했다.

「좋은 생각이에요, 남작님. 하지만 유감스럽게도 사유리는 연습하느라 바빠요.」

「말도 안 돼. 사유리가 파티에 오길 기대하겠네. 왜 자넨 내가 뭔가 요구할 때마다 그렇게 도전적으로 나오는 거지?」

남작은 정말 화가 나 보였다. 게다가 너무 술이 취해서 침이 입 밖으로 튀어나왔다. 손등으로 침을 닦으려 해보았지만 긴 턱수염에 묻고 말았다.

「내 부탁 중에 자네가 들어줄 수 있는 게 하나도 없단 말인가? 난 하코네에서 사유리를 보길 원하네. 그럼 자네는 '네, 남작님' 하고 대답하기만 하면 그만 아닌가?」

「네, 남작님.」

「좋아.」

그는 다시 의자에 몸을 기대더니 호주머니에서 손수건을 꺼내 얼굴을 닦았다.

난 마메하에게 무척 미안한 생각이 들었다. 하지만 파티에서 회장을 만날 생각을 하며 귀까지 빨개졌다. 마메하가 눈치챌까봐 몹시 걱정했으나, 그녀는 바깥만 내다보고 있었다. 도착할 때가 되어서야 그녀가 나를 돌아보며 입을 열었다.

「사유리, 하코네에서 아주 조심해야 해.」

「네, 아가씨. 그럴게요.」

「미주아지를 앞둔 견습생은 테이블 위에 차려진 음식과 같다는 사실을 명심해야 해. 다른 남자가 한입 먹었다는 소리를 들으면 아무도 안 먹으려고 할 테니까.」

마메하의 말이 끝나자 난 그녀의 눈을 쳐다볼 수가 없었다. 마메하는 남작을 두고 한 말이었다.

22

그때까지 난 하코네가 어디 있는지도 몰랐다. 하지만 하코네는 교토에서 상당히 떨어진 동쪽 지역이었다. 남작 같은 저명인사가 나를 파티에 초대해주어서 교토를 떠나 여행하게 되었다는 생각에 그 한 주 내내 난 유쾌한 기분으로 지냈다.

마침내 흥분을 억누르며 나는 멋진 이등 객실에 자리를 잡았다. 마메하의 의상 담당자인 이초다 씨는 아무도 내게 말을 걸지 못하도록 복도 쪽에 자리를 잡았다. 나는 잡지를 읽으며 시간을 보내는 척했으나, 사실은 단지 페이지만 넘기고 있었을 뿐이었다. 대신 나는 나를 보려고 곁눈질을 하며 복도를 지나다니는 사람들한테 정신이 팔려 있었다. 나 자신이 그렇게 남의 시선을 즐기고 있었던 것이다. 정오가 조금 지나 시주오카에 도착한 우리는 하코네로 가는 기차를 기다리고 있었는데, 그때 갑자기 어떤 불쾌한 감정이 내 안에서 끓어올랐다. 그날 하루종일 억누르려 했던 어떤 영상이 너무나도 명백하게 머릿속에 떠올랐던 것이다. 그건 바로 집에서 나온 언니와 내가 베쿠와 함께 다른 기차를 타기 위해 다른 시간, 다른 역에서 있던 모습이었다.

부끄러운 일이었지만, 그동안 난 사쓰와 엄마, 아버지, 그리고 바닷가 절벽 위에 있는 비틀거리는 집을 잊기 위해 열심히 일했다. 나는 마치 머리를 가방 속에 집어넣은 어린아이와 같았다. 세월이 흐르면서 나는 기온밖에 본 것이 없었고, 그래서 기온이 전부였으며, 세상에 중요한 것은 기온

뿐이라고 여겼다. 하지만 교토를 벗어나니, 대부분의 사람들에게 기온은 아무 상관이 없었다. 그러자 나도 잠시나마 나의 일상을 잊어버리게 되었다. 비탄은 참으로 이상한 감정이어서, 비탄에 직면하게 되면 우리는 어찌할 바를 모르게 된다. 비탄은 저절로 열리는 창문과도 같다. 방이 점점 추워지면 우리는 도리 없이 떨고 있어야 할 뿐이다. 하지만 비탄이라는 창문은 매번 조금씩 열리게 되어 있다.

다음날 아침 늦게, 날 데리러 후지 산이 내다보이는 작은 여관으로 사람이 왔다. 나는 남작의 자동차를 타고 호숫가 아름다운 숲 속 그의 여름 별장으로 갔다. 차가 저택 안의 원형 도로를 지난 뒤, 교토의 견습생 게이샤 복장을 완전하게 차려 입은 내가 내려서자, 많은 손님들이 뒤를 돌아 나를 쳐다보았다. 그들 중에는 여자들도 상당수 눈에 띄었는데, 기모노를 입은 여자도 있었고 서구 스타일의 옷을 입은 여자도 있었다. 나중에 알게 된 사실이었지만, 그들 대부분은 도쿄 게이샤였다. 그곳은 도쿄에서 기차로 얼마 걸리지 않는 곳이었다. 그때 숲 속에서 서너 명의 남자와 함께 남작이 걸어나왔다.

「자, 바로 이 사람이 우리 모두가 기다렸던 사람이오! 이 아름다운 여자는 기온에서 온 사유리인데, 언젠가 '기온의 위대한 사유리'라고 불릴 것이오. 이런 눈은 다시 볼 수 없을 거라고 장담하오. 그리고 사유리가 걷는 모습을 한번 보시오……. 사유리, 내가 자네를 초대한 건, 모든 남자들한테 자네를 한번 볼 수 있는 기회를 주기 위해서네. 그러니 자네의 임무는 중요하지. 자네는 집 안과 호숫가, 그리고 숲 속을 돌아다니면서 일해야 하는 거야. 어디나 말일세. 자, 이제 가서 일하도록 하게!」

나는 남작이 시킨 대로, 꽃송이로 무거워진 벚나무를 지나 여기저기 손님들에게 절을 하면서 저택을 돌아다녔다. 그러면서도 너무 눈에 띄지 않게 조심하면서 회장을 찾느라 두리번거렸다. 몇 발짝 내디딜 때마다 남자들이 나를 세우고는 '세상에, 교토에서 온 견습생 게이샤로군!' 등등 말을 걸었기 때문에 별로 앞으로 나아가지 못했다. 그리고 나서 남자들은 카메라를 가져와 함께 서 있던 우리들을 찍기도 했고, 아니면 달을 감상할 수 있는 작은 정자나 뭐 그런 곳을 향해 호숫가를 함께 걷기도 했는데, 다 친구들에게 나를 보여주기 위해서였다. 마치 그물로 선사시대의 동물이라도 잡았다는 듯이 말이다. 내가 나타나면 모두들 매료당할 거라고 마메하가 주의를 주었다. 왜냐하면 기온에서 온 견습생 게이샤만큼 특별한 사람도 없기 때문이었다. 도쿄의 더 훌륭한 게이샤 구역, 예를 들면 심바시나 아카사카 같은 곳의 게이샤들도 데뷔를 하기 위해선 기예를 모두 마스터해야 했다. 하지만 도쿄의 많은 게이샤들은 그 당시 상당히 현대적인 감각을 갖고 있었기 때문에, 개중에는 서구 스타일의 복장으로 남작의 저택을 돌아다니는 게이샤도 있었다.

남작의 파티는 계속됐지만 회장은 보이지 않았다. 오후가 절반 정도 지나자, 난 회장을 찾겠다는 희망을 포기하고 말았다. 대신 좀 쉴 곳을 찾아 집 안으로 들어갔다. 현관 홀로 올라가려던 순간, 난 몸이 굳어버리는 줄 알았다. 바로 거기, 어떤 남자와 이야기하며 다다미방에서 나오는 회장의 모습이 보였기 때문이었다. 그들이 서로 작별인사를 하고 나자, 회장이 내 쪽으로 몸을 돌렸다.

「사유리, 남작이 자네를 어떻게 교토에서 여기까지 유인해냈지? 자네가 남작을 아는지 몰랐는데.」

난 회장에게서 눈을 떼야 한다는 걸 알고 있었지만, 그건 벽에서 못을 빼는 일만큼이나 힘들었다. 마침내 시선을 거둔 나는 그에게 절을 했다.

「마메하 상이 대신 저를 보냈어요. 여기서 회장님을 뵙는 영광을 갖게 되어 기쁩니다.」

「그렇군. 나도 자네를 보니 기쁘군 그래. 자네 의견을 좀 들어보면 되겠군. 이리 와서 내가 남작에게 주려고 산 선물을 좀 봐주게나. 남작에게 안 전해주고 그냥 가려고 했지.」

나는 마치 줄에 매달린 연처럼 회장을 따라 다다미방으로 들어갔다. 모든 것이 생경하기만 한 그곳 하코네에서, 내가 늘 그리워하던 남자와 한순간을 함께 보낸다는 생각을 하니 놀랍기만 했다.

회장은 테이블에서 뭔가 꺼내더니 내게 보여주었다. 처음에 난 그게 장식 달린 금 덩어리인 줄 알았지만, 알고 보니 골동품 화장품 상자였다. 회장 말에 의하면, 그 물건은 아라타 곤로쿠라는 에도 막부 시대 예술가가 만든 작품이었다. 금칠을 한 베개 모양의 그 상자는, 학이 나는 모습과 토끼가 뛰는 모습이 부드러운 검은색으로 그려져 있었다. 회장이 그 상자를 내 손바닥 위에 올려놓자, 나는 너무 눈이 부셔 숨을 가다듬어야 할 지경이었다.

「자네 생각에는 남작이 좋아할 것 같은가? 지난주에 이걸 발견하고는 곧장 남작 생각을 하긴 했지만…….」

「회장님, 어떻게 남작님이 안 좋아하실지도 모른다는 생각을 다 하셨어요?」

「남작은 모든 걸 다 수집하는 사람이니까. 이걸 보고 삼류급이라고 생각할지도 모르지.」

아무도 그렇게 생각하지 않을 거라며, 난 회장을 안심시켰다. 그러고 나서 다시 상자를 건네주자, 그는 실크로 다시 한 번 단단히 싸더니, 따라오라는 듯 문 쪽으로 고개를 끄떡였다. 현관에서 나는 회장이 신발 신는 것을 도와주었다. 내 손으로 신을 신겨주면서, 나는 그날 오후 함께 보낼 시간과, 우리 앞에 놓여 있을 기나긴 밤에 대해 생각했다. 얼마나 시간이 흐르고 난 뒤에야 내가 다시 정신을 차리게 되었는지 모르겠다. 회장은 아무런 재촉도 하지 않았지만, 난 얼른 오코보를 신어야겠다는 생각에 결국 보통 때보다 더 시간이 걸리고 말았다.

회장을 따라 호수 쪽으로 난 길로 내려가자, 세 명의 도쿄 게이샤와 함께 벚나무 아래에 앉아 있는 남작이 보였다. 우리를 본 그들이 모두 일어섰는데, 남작은 약간 힘들어 보였다. 술을 마신 탓으로 온통 벌게진 남작의 얼굴은 마치 누군가가 계속해서 막대기로 때린 것 같았다.

「회장님, 내 파티에 와주셔서 정말 기쁘군요. 당신이 오시면 난 언제나 기분이 좋은데, 그거 알고 있었소? 당신 회사는 계속 발전을 하고……, 안 그래요? 지난주 교토의 내 파티에 노부가 왔었는데, 사유리가 얘기합디까?」

「노부에게서 얘기 다 들었소. 여느 때와 다름없던데요.」

「그랬지요. 특이하게 작은 사람이오, 안 그렇소?」

난 남작이 무슨 생각을 하고 그렇게 말했는지 모르겠다. 남작 자신은 노부보다 더 작기 때문이었다. 회장은 그 말이 마음에 들지 않는다는 듯 눈을 찡그렸다.

「내 말은…….」

남작이 말을 꺼냈지만, 회장이 그의 말을 잘라버렸다.

「당신에게 고맙다는 말과 작별인사를 전하려고 왔소. 우선 당신에게 줄게 있소.」

그리고 나서 회장은 화장품 상자를 건네주었다. 너무 취한 남작이 상자를 포장한 실크를 풀지 못하자, 옆의 게이샤에게 주어 풀라고 했다.

「정말 아름다운 물건이오! 모두들 그렇게 생각하지 않소? 한번 보시오. 이건 당신 옆에 앉아 있는 저 여자보다 더 아름다운 것 같소. 사유리를 아십니까? 모른다면, 내가 소개해드리지.」

「사유리와 난 서로 잘 알고 있소.」

「얼마나 잘 알고 있는데요? 내가 부러워할 정도인가요?」

남작은 자신의 농담에 웃었지만, 다른 사람들은 아무도 웃지 않았다.

「어쨌든, 이 고마운 선물을 보니 자네에게 줄 선물이 생각나는군, 사유리. 하지만 다른 게이샤들이 가기 전까지는 줄 수가 없어. 이 사람들도 하나씩 갖고 싶어할 테니까 말이야. 그러니 자네는 다른 사람들이 집에 갈 때까지 여기 남아 있도록 하게.」

「남작님은 정말 친절하시군요. 하지만 귀찮게 해드리고 싶은 생각이 정말 없습니다.」

「자네는 모든 부탁을 어떻게 거절하는지 마메하로부터 상당히 많이 배운 모양이군. 손님들이 가고 나서 현관 홀 정문에서 잠깐 날 만나기만 하면 돼. 사유리가 차로 모시고 가는 동안 날 위해 설득 좀 해주시겠죠, 회장님?」

남작은 술이 너무 취했기 때문에 회장을 배웅하러 나오지 않고 거기서 작별인사를 나누었다. 나는 회장을 따라 나가, 운전사가 그를 위해 문을 잡고 있는 동안, 절을 하며 친절하게 대해주셔서 감사하다고 말했다. 회장은 막 차에 오르려다가 멈추었다.

「사유리…….」

회장은 말을 꺼냈지만 어떻게 말을 이어야 할지 모르는 눈치였다.

「마메하가 남작에 대해 뭐라고 말하던가?」

「별로 말하지 않았어요, 회장님. 아니 적어도……, 회장님 말씀이 무슨 뜻인지 잘 모르겠군요.」

「마메하가 언니 노릇을 잘 하고 있는가? 자네가 알아야 할 사항들을 마메하가 다 말해주느냐고?」

「아 네, 회장님. 마메하는 정말 말할 수 없을 정도로 많이 도와줘요.」

「나라면 조심하겠네. 남작 같은 남자가 자네에게 뭔가 줄 게 있다고 말할 경우 말이야.」

그 말에 난 어떻게 대답해야 할지 몰랐기 때문에, 남작이 내게 친절하게 대해준다는 말만 했다.

「음, 아주 친절하겠지. 그냥 몸조심하게.」

잠시 나를 뚫어지게 바라보더니 그는 차에 올랐다.

나는 얼마 남지 않은 손님들과 함께 거닐면서 회장이 내게 했던 모든 말들을 생각하고 또 생각하면서 시간을 보냈다. 회장의 경고에 신경 쓰기보다는, 그와 그렇게 오랫동안 얘기했다는 사실에 우쭐했다. 사실, 난 남작과의 만남에 대해 생각할 마음의 여유가 없었다. 그러다가 저물어가는 오후의 어스름한 빛 속에서 문득 현관 홀에 혼자 서 있는 나 자신을 발견하게 되었다. 나는 근처 다다미방으로 들어가 무릎을 꿇고 앉아, 평평한 유리창을 통해 정원을 내다보고 있었다. 15분 정도 지나자, 남작이 현관 홀로 걸어 들어왔다. 남작이 면옷 외에는 아무것도 걸치지 않았기 때문에 그를 본 순간 난 두려움으로 창백해졌다. 그는 한 손에 수건을 들고 있다가, 턱수염을 문질렀다. 분명히 그는 목욕을 끝내고 오는 길이었다. 나는 일어서서 허리를 굽혔다.

「사유리, 내가 얼마나 어리석은지 알고 있나? 술을 너무 많이 마셨네. 자네가 날 기다리고 있다는 걸 잊고 있었어. 하지만 내가 자네에게 줄 게 뭔지 알게 되면 날 용서하리라 믿네.」

남작은 내가 따라오기를 바라면서 집 안쪽을 향해 복도를 내려갔다. 하지만 나는 미주아지를 앞둔 견습생은 테이블에 차려진 음식과 같다는 마메하의 말을 생각하면서 그 자리에 그대로 남아 있었다. 남작이 걸음을 멈추었다.

「따라오게!」

「남작님, 전 갈 수 없어요. 여기서 기다리도록 허락해주세요.」

「자네에게 주고 싶은 게 있어서 그래. 내 방에 와서 잠시 앉아 있어. 그렇게 바보같이 굴지 말고.」

「저, 남작님. 바보같이 굴 수밖에 없어요. 사실 바보니까요!」

「내일이면 자네는 마메하의 감시 밑으로 돌아갈 것 아닌가? 하지만 여기는 자네를 감시하는 사람이 아무도 없어.」

그 순간 내게 최소한의 상식이 있었다면, 남작에게 훌륭한 파티에 초대해주셔서 감사하며 차로 나를 여관으로 데려다 달라고 부탁드리게 되어 정말 죄송하다고 말했을 것이다. 하지만 모든 상황이 꿈속의 일 같았다. 난 충격의 상태에 빠져 있었다. 확실히 기억 나는 건 대단히 두려웠다는 사실뿐이었다.

「내가 옷 입는 동안 같이 가세. 자네, 오늘 낮에 술을 너무 많이 마셨나?」

잠시 시간이 흘렀다. 내 얼굴은 마치 아무 표정도 없이 그냥 머리에 달려 있는 물건 같은 기분이 들었다.

「아뇨, 남작님.」

「많이 안 마신 것 같군. 원한다면 술을 주지. 이리 오게.」

「남작님, 여관에서 절 기다리는 사람이 있어요.」

「기다린다고? 누가 자네를 기다리지?」

난 대답하지 않았다.

「누가 기다리느냐고 물었잖아? 자네가 왜 이런 식으로 행동하는지 모르겠군. 난 자네한테 줄 게 있어. 내가 가서 가져오는 게 좋겠나?」

「정말 죄송합니다.」

남작은 그냥 나를 보기만 했다.

「여기서 기다리게.」

마침내 그는 입을 열더니 집 안으로 다시 들어갔다가 잠시 후에 리넨으로 싼 평평한 물건을 들고 나타났다. 자세히 볼 필요도 없이 그건 기모노였다.

「자, 자네가 그렇게 어리석게 굴어서, 내가 가서 자네 선물을 가지고 왔네. 그러니 기분이 더 좋은가?」

나는 남작에게 다시 한 번 미안하다고 말했다.

「지난번에 자네가 이 옷에 몹시 감탄하는 걸 보았지. 그래서 자네에게 주고 싶었어.」

남작은 상자를 테이블에 내려놓더니 끈을 풀었다. 난 그 기모노가 고베의 풍경을 그린 기모노일 거라고 생각했다. 사실, 그 기모노를 갖고 싶은 마음만큼이나 걱정도 되었다. 왜냐하면 그렇게 훌륭한 기모노를 어떻게 해야 할지, 그리고 마메하에게 남작이 주었다는 사실을 어떻게 설명해야 할지 난감했기 때문이었다. 하지만 그건 고베의 풍경을 그린 기모노가 아니라, 래커칠한 실과 은색으로 수놓은 멋진 검은색 기모노였다. 남작의 말에 의하면, 마지막 쇼군이었던 토쿠가와 요시노부의 조카딸을 위한 옷이라고 했다. 그 옷에는 신비스런 나무와 바위 풍경과 함께 밤하늘을 나는 은색 새가 그려져 있었다.

「나하고 같이 가서 한번 입어보게. 이젠 바보같이 굴지 마! 난 직접 오비를 묶어본 경험이 많아. 아무도 눈치채지 못하도록 자네 기모노를 다시 입혀주지.」

어떻게든 그 상황에서 벗어날 수 있다면, 남작이 주는 기모노와 기꺼이 바꾸고 싶었다. 하지만 남작은 마메하조차 거역할 수 없는 권위를 가진 남자였다. 마메하도 거절할 수 없는데, 내가 어떻게 거절할 수 있겠는가? 남작은 점차 인내심을 잃어가고 있었다. 내가 데뷔한 이래 몇 달 동안 남작은 끔찍하리만치 친절을 베풀어주었다. 남작은 점심을 먹는 동안 내가 시중들 수 있도록 허락했고, 마메하가 날 교토 별장의 파티에 데려갈 수 있도록 허락했다. 그리고 또다시 훌륭한 기모노까지 선물하는 친절을 베풀었다.

마침내 난 그의 말에 복종하고 결과를 감수하는 수밖에 달리 도리가 없다는 결론을 내렸다. 부끄러움으로 인해 난 눈을 다다미 위로 내리깔았다. 계속되는 몽롱한 상태에서, 남작은 내 손을 잡더니 집 뒤쪽으로 향한 복도로 데려갔다. 그 순간 하인이 하나 복도로 들어오다가 우리를 보더니 절을 한 뒤 다시 되돌아갔다. 남작은 한마디 말도 없이 나를 이끌어 한쪽 벽면에 거울이 달린 커다란 다다미방으로 데려갔다. 그곳은 남작의 의상실이었다. 맞은편 벽에는 문이 닫힌 옷장들이 놓여 있었다.

두려움으로 떨리는 내 손을 보고도 남작은 아무 말 하지 않았다. 나를 거울 앞에다 세운 남작은 내 손을 자기 입술로 가져갔다. 나는 남작이 손에 입맞추려고 하는 줄 알았다. 그러나 그는 억센 턱수염에다 내 손등을 대더니, 특이한 행동을 했다. 소매를 조금 걷어올리고 내 피부의 향기를 맡는 것이었다. 턱수염이 내 팔을 간질였지만, 나는 별로 느낌이 없었다. 나 자신은 공포와 혼돈, 그리고 두려움 속에 파묻혀 있었다.

남작이 내 뒤로 돌아갔을 때에야, 난 충격에서 깨어났다. 그는 오비를 묶은 끈을 풀기 위해 손을 뻗었다. 남작이 정말 내 옷을 벗기려 하자, 난 한 순간 두려움을 느꼈다. 뭐라고 말해보려 했으나, 입이 마음대로 움직여주지 않았다. 어쨌든 남작이 내는 소리 때문에 내 말소리는 들리지도 않았다. 제지해보려 애썼지만, 내 손을 밀쳐버린 남작은 마침내 오비를 묶은 끈을 풀어버렸다. 그리고 나서 한 발짝 뒤로 물러난 남작은 어깨뼈 사이에 놓인 오비 매듭을 갖고 한참 동안 씨름을 했다. 제발 벗기지 말아달라고 애원하려 했지만, 목이 너무 말라 있어서 소리가 나오지 않았다. 내 말을 못 들은 남작은 넓은 오비를 펴기 시작했다. 허리를 팔로 감쌌다 풀었다 하면서 말이다. 회장의 손수건이 펄렁거리며 바닥으로 떨어졌다. 남작은 오비가 바닥으로 떨어지도록 내버려두더니, 맨 아래 허리띠까지 풀었다. 허리에서 기모노가 느슨하게 풀리자 아찔했다. 내가 헐렁해진 기모노를 감싸 안았더니 남작이 내 팔을 밀쳐버렸다. 난 더 이상 거울을 볼 수가 없었다. 눈을 감는 순간, 그 무거운 옷이 살랑거리는 소리를 내며 어깨에서 미끄러졌다.

허리 부분에서 내 속옷을 만지작거리는 남작의 손길이 느껴졌다. 마침내 난 다시 눈을 떴다. 그는 여전히 뒤에 서서 내 머리와 목의 향기를 맡고 있었다. 거울에 박혀 있는 남작의 눈은 속옷을 묶고 있는 내 허리끈을 뚫어지게 바라보고 있었다. 남작의 손가락이 움직일 때마다, 난 있는 힘을 다해 그 손가락들을 떼어내려고 애썼지만, 그 손가락은 거미처럼 내 배 위로 기어오를 뿐이었다. 그리고 다음 순간 허리끈을 휘감더니 잡아당기기 시작했다. 나는 몇 번인가 막아보려고 했지만, 남작은 아까처럼 내 손을 치워버렸다. 결국 허리끈이 풀렸다. 남작은 허리끈이 손가락 사이로 빠져나가 바닥으로 떨어지도록 내버려두었다. 난 다리가 후들거렸다. 남작이 속옷 솔기를 만지작거리자 방이 흐릿해지는 느낌이었다. 나는 다시 한 번 그의 손길을 뿌리쳤다.

「사유리, 너무 걱정하지 말게! 해서 안 될 짓은 절대로 하지 않을 테니까. 난 그냥 한번 보고 싶어. 이해하겠나? 나쁠 게 없다구. 어떤 남자라도 그렇게 하고 싶을 거야.」

말하는 동안 수염이 내 귀를 간질였기 때문에, 난 한쪽으로 머리를 돌려야 했다. 그걸 동의의 표시라고 해석했는지, 남작의 손길이 더 빨라졌다. 그가 옷을 풀어헤치고 기모노 속옷을 묶고 있던 끈을 풀기 위해 안간힘을 쓰는 동안, 난 갈비뼈 근처를 간질이는 그의 손가락을 느낄 수 있었다. 잠시 후, 그는 다 해치웠다. 남작이 내 몸을 보게 된다고 생각하니 도저히 참을 수가 없었다. 그래서 옆으로 얼굴을 돌리고 있었지만, 곁눈질로 거울을 들여다보았다. 속옷이 풀어헤쳐져 가슴 중앙이 길게 드러나 있었다.

엉덩이로 옮겨간 남작의 손이 분주하게 코시마키를 벗기고 있었다. 그날 아침, 난 다른 때보다 훨씬 더 단단하게 코시마키를 허리에 감았다. 남작은 처음에는 솔기를 잘못 찾더니 몇 번 잡아당겨 천을 느슨하게 한 다음, 속옷 아래로 코시마키를 끝까지 잡아당겼다. 실크가 몸에서 미끄러져 나가자, 내 목에서 흐느낌 같은 소리가 새어 나왔다. 내가 손으로 잡았으나, 남작은 코시마키를 낚아채더니 바닥으로 떨어뜨렸다. 그리고 나서 잠자는 아이의 옷을 벗기듯이 내 속옷을 천천히 벗겼다. 마치 무슨 엄숙한 의식을 행하는 사람처럼 숨도 죽여가면서.

금방이라도 울음이 터질 듯, 목으로 뭔가가 끓어올랐다. 하지만 남작이 내 벌거벗은 모습과 우는 모습을 보게 될지도 모른다고 생각하니 도저히 참을 수가 없었다. 그렇게 옷을 다 벗은 내 모습은 한번도 본 적이 없었다. 물론 발에는 단추 달린 양말을 신고 있었다. 그러나 목욕탕에서 완전히 옷을 벗었을 때보다, 옷의 솔기를 풀어헤친 그때가 노출이 더 심한 것처럼 보였다.

남작의 시선이 거울 속에 비친 내 모습을 이리저리 훑고 있었다. 먼저 그는 허리 윤곽선이 보이도록 옷을 더 풀어헤치더니, 내 몸의 비밀스런 부분을 향해 눈을 내리깔았다. 한참 동안 그곳에 머물던 눈길이 배를 지나 가슴 쪽으로 올라갔다. 그가 손으로 어떤 짓을 했는지 말할 수는 없지만, 그런 행동은 그후 두 번 다시 보지 못했다. 그 순간 내가 느꼈던 거라곤, 내 목을 후덥지근하게 만든 남작의 숨결뿐이었다. 거울이 흐릿한 은색으로 변하더니 아무것도 보이지 않았다. 난 더 이상 눈물을 감출 수가 없었다.

한순간, 남작의 숨결이 다시 느려졌다. 두려움으로 인해 내 몸은 뜨거워지고 몹시 축축해졌다. 미풍과도 같은 공기가 맨살에 와 닿았다. 곧 나는 방 안에 혼자 남겨졌다. 남작은 내가 알지도 못하는 사이에 나가버렸다.

바닥에 꿇어앉아 속옷을 주워 든 나는 너무 서둘러 옷을 입으려고 달려들었기 때문에 마치 배고픔에 굶주린 아이가 음식 찌꺼기에 달려드는 꼴이었다.

떨리는 손으로 나는 옷을 다시 잘 입어보려 했다. 하지만 다른 사람의 도움 없이는 옷을 제대로 입을 수가 없었다. 나는 거울 앞에 서서, 눈물로 얼룩진 얼굴을 걱정스럽게 바라보며 기다렸다.

몇 분 지나지 않아 남작이 돌아왔다. 남작은 아무 말 없이 내가 기모노 입는 걸 도와주었다. 오비를 묶기 위해 남작이 커다랗고 긴 오비를 손에 감는 동안, 난 끔찍한 기분이 들었다. 처음에는 그 기분의 정체를 알지 못했으나, 얼룩이 헝겊 사이로 스며들 듯 차츰 난 그 기분을 이해하게 되었다. 그것은 뭔가 아주 잘못된 행동을 했다는 느낌이었다. 남작 앞에서 울고 싶지 않았으나, 어쩔 수가 없었다.

다시 방으로 돌아온 남작은 내 눈을 들여다보지 않았지만 눈물을 본 게 틀림없었다. 방을 나간 남작이 잠시 후 자신의 이름이 새겨진 손수건을 들고 돌아왔기 때문이었다. 남작은 손수건을 가지라고 했으나, 난 눈물을 닦은 후 테이블에다 그냥 두고 나왔다.

남작은 나를 집 앞까지 바래다주고, 한마디 말도 없이 가버렸다. 곧 이어리넨으로 다시 한 번 포장한 골동품 기모노를 든 하인이 나타났다. 그 하인은 내게 머리를 숙이며 선물을 주더니 남작의 차로 나를 바래다주었다. 여관으로 돌아가는 길에 나는 뒷좌석에 앉아 소리 없이 울었지만, 운전사는 못 본 척했다. 이초다 씨가 얼룩진 화장을 눈치채거나 값비싼 선물을 보면 뭐라고 할까 하는 걱정이 들었다. 차에서 내리기 전에 나는 회장의 손수건으로 얼굴을 닦았지만 별 소용이 없었다. 나를 한번 쳐다본 이초다 씨는 무슨 일이 있었는지 다 알겠다는 듯 자신의 턱을 쓰다듬었다. 위층 방에서 오비를 풀면서 그가 말했다.

「남작이 옷을 벗겼소?」

「죄송해요.」

「남작이 옷을 벗겨서 거울에 비춰봤겠군. 하지만 그 사람이 당신과 재미를 본 건 아니겠지. 남작이 당신을 만지거나 눕혔소?」

「아뇨.」

「그럼 됐소.」

이초다 씨는 앞을 똑바로 쳐다보며 말했다. 그러고 나서 우리 두 사람은 아무 말도 하지 않았다.

23

다음날 아침 일찍, 기차가 교토 역에 도착할 때까지도 내 감정은 가라앉지 않았다. 호수에 돌 하나가 떨어지면, 돌이 바닥으로 가라앉고 난 후에도 물은 계속 흔들리는 법이다. 이초다 씨보다 한 발짝 앞서서 나무로 된 계단을 내려와 승강장을 빠져나가면서, 나는 문득 내가 모든 것을 잠시 잊고 있었다는 충격을 받게 되었다.

유리가 끼워진 게시판 안에는 '고도의 춤' 공연을 위한 새 포스터가 붙어 있었는데, 난 걸음을 멈추고 그 포스터를 바라보았다. 공연까지 두 주가 남아 있었다. 그 공연에는 해마다 주제가 있었는데, 예를 들면 '교토의 사계절' 이나 '헤이케 이야기의 명승지' 같은 것이었다. 그 해의 주제는 '떠오르는 태양의 찬란한 빛' 이었다. 그 포스터는 1919년부터 거의 모든 포스터를 그려온 우치다 코사부로가 그린 것으로, 초록과 오렌지색 기모노를 입은 한 견습생 게이샤가 아치형의 나무 교각 위에 서 있는 모습을 담고 있었다.

긴 여행을 끝낸 뒤였고, 기차에서도 잠을 별로 자지 못해 난 몹시 지쳐 있었다. 난 포스터의 아름다운 배경을 잠시 어리벙벙하게 바라보며 서 있었다. 그러다가 기모노를 입고 있는 여자에게 주의를 빼앗겼다. 그 여자는 떠오르는 태양을 똑바로 쳐다보고 있었는데, 그 눈은 푸른 회색으로 빛나고 있었다. 난 몸을 지탱하기 위해 난간을 꼭 붙들어야 했다. 우치다가 그린 그 교각 위의 여자는 바로 나였다!

기차역에서 돌아오는 길에, 이초다 씨는 포스터가 보일 때마다 손으로 가리켰다. 심지어 오래된 다이마루 백화점 건물 벽 전체에 붙은 포스터를 보기 위해 인력거꾼에게 돌아가자고 부탁하기도 했다.

도시 전역에 붙은 내 모습을 보는 것도 생각만큼 가슴 두근거리는 일은 아니었다. 나는 포스터 속의 여자가 중년 남자에 의해 오비가 벗겨진 채 거울 앞에 서 있는 모습만 생각하고 있었다. 어쨌든, 며칠 동안 온갖 종류의 축하 인사를 들을 거라고 기대했지만 그런 영광은 아무런 대가 없이는 결코 오지 않는다는 사실도 곧 배우게 되었다. 마메하가 나를 위해 무용제에서 배역 하나를 맡아준 이래, 나에 관한 불쾌한 소문들이 끊이지 않았다. 포스터가 붙은 다음, 상황은 더 나빠졌다. 그 전 주까지만 해도 나한테 친절하게 대하던 젊은 견습생에게 인사를 하면, 그녀는 못 본 척 고개를 돌려버렸다.

마메하는 포스터 주인공이 자신이라도 되는 듯 자랑스러워했다. 마메하는 내 하코네 여행이 그다지 유쾌하지 않았겠지만, 그 어느 때보다 더 내 성공을 위해 힘썼다. 잠시 나는 남작과의 그 끔찍했던 만남을 마메하가 배신으로 생각할까봐 걱정했다. 이초다 씨가 마메하에게 그 얘기를 했을 것 같았다. 하지만 마메하는 그 문제에 대해 결코 말을 꺼내지 않았고, 그래서 나도 입을 다물었다.

두 주가 지나 무용제가 시작되었다.

공연 첫날, 카부렌조 극장 의상실에서 내 마음은 흥분으로 넘쳤다. 회장과 노부가 관람하러 올 거라는 마메하의 말 때문이었다. 화장을 하는 동안, 난 옷 깊숙이 회장의 손수건을 찔러 넣었다. 가발을 쓰기 위해 머리는 끈으로 바싹 묶었다. 평상시와 달리 머리를 모두 올린 상태에서 거울을 들여다보니, 그 전까지 보지 못했던 뺨과 눈 주위가 새롭게 보였다. 이상하게 들릴지 모르겠지만, 내 얼굴 모습이 놀랍게 느껴졌던 그 순간, 인생의 그 어떤 것도 우리가 생각하는 것처럼 그렇게 간단하지 않다는 통찰력이 생겼다.

한 시간 후, 나는 개막 무용을 기다리며 무대 한쪽에 다른 견습생들과 함게 서 있었다. 우리는 오렌지색과 금색 오비를 매고, 노랗고 빨간 기모노를 입고 있었다. 그래서 한 사람 한 사람 모두 햇빛에 반짝거리는 모습처럼 보였다. 북과 샤미센 연주가 시작되자, 우리는 한 꾸러미의 염주 알처럼 춤을 추었다. 팔은 죽 뻗은 채, 그리고 손에는 부채를 펴 들고서. 난 어딘가에 속했다는 느낌을 그때처럼 강하게 느껴본 적이 없었다.

개막 무용이 끝나고 나서, 난 위층으로 뛰어올라가 기모노를 갈아입었다. 내가 단독으로 춤을 출 작품은 '파도 위의 아침 햇살'이란 작품으로, 어떤 하녀가 바다에서 수영을 하다가 마법에 걸린 돌고래와 사랑에 빠진다는 내용이었다. 내가 입을 의상은 회색 바다가 그려진 아름다운 핑크색 기모노였다. 나는 잔물결을 표현하기 위해 뒤에다 푸른색 실크 끈을 맸다. 마법에 걸린 돌고래 왕자 역은 우미요라는 게이샤가 맡았다. 거기에다 바람, 햇빛, 물보라를 나타내는 게이샤도 있었으며, 검정과 회색 기모노를 입고 왕자더러 돌아오라고 소리치는 돌고래 역 게이샤도 있었다.

재빨리 옷을 갈아입은 나는 잠시 관람석을 살짝 들여다보았다. 이미 다른 견습생과 게이샤들도 미닫이문에 나 있는 구멍을 통해 안을 들여다보고 있었다. 나는 곧 회장과 노부를 찾아냈다. 노부는 무대를 열심히 쳐다보고 있었지만, 회장은 놀랍게도 졸고 있었다. 그때 마메하의 무용을 알리는 음악이 연주되었다. 그래서 나는 무대가 들여다보이는 구멍을 찾아 복도 끝으로 걸음을 옮겼다.

난 마메하의 춤을 잠깐만 봤을 뿐이었다. 하지만 그녀의 춤이 내게 준 인상은 조금도 지워지지 않았다. 이노우에 무용학교의 춤들에는 대부분 이런저런 줄거리가 담겨 있었다. '아내에게 돌아온 신하'라는 그 춤은, 궁정의 한 여인과 애정 행각을 벌이던 신하에 관한 중국 시에 기반을 두고 있었다. 어느 날 밤, 신하의 아내는 자신의 남편이 어디서 뭘 하며 시간을 보내는지 살피러 궁정으로 몰래 숨어들었다. 마침내 새벽녘이 되어 그 아내는 자신의 남편이 덤불 속에서 정부와 헤어지는 장면을 목격하게 되었다. 바로 그 순간 지독한 추위 때문에 병을 얻은 아내는 얼마 지나지 않아 죽어버렸다.

배경이 중국에서 일본으로 바뀌긴 했지만, 줄거리는 변하지 않았다. 마메하는 추위와 비탄으로 숨진 아내 역을 맡았고, 카나코라는 게이샤는 남편인 신하 역을 맡았다. 나는 그 신하가 정부에게 작별을 고하는 순간부터 보게 되었다. 부드러운 새벽빛으로 가득 찬 무대는 가슴 설레도록 아름다웠고, 샤미센의 느린 리듬은 심장고동처럼 들렸다. 신하는 함께 했던 밤에 대한 감사의 뜻으로 정부에게 아름다운 춤을 추더니, 태양의 온기를 느끼기 위해 해가 뜨는 쪽으로 옮겨갔다. 바로 그 순간 마메하는 지독한 슬픔으로 애통해하는 춤을 추었다. 남편과 정부의 시야에서 벗어나기 위해 무대 한쪽으로 몸을 숨기면서 말이다. 춤 때문이었는지 아니면 그 줄거리 때문이었는지 모르겠지만, 마메하를 지켜보면서 난 말할 수 없는 슬픔을 느꼈다. 나 자신이 마치 그 끔찍한 배신의 희생자라도 된 듯이 말이다. 무용 맨 마지막에 햇살이 무대 위를 가득 채웠다. 마메하는 자신의 죽음을 춤으로 표현하면서 나무가 무성한 숲을 가로질러 갔다. 그러고 나서는 어떻게 되었는지 보지 못했다. 너무 감동을 받은 나는 더 이상 쳐다볼 수가 없었으며, 더군다나 무대로 등장할 준비를 하기 위해 분장실로 돌아가야 했기 때문이었다.

무대 옆에서 기다리는 동안, 건물 전체가 나를 짓누르는 듯한 이상한 기분이 들었다. 슬픔은 항상 무겁기 마련이었다. 연기를 위해 힘을 모으려고 애쓰는 동안, 그 짓누르는 느낌이 너무 강한 나머지 무대 바닥의 갈라진 부분뿐만 아니라 양말 천까지도 느낄 수 있을 정도였다. 마침내 북과 샤미센 소리, 그리고 다른 무희들의 옷 끌리는 소리가 들렸다. 나는 부채를 잡은 손을 들어올린 채 무릎을 꿇고 있었다. 내가 등장할 차례였던 것이다. 그 후에 아무 소리도 듣지 못한 나는 신호를 놓쳐버렸지만, 팔을 움직이는 동안 확신과 평정을 되찾았다. 난 그 춤을 수십 번이나 연습했다. 완전히 정신이 없는 상태였지만 난 내 역을 아무 어려움 없이 해냈다.

남은 공연 기간 동안에도 나는 마음속 깊이 슬픔이 느껴질 때까지 '아내에게 돌아온 신하'에 집중함으로써 무대 등장을 준비했다.

공연 마지막 주 어느 날, 마메하와 나는 분장실에 늦게까지 남아 다른 게이샤들과 이야기를 하고 있었다. 극장을 나서면서 우린 밖에 아무도 없을 거라고 생각했다. 그런데 정복 차림의 운전사가 차에서 내리더니 차 뒷문을 열었다. 마메하와 내가 그 앞을 지나가는 순간, 노부가 나타났다.

「노부 상, 난 당신이 사유리와의 교제를 더 이상 싫어하시는 건 아닌가 걱정했어요! 한 달 내내 당신 연락을 기다렸는데……」

「기다리게 한 사람이 누군데 불평하는 건가? 난 극장 밖에서 거의 한 시간이나 기다렸네.」

「방금 무용을 보고 나오시는 길인가요? 사유리는 스타가 다 됐어요.」

「방금 본 건 아무것도 없네. 무용은 한 시간 전에 보고 왔지. 그동안 전화도 걸고 운전사에게 시내에 가서 뭘 좀 사오라고 시킬 정도로 시간이 많이 흘렀어.」

노부가 한 손으로 차창을 두드리자, 깜짝 놀란 운전사의 모자가 떨어졌다. 창문을 내린 운전사는 노부에게 은색 쇼핑백을 건네주었다. 노부가 내 쪽으로 몸을 돌리자, 나는 그에게 깊숙이 몸을 굽혀 절을 하며 만나게 되어 정말 기쁘다고 말해주었다.

「사유리, 자네는 정말 재능 많은 무희야. 나는 아무 이유 없이 선물을 주지는 않네. 그래서 마메하나 기온의 다른 게이샤들이 다른 남자들만큼 나를 좋아하지 않는 것 같아.」

노부는 그렇게 말했지만, 난 그 말을 사실이라고 생각지 않았다.

「노부 상, 누가 그런 말을 하던가요?」

마메하가 물었다.

「난 자네 같은 게이샤가 뭘 좋아하는지 아주 잘 아네. 자네들은 선물을 주는 남자들이라면 말도 안 되는 얘기도 참아주지.」

노부는 내게 줄 작은 상자를 꺼냈다.

「노부 상, 당신이 제게 참아달라고 부탁하다니 정말 말도 안 되는 얘기로군요.」

나는 물론 농담으로 그렇게 말했지만 노부는 그렇게 생각하지 않았다.

「난 다른 남자와 다르다고 방금 말하지 않았나? 왜 게이샤들은 남들이 하는 말을 안 믿는 건가? 이 선물을 받고 싶다면, 내 마음이 변하기 전에 얼른 가져가는 게 좋을 걸세.」

나는 노부에게 감사의 말을 하고 상자를 받아 들었다. 노부가 다시 한 번 유리창을 두드리자, 운전사가 뛰어나와 문을 열어주었다.

우리는 차가 모퉁이를 돌 때까지 절을 했다. 그러고 나서 마메하는 나를 다시 카부렌조 극장의 정원으로 데려갔다. 그곳에서 우리는 잉어가 사는 연못이 내려다보이는 돌 벤치에 앉아 노부가 준 상자를 열어보았다. 거기 에는 유명한 보석가게의 이름이 새겨진 금색 종이로 포장한, 빨간 리본으 로 묶은 작은 상자가 들어 있었다. 상자를 열자 복숭아씨만한 루비가 나 왔다. 손으로 뒤집어보자, 광택이 이 면에서 저 면으로 옮겨갔다. 난 그 반 짝거림을 가슴속으로 느낄 수 있었다.

「네가 얼마나 짜릿할지 알아. 나도 아주 기분이 좋아. 하지만 너무 지나 치게 좋아하지 마. 살다보면 다른 보석들도 갖게 될 테니까. 사유리……, 넌 아주 많이 갖게 될 거야. 하지만 이런 기회는 다시없겠지. 이 루비를 네 오키야로 가져가서 어머니에게 드려.」

내 손을 핑크빛으로 물들이는 그 빛을 보면서, 누렇게 병든 어머니의 눈 을 생각했다. 내키지 않았지만, 물론 난 마메하의 말에 복종해야 했다.

「이걸 어머니에게 줄 때, 상냥하게 굴면서 이렇게 말해야 해. '어머니, 이런 보석은 정말 제게 필요 없으니 어머니가 받아주신다면 영광이겠어 요. 전 몇 년 동안 어머니에게 성가신 일만 끼쳐드렸어요.' 하지만 더 이 상 말하면 안 돼. 안 그러면 어머니는 네가 비꼰다고 생각할 테니까.」

그 후 내 방에 앉아, 노부에게 감사의 편지를 쓰기 위해 먹을 가는 동안, 내 기분은 점점 더 침울해졌다. 만약 마메하가 그 루비를 자기에게 달라 고 했더라면, 난 아주 기쁜 마음으로 주었을 것이다. 하지만 어머니에게 주라니! 난 점점 노부가 좋아졌기 때문에, 그의 값비싼 선물이 그런 여자 에게 돌아간다는 게 몹시 미안했다. 만약 그 루비를 회장에게서 받았다면 절대 남에게 줄 수는 없었다. 어쨌든 난 편지를 다 쓴 뒤 어머니 방으로 갔 다. 어머니는 흐릿한 불빛 아래 앉아, 개를 쓰다듬으며 담배를 피우고 있 었다.

「무슨 일이냐? 찻주전자를 가져오라고 시키려던 참이었는데.」

「어머니, 방해해서 죄송합니다. 오늘 오후 마메하와 제가 극장을 나서려는데, 노부 토시카주 사장님이 저를 기다리고 계셨습니다…….」

「마메하 상을 기다리고 있었다는 말이겠지.」

「모르겠어요, 어머니. 하지만 사장님이 제게 선물을 주셨어요. 정말 아름답긴 하지만 전 필요가 없어서요.」

어머니가 가지면 좋겠다고 말하려던 참이었으나 그녀는 내 말을 듣고 있지 않았다. 파이프를 테이블 위로 내려놓은 어머니는 내가 내밀기도 전에 내 손에서 상자를 가져갔다. 내가 다시 한 번 상황을 설명하려 했으나, 어머니는 그 상자를 뒤집어 기름기가 번들번들한 손가락으로 루비를 꺼냈다.

「이게 뭐냐?」

「노부 사장님이 제게 주신 선물이에요. 이와무라 전기의 노부 토시카주 말입니다.」

「넌 내가 노부 토시카주가 누군지도 모른다고 생각하니?」

어머니는 테이블에서 일어나 창문 쪽으로 걸어가더니, 창호지 문을 조금 열어 늦은 오후 햇살 속으로 루비를 비춰보았다. 그녀는 내가 길거리에서 했던 것처럼 보석을 이리저리 돌리면서 이쪽저쪽으로 광택이 옮겨가는 모습을 지켜보았다. 마침내 창을 다시 닫고 돌아왔다.

「네가 오해했겠지. 그 사람이 이걸 마메하에게 주라고 하지 않던?」

「글쎄요, 마메하도 저와 같이 있었어요.」

어머니는 루비를 테이블 위에 놓더니, 혼란스런 생각을 공기 속으로 날려버리는 사람처럼 다시 파이프를 빨았다.

「그래서, 노부 토시카주가 네게 관심이 있다는 게냐?」

「영광스럽게도 요즘 한동안 그분이 제게 관심을 보여주십니다.」

그 말에 어머니는 파이프를 다시 테이블에 내려놓았는데, 그건 대화가 점점 더 심각해지고 있다는 뜻이었다.

「난 널 충분히 가까이서 지켜보지 않았어. 남자친구가 생겼다면, 이제 나한테 말할 때가 온 것 같구나.」

「남자친구는 한번도 가져본 적이 없어요, 어머니.」

그 말을 믿었는지 안 믿었는지 알 수는 없었지만, 그때 어머니는 나더러 그만 나가보라고 했다. 하지만 난 마메하가 시킨 대로 어머니에게 루비를 가지라는 말을 아직 하지 못했다. 난 그 말을 어떻게 꺼낼까 궁리하다가 한쪽으로 보석이 놓여 있는 테이블을 흘깃 쳐다보았다. 어머니는 내가 그 보석을 다시 가져가고 싶어한다고 생각했는지, 뭐라고 말을 꺼내기도 전에 손을 뻗어 루비를 낚아챘다.

그리고 나서 며칠 지난 어느 날 오후, 드디어 일은 벌어졌다. 마메하가 우리 오키야로 와서는 날 데리고 응접실로 가더니 내 미주아지를 위한 경매가 시작되었다고 말했다. 바로 그날 아침, 이치리키의 여주인으로부터 소식을 받은 것이었다.

「시간이 안 맞아 정말 실망스럽구나. 난 오늘 오후에 도쿄로 가봐야 하거든. 하지만 굳이 내가 필요 없을 거야. 일이 잘 진행될 것 같으니까 입찰 값도 오르겠지.」

「무슨 말인지 잘 모르겠어요. 어떤 일이 잘 진행될 거라는 말인가요?」

「모든 일들.」

마메하는 그렇게 말하더니 차도 한 모금 마시지 않고 떠났다.

마메하는 3일 동안 자리를 비웠다. 처음에 나는 하녀만 옆에 와도 가슴이 쿵쿵 뛰었다. 그러나 아무 소식 없이 이틀이 그냥 지나갔다. 그러다가 사흘째 되는 날, 아줌마가 복도로 오더니 어머니가 위층에서 나를 기다리고 있다고 말해주었다.

내가 계단에 발을 하나 올려놓는 순간, 방문 열리는 소리가 들리더니 갑자기 호박이 쫓아 내려왔다. 물을 쏟아 부은 것처럼 빠르게 내려오던 호박의 발은 거의 계단에 닿지도 않았다. 중간쯤 내려오다가 기어코 손가락이 계단 난간에 휘감기고 말았다. 그녀가 소리를 내지르면서 자리에 주저앉는 걸 보니 많이 다친 모양이었다.

「하추모모는 어디 있니? 그녀를 찾아야 해!」

「내가 보기에는 많이 다친 것 같은데……, 더 다치고 싶어서 하추모모를 찾는 게냐?」

옆에 있던 아줌마가 호박을 나무랐다.

호박은 아주 실망한 기색이었다. 단지 손가락 때문만은 아닌 것 같았다. 내가 무슨 일이냐고 물었으나, 호박은 현관으로 달려가 버렸다.

방으로 들어가자 어머니는 테이블에 앉아 있었다. 어머니는 파이프에 담배를 채우다가 곧 그만두는 게 낫겠다고 생각했는지 치워버렸다. 회계 장부를 세워놓은 선반 꼭대기에는 아름다운 유럽풍의 시계가 유리 상자 안에 들어 있었다. 그 시계를 자꾸만 쳐다보던 어머니는 한참 시간이 흘렀는데도 아무 말이 없었다. 마침내 내가 먼저 입을 열었다.

「방해해서 죄송합니다만, 절 만나고 싶어하신다고 들었습니다.」

「의사가 늦는구나. 그 사람이 올 때까지 기다리자.」

나는 어머니가 게박사를 두고 하는 말이며, 그가 내 미주아지를 협상하려고 우리 오키야로 오는 거라고 생각했다. 난 전혀 그런 일을 예측하지 못하고 있었기 때문에 배가 쓰라렸다. 어머니는 타쿠를 쓰다듬으며 시간을 보냈는데, 어머니의 관심에 싫증을 느낀 타쿠는 금방 으르렁거리는 소리를 냈다.

하녀가 현관 홀에서 누군가에게 인사하는 소리가 들리자, 어머니는 계단을 내려갔다. 잠시 후 어머니와 함께 들어온 사람은 게박사가 아니라 부드러운 은발의, 훨씬 젊은 남자였다.

「이 여자아이예요.」

내가 절을 하자, 그 젊은 남자도 내게 허리를 숙여 절을 했다.

「부인, 어디에서……」

어머니는 우리가 있는 방이면 괜찮을 거라고 말했다. 어머니가 방문을 닫는 걸 보니 뭔가 불유쾌한 일이 일어날 것 같았다. 어머니는 내 오비를 풀어 테이블 위에 놓았다. 그리고 나서 어깨에서부터 기모노를 벗기더니 구석에 있던 옷걸이에 걸어두었다. 나는 노란 속옷을 입은 채 조용히 서 있었다. 그러자 어머니는 곧 속옷을 고정시킨 허리끈을 풀기 시작했다. 난 어머니의 손길을 막아보려고 팔을 이리저리 휘둘렀다. 그랬더니 어머니는 남작이 했던 것처럼 내 손을 옆으로 치웠는데, 그 동작이 날 역겹게 만들었다. 어머니는 내 허리끈을 벗기더니 안으로 손을 집어넣어 내 코시마키를 잡아당겼다. 나는 그런 짓이 마음에 들지 않았다. 어머니는 남작이 했던 것처럼 내 옷을 열어 젖히는 대신, 옷을 내 몸 위로 감싸주더니 다다미 위로 누우라고 했다.

　발 앞에 무릎을 꿇은 의사가 미안하다고 말한 뒤, 속옷을 열어 젖히자 내 다리가 드러났다. 마메하가 미주아지에 대해 약간 얘기를 해주었지만, 상황은 내 머릿속보다 훨씬 빠르게 돌아가고 있는 모양이었다. 입찰은 끝났고, 이 젊은 의사가 승자로 나타난 걸까? 게박사와 노부는 어떻게 되었을까? 어머니가 고의적으로 마메하의 계획을 방해하고 있을지도 모른다는 생각까지 들었다. 젊은 의사는 내 다리를 똑바로 하더니 다리 사이로 손을 집어넣었다. 그 손은 회장의 손처럼 부드럽고 품위가 있었다. 너무 적나라하게 드러낸 듯한 느낌이 들어 난 얼굴을 가려야 했다. 다리를 오므리고 싶었으나, 그로 인해 시간이 더 연장될까봐 두려웠다. 난 눈을 꽉 감고 숨을 죽인 채 누워 있었다.

　언젠가 타쿠가 바늘을 삼키는 바람에, 아줌마가 타쿠의 턱을 잡아당기고, 어머니가 타쿠의 목구멍으로 손가락을 집어넣은 적이 있었다. 그때 내 기분이 바로 타쿠가 느꼈을 그런 기분이었다. 한순간 의사의 양손이 내 다리 사이에 놓인 듯했다. 마침내 그는 손을 빼더니 내 옷을 다시 덮어주었다. 눈을 뜨자, 의사는 수건에 손을 닦고 있었다.

　「이 여자는 손을 타지 않았어요.」

　「아, 정말 좋은 소식이군요! 피가 많이 나올까요?」

　「피는 한 방울도 없었어요. 난 단지 육안으로 검사했거든요.」

　「아니, 내 말은 미주아지 동안에 말이에요.」

　「모르겠어요. 보통의 양만큼 나오겠죠 뭐.」

　의사가 떠나고 나자, 어머니는 옷 입는 걸 도와주더니 테이블에 앉으라고 했다. 그리고 나서 어머니가 느닷없이 내 귓불을 세게 잡아당겨 난 소리를 질러버렸다. 어머니는 내 머리를 자기 옆으로 가까이 잡아당기더니 이렇게 말했다.

　「넌 정말 비싼 상품이야. 아무 일도 없어서 다행이다. 하지만 앞으로는 명심해라, 내가 널 더 가까이에서 지켜볼 거야. 남자는 네게서 원하는 것을 얻기 위해 비싼 값을 치르려고 할 거야. 내 말 알아듣겠니?」

「네, 어머니!」

어머니가 얼마나 귀를 세게 잡아당겼던지, 난 무슨 말에도 네라고 대답했을 것이다.

「남자가 돈을 지불해야 하는 보물을 네가 그냥 공짜로 준다면, 넌 이 오키야를 속이는 셈이 되는 거야. 그럼 넌 빚을 지게 되고, 난 그 돈을 받아 내고야 말 거야. 지금 이 문제에 대해서만 얘기하는 게 아니야!」

말을 하다가 어머니는 손가락을 손바닥에 대고 문질러 괴상한 소리를 만들어냈다.

「남자들은 그걸 위해 돈을 내지. 하지만 남자들은 너와 얘기하기 위해서도 돈을 지불해. 만약 몰래 남자를 만나다 나한테 들키면, 그게 비록 짧은 대화라 하더라도…….」

어머니는 내 귓불을 다시 한 번 세게 잡아당기더니 말을 멈추었다. 난 가까스로 숨을 가다듬었다.

「어머니……, 어머니를 화나게 할 행동은 하나도 하지 않았어요!」

「아직은 안 했지. 네가 똑똑한 아이라면, 앞으로도 절대 안 할 거야.」

그만 물러가고 싶었으나, 어머니는 더 있으라고 했다. 다시 파이프를 채우고 불을 붙인 뒤 어머니가 말했다.

「방금 결심했어. 이제 오키야에서의 네 신분이 바뀌게 될 거야.」

난 그 말에 놀라 뭐라고 얘기하려 했으나, 어머니가 나를 제지했다.

「너와 난 다음주에 어떤 예식을 치르게 될 거야. 그 예식이 끝나면 넌 내 딸이 되는 거야. 널 입양하기로 결심했다는 말이지. 언젠가 이 오키야는 네 것이 될 거야.」

난 뭐라고 말해야 할지 생각조차 할 수 없었고, 그 뒤 무슨 일이 벌어졌는지 기억도 나지 않았다. 어머니는 계속 뭐라고 말을 했다. 오키야의 딸로서 나는 언젠가 때가 되면 하추모모와 호박이 차지하고 있는 큰 방으로 옮기게 되고 그 둘은 내가 그때까지 사용했던 작은 방을 함께 쓰게 될 거라는 등 뭐 그런 얘기였다. 건성으로 얘기를 듣고 있던 나는, 어머니의 딸로서 더 이상 하추모모의 횡포에 시달리지 않아도 된다는 점을 천천히 깨달았다. 그건 모두 마메하의 계획이었지만, 난 그런 일이 실제로 일어나리라고는 한번도 생각해본 적이 없었다. 어머니는 계속 내게 일장 연설을 늘어놓았다. 나는 어머니의 축 처진 입술과 누런 눈을 쳐다보았다. 어떻게 생각하면 어머니는 가증스런 여자였다. 하지만 가증스런 여자의 딸로, 난 하추모모의 손길이 닿지 않는 선반 위로 올려지게 되었다.

그러던 중, 문이 열리더니 하추모모가 복도에 모습을 드러냈다.

「무슨 일이냐? 난 지금 바빠.」

「나가. 난 어머니와 할 얘기가 있어.」

하추모모가 나를 내려다보며 버럭 소리를 질렀다.

「나한테 할 얘기가 있으면, 먼저 사유리에게 나가줄 수 있는지 친절하게 물어보도록 해라.」

「나가줄 수 있겠니, 사유리?」

하추모모가 비꼬면서 말했다.

그때 나는 난생 처음으로 하추모모로부터 벌을 받을지도 모른다는 두려움 없이 그녀에게 맞대꾸를 했다.

「어머니가 나가라고 하시면 나가겠어요.」

「어머니, 이 작은 바보 양더러 좀 나가달라고 말해주시겠어요?」

「그만 좀 성가시게 굴어! 어서 들어와서 하고 싶은 말이나 해.」

하추모모는 내키지 않았지만 어쨌든 들어와 테이블 옆에 앉았다. 하추모모는 어머니와 나 사이에 자리를 잡았는데, 너무 가까이 앉은 탓에 그녀의 향수 냄새가 풍겨왔다.

「가련한 호박이 몹시 실망해서 방금 제게로 달려왔어요. 제가 어머니와 얘기해보겠다고 호박에게 약속했어요. 호박이 아주 이상한 말을 했어요. '하추모모 상, 어머니가 마음을 바꿨어요!' 하지만 난 호박에게 그게 사실이 아닐지도 모른다고 말했죠.」

「호박이 무슨 말을 했는지 난 모르겠다. 최근에 난 마음을 바꾼 게 하나도 없으니까.」

「저도 호박에게 그렇게 얘기했어요. 어머니가 말씀을 바꾸시지는 않을 거라구요. 어머니, 어머니가 직접 호박에게 말씀하신다면 그 애 기분이 틀림없이 좋아질 거예요.」

「그 애에게 뭐라고 말하라는 게냐?」

「호박을 입양하기로 한 어머니 마음이 바뀌지 않았다구요.」

「그 애가 어떻게 그런 생각을 다 하게 되었지? 우선 난 그 애를 입양할 생각은 해본 적이 없는데.」

그 말을 듣자, 난 너무 마음이 아팠다. 호박이 몹시 실망한 얼굴로 계단을 달려 내려오던 모습이 떠올랐다. 호박의 인생이 앞으로 어떻게 될까 생각해볼 때 그 행동은 놀랄 일도 아니었다. 하추모모는 여전히 값비싼 도자기처럼 보이는 미소를 짓고 있었지만, 어머니의 말은 그녀의 기분을 완전히 뭉개고 말았다.

하추모모는 증오로 가득 찬 눈으로 나를 쏘아보았다.

「그러니까 어머니는 저 애를 입양하실 생각이군요? 지난달에 어머니는 호박을 입양할 생각이라고 말씀하셨잖아요, 기억 안 나세요? 저더러 호박에게 그 소식을 전해주라고 부탁하셨잖아요!」

「네가 호박에게 뭐라고 얘기했든 그건 내가 알 바 아니야. 게다가 넌 내가 기대한 것만큼 호박의 견습생활을 잘 지도하지도 못했어. 호박은 한동안 잘해 냈지만 최근에는…….」

「어머니는 약속하셨어요.」

하추모모는 위협적인 어조로 말했다.

「바보처럼 굴지 마! 내가 몇 년 동안 사유리를 지켜보고 있었다는 건 너도 알잖아. 내가 왜 마음을 바꿔 호박을 입양하려고 하겠니?」

어머니는 거짓말을 하고 있었다.

「사유리 상, 널 입양하겠다는 말을 내가 처음 꺼낸 게 언제였지? 아마 일 년 전이었지?」

만약 당신이 어미 고양이가 새끼에게 사냥하는 법을 가르치는 장면을 본 적이 있다면─힘없는 쥐를 다루다가 갈기갈기 찢는 모습 말이다─글쎄, 마치 어머니는 어떻게 하면 내가 어머니처럼 될 수 있는지 배울 기회를 주는 것 같았다. 하지만 난 어머니 편만 들 수는 없었다. 그 길은 나를, 암울한 방에서 회계장부와 씨름하며 지내는 누런 눈의 노파로 이끌 테니까. 그래서 난 눈을 다다미에 내리깐 채, 기억이 안 난다고 말했다.

얼굴이 벌겋게 달아오른 하추모모가 나가려고 몸을 일으켰지만, 어머니는 말리지 않았다.

「사유리는 1주일 후면 내 딸이 될 거야. 그동안 넌 사유리에게 존경심을 갖고 대하는 법을 배워야 할 게다. 그리고 아래층으로 내려가거든, 하녀한테 사유리와 내가 마실 차를 올려 보내도록 해라.」

하추모모는 약간 허리를 숙여 절을 하더니 나가버렸다.

「어머니, 이렇게 자꾸 성가시게 굴어서 정말 죄송합니다. 하지만 부탁이 있는데요……, 호박과 저를 둘 다 입양하는 건 불가능한가요?」

「그러니까 넌 지금 사업에 대해 알고 싶은 게로구나? 넌 오키야를 어떻게 운영하는지 듣고 싶은 게지?」

잠시 후, 하녀가 찻주전자와 잔이 담긴 쟁반을 들고 들어왔다. 잔은 두 개가 아니라 한 개뿐이었다. 하지만 어머니는 신경 쓰지 않는 눈치였다. 내가 잔에 차를 가득 따르자, 어머니는 붉게 충혈된 눈으로 나를 바라보면서 차를 마셨다.

24

그 다음날 기온으로 돌아온 마메하는 어머니가 날 입양하기로 결심했다는 말을 듣고도 생각만큼 기뻐하지 않았다. 분명히 고개를 끄떡이며 만족해하긴 했으나 웃지는 않았다. 나는 마메하에게 바라던 대로 일이 안 된 거냐고 물어보았다.

「그게 아니야. 게박사와 노부 사이의 입찰은 바라던 대로 됐어. 그리고 최종 액수도 상당했어. 그 사실을 알았을 때, 난 니타 여사가 널 입양할 거라고 생각했지. 이보다 더 기쁜 일이 어디 있겠니!」

마메하는 그렇게 말했다. 하지만 그 다음 몇 해 동안 알게 된 바에 의하면 이야기가 상당히 달랐다. 첫째로, 경쟁에 맞붙은 사람은 게박사와 노부가 아니라 게박사와 남작이었다. 마메하가 그 사실에 대해 어떻게 느꼈는지 정확히 알 수는 없었다. 하지만 그런 이유 때문에 마메하는 한동안 내게 냉담하게 굴었고, 제대로 얘기해주지도 않았다.

그렇다고 노부가 전혀 관여하지 않았던 건 아니었다. 노부도 내 미주아지에 대해 상당히 공격적으로 응했으나, 그건 금액이 8천 엔을 넘기 전, 그러니까 처음 며칠 동안뿐이었다. 노부가 포기한 건 금액이 너무 높아서가 아니었다. 원하기만 한다면 노부는 누구와 맞서서도 경쟁을 벌일 수 있는 사람이었다.

마메하가 예기치 못했던 문제란 바로 노부가 내 미주아지에 대해 그다지 큰 흥미를 갖고 있지 않다는 점이었다. 어떤 부류의 남자들은 미주아지를 얻기 위해 시간과 돈을 탕진하지만 노부는 그런 사람들과 달랐다. 몇 달 전에 마메하가 한 말이 기억 났다. 열다섯 살 난 견습생의 미주아지에 관심 없는 남자는 그녀와의 관계를 발전시키려고 하지 않는다는 말을. 그날 마메하는, 내가 노부를 매료시킨 게 내 이야기가 아니라는 얘기도 했다. 마메하의 말이 맞는지도 모르겠다. 하지만 노부가 나한테 매료된 이유가 무엇이었던 간에 그게 미주아지는 아니었다.

게박사는 노부 같은 사람한테 미주아지를 가로채이느니 차라리 그전에 자살을 택할 사람이었다. 그가 노부와 경쟁한 건 처음 며칠 동안만의 일이었지만, 그는 그런 사실조차 모르고 있었다. 이치리키의 여주인이 그에게 말하지 않기로 작정했기 때문이었다. 그녀는 가격이 가능한 한 최대로 올라가기를 원했다. 그래서 그 여주인은 게박사에게 전화로 이런 말을 전했다.

「박사님, 방금 오사카로부터 소식을 받았는데, 어떤 사람이 5천 엔을 제안했대요.」

오사카로부터 소식을 받았다는 말은 어느 정도 사실일 것이다. 하지만 그건 그녀의 언니로부터 받은 연락이었는지도 모를 일이었다. 왜냐하면 그 여주인은 공공연한 거짓말을 좋아하지 않았기 때문이었다. 그러나 그녀가 오사카를 언급하고 나서 바로 그런 제안에 대해 말을 꺼냈기 때문에, 당연히 게박사는 그 제안이 노부에게서 나왔을 거라고 생각했다.

남작은 자신의 경쟁자가 게박사라는 사실을 정확히 알고 있었지만 상관하지 않았다. 미주아지를 원했던 그는 자신이 탈락할지도 모른다는 생각이 들자, 어린아이처럼 토라지기도 했다. 훨씬 뒤, 어떤 게이샤가 당시 남작과 나누었던 얘기를 나한테 전해주었다.

「일이 어떻게 돼가고 있는지 들었소?」

남작이 그 게이샤에게 물었다.

「난 미주아지를 얻어내기 위해 애쓰고 있소. 하지만 어떤 성가신 의사가 일을 계속 방해하고 있소. 단지 한 남자만이 미개척지를 탐험할 수가 있는데, 내가 바로 그 주인공이 되고 싶단 말이오! 도대체 어떻게 해야 하는 거요? 그 어리석은 의사는 자신이 내던지는 액수가 진짜 돈으로 얼마나 되는지 모르고 있는 것 같소!」

입찰가가 계속 올라감에 따라 남작은 탈락에 대해 얘기하기 시작했다. 하지만 액수는 이미 새로운 기록에 도달하고 있었기 때문에, 이치리키 여주인은 게박사를 속였던 것처럼 남작을 속여서 가격을 더 높이 올리기로 마음먹었다. 전화로 그녀는 남작에게 어떤 신사가 더 높은 입찰가를 불렀다고 말하면서, 하지만 사람들 말에 의하면 더 높은 가격을 부를 사람은 아니라고 덧붙였다. 남작이 최종 입찰가를 부르면, 액수가 얼마든지 간에, 게박사는 그보다 더 높은 값을 부를 사람이란 걸 그 여주인은 알고 있었다.

결국, 게박사는 내 미주아지를 위해 11,500엔을 지불하기로 동의했다. 그 액수는 그때까지 기온에서 미주아지를 위해 지불된 금액 중에서는 최고의 금액이었다. 다른 게이샤 구역에서도 아마 최고의 금액이었을 것이다. 그 당시 게이샤의 시간당 수당이 4엔이었고, 훌륭한 기모노 한 벌도 1,500엔 정도면 살 수 있었다. 그렇게 큰 액수처럼 안 들릴지 모르겠지만, 한 노동자가 일 년 동안 버는 돈보다 훨씬 많은 액수였다.

난 사실 돈의 가치에 대해 잘 몰랐다. 대부분의 게이샤들은 현금을 갖고 다니지 않는 것을 자랑스러워했고, 어디에 가든지 물건 값을 달아놓는 데에 익숙했다. 지금 내가 살고 있는 뉴욕에서도 나는 같은 식으로 생활하고 있다. 난 나를 아는 가게에 가서 쇼핑을 하는데, 점원들은 내가 원하는 물건을 친절하게 다 적어놓는다. 월말에 계산서가 날아오면, 내 똑똑한 비서가 대신 지불을 한다. 그래서 난 내가 얼마나 많은 돈을 쓰는지, 그리고 향수 한 병 값이 잡지 한 권보다 얼마나 더 비싼지 모른다. 하지만 친한 친구가 언젠가 해준 적이 있는 말을 당신에게도 전해주고 싶다. 그는 1960년대 한동안 일본의 재정 차관을 지낸 사람이었으니까 난 그의 말이 틀리지 않을 거라고 생각한다. 그의 말에 따르면, 현금 가치는 해가 갈수록 떨어지는 경우가 많기 때문에 1929년의 마메하의 미주아지는 1935년의 내 미주아지보다 사실상 가격이 더 높았다는 것이다. 마메하의 미주아지가 7,8천 엔 정도였고, 내 미주아지는 11,500엔이나 되었지만 말이다.

물론, 내 미주아지가 팔렸을 당시 아무도 그런 걸 문제 삼지 않았다. 모

320

든 사람들의 관심사는 내가 새로운 기록을 세웠으며, 그 기록은 1951년 사토카라는 게이샤가 나타날 때까지 유효했다는 사실이었다. 내가 보기에 사토카라는 게이샤는 20세기 최고의 게이샤 중 한 명이었다. 그러나 내 친구 재정 차관의 말에 따르면, 1960년대까지는 마메하의 미주아지 가격이 최고 기록이었다. 그러나 진짜 기록의 주인공이 나였든 사토카였든 아니면 마메하였든 간에—아니면 심지어 1890년대의 마메미추까지 거슬러 올라간다 해도—어머니가 그 기록적인 현금 액수에 대해 들었을 때, 얼마나 입맛을 다셨을까 쉽게 상상이 갈 것이다.

그 엄청난 돈 때문에 어머니가 날 입양했다는 건 두말할 필요도 없는 사실이었다. 내 미주아지 값은 오키야의 내 빚을 모두 갚고도 남았다. 만약 어머니가 날 입양하지 않았더라면, 그 돈의 상당량이 내 손에 떨어졌을 것이다. 하지만 내가 오키야의 딸이 되면, 내 빚은 모두 오키야의 부담이 되기 때문에 나에게는 더 이상 빚이 존재하지 않게 되었다. 대신, 당시의 내 미주아지 수입뿐 아니라 그 이후로 벌어들일 수익금 전부가 오키야로 돌아가게 되었다.

입양은 그 다음주에 이루어졌다. 이미 내 이름은 사유리로 바뀌었지만, 입양과 동시에 내 성도 바뀌었다. 바닷가의 비틀거리는 집에서 난 사카모토 치요였지만, 난 니타 사유리라는 이름으로 다시 태어나게 되었다.

게이샤의 일생 중, 미주아지는 분명 다른 어느 무엇보다 더 큰 비중을 차지했다. 내 미주아지 시기는 1935년 7월 초순, 그러니까 내가 열다섯 살이었을 때 일어났다. 예식은 그날 오후, 게박사와 내가 술을 마시는 것으로부터 시작되었다. 미주아지 자체는 빨리 끝나지만, 그런 예식을 치름으로 해서 게박사가 죽을 때까지 내 미주아지 후원자로 남는다는 사실을 보여주었다. 물론 그렇다고 해서 게박사에게 어떤 특별한 권한이 주어지는 것은 아니었다.

예식은 이치리키 찻집에서 어머니와 아줌마, 그리고 마메하가 보는 앞에서 치러졌다. 물론 이치리키의 여주인도 참석했고, 내 의상 담당자인 베쿠도 참석했다. 나는 견습생이 입는 정식 복장을 갖춰 입었다. 다섯 개의 문장이 찍힌 검정색 옷과 붉은색 속옷을 입었는데, 그건 새로운 시작을 의미하는 색이었다. 마메하는 나더러 유머감각이 없는 사람처럼 몹시 엄격하게 행동하라고 지시했다. 난 너무나 긴장하고 있었기 때문에, 유머감각을 선보일 기회 따위는 없었다.

예식이 끝난 후, 우리는 모두 키초라는 식당으로 저녁을 먹으러 갔다. 그것도 엄숙한 행사에 속했으므로 나는 말수를 줄이고 음식도 적게 먹었다. 저녁식사를 하는 동안, 게박사는 다가올 순간을 애타게 기다린 탓인지 그 누구보다도 더 지루해했다. 나는 순진하게 보이기 위해 식사 도중 내내 시선을 내리깔았지만, 게박사 쪽을 살짝 훔쳐볼 때마다 그는 사업차 회의에 참석한 사람처럼 안경 너머로 아래를 내려다보고 있었다.

저녁식사가 끝났을 때, 베쿠는 나를 인력거에 태우고 난젠지 사원 근처에 있는 아름다운 여관으로 데리고 갔다. 베쿠는 이미 그날 일찌감치 그곳에 들러 옆 방에 내 옷을 준비해둔 상태였다. 그는 내 기모노를 벗기더니, 패드가 필요 없는 오비가 달린 편한 옷으로 갈아입혀 주었다. 패드는 박사에게 괴로운 물건이 될 수도 있기 때문이었다. 그는 아주 쉽게 풀리도록 매듭을 묶어주었다. 내가 너무 긴장한 탓에, 베쿠는 나를 데리고 방으로 들어가 박사가 도착할 때까지 기다리도록 문 옆에 앉혀주었다. 베쿠가 떠나고 나자, 나는 마치 신장이나 간 제거 수술이라도 받을 사람처럼 공포를 느꼈다.

곧 이어 도착한 게박사는 목욕하는 동안 술을 주문해달라고 부탁했다. 그가 이상한 눈길로 쳐다보았기 때문에 난 그가 옷 벗는 것을 도와주기를 바라는 줄 알았다. 하지만 손이 너무 굳어 있었기 때문에 난 그렇게 해줄 수가 없었다. 잠시 후에 잠옷을 입고 나타난 그가 정원으로 나 있는 문을 열었다. 우리는 작은 나무 발코니에 앉아 술을 마시면서 귀뚜라미 울음소리와 작은 시냇물 소리를 들었다. 난 잘못해 술을 기모노에 쏟았으나, 박사는 그 사실을 눈치채지 못했다. 사실, 그는 근처 연못 속에서 뛰어 노는 물고기를 제외하고는 아무것에도 신경 쓰지 않았다. 물고기를 처음 보는 사람처럼 손짓을 하곤 했다. 우리가 그곳에 앉아 있는 동안, 하녀가 와서 나란히 침상을 펴주었다.

마침내 박사는 발코니에 나를 남겨두고 혼자 안으로 들어갔다. 나는 자리를 옮겨 곁눈으로 그를 지켜보았다. 박사는 가방에서 흰 수건을 두 장 꺼내 테이블 아래 깔더니 이리저리 모양을 바로잡았다. 침상 위에 있던 베개도 그런 식으로 정리한 다음, 내가 일어나 안으로 들어갈 때까지 그는 문 앞에 서 있었다.

박사는 내 오비를 벗기더니 편하게 침상에 들라고 했다. 모든 것이 너무 낯설고 위협적이었기 때문에 난 결코 편하게 침상에 들 수가 없었다. 마침내 나는 콩으로 채운 베개를 베고 누웠다. 박사는 한참 동안 시간을 끌며 차례차례 내 옷을 풀어나갔다. 손으로 내 다리를 문지르곤 했는데 긴장을 풀어주기 위한 동작 같았다. 한참을 그렇게 한 다음, 박사는 그 전에 꺼내놓은 흰 수건 두 장을 가져왔다. 그리고 내게 엉덩이를 들라고 하더니 그 수건을 엉덩이 밑에 깔았다.

「이 수건들이 피를 흡수할 걸세.」

물론 미주아지가 일정한 양의 피와 관계가 있다는 사실은 알고 있었지만, 아무도 거기에 대해 정확하게 설명해준 적은 없었다. 잠자코 있거나 아니면 사려 깊게 수건을 깔아줘 고맙다고 말해야 옳았지만, 그 대신 나는 '무슨 피요?' 라고 불쑥 물어버렸다. 말하는 동안 내 목소리에서 약간 찍찍거리는 소리가 났는데, 목이 메말라 있던 탓이었다. 게박사는 처녀막에—난 그게 뭔지 잘 몰랐지만—혈관이 많기 때문에, 어째야 한다는 식의 설명을 늘어놓았다.

그 설명을 듣고 몹시 불안해진 나는 침상에서 약간 몸을 일으켰다. 박사는 내 어깨에 손을 얹더니 부드럽게 다시 뒤로 밀쳤다.

그런 종류의 대화로 인해 어떤 남자들은 막 시작하려고 하는 일에 대해 흥미를 잃었을지 모르겠지만, 박사는 그런 종류의 남자가 아니었다. 설명을 끝낸 뒤 박사가 말했다.

「두 번째로 자네 피의 표본을 수집할 수 있는 기회를 갖게 되었군. 한번 보여줄까?」

박사는 여행용 가죽 가방뿐만 아니라 작은 나무 상자도 가져왔다. 상자를 열자, 양옆으로 작은 유리병이 담긴 진열관이 보였다. 그 유리병들은 전부 코르크 마개로 닫힌 채, 가죽끈으로 고정되어 있었다. 진열판 바닥에는 가위와 핀셋 같은 기구들이 몇 개 놓여 있었다. 그 밖에는 사오십 개 정도 되는 유리병으로 가득 차 있었다. 몇 개의 빈 병을 제외하고는 모두 뭔가가 들어 있었지만, 그게 뭔지는 알 수가 없었다. 박사가 테이블에서 램프를 가져오자 각각의 병 뚜껑에 붙은 흰 라벨이 보였는데, 그 라벨에는 여러 명의 게이샤 이름들이 표시되어 있었다. 마메하의 이름은 물론, 그 유명한 마메키치 이름도 있었다. 또한 하추모모의 친구 코린을 포함하여 귀에 익은 이름들도 상당수 있었다.

「이게 자네 것이네.」

유리병 하나를 꺼내면서 박사가 말했다. 사유리의 '리'가 다른 글자로 잘못 적혀 있었다. 유리병 안에는 비록 자주색이 아니라 갈색이긴 했지만 절인 플럼과 비슷한 뭔가가 들어 있었다. 박사는 코르크 마개를 빼더니 핀셋을 사용해 그걸 끄집어냈다.

「이것이 자네 피를 닦았던 가제일세. 자네가 다리를 다쳤을 때 닦았던 것이지. 생각나겠지? 난 보통 환자의 피는 안 모으지만……, 자네가 아주 마음에 들었거든. 이 표본을 수집한 다음, 난 자네 미주아지 후원자가 되리라고 마음먹었네. 내가 미주아지 동안 언게 될 자네 피의 표본뿐 아니라 몇 달 전 상처에서 취한 표본까지 보관하고 있는 게 자네한테는 이상하겠지?」

계속해서 박사가 마메하의 병을 포함하여 다른 병도 몇 개 보여주자, 난 혐오감을 억눌러야 했다. 마메하의 병에는 가제 대신 녹빛으로 얼룩지고 상당히 딱딱해진 작은 흰색 천 조각이 들어 있었다. 게박사는 그런 표본을 매혹적이라고 생각하는 모양이었으나, 내 경우는 전혀 달랐다. 나는 공손하게 굴기 위해 그쪽으로 얼굴을 돌리는 척했으나, 박사가 보지 않을 때 얼른 다른 곳으로 눈길을 돌려버렸다.

마침내 그는 상자를 닫고 옆으로 치우더니 안경을 벗어 접은 다음 테이블 위에 올려놓았다. 마침내 운명의 순간이 온 것 같아 난 겁이 났다. 내 다리를 벌린 게박사는 그 사이로 자신의 몸을 뉘었다. 박사가 자신의 잠옷 끈을 풀기 시작하자, 난 눈을 감고 손으로 입을 막았다. 그러나 그런 모습이 나쁜 인상을 줄지도 모른다는 생각이 들어 손을 머리 근처에다 올려 놓았다.

　몇 주 전 은발의 젊은 의사가 했던 것과 비슷한 방식으로, 박사의 손이 잠시 몸을 파고들면서 나를 몹시 불편하게 만들었다. 그리고 나서 자신의 몸이 내 위에서 균형을 잡을 때까지 몸을 낮추었다. 나는 게박사와 나 사이에 어떤 정신적인 장벽을 만들어보려고 모든 힘을 다 기울였지만, 박사의 '뱀장어'가 내 허벅지 안쪽에 닿는 느낌을 피하기는 어려웠다. 여전히 램프가 켜져 있었기 때문에 난 어디론가 마음을 돌려보려고 천장의 그림자를 살펴보았다. 박사가 너무 세게 누르는 바람에 내 머리가 베개에서 이리저리 움직였다. 손을 어떻게 해야 할지 몰랐던 나는 베개를 잡고 눈을 꽉 감아버렸다. 곧 내 위로 많은 동작들이 이루어졌으며, 내 안에서도 온갖 종류의 동작들이 느껴졌다. 불쾌한 비린내가 나는 걸 보니, 피를 상당히 많이 흘린 모양이었다. 나는 박사가 그런 특권을 위해 얼마나 많은 돈을 지불했는가 계속 생각했다. 그리고 어느 한순간 나 자신보다는 박사가 더 많은 재미를 누리기를 바랐다. 만약 누군가 피가 날 때까지 내 허벅지 안쪽에 계속 줄질을 해댄다면 난 조금도 재미를 느끼지 못할 것이다.

　마침내 그 집 없는 뱀장어가 자기 영역을 표시한 것 같았다. 박사는 땀으로 범벅이 된 채, 내 위에 축 늘어져 있었다. 나는 그렇게 붙어 있는 게 너무 싫어서, 몸을 좀 치워주기를 바라며 숨쉬기 곤란한 척했다.

　한참 동안 꼼짝도 않다가, 갑자기 몸을 일으킨 그는 다시 사업가적인 태도를 보였다. 나는 곁눈으로 박사가 내 밑에 깔았던 수건으로 자신의 몸을 닦는 것을 보았다. 안경알 한쪽 가장자리에 피가 조금 묻어 있었지만, 박사는 그 사실도 알아차리지 못한 채 수건과 가제 등을 이용해 내 다리 사이를 닦기 시작했다. 마치 병원 진료실에 누워 있는 기분이었다. 가장 불쾌했던 순간이 그렇게 지나가자, 나는 다리를 다 드러낸 채 넋을 잃고 누워 있었다. 박사는 가위를 꺼내더니, 엉덩이 밑에 깔았던 피 묻은 수건을 잘라내 내 이름을 잘못 기입해놓은 유리병 안에 집어넣었다. 그리고 나서 그는 정식으로 절을 하며 말했다.

　「정말 고맙소.」

나는 누워 있었기 때문에 절을 할 수가 없었으나, 아무 상관 없었다. 박사는 즉시 몸을 일으켜 다시 목욕탕으로 가버렸기 때문이었다.

모든 것이 끝나 다시 숨을 돌릴 수 있게 되자, 난 마치 수술을 받고 있는 느낌이 들었다. 하지만 다소 안심이 되면서 웃음이 나왔다. 생각하면 생각할수록 그런 모든 경험이 내게는 아주 우습게 보였다. 그래서 나는 한순간 웃고 말았다. 박사가 옆 방에 있었기 때문에 난 조용히 해야 했다. 이한순간으로 인해 내 장래가 바뀌었다는 말인가? 나는 입찰이 한참 진행되던 중에 이치리키의 여주인이 노부와 남작에게 전화를 거는 모습을 상상해보았다. 그 일을 위해 그렇게 많은 돈을 썼고 문제도 많았다. 노부와의 관계는 얼마나 이상하게 되어갈까? 나는 그를 친구로 생각하기 시작했다. 남작과 어떻게 될까 하는 생각은 하고 싶지도 않았다.

박사가 목욕하는 동안, 나는 베쿠의 방문을 두드렸다. 그는 급하게 들어와 침대보를 바꾸더니, 내가 잠옷으로 갈아입는 걸 도와주었다. 나중에 박사가 잠에 빠져든 다음, 나는 다시 일어나 조용히 목욕을 했다. 마메하는 밤새 깨어 있으라고 지시했다. 잠을 깬 박사가 뭔가 찾을 경우를 대비해서 말이다. 깨어 있으려고 갖은 애를 쓰다가 결국 잠에 빠져들고 말았다. 하지만 아침에는 제시간에 일어나 박사가 얼굴을 보기 전에 화장을 끝낼 수 있었다.

아침식사 후, 여관 정문 앞에서 게박사를 발견한 나는 그가 신발 신는 것을 도와주었다. 밖으로 나가기 전, 그는 전날 밤에 대해 감사하다는 말을 한 뒤, 내게 작은 상자를 주었다. 그 상자 속에, 노부가 준 선물처럼 보석이 들어 있을지 아니면 그 전날 밤의 피 묻은 수건 조각이 들어 있을지 전혀 알 수가 없었다. 방에 돌아와 상자를 열어보자, 거기에는 약초가 들어 있었다. 베쿠 말로는 임신이 되지 않도록 그 약초를 매일 한 번씩 달여 마셔야 한다는 것이었다.

설명하기 힘들고 이상한 일이긴 하지만 미주아지를 치른 후에 세상이 달라 보였다. 나와 나이가 같았지만 아직 미주아지를 치르지 않은 호박은 경험 없는 어린아이처럼 여겨졌다. 어머니와 하추모모, 그리고 마메하도 물론 미주아지를 치렀지만, 난 그들보다 그 이상한 경험에 대해 더 많이 의식하고 있었다. 미주아지가 끝나면 타래머리 아랫부분에, 무늬 있는 띠 대신 붉은 실크띠를 매야 했다. 한동안 나는 길을 걸을 때나 학교 복도를 지날 때, 어떤 견습생이 붉은 띠를 맸고 또 어떤 견습생이 무늬 있는 띠를 맸는지 쳐다보느라 정신을 차리지 못했다. 붉은 실크띠를 맨 사람에게는 새로운 존경심이 생겼다.

모든 견습생들이 나와 마찬가지로 미주아지를 통해 변화를 느끼겠지만 내 경우, 단지 세상이 다르게 보인다는 문제만은 아니었다. 내 일상생활도 변했는데, 그것은 나에 대한 어머니의 새로운 시각 때문이었다. 어머니는 어떤 사람인가 하면, 가격표에만 관심을 기울이는 사람이었다. 거리를 걸을 때면, 어머니의 마음은 움직이는 주판이나 다름없었다.

「저기 작은 유키요가 오는구나. 저 애의 우둔함 때문에 작년에 저 애의 가련한 언니는 백 엔이나 날려버렸지. 그리고 이치미추가 오는구나. 저 애는 새 주인이 지불한 금액 때문에 아주 기분이 좋을 거야.」

만약 어머니가 아주 화창한 봄날, 시라카와 강변을 따라 걷게 된다면, 다른 사람들이 물위로 늘어진 벚나무 가지를 보고 경탄하는 동안에도 그런 풍경에 눈길조차 주지 않을 것이다. 확실하진 않지만, 벚나무를 베어 팔아서 돈을 벌 생각을 할지는 모르겠다.

미주아지를 치르기 전에는, 하추모모가 날 귀찮게 해도 어머니는 별 신경을 쓰지 않았다. 그러나 나한테 높은 가격표가 붙게 되자, 어머니는 내가 부탁하지 않았는데도 하추모모로 하여금 날 괴롭히는 짓을 그만두도록 했다. 어머니가 어떤 방법을 썼는지는 잘 모르겠다. 아마 어머니는 그냥 이렇게 말했을지도 모르겠다.

「하추모모, 만약 네 행동이 사유리를 성가시게 하고 그래서 이 오키야에 추가 비용이 들게 된다면, 네가 그 돈을 물어야 할 게다!」

6년 전, 우리 엄마가 아프기 시작한 이래, 내 인생은 정말 너무 힘들었다. 하지만 미주아지를 전환점으로 해서 내 삶은 눈에 띄게 순조로워졌다. 물론 내가 한번도 피곤함을 느끼지 않았다거나 실망한 적이 없다는 얘기는 아니다. 사실, 나는 대부분의 시간을 피곤하게 지냈다. 기온에서 생계를 유지하는 여자라면, 긴장을 늦추기 힘들었다. 그러나 하추모모의 협박에서 벗어난다는 것은 정말 커다란 위안이었다. 오키야 안에서도 내 생활은 정말 즐겁기만 했다. 입양된 딸로서, 나는 내가 먹고 싶은 것을 먹을 수 있었고, 호박이 자기 기모노를 선택할 때까지 기다리지 않고 내가 입을 기모노를 먼저 고를 수 있었다. 내가 기모노를 고르고 나면, 아줌마는 적당한 넓이로 솔기를 바느질하고 속옷에 깃을 달아주었다. 하추모모의 기모노보다 먼저 달아주는 것이다. 그런 특별 대우 때문에, 하추모모가 증오 어린 눈으로 나를 쳐다보았지만 난 상관하지 않았다. 하지만 호박이 근심 어린 얼굴을 하고 내 앞을 지나가거나, 얼굴을 마주보고 있다가도 시선을 돌려버리면, 마음이 무척 아팠다. 만약 그런 상황만 생기지 않았더라면, 우리 우정은 더 깊어졌을 거라고 생각했지만, 이미 엎질러진 물이었다.

  미주아지를 치르고 나서, 게박사는 내 인생에서 거의 사라지다시피 했다. 내가 '거의'라고 말하는 이유는 가끔 기온의 파티에서 게박사를 만나곤 했기 때문이었다. 한편, 남작은 다시 만나지 못했다. 내 미주아지 값을 올려놓는 데에 그가 어떤 역할을 했는지는 알 수 없었으나, 마메하가 왜 남작과 나를 떼어놓으려고 했는지는 이해할 수 있었다. 나는 남작이 옆에 있으면 항상 불편함을 느꼈다. 내가 남작과 함께 있으면, 마메하가 불편해했듯이 말이다. 어쨌든 그 두 남자를 다 놓쳐버렸다는 건 사실이었다.
  하지만 내게는 너무나 보고 싶었던 남자가 한 명 있었다. 두말할 필요도 없이 그 남자는 바로 회장이었다. 회장은 마메하의 계획에서 어떤 역할도 하지 않았기 때문에, 내 미주아지가 끝났다고 해서 회장과의 관계가 변하거나 끝날 거라고는 기대하지 않았다.
  몇 주 지난 뒤, 이와무라 전기로부터 내 참석을 요청하는 전화가 걸려왔다. 도착해보니 회장과 노부가 모두 와 있었다. 예전 같으면 노부 옆에 자리를 잡았겠지만, 어머니가 나를 입양했기 때문에, 난 더 이상 노부를 구원자로 생각할 필요가 없었다. 공교롭게도 회장 옆자리가 비어 있어서, 난 흥분을 느끼며 그 자리로 갔다. 내가 정성을 다해 술을 따라주자, 잔을 받아 든 회장은 마시기 전에 잔을 높이 쳐들며 고마워했다. 그러나 그날 밤 회장은 나를 한번도 쳐다보지 않았다. 반면, 노부는 내가 고개를 돌릴 때마다 내 쪽으로 눈길을 보냈다. 마치 그 방 안에서 자신이 의식하고 있는 사람이 나밖에 없다는 듯이 말이다.

나는 누군가를 갈망한다는 게 어떤 감정인지 분명히 알고 있었다. 그래서 그 밤이 지나기 전에, 노부와 조금 시간을 보내기로 마음먹었다.

한 달 정도가 지난 어느 날 밤, 파티 도중에 나는 마메하의 주선으로 히로시마의 축제에 참가할 수 있게 되었다는 말을 우연히 노부에게 하게 되었다. 그가 내 말을 듣고 있었는지 확실하지 않았지만, 다음날 수업이 끝난 후 오키야로 돌아와 보니, 내 방에는 노부가 선물로 보낸 나무로 만든 여행가방이 놓여 있었다. 그 가방은 하코네의 남작 파티에 참석하기 위해 아줌마에게 빌렸던 가방보다 훨씬 더 훌륭했다. 마메하의 계획에서 노부가 더 이상 중요한 역할을 하지 않는다는 이유로 그를 버릴 수 있다고 생각했던 나 자신이 너무나 부끄러웠다. 나는 노부에게 감사의 편지를 보냈다. 그리고 이와무라 전기가 벌써 몇 달 전부터 계획했던 그 다음주로 예정된 대규모의 파티에서 감사의 말을 전할 수 있기를 고대한다고 썼다.

그런데 이상한 일이 벌어졌다. 파티가 시작되기 몇 시간 전에, 나는 참석할 필요가 없다는 연락을 받게 되었다. 우리 오키야에서 전화를 받는 요코는 그 파티가 취소되었다는 느낌을 받았다고 했다. 공교롭게도, 그날 밤 나는 다른 파티에 약속이 있어 이치리키에 가야 했다. 안으로 들어가려고 복도에 무릎을 꿇고 앉아 있는데, 그때 커다란 연회실의 방문이 열리더니 젊은 게이샤가 나왔다. 그 게이샤가 채 문을 닫기도 전에, 방 안에서 웃음소리가 들렸는데 회장의 웃음소리 같았다. 그 웃음소리에 너무 당황한 나는 몸을 일으켜, 그 게이샤가 이치리키 찻집을 빠져나가기 전에 얼른 붙들었다.

「귀찮게 해서 정말 죄송합니다만, 방금 이와무라 전기에서 주최한 파티에서 오시는 길인가요?」

「네, 아주 쾌활한 파티예요. 게이샤는 한 스물다섯 명 정도 왔고, 남자들은 거의 50명이나 왔죠.」

「근데……, 이와무라 회장과 노부 상도 오셨나요?」

「노부 상은 안 오셨어요. 아파서 오늘 아침에 집으로 가신 것 같아요. 이 파티를 놓쳐서 아주 애석해하실 거예요. 하지만 회장은 여기 계세요. 근데 그건 왜 물어보시죠?」

그때까지 나는 회장도 노부만큼이나 나와 함께 있는 시간을 소중히 여긴다고 생각하고 있었다. 하지만 그 순간, 그건 모두 착각이었으며, 노부만이 내게 관심이 있었다는 생각이 들었다.

25

마메하는 어머니와의 내기에서 이미 이긴 것 같았으나 아직도 내 장래
에 내기를 걸고 있었다. 그래서 그 다음 몇 년 동안, 마메하는 자신의 최고
고객들과 게이샤들이 내 얼굴을 익힐 수 있도록 나를 데리고 다녔다. 그
무렵 대공황의 후유증이 서서히 가시고는 있었지만, 마메하가 만족할 정
도로 연회가 자주 열리지는 않았다. 그러나 마메하는 찻집에서의 파티뿐
만 아니라 수영 나들이, 관광 여행, 가부키 연극 등등에 나를 데리고 다녔
다. 모든 사람들이 휴식을 원하는 한여름의 더위 동안에는 그런 약식 모
임들이 아주 재미있었다. 우리로서는 접대하는 일이 힘들기는 했지만 말
이다. 한 무리의 남자들과 함께 술을 마시면서, 긴 운하용 보트를 타고 가
모 강을 따라 여행한 적이 있었다. 너무 어려서 그런 술자리에 낄 수 없었
던 나는 종종 얼음을 갈아 아이스크림 만드는 일이나 했지만 그래도 기분
전환이 되었다.

어떤 밤에는 돈 많은 사업가나 귀족들이 게이샤 파티를 열기도 했다. 그
들은 게이샤와 함께 춤추고 노래하고 술을 마시면서 저녁을 보내는데, 종
종 자정을 넘길 때도 있었다. 한번은, 파티를 연 주인의 부인이 문 앞에
서 있다가 우리가 떠나려 할 때, 팁을 두둑이 넣은 봉투를 내민 적이 있었
다. 그 부인은 마메하에게 봉투 두 개를 주면서 그 중 하나는, 머리가 아
파서 일찍 집으로 돌아간 게이샤 토미주루에게 전해주라고 부탁했다. 사
실은 토미주루가 그 부인의 남편 정부이며, 그날 밤 남편과 함께 저택의

다른 곳으로 사라져버렸다는 사실을 우리와 마찬가지로 그 부인도 알고 있었다.

기온의 훌륭한 파티에는 유명한 예술가, 작가, 가부키 배우들도 참석해서 때때로 아주 흥겨운 파티가 되곤 했다. 하지만 유감스럽게도 보통의 게이샤 파티는 좀더 현실적이었다. 그런 파티의 주인은 작은 회사의 국장 같은 사람으로, 초대되는 손님도 물품 공급자이거나 아니면·최근에 승진한 부하직원, 뭐 그런 유의 사람들이었다.

때때로 몇몇 호의적인 게이샤들은, 외모뿐만 아니라 재치 있는 대화를 끌어나갈 능력도 아울러 갖추라고 훈계하곤 했다. 그러기 위해선 다른 사람들의 대화를 경청하라는 것이었다. 하지만 파티에서 오가는 대화들은 대부분 그다지 재치 있게 들리지 않았다. 이를테면 한 남자가 옆에 있는 게이샤에게 '날씨가 이상하게 아주 덥지 않소?' 라고 물으면, 그 게이샤는 '네, 아주 더워요!' 라고 말하고는 술 마시기 게임을 하거나 노래를 불렀다. 그녀와 대화를 나누었던 남자는 곧 너무 술에 취해서 기대만큼 즐거운 시간을 보내지 못했다는 사실까지 잊고 말았다. 나는 언제나 그런 행동들이 쓸모 없는 낭비라고 생각했다. 그런 가위바위보 같은 유치한 게임이나 하면서 시간을 보낼 생각이라면……, 글쎄, 내 생각에 그런 남자는 차라리 집에서 자기 자식들이나 손자들과 노는 편이 더 나을 것이다. 자식들이나 손자들이 가련하고 아둔한 게이샤보다는 더 재치 있을 테니까.

하지만 때때로 정말 재치 있는 게이샤의 말을 들을 수 있는 기회가 생기기도 했는데, 마메하가 바로 그런 게이샤들 중 한 명이었다. 나는 그녀의 대화에서 많은 것을 배웠다. 예를 들어, 어떤 남자가 '날씨가 덥지 않소?' 라고 물으면, 마메하는 거기에 대해 여러 가지 대답을 준비해놓고 있었다. 만약 그 사람이 나이가 많고 호색한이면, '덥다구요? 이렇게 아름다운 여자들에게 둘러싸여 있으니 덥다고 느끼시는 거겠죠!' 그렇게 말을 했고, 그가 자기 주제도 모르는 건방진 젊은 사업가라면, '당신은 지금 기온의 최고 게이샤들과 함께 있으면서, 고작 날씨 얘기밖에 못하는군요' 하면서 기를 꺾어버렸다. 한번은 우연히 마메하를 지켜보게 되었는데, 그때 그녀는 열아홉이나 스무 살 정도밖에 안 돼 보이는 아주 젊은 남자 옆에

앉아 있었다. 그 젊은이는 자신의 아버지가 파티의 주최자만 아니었더라
도 게이샤 파티 같은 곳에는 참석하지 않을 사람처럼 보였다. 그는 초조
해하더니, 아주 용감하게 마메하 쪽으로 몸을 돌려 입을 열었다.

「덥죠, 안 그래요?」

마메하는 목소리를 낮추어 이렇게 대답했다.

「글쎄요, 덥다는 말이 맞는 것 같군요. 당신은 오늘 아침 목욕하고 나오
는 날 봤어야 했어요! 보통 옷을 다 벗으면, 싸늘하고 긴장이 풀리죠. 하지
만 오늘 아침에는 온몸이 땀방울로 뒤덮여 있었어요. 허벅지와 배 위에,
그리고……, 또 다른 곳에도요.」

가련한 소년은 술잔을 테이블 위에다 내려놓았는데, 손가락이 떨리고
있었다. 그 소년이 평생 그 게이샤 파티를 잊지 못하리란 확신이 들었다.

그런 파티들이 나한테 재미없었던 이유는 두 가지 이유에서였다. 첫째
로, 한 여자아이가 어린 나이에 팔려와 게이샤가 되기 위해 교육을 받는다
고 해서 그녀가 반드시 재치 있게 이야기할 수 있다는 말은 아니었다. 두
번째로, 그와 같은 이유는 남자들에게도 해당되었다. 어떤 남자가 돈이
많아 기온에 와서 자기가 원하는 대로 돈을 쓴다고 해서, 그가 재미있는
사람이어야 한다는 법은 없었다.

2년 동안 파티나 각종 행사에 참석한 후—그동안 공부를 계속하면서, 할
수 있는 한 많은 시간을 내어 무용 발표회에 참석하였다—나는 견습생에
서 정식 게이샤가 되었다. 1938년 여름, 내가 열여덟 살이 되던 해였다. 우
리는 그런 변화를 '색깔을 바꾼다'고 표현했는데, 그건 견습생들이 붉은
깃을 다는 반면에, 게이샤는 하얀 깃을 달기 때문이었다. 만약 당신이 견
습생과 나란히 있는 게이샤를 보게 된다면, 깃 외에도 서로 다른 점이 많
다는 사실을 알게 될 것이다. 정교하고 소매가 긴 기모노를 입고 오비를
늘어뜨린 견습생을 보다가 게이샤를 보면 좀더 단순하면서도 더 여성스
러운 면모를 느낄 수 있었다.

내가 깃을 바꿔 단 그날은 어머니의 일생 중에서 가장 행복한 날이었다.
아니 적어도 내가 본 중에서 어머니는 가장 기뻐했다. 견습생과 달리, 게

이샤는 조건만 적당하다면, 남자에게 차를 따르는 일 이상을 할 수 있었다. 마메하와의 관계와 기온에서의 내 인기를 생각할 때, 내 위치는 어머니를 충분히 흥분시킬 수 있었다. 어머니의 경우, 흥분이란 다른 말로 곧 돈이었으니까.

뉴욕으로 거처를 옮기고 나서, 나는 '게이샤' 라는 단어가 서양 사람들에게 어떤 의미를 주는지 알게 되었다. 우아한 파티에서 때때로 나는 젊은 여성이나 아니면 훌륭한 옷과 보석으로 치장한 여성들을 소개받곤 했다. 내가 한때 교토의 게이샤였다는 말을 들으면, 그녀들은 입가에 일종의 미소 같은 것을 짓지만, 입 끝이 제대로 올라가는 법이 없었다. 그들은 뭐라고 말해야 할지 모르는 것이다. 그러고 나면, 대화의 부담은 우리를 소개했던 사람의 몫이 되었다. 왜냐하면 수년이 지난 지금까지도 난 영어를 제대로 구사하지 못하기 때문이었다. 물론 그 여자들은 '세상에, 내가 창녀하고 얘기하고 있었다니……' 라고 생각했다. 그러고 나면, 그 여자는 자기보다 한참 더 나이가 들어 보이는 돈 많은 남자의 에스코트를 받고 자리를 떠났다. 우리가 공통점이 많다는 사실을 왜 그 여자들은 깨닫지 못하는 걸까? 내가 한때 그랬듯이, 그 여자도 남자로부터 금전적인 지원을 받는 여자였다.

화려하게 차려 입은 그 젊은 여자들에 대해 내가 모르는 점이 틀림없이 많겠지만, 그러나 돈 많은 남편이나 남자친구가 없었다면 그들은 성공하기 위해 피나는 노력을 해야 했을 테고 자만할 수도 없으리라는 생각이 들었다. 그건 물론 일류급 게이샤도 마찬가지였다. 물론 많은 남자들에게 인기가 있는 게이샤도 좋지만, 성공하고 싶은 게이샤는 전적으로 단나에게 의지해야 했다. 홍보 포스터 덕분에 유명해진 마메하조차도, 남작이 그녀의 경력을 발전시킬 수 있는 비용을 대주지 않았더라면 곧 자신의 위치를 잃고 다른 게이샤처럼 주저앉았을 것이다.

내 옷깃 색깔을 바꾼 지 3주도 지나지 않은 어느 날, 응접실에서 잡지를 보며 점심을 먹고 있는데, 어머니가 오더니 테이블 맞은편에 앉아 파이프를 피워 물었다. 나는 공손하게 굴기 위해 읽고 있던 잡지를 덮었다. 어머니는 별로 할말이 없는 사람처럼 굴다가 한참 만에야 입을 열었다.

「단무지는 먹지 말아라. 이빨을 썩게 하니까. 단무지 때문에 내 이빨이 어떻게 되었는지 좀 보렴.」

어머니는 입을 한번 크게 벌려 보이더니 다시 파이프를 입에 물었다.

「어머니, 아줌마는 단무지를 좋아해요. 하지만 아줌마의 이는 건강해요.」

「아줌마의 이빨이 건강하다고 해서 무슨 대수냐? 아줌마는 예쁜 이빨로 돈도 한푼 못 벌어오는데. 요리사에게 얘기해서 너한테 단무지를 주지 말라고 해야겠다. 어쨌든, 단무지 얘기를 하러 온 건 아니야. 다음달 이맘때쯤 네게 단나가 생길 거라는 얘기를 해주러 왔어.」

「단나라구요? 하지만 어머니, 전 겨우 열여덟 살인데…….」

「하추모모는 스무 살이 될 때까지 단나가 없었어. 넌 당연히 아주 기뻐해야지.」

「네, 아주 기뻐요. 하지만 단나를 행복하게 해주려면 시간이 많이 걸리지 않을까요? 마메하는 우선 내가 몇 년 동안 명성을 쌓아야 한다고 했거든요.」

「마메하라구? 그 여자가 사업에 대해 뭘 안단 말이냐? 다음 파티가 언제 열리는지 알고 싶구나. 내가 가서 그 여자에게 말해줄 테니까.」

나는 절을 하며 '알겠습니다, 어머니' 라고 말한 뒤, 성가시게 군 데에 대해 용서를 빌었다.

「사업 결정은 나한테 맡겨. 바보만이 노부 토시카주 같은 사람의 제안을 무시하겠지.」

그 말을 듣자 난 심장이 멎는 듯했다. 노부가 언젠가 내 단나가 되겠다고 나서리라는 짐작은 했다. 내 미주아지를 원하기도 했으며, 그 이후로도 다른 누구보다 더 자주 날 파티에 불렀으니까. 하지만 그렇다고 해서 정말 그런 일이 일어나리라고 믿지는 않았다. 스모 경기에서 노부를 처음 만난 그날, 내 책력에는 '선과 악의 균형이 운명의 문을 열 수 있다' 라고 쓰여 있었다. 그날 이후로, 난 거의 매일 그 말을 이렇게 또 저렇게 해석해 보았다. 선과 악이라……, 글쎄, 그것은 마메하와 하추모모일 수도 있었다. 아니면 어머니에 의한 입양과 내 미주아지일 수도 있었고, 회장과 노부일 수도 있었다. 그렇다고 내가 노부를 싫어한 건 아니었다. 아니, 오히려 정반대였다. 하지만 그의 정부가 되고 나면 내 인생은 영원히 회장으로부터 닫혀버리게 되리라는 생각이 들었다.

그 말에 충격을 받자, 어머니는 내 반응을 보고 좋아하지 않았다. 어머니가 미처 뭐라고 말을 하기도 전에, 기침을 억누르는 소리가 들려오더니, 하추모모가 방 안으로 들어왔다. 하추모모는 밥그릇을 들고 있었는데, 그건 아주 무례한 행동이었다.

음식을 한입 삼킨 하추모모는 기침을 해댔다.

「어머니, 정말 숨이 다 막히네요! 그러니까 그 유명한 사유리가 노부 토시카주를 단나로 맞게 되었군요. 얼마나 잘된 일이에요!」

하추모모는 점심을 먹다가 우리 대화를 엿들은 모양이었다.

「뭔가 쓸모 있는 말을 하러 왔다면 말해보아라.」

「네, 그럼요.」

하추모모는 정중하게 말하더니 안으로 들어와 테이블에 무릎을 꿇었다.

「사유리 상, 넌 모르고 있었겠지만, 게이샤가 단나와 살다 보면 아기를 가질 수도 있어. 이해하겠니? 그런데 남자들은 만약 자기 정부가 다른 남자의 아이를 낳게 되면 몹시 실망하게 되지. 네 경우에는 특히 조심해야 해. 왜냐하면, 만약 네가 낳은 아기에게 두 팔이 달려 있으면 노부는 즉시 그 아이가 자신의 아이가 아니라는 사실을 알아차릴 테니까!」

「넌 네 팔이라도 하나 잘라버리겠구나, 하추모모. 만약 그렇게 해서 네가 노부 토시카주만큼 성공할 수 있다면 말이다.」

「만약 내 얼굴이 이렇게 보인다면, 아마 그것도 도움이 되겠죠!」

하추모모는 우리가 들여다볼 수 있도록 밥그릇을 집어들었다. 그녀는 붉은 콩이 섞인 밥을 먹고 있었는데, 얼마나 지저분하게 먹어댔던지 그것은 마치 불에 덴 살갗처럼 보였다.

오후가 되면서 어지러워지더니 머릿속에서 윙윙 소리가 들렸다. 난 마메하와 얘기해보려고 곧장 그녀의 집으로 갔다. 한창 더운 여름이었으므로 난 차가운 보리차를 마시며 테이블에 앉아 있었다. 난 마메하에게 내 기분을 들키지 않으려고 애썼다.

회장과 가까워지는 건, 그간의 피나는 노력에 대한 동기이자, 내 삶의 희망이었다. 만약 내 인생이 노부나 무용 발표회, 아니면 꺼지지 않는 기온의 밤들 외에 아무것도 아니라면, 내가 왜 그토록 열심히 노력했겠는가?

내가 온 이유가 궁금했던 마메하는 기대에 찬 시선으로 조용히 내 말을 기다리고 있었다. 찻잔을 테이블 위에 내려놓은 뒤 말을 꺼내려고 했던 나는, 목소리가 갈라져 나올까봐 걱정이 되었다. 마음을 가라앉히기 위해 시간을 조금 더 끌다가 마침내 나는 침을 삼킨 뒤 말을 꺼냈다.

「한 달 안으로 나한테 단나가 생길 것 같다고 어머니가 말했어요.」

「그래, 알고 있어. 단나는 노부 토시카주가 되겠지.」

그때 난 가까스로 울음을 참고 있었기 때문에, 더 이상 말이 나오지 않았다.

「노부 상은 좋은 사람이야. 그리고 널 무척 좋아해.」

「네, 하지만 마메하 상……, 어떻게 말해야 할지 모르겠지만 그런 생각은 한번도 해본 적이 없어요!」

「무슨 말이니? 노부 상은 항상 네게 친절히 대해줬잖니?」

「하지만 마메하 상, 난 친절은 필요 없어요!」

「그러니? 난 우리 모두 친절을 원한다고 생각했는데. 네 말은 친절 이상의 다른 뭔가를 원한다는 뜻이겠지. 그리고 그건 네가 요구할 입장이 아닌 그런 것이겠지.」

물론, 마메하의 말이 옳았다. 그 말을 듣자, 갑자기 연약한 벽을 뚫고 터지듯 눈물이 쏟아졌다. 그래서 나는 지독한 수치심을 느끼며 머리를 테이블에 기댔다.

「뭘 기대했니, 사유리?」

「친절말고 다른 것을요!」

「노부를 쳐다보는 게 편치 않다는 거 이해해. 하지만…….」

「마메하 상, 그런 게 아니에요. 노부 상은 마메하 상의 말처럼 좋은 사람이에요. 그건 단지…….」

「넌 시주에와 같은 운명을 원한다는 거지, 맞니?」

시주에는 특별히 인기 있는 게이샤는 아니었지만, 기온에서 가장 운 좋은 여자로 여겨지는 인물이었다. 30년 동안 그녀는 한 약제사의 정부로 지냈다. 약제사는 돈 많은 남자가 아니었고, 시주에도 그다지 미인은 아니었다. 하지만 온 교토를 다 살펴보아도 두 사람만큼 잘 지내는 커플은 찾아볼 수 없었다. 언제나 그랬지만 마메하의 통찰력은 내 심중을 꿰뚫고 있었다.

「사유리, 넌 이제 열여덟 살이야. 너나 나나 우리 운명을 알 수는 없어. 넌 결코 네 운명을 예측할 수 없을지도 몰라. 운명이 언제나 늦은 밤에 열리는 파티 같지는 않을 테니까. 날마다 생활을 통해 투쟁해나가야 하는 그런 것일 뿐이지.」

「하지만 마메하 상, 그건 너무 잔인해요!」

「그래, 잔인하지. 하지만 우리 둘 다 운명을 피할 수는 없어.」

「제발요. 이건 운명을 피하거나 하는 그런 문제가 아니에요. 노부 상은 아가씨 말씀처럼 좋은 사람이에요. 하지만……, 난 꿈꾸던 게 너무 많아요.」

「노부가 손을 대면, 다시는 그런 꿈들을 못 꿀까봐 두려워서 그러는 거니? 사유리, 넌 게이샤의 삶이 어떤 거라고 생각했니? 로맨스 소설인 줄 알았니? 우리는 우리 인생을 만족시키기 위해 게이샤가 된 게 아니라, 다른 선택의 여지가 없었기 때문에 게이샤가 된 거야.」

「마메하 상, 제발……. 아직까지 희망을 품고 있었던 내가 정말 그렇게 어리석었던 것일까요?」

「젊은 여자들은 온갖 종류의 어리석은 일들을 바라는 법이지. 희망이란 머리 장신구 같은 거야. 젊은 여자들은 장신구를 많이 달고 싶어하지만, 나이가 들면 하나만 달고 있어도 우둔하게 보이는 법이거든.」

나는 가까스로 눈물을 참았다. 수액처럼 뚝뚝 떨어지는 몇 방울의 눈물은 어쩔 수 없었지만.

「마메하 상, 아가씨는……, 남작에 대한 강렬한 감정이 있었나요?」

「남작은 내게 좋은 단나였어.」

「네, 그건 물론 사실이에요. 하지만 여자로서 남작에 대해 감정이 있었냐구요? 내 말은, 어떤 게이샤는 자신의 단나에 대해 감정을 가지기도 하잖아요, 안 그래요?」

「나와 남작의 관계는 그의 편에서는 편리하고, 또 나를 위해서는 아주 이로운 것이지. 만약 우리 거래에 정열이 섞여 있었다면……, 글쎄, 정열이란 쉽게 질투나 증오로 변하기도 하지. 난 사실 권력 있는 사람이 내게 화를 낼 경우 감당할 수가 없어. 수년 동안 난 기온에서 내 힘으로 위치를 개척하기 위해 힘써 왔어. 하지만 만약 권력 있는 남자가 나를 망치려 든다면, 충분히 그렇게 할 수 있을 거야. 사유리, 만약 성공하고 싶으면, 남자들의 감정은 언제나 네 통제하에 놓여 있다는 사실을 명심해야 해. 남작은 때로 다루기 힘든 사람이지만, 돈이 아주 많고, 또 그 돈을 주저 없이 쓰는 사람이기도 해. 그리고 다행히 아이들은 원치 않아. 노부는 확실히 네게 힘든 사람일 거야. 그는 자신에 대해 너무 잘 아는 사람이니까.」

「하지만 마메하 상, 우리 자신의 감정은 어떻게 되는 거죠? 내 말은 어떤 남자가…….」

나는 마메하의 정열적인 감정을 불러일으킨 남자가 있었는지 알고 싶었다. 그때 난 마메하가 짜증이 나 있다는 사실을 알아차렸다. 손을 무릎 위에 올려놓고 꼿꼿이 앉아 있었는데, 금방이라도 나를 꾸짖을 기세였다. 그래서 난 즉시 내 무례함에 대해 용서를 빌었고 그녀는 다시 몸을 뒤로 기댔다.

「너와 노부의 만남은 숙명이야. 넌 그걸 피할 수 없어..」

마메하의 말이 옳았다. 오늘날 많은 사람들은 자신의 생활이 전적으로 자기 선택으로 이루어진다고 믿지만, 그 당시 우리는 우리 자신을 점토 조각으로 여겨 우리에게 손댄 사람의 지문이 영원히 남는다고 생각했다. 노부는 내게 가장 깊은 지문을 남겼다. 노부가 나의 궁극적인 인연인지는 누구도 알 수 없었으나, 우리 둘의 만남이 숙명이라는 점만은 언제나 느낄 수 있었다.

「사유리, 오키야로 돌아가 오늘밤을 위해 준비해. 실망을 극복하기에는 일보다 좋은 게 없어.」

나는 마지막으로 애원하듯 그녀를 쳐다보았지만, 마메하의 표정을 보니 포기하는 게 나으리란 생각이 들었다. 그녀는 무거운 한숨을 내쉬더니 찻잔을 내려다보았다. 쓰디쓴 표정을 짓고서.

큰 집에서 살고 있는 여자는 자신의 집이 불타는 순간, 가장 소중한 물건 몇 가지를 재빨리 결정할 것이다. 마메하와 이야기를 나눈 뒤 며칠 동안, 난 내 인생이 불에 타고 있는 듯한 느낌을 받았다. 노부가 내 단나가 된 후에도, 여전히 소중하게 여길 만한 것이 단 한가지라도 남아 있을지 찾아보았지만, 유감스럽게도 실패했다.

어느 날 밤, 이치리키 찻집의 테이블에 앉아 있던 나는 비참한 감정에 너무 깊이 빠져들지 않으려고 하다가, 갑자기 눈 덮인 숲에서 길을 잃은 어린아이 생각을 했다. 그러다가 내가 접대하고 있던 백발의 남자들을 올려다보니, 마치 흰눈을 뒤집어쓴 나무들이 내 주위를 둘러싸고 있는 것 같았다. 내가 이 세상에 살아 있는 유일한 사람일지도 모른다는 끔찍한 생각이 들었다.

1938년, 매일같이 만주에서 전쟁 소식이 들려왔다. 군인들이 참석했던 어느 파티에서, 난 내 인생에 아직도 어떤 목적이 있을지 모른다는 생각을 어렴풋이 품게 되었다. 장교들은 휴식을 취하러 기온으로 왔다. 술이 적당히 취해 눈가가 축축해질 무렵이면, 그들은 기온을 찾는 일보다 그들의 정신을 더 북돋아주는 일은 없다고 했다. 바닷가 출신의 젊은 여자에 불과했던 나는 국가에 중요한 기여를 하고 있다는 생각이 들었다. 하지만 군인들은 내 고통이 얼마나 이기적인가 하는 점만 상기시켜 주었다.

몇 주가 지난 어느 날 밤, 마메하는 나에게 어머니와 결산할 때가 되었다는 말을 했다. 내가 스무 살이 되기 전에 빚을 다 갚을 수 있을까를 두고 두 사람이 내기했는데, 나는 열여덟에 빚을 모두 갚아버렸다.

「이제 너도 옷깃 색을 바꾸었으니, 나로서는 더 이상 기다릴 이유가 없어.」

마메하는 그렇게 말했지만, 사실은 일이 더 복잡했다. 어머니가 빚을 청산하고 싶어하지 않는다는 걸 마메하도 알고 있었다. 내기 금액이 올라갈 수록, 빚 청산을 더욱 원치 않으리란 건 불을 보듯 뻔했다. 내가 단나를 얻고 나면 내 수입은 상당히 올라갈 테고, 그러다 보면 어머니는 점점 더 내 수입을 지키려고만 할 테니까. 그러니 마메하로서는 가능하면 빨리 자신이 받아야 할 돈을 받는 게 좋겠다고 생각한 모양이었다.

그 후 며칠 지나, 아래층 응접실에서 불러서 내려가 보니, 마메하와 어머니가 테이블을 사이에 두고 여름 날씨에 대해 이야기를 나누고 있었다. 마메하 옆에는 회색 머리의 오카다 부인이 앉아 있었는데, 그 부인은 여러 번 만난 적이 있었다. 오카다 부인은 마메하가 한때 살았던 오키야의 여주인으로, 수입에서 몫을 뗄 때는 조건으로 아직도 마메하의 회계를 돌보고 있었다.

「여기 왔구나. 네 언니가 친절하게도 오카다 여사를 모시고 와주었구나. 그러니 예의를 다해 함께 있도록 해라.」

오카다 부인은 테이블에 시선을 고정한 채 말을 꺼냈다.

「니타 여사님, 마메하가 전화로 이미 말씀드렸듯이, 이건 사교적인 방문이 아니라 사업적인 방문입니다. 사유리가 우리와 함께 있을 필요는 없어요. 저 애는 다른 할 일이 있을 것 같은데요.」

「저 애 앞에서 당신 두 분에게 실례되는 행동을 보이고 싶지 않군요. 두 분이 여기 계시는 동안 저 애도 함께 있을 겁니다.」

내가 어머니 옆에 자리를 잡는 동안, 하녀가 들어와서 차를 대접했다.

「정말 자랑스러우시죠, 니타 여사님? 따님이 아주 잘 하고 있으니 말이에요. 저 애의 행운은 정말 기대 이상이었어요! 그렇게 생각하지 않으세요?」

「글쎄요, 당신의 기대가 어느 정도인데요, 마메하 상? 내 기대치로 말하자면, 결코 사유리가 내 기대를 능가했다고는 말할 수 없어요.」

어머니는 말하고 나서 이를 꽉 물더니 그 특이한 웃음소리를 냈다. 우리들이 자신의 재치에 감탄했는지 확인하느라 우리를 차례대로 둘러보면서 말이다. 어머니를 따라 웃는 사람은 아무도 없었으며, 오카다 부인은 안경을 고쳐 썼다.

「몇 년 전, 우리가 처음 저 애의 장래에 대해 의논했을 때, 난 당신이 저 애에게 별로 기대를 걸지 않는다는 인상을 받았어요. 당신은 내가 저 애를 교육시키는 것조차 망설였어요.」

「난 그저 사유리의 장래를 오키야 외부 사람의 손에 맡기는 게 현명한 일인지 확신할 수 없었던 거예요. 우리에게는 하추모모가 있으니까요, 아시겠지만.」

「이것 보세요, 니타 여사님! 하추모모는 교육시키기도 전에 저 가련한 사유리의 목을 졸랐을 거예요!」

「나도 하추모모로는 어렵다는 거 인정해요. 하지만 당신도 사유리 같은 여자를 발견하면, 분명히 적절한 때에 옳은 결정을 내리게 될 거예요. 예를 들면 당신과 내가 했던 협정처럼 말이죠, 마메하 상. 당신은 오늘 계산을 치르기 위해 온 것 같은데요?」

「오카다 여사가 친절하게도 계산을 다 해왔어요. 당신이 한번 봐주시면 고맙겠군요.」

오카다 부인은 안경을 똑바로 쓰더니 무릎 위에 있던 가방에서 회계장부를 꺼냈다. 오카다 부인이 장부를 테이블 위에다 꺼내놓고 어머니에게 설명하는 동안 마메하와 나는 아무 말 없이 앉아 있었다.

「작년 한 해 동안 사유리의 수입은……, 세상에, 당신 생각처럼 우리가 그렇게 운이 좋았다면 얼마나 좋겠어요! 이건 우리 오키야 전체 수입보다 더 많군요.」

어머니가 끼어들었다.

「네, 액수는 정말 놀랄 정도죠. 하지만 이 계산은 정확해요. 기온의 등록소 기록을 세심하게 살펴보았으니까요.」

어머니는 이를 꽉 물더니 오카다 부인의 말에 웃었다. 거짓말이 탄로 나 당황하는 눈치였다.

「내가 장부를 세심하게 살피지 못했나봐요.」

10분 정도 지나, 두 여자는 내가 데뷔 이후 벌어들인 액수에 동의했다. 오카다 부인은 가방에서 작은 주판을 꺼내더니 빈 페이지에 숫자를 쓰면서 계산을 했다. 마침내 그녀는 최종 금액을 쓰고 밑줄을 그었다.

「자, 여기, 이 금액이 마메하 상이 받을 금액입니다.」

「마메하 상이 우리 사유리에게 얼마나 많은 도움을 주었는지 생각해보면, 물론 마메하 상은 그보다 더 많이 받을 자격이 있죠. 안 됐지만 우리 협정에 따르면, 마메하 상은 사유리가 빚을 다 갚을 때까지는 일반적으로 게이샤가 취할 금액의 절반 정도를 받기로 약속했어요. 이제 빚을 다 갚았으니, 마메하 상은 물론 나머지 절반도 받게 되었고, 그래서 전체 금액을 다 받게 되었어요.」

「내가 아는 바에 의하면, 처음에 마메하는 수입의 절반을 갖기로 동의했다가 결국 두 배를 받기로 합의했죠. 마메하가 위험을 감수하겠다고 동의한 이유도 바로 그 때문이구요. 만약 사유리가 빚을 다 갚지 못했다면, 마메하는 수입의 절반밖에 받을 수 없겠죠. 하지만 사유리가 성공했으니, 마메하도 두 배를 받아야 합니다.」

오카다 여사가 말했다.

「오카다 여사님, 내가 정말 그런 조건에 동의했을 것 같습니까? 기온 사람들이라면 모두 내가 얼마나 돈에 신중한지 알 거예요. 물론 마메하 상이 우리 사유리를 많이 도와준 건 사실이에요. 하지만 난 두 배를 지불할 수 없어요. 대신 추가로 10퍼센트 더 드리도록 하죠. 우리 오키야가 돈을 그렇게 이리저리 쓸 형편이 아니라는 사실을 고려해보면, 이런 제안은 아주 관대하다고 할 수 있죠.」

어머니는 거짓말을 하려고 작정한 모양이었다. 한참 동안 모두 말이 없다가, 마침내 오카다 부인이 입을 열었다.

「니타 여사님, 입장이 좀 곤란하네요. 난 마메하가 한 말을 아주 정확히 기억하고 있어요.」

「물론 그러시겠죠. 마메하 상은 자신의 말을 기억하고 있고, 난 내 말을 기억하고 있는 거죠. 우리에게 필요한 사람은 제삼자인데, 다행히 여기 제삼자가 있네요. 사유리는 그때 단지 아이에 불과했지만, 그래도 숫자를 기억하는 머리는 뛰어나요.」

「물론 저 애의 기억력은 훌륭하겠죠. 하지만 저 애에게 사적인 이해관계가 없다고 말하기는 어려워요. 결국 저 애는 이 오키야의 딸이니까요.」

「네, 그래요. 하지만 저 애는 또한 정직하기도 해요. 난 저 애의 대답을 받아들일 준비가 되어 있어요. 니타 여사님도 받아들이겠다면 말이에요.」

한참 동안 가만히 있던 마메하가 오랜만에 입을 열었다.

「물론 받아들이죠. 자, 사유리, 어떻게 된 거지?」

어머니는 말을 하면서 파이프를 내려놓았다.

만약 어릴 때처럼 지붕 위에서 미끄러져 팔을 부러뜨릴 것인가 아니면 그 방에 앉아 그들의 질문에 대답할 것인가 선택할 수 있다면, 난 곧장 사다리를 타고 지붕으로 올라갔을 것이다. 마메하와 어머니는 내 인생에서 가장 많은 영향을 끼친 사람들이었다. 그런데 난 그 두 사람 중 한 사람을 화나게 만들어야 했다. 내 마음속에는 진실에 대한 믿음이 있었다. 하지만 한편으로는 오키야에서 어머니와 함께 계속 살아야 한다는 생각도 들었다. 마침내 난 마메하의 손을 들어주기로 했다.

「제가 기억하기로, 마메하 상은 수입의 반에 동의했어요. 하지만 마지막에 어머니는 두 배의 수입을 주기로 동의하셨어요. 죄송합니다만, 제가 기억하기론 그렇습니다.」

잠시 조용해진 어머니가 침울하게 입을 열었다.

「난 더 이상 젊지가 않아. 내 기억이 잘못된 것도 이번이 처음 있는 일은 아니고.」

「우리 모두 그럴 때가 있죠. 자, 니타 여사님. 추가로 10퍼센트를 마메하에게 주겠다고 한 제안은 어떻게 되는 거죠? 제 생각으로는 원래 주기로 했던 두 배에 10퍼센트를 얹어주시겠다는 말로 들리는데요.」

「그럴 수 있는 입장이라면 좋겠군요. 하지만 당신은 조금 전에 두 배라고 제안하셨잖아요. 그렇게 빨리 마음이 변한 건 아니겠죠?」

「그 문제는 나중에 얘기하기로 합시다. 어쨌든, 오늘 합의한 내용만 해도 충분하니까요. 다음 번에 다시 만나서 최종 금액을 맞춰봅시다.」

어머니는 괴로운 표정을 지었으나, 찬성의 뜻으로 가볍게 절을 하고는, 두 사람에게 와줘서 고맙다고 말했다.

「너무 기쁘시겠어요, 사유리가 곧 단나를 얻게 될 테니까요. 열여덟 살의 나이로 말이에요! 어린 나이에 그렇게 큰 성과를 거두다니.」

오카다 부인은 주판과 회계장부를 집어넣으면서 말했다.

「마메하 상도 그 나이에 단나를 얻었던 것 같은데요.」

「열여덟이면 대부분의 경우 약간 어린 편이죠. 하지만 사유리의 경우, 니타 여사님이 옳은 결정을 하셨다고 생각해요.」

어머니는 파이프를 피우면서 테이블 너머 마메하를 쳐다보다가 무겁게 입을 열었다.

「당신에게 충고할 게 있어요, 마메하 상. 사유리에게 눈동자를 아름답게 굴리는 법이나 열심히 가르치세요. 사업 결정은 모두 내게 맡기시고 말이에요.」

「당신과 사업 얘기를 하겠다는 생각은 해보지도 않았어요, 니타 여사님. 난 당신의 결정이 최선이라고 확신하니까……. 하지만 하나 물어볼게요. 노부 토시카주로부터 아주 좋은 제안이 있었다는 게 사실인가요?」

「그 사람이 유일하게 제안을 해왔어요. 그래서 아주 좋다고 생각한 거죠.」

「유일하게 제안을 해왔다구요? 안 됐군요……. 남자들이 몇 명 같이 경쟁을 해야 협상이 더 유리한데. 그렇게 생각지 않으세요?」

「마메하 상, 이미 말했지만 사업 결정은 내게 맡겨둬요. 노부 토시카주와 유리한 조건을 맺기 위해 이미 계획을 세워두었으니까요.」

「괜찮으시다면, 한번 들어보고 싶군요.」

어머니는 파이프를 테이블에 내려놓았다. 나는 어머니가 마메하를 꾸짖으려 한다고 생각했지만 사실은 달랐다.

「말 나온 김에 지금 말씀드리지요. 아마 당신이 도와줄 수 있을지도 모르겠네요. 노부 토시카주는 이와무라 전기의 히터가 우리 할머니를 죽게 했다는 사실을 알게 되면 더 유리한 조건을 제시할 거예요. 그렇게 생각지 않으세요?」

「저는 사업에 대해서는 잘 몰라요, 니타 여사님.」

「당신이나 사유리가 다음 번에 노부를 만나게 되면 대화 중에 슬쩍 흘려주세요. 그게 얼마나 끔찍한 일이었는지 그 사람이 알아야 하니까. 알고 나면 우리에게 보상하려고 들 거예요.」

「좋은 생각 같군요. 하지만 여전히 실망스럽네요……. 다른 남자가 사유리에게 관심 있는 것 같은 인상을 받았거든요.」

「백 엔은 백 엔일 뿐이에요. 그 돈이 이 남자에게서 나오든, 저 남자에게서 나오든 마찬가지죠.」

「대부분의 경우에는 그렇죠. 하지만 내가 생각하고 있는 돗토리 준노수케 장군은…….」

얘기가 거기까지 진행되었을 때, 난 그 두 사람이 무슨 말을 하는지 그만 놓쳐버렸다. 나를 노부로부터 구제하기 위해 마메하가 애쓰고 있다는 사실을 깨달은 것이다. 나는 정말 그런 일은 기대하지도 않았다. 마메하가 나를 돕는 쪽으로 마음을 바꾼 건지, 아니면 내가 어머니를 거스르며 자기편에 서준 게 고마워서 그러는지 알 수가 없었다. 물론 마메하에게 다른 목적이 있을 수도 있었다. 나는 어머니가 파이프로 내 팔을 두드리기 전까지 그런 생각들을 뒤쫓고 있었다.

「어때?」

어머니가 물었다.

「네, 어머니?」

「그 장군을 아는지 물었잖아?」

「몇 번 만난 적이 있어요. 기온에 가끔 오거든요.」

내가 왜 그렇게 대답했는지 모르겠다. 사실, 그 장군을 여러 차례 만났으니까. 장군은 매주마다 기온의 파티에 왔는데, 언제나 누군가의 손님으로 참석했다. 그는 키가 작은 편이었다. 사실 나보다도 더 작았다. 하지만 권총은 못 보고 지나칠 수 있어도 그 남자는 못 보고 지나칠 수가 없었다. 언제나 줄담배를 피웠기 때문에, 그의 주변에는 항상 담배 연기가 떠돌고 있었다.

어느 날 밤, 술을 마시면서 그 장군은 내게 군대의 다양한 계급에 대해 한참 동안 얘기해주었는데, 내가 그 계급을 계속 혼동하자 그는 아주 재미있어했다. 돗토리 장군의 계급은 쇼조였는데, 그건 '작은 장군'이란 뜻으로, 말하자면 장군 중에서 가장 낮은 계급이었다. 그런데 어리석게도 난 그 계급이 별로 높은 계급이 아니라는 인상을 받았다. 그는 겸손하게도 자신의 계급이 별로 대단치 않은 것처럼 행동했고, 난 그의 말을 그대로 믿어버렸다.

마메하는 장군이 새 직책을 갖게 되었다고 어머니에게 설명하던 참이었다. 그의 임무는 '군수품 조달'이었는데, 마메하의 설명에도 불구하고 그 일은 가정주부가 시장에 가는 일 정도로밖에 들리지 않았다. 만약 군대에 인주가 부족하다면, 필요한 만큼의 인주를 아주 저렴한 가격에 구입해야 하는 그런 임무 말이다.

「새로운 직책으로 인해, 장군은 이제 정부를 맞이할 수 있는 입장이 되었어요. 그리고 그 사람은 분명히 사유리에게 관심을 갖고 있어요.」

「그 사람이 사유리에게 관심이 있다고 해서 뭐가 그리 대수예요? 군인들은 사업가나 귀족들처럼 게이샤를 돌보는 법이 없어요.」

「그 말도 맞아요, 니타 여사님. 하지만 돗토리 장군의 새 임무는 이 오키야에 큰 도움이 될 수 있다고 생각해요.」

「말도 안 돼요! 난 오키야를 돌보는 데에 아무 도움도 필요 없어요. 내게 필요한 건 오직 꾸준한 수입일 뿐이죠. 그리고 그건 군인들이 결코 줄 수 없는 것이기도 하구요.」

「우리 둘 다 지금까지 기온에서 운이 좋았어요. 하지만 전쟁이 계속되면, 생필품 부족에 시달릴 거예요.」

「전쟁이 계속되면 그렇겠지만 이 전쟁도 6개월 안에 끝날 거예요.」

「그렇게 되면, 군대는 지금보다 더 강력한 위치에 놓이게 될 거예요. 니타 여사님, 돗토리 장군이 군대의 모든 자원을 총괄하는 사람이란 사실을 잊지 마세요. 전쟁이 계속되든 아니든, 당신에게 필요한 모든 물품을 다 제공해줄 수 있는 위치에 있는 사람은 이 나라에 그 사람말고 없어요. 그 사람은 일본의 전 항구를 통과하는 모든 물품을 승인하니까요.」

나중에 알게 된 바에 의하면, 마메하의 말이 전부 사실은 아니었다. 그는 다섯 군데의 큰 행정 구역 중 단지 하나만 담당하고 있었다. 그러나 다른 담당자들보다 연장자였기 때문에 어느 정도 책임을 지고 있었다.

어머니는 돗토리 장군 같은 위치에 있는 남자가 어떻게 도움을 줄 수 있을까 머리를 굴리는 눈치였다.

「글쎄, 지금까지는 차를 사는 데에 아무런 어려움이 없었지. 아직까지는 말이야……. 가격이 좀 오르기는 했지만…….」

　그리고 나서 어머니는 무심코 오비 속으로 손을 집어넣더니 담배를 넣어둔 실크 쌈지를 눌러보았다.

　그 다음주 어머니는 돗토리 장군에 대해 알아보기 위해 기온을 돌아다니면서 차례대로 전화를 걸었다. 얼마나 그 일에 몰두했는지 말을 걸어도 듣지 못했다. 너무 많은 생각에 빠진 어머니는 차량을 너무 많이 끌고 가는 기차처럼 힘겨워 보였다.

　그 기간 동안 나는 노부가 기온에 올 때마다 그와 만났다. 나는 아무것도 변한 게 없다는 듯 행동하기 위해 최선을 다했다. 7월 중순까지, 노부는 내가 자신의 정부가 될 거라고 기대한 모양이었다. 사실 나도 그렇게 생각했다. 그러나 7월이 다가오고 있는데도, 협상은 제대로 이뤄지지 않았다.

　그러던 어느 날 밤, 그는 한번도 보지 못한 무뚝뚝한 태도로 이치리키 찻집 여주인에게 인사를 했다. 그 여주인은 손님으로서 노부를 언제나 높이 평가했기 때문에 내게 걱정스런 눈길을 보냈다. 노부가 베푼 파티에 참석하면서, 난 그가 화가 나 있음을 알아차렸다. 턱이 썰룩거린다거나 술을 입 안으로 확 털어 넣는다거나 하는 행동이 바로 그런 표시였다. 그렇지만 그를 비난할 수는 없었다. 수많은 친절에 대해 난 마냥 무시하기만 했으니까.

　그런 생각들을 하느라 기분이 우울해져 있는데, 그때 술잔을 탁 하고 내려놓은 소리가 들렸다. 깜짝 놀라 고개를 들어보니, 노부가 나를 쳐다보고 있었다. 다른 손님들은 모두 즐거운 시간을 보내고 있었지만, 그는 내게 시선을 고정한 채 앉아 있었다. 나처럼 생각에 잠겨서 말이다. 그때의 우리 두 사람은 한참 타오르고 있는 석탄의 젖은 부분과도 같았다.

26

그 해 9월, 돗토리 장군과 나는 이치리키 찻집에서 예식을 치르며 함께 술을 마셨다. 마메하가 언니가 되었을 때, 그리고 미주아지를 치르기 전에 게박사와 치렀던 예식과 비슷했다. 그 후 몇 주 동안, 사람들은 어머니에게 그런 유리한 동맹을 맺은 데에 대해 축하인사를 했다.

예식이 끝난 첫날 밤, 나는 장군의 지시에 따라 교토 북서쪽에 위치한 수루야라는 작은 여관으로 갔는데 그곳에는 방이 세 개밖에 없었다. 당시 나는 너무나 화려한 환경에 익숙해 있었기 때문에 수루야의 누추함은 날 놀라게 만들었다. 방에서는 곰팡내가 나고, 너무 오래되어 누렇게 말라버린 다다미는 발 밑에서 삐걱거렸다. 한쪽 구석의 마루 위에는 회반죽이 떨어져 있었다. 옆방에서는 노인이 큰 소리로 잡지를 읽는 소리가 들렸다. 앉아 있으면 앉아 있을수록 점점 더 기운이 빠졌다.

장군이 도착하자, 조금 마음이 놓였다. 나한테 인사를 건넨 뒤, 장군은 라디오를 켜고 앉아 맥주를 마시는 일 외에는 아무것도 안 했는데도 말이다.

잠시 후, 그는 아래층으로 내려가 목욕을 했다. 방으로 다시 돌아온 그는 즉시 옷을 벗더니, 머리를 닦으면서 완전히 벌거벗은 채로 돌아다녔다. 툭 튀어나온 배와 그 아래로 한 뭉치의 체모를 드러낸 채. 나는 남자의 벗은 모습을 처음 보았는데, 장군의 축 늘어진 엉덩이는 우스꽝스러울 지경이었다.

그가 내 쪽으로 얼굴을 돌렸을 때, 내 눈은 곧장 그곳으로……, 그러니까, 장군의 '뱀장어'가 있는 곳으로 향했다. 그 주위로 뭔가가 펄럭거리고 있었지만, 등을 대고 누운 장군이 내게 옷을 벗으라고 말하는 순간, 뱀장어가 모습을 드러냈다. 그는 정말 이상하리만큼 작은 남자였지만, 나더러 어떻게 하라는 말은 정말 뻔뻔하리만큼 잘했다. 그를 기쁘게 해줄 방법을 찾기 위해 걱정했지만, 알고 보니 그의 명령에 따르기만 하면 되었다. 미주아지를 치르고 3년이 지난 그때, 난 박사가 내 위로 몸을 덮쳤을 때 느꼈던 그 심한 공포를 잊어버렸다. 약간의 메스꺼움이 있긴 했지만 과거의 공포에 비하면 아무것도 아니었다.

라디오를 켜둔 장군은, 그 방의 우중충한 모습과 천장의 얼룩진 자국까지 내게 보여주려는 듯 불도 켜두었다.

몇 달 지나는 동안 그 메스꺼움도 사라졌고, 장군과의 만남은 1주일에 두 번 있는 불쾌한 일과 정도로만 여겨졌다. 종종 회장과는 어떨까 하는 생각도 해보았지만, 사실, 박사와 장군의 경우처럼 혐오스러울까봐 약간 겁도 났다.

그 즈음, 야수다 아키라라는 이름을 가진 남자가 규칙적으로 기온을 찾았다. 그는 자신이 고안한 새로운 종류의 자전거 라이트가 성공을 거둠에 따라 모든 잡지마다 알려지게 되었다. 하지만 아직 이치리키에서는 환영을 받지 못했고, 그 정도 감당할 형편도 아니었다. 하지만 1주일에 3, 4일 정도는 우리 오키야에서 멀지 않은 타테마추라는 작은 찻집에서 지냈다. 그를 처음 만난 시기는 내 나이 열아홉 살 때인 1939년 봄, 어느 연회에서였다. 그는 주위의 남자들에 비해 훨씬 젊었는데—서른도 되어 보이지 않았다—방으로 들어서자마자 내 눈에 띄었다. 재킷을 다다미에 내려놓고, 셔츠 소매를 걷어올리고 앉은 그는 너무나 매력적이었다. 회장처럼 위엄도 있어 보였다. 바로 그 순간, 옆자리에 앉은 한 늙은 남자가 젓가락으로 두부 한 조각을 집어 커다란 입 속으로 가져가는 모습이 눈에 들어왔다. 그와 대조적으로 야수다는 조각 같은 팔로 찐 고기 한 조각을 집었다. 그러더니 감각적으로 벌어진 입술 사이로 집어넣었는데……, 정말 정신을 잃을 지경이었다.

내가 다가가 소개를 하자, 그는 엉뚱한 말을 했다.

「날 용서해주기 바랍니다.」

「당신을 용서하라구요? 왜요, 뭘 어떻게 하셨는데요?」

「난 아주 무례하게 굴었어요. 저녁 내내 당신에게서 눈을 뗄 수가 없었어요.」

충동적으로 나는 오비 안에 넣어둔 능라로 만든 명함집에서 조심스럽게 명함 한 장을 꺼내 건네주었다. 사업가가 명함을 갖고 다니듯 게이샤들도 언제나 명함을 갖고 다녔다. 내 명함은 보통 명함 크기의 절반 정도였는데, 고급 종이에 '기온'과 '사유리'란 말만 새겨 넣었다. 야수다는 잠깐 내 명함을 쳐다보더니 셔츠 주머니 속에 집어넣었다. 난 그에게 절을 한 뒤 옆에 앉은 남자에게로 갔다.

그날 이후로 야수다는 매주 내게 타테마추 찻집으로 와달라고 요청했다. 하지만 그가 원하는 만큼 그렇게 자주 갈 수는 없었다. 그러다가 3개월 정도 지난 어느 날 오후, 그가 기모노를 선물해주었다. 비록 고급 기모노는 아니었지만 난 기분이 매우 좋았다. 그 기모노는 저급 실크로 짠 다소 야한 색상의 옷으로, 진부한 꽃과 나비가 디자인되어 있었다. 야수다는 하루바삐 그 옷을 입어보라고 했고, 나는 그렇게 하겠다고 약속했다. 하지만 기모노를 들고 오키야로 돌아온 그날 밤, 상자를 들고 위층으로 올라가는 모습을 본 어머니가 한번 보자며 그 기모노를 들고 가버렸다. 어머니는 코웃음을 치면서, 그렇게 보기 싫은 기모노를 입은 내 꼴은 보고 싶지 않다고 말하더니, 다음날로 그 옷을 팔아버렸다.

나는 어머니에게, 그 옷은 내게 준 선물이지 오키야에 준 선물이 아니며, 그렇게 팔아버린 건 잘못한 일이라고 아주 대담하게 따졌다.

「물론 네 옷이었어. 하지만 넌 이 오키야의 딸이야. 오키야 것이 곧 네 것이고, 네 것이 곧 오키야의 것이지.」

너무 화가 난 나는, 그 뒤 며칠 동안 어머니를 쳐다보지도 않았다. 그 옷을 입은 내 모습을 보고 싶어한 야수다에게 난 색상과 나비 무늬 때문에 그 기모노는 이른 봄에만 입을 수 있는 옷이라고 말했다. 그러면서 벌써 여름이니까, 일 년만 지나면 입을 수 있겠다고 덧붙였다.

「일 년? 난 지금까지 기다려왔어요……. 물론 다른 것을 기다리긴 했지만.」

야수다는 뚫어질 듯한 시선으로 날 보았다.

우리는 그 방에 단둘이 있었다. 야수다가 테이블 위로 맥주잔을 내려놓았는데, 그 모습에 내 얼굴이 달아올랐다. 내 손을 잡기에, 난 그가 내 손을 꽉 붙잡고 싶어한다고 생각했다. 그런데 놀랍게도 내 손을 재빨리 입술로 가져가더니 아주 열정적으로 내 손목 안쪽에 입을 맞추었다. 그때까지 나는 나 자신을 순종적인 여자라고 생각했다. 일반적으로 다른 선택의 여지가 없을 경우, 어머니나 마메하, 심지어 하추모모가 시키는 대로 모든 일을 해왔다. 그러나 그 순간 어머니에 대한 분노와 야수다에 대해 갈망을 느낀 나는, 어머니가 절대 해서는 안 된다고 일러두었던 바로 그 짓을 하기로 결심했다. 나는 그에게 바로 그 방에서 자정에 만나자고 말한 뒤, 그를 남겨두고 떠나왔다.

자정 조금 전에 다시 돌아온 나는 찻집의 젊은 하녀에게, 만약 나와 야수다가 위층 방에서 누구의 방해도 받지 않고 30분 정도 시간을 보낼 수 있도록 해준다면 얼마간의 돈을 주겠다고 제안했다. 나는 어둠 속에서 그를 기다리고 있었는데, 마침내 하녀가 문을 열자 야수다가 안으로 들어왔다. 그는 문이 채 닫히기도 전에 다다미 위로 중절모를 집어던지더니 나를 눕혔다. 그의 몸을 느낀 순간, 마치 오랜 배고픔 뒤에 진수성찬을 앞에 둔 사람처럼 온몸이 약한 경련을 일으켰다. 옷의 솔기를 찾는 야수다의 솜씨가 서툴렀지만, 난 놀라지 않았다. 서툴기는 장군도 마찬가지였지만, 두 사람한테 느끼는 내 감정은 사뭇 달랐다. 장군과의 만남은, 나무 우듬지에서 열매를 딸 때처럼 불편하고 조심스럽기만 했지만, 야수다와 함께 있으면 언덕을 뛰어 내려가는 어린아이가 된 기분이었다.

지친 우리가 다다미에 함께 누웠을 때, 나는 그의 배 위에다 손을 얹어보았다.

그때까지 난 한번도 다른 사람과 그렇게 가까이 누워본 적이 없었다. 우린 한마디도 하지 않았지만, 박사나 장군과는 느낌이 전혀 달랐다. 그렇다면 회장과는 어떨까, 나는 문득 그런 생각을 했다.

단나를 얻고 나면 많은 게이샤들의 일상생활이 극적으로 변했지만, 나한테는 어떤 변화도 찾아오지 않았다. 지난 몇 년 동안 그랬듯이, 밤이면 기온을 순회하고 다녔다. 오후에는 때때로 소풍을 가기도 했는데, 그럴 때는 아주 특이한 사람들도 끼곤 했다. 하지만 내가 기대했던 변화, 예를 들어 단나가 후원해주는 무용 발표회나 풍성한 선물, 하루나 이틀 정도의 휴가 등 그런 일은 일어나지 않았다. 어머니 말대로, 군인들은 사업가나 귀족들처럼 게이샤를 돌보지 않았다.

장군이 내 인생에 가져온 변화는 별로 없었지만, 장군과 오키야의 동맹은 정말 값진 것이었다. 적어도 어머니의 입장에서는 그랬다. 장군은 다른 단나들처럼 내 비용의 대부분을 지불했다. 수업 비용과 연례 등록비, 진료비 등등을 포함해서 내가 알지 못하는 부분까지……, 예를 들면 양말을 사는 데 들어가는 비용까지도 말이다. 그렇지만 무엇보다 중요한 건, 군수품 조달 책임자라는 사실이었다. 마메하가 말한 대로, 그는 다른 어떤 단나도 할 수 없었던 일을 우리에게 해주었다. 예를 들면, 1939년 3월, 아줌마가 몸이 아팠다. 우리는 몹시 걱정했지만, 의사들은 아무 도움도 주지 못했다. 그런데 장군에게 전화를 하자, 군인병원에서 실력 있는 의사가 찾아와 아줌마에게 약상자를 주고 갔다. 덕분에 아줌마는 병이 나았다. 장군은 그 밖에도, 기온에서 점점 구하기 힘들어지던 차와 설탕, 초콜릿을 정기적으로 보내주었다. 6개월 안으로 전쟁이 끝나리라던 어머니의 예언은 물론 들어맞지 않았다. 당시는 모르고 있었지만, 암울한 시절은 그때부터 본격적으로 시작되고 있었다.

장군이 내 단나가 되고 나자, 노부는 더 이상 나를 파티에 초대하지 않았다. 곧 나는 그가 이치리키에도 오지 않는다는 사실을 알게 되었다. 나를 피하기 위한 게 아니라면 달리 그럴 만한 이유가 없었다. 이치리키의 여주인도 한숨을 내쉬며 내 추측에 동의했다.

새해 들어, 나는 다른 후원자들에게 하듯이 노부에게도 카드를 썼지만, 그는 아무런 답장도 하지 않았다. 고뇌에 잠겨 몇 달을 보냈다. 나한테 친절하게 대해주었던 남자, 친구로 여겼던 남자에게 내가 잘못했다는 생각

이 들었다. 더구나 노부의 후원이 없었더라면, 이와무라 전기의 파티에
초대되지도 못했을 테고, 결국 회장을 만나지도 못했을 텐데…….

물론, 노부 없이도 회장은 여전히 이치리키에 모습을 드러냈다. 어느 날
밤 난, 한 젊은 견습생의 안내를 받으며 화장실로 향하던 회장과 마주치게
되었다. 일상적인 농담 몇 마디가 오가고 나서, 난 그에게 대범한 제안을
했다.

「회장님, 다른 게이샤 한두 명이 필요한 파티가 있으면…….」

그런 행동은 아주 주제넘은 짓이었으나, 다행히 회장은 무례하게 여기
지 않았다.

「사유리, 좋은 생각이군. 자네를 부르도록 하지.」

그러나 몇 주가 지나도록 연락이 없었다.

3월의 어느 늦은 밤, 나는 교토의 도지사가 베푼 아주 활기찬 파티에 들
르게 되었다. 회장도 그 자리에 있었는데, 술 마시기 게임에서 져 몹시 지
친 상태였다. 그는 넥타이를 느슨하게 맨 채 와이셔츠 바람으로 앉아 있
었다.

「사유리, 자네가 와줘서 반갑군. 문제가 생겼네. 좀 도와줘야겠어.」

발갛게 달아오른 얼굴과 걷어올린 셔츠 밖으로 나온 팔을 보자, 타테마
추 찻집에서의 야수다 생각이 났다. 짧은 한순간, 회장을 제외한 방 안의
모든 사물이 사라졌다. 회장 쪽으로 몸을 기대자, 그가 내 몸을 팔로 감았
는데, 그 순간 입술이 닿는 듯한 착각이 들었다. 난 그를 돕기 위해 다른
게이샤와 일을 꾸며 게임의 속도를 늦췄다.

고맙게 여긴 회장은 게임이 끝나자 한참 동안 나와 이야기를 했다. 그러
더니 호주머니에서, 내 오비 속에 넣어둔 것과 동일한 손수건을 꺼내 이마
를 닦았다.

「내 오랜 친구 노부와 마지막으로 얘기를 나눈 게 언제였지?」

「별로 오래되지 않았어요, 회장님……. 사실은 노부 상이 저한테 화가
난 것 같아요. 왠지 그런 느낌을 받았어요.」

회장은 고개를 숙여 손수건을 접었다.

「사유리, 우정은 소중한 것이네. 그걸 내던지면 안 돼.」

나는 몇 주 동안 그 말을 곱씹어보았다.

그러던 4월 하순 어느 날, '고도의 춤' 공연을 위해 분장을 하고 있는데, 잘 모르는 젊은 견습생이 다가와서 내게 말을 걸었다. 그녀가 뭔가 부탁을 하러 왔으리라고 생각하면서 화장용 브러시를 내려놓았다. 왜냐하면 기온의 다른 오키야에는 공급되지 않는 물건들이 우리 오키야에는 여전히 잘 공급되고 있었기 때문이었다.

「귀찮게 해드려 정말 죄송해요, 사유리 상. 내 이름은 타카주루예요. 당신이 절 좀 도와줄 수 있을지 모르겠네요. 당신이 한때 노부 상과 아주 가까운 친구였다는 거 알아요…….」

몇 달 동안 노부에 대해 궁금해하던 차에, 예기치도 않게 그의 이름을 듣자, 마치 폭풍우라도 만난 기분이었다.

「도울 수만 있다면 언제라도 서로 도와야지요. 그리고 그게 노부 상과의 문제라면, 특별히 관심이 가네요. 그분, 잘 지내고 있죠?」

「네, 잘 있어요. 아니 적어도 그런 것 같아요. 노부 상은 기온의 동쪽에 있는 아와주미 찻집에 와요. 그 찻집을 아세요?」

「아, 네, 알아요. 하지만 노부 상이 그곳에 가는지는 몰랐어요.」

「네, 아주 자주 와요. 하지만……, 물어봐도 되는지 모르겠네요, 사유리 상. 당신은 그 사람을 오래 알고 지냈죠. 그럼……, 저, 노부 상은 좋은 사람이에요, 안 그래요?」

「타카주루 상, 왜 그걸 묻죠? 함께 시간을 보냈다면, 그가 좋은 사람인지 아닌지 당신이 알 텐데…….」

「나도 내 말이 바보처럼 들린다는 거 알아요. 하지만 난 정말 모르겠어요. 그는 기온에 올 때마다 나를 불러요. 내 언니가 말하기를 노부 상은 누구나 원하는 정말 좋은 후원자라고 했어요. 하지만 지금 언니는 나한테 화가 나 있어요. 내가 노부 상 앞에서 몇 번 울었거든요. 그러면 안 된다는 걸 알지만, 다시는 울지 않겠다고 약속할 수조차 없어요.」

「그 사람이 당신에게 심하게 굴었나요?」

가엾은 타카주루가 입술을 악무는 순간, 속눈썹 가장자리로 눈물이 한꺼번에 쏟아졌다.

「때때로 노부 상은 가혹하게 말하기도 해요. 타카주루 상, 하지만 그는 당신을 좋아하는 게 틀림없어요. 그게 아니라면, 왜 당신을 부르겠어요?」

「그 사람은 단지 내가 만만하니까 부르는 거예요. 한번은, 내 머리에서 풍기는 산뜻한 냄새 때문에 기분 전환이 된다더군요. 매사가 그런 식이에요.」

「당신이 그 사람을 그렇게 자주 만나는 게 이상하군요. 난 몇 달 전부터 그를 만나기를 고대하고 있는데요.」

「제발 만나지 마세요, 사유리 상! 그 사람은 항상 내가 당신보다 못하다고 말해요. 만약 노부 상이 다시 당신을 만난다면, 그 사람은 나에 대해 최악의 상상만 할 거예요. 내 문제로 당신을 귀찮게 해서 안 된다는 거 알지만, 하지만…… 당신은 그를 기쁘게 해줄 방법을 알 거라고 생각해요. 노부 상은 활기찬 대화를 좋아하지만 난 정말 할말이 없어요. 모두들 내가 그다지 총명한 아이는 아니라고 그러더군요.」

교토 사람들은 언제나 그런 식으로 말하도록 교육을 받았다. 하지만 그 가련한 소녀가 진실을 말하고 있을지도 모른다는 생각이 들었다. 노부가 그녀를, 호랑이가 발톱을 가는 나무 정도로밖에 여기지 않는다 해도 놀라운 일이 아니었다. 나는 한참을 생각한 끝에, 노부가 흥미 있게 여길 만한 역사적 사건에 관한 책을 읽고 만날 때마다 조금씩 얘기해주라고 했다. 나도 손님을 접대할 때 종종 그런 방법을 사용했다. 왜냐하면 눈물을 머금은 눈을 반쯤 감은 채, 여자 목소리에 귀를 기울이는 남자들도 있기 때문이었다. 그 방법이 노부에게도 효과가 있을지는 자신할 수 없었으나, 타카주루는 내 생각에 아주 고마워했다.

어디에 가면 노부를 만날 수 있는지 알게 되자, 나는 그를 만나러 가기로 결심했다. 물론, 노부 없이는 회장도 만나지 않을 생각이었다. 노부를 만나면 우정을 다시 회복할 방법을 찾을 수 있을 것 같았다. 문제는, 아와주미 찻집과 아무런 관련이 없어, 초대 없이는 들를 수가 없다는 사실이었다. 결국 난 시간 날 때 찻집 앞을 서성거리다가 찻집으로 오는 노부와 우연히 마주친다는 계획을 세웠다. 도착 시간을 알아맞힐 수 있을 정도로, 난 그의 습관을 잘 알고 있었다.

두 달여 동안 난 그 계획을 마음에 품고 있었다. 그러던 어느 날 밤, 리무진 뒷좌석에서 내리는 노부를 발견했다. 어두운 골목길이었지만, 어깨에 고정시킨 텅 빈 소매가 명백한 실루엣을 만들어주었기 때문에 그가 노부라는 사실을 당장 알 수 있었다. 운전사가 가방을 건네주는 동안 나는 그에게로 다가갔다. 불빛 아래 걸음을 멈추고 나지막한 탄성을 지르자, 바라던 대로 노부가 내 쪽을 돌아보았다.

「암, 그렇지. 사람들은 게이샤가 얼마나 아름답게 보일 수 있는지 곧잘 잊어버리지.」

노부가 너무 평범한 톤으로 말을 했기 때문에, 그가 정말로 나를 알아보았나 하는 의심이 일었다.

「당신 목소리는 내 오랜 친구 노부 상 같군요! 하지만 노부 상일 리가 없어요. 왜냐하면 그 사람은 기온에서 완전히 사라져버렸으니까요!」

운전사가 문을 닫고 출발할 때까지 우리는 말없이 서 있었다.

「정말 다행이군요. 마침내 노부 상을 다시 만나게 돼서요. 더구나 노부 상이 불빛이 아닌 그늘에 서 있으니 얼마나 운이 좋은지 모르겠네요.」

「사유리, 종종 당신이 무슨 말을 하는지 전혀 알아듣지 못할 때가 있네. 마메하에게 배운 건가, 아니면 모든 게이샤들이 그런가?」

「그늘 아래 서 있으면 노부 상의 화난 표정이 안 보이니까요.」

「그렇군. 그러니까 내가 자네에게 화가 나 있다고 생각하는 건가?」

「그럼 오랜 친구가 몇 달 동안 사라졌는데 달리 어떻게 생각하겠어요? 노부 상은 너무 바빠 이치리키에 못 왔다고 말씀하시려는 거죠?」

「마치 그 말이 사실이 아니라는 식으로 말하는군.」

「노부 상이 기온에 자주 오신다는 사실을 우연히 알아냈어요. 어떻게 알게 되었는지는 묻지 마세요. 나와 함께 산책해주시지 않는다면 말씀드릴 수 없어요.」

「알았네. 유쾌한 저녁이니까…….」

「그렇게 말씀하지 마세요. 이렇게 말씀하시는 걸 듣고 싶어요. '오랫동안 못 만났던 오랜 친구를 우연히 만나니까, 문득 산책이 하고 싶어지는군.'」

「자네와 산책하겠네. 그 이유는 자네 좋을 대로 생각하고.」

우리는 마루야마 공원 쪽으로 함께 걸어갔다.

「나한테 화가 난 게 아니라면, 몇 달을 굶주린 표범처럼 굴지 말고 좀더 친절하게 대해주셔야죠. 가련한 타카주루가 노부 상을 그렇게 무서워하는 것도 놀랄 일이 아니네요.」

「그 여자였군! 그 여자가 그렇게 짜증나게 굴지만 않는다면…….」

「마음에 안 들면 기온에 오실 때마다 왜 타카주루를 부르는 거죠?」

「난 그 여자를 절대로 부르지 않았네, 단 한 번도! 그 여자의 언니가 계속 보냈을 뿐이지. 난 지금 자네가 그 여자를 생각나게 했다는 이유만으로도 상당히 기분이 나쁘네. 근데 자네는 은근히 나더러 그녀를 좋아하라고 강요하는 것 같군!」

「노부 상, 사실은 당신과 우연히 만난 게 아니에요. 노부 상을 찾을 목적으로 몇 주 동안 이 길을 서성대고 있었어요.」

우린 잠시 아무 말 없이 걸었다. 노부가 입을 연 건 한참 뒤였다.

「놀랄 일도 아니지. 내가 아는 한 자네는 꿍꿍이가 많은 사람이니까.」

「노부 상, 내가 달리 어떻게 할 수 있었겠어요? 난 노부 상이 완전히 사라진 줄 알았어요. 어디서 노부 상을 만날 수 있는지도 몰랐어요. 만약 타카주루가 눈물을 글썽거리면서 하소연하지 않았더라면 말이에요.」

「글쎄, 나도 그녀에게 좀 심하게 대했던 것 같네. 하지만 그 여자는 자네만큼 현명하지가 않아. 자네만큼 예쁘지도 않고. 내가 자네에게 화를 내고 있다고 생각했다면, 그건 자네 생각이 옳았네.」

「오랜 친구가 나한테 왜 화가 났는지 물어봐도 될까요?」

노부는 걸음을 멈추더니 너무나 슬픈 표정을 지은 채, 내 쪽으로 몸을 돌렸다. 극소수의 남자에게만 품었던 애정이 내 안에서 끓어올랐다. 얼마나 그를 그리워했던가, 또 얼마나 그를 푸대접했던가 하는 따위의 생각이 스쳐 지나갔다. 하지만 부끄럽게도 그에게 느낀 애정에는 언제나 연민이 섞여 있었다.

「상당한 노력을 기울인 끝에, 드디어 자네 단나의 정체를 알아냈네.」

「노부 상이 물었더라면, 기꺼이 말해주었을 텐데요.」

「그런 말은 믿지 않네. 게이샤들은 입이 무거운 사람들이지. 온 기온을 다니면서 자네 단나에 대해 물어보았지만, 모두들 모르는 척하더군. 어느 날 밤, 날 접대하러 온 미치조노와 단둘이 있는 자리에서 물어보지 않았더라면, 결코 알아내지 못했을 거야.」

나이가 오십 가까이 된 미치조노는 기온에서 전설 같은 존재였다. 결코 아름다운 얼굴이 아니었으나, 인사하면서 코를 찡긋하는 버릇은 때때로 노부 같은 사람까지도 기분 좋게 만들었다.

「함께 술 마시기 게임을 했지. 그런데 그 가엾은 미치조노가 너무 취해버렸어. 난 몹시 취한 그녀에게 무엇이든 물어볼 수 있었고, 그녀는 다 대답해주었네.」

「정말 힘들었겠어요.」

「아니, 그녀는 정말 유쾌한 파트너였네. 힘들 게 하나도 없었지. 내가 한 가지 말해도 괜찮겠나? 자네 단나가 제복을 입은 작은 남자라는 사실을 알고 난 뒤, 난 자네에 대한 존경심을 잃게 되었네.」

「노부 상은 마치 내가 단나를 선택할 수 있기라도 한 것처럼 말씀하시는군요. 내가 할 수 있는 선택이란 어떤 기모노를 입을까 하는 것뿐이에요. 그리고 심지어…….」

「왜 그 남자가 사무실 일을 보고 있는지 아는가? 중요한 일에는 그 사람을 신용할 수 없기 때문이지. 사유리, 난 군대 일을 아주 잘 아네. 그의 상사조차도 그를 못 믿지. 자네는 거지와 동맹을 맺은 거나 다름없네. 한때 난 자네를 아주 좋아했네. 하지만…….」

「한때라구요? 노부 상은 더 이상 날 좋아하지 않나요?」

「난 바보는 좋아하지 않네.」

「정말 냉정한 말이군요. 날 울리려고 그러시는 거죠? 노부 상, 내가 왜 바보죠? 내 단나가 노부 상이 인정할 수 없는 사람이기 때문인가요?」

「게이샤들만큼 사람을 혼란시키는 무리도 없을 거네! 자네들은 책력을 들춰보며, '난 오늘 동쪽으로 걸어가면 안 돼. 내 별자리에 운이 나쁘다고 쓰여 있으니까!'라고 말하지. 하지만 인생 전체에 영향을 줄 수 있는 문제는 간단하게 처리하더군.」

「우리로서 어쩔 수 없는 일들은 그냥 눈감아버리는 거지 간단하게 처리하는 게 아니에요.」

「그런가? 그날 밤 미치조노가 취했을 때, 뭔가 좀 알아냈지. 자네는 그 오키야의 딸이 되었더군. 아무런 영향력이 없는 척하지 말게. 자네가 가진 영향력을 행사하는 건 자네의 의무니까. 만약 배를 드러내고 둥둥 떠다니는 물고기처럼 인생을 표류하고 싶지 않다면 말이야.」

「배를 드러낸 채 강물 위를 둥둥 떠다닌다? 인생이 정말 우리를 신고 가는 강물 이상이라고 믿고 싶어요.」

「만약 인생을 강물에 비유한다면, 잔잔한 평원을 흐르는 물살도 있을 거고, 거친 계곡을 흐르는 물살도 있을 걸세. 어느 물살을 타느냐는 선택할 수 있지. 만약 자네가 가진 유리한 점들을 다 이용한다면…….」

「물론 그런 유리한 점들을 갖게 된다면 좋겠죠.」

「자네가 눈을 돌리기만 하면, 그런 것들은 어디에서나 찾을 수 있네. 나는 가진 게 없더라도, 그러니까 다 먹고 남은 복숭아씨나 뭐 그런 것밖에 없다 하더라도 그냥 내버리지 않지. 복숭아씨를 뱉을 때가 되면, 내가 싫어하는 사람에게 던져서라도 그걸 이용하겠네!」

「노부 상, 지금 복숭아씨를 어떻게 버리는지 가르쳐주시는 건가요?」

「내 말뜻을 잘 알면서 농담하지 말게. 사유리, 우리는 닮은 점이 많네. 몇 년 전 스모 경기에서 자네를 처음 보았을 때, 몇 살이었나? 열네 살? 난 그때 이미 자네의 재능을 알아보았네.」

「노부 상은 언제나 날 실제보다 더 좋게 평가하시는군요.」

「자네 말이 맞을 수도 있지. 하지만 사유리, 자네에게는 뭔가가 있다고 생각했네. 그런데 이제 보니 자네는 자네 운명이 어디 있는지도 모르고 있어. 자신의 행복을 그런 장군 같은 사람에게 묶어두다니! 자네도 알겠지만, 난 자네를 소중히 생각했네. 그 생각을 하면 정말 화가 나. 그 장군은 아무것도 남기지 않고 자네 인생에서 사라지고 말 걸세. 젊음을 그런 식으로 날려버리고 싶은가? 바보처럼 행동하는 여자는 바보네, 안 그런가?」

천을 너무 자주 문지르면, 금방 닳기 마련이었다. 마찬가지로 노부의 말이 날 너무 심하게 자극했기 때문에, 침착하던 내 표정이 금방 빛을 잃고 말았다. 그나마 어둠 속에 서 있어서 다행이었다.

노부는 한 손으로 내 어깨를 잡더니 불빛이 비치는 쪽으로 약간 내 몸을 돌렸다. 내 눈을 들여다본 그는 긴 한숨을 내쉬었다.

「왜 이렇게 나이가 들어 보이지, 사유리? 때때로 자네가 아직 소녀라는 사실을 잊곤 하네. 또 내가 너무 가혹하게 군다고 말하고 싶겠지?」

「노부 상이 다른 사람처럼 행동하는 건 상상할 수 없어요.」

「누가 날 실망시키면 난 아주 형편없는 행동을 해버리지. 자네는 그걸 알아야 해. 이유야 어쨌든 자네는 날 실망시켰네, 안 그런가?」

「노부 상, 제발……. 노부 상이 그렇게 말씀하시니 겁이 나요. 노부 상의 기준에 맞게 살 수 있을지 모르겠어요.」

「어떤 기준 말인가? 난 자네가 두 눈 똑바로 뜨고 인생을 살아주길 바라네. 운명을 마음속에 간직한다면, 인생의 매순간이 운명에 점점 가까워질 수 있을 걸세. 타카주루같이 어리석은 여자에게서는 이런 인식을 기대할 수 없겠지만…….」

「노부 상이 오늘밤 나를 어리석다고 하지 않았나요?」

「화가 나 있을 때는 내 말을 잘 새겨듣는 게 좋을 걸세.」

「그러니까 노부 상은 더 이상 화가 난 게 아니군요. 그럼 나를 만나러 이 치리키 찻집으로 와주세요. 아니면 초대해주시든지. 사실, 난 오늘밤 바쁜 일이 없어요. 만약 노부 상이 부탁한다면 지금이라도 갈 수 있어요.」

그때쯤 해서 한 블록 정도를 걸은 우리는 찻집 현관 앞에 다다랐다.

「그런 부탁은 하지 않겠네.」

그 말을 듣고 난 크게 한숨을 내쉬었다. 그 한숨 안에는 많은 한숨들이 포함되어 있었다. 실망의 한숨, 좌절의 한숨, 슬픔의 한숨……, 그리고 내가 알지 못하는 다른 한숨들.

「노부 상, 때때로 노부 상은 너무 이해하기 힘들어요.」

「난 아주 이해하기 쉬운 사람이네. 난 내가 가질 수 없는 게 내 앞을 가로막으면, 좋아하지 않아.」

대답할 기회도 주지 않고, 그는 찻집으로 들어가더니 문을 닫아버렸다.

27

1939년 여름, 나는 장군과 만나거나 무용 발표회 등에 참석하면서 바쁜 하루하루를 보냈다. 그래서 아침에 일어날 때면, 몸이 물로 가득 찬 양동이 같다는 느낌을 받곤 했다. 가끔 내가 그토록 몸을 혹사하면서까지 벌어들인 돈이 얼마나 되는지 궁금할 때도 있었다. 그러던 어느 날 오후, 어머니가 나를 불러 지난 여섯 달 동안 내가 번 돈이 하추모모와 호박이 번 돈을 합한 액수보다 더 많다는 말을 했다.

「그 말은 곧 너와 그 두 사람이 방을 바꿀 때가 됐다는 거야.」

그 말을 들은 나는 생각만큼 기뻐하지 않았다. 지난 몇 년 동안, 하추모모와 나는 서로 간격을 두고 지낼 수 있었다. 그렇지만 나는 하추모모를 패배자가 아니라 잠자는 호랑이로 여기고 있었다. 하추모모는 방을 바꾸는 게 아니라 빼앗긴다고 생각할 게 틀림없었다.

그날 밤 마메하를 만났을 때, 나는 어머니가 한 말을 전하면서, 하추모모 마음속에 있는 불씨가 다시 살아날까봐 걱정된다고 말했다.

「아, 괜찮아. 우리가 피를 보기 전까지는 하추모모는 결코 쓰러질 수 없어. 우린 아직 피를 못 봤어. 그 여자가 이번에는 어떤 실수를 저지르는지 두고 보자.」

그 다음날 아침 일찍, 아줌마가 위층으로 오더니 방을 옮기는 규칙을 일러주었다. 우리는 오후가 되어서야, 물건을 옮기는 일에 착수했다. 마메하가 내 나이에 가졌을 만한 아름다운 물건들을 나도 수집하고 싶었다.

그러나 나라의 분위기가 많이 달라졌다. 화장품은 군사 정부에 의해 사치품으로 규정되었다. 물론 권력의 노리개였던 기온의 우리들은 원하는 대로 하고 다닐 수 있었다. 그러나 사치스런 선물들은 거의 받아볼 기회가 없어, 몇 년 동안 나는 족자와 벼루, 그릇, 그리고 가부키 배우인 오노에 요에고로 17세가 준 입체사진 정도밖에 수집할 수 없었다. 어쨌든, 난 그 물건들을 화장품, 속옷, 잡지 등과 함께 옮겨 방 한구석에 쌓아두었다. 그러나 그 다음날 밤이 늦도록 하추모모와 호박은 자기들 물건을 옮기지 않았다. 그 다음날 정오경 수업을 마치고 돌아오는 길에, 난 하추모모의 술병과 연고가 아직도 화장대에 널려 있으면, 아줌마에게 가서 도와달라고 말해야겠다고 마음먹었다.

계단 끝까지 올라가서 보니, 놀랍게도 하추모모의 방문과 내 방문이 열려 있었다. 복도에는 하얀 연고 단지가 깨진 채 놓여 있었다. 뭔가 잘못된 느낌이 들었다. 내 방에 발을 들여놓는 순간, 난 뭐가 잘못되었는지 알아냈다. 하추모모가 작은 테이블에 앉아 뭔가를 마시면서, 내 일기를 읽고 있었다.

게이샤들은 언제나 자신이 아는 남자들에 대해 신중을 기해야 했다. 그래서 난 조심스럽게 일기를 썼다. 예를 들면, 노부는 '미스터 추'라고 썼는데, 약간 경멸하는 듯한 소리를 낼 때, '추' 비슷한 소리를 내기 때문이었다. 회장은 '미스터 하'라고 썼는데, 가끔 깊은숨을 들이쉬다가 '하' 소리를 내는 것처럼 천천히 숨을 뱉기 때문이었다. 그렇지만 누군가가 내 일기를 보리라고는 한번도 생각지 못했다.

「아, 사유리, 널 보게 되어 정말 기쁘구나. 네 일기를 얼마나 재미있게 읽었는지 말해주고 싶어서 기다리고 있었어. 어떤 내용은 정말 흥미 있어. 그리고 네 글 솜씨는 정말 훌륭해. 네 서예에는 별로 깊은 감명을 못 받았지만……」

「앞 장에 쓴 내용도 읽었어요?」

「안 읽은 것 같은데……, 어디 보자. 개인적인 내용임? 아, 바로 이 부분이 내가 네 서예에 대해 말했던 바로 그 부분이야.」

「하추모모, 제발 그 공책을 내려놓고 내 방에서 나가주세요.」

「사유리, 난 널 도와주고 싶어. 내 말을 좀 들어보면 알 수 있을 거야. 넌 왜 노부 토시카주에게 '미스터 추'라는 이름을 주었지? 그 사람한테는 전혀 안 어울리는 이름이야. 내 생각에는 '미스터 물집'이나 '미스터 외팔이'가 훨씬 좋을 것 같은데, 그렇게 생각지 않니? 네가 원한다면 바꿀 수도 있겠지. 그렇다고 내 말대로 할 필요는 없어.」

「하추모모, 당신이 무슨 말을 하는지 모르겠어요. 난 노부에 대해 아무것도 쓰지 않았어요.」

하추모모는 마치 내가 얼마나 터무니없는 거짓말쟁이인지 말하고 싶다는 듯 한숨을 짓더니, 다시 일기장을 넘기기 시작했다.

「네가 노부에 관해 쓰지 않았다면, 여기 이 남자가 누군지 알고 싶구나. 어디 보자…… 그래, 여기 있구나. '게이샤들이 쳐다보면, 그의 얼굴은 금방 일그러진다. 그렇지만 나는 그를 원하는 만큼 바라볼 수 있고, 또 그는 그걸 즐긴다. 그가 나를 좋아하는 이유는, 내가 다른 여자들처럼 자신의 피부나 외팔을 이상하게 생각지 않기 때문이다.' 그러니 네 말은 노부와 똑같은 다른 누군가를 알고 있다는 얘긴데, 그 두 사람을 서로 소개시켜주는 게 어때? 서로 공통점이 많을 테니까 말이야.」

난 메스꺼움을 느꼈다. 갑자기 비밀이 드러난 것도 문제였지만, 비밀과 함께 어리석음도 함께 드러났다는 사실이 나를 괴롭혔다. 글쎄, 내가 누군가를 저주하고 싶었다면, 먼저 그런 일기를 쓰고 또 하추모모가 찾을 수 있을 만한 곳에 놓아둔 나 자신이었다. 생선을 훔쳐먹었다고 고양이를 탓할 수는 없는 노릇이었으니까.

일기장을 뺏으려고 다가서자, 하추모모는 몸을 일으키면서 일기장을 가슴에 꽉 움켜쥐더니, 다른 한 손으로 잔을 집어들었다. 처음에는 물인 줄 알았으나 그건 술이었다. 그녀는 취해 있었다.

「사유리, 물론 일기장을 돌려 받고 싶겠지. 돌려주고말고.」

말은 그렇게 하면서도 하추모모는 문 쪽으로 걸음을 옮겼다.

「문제는 내가 아직 다 못 읽었다는 거야. 내 방으로 가지고 갈까, 아니면 어머니에게 보여주는 게 더 나을까? 어머니에 대해 쓴 부분을 읽어보면, 어머니가 틀림없이 즐거워하실 텐데.」

술에 취해 있던 하추모모는 병이 깨졌다는 사실도 잊은 채 밖으로 나가다가, 깨진 유리조각을 밟고 비명을 질렀다. 그녀는 잠시 발을 내려다보더니 신음소리를 내면서도 계속 방으로 걸어갔다.

낭패였다. 일기장을 빼앗아야겠다고 생각했지만, 당장 하추모모에게 달려들어 봤자 이로울 게 없었다. 그렇다고 가만히 지켜볼 수만도 없는 노릇이었다. 내가 찾아낼 수 없는 곳에다 숨겨버리기라도 하면······.

그때 하추모모가 방문을 닫았다. 나는 문 밖에 서서 조용히 말했다.

「하추모모 상, 들어가도 되나요?」

「아니, 들어오면 안 돼.」

그래도 난 문을 열었다. 하추모모가 짐을 옮기느라 물건을 여기저기 내버려두었기 때문에 방은 정말 난장판이었다. 하추모모는 수건으로 발을 닦고 있었고, 일기장은 테이블 위에 놓여 있었다. 그녀의 시선을 딴 데로 돌릴 수 있는 묘안은 떠오르지 않았으나, 일기장 없이는 방을 나가지 않을 작정이었다.

하추모모는 물쥐 같은 면이 있긴 했지만 어리석지는 않았다. 만약 정신이 말짱했다면 꾀로 이겨볼 엄두를 못 냈겠지만, 그녀는 취한 상태였다. 나는 속옷과 향수병, 그리고 그녀가 어질러놓은 물건들을 둘러보았다. 옷장 문은 활짝 열려 있었고, 보석 상자도 약간 열려 있었다. 그때 어떤 물건이 밤하늘에 빛나는 별처럼 선명하게 내 눈에 들어왔다.

그건 몇 년 전, 내가 훔쳤다고 우겼던 바로 그 에메랄드 오비 브로치였다. 나는 옷장으로 걸어가 곧장 그 브로치를 집어들었다.

「정말 좋은 생각인데? 내 보석들을 훔쳐보시지. 네가 갚아야 할 금액은 현금으로 줬으면 좋겠구나.」

「아무 상관이 없다니 정말 기쁘군요! 이 정도면 얼마나 지불해야 하죠?」

그 말과 함께 나는 브로치를 들고 하추모모 앞으로 걸어갔다. 그녀 얼굴에 떠돌던 미소가 삽시간에 사라졌다. 하추모모가 놀라는 동안, 나는 테이블로 걸어가 다른 손으로 내 일기장을 집어들었다.

하추모모가 어떻게 나올지 알 수 없었지만, 난 방을 나와 문을 닫아버렸다. 그 길로 곧장 어머니에게 가서 내가 찾아낸 브로치를 보여주고 싶었지만, 한 손에 일기장을 들고 갈 수는 없었다. 옷장문을 잽싸게 연 나는 종이로 싸놓은 옷 사이에 일기장을 감췄다. 그렇게 하기까지 몇 초 걸리지도 않았지만, 하추모모에게 들킬지도 모른다는 생각에 내내 등이 따가웠다. 옷장문을 닫은 나는 내 방으로 뛰어 들어가 화장대 서랍을 열었다 닫았다 했다. 하추모모에게 일기장을 거기 숨겨두는 것처럼 보이기 위해서였다.

다시 복도로 나오자, 하추모모가 방문 앞에 서서 나를 바라보고 있었다. 그 모든 상황이 아주 즐겁다는 듯이 옅은 미소를 지은 채 말이다. 난 화난 것처럼 보이려고 애쓰면서—그건 그리 힘든 일이 아니었다—브로치를 들고 어머니 방으로 가서 테이블 위에 내려놓았다. 어머니는 읽고 있던 잡지를 옆으로 치우더니 브로치를 집어들어 살펴보았다.

「예쁜 브로치구나. 하지만 이런 건 요즘 암시장에서도 팔리지 않아. 아무도 이런 보석에 돈을 낭비하려고 하지 않지.」

「어머니, 하추모모가 아주 비싼 값을 쳐줄 거예요. 몇 년 전, 제가 하추모모의 브로치를 훔쳤다고 해서 제 빚이 늘어난 일, 기억 나세요? 이게 바로 그 브로치예요. 방금 하추모모의 보석상자에서 찾아냈어요.」

「사유리 말이 맞아요. 이건 내가 잃어버렸던 그 브로치예요! 아니, 적어도 그렇게 보여요. 이 브로치를 다시 보게 될 줄은 정말 몰랐어요!」

내 뒤에 서 있던 하추모모가 입을 열었다.

「내내 그렇게 취해 있으니 보기가 힘들었겠죠. 보석상자를 한번 자세히 살펴보기만 했어도 됐을 텐데.」

어머니는 브로치를 테이블에 내려놓더니 하추모모를 노려보았다.

「어머니, 그건 사유리 방에서 찾아낸 거예요. 저 애가 그걸 화장대 속에 숨겨두었어요.」

「넌 왜 저 애 화장대를 뒤졌냐?」

「이런 말은 하고 싶지 않았지만……, 어머니, 사유리가 테이블 위에 두고 나간 걸 내가 감춰두려고 했어요. 죄송해요, 당장 어머니에게 가져왔어야 했는데. 어머니, 저 애는 일기를 쓰고 있었어요. 작년에 저한테 보여주더라구요. 저 애는 어떤 남자들에 대해 아주 수상쩍은 내용을 썼어요.

366

그리고 어머니에 관한 글도 있었어요.」

사실이 아니라고 주장할까 했지만, 그건 조금도 중요한 문제가 아니었다. 곤란한 입장에 빠진 하추모모가 뭐라고 말해도 상황을 변화시킬 수는 없었다. 그녀가 오키야의 최고 수입원이었던 10년 전만 하더라도, 하추모모는 원하면 언제나 날 비난할 수 있었다. 설사 내가 자기 방의 다다미를 먹었다고 주장하더라도, 어머니는 나한테 새 다다미 값을 청구했을 것이다. 하지만 세월이 바뀌었다. 하추모모의 그 빛나던 경력이 서서히 시들어가는 반면, 난 막 꽃을 피우는 참이었다. 나는 니타 오키야의 딸이며 으뜸가는 게이샤였다. 사실이 어떻든 간에 어머니는 상관도 안 할 거라는 생각이 들었다.

「어머니, 일기장 같은 건 없어요. 하추모모가 지어낸 얘기예요.」

「내가 지어냈다고? 당장 찾아내고야 말겠어. 어머니가 그걸 읽는 동안에도 그런 뻔뻔스런 말이 나오나 보자.」

하추모모와 어머니는 함께 내 방으로 올라갔다. 복도는 엉망진창이었다. 하추모모는 병만 깬 게 아니라 그 위에 발을 내디뎠기 때문에 계단 근처 여기저기에는 핏자국이 묻어 있었다. 더구나 그녀는 방마다 다니면서 다다미에 핏자국을 남겼다.

화장대 앞에 꿇아앉아 서랍을 연 하추모모의 표정이 난처해졌다.

「하추모모가 말한 일기는 어떻게 된 거냐?」

「만약 일기가 있다면, 하추모모가 틀림없이 찾아내겠죠.」

「하추모모, 그 브로치 값을 사유리에게 갚아주어라. 그리고 난 이렇게 피로 얼룩진 다다미는 갖고 싶지 않아. 모두 바꾸어야겠다. 네 돈으로 말이다. 이제 겨우 점심때가 지났는데, 넌 벌써 돈을 많이 썼구나. 아직도 돈쓸 일이 남았을지 모르니까 계산은 나중에 하도록 할까?」

하추모모는 한번도 본 적이 없는 표정으로 날 쳐다보았다.

난 지금도 가끔, 하추모모와 나의 관계에서 전환점이 무엇이었는지 생각해보곤 한다. 젊었을 때라면 미주아지였다고 말하겠지만 지금 생각은 조금 다르다. 미주아지 때문에 두 사람의 위치가 뒤바뀐 건 사실이지만,

사이가 나빠질 만한 구실은 없었기 때문이다. 그렇기 때문에 지금 와서 생각해보면, 진짜 전환점은 내가 훔쳤다고 우겼던 그 오비 브로치를 찾았을 때가 아닌가 싶다.

그 이유를 설명하기 전에, 먼저 야마모토 제독이 어느 날 밤 이치리키 찻집에서 했던 말을 전해주고 싶다. 흔히 일본 해군의 아버지로 묘사되는 야마모토 제독과 내가 잘 아는 사이였다고는 말하지 않겠다. 그러나 나는 그가 자리한 파티에 여러 차례 참석할 특권을 누렸다. 야마모토 제독은 몸집이 작은 사람이었지만, 다이너마이트도 작다는 사실을 명심해주기 바란다.

제독이 도착하고 나면 파티는 언제나 더 소란스러워졌다. 어느 날 밤, 제독과 어떤 남자가 술 마시기 게임 결승전을 벌이고 있었는데, 게임에 진 사람이 가까운 약국으로 콘돔을 사러 가기로 했다. 다른 목적이 있어서가 아니라 그냥 골려주려고 그런 것이었다. 당연히 제독이 이겼고, 모두들 환호와 박수를 보냈다.

「제독님이 지지 않아서 다행입니다. 약사 맞은편에 제독님이 서 있다고 한번 생각해보십시오!」

부관 중 한 명이 그런 말을 하자, 제독은 자신이 이기리라는 사실을 조금도 의심하지 않았다고 대답했다.

「제독님, 사람은 질 때도 있는 거예요. 그건 제독님도 마찬가지구요.」

어떤 게이샤가 끼어들었다.

「사람이 질 때도 있다는 말은 맞소. 하지만 난 결코 지지 않소.」

방 안에 있던 사람들 중에는 그 말을 거만하다고 생각하는 사람도 있었겠지만 난 아니었다. 제독은 정말 승리에 익숙해져 있는 그런 사람이었다. 마침내 어떤 사람이 그의 성공 비결에 대해 물었다.

「난 결코 상대를 패배시키려고 들지 않소. 대신 상대의 자신감을 패배시킬 궁리를 하지. 의심으로 혼란해진 마음은 승리에 집중할 수 없는 법이오. 두 사람 모두 자신감을 갖고 있을 때에만 진짜 대등한 싸움이 되는 거지.」

그 당시 난 그 말의 의미를 깨닫지 못했다. 그러나 일기장 때문에 싸운 뒤, 하추모모의 마음은 제독의 말처럼 의심으로 혼란스러워지기 시작했다. 하추모모는 어머니가 더 이상 자신의 편을 들어주지 않는다는 사실을 알게 되었다. 따뜻한 옷장에서 꺼낸 옷이 바깥의 험한 날씨 속에서 점차 바래가듯, 하추모모도 그렇게 되어버렸다.

마메하라면 내 생각에 반대할지도 모르겠다. 하추모모를 바라보는 관점에 있어서, 마메하와 나는 상당히 달랐다. 마메하에 의하면, 하추모모에게는 자기 파괴의 성향이 있기 때문에 우리는 그녀를 구슬려 따라오게 만들어야 했다. 마메하의 말이 맞는지도 모르겠다. 내 미주아지 이후 몇 년 동안, 하추모모는 일종의 성격 장애로 점점 고통을 받았으니까. 술이 원인이었든, 발작적인 잔인함이 원인이었든, 그녀는 종종 자신에 대한 모든 통제력을 잃고 말았다. 그 전까지만 해도, 하추모모는 언제나 어떤 목적을 위해서만 자신의 잔인함을 이용했다. 마치 사무라이가 적에게만 칼을 휘두르듯이.

그런데 하추모모는 누가 자신의 적인지도 구별할 수 없었는지 호박에게까지 공격을 가했다. 파티 중에도 이따금 자신이 접대하고 있는 남자들에게 모욕적인 언사를 퍼부었다. 그리고 또 다른 문제는, 하추모모가 더 이상 아름답지 않다는 사실이었다. 피부는 밀랍처럼 보였고, 몸에도 살이 붙었다. 한때 그렇게 아름답던 나무에 벌레가 들끓고 병이 들어, 가지 끝이 갈색으로 변하고 말았다.

상처 입은 호랑이가 위험하다는 사실은 누구나 다 안다. 그런 이유로 마메하는 그 다음 몇 주 동안 밤마다 하추모모를 뒤쫓아 다닐 필요가 있다고 주장했다. 얼마간 마메하는 하추모모를 감시하고 싶어했다. 하추모모가 노부를 만나, 내 일기장 내용이나 회장에 대한 은밀한 감정에 대해 입을 열지도 모르기 때문이었다. 하지만 정작 중요한 목적은 따로 있었다. 마메하는 하추모모의 인생을 망가뜨리고 싶어했다.

「널빤지를 쪼개고 싶다면, 우선 중간을 내리쳐야 해. 두 쪽으로 갈라질 때까지 온 힘을 다해 내리쳐야만 성공할 수 있지.」

그래서 마메하는 빠지면 안 되는 중요한 행사가 있는 경우만 제외하고,

매일 밤 해질 무렵, 우리 오키야로 와서 하추모모의 뒤를 밟기 위해 기다렸다. 마메하와 내가 항상 함께 다닐 수는 없었지만, 적어도 둘 중 한 사람은 이 행사에서 저 행사로 옮겨 다니는 하추모모의 뒤를 밟을 수가 있었다. 하추모모는 처음엔 대수롭지 않게 여기는 척했다. 그러다 나흘째 되던 날, 화난 얼굴로 우리를 노려보던 하추모모는 자신이 접대해야 하는 남자들과 별로 유쾌하게 지내지 못했다.

그 다음주 초, 하추모모는 골목길에서 갑자기 방향을 틀더니 우리에게 다가왔다.

「잠깐 좀 볼까? 개는 항상 주인을 따라다니지. 근데 당신들 두 사람은 코를 킁킁거리면서 내 주위를 따라다니는군. 그러니 내가 당신들을 개처럼 취급해주기를 바란다는 말이지? 개한테 어떻게 하는지 보여줄까?」

그 말과 함께 하추모모는 손을 들어 마메하의 머리 한쪽을 내리쳤다. 내가 소리를 지르자, 하추모모는 하던 짓을 멈추었다. 하추모모는 이글거리는 눈으로 나를 노려보더니 가버렸다. 골목에 있던 사람들 중 몇몇이 다가와서 마메하에게 괜찮은지 물어보았다. 마메하는 그들을 안심시키면서 슬프게 말했다.

「가엾은 하추모모! 의사가 말한 그대로야. 정말 정신이 나갔어.」

물론 그렇게 말한 의사는 없었지만, 마메하의 말은 효과가 있었다. 하추모모가 정서적으로 불안정하다는 유령 의사의 진단이 곧 온 기온에 퍼졌다.

수년 동안 하추모모는 유명한 가부키 배우인 반도 쇼지로 6세와 아주 가깝게 지냈다. 쇼지로는 언제나 여자 역을 연기하는 사람이었다. 한번은 잡지 인터뷰에서, 하추모모가 자신이 본 중에 가장 아름다운 여자이며, 무대 위에서 좀더 유혹적인 연기를 하기 위해 하추모모의 동작을 자주 모방한다는 말을 한 적이 있었다. 그러니 쇼지로가 기온에 올 때마다 하추모모를 부르리라는 예상은 당연했다.

어느 날 오후 늦게, 난 쇼지로가 강 건너편 폰토초 구역의 찻집에서 열리는 파티에 참석한다는 말을 들었다. 그 소식을 듣고 마메하와 함께 오키야로 급히 돌아갔지만, 하추모모는 이미 옷을 차려 입고 빠져나간 뒤였다. 한때 내 모습을 보는 듯한 기분이었다.

「하추모모는 긴장을 잃고 우리로부터 벗어났다고 생각하겠지. 쇼지로가 정성스럽게 파티를 베풀어주면, 하추모모의 기분이 다시 새로워지겠지. 그때 우리가 살짝 스며들어 그녀의 밤을 완전히 망쳐놓는 거야.」

몇 년 동안 하추모모가 얼마나 잔인하게 굴었는지 생각한다면, 박수를 치며 그 계획에 동조한다 해도 시원찮을 일이었다. 그렇지만 난 그다지 즐겁지가 않았다.

어렸을 때의 일이 기억 났다. 난 우리 비틀거리는 집 근처의 호수에서 수영을 하다가 갑자기 어깨에 쓰라림을 느꼈다. 말벌이 날 쏜 뒤, 도망가려고 발버둥치고 있었다. 난 어떻게 해야 할지 몰라 소리만 질러댔는데, 그때 어떤 남자아이가 말벌을 뽑아내더니 날개 위로 돌멩이를 올려놓았다. 우리는 모두 모여 말벌을 어떻게 죽일까 의논했다. 말벌 때문에 극심한 고통을 당한 나는 조금도 자비를 베풀고 싶지 않았다. 그러나 그 말벌은 내 가슴속에 나약한 감정을 불러일으켰다. 몸부림치는 그 작은 말벌이 죽음에서 벗어나기 위해 할 수 있는 일이라곤 아무것도 없었다. 난 하추모모에 대해서도 같은 종류의 연민을 느꼈다. 뒤를 쫓아다니는 동안, 마메하와 내가 그녀를 고문하고 있다는 생각까지 들었다.

밤 9시경, 우리는 폰토초 구역을 향해 강을 건넜다. 기온과 달리, 폰토초에는 강둑을 따라 죽 뻗은 기다란 길이 하나밖에 없었다. 사람들은 그 모양을 두고 '뱀장어의 침대'라고 불렀다. 그날 밤, 가을 공기가 약간 쌀쌀했지만, 쇼지로의 파티는 나무로 만든 교각 위의 베란다에서 열렸다. 유리문 안으로 들어섰을 때, 우리에게 주의를 기울이는 사람은 아무도 없었다. 베란다는 전등으로 불이 밝혀져 있었고, 강은 맞은편 식당에서 나오는 불빛으로 인해 금색으로 반짝거렸다. 모두들 노래로 이야기를 들려주고 있던 쇼지로에게 귀를 기울이고 있었다. 그때 우리를 발견한 하추모모가 불쾌한 표정을 지었다. 하추모모의 표정이 마치 배에 난 끔찍한 멍처럼 보였다.

마메하는 대담하게도 하추모모 바로 옆에 자리를 잡았다. 나는 베란다

맞은편, 친절한 인상의 노인 옆에 자리를 잡았는데, 알고 보니 그는 거문고 연주자 타치바나 젠사쿠였다. 난 그날 밤에야 타치바나가 장님이라는 사실을 알았다. 거기에 간 목적이 무엇이든 간에, 그와 담소하면서 하루 저녁을 지낸다면 만족스러우리라는 생각이 들었다. 그는 매력적인데다 사람의 마음을 끄는 남자였다. 그러나 갑자기 사람들이 웃음을 터뜨리는 바람에 우리는 서로 말을 꺼내지도 못했다.

쇼지로는 흉내를 내는 데 있어 달인이었다. 버드나무 가지처럼 호리호리한 그는 별난 표정을 지을 수 있었다. 원숭이 흉내를 내면 원숭이들도 그를 정말 원숭이로 착각할 정도였다. 그는 옆에 앉은 50대의 게이샤 흉내를 내던 중이었다. 여자다운 동작과 오므린 입술, 눈을 굴리는 모습이 그 게이샤와 너무나 닮았기 때문에, 나는 웃어야 할지 아니면 놀라 손으로 입을 막고 있어야 할지 모를 지경이었다.

타치바나는 내 쪽으로 몸을 기울이며 속삭였다.

「저 사람이 지금 뭘 하고 있소?」

「옆에 앉은 나이 든 게이샤 흉내를 내고 있어요.」

「아, 이치와리겠군.」

그러고 나더니 내 주위를 끌기 위해 손등으로 나를 툭 쳤다.

「미나미자 극장 감독의……」

그는 말을 하면서 아무도 볼 수 없도록 테이블 아래로 새끼손가락을 펴 보였다. 이치와리라는 게이샤가 극장 감독의 정부라는 의미였다. 그런데 그 감독은 다른 사람보다 더 큰 소리로 웃고 있었다.

잠시 후, 계속 흉내를 내던 쇼지로가 손가락 하나를 코에 집어넣었다. 모두들 너무 크게 웃는 바람에 베란다가 떨릴 정도였다. 코를 후비는 게 이치와리의 유명한 버릇 중 하나였다. 얼굴이 빨개진 이치와리가 기모노 소매로 얼굴을 가렸고, 몹시 술에 취한 쇼지로는 그것까지 흉내냈다. 사람들은 그냥 예의로 웃었으나, 하추모모만은 정말 재미있어했다.

마침내 감독이 쇼지로의 행동에 제동을 걸었다.

「자, 쇼지로 상, 내일 공연을 위해 에너지를 좀 아껴두시오. 어쨌거나, 당신 옆에 기온에서 가장 훌륭한 무희가 앉아 있으니 그녀의 춤을 한번 보도록 합시다.」

물론 마메하를 두고 한 말이었다.

「세상에, 난 싫소. 난 지금 어떤 춤도 보고 싶지 않소. 더군다나 난 지금 아주 재미있소.」

나중에 알게 된 바에 의하면, 쇼지로는 다른 사람의 이목을 끄는 걸 좋아하는 사람이었다.

「쇼지로 상, 그 유명한 마메하의 춤을 볼 기회를 놓쳐서는 안 되오.」

다른 게이샤들도 맞장구치자, 마음을 바꾼 쇼지로가 결국은 마메하에게 춤을 보여달라고 청했다. 하추모모와 쇼지로는 오랫동안 시선을 교환했는데, 파티를 망쳤다는 표정이었다.

몇 분 지나 하녀가 샤미센을 가져오자, 어떤 게이샤가 조율하면서 연주 준비를 했다. 마메하는 자리를 잡더니 아주 짧은 소품을 공연했다. 많은 사람들이 마메하를 아름다운 여자라고 인정했지만, 하추모모보다 더 아름답다고 생각하는 사람은 별로 없었다. 그래서 난 쇼지로의 눈이 정확히 어디로 가 있는지 알 수가 없었다. 마시고 있던 술에 가 있었는지 아니면 마메하의 뛰어난 춤에 가 있었는지. 춤을 끝내고 테이블로 다시 돌아오자, 쇼지로는 아주 흡족한 표정을 지으며 마메하더러 자기 옆에 앉으라고 했다. 마메가 옆에 자리를 잡자, 그는 술을 따라주면서 하추모모에게서 등을 돌렸다. 마치 하추모모가 철없던 시절에 흘딱 반했던 견습생에 불과하다는 듯이 말이다.

그 순간, 하추모모의 입이 굳어지더니 눈 크기도 반으로 줄어들었다. 난 마메하가 의식적으로 그렇게 누군가와 시시덕거리는 모습을 본 적이 없었다. 마메하의 목소리는 높고 부드러웠으며 눈은 쇼지로의 가슴에서 얼굴로 그리고 다시 가슴으로 분주하게 움직였다.

그때 어떤 게이샤가 쇼지로에게 바지루 상 소식을 물었다.

「바지루 상은 나를 버렸소!」

난 쇼지로가 말하는 바지루 상이 누군지 알지 못했다. 그런데 친절하게도 타치바나가, 영국 배우인 배즐 래스본이라고 설명해주었다. 쇼지로는 몇 년 전에 런던에서 가부키 공연을 한 적이 있었다. 그 공연에 감탄한 배

즐 래스본은 통역사의 도움을 얻어 쇼지로와 이야기를 나누었고 그 후 두
사람 사이에 우정이 싹트기 시작했다. 쇼지로가 하추모모나 마메하 같은
여자에게 관심이 많을 것 같지만, 사실 그는 동성연애자였다. 영국을 여
행하고 돌아온 이후, 쇼지로는 배즐이 남자에게 관심이 없기 때문에 자신
은 처음부터 실연당할 운명이었다고 계속 농담을 해댔다.

「연애의 종말을 보니 슬퍼지네요.」

한 게이샤의 말에, 쇼지로만 뚫어지게 쳐다보던 하추모모를 제외하고
모두 웃었다.

「나와 바지루 상의 다른 점은 이거요. 내가 보여주지.」

쇼지로는 자리에서 일어나더니, 마메하를 데리고 약간 자리가 비어 있
는 곳으로 갔다.

「난 공연할 때, 이렇게 보이지.」

그는 방 이쪽에서 저쪽으로 미끄러지듯 걸어가면서 흐늘흐늘한 손목으
로 부채를 흔들어댔다.

「반면에 바지루 상은 이렇게 보이지.」

마메하를 붙잡은 쇼지로는 마치 정열적인 포옹이라도 하려는 듯, 아니
면 얼굴에 키스라도 퍼부으려는 듯, 그녀를 바닥 쪽으로 눕혔다. 하추모
모를 제외한, 방 안의 모든 사람들이 환호성을 지르면서 박수를 쳤다.

「저 사람이 뭘 하고 있는 거요?」

앞을 볼 수 없었던 타치바나가 나한테 조용히 물었다. 나만 그 소리를
들은 줄 알았는데, 내가 미처 대답하기도 전에 하추모모가 큰 소리로 말
했다.

「저 사람은 바보짓을 하고 있어요.」

「하추모모 상, 당신 질투하는구려!」

쇼지로가 두 사람 대화에 끼어들었다.

「물론 질투하겠죠. 이제 두 사람 화해하세요. 어서요, 쇼지로 상. 부끄러
워하지 마시구요. 내게 했던 것처럼 하추모모에게도 똑같이 키스해주세
요. 그래야 공평하죠. 똑같이 하셔야 해요.」

마메하의 말을 듣고 난 쇼지로는 곧 하추모모를 일으켜 세웠다. 그리고

사람들을 뒤로한 채, 하추모모를 팔에 안고는 몸을 뒤로 젖혔다. 그 순간, 쇼지로는 갑자기 비명을 지르더니 엉덩이를 붙들며 뛰어올랐다. 하추모모가 그를 발로 찬 것이다. 눈을 흘기며 이빨을 드러낸 하추모모는 손을 올려 그를 찰싹 때렸다. 그러나 너무 취한 탓에 목표가 빗나가 얼굴이 아니라 머리를 때리고 말았다.

「무슨 일이오?」

타치바나가 내게 물었다. 난 아무 대답도 하지 않았으나, 쇼지로의 낑낑 대는 소리와 하추모모의 거친 숨소리가 들렸기 때문에 타치바나도 상황을 이해했으리란 생각이 들었다.

「하추모모 상, 제발 나를 위해서……, 제발 진정해요.」

마메하의 목소리는 너무 고요해서 그 자리와 전혀 어울리지 않았다. 마메하의 말이 효과가 있었는지, 아니면 하추모모의 마음이 이미 산산조각 났는지, 하여튼 하추모모는 쇼지로에게 몸을 던지더니 마구 때리기 시작했다. 나는 그녀가 미쳤다고 생각했다. 그 순간 모든 것이 단절된 느낌이었다.

극장 관리인이 테이블에서 몸을 일으켜 뛰어오더니 하추모모를 말렸다. 그동안 마메하는 살짝 빠져나가 찻집 여주인을 데리고 돌아왔다. 극장 관리인은 하추모모를 뒤에서 붙잡고 있었다. 위기는 지나갔다고 생각했으나, 그 순간 쇼지로가 하추모모를 향해 소리를 지르는 바람에 그 소리가 기온의 강 건너까지 울려 퍼졌다.

「야, 이 괴물아, 나를 때리다니!」

여주인이 침착하게 행동하지 않았더라면 아무도 그 사태를 해결하지 못했을 것이다. 여주인은 쇼지로에게 부드러운 목소리로 뭐라고 말하면서, 동시에 극장 관리인에게는 하추모모를 데리고 나가라는 신호를 보냈다. 나중에 들은 바에 의하면, 관리인은 하추모모를 찻집 안으로 데려가지 않고 그냥 길거리로 내쫓아버렸다.

그날 밤 하추모모는 오키야로 돌아오지 않았다. 다음날 돌아온 그녀에게서는 더러운 냄새가 났고 머리도 엉망이었다. 당장 어머니의 방으로 불려간 그녀는 한참 동안 그곳에 있었다.

며칠 후, 하추모모는 어머니가 준 단순한 면옷을 입고서, 머리는 어깨까지 늘어뜨린 채 오키야를 떠났다. 하추모모가 그런 머리 모양을 한 모습은 처음 보았다. 소지품과 보석들을 담은 가방을 들고서 그녀는 작별인사도 없이 밖으로 걸어나갔다. 하추모모는 자발적으로 떠난 게 아니라, 어머니로부터 쫓겨난 것이었다. 사실, 어머니는 몇 년 전부터 그녀를 쫓아내고 싶어했으리라는 게 마메하의 추측이었다. 그 말이 사실이든 아니든, 입이 하나 줄어들자 어머니는 대놓고 기뻐했다. 하추모모는 더 이상 예전처럼 수입이 없었으며, 식량을 구하기가 점점 힘들었기 때문이었다.

만약 하추모모의 악랄함이 그렇게 알려지지만 않았더라도, 쇼지로에 대한 그런 행동에도 불구하고 그녀를 원하는 오키야가 있었을지도 모르겠다. 그러나 하추모모는 뜨거운 찻주전자처럼 기분 좋은 날조차 사람의 손을 데게 하는 그런 사람이었다. 기온의 모든 사람들이 하추모모의 그런 점을 잘 알고 있었다.

그 뒤로 하추모모가 어떻게 되었는지는 정확한 소식을 들을 수가 없었다. 전쟁이 끝난 후 몇 년 동안, 미야가와초 구역에서 창녀로 생활했다는 소문을 전해 들었지만, 그곳에 그리 오래 머물지는 않았던 모양이었다. 왜냐하면 그 말을 전해 듣던 날, 함께 파티에 참석한 남자 중에 하추모모를 찾아내 일을 좀 주고 싶다고 말한 남자가 있었는데, 그 남자는 어디에서도 하추모모를 찾지 못했다. 몇 년 동안, 그녀는 아마 죽도록 술만 마셔댄 모양이었다. 하지만 그렇게 된 게이샤가 하추모모 한 명만은 아니었다.

오키야의 우리 모두는 하추모모한테 익숙해져, 그녀가 우리를 어떤 식으로 괴롭혔는지 잘 깨닫지 못했다. 그녀가 떠나고 한참 지난 뒤, 미처 깨닫지도 못했던 우리의 상처가 서서히 치유되기 시작할 때까지도 말이다. 하녀들은 살얼음이 낀 호수를 건널 때처럼 긴장 속에서 하루하루를 살았다. 하추모모에게 전적으로 의존하던 호박은 그녀가 떠나버리자, 이상하게도 방황을 거듭했다.

난 이미 오키야의 가장 큰 보물이 되었지만, 하추모모 때문에 생긴 이상한 습관들을 전부 근절하는 데에는 상당한 시간이 걸렸다. 예를 들면, 남자가 나를 조금만 이상한 눈으로 쳐다보아도, 하추모모가 그 사람에게 뭐라고 말을 한 건 아닌가 하는 의심이 들었다. 이층으로 올라갈 때에도 하추모모가 누군가를 괴롭히기 위해 층계참에서 기다리고 있을지도 모른다는 두려움 때문에 눈을 내리깔고 걸었다. 마지막 계단에 이르러서야 하추모모가 없다는 사실을 깨닫고 갑자기 고개를 쳐든 적이 한두 번이 아니었다.

28

대공황 이후 몇 년 동안을 일컫는 '쿠로타니'라는 일본어의 뜻은 원래 어둠의 골짜기란 의미로, 많은 사람들이 물에 빠진 어린아이처럼 허우적 거리며 살던 때였다. 그러나 기온에 사는 우리는 다른 사람들처럼 그렇게 심한 고통을 겪지는 않았다. 1930년대 대부분의 일본인들이 어둠의 골짜 기에서 생활하는 동안, 기온의 우리들은 여전히 한줄기 햇살을 받으며 따뜻하게 지냈다. 내각 각료와 해군 사령관들은 상당한 부를 누렸는데, 그들은 재산을 다른 사람에게도 나눠주었다. 그래서 기온은 풍부한 샘물이 공급되는 호수와도 같았다.

돗토리 장군 때문에 우리 오키야는 언제나 풍부한 샘물이 솟았다. 식량을 배급받아야 할 정도로 주변 상황이 최악으로 치달았지만, 우리는 오랫동안 음식, 차, 리넨, 심지어 화장품과 초콜릿 같은 사치품들까지 정기적으로 공급받았다. 그런 물건들을 움켜쥔 채 문을 꽁꽁 걸어 잠그고 살 수도 있었지만, 기온은 그런 곳이 아니었다. 어머니는 그 물건들을 다른 사람들에게도 골고루 나눠주었다. 물론 그건 어머니가 마음씨 좋은 여자여서가 아니라, 우리 자신이 마치 같은 거미줄에 모여 사는 거미와도 같았기 때문이었다.

때때로 사람들이 도움을 청하러 왔고, 우리는 능력이 되는 한 기꺼이 도움을 주었다. 예를 들어 1941년 어느 가을 날, 어떤 하녀가 자신의 오키야가 받을 배급표보다 열 배나 많은 배급표를 갖고 있다가 헌병에게 들킨 적

378

이 있었다. 그 오키야의 여주인은 시골로 보낼 준비가 될 때까지 좀 보호해달라며 그 하녀를 우리에게 보냈다. 물론 기온의 모든 오키야가 배급표를 축적해두고 있었다. 일반적으로 좋은 오키야일수록 더 많은 배급표를 갖고 있었다. 돗토리 장군이 헌병에게 우리를 귀찮게 하지 말라고 지시해두었기 때문에 그 하녀는 우리 오키야에서 안전하게 지낼 수 있었다. 그러니 기온이라는 안전한 연못 내에서도 우리는 가장 따뜻한 물에서 헤엄치던 물고기였던 셈이다.

그 어둠이 온 나라를 감돌게 되자, 우리를 지켜주던 그 한줄기 빛조차 결국 꺼져버리고 말았다. 그 순간은 1942년 12월, 새해를 몇 주 앞둔 어느 날 이른 오후에 찾아왔다. 새해 준비로 오키야 청소를 하느라 바빴기 때문에, 난 그때야 아침을, 아니 그날의 첫 식사를 하던 중이었다. 바로 그때 현관에서 어떤 남자의 소리가 들렸다. 난 배달을 온 남자려니 생각하면서 계속 밥을 먹고 있었다. 조금 있으니 하녀가 와서 어떤 헌병이 어머니를 찾고 있다고 말했다.

「헌병이라구? 어머니가 나가셨다고 말해.」
「그렇게 말했어요. 그랬더니 아가씨와 얘기하고 싶대요.」

현관으로 가보니, 그 헌병은 벌써 부츠를 벗고 있었다. 다른 사람들과 달리, 우리 오키야는 그때까지 아주 다르게 지내왔다. 보통 헌병들은 자신들의 출현이 사람들을 놀라게 할까봐 기습적인 방문에 대해 미안해했다. 그런데 그 헌병의 태도는 뻣뻣하기 그지없었다.

나는 그에게 절을 하며 인사말을 건넸지만 그는 나중에 보자는 식으로 슬쩍 쳐다보기만 할 뿐이었다. 마침내 그는 양말과 모자를 벗더니 현관 홀로 올라와 우리 채소밭을 보고 싶다고 말했다. 귀찮게 해서 미안하다는 말 한마디 없이 그저 그렇게만 말했다.

당시 교토는 다른 지방과 마찬가지로 거의 모두가 정원을 채소밭으로 바꾸었다. 즉 우리 같은 사람을 뺀 거의 모두가 말이다. 돗토리 장군이 우리에게 충분한 식량을 주었으므로 우리는 정원을 파헤칠 필요가 없었다. 대신 이끼와 단풍나무를 키우며 즐길 수 있었다. 겨울이었으므로 난 그 헌병이 채소가 말라죽은 언 땅을 그냥 눈으로 확인할 거라고 생각했다. 잘 꾸며놓은 식물과 함께 호박과 고구마를 심었을 거라고 상상해주기를 바라면서. 그래서 그를 정원으로 안내하면서도 난 아무 말도 하지 않았다. 헌병은 쪼그리고 앉아 손가락으로 흙을 만져보았다. 우리가 무엇인가를 재배하기 위해 땅을 팠는지 아닌지 확인하는 모양이었다.

「땅에 내려앉은 눈을 보니 바다의 물거품이 생각나지 않으세요?」

헌병은 내 질문에 대답도 하지 않은 채 몸을 일으키더니 어떤 채소를 심었느냐고 물었다.

「장교님, 정말 죄송하지만, 사실 우린 채소를 심을 기회가 없었어요. 이제 땅이 이렇게 얼어붙었으니…….」

「당신 이웃들 말이 맞군요!」

그는 모자를 벗으며 호주머니에서 종이를 꺼내더니, 우리 오키야가 저지른 부당한 행위들을 죽 읽어나갔다. 면 원료를 쌓아두었느니, 전쟁에 필요한 금속이나 고무 제품을 헌납하지 않았느니, 배급표를 부당하게 이용했느니, 뭐 그런 내용이었다. 기온의 다른 모든 오키야와 마찬가지로 사실 우리도 그렇게 했다. 내 생각에, 우리 죄는 다른 사람보다 더 많은 재산을 소유하면서 편안하게 지내왔다는 것이었다.

다행히 그때 어머니가 돌아왔다. 어머니는 헌병을 보고도 조금도 놀라지 않았다. 어머니는 내가 본 중에서 가장 공손하게 헌병을 대했다. 그녀는 헌병을 응접실로 데려가더니 부정하게 얻은 차를 대접했다. 그러고는 문을 닫고 한참 동안 얘기를 나누었다. 그때 뭔가 가지러 나온 어머니가 나를 옆으로 잡아당기더니 이렇게 말했다.

「돗토리 장군이 오늘 아침에 구속되었대. 서둘러서 비싼 물건은 숨기도록 해라. 안 그러면 내일 다 뺏길 테니까.」

요로이도 시절, 난 쌀쌀한 봄날 수영을 한 뒤 호수 옆 바위에 누워 햇볕을 쬐곤 했다. 해가 갑자기 구름 뒤로 사라지면 차가운 공기가 쇳조각처럼 내 피부에 와 닿는 느낌이었다. 현관 홀에 서서 돗토리 장군의 불행한 소식을 접한 순간, 난 바로 그런 느낌을 받았다. 햇살이 영원히 사라져버린 차가운 공기 속에, 벌거벗고 서 있으라는 선고를 받은 기분. 헌병이 찾아온 뒤 1주일 만에, 우리는 다른 집에서는 벌써 오래 전에 빼앗겼던 물건들을 빼앗기기 시작했다. 비축해둔 식량, 속옷 등등. 우린 그동안 계속해서 마메하에게 차를 대주고 있었다. 마메하는 누군가에게 부탁할 일이 있을 때 차를 선물했던 모양이었다. 그러나 우리가 물건을 빼앗기고 나서부터는 그녀의 물품 사정이 더 나아, 대신 우리에게 물건을 대주게 되었다. 그 달 말경, 이웃 조합에서 우리 족자와 도자기들을 몰수해 '회색시장'에 내다 팔기 시작했다. 회색시장은 암시장과 조금 달랐다. 암시장에서는 주로 연료용 기름, 음식, 금속 등 배급품이나 불법 거래 물품을 취급했지만, 회색시장은 주로 주부들이 현금을 마련하기 위해 귀중한 물건을 파는 곳이었다. 그러나 우리 오키야의 물건들은 벌을 주려는 목적으로 팔려 나갔기 때문에 현금은 다른 사람 손으로 넘어갔다. 가까운 오키야의 여주인이었던 이웃 조합의 회장은 우리 물건을 압수해 갈 때마다 아주 미안해했다. 그러나 그건 헌병이 내린 명령이었다. 모두들 복종하는 수밖에 달리 도리가 없었다.

전쟁 초기가 먼 바다로 향하는 들뜬 항해의 시작이었다면, 1943년 중반은 파도가 거세게 휘몰아친 때였다. 우리는 모두 물에 빠져 죽는 줄 알았고 사실 많은 사람이 빠져 죽기도 했다. 단순히 생활이 비참해지는 정도가 아니었다. 감히 말을 꺼내지는 못했지만, 우리 모두는 전쟁의 결과에 대해 걱정하기 시작했다. 아무도 즐겁게 지내지 못했다. 많은 사람들이 재미있게 지내는 것을 비애국적인 행동이라고 여겼으니까.

그 시기에 들었던 가장 농담 비슷한 이야기는 어느 날 밤, 게이샤 라이하가 했던 말이었다. 군사 정부가 일본의 모든 게이샤 구역을 폐쇄하리라는 소문이 나돌아, 우리 모두 앞날을 걱정하고 있던 시기였다.

「우린 그런 일들을 생각하면서 시간을 낭비해서는 안 돼. 과거를 제외하면, 미래보다 더 암울한 것도 없으니까.」

별로 재미없게 들릴지 모르겠지만, 우리는 그 얘기를 듣고 눈가에 눈물이 맺힐 때까지 웃었다. 언젠가 게이샤 구역이 정말 문을 닫게 되면, 우리의 터전은 공장으로 옮겨 갈 운명이었다.

그 전해 겨울, 기온의 모든 게이샤들이 가장 두려워했던 재난이 하추모모의 친구 코린에게 일어났다. 그녀의 오키야에서 목욕탕을 관리하던 하녀가 물을 끓이기 위해 신문에 불을 붙이던 중, 그만 불길이 옮겨 붙고 말았다. 기모노 컬렉션과 함께 전 오키야가 불에 탔다. 코린은 결국 도시 남쪽에 있는 공장에서 일하게 되었는데, 그녀는 폭탄 장비에 렌즈 끼우는 일을 맡았다. 몇 달이 지나, 코린을 본 사람이라면 모두 몸서리를 쳤다. 사실 우리 모두 불행했고 어느 정도 불행에 대비하고 있었다. 하지만 코린은 단순히 불행해 보이는 정도가 아니었다. 마치 노래가 새의 일부분이듯이 그녀는 기침과 함께 살았고, 피부는 먹물에 들어갔다 나온 사람처럼 얼룩져 있었다. 공장에서 사용하는 석탄은 아주 질이 낮아, 연소하는 동안 주위를 온통 그을음으로 뒤덮어버렸다. 불쌍한 코린은 2교대의 일을 강요받으면서도 하루에 한 번 국수가 조금 섞인 묽은 수프 한 그릇이나 아니면 감자 껍데기로 맛을 낸, 물기 많은 죽밖에 먹지 못했다.

그러니 우리가 공장 생활을 반길 리 없었다. 매일 아침, 잠에서 깨어 기온이 아직 열려 있으면, 우리는 감사하는 마음을 가졌다.

그 다음해 1월 어느 날 아침, 나는 눈을 맞으며 배급표를 들고 쌀가게 앞에 줄을 서 있었다. 그때 옆집 가게 주인이 머리를 내밀더니 추위 속에서 소리를 내질렀다.

「드디어 일어났소!」

우리는 모두 서로 얼굴을 쳐다보았다. 농부들이 입는 옷을 입고 그 위로 두꺼운 숄만 둘러 몸이 얼어붙은 나는 그가 무슨 얘기를 하는지 상관도 하지 않았다. 그 무렵, 우리는 아무도 기모노를 입지 않았다.

마침내 내 앞에 있던 게이샤가 눈썹에서 눈을 쓸어 내리면서 무슨 말이냐고 물어보았다.

「전쟁이 끝났어요?」

「정부가 게이샤 구역을 닫겠다고 발표했소. 당신들은 모두 내일 아침 등록소에 가서 보고해야 합니다.」

우리는 가게 안에서 들리는 라디오 소리에 한참 동안 귀를 기울였다.

문이 다시 덜거덕거리며 닫히자, 눈 내리는 소리만이 주위를 감쌌다. 내 옆에 있던 게이샤들의 얼굴에서 절망을 엿볼 수 있었다. 우리는 그때 모두 같은 생각을 하고 있었다. 나를 공장 생활에서 구해줄 남자는 누구일까라고.

그 전해까지 돗토리 장군이 내 단나이긴 했지만, 그렇다고 해서 그와 친분이 있는 게이샤가 나밖에 없으란 법은 없었다. 다른 게이샤가 손을 뻗치기 전에 연락을 취해야만 했다. 추운 날씨에 걸맞은 옷을 차려 입지는 못했지만, 난 호주머니에 배급표를 찔러 넣은 뒤 즉시 도시 북서쪽을 향해 길을 떠났다. 장군이 우리가 1주일에 두 번씩 만났던 수루야 여관에서 지내고 있다는 소문을 듣고서였다.

눈을 흠뻑 맞고 추위에 떨면서, 한 시간 정도 걸어 그곳에 도착했다. 여관 여주인에게 인사를 하자, 나를 한참 쳐다본 그녀는 미안하지만 내가 누군지 모르겠다고 말했다.

「저예요, 부인……, 사유리예요. 장군님을 만나러 왔어요.」

「사유리 상? 세상에……, 농부 아낙네같이 보여서 못 알아보았어요.」

그녀는 나를 당장 안으로 들였지만, 장군에게 데려가기 전에, 우선 위층으로 데리고 가서 자기 기모노를 입혀주었다. 심지어 감춰둔 화장품으로 간단하게 화장까지 해주었다.

방으로 들어가자, 장군은 테이블 곁에 앉아 라디오에서 나오는 드라마를 듣고 있었다. 지난 몇 년 동안 그는 나보다 더 힘든 생활을 했다. 직무태만, 권력 남용 등으로 고발된 그가 감옥 신세를 면한 것만 해도 행운이라고 말하는 사람도 있었다. 심지어 어떤 잡지는 남태평양에서 일본 해군의 패배를 그의 탓이라고 비난하기도 했다.

장군을 보니, 삶의 무게가 그를 너무 내리눌러서 뼈가 약해지고 심지어 얼굴도 보기 흉하게 일그러져 있었다.

「얼굴이 아주 좋으시군요, 장군님.」

물론 그 말은 거짓말이었다.

「장군님을 다시 만나게 되어 정말 기뻐요!」

장군은 라디오를 껐다.

「자네가 여기 처음 온 사람은 아닐세. 사유리, 난 자네에게 해줄 수 있는 게 없어.」

「전 급하게 달려왔어요. 누가 나보다 더 빨리 다녀갔을 것 같지는 않은데요?」

「내가 아는 게이샤들 거의 모두가 지난주부터 날 만나러 왔어. 하지만 난 더 이상 권력 있는 친구들이 없어. 자네 같은 위치에 있는 게이샤가 왜 나한테 부탁하러 오는지 모르겠군. 자네는 영향력 있는 남자들에게서 총애를 받고 있지 않나.」

「하지만 그런 사람들이 꼭 참된 친구는 아니에요.」

「그래, 그건 그렇지. 어쨌든 어떤 도움을 받으려고 온 건가?」

「어떤 도움이든지 괜찮아요. 요즘 기온에서는 공장 생활이 얼마나 비참한지 그 얘기만 해요.」

「비참한 인생도 운이 좋은 사람에게나 해당되지. 나머지 사람들은 전쟁이 끝나는 것도 못 보고 죽을 거야.」

「무슨 말인지 모르겠어요.」

「폭탄이 곧 떨어질 거야. 종전 후에도 살아남고 싶으면 자네를 안전한 장소로 데려가 줄 수 있는 사람을 찾는 게 좋을 걸세. 미안하지만 난 그럴 만한 사람이 못 돼. 난 남아 있던 영향력을 모두 써버렸네.」

장군은 어머니와 아줌마의 안부를 묻더니 곧 작별인사를 했다. 영향력을 다 써버렸다는 말이 무슨 뜻인지는 훨씬 나중에 알게 되었다. 수루야의 여주인에게는 젊은 딸이 하나 있었는데, 장군은 그 딸을 일본 북부지역으로 보내주었다. 그게 바로 영향력이었다.

오키야로 돌아오는 길에 난 행동을 개시할 때가 왔다고 생각했지만, 어떻게 해야 할지는 알 수가 없었다. 두려움을 떨쳐버리는 단순한 일조차 하기가 힘들었다. 나는 마메하가 살고 있는 집으로 갔다. 몇 달 전, 마메하는 남작과의 관계를 청산한 이후 훨씬 좁은 집으로 이사했다. 마메하라면 내가 어떻게 해야 할지 말해줄 수 있으리라 생각했지만, 사실은 그녀도 나만큼이나 두려움에 떨고 있었다.

「남작은 날 도와주지 않을 거야. 염두에 두고 있는 다른 남자들도 연락이 안 돼. 사유리, 너도 다른 사람을 찾아보는 게 좋을 거야. 될 수 있는 대로 빨리.」

노부와는 4년이 넘도록 연락이 끊긴 상태였다. 회장은…… 글쎄, 그와 만나기 위해 어떤 변명거리라도 찾고 싶었지만, 안타깝게도 마땅한 구실이 없었다. 우연히 부딪치게 되면 날 따뜻하게 대해주긴 했지만, 그렇다고 파티에 날 초대한 적은 한번도 없었다. 그래서 난 상처를 받았지만, 도대체 내가 어떻게 할 수 있단 말인가? 더구나 신문에 난 기사를 보면 회장은 군사 정부와 갈등을 빚고 있었다. 그 자신도 문제가 너무 많았다.

그날 오후 나는 살을 에는 듯한 추위 속에서 이 찻집에서 저 찻집으로 돌아다녔다. 몇 주 혹은 몇 달 동안 보지도 못했던 남자들의 소식을 물으면서 말이다. 그들을 어디서 만날 수 있는지 아는 여주인은 한 명도 없었다.

그날 밤, 이치리키는 고별 파티로 북적거렸다. 그 뉴스를 접한 게이샤들의 반응도 가지각색이었다. 어떤 게이샤는 정신이 나간 것처럼 보였고, 또 어떤 게이샤는 불상처럼 앉아 있었다. 나 자신은 어떻게 보였는지 모르겠지만, 내 마음은 주판과 같았다. 어떤 남자에게 어떤 식으로 접근할까 계획을 세우고 일을 꾸미느라 바빴던 것이다. 그래서 하녀가 와서 누가 날 기다리고 있다고 말할 때에도 건성으로 들었다. 다른 무리의 남자들이 참석을 요청한 줄로만 알았다. 그런데 하녀는 나를 이층으로 안내하더니 맨 뒷방으로 안내했다. 방문을 열자, 그 방에는 노부가 맥주잔을 놓고 테이블 앞에 앉아 있었다.

「사유리, 자네는 날 실망시켰네!」

「세상에, 4년 동안이나 난 노부 상을 모실 영광을 갖지도 못했어요. 그런데 노부 상을 실망시켰다니요? 내가 벌써 무슨 잘못을 했다는 말씀이세요?」

「난 스스로에게 작은 내기를 하나 했지. 나를 보자마자 자네 입이 딱 벌어질 거라고 말이야.」

「사실은 너무 놀라서 움직일 수조차 없을 지경이에요!」

「하녀가 문을 닫을 수 있도록 어서 안으로 들어오게. 아, 우선 하녀에게 맥주와 잔을 좀 시키지. 자네와 같이 마시고 싶네.」

나는 노부가 시키는 대로 하고 나서, 테이블 모서리를 사이에 두고 자리를 잡았다. 노부의 눈이 마치 내 얼굴을 어루만지듯 쳐다보고 있었다.

「자네의 이런 얼굴은 처음 보는 것 같네. 다른 사람들처럼 자네도 굶주리고 있다고는 말하지 말게.」

「노부 상도 약간 여윈 것 같군요.」

「음식은 충분하네. 그걸 먹을 시간이 없어서 그렇지.」

「바쁘시다니 다행이군요.」

「그 말은 정말 이상하게 들리는군. 총알을 피하면서 목숨을 유지하는 사람한테 바빠서 다행이라니.」

「노부 상이 정말 그렇게 공포 속에서 살고 있다는 말이 아니기를 바라요.」

「날 죽이려고 드는 사람은 없네. 자네가 그런 의미로 들었다면 말이야. 하지만 이와무라 전기를 내 인생이라고 한다면, 사실 난 두렵네. 그건 그렇고 자네 단나는 어떻게 되었는가?」

「장군님은 우리처럼 잘 지내고 있을 거예요. 친절하게도 그런 걸 다 물어주시는군요.」

「아, 친절하게 굴려고 했던 건 아닐세.」

「요즘 장군님이 잘 지내기를 바라는 사람이 별로 없어요. 노부 상, 우리 다른 이야기 해요. 노부 상은 매일 밤 여기 이치리키에 오셨으면서도, 위층의 이 특이한 방에 계셨어요. 나를 만나지 않기 위해 숨어 계셨다고 생각해도 될까요?」

「정말 이 방은 특이하다네. 이 찻집에서 유일하게 정원이 내려다보이지 않는 방이지. 저 창문을 열면 거리가 내다보이고.」

「노부 상은 이 방을 잘 알고 계시는군요.」

「그렇지도 않네. 처음 와봤으니까.」

　난 그 말을 믿지 못하겠다는 표정을 지어 보였다.

「사유리, 자네 마음대로 생각하게. 하지만 이 방에 처음 왔다는 건 사실이야. 이 방은 여주인의 손님이 올 경우 묵는 침실 같은데, 친절하게도 내가 여기 왜 왔는지 얘길 하니까 이 방을 쓰도록 해주더군.」

「정말 이상하군요……. 그러니까 노부 상이 여기 오신 목적이 따로 있다는 말씀이군요. 그게 뭔지 알아맞혀 볼까요?」

「하녀가 오는 소리가 들리는군. 하녀가 가거든 알아맞혀 보게.」

문이 열리더니 하녀가 테이블 위에 맥주를 놓았다. 맥주가 아주 귀한 시기였기 때문에, 잔에 부풀어오르는 황금색 액체는 구경할 만했다. 하녀가 나가고 나자, 우리는 잔을 들었다.

「자네 단나를 위해 축배를 들려고 왔네.」

그 말을 들은 나는 잔을 내려놓았다.

「노부 상, 우리 두 사람이 공감하는 게 별로 없다는 거 알아요. 하지만 노부 상이 왜 내 단나를 위해 축배를 드는지 이해하려면 시간이 좀 걸리겠는데요.」

「좀더 자세히 얘기해야겠군. 자네 단나가 얼마나 어리석은지 알기나 하는가? 난 그 사람이 별 볼일 없는 사람이라고 이미 4년 전에 말했는데, 내 말이 옳았네. 그렇지 않은가?」

「사실 그는 더 이상 내 단나가 아니에요.」

「잘됐군. 아직도 그가 자네 단나라 하더라도 그 사람은 자네한테 아무것도 해줄 수가 없네, 안 그런가? 곧 기온이 문 닫을 테고 또 모두들 그 때문에 걱정하고 있다는 거 알고 있네. 오늘 사무실에서 어떤 게이샤로부터 전화를 받았지. 그 여자가 이와무라 전기에 자리 하나 마련해줄 수 있겠느냐고 묻더군.」

「여쭤봐도 괜찮다면, 노부 상은 그 여자에게 뭐라고 대답하셨어요?」

「난 누구에게도 줄 자리가 없네. 나 자신에게조차도 말일세. 심지어 회장도 곧 직장을 떠날 거야. 만약 정부의 명령에 따르지 않는다면 감옥으로 갈지도 모르지. 회장은 우리가 총검이나 탄피를 만들 형편이 아니라고 그들을 설득했지만, 그 사람들은 우리더러 전투기를 설계해서 만들라고 하고 있네. 전투기라니, 도대체 그 사람들이 무슨 생각을 하고 있는지 의아스러울 때가 종종 있네.」

「노부 상은 좀더 조용히 말씀하셔야 해요.」

「누가 내 말을 듣기라도 한단 말인가? 자네의 그 장군이?」

「오늘 그 사람을 만나러 갔어요. 도움을 청하려구요.」

「그 사람이 아직도 살아서 자네를 만났다니 다행이군.」

「장군이 아픈가요?」

「아픈 건 아닐세. 하지만 조만간 자살할 거야. 만약 용기가 있다면.」

「제발, 노부 상.」

「그 사람은 자네에게 아무런 도움도 주지 못했네, 안 그런가?」

「자신이 갖고 있던 영향력을 이미 다 써버렸대요.」

「그런 영향력은 오래 못 가지. 그 사람은 왜 그 얼마 안 되는 영향력을 자네를 위해 아껴두지 않았단 말인가?」

「그 사람을 안 만난 지 1년도 넘었어요…….」

「내가 자네를 안 만난 지는 4년도 넘었네. 하지만 난 자네를 위해 최고의 영향력을 아껴두었네. 왜 진작 날 찾아오지 않았나?」

「노부 상은 늘 나한테 화가 나 있다고 생각했어요. 노부 상, 당신 자신을 좀 보세요. 내가 어떻게 노부 상에게 갈 수 있겠어요?」

「왜 못 온다는 말인가? 난 자네를 공장에 안 가도록 할 수 있어. 안전한 피난처가 하나 있는데 그곳은 새 둥지처럼 안전한 곳이지. 사유리, 자네는 내가 그런 안식처를 제공해주고 싶은 유일한 사람일세. 하지만 자네가 지금 이 자리에서 절을 하고 4년 전의 잘못을 인정하기 전에는 주지 않겠네. 내가 자네한테 화나 있다는 말은 맞아. 자네는 날 무시한 것만이 아닐세. 가장 꽃다운 시절을 그런 바보에게, 국가에 진 빚조차 갚지 못할 그런 남자에게 낭비했어. 그 사람은 지금 잘못한 게 하나도 없는 사람처럼 살고 있지.」

노부는 그런 잔인한 말을 돌멩이처럼 내던졌다. 처음에는 그가 뭐라고 말하든 울지 않겠다고 마음먹었지만, 곧 노부가 원하는 게 바로 울음이 아닐까 하는 생각이 들었다. 내 뺨을 타고 흐르는 눈물 방울에는 각각 다른 이유가 있었다. 우리가 어떻게 될까 걱정이 되어 울었고, 돗토리 장군을 위해서 울었으며, 공장 생활로 인해 점점 야위어가는 코린을 위해서도 울었다. 그리고 나서 나는 노부가 시킨 대로 했다. 테이블에서 좀 떨어져 자리를 만든 다음 바닥에 엎드려 절을 했다.

「제 어리석음을 용서하세요.」

「아, 일어나게. 다시는 같은 잘못을 저지르지 않겠다는 말만으로도 충분하니까.」

「다시는 그러지 않겠어요.」

「그 남자와 보낸 시간들은 다 쓸모 없었네. 앞으로의 운명이 훨씬 중요하지.」

「노부 상, 내 운명에 따르겠어요. 더 이상 아무것도 바라지 않아요.」

「그런 말을 들으니 기쁘군. 그럼 운명은 자네를 어디로 이끄는가?」

「이와무라 전기를 경영하는 사람에게로요.」

물론, 난 회장을 염두에 두고 한 말이었다.

「좋아, 이제 함께 맥주를 마시지.」

나는 입술만 축였다. 너무 당황스러웠던 나는 갈증도 느끼지 못했다.

맥주를 마신 뒤, 노부는 날 위해 마련해놓은 둥지에 대해 말해주었다. 그곳은 노부의 친한 친구인 아라시노라는 기모노 만드는 사람의 집이었다. 그 사람은 몇 년 전, 노부와 게박사가 참석했던 남작의 별장 파티에 손님으로 초대되어 온 사람이었다. 그의 집은 기온에서 약 5킬로미터 정도 상류로 거슬러 올라간 가모 강 모래톱에 있었다. 당시 기모노 만드는 사람들은 모두 낙하산 바느질 일을 하고 있었다. 노부 말이, 나라면 그 일을 빨리 배울 수 있으며, 아라시노 가족도 내가 와주기를 바란다는 것이었다.

당국에 보고해야 할 일들은 노부가 처리해주기로 했다. 그는 종이에 아라시노의 집 주소를 써서 내게 주었다. 나는 노부에게 너무 감사하다는 말을 몇 번이나 했다. 그렇게 말할 때마다, 그는 정말 만족해했다. 방금 내리기 시작한 눈 속을 함께 걷자고 말하려던 찰나, 그는 시계를 보더니 남은 맥주를 다 마셔버렸다.

「사유리, 우리가 언제 다시 만나게 될지, 아니면 다시 만났을 때 어떤 세상이 올지는 알 수 없네. 우리 둘 다 끔찍한 일들을 많이 겪었어. 하지만 이 세상에 아름다움과 선함이 있다는 사실을 상기할 필요가 있을 때마다 난 자네 생각을 하겠네.」

「노부 상, 노부 상은 시인이 되셨어야 했어요.」

「나한테 시적인 면은 조금도 없다는 걸 자네가 더 잘 알잖나.」

「노부 상의 그 황홀한 말씀은 떠나시겠다는 의미인가요? 함께 산책이나 하고 싶은데.」

「너무 춥지 않을까? 하지만 나를 문까지 바래다주면, 거기서 작별인사를 할 수 있을 걸세.」

나는 찻집 현관에 웅크리고 앉아 그가 신발 신는 것을 도와주었다. 그러고 나서 눈이 올 때 신는 굽이 높은 신발을 신고 노부와 함께 거리로 나갔다. 예전 같으면 차가 기다리고 있었겠지만, 당시에는 가솔린을 구하기가 어려웠기 때문에 정부 관리들만 차를 이용했다.

나는 전차 쪽으로 가자고 말했다.

「그만 자네와 헤어지는 게 좋겠네. 난 지금 교토의 판매상들과 회의를 하러 가야 해.」

나는 노부에게 인사를 했다. 대부분의 남자들은 가다가 어느 지점에 이르면 어깨 너머로 뒤를 돌아보지만, 노부는 모퉁이가 나올 때까지 눈 속을 터벅터벅 걸어가더니 시죠 거리를 돌아 사라져버렸다.

내 손에는 아라시노의 주소가 적힌 종이가 있었다. 너무 꽉 쥐고 있었던 탓에 종이가 찢어질 것만 같았다. 왜 그렇게 초조하고 겁이 나는지 알 수가 없었다. 그러나 주위에 흩날리고 있는 눈을 잠시 쳐다보다가 모퉁이 쪽으로 나 있는 노부의 발자국을 본 순간, 내 마음을 괴롭히는 것이 무엇인지 알 듯했다. 언제 노부를 다시 볼 수 있을까? 아니면 회장은? 아니면 기온은? 난 어렸을 때 집을 떠나 혼자서 살아왔다. 그 혼자라는 기억이 나를 다시 괴롭히고 있었다.

29

내가 성공한 젊은 게이샤였으니까, 노부가 아니더라도 누군가가 나를 구해주었을 거라고 생각할지 모르겠다. 그렇지만 힘든 시기의 게이샤는 거리에 떨어진 보석과 달라서 아무도 주우려고 하지 않았다. 기온에 있던 수백 명의 게이샤들은 전쟁으로부터 보호해줄 둥지를 찾고자 애썼지만 그런 둥지를 찾은 사람은 극소수에 불과했다. 그러니 아라시노 가족과 함께 지내는 동안, 난 점점 노부에게 빚지고 있다는 기분이 들었다.

다음해 봄, 게이샤 라이하가 소이탄에 맞아 죽었다는 말을 들었을 때, 난 얼마나 운이 좋은 사람이었나를 새삼 깨달았다. 라이하는 과거를 제외하면 미래만큼 암울한 것도 없다는 말을 해서 우리를 웃겼던 그 게이샤였다. 라이하와 그녀의 어머니는 유명한 게이샤였으며, 그녀의 아버지는 수미토모 집안의 일원이었다. 기온의 우리들이 보기에는 라이하가 가장 안전하게 전쟁에서 살아남을 것 같았다. 사망할 당시, 그녀는 도쿄에 있는 아버지의 별장에서 어린 조카에게 책을 읽어주다가 봉변을 당했다. 라이하를 죽음으로 몰고 갔던 바로 그 공습에서 위대한 스모 선수 미야기야마도 목숨을 잃었다. 두 사람 모두 비교적 편안하게 지낸 사람들이었다.

정신이 나간 것처럼 보이던 호박은, 자신이 일하고 있던 오사카 근처의 렌즈 공장에 대여섯 차례 폭탄이 떨어졌는데도 용케 살아남았다. 누가 전쟁에서 살아남을지, 아니면 누가 목숨을 잃을지, 그것만큼 예측하기 힘든 일도 없었다.

작은 병원에서 보조간호사로 일하던 마메하도 살아남았지만, 그녀의 하녀 타추미는 나가사키에 떨어진 폭탄을 맞고 죽었다. 그리고 이초다 씨는 공습 훈련 동안 심장마비로 죽었다. 수루야 여관에서 살았던 돗토리 장군도 50년대 중반에 죽었고, 남작도 죽었다. 남작은 연합군 점령 초기, 작위와 재산을 빼앗긴 뒤, 그 아름다운 호수에 빠져 죽었다. 그는 멋대로 행동할 수 없는 세상보다는 죽음을 택한 것이다.

어머니로 말하자면, 난 그녀가 살아남으리라는 사실을 한번도 의심해본 적이 없었다. 다른 사람의 고통에서부터 이득을 취하는, 고도로 발달된 능력으로 회색시장에 뛰어든 어머니는 마치 예전부터 해오던 일처럼 능숙하게 일을 해냈다. 그래서 다른 사람들의 가보를 사고 팔면서 전쟁 중에 점점 더 부자가 되었다. 아라시노는 현금을 손에 넣기 위해 자신의 기모노를 팔 때마다, 그 옷을 나중에 다시 찾을 수 있도록 어머니와 연결해달라고 부탁했다. 대부분의 기모노가 어머니의 손을 거쳐 교토에서 팔렸기 때문이었다.

아라시노 가족은 나를 극진히 대해주었다. 낙하산 바느질 일을 하다가, 밤이 되면 작업실 마룻바닥에 침상을 깔아놓고 아라시노의 딸과 그녀의 아들과 함께 잠을 잤다. 석탄이 별로 없었기 때문에 우리는 나뭇잎이나 신문, 잡지 등 닥치는 대로 태웠다. 물론 식량은 점점 더 귀해졌다. 보통 가축에게 먹이던 콩 찌꺼기와 밀가루에 쌀겨를 넣어 튀긴 역겨운 음식도 먹었다. 때때로, 일본인들이 비료 정도로밖에 취급하지 않는 정어리도 먹었다. 나는 점점 더 야위어서, 기온 거리에서는 아무도 날 알아보지 못할 정도였다. 어떤 때는 아라시노의 어린 손자 준타로가 배가 고파 울기도 했는데, 그럴 때면 아라시노는 자기 컬렉션에 있는 기모노를 내다 팔았다. 우리는 그걸 '양파 인생'이라고 불렀다. 껍질을 하나 벗겨낸 뒤 한참 동안 울어야 하기 때문이었다.

1944년 봄 어느 날 밤, 아라시노 가족과 함께 살기 시작한 지 3,4개월도 지나지 않았을 무렵, 우리는 첫번째 공습을 목격했다. 별들이 너무 선명했기 때문에 머리 위에서 윙윙대던 폭탄의 실루엣이 보일 지경이었다. 땅에서 뭔가 솟아올라 별을 맞히자—우리에게는 그렇게 보였다—근처에서 굉장한 폭음이 일었다. 우리는 교토가 화염에 휩싸일까봐 두려웠다. 만약 그렇게 된다면, 우리 인생도 끝나고 말 테니까. 왜냐하면 교토는 나방의 날개만큼이나 섬세한 곳이어서, 만약 폭격을 맞는다면 오사카나 도쿄와 달리 결코 재건이 불가능했다.

폭탄은 그날 밤뿐만 아니라 매일 밤 우리를 위협했다. 오사카의 화재로 인해 붉게 물든 달을 보며 지내던 밤도 많았고, 낙엽 떨어지듯 공중으로 떨어지는 불꽃도 종종 보았다. 50킬로미터나 떨어진 교토에서조차 그 불씨가 보였다. 그럴 때마다 난 회장과 노부를 걱정했다. 그들의 회사가 오사카에 있었고, 집은 오사카와 교토 두 군데에 있었다. 때때로 마음이 좋지 않을 때에는, 아라시노의 작업실에 딸린 작은 방으로 내려가곤 했다. 그곳에는 한때 염료를 끓이던 강철통이 있었는데, 그 안에 들어가 거미줄 사이로 몸을 웅크리고 앉아 있으면 아무도 내 소리를 듣지 못했다.

재난은 강한 바람 같았다. 강한 바람은 우리가 가야 할 곳을 가지 못하도록 붙들 뿐만 아니라, 우리에게서 모든 것을 빼앗아버렸다. 그래서 강한 바람이 휩쓸고 지나간 다음에는 실제 모습만 남을 뿐, 우리가 되고 싶어하던 모습은 더 이상 찾아볼 수가 없었다. 예를 들어 남편이 전사당하는 고통을 겪은 아라시노의 딸은, 그 뒤 두 가지 일에만 전념했다. 바로 어린 아들을 돌보고 군인들을 위해 낙하산 바느질을 하는 일이었다. 그녀는 오직 그것만을 위해 살았다. 전쟁이 끝날 무렵, 그녀는 마치 자신의 아들이 금방이라도 절벽 아래로 떨어질까봐 걱정하는 사람처럼 꼭 붙들고 있었다.

전쟁을 겪는 동안, 난 내 인생 자체가 땅에 떨어지는 돌멩이처럼 단순하다는 사실을 깨달았다. 지난 10년 동안 내 목표는 회장의 관심을 얻는 일이었다. 날마다 가모 강 모래톱의 빠른 물살이 작업장 아래까지 밀려왔다. 때때로 나는 그 물살 위에 꽃잎이나 지푸라기를 던져놓곤 했다. 그 꽃잎이나 지푸라기가 바다로 떠내려가기 전에 오사카를 거쳐갈 거라고 생각하면서. 그렇다면 혹시 책상 앞에 앉아 있던 회장이 창 밖을 내다보다가 그 꽃잎이나 지푸라기를 보고 내 생각을 할지도 모를 일이었다. 하지만 곧 내 머릿속은 혼란스러워졌다. 별로 가능성도 없는 일이었지만, 설령 회장이 그걸 본다고 하더라도, 그래서 의자에 등을 기대고 앉아 그 꽃잎을 보며 수백 가지 생각에 잠긴다 하더라도, 내 생각은 분명히 하지 않으리라. 회장이 좋은 사람이고, 나한테 친절하게 대해준 건 사실이었다. 하지만 그 사람이 알고 있을까? 시라카와 강둑에 앉아 울던 여자아이가 바로 나라는 사실을, 그리고 그 여자아이가 자라 자신을 마음속에 담고 있다는 사실을.

다음날 아침, 나는 인생의 목적도 없이 살아온 게 아니라는 표징을 찾아보고 싶어 조심스럽게 책력을 펼쳤다. 내가 너무 낙담해 있자, 아라시노가 30분 정도 걸어야 하는 가게로 바늘을 사오라고 심부름을 보냈다. 돌아오는 길에, 나는 햇살이 내리쬐는 길가를 따라 걷다가 군용 트럭에 치일 뻔했다.

그 다음날 아침에야 책력에 쥐의 방향으로 여행하지 말라고 쓰여 있었다는 사실을 알아챘다. 쥐의 방향은 바로 가게가 있던 방향이었다. 회장에 대한 표징만 찾다가 그 부분을 놓치고 만 것이었다. 그 일로 인해 나는 괜한 일에 신경 쓰다가 당하게 될지도 모를 위험성을 깨닫게 되었다. 어느 날 생을 마치면서, 절대 내게 오지 않을 남자를 매일같이 기다리느라 세월을 허송했다는 사실을 깨닫게 되면 어떨까? 내 인생이 나를 이리저리 데려가는 동안에도, 회장 생각만 하느라고 인생을 제대로 음미하지 못했다면, 얼마나 서글플까? 만약 더 이상 회장 생각을 하지 않는다면 어떻게 될까? 그건 바로 자기 인생에 들어 있지도 않는 공연을 위해 어릴 때부터 춤을 연습한 무희가 아닐까?

1945년 8월에 전쟁이 끝났다. 어둠의 터널 중에서도 가장 암울했던 순간, 온 나라는 파괴의 흔적으로 뒤덮였다. 무서운 게 꼭 폭탄만은 아니었다. 한 1년 동안, 난 웃음소리를 들어보지 못했다. 웃음소리를 들었다면, 그건 바로 아무것도 모르는 어린 준타로의 웃음이었다. 그러나 준타로가 웃을 때에도, 아라시노는 입다물라고 손을 내저었다.

당시 어린 시절을 보냈던 사람들은 나이를 먹은 뒤, 왜 자신의 성격이 쾌활하지 못한가 하고 의아해했다. 그건 바로 어린 시절에 웃음이 너무 부족했기 때문이었다.

1946년 봄, 우리는 패배의 시련 속에서 살게 되리라는 걸 깨달았다. 언젠가 일본이 다시 재기하리라고 믿는 사람들도 있었지만.

한때 나는 스스로를 다른 여자들과는 동떨어진 특별한 세상에서 사는 사람으로 여겼다. 그렇지만 그건 다 지난 일이었다. 나는 낡아빠진 작업복을 입고 실타래 같은 머리를 풀어헤친 채 지내야 했다. 연료 부족으로 1주일에 서너 번밖에 물을 데울 수가 없었기 때문에, 며칠 동안 목욕도 하지 못했다. 난 더 이상 남들과 다르지 않았다. 잎사귀도, 나무 껍질도, 뿌리도 없는데 스스로를 계속 나무라고 우길 수 있겠는가? 난 게이샤가 아니라 농부야, 스스로에게 그렇게 말했다.

일본이 항복한 지 채 1년도 지나지 않아, 아라시노는 다시 기모노를 만들기 시작했다. 입을 줄만 알았지, 기모노 자체에 대해서는 아무것도 모르던 나에게 염료통을 돌보는 임무가 주어졌다. 그런데 석탄 가루처럼 생긴 연료가 타면서 생긴 냄새가 얼마나 고약한지 도저히 옆에 서 있을 수가 없을 지경이었다.

아라시노의 부인은 나 혼자서 염료를 만들 수 있도록 적당한 나뭇잎이나 줄기, 나무껍질 등을 모아오는 방법을 가르쳐주었다. 처음 일보다는 한결 수월했지만, 어떤 이상한 원료가 피부를 절여놓자 고통스럽긴 마찬가지였다. 가장 좋은 크림으로 가꾸었던 무희의 섬세한 손이 양파의 외피처럼 벗겨지기 시작했고, 멍이 든 것처럼 온통 얼룩져 있었다.

그 무렵 난 이노우에와 연애를 하고 있었는데, 그는 다다미를 만드는 사람이었다. 이노우에의 부드러운 얼굴 생김새를 보면 회장도 20대였을 때 저런 모습이 아니었을까 하는 생각이 들었다. 밤이면 그를 끌어들이기 위해 작업실에 딸린 방으로 기어들곤 했다. 어느 날 밤, 양철통 아래 타고 있던 불빛에 서로의 모습이 환히 드러났을 때에야, 난 내 손이 얼마나 소름 끼치게 보이는지 알게 되었다. 내 손을 흘깃 본 이노우에는 자기를 만지지 못하도록 했다.

여름 동안 아라시노는 내게 자주달개씨깨비 따오는 일을 시켰는데, 그 일은 내 피부를 위해서는 정말 다행이었다. 자주달개씨깨비 꽃의 액은 실크 염색에 들어가기 전에 그림을 그리는 데 사용했다. 그 꽃은 우기에 호수나 연못 가장자리에 많았다.

꽃을 따는 일은 농부에게나 어울릴 것 같았다. 7월 어느 날, 배낭을 맨 나는 차고 건조한 하루를 즐길 채비를 한 채 일에 착수했다. 그러나 나는 곧 그 자주달기씨깨비가 엄청나게 똑똑한 꽃이라는 사실을 알게 되었다. 내가 알아낸 바에 의하면, 그 꽃은 모든 곤충들과 동맹을 맺고 협력 관계를 유지하고 있었다. 그래서 꽃을 꺾으려고 할 때마다, 진드기와 모기 사단의 공격을 받아야 했다. 더욱 끔찍했던 건, 종종 개구리를 밟는 경우가 있었다는 사실이었다. 꽃을 따느라 비참한 한 주간을 보내고 난 뒤, 난 훨씬 쉬워 보이는 일을 맡게 되었는데, 그것은 액을 추출하기 위해 꽃을 으깨는 일이었다. 그렇지만 자주달기씨깨비 액의 냄새를 맡는 순간……, 그 주가 끝날 때쯤 다시 염료 끓이는 일을 맡게 되었을 때, 난 무척 좋아했다.

난 열심히 일했지만, 밤이 되면 기온 생각이 났다. 일본의 게이샤 구역들은 항복한 지 몇 달 되지 않아 모두 다시 문을 열었지만, 난 어머니가 부를 때까지 기온으로 돌아갈 수 없었다. 어머니는 기모노와 수공예품, 검을 미군들에게 팔면서 아주 유복한 생활을 하고 있었다. 내가 아라시노 가족과 함께 사는 동안, 어머니와 아줌마는 교토 서쪽의 작은 농장에 남아 가게를 열었다.

기온이 지척에 있었지만, 5년이 지나도록 기온에는 단 한 번밖에 가지 않았다. 종전된 지 한 1년 정도 지난, 어느 봄날 오후였다. 그때 나는 도립 병원에서 준타로에게 줄 약을 얻어 돌아오던 길이었다. 카와라마치 거리를 따라 시죠까지 걷다가 기온으로 들어가는 길에서 다리를 건넜다. 강 주변을 따라 가난한 사람들이 모여 사는 모습을 보고 충격을 받기도 했다.

아는 게이샤들이 몇 명 눈에 띄었지만, 그들은 나를 알아보지 못했다. 나는 이방인처럼 그냥 그곳을 한번 바라보고 싶어서 그들에게 아는 척하지 않았다. 하지만 내가 본 건 사실 기온이 아니라 오직 망령 같은 추억뿐이었다. 시라카와 강둑을 따라 걸으며 난 마메하와 함께 거닐었던 수많은 오후를 생각했다. 근처에는 호박에게 도움을 청하던 그날 밤, 호박과 내가 가락국수 두 그릇을 들고 앉아 있던 벤치가 보였다. 그곳에서 멀지 않은 골목길은 장군을 단도리 맞아들였다고 해서 노부가 날 꾸짖던 곳이었다. 그 길에서 나는 반 블록 정도 더 걸어 시죠 거리의 모퉁이까지 갔는데, 그곳은 내가 배달 소년이 들고 가던 도시락을 떨어뜨리게 했던 곳이었다. 그런 장소에 서 있자니, 무용이 끝난 뒤 침묵이 무겁게 내려앉은 무대에 서 있는 기분이었다. 난 우리 오키야로 가서 문에 걸린 육중한 자물쇠를 동경의 눈으로 바라보았다. 그 안에 갇혔을 때, 난 밖으로 나오고 싶었다. 이제 밖으로 나온 내가 다시 안으로 들어가고 싶어할 만큼 세월이 많이 변했다.

종전된 지 3년이 지난 11월 어느 몹시 추운 오후, 내가 작업실에 딸린 방에서 손을 녹이고 있을 때, 아라시노 부인이 내려오더니 누가 날 만나고 싶어한다고 말했다. 표정으로 보아 날 찾아온 방문객이 이웃 여자는 아닌 것 같았다. 계단을 올라가자, 놀랍게도 그곳에 노부가 있었다. 그는 아라시노와 함께 작업실에 앉아 있었는데, 들고 있는 찻잔이 거의 비어 있는 걸로 보아 한참 전에 와서 얘기를 나누고 있었던 모양이었다. 아라시노는 나를 보더니 몸을 일으켰다.

「노부 상, 난 옆 방에서 할 일이 좀 있네. 두 사람은 여기 앉아서 얘기해도 좋아. 자네가 우리를 만나러 와주어서 정말 기쁘네.」

「아라시노, 바보 같은 소리 하지 말게. 내가 만나러 온 사람은 사유리라네.」

노부의 말을 난 재미없고 무례한 말이라고 생각했다. 그러나 아라시노는 웃으면서 작업실 문을 닫고 나갔다.

「세상이 모두 변한 줄 알았어요. 근데 다 변한 건 아니네요. 노부 상은 여전히 그대로니까요.」

「난 절대로 안 변하지. 근데 난 잡담이나 하려고 온 게 아니야. 자네한테 무슨 일이 있는지 알고 싶어서 왔지.」

「아무 일도 없어요. 노부 상은 내 편지들을 못 받으셨나요?」

「자네 편지들은 모두 시 같더군. '아름답게 떨어지는 물' 이니 뭐니 온통 쓸데없는 얘기투성이였어.」

「노부 상, 이제 노부 상에게는 절대 편지 쓰지 않겠어요!」

「그렇게 쓰려면 안 보내는 게 나아. 왜 자네는 내가 알고 싶어하는 것들을 써 보내지 않지? 언제 기온으로 오겠다든지 하는 거 말이야. 매달 이치리키에 전화해서 자네 소식을 물으면, 여주인은 이런저런 변명만 하더군. 난 자네가 지독한 병에라도 걸렸는 줄 알았네. 더 마르긴 했지만 아주 건강하게 보이는데.」

「나도 매일 기온 생각을 해요.」

「자네 언니 마메하는 한 1년 전쯤에 돌아왔네. 다시 문을 열었을 때 보니까 미치조노까지 눈에 띄더군. 하지만 왜 사유리가 못 돌아오는지는 아무도 모르더군.」

「사실 그런 결정은 내가 내릴 수 있는 게 아니에요. 난 어머니가 다시 오키야 문을 열기를 기다리고 있어요. 노부 상이 원하는 만큼이나 나도 기온으로 돌아가고 싶어요.」

「그럼 어머니에게 전화해서 이젠 열 때가 되었다고 말하지 그래. 지난 6개월 동안 기다리고 있었는데, 내가 편지에 써 보낸 내용을 이해하지 못했단 말인가?」

「기온에서 만나고 싶다고 썼을 때, 난 그냥 기온으로 노부 상을 만나러 와달라는 소리인 줄로만 알았어요.」

「기온에서 만나고 싶다고 한 말은, 짐을 싸서 기온으로 돌아오길 바란다는 뜻이었어. 자네가 도대체 왜 어머니의 결정을 기다려야 하는지 모르겠군. 지금까지 문을 열 생각을 안 했다면, 당신 어머니는 바보인 게지.」

「어머니에 대해 좋게 얘기하는 사람은 별로 없지만, 장담하건대 그 사람은 바보는 아니에요. 노부 상이 어머니를 더 잘 알게 되면, 혀를 내두르게 될 거예요. 지금 어머니는 미군들에게 기념품을 팔면서 윤택한 생활을 하고 있어요.」

「군인들이 영원히 여기 머무는 건 아니잖은가. 어머니에게 내 뜻을 전해주게.」

그 말과 함께, 노부는 한 손으로 작은 상자를 꺼내더니 다다미 위로 살짝 던졌다. 그리고 나서 한마디 말도 없이 차만 마셨다.

「이게 뭐죠?」

「내가 가져온 선물. 열어보게.」

「이게 선물이라면, 나도 준비한 선물을 가져와야겠네요.」

나는 방 한쪽 구석, 내 물건들을 담아놓은 트렁크로 가서 오래 전부터 노부에게 주려고 했던 부채를 찾았다. 공장 생활에서 구해준 남자에게 주기에는 부채가 너무 단순한 선물 같을지 모르겠지만, 게이샤에게 있어 춤을 출 때 쓰는 부채는 신성한 물건이었다. 게다가 그건 평범한 무희의 부채가 아니라, 내가 이노우에 무용학교에서 어느 경지에 이르자 선생님이 준 부채였다. 게이샤가 그런 물건을 남에게 주었다는 얘기는 들어본 적이 없었다. 그래서 난 그 부채를 노부에게 주기로 결심했다.

천으로 싼 부채를 주자, 그걸 풀어본 노부는 짐작한 대로 어리둥절해했다. 난 성의를 다해 내가 왜 그걸 선물했는지에 대해 설명했다.

「정말 고맙네. 하지만 난 이 선물을 받을 자격이 없어. 나보다 무용을 더잘 감상할 줄 아는 사람에게나 주게.」

「이걸 주고 싶은 사람은 노부 상밖에 없어요. 이건 내 일부이고, 그래서 노부 상에게 주는 거예요.」

「그렇다면 아주 고맙게 잘 간직하지. 이제 내가 준 상자를 열어보게.」

상자 속에는 주먹만한 돌멩이가 들어 있었다. 노부가 부채를 받아 들고 어리둥절해했던 것만큼이나 나도 그 돌멩이를 보고 어리둥절해했다. 자세히 살펴보니, 그건 돌멩이가 아니라 콘크리트 조각이었다.

「오사카의 우리 공장에서 가져온 것이네. 앞으로 몇 년간 우리 회사에는 힘든 고비가 도사리고 있지. 자네가 부채와 함께 자네의 일부를 내게 준 것처럼, 나도 내 일부를 자네에게 주는 것이네.」

「이게 노부 상의 일부라면 잘 간직하겠어요.」

「잘 간직하라고 준 게 아니네. 그건 콘크리트 조각일 뿐이야. 그 콘크리트가 아름다운 보석으로 바뀔 수 있도록 자네가 좀 도와주었으면 좋겠어.」

「어떻게 하면 그렇게 할 수 있는지 노부 상이 아신다면 좀 말씀해주세요. 그럼 우리 모두 부자가 될 테니까요.」

「자네는 기온에서 할 일이 있네. 원하는 대로 일이 잘 풀리면, 우리 회사는 1년 정도 지나 다시 일어설 거야. 내가 그 콘크리트 조각을 다시 달라고 하면서 보석으로 바꾸어줄 수 있을 때가 되면, 나도 드디어 자네 단나가 될 수 있을 걸세.」

그 말을 듣는 순간, 유리잔처럼 싸늘한 기운이 스며들었지만, 내색하지는 않았다.

「정말 모를 일이에요. 내가 이와무라 전기에 도움이 될 수 있다니요?」

「솔직히 털어놓지. 사실은 좀 힘든 일이 있네. 기온이 문을 닫기 직전 2년 동안, 도지사의 손님으로 파티에 참석하곤 했던 사토라는 남자가 있는데, 자네가 돌아와서 그를 접대해주면 고맙겠네. 끔찍한 일이겠지만.」

그 말을 듣고 난 웃어버렸다.

「그게 뭐 그렇게 끔찍한 일이라는 거죠? 노부 상이 그렇게 싫어하는 사람이라면, 나도 틀림없이 제대로 접대하지 못했을 거예요.」

「그 사람을 기억한다면, 얼마나 끔찍한 접대가 될지 알 걸세. 그 사람은 상대를 짜증나게 만드는데다 돼지처럼 행동하지. 그 사람 말로는, 자네를 쳐다보려고 언제나 테이블 맞은편에 앉아 있었다더군. 그 사람은 자리에 앉기만 하면 자네 얘기를 해. 신문에 난 기사를 봤는지 모르겠지만, 그 사람이 최근 재정 장관보로 임명되었네.」

「세상에, 그 사람 정말 능력 있군요.」

「내가 아는 그 사람의 능력이라곤 술을 털어 넣는 능력뿐이지. 우리 회사같이 훌륭한 회사의 장래가 사토 같은 남자에 의해 좌지우지되다니, 비극이지. 정말 살기 힘든 세상이야, 사유리!」

「노부 상, 노부 상은 그런 말을 하시면 안 돼요.」

「도대체 왜 안 된다는 건가? 아무도 엿듣는 사람이 없는데.」

「누가 엿들어서가 아니에요. 바로 노부 상의 그 태도가 문제라구요.」

「왜? 우리 회사는 한번도 이렇게 상황이 나쁜 적이 없었어. 전쟁 중에도 회장은 정부의 명령에 저항했고, 마침내 협력하겠다고 동의했을 때는 전쟁이 거의 끝나갈 때라, 우리가 만든 물건은 하나도 전쟁터로 나가지 않았다고. 하지만 이와무라 전기를 바라보는 미국의 시선은 다르지. 우리 입장을 그 사람들에게 납득시키지 못하면, 이와무라 전기는 전쟁 보상금을 지불하기 위해 다 처분될 걸세. 그것만 해도 상황이 나쁜데, 지금 그들은 우리 입장을 대변하기 위해 사토라는 녀석을 지명했네. 글쎄, 사토보다는 차라리 개가 그 일을 맡는 게 나을 거야.」

그때 갑자기 노부가 말을 중단했다.

「세상에, 자네 손이 그게 뭔가?」

작업실에 딸린 방에서 올라온 이후, 난 손을 감추려고 애썼다. 그러나 노부가 내 손을 본 모양이었다.

「아라시노 씨가 고맙게도 염료 만드는 일거리를 주었어요.」

「아라시노가 이 얼룩을 없애는 방법도 알고 있으면 좋겠군. 이런 모습으로는 기온으로 돌아갈 수 없네.」

「노부 상, 내 문제에 비하면 이 손은 아무것도 아니에요. 난 기온으로 돌아가지 못할 것 같아요. 어머니를 설득해보겠지만, 사실 그건 내가 할 수 있는 결정이 아니에요. 나말고 다른 게이샤가 도움을 줄 수도······.」

「다른 게이샤는 없네! 내 말 좀 들어봐. 한번은 그 사람과 함께 대여섯 명 정도를 찻집으로 데려갔지. 그는 한 시간 동안 말 한마디 않더니, 마침내 목을 가다듬고 이렇게 말하더군. '여긴 이치리키가 아니군.' 그래서 내가 그렇다고 했더니 돼지처럼 꿀꿀대면서 이렇게 말하더군. '이치리키에서는 사유리가 접대를 하는데.' 그래서 내가 말했지. '만약 사유리가 기온에 있다면, 당장 여기 와서 우리를 접대할 수 있을 겁니다. 하지만 사유리는 기온에 없다고 말씀드렸잖습니까! 그러자 그는 술잔을 들고서······.」

「노부 상이 좀더 공손했어야 하지 않을까요?」

「30분 정도는 그 사람과 함께 있는 걸 참을 수가 있지만 30분이 지나면 내가 하는 말에 책임을 질 수가 없네. 자네가 거기 있어야 하는 이유가 바로 그거야. 자네가 결정할 일이 아니라고 두 번 다시 말하지 말게. 그건 자네가 해야 할 일이고, 자네도 그 사실을 잘 알 테니까. 어쨌든 자네와 함께 지낼 수 있는 기회가······.」

「나도 노부 상과 함께 시간을 보내고 싶어요.」

「오더라도 환상 같은 건 버리고 오게.」

「더 이상 환상 같은 건 남아 있지 않아요. 근데 노부 상은 특별히 마음에 두고 있는 환상이라도 있나요?」

「한 달 안에 내가 자네 단나가 되리란 기대는 말란 말이네. 이와무라 전기가 회복될 때까지는 그런 제안을 할 처지가 아니니까. 솔직히 회사 장래가 무척 걱정스러웠는데, 자네를 만나고 나니까 좀더 자신감이 생기는군.」

「노부 상, 정말 친절하시기도 하군요.」

「아첨하려는 게 아니니 바보같이 굴지 말게. 자네 운명과 내 운명은 서로 얽혀 있지. 하지만 이와무라 전기가 회복되지 않으면 절대로 자네 단나가 될 수 없을 걸세.」

나는 종종 이웃집 여자에게 내가 기온으로 돌아갈 수 있을지 자신이 없다는 말을 했다. 그러나 사실은, 돌아가리라는 걸 확신하고 있었다. 내 운명은 어떤 형태로든 거기서 나를 기다리고 있었다. 전쟁을 겪는 동안, 난 내 팔자의 모든 물이 얼어버린 듯한 느낌을 받았다. 그런데 노부가 찾아와 그 얼음을 깨고 다시 한 번 내 소망을 일깨워주었다.

「노부 상, 그 사토 상에게 좋은 인상을 주어야 한다면, 그를 접대할 때 회장도 참석하라고 말하세요.」

「회장은 바쁜 사람일세.」

「하지만 그 사람이 회사 장래를 위해 중요한 사람이라면……」

「자네는 거기 오는 게 걱정되는 모양이군. 만약 자네가 이 달 말까지 기온으로 돌아오지 않는다면 난 몹시 실망할 걸세.」

노부는 저녁때까지 오사카로 돌아가야 했기 때문에 자리에서 일어섰다. 나는 그를 따라가 중절모를 머리에 씌워주었다. 그러고 나자, 노부는 나를 바라보며 한참 동안 서 있었다. 난 그가 아름답다고 말할 줄 알았다. 종종 아무 이유 없이 쳐다보고 나서 그렇게 말하곤 했기 때문이었다.

「맙소사, 사유리. 자네는 농부처럼 보이는군 그래.」

돌아서는 그의 얼굴에 책망하는 빛이 역력했다.

30

그날 밤, 아라시노 가족이 잠든 동안, 나는 작업실에 딸린 방에서 염료통 아래 타고 있던 불빛을 이용해 어머니에게 편지를 썼다. 그리고 1주일이 지나, 집 밖에서 늙은 여자 목소리가 들려왔다. 문을 열자 아줌마가 거기서 있었다. 이가 빠진 아줌마의 뺨은 푹 꺼져 있었고, 병자 같은 피부는 전날 밤에 접시 위에 남겨둔 회 조각을 연상시켰다. 하지만 힘은 여전했다. 한 손에는 석탄 가방을, 다른 한 손에는 음식이 든 가방을 들고 있었다. 내게 친절하게 대해준 아라시노 가족에게 고마움을 표시하기 위해서였다.

그 다음날 눈물의 작별인사를 하고 다시 기온으로 돌아온 나는 어머니와 아줌마와 함께 집을 정리하는 일에 착수했다. 마치 우리를 벌주려는 듯, 오키야는 형편없는 몰골을 하고 있었다. 목재 위에 내려앉은 먼지를 닦아내고, 우물 안에 빠져 죽은 쥐새끼들을 꺼내는 등 우리는 4,5일 동안 죽어라 일만 했다. 어머니 방에는 새들이 다다미를 갈가리 찢은 뒤, 그 짚으로 둥지를 만들어놓기까지 했다.

그 와중에도 놀랄 일이 하나 있었는데, 어머니가 누구보다 열심히 일했다는 사실이었다. 거기에는 우리가 요리사와 하녀 한 명밖에 둘 수 없는 형편이라는 이유가 있긴 했다. 물론 에추코라는 어린 소녀가 하나 있기는 했지만 말이다. 그 소녀는 어머니와 아줌마가 살았던 농장 주인의 딸이었다. 내가 아홉 살의 나이로 교토에 처음 온 이래 얼마나 많은 세월이 흘렀는지 상기시켜 주기라도 하려는 듯, 에추코도 아홉 살이었다. 그녀는 빗자루처럼 키가 크고 마른데다 얼굴은 낟알처럼 갸름했다. 그 아이는 내가 한때 하추모모에게 느꼈던 것과 같은 두려움을 가지고 나를 대했다. 기회 있을 때마다 웃음을 지어 보이곤 했는데도 말이다.

오키야가 다시 살 만하게 되자, 난 사람들에게 인사를 드리러 온 기온을 돌아다녔다. 우선 마메하를 방문했는데, 그녀는 기온 신사 근처의 약국 위에 위치한 한 칸짜리 집에 살고 있었다. 1년 전에 돌아왔지만, 좀더 큰 집에 살 만한 비용을 대줄 단나가 없었다.

나를 보자 마메하는 깜짝 놀랐다. 광대뼈가 툭 튀어나온 모습 때문이라고 했다. 그러나 사실, 그녀를 보고 나도 그렇게 놀랐다. 그 아름다운 갸름한 얼굴은 변하지 않았으나, 목에 너무 힘줄이 많아 보였다. 가장 이상했던 점은 마메하가 종종 노파처럼 입을 오므린다는 사실이었다. 전쟁 동안 치아가 아주 약해졌기 때문이라고 했다.

한참 얘기를 나누고 난 뒤, 나는 마메하에게 올 봄에 '고도의 춤'이 공연 될 건지 물어보았다. 지난 5년 동안 공연이 없었기 때문이었다.

「왜, 안 열릴 이유라도 있니? 주제는 '강물 속의 춤'이 될지도 몰라.」

당신이 온천 휴양지나 뭐 그런 곳을 방문해서, 실제로는 창녀이지만 게 이샤인 척하는 여자들의 접대를 받아본 적이 있다면, 마메하의 농담을 이해할 수 있을 것이다. '강물 속의 춤'을 공연하는 여자는 일종의 스트 립쇼를 하게 된다. 그 여자는 점점 더 깊은 물 속으로 걸어 들어가는 시 늉을 하면서 옷단이 젖지 않도록 기모노를 올린다. 마침내 보고 싶었던 부분이 드러나는 순간 남자들은 환호성을 지르면서 서로 술잔을 부딪히 는 것이다.

「기온에 있는 미군들 때문에, 영어가 무용보다 더 중요해질 거야. 어쨌 든 카부렌조 극장이 '카바레이'로 변했어.」

영어의 '카바레'에서 나온 그 말을 난 그때 처음 들었지만, 그 말이 무슨 뜻인지 곧 알게 되었다. 아라시노 가족과 살 때에도 미군들과 그들의 시 끄러운 파티에 대한 이야기를 들은 적이 있었다. 그러나 그날 오후 늦게, 찻집 현관으로 들어서던 나는 충격을 받았다. 옛날처럼 계단 아랫부분에 남자들 신발이 한 줄로 늘어서 있는 대신, 군용 부츠가 뒤죽박죽 놓여 있었기 때문이었다. 그 부츠는 어머니의 개 타쿠만큼이나 커 보였다. 현관 홀 안에서 처음으로 마주친 사람도, 선반 아래 웅크리고 앉아 있는 속옷 차림의 미국인이었다. 두 명의 게이샤가 웃으면서 그를 끌어내고 있었다. 그 미국인의 팔과 가슴, 심지어 등에까지 난 검은 털을 보자, 짐승 같다는 느낌이 들었다. 술 마시기 게임에 져서 옷을 벗은 게 분명한 그 남자는 몸을 숨기려 하고 있었지만, 곧 여자들에게 붙들려 다시 끌려갔다. 그가 들어가자 휘파람 소리와 환호성이 들려왔다.

다시 돌아온 지 1주일 정도 되었을 때, 드디어 나는 다시 게이샤로서 치장할 준비를 했다. 미용사와 점쟁이에게 뛰어다니면서 하루를 보냈다. 남아 있던 얼룩을 제거하기 위해 손을 물에 담그고 있거나, 필요한 화장품을 구하러 온 기온을 찾아다니기도 했다. 거의 서른이 되어가던 나는, 특별한 행사 때를 제외하고는 더 이상 하얗게 화장을 할 수 없었다.

화장대 앞에 앉은 나는 움푹 꺼진 살갗을 숨겨보려고 농도가 다른 서구 스타일의 파우더를 바르면서 30분 정도 시간을 보냈다. 베쿠가 내 옷을 입히러 오자, 어린 에추코는 내가 한때 하추모모를 지켜보았던 것처럼 똑같이 서서 날 지켜보았다. 거울로 들여다본 그녀의 눈에는 놀라움이 담겨 있었다. 그래서 난 내가 다시 진짜 게이샤처럼 보일 거라는 확신을 하게 되었다.

드디어 그날 밤 길을 나섰다. 기온은 온통 아름다운 눈으로 덮여 있었다. 나는 숄을 두르고 래커칠한 우산을 들고 있었기 때문에, 농부 차림으로 기온을 방문했던 그날처럼 아무도 날 알아보지 못할 게 분명했다. 내 앞을 지나가는 게이샤들 중에서 절반 정도만 아는 얼굴이었다.

거리 이곳저곳에서 군인들이 눈에 띄자, 이치리키에 도착하면 어떤 일이 기다리고 있을지 겁이 났다. 실제로 현관에는 장교들이 신는 검은 구두들이 반짝거리고 있었다. 그런데 참으로 이상한 건, 내가 견습생이었던 시절보다 찻집이 더 조용하다는 점이었다.

노부는 아직 도착하지 않았다. 아니 적어도 그가 왔다는 표시는 발견할 수 없었다. 그런데 일층의 커다란 방으로 들어갔더니, 누군가가 곧 노부가 올 거라고 말해주었다. 그 방에 앉아 노부를 기다리고 있자니, 온갖 생각이 스쳐갔다. 지난 5년 동안은 아름다움에 굶주린 생활이었는데, 그 방이야말로 풍요롭기 그지없었다. 노란 실크 벽지가 마치 계란 속에 앉아 있는 듯한 느낌을 불러일으켰다.

난 노부가 혼자 오리라고 생각했으나, 복도에서 나는 소리를 들어보니 사토도 함께 온 모양이었다. 난 그렇게 앉아 기다리고 있는 모습이 결례가 될까봐 재빨리 옆에 있는 문을 통해 아무도 없는 방으로 갔다. 그래서 애써 유쾌해하는 노부의 목소리를 들을 수 있었다.

「상당히 괜찮은 방이지 않습니까? 특별히 당신을 위해 이 방을 부탁했습니다.」

노부의 말에 대한 대답으로 툴툴거리는 작은 소리가 들려왔다. 그러고 나서 긴 침묵이 흐른 뒤, 다시 노부의 목소리가 들렸다.

「아름다운 밤입니다. 참, 이치리키 찻집의 특별한 술을 맛보셨는지 제가 여쭤보았던가요?」

대화는 그런 식이었다. 노부의 목소리는 나비처럼 굴려고 애쓰는 코끼리만큼이나 불편하게 들렸다. 마침내 내가 그 방문을 열자, 가슴을 쓸어내리며 안도하는 노부를 볼 수 있었다.

사토에게 나를 소개한 뒤 테이블에 가서 꿇어앉은 다음에야 그의 얼굴을 자세히 쳐다보았다. 그 남자는 전혀 낯익은 얼굴이 아니었다. 그가 내 얼굴을 보면서 엄청난 시간을 보냈다고 주장했지만 말이다. 그렇게 얼굴 주위가 축 처진 사람은 처음 보았기 때문에 내가 그를 기억 못 할 리 없었다. 그는 머리를 떠받치고 있는 게 힘들다는 듯, 가슴뼈 언저리에 턱을 쑤셔 박고 있었다. 이상하게 생긴 아래턱은 심하게 튀어나왔기 때문에, 숨을 쉬면 바로 코로 올라갈 것만 같았다. 그가 고개를 약간 숙이며 자기 이름을 말하고 난 뒤 한참이 지나서야, 툴툴거리는 소리가 아닌 다른 소리를 들을 수 있었다. 그 사람은 거의 모든 말에 툴툴거림으로 대답하는 모양이었다.

대화를 해보려고 애쓰던 참에, 마침 하녀가 술이 담긴 쟁반을 가져와서 우리를 구제해주었다. 사토의 잔에 술을 부어준 나는, 마치 하수도에 쏟아 붓듯이 그가 아래턱으로 곧장 술을 들이붓는 모습을 보고 놀랐다. 그가 잠시 입을 다물었다가 다시 여는 순간, 사람들이 보통 술을 삼킬 때 들리는 소리는 하나도 들리지 않았는데 술은 사라지고 없었다.

15분 정도 나는 농담과 질문을 하면서 사토의 마음을 편하게 해주려고 애썼다. 그러나 곧 그 사람의 마음이 편한 상태란 아마 없을지도 모르겠다는 생각이 들기 시작했다. 그의 대답은 한마디 이상이 되는 때가 없었다. 나는 술 마시기 게임을 하자고 제안했다. 심지어 노래를 좋아하는지 묻기도 했다. 만난 지 30분 만에, 나더러 춤을 출 수 있느냐고 물었는데 그게 가장 긴 질문이었다.

「아, 네, 그래요. 제가 짧은 춤을 하나 보여드릴까요?」

「아니오.」

그 한마디로 끝이었다. 사토는 사람들과 눈 마주치길 좋아하지 않는 모양이었다.

하녀가 저녁식사를 들여온 뒤 알아낸 바에 의하면, 그 사람은 음식을 연구하길 좋아했다. 무엇이든 입으로 가져가기 전에, 젓가락으로 음식을 들고는 이리저리 돌려가면서 들여다보았다. 그리고 무슨 음식인지 모를 경우에는 내게 물어왔다.

「그건 간장과 설탕으로 끓인 참마 조각이에요.」

사실은 그게 참마였는지, 아니면 고래 간을 썰어놓은 건지 나로선 전혀 알 길이 없었으나, 내 생각에는 사토가 내 대답에 별 관심이 없으리라는 생각이 들었다. 조금 후, 그가 향신료에 절인 고기 조각을 집어들고 뭐냐고 물었을 때, 난 그를 골려주기로 마음먹었다.

「아, 그건 가죽 조각이에요. 이 집의 특별요리죠. 코끼리 가죽으로 만든 건데……, 아마 '코끼리 가죽'이라고 불러야 할 거예요.」

「코끼리 가죽?」

「제, 제가 놀렸다는 거 아시겠죠? 그건 고기 조각이에요. 그런데 왜 그렇게 음식을 자세히 들여다보시죠? 여기서 개고기라도 드실 줄 아셨어요?」

「난 개를 먹어봤소.」

「정말 흥미롭군요. 하지만 오늘밤에 개고기는 없어요. 그러니 그렇게 더 이상 쳐다보지 마세요.」

곧 우리는 술 마시기 게임을 시작했다. 노부는 술 마시기 게임을 싫어했지만, 내가 얼굴을 한번 찌푸려 보이자 잠잠해졌다. 게임이 어느 정도 진행되는 동안, 사토의 눈이 파도에 떠다니는 코르크 마개처럼 불안정해졌다. 난 어쩌면 게임에서 그를 이길 수 있으리라는 생각이 들었다. 그때 그가 일어서더니 방 한구석으로 머리를 돌렸다.

「어딜 가시려고 그러십니까?」

노부의 질문에 사토는 트림으로 대답을 대신했는데, 그건 적절한 대답이었다. 토하려는 게 분명했기 때문이었다. 노부와 나는 얼른 몸을 일으켰지만, 이미 그 사람은 한 손으로 입을 틀어막고 있었다. 그래서 우리는 정원으로 난 유리문을 열어 눈 속에다 토하도록 했다. 그렇게 아름다운 정원에 구토를 한다는 말에 질겁할지 모르겠지만, 그런 사람이 사토뿐만은 아니었다. 우리 게이샤들은 복도 아래의 화장실로 술 취한 남자들을 데려가려고 해보지만, 때때로 그렇게 잘 안 될 때가 많았다. 하녀에게 어떤 남자가 방금 정원에 다녀왔다고 하면, 하녀는 무슨 뜻인지 금방 알아차리고 즉시 청소도구를 가져왔다.

노부와 나는 문 앞에 꿇어앉아 눈 위로 머리를 숙이고 있던 사토를 꽉 붙들었다. 그러나 우리의 노력에도 불구하고 그는 곧 머리부터 처박고 굴러떨어졌다. 그 순간 내가 그를 한쪽으로 힘차게 밀었기 때문에, 적어도 자신이 토해놓은 오물 위로 처박히지는 않았다. 하지만 몸집이 워낙 컸기 때문에, 내가 한 짓이라곤 넘어지는 그의 옆구리를 친 것뿐이었다.

눈 속으로 완전히 뻗어버린 사토의 모습을 보고 노부와 나는 그냥 서로를 쳐다보기만 했다.

「노부 상의 손님이 이렇게까지 재미있는 사람인지 몰랐군요.」

「우리가 저 사람을 죽인 것 같네. 하긴 저 꼴을 당해도 싸지. 정말 성가신 사람이었어!」

「그게 노부 상 손님에 대한 태도인가요? 어서 길로 끌어내서 걷도록 좀 해보세요. 정신을 차리도록 말이에요. 찬바람을 쐬면 도움이 될 거예요.」

「저 사람은 지금 눈 속에 누워 있네. 찬바람보다 지금이 더 시원하지 않을까?」

「노부 상!」

그 정도 질책으로 충분했는지, 노부는 한숨을 내쉬면서 양말 바람으로 정원을 내려가 사토가 다시 의식을 차리도록 도왔다. 나는 그동안 도와줄 만한 하녀를 찾아보았다. 외팔인 노부가 혼자서 사토를 찻집 안으로 데리고 들어올 수 없기 때문이었다. 나는 두 남자가 신을 새 양말을 준비하고 나서, 우리가 가고 나면 정원을 치우라고 하녀에게 일러두었다.

방으로 다시 돌아와 보니, 노부와 사토는 테이블 앞에 앉아 있었다. 역겨운 냄새를 피하기 위해, 나는 멀찌감치 떨어져 앉아 젖은 양말을 벗겨내야 했다. 양말을 다 벗기자, 다다미 위로 벌렁 드러누운 사토는 다시 의식을 잃었다.

「우리가 하는 말을 저 사람이 들을 수 있을까요?」

내가 노부에게 나지막이 물어보았다.

「의식이 있다 해도 못 들을 것 같은데. 살면서 저렇게 덩치 큰 바보는 처음일세.」

「노부 상, 좀 조용히 하세요. 저 사람이 정말 오늘밤 즐거운 시간을 보냈다고 생각하세요? 내 말은, 당신이 계획했던 밤이 바로 이런 밤이었냐구요?」

「이건 내가 계획했던 게 아니라, 저 사람이 계획했던 거지.」

「다음주에 있을 접대에도 이런 식으로 하겠다는 뜻이 아니길 바라겠어요. 저 사람 상태를 볼 때, 오늘밤이 그다지 유쾌한 밤은 아니었으리라는 추측을 쉽게 할 수 있어요.」

「저 사람에 관한 일이라면, 자네는 어떤 것도 추측해서는 안 되네.」

「좀더……, 잔치 같은 분위기로 바꾼다면 다음에는 더 좋은 시간이 될 거예요. 그렇게 생각지 않으세요?」

「다음 번에는 게이샤를 몇 명 더 부르도록 하지. 도움이 될 것 같다면 말이야. 다음 주말에 다시 오지. 그때는 자네 언니도 초대하게.」

「마메하는 재치 있는 게이샤이긴 하지만, 사토 상은 정말 접대하기 힘든 사람이에요. 우리에게 필요한 게이샤는…… 뭐랄까, 소란스러운 게이샤예요. 모든 사람을 혼란스럽게 하는 게이샤 말이에요. 지금 생각으로는……, 게이샤뿐만 아니라 손님도 더 초대해야 할 것 같아요.」

「그럴 이유가 어디 있단 말인가?」

「만약 사토 상이 술이나 마시면서 나를 훔쳐보느라 정신이 없고, 또 노부 상이 그 사람에게 싫증이나 내고 있으면, 우린 즐거운 밤을 보낼 수가 없어요. 노부 상, 솔직히 말씀드리면, 다음 번에 회장님을 모시고 오는 게 좋겠어요.」

아마 내가 바로 그 순간을 기다리며 일을 꾸몄던 건 아닐까 의심할지도 모르겠다. 사실 기온으로 돌아온 뒤 내 관심사는 어떻게 하면 회장과 함께 시간을 보낼 수 있을까 하는 것뿐이었다. 그렇지만 그런 짧은 만남은 더 이상 나에게 아무런 위안도 되어주지 못했다. 만약 그런 순간들이 나한테 할당된 유일한 즐거움이라면, 차라리 그 즐거움으로부터 고개를 돌려, 내 눈으로 하여금 어둠에 익숙해지도록 하는 편이 훨씬 현명했다. 더구나 내 인생은 노부 쪽으로 기울어진 상태였다. 난 운명을 바꿀 수 있다고 생각할 정도로 어리석지는 않았다. 그러나 마지막 남은 희망의 흔적마저 포기할 수는 없었다.

「회장을 모셔오도록 고려해보겠네. 사토 상은 회장에게 좋은 인상을 갖고 있으니까. 하지만 저번에도 말했듯이 회장이 너무 바빠서…….」

그때 사토 상이 누가 찌르기라도 한 것처럼 움찔하더니, 가까스로 몸을 일으켜 테이블 가에 앉았다. 그의 옷을 보고 너무 역겨워진 노부는 하녀를 시켜 젖은 수건을 가져오게 했다. 하녀가 재킷을 깨끗이 닦아주고 나가자, 노부가 말을 꺼냈다.

「저, 정말 굉장한 밤이었습니다. 다음 번에는 더 재미있을 겁니다. 저한테만 토하실 게 아니라 다음에는 회장님이나 다른 게이샤에게 한꺼번에 토하실 수 있을 테니까요.」

「난 이 게이샤가 좋소. 다른 게이샤는 원치 않소.」

「이 사람은 사유리입니다. 그렇게 부르셔야지, 안 그러면 다시는 안 올지도 모릅니다. 이제 일어나십시오. 댁으로 가실 시간입니다.」

사토는 아직도 정신을 못 차렸는지, 노부가 팔꿈치를 잡고 방향을 잡아주지 않았더라면 곧장 문 쪽으로 가서 부딪힐 뻔했다. 현관까지 같이 나간 나는 눈 속으로 길을 나서는 두 사람을 지켜보았다.

그날 밤늦게 나는 마메하와 함께 미군 장교들로 붐비는 파티에 들렀다. 우리가 도착했을 무렵에는, 사람들이 통역하는 사람에게 술을 너무 많이 먹여 그는 이미 있으나마나한 존재였다. 그러나 장교들은 모두 마메하를 알아보았다. 마메하의 춤을 보고 싶다는 신호로 그들이 팔을 흔들어대며 소란스럽게 굴었다. 난 장교들이 조용히 앉아 마메하의 춤을 지켜볼 줄 알았으나, 마메하가 춤을 추자 몇몇 장교가 일어나더니 함께 날뛰기 시작했다. 그런 행동에 대해 미리 얘기를 들었더라면, 나도 어느 정도 마음의 준비를 했을 테지만 너무 느닷없는 광경을 보고 나니……, 난 갑자기 웃음을 터뜨리고 말았다. 오랜만에 정말 즐거운 시간을 보냈다.

마메하와 내가 번갈아가며 샤미센을 연주하는 동안 미군 장교들은 테이블 둘레에서 게임을 했다. 춤을 추다가 우리가 연주를 멈추면, 다시 제자리로 돌아가는 게임이었다. 맨 마지막으로 자리에 앉는 사람이 벌주를 한 잔 마시기로 했다.

파티가 한창 진행되는 동안, 나는 마메하에게 서로 다른 언어를 사용하는데도 모두들 그렇게 즐겁게 지내는 게 얼마나 신기한지 모르겠다고 했다. 노부와 사토가 함께 했던 파티는 정말 끔찍했는데 말이다. 마메하는 그 파티에 대해 이것저것 물어왔다.

「세 사람은 너무 적어. 특히 그 중 한 사람이 기분이 나쁠 때의 노부라면 말이야.」

내 얘기를 듣고 나자 마메하가 말했다.

「다음 번에는 회장님을 모셔 오자고 제안했어요. 그리고 게이샤도 더 필요해요. 그렇게 생각지 않으세요? 좀 소란스럽고 재미있는 게이샤 말이에요.」

「그래, 아마 내가 한번 들러볼 수 있을지도…….」

그 말을 들은 나는 어리둥절해졌다. 왜냐하면, 아무도 마메하를 '소란스럽고 재미있는' 게이샤라고 생각지는 않기 때문이었다. 내가 다시 한 번 무슨 뜻으로 한 말이었는지 설명하려는 순간, 마메하는 즉시 오해가 있었다는 듯, 이렇게 덧붙였다.

「그래, 나도 들러보고 싶어. 하지만 소란스럽고 재미있는 게이샤를 원한다면 네 옛 친구 호박에게 말해보는 게 좋겠구나.」

기온으로 돌아온 이래, 난 어딜 가나 호박과 함께 했던 추억과 마주쳤다. 오키야에 발을 들여놓던 바로 그 순간부터 말이다. 기온이 문을 닫던 그날, 현관 홀에 서 있던 호박은 오키야의 수양딸에게 딱딱한 작별인사를 했다. 우리가 오키야를 청소하던 몇 주 동안 난 계속 호박 생각을 했다. 바로 앞 산책로에 앉아 샤미센을 연습하고 있던 호박, 이제 텅 빈 그 자리에는 슬픔이 감돌고 있었다. 하추모모가 우리에게 강요했던 그 소름끼치는 경쟁이 원망스러웠다. 물론 내 입양이 가장 심한 타격이었을 테니까, 나 자신도 원망스러웠다. 호박은 내게 친절만을 보여주었다. 난 어떻게든 호박에게 감사할 수 있는 방법을 찾아보고 싶었다.

이상하게도, 마메하가 그런 제안을 하기 전까지는 미처 호박에게 생각이 미치지 못했다. 첫 대면이 어색할 건 틀림없었지만, 그 문제에 대해 이리저리 궁리한 끝에, 나는 호박을 군인들의 파티와는 색다른, 좀더 품위 있는 사람들에게 소개시켜 주면 그녀도 고마워하리라는 결론을 내렸다. 물론 다른 동기도 있었다. 세월이 많이 흘렀으니, 우리 우정도 다시 회복될 수 있으리라는 생각이었다.

다시 기온으로 돌아왔다는 사실말고는 아는 게 거의 없었기 때문에, 난 아줌마에게 호박의 근황에 대해 물어보았다. 아줌마는 몇 년 전에 호박으로부터 편지를 받은 적이 있었다. 그 편지에서 호박은 오키야가 다시 문을 열면 돌아오고 싶다는 생각을 분명히 했다. 마땅히 갈 만한 곳이 없었기 때문이었다. 아줌마는 데려오고 싶어했으나, 어머니는 호박이 투자 가치가 없다는 이유로 거절했다.

「호박은 지금 하나미초 구역의 초라한 오키야에서 지내고 있어. 하지만 가엾다고 놀러오게 해선 안 돼. 어머니가 호박을 보고 싶어하지 않으니까. 어쨌든 네가 호박을 만나 얘기해보겠다는 건 어리석은 생각 같구나.」

「그럴게요. 호박과 나 사이에 무슨 일이 있었는지 아직도 잘 모르겠어요…….」

「아무 일도 없었어. 호박은 실패했지만 넌 성공한 것뿐이지. 하지만 호박도 요즘 잘 지내고 있다더구나. 미군들이 호박에게는 싫증내지 않는대. 그 애가 좀 솔직한 면이 있잖니, 왜.」

바로 그날 오후, 난 시죠 거리를 지나 하나미초 구역으로 가서 아줌마가 말했던 그 초라한 오키야를 찾았다. 하추모모의 친구 코린이 살던 오키야가 전쟁 중에 화재를 당했는데, 그 화재로 옆집 오키야도 화를 입었다. 바로 그 오키야가 호박이 살고 있는 곳이었다. 외벽은 모두 까맣게 탔으며, 지붕의 일부도 타버려 나무판으로 덕지덕지 덮여 있었다. 도쿄나 오사카였다면 그 정도는 별것도 아니었겠지만, 교토 한가운데에서는 눈에 거슬렸다.

젊은 하녀가 젖은 재 냄새가 나는 응접실로 안내하더니 조금 후에 돌아와 묽은 차 한 잔을 대접했다. 한참을 기다리니, 마침내 호박이 와서 문을 열었다. 흥분한 나는 테이블에서 일어나 포옹하기 위해 다가갔다. 방 안으로 몇 걸음 옮기던 호박은 무릎을 꿇더니, 마치 내가 어머니라도 되는 듯 정식으로 절을 올렸다.

「아니, 호박아…… 나야!」

호박은 나를 쳐다보지도 않고, 마치 명령을 기다리는 하녀처럼 다다미 위에 눈을 고정시켰다. 몹시 실망한 나는 다시 테이블로 돌아갔다.

전쟁이 끝날 무렵 마지막으로 만났을 때, 호박의 얼굴은 여전히 어린아이처럼 둥글고 풍만했지만 좀 슬픈 표정을 띠고 있었다. 그런데 그 뒤로 호박은 상당히 많이 변했다. 2년 정도 오사카에서 창녀 생활을 했는데, 그 탓인지는 몰라도 통통하던 뺨이 수척했다. 어떻게 보면 수척한 우아함마저 엿볼 수가 있었다. 호박이 하추모모 같은 여자와 견줄 만큼 아름다웠다는 말은 아니지만, 분명히 어떤 여성스러움을 간직하고 있었다.

「힘든 생활을 했다는 거 알아. 하지만 너, 참 아름다워 보이는구나.」

호박은 아무 대답도 않다가, 내 말을 듣고 있다는 듯 어렴풋이 고개만 숙였다. 요즘 인기 있다니 잘 되었다는 얘기를 하면서 전쟁 후의 생활에 대해 물어보려고 했지만, 호박의 표정에 아무런 변화가 없어 더 이상 얘기를 꺼낼 수가 없었다.

어색한 침묵이 흐른 뒤, 마침내 호박이 입을 열었다.

「여기 왜 왔어?」

「사실은 최근에 노부 토시카주를 만났는데……, 그가 가끔 기온에 어떤 남자를 데리고 오거든. 그 사람 접대를 네가 좀 도와줬으면 해서.」

「하지만 나를 보고 나니까 마음이 바뀌었겠지?」

「네가 왜 그렇게 말하는지 모르겠어. 노부 토시카주와 이와무라 회장은 네가 참석해주면 아주 고마워할 거야. 그것뿐이야.」

잠시 호박은 침묵 속에 꿇어앉아 다다미만 내려다보고 있었다.

「인생의 그 어떤 것도 '그것뿐'이라고 말할 수 없다는 거 알아. 넌 내가 어리석다고 생각하겠지. 알아…….」

「호박아!」

「네가 말하고 싶지 않은 다른 이유도 있는 것 같은데?」

그렇게 말하면서 호박은 약간 허리를 숙였는데, 왜 그랬는지 도무지 알수가 없었다. 방금 한 말에 대한 사과의 의미였는지, 아니면 나가보겠다는 의미였는지.

「그래, 다른 이유가 있어. 사실은 오래 전부터 너와 다시 친구가 될 수 있었으면 했어. 우리는 많은 일들을 함께 이겨냈잖아……, 하추모모를 비롯해서 말이야! 우리는 당연히 다시 만나야 한다고 생각해.」

호박은 아무 말도 하지 않았다.

「다음주 토요일에 이와무라 회장과 노부가 다시 이치리키 찻집에서 장관보를 접대하기로 되어 있어. 널 거기서 만날 수 있으면 정말 좋겠어.」

나는 그녀에게 선물로 주려고 가져갔던 차 한 꾸러미를 테이블 위에 올려놓았다. 일어서면서 나는 호박에게 뭔가 친절하게 한마디한 뒤 떠나려고 했다. 그러나 그녀가 너무 어리둥절해하는 바람에 입을 다물어버렸다.

31

회장을 본 지 거의 5년이 지났다. 신문 기사를 통해 회장이 어려움을 겪고 있다는 사실을 알게 되었다. 전쟁 말기, 회장은 군사 정부에 비협조적이었을 뿐만 아니라, 그 이후에 점령 당국이 회사를 손에 넣으려 했을 때에도 저항했기 때문이었다. 요미우리 신문에 실린 그의 사진을 보니, 근심으로 인해 부쩍 늙어버렸다는 생각이 들었다.

토요일 아침, 일찌감치 잠에서 깨어 창문을 열자, 유리창으로 차가운 빗방울이 떨어지고 있었다. 젊은 하녀가 차가운 자갈길 위를 올라가면서 자꾸만 미끄러지는 모습이 보였다. 그날은 우중충하고 슬픈 날이어서 난책력을 들춰보기도 두려웠다. 정오가 되어서도 기온은 계속 떨어지기만 했다.

길이 너무 위험했기 때문에 그날 밤의 많은 파티들이 취소되었다. 저녁 때가 되자, 아줌마는 이치리키에 전화를 걸어 이와무라 전기의 파티가 차질 없이 열릴 예정인지 다시 확인했다. 여주인은 오사카로 연결되는 전화선이 끊어졌기 때문에 자기도 잘 모른다고 했다. 그래서 나는 목욕을 하고 옷을 입은 뒤, 베쿠의 팔에 의지해서 이치리키까지 걸어갔다. 베쿠는 폰토초 구역의 의상 담당자로 있는 남동생으로부터 고무 덧신을 빌려 신고 있었다.

도착해서 보니 이치리키는 난장판이었다. 하인들의 방 수도관이 터져, 아무도 내게 주의를 기울이지 않았다. 나는 노부와 사토를 접대했던 방을 향해 복도로 내려갔다. 그곳에 누가 있으리라고는 조금도 기대하지 않았다. 노부와 회장은 오사카에서 오고 있는 중일 테고, 다른 도시를 방문 중인 마메하도 돌아오기 어려우리란 생각이 들어서였다. 문을 열기 전에, 무릎을 꿇은 나는 잠시 눈을 감고 마음을 진정시키기 위해 한 손을 배 위에 올려놓았다. 한순간 복도가 너무 고요하게 느껴졌다. 방 안에서는 아무런 소리도 들리지 않았다. 아무도 없는 게 틀림없는 것 같았다. 그만 가보려고 일어서다가 그냥 방문을 한번 열어보기로 했다. 그런데 놀랍게도, 잡지를 들고 테이블 가에 앉아 있는 회장의 모습이 보였다. 안경 너머로 나를 바라다보면서 말이다. 그를 보고 너무 놀란 나머지 난 아무 말도 못하다가 한참 후에야 간신히 입을 열었다.

「세상에, 회장님! 누가 회장님을 여기 혼자 내버려두었나요? 여주인이 알면 아주 당혹스러워할 거예요.」

「바로 그 여주인이 나를 여기 내버려둔 걸세.」

회장은 말을 하면서 잡지를 덮어버렸다.

「마실 것도 하나 없군요. 제가 술을 좀 가져올게요.」

「여주인도 그렇게 말하고 나갔네. 자네도 그렇게 나가서 안 돌아오면 난 밤새도록 잡지나 읽고 있겠지. 자네는 그냥 여기 있는 게 낫겠어.」

회장은 안경을 벗어 호주머니에 집어넣으면서 눈을 가늘게 뜨고 나를 한참 쳐다보았다.

회장 옆으로 다가가기 위해 몸을 일으키자, 그 커다란 방이 아주 작게 느껴졌다. 내 감정을 다 담을 수 있을 정도로 큰 방은 없다는 생각이 들었던 탓이었으리라. 오랜만에 회장을 다시 만나니 격렬한 감정이 내 안에서 솟구쳤다. 하지만 그 감정은 기쁨보다는 슬픔 쪽에 가까웠다. 때때로 난 회장이 전쟁 동안 아줌마처럼 갑자기 늙어버렸으면 어떡하나 하는 걱정을 했다. 언뜻 보아도, 눈언저리에 예전보다 주름이 많았다.

테이블 옆에 앉으면서 흘깃 훔쳐볼 때까지, 회장은 아무런 표정 없이 나를 보고 있었다. 내가 말을 꺼내려는 바로 그 순간, 회장이 먼저 입을 열었다.

「사유리, 자네는 아름다운 여자야.」

「회장님, 그런 말씀은 믿기가 어렵군요. 푹 들어간 뺨을 감추려고 전 오늘밤 30분 동안이나 화장대 앞에서 시간을 보냈단 말이에요.」

「자네가 겪은 고통에 비하면 지난 몇 년 동안 몸무게가 좀 준 건 아무것도 아닐 테지. 나도 그랬으니까.」

「이런 말씀을 드려도 괜찮은지 모르겠지만……, 회장님의 회사가 어려움에 직면해 있다는 사실을 노부 상을 통해 들었어요.」

「사유리, 우린 때로 고난을 헤쳐나갈 수 있네. 우리 꿈이 실현되기만 하면 세상은 얼마나 아름다운 곳이 될까 상상하면서 말이야.」

회장이 슬픈 미소를 지어 보였는데, 그 미소가 얼마나 아름다웠던지 난 완벽하게 치켜 올라간 그의 입술 끝을 쳐다보느라 넋을 잃었다.

「자네의 그 매력을 이용해서 자신을 바꿔볼 기회가 왔네.」

내가 채 대답하기도 전에 문이 열리더니 마메하가 들어왔다. 그 뒤를 따라 바로 호박이 들어왔다. 호박을 본 나는 놀랐다. 그녀가 오리라고는 기대하지 않았기 때문이었다. 나고야에서 방금 돌아온 마메하는 너무 늦었다고 생각하면서 이치리키로 급하게 달려온 모양이었다. 회장에게 인사를 드린 마메하는 우선 노부와 사토가 왜 안 왔는지 물어보았다. 회장도 그게 궁금하다고 대답했다.

「정말 이상한 날이었어요.」

마메하는 거의 혼잣말을 하듯이 그렇게 말했다.

「기차가 교토 역에 한 시간 동안 서 있었는데, 우리는 내릴 수가 없었어요. 결국 두 젊은이가 창문을 통해 뛰어내렸어요. 그 중 한 사람이 다친 모양이더군요. 그러고 나서 겨우 이치리키에 도착해보니 아무도 없는 것 같더라구요. 글쎄, 가련한 호박이 복도에서 헤매고 있지 뭐예요. 호박을 못 만나셨어요, 회장님?」

난 그때까지 호박을 자세히 쳐다보지 않았다. 그녀는 너무나 아름다운 잿빛 기모노를 입고 있었는데, 허리 아랫부분에는 달빛이 내리비치는 산과 강을 배경으로 금색 점이 박혀 있었다. 알고 보니 그건 수를 놓은 개똥벌레였다. 나와 마메하의 기모노는 호박의 기모노와는 비교도 되지 않았다. 회장도 나처럼 호박의 기모노에 놀라는 눈치였다.

회장이 옷을 좀 보여달라고 부탁하자, 호박은 아주 겸손하게 일어서더니 한 바퀴 뒤로 돌았다.

「내가 늘 입던 기모노 차림으로는 이치리키 같은 곳에 발도 못 들여놓을 거라고 생각했어요. 우리 오키야에 있는 기모노는 대부분 그다지 훌륭하지 못해요. 미군들은 잘 구별 못 하지만 말이에요.」

「호박아, 네가 그렇게 솔직하게 말하지 않았다면, 우리는 네가 늘 이런 옷을 입는 줄 알았을 거야.」

마메하가 말했다.

「놀리시는 거죠? 지금까지 이렇게 아름다운 옷은 한번도 입어본 적이 없었어요. 다른 오키야에서 이 옷을 빌렸지요. 이 옷을 빌려주면서 그 사람들이 얼마를 요구했는지 상상도 못 하실 거예요. 하지만 난 그런 돈이 없으니 아무 상관도 없지 뭐예요, 안 그래요?」

회장은 그 말에 즐거워했다. 어떤 게이샤도 남자 앞에서 그렇게 기모노 값에 대해 우둔하게 말하는 법이 없기 때문이었다. 마메하가 회장에게 뭔가 말하려고 몸을 돌렸으나, 호박이 방해했다.

「난 오늘밤 거물이 여기 오는 줄 알았어요.」

「회장님을 두고 하는 말 같은데……, 회장님이 거물이란 말이지?」

「거물인지 아닌지 회장님 본인이 아실 테니까 내가 대답할 필요는 없겠지요. 어찌됐든, 사유리는 다른 남자가 온다고 얘기했어요.」

회장은 마메하를 보더니, 짐짓 놀라는 척하며 눈썹을 치켜 올렸다.

「사토 노리타카네. 재정 장관보지.」

「사토라는 사람을 알아요. 커다란 돼지처럼 보이는 사람이죠.」

그 말에 우리는 모두 웃었다.

「정말, 호박아, 네 입에서 나오는 소리라니!」

마메하의 말이 끝나자마자, 방문이 열리면서 노부와 사토가 방으로 들어왔다. 두 사람 모두 추위로 얼굴이 빨개져 있었다. 두 사람 뒤로 하녀가 술과 안주가 든 쟁반을 들고 있었다. 노부는 한쪽 팔로 자기 몸을 감싸 안은 채 서 있었으나, 사토는 노부를 지나 테이블 쪽으로 터벅터벅 걸어갔다. 그는 호박에게 툴툴거리면서, 내 옆으로 앉을 수 있게 저리 비키라는 식으로 머리를 한쪽으로 돌렸다. 서로 인사를 하고 나자, 호박이 제일 먼저 입을 열었다.

「당신은 저를 기억 못 하시겠지만, 전 당신에 대해 잘 알아요.」

그때 나는 사토에게 술을 따라주고 있었는데, 그는 잔을 입에 털어 넣더니 꾸짖는 듯한 표정으로 호박을 바라보았다.

「뭘 알고 있다는 말이지? 우리에게 말해줘.」

마메하가 끼어들었다.

「이분에게는 도쿄 시장과 결혼한 여동생이 있어요. 카라테를 배운 적이 있고, 손을 부러뜨린 적도 있어요.」

사토가 약간 놀라는 걸로 보아 그 말은 사실 같았다.

「그리고 전 당신이 알고 지내던 여자를 하나 알아요. 바로 나오 이추코예요. 우린 오사카 외곽 공장에서 함께 일했어요. 그 여자가 뭐라고 했는지 아세요? 당신 두 사람이 함께 '넌 뭘 아니' 라는 게임을 종종 했다고 하더군요.」

사토가 더럭 화를 낼까봐 염려했으나, 예상과 달리 도리어 표정이 밝아졌다. 그는 남은 술을 한입에 털어 넣더니 잔을 테이블 위에 내려놓았다.

「그 여자는 정말 예뻤소. 이추코 말이오.」

그는 흐릿한 미소를 지으며 노부를 쳐다보았다.

「그런 일이 있었는지 조금도 몰랐군요.」

아주 진지하게 들렸지만, 난 노부의 얼굴에 감춰진 혐오감을 놓치지 않았다. 회장의 눈길이 잠시 나한테 머물렀다.

잠시 후 문이 열리더니, 하녀 셋이서 남자들에게 대접할 저녁을 들고 들어왔다. 배가 약간 고팠던 나는 아름다운 청자 컵에 담겨 있는, 은행으로 만든 노란 커스터드를 보자 군침이 돌았다. 잠시 후 하녀들이 구운 열대어를 솔잎에 얹어 가져왔다. 내가 배고픈 걸 눈치챘는지 노부가 나더러 맛을 보라고 우겼다. 옆에 있던 회장도 마메하에게 한입 먹어보라고 하고 호박에게도 권했으나, 호박은 거절했다.

「저 생선에는 손도 대고 싶지 않아요. 쳐다보기도 싫어요.」

「왜 그러는 거야?」

「말하면 날 비웃을 텐데요.」

「말해보게, 호박.」

「왜 말해야 하죠? 얘기가 길어요. 게다가 아무도 내 말을 안 믿을걸요.」

「새빨간 거짓말쟁이!」

난 그렇게 말했지만 호박더러 진짜 거짓말쟁이라고 한 건 아니었다. 기온이 문을 닫기 전, 호박과 나는 '새빨간 거짓말쟁이' 라는 게임을 하곤 했다. 우선 두 가지 이야기를 하는데 그 중 한 가지만 사실이어야 했다. 이야기가 끝나면, 어느 얘기가 진짜인지 알아맞히는 게임으로 틀린 사람은 벌주를 마셔야 했다.

「난 게임을 하는 게 아니야.」

호박이 내 말을 부인했다.

「생선 이야기를 해봐. 그럼 두 번째 이야기는 안 해도 될 테니까.」

호박은 마메하의 말에 기분이 상한 것 같았으나, 마메하와 내가 한참 동안 쳐다보자 이윽고 이야기를 시작했다.

「좋아요, 이런 이야기예요. 난 삿포로에서 태어났는데, 사포로의 한 늙은 어부가 어느 날 말할 줄 아는 기묘하게 생긴 물고기를 한 마리 낚았어요.」

마메하와 나는 서로 얼굴을 보며 웃음을 터뜨렸다.

「웃고 싶으면 웃으세요. 하지만 이건 정말 사실이에요.」

「자, 계속하게, 호박. 듣고 있네.」

이야기가 흥미로웠는지 회장이 재촉했다.

「그런데 어부가 물고기를 씻으려고 꺼냈더니, 그 물고기가 사람 목소리를 내는 거예요. 단지 어부가 그 말뜻을 못 알아들었을 뿐이죠. 어부는 다른 어부들을 불렀고, 모두들 잠시 귀를 기울였죠. 물에 나온 지 상당히 오래 된 그 물고기는 거의 죽은 거나 다름없었어요. 그래서 어부들은 그 물고기를 죽이기로 작정했어요. 그런데 바로 그때 어떤 노인이 사람들을 헤치고 앞으로 나오더니 그 물고기가 하는 말을 다 알아들을 수 있다고 했어요. 알고 보니 그 물고기는 러시아어로 말했던 거예요.」

우리는 모두 웃음을 터뜨렸고, 사토조차도 약간 툴툴거리는 소리를 냈다.

「여러분들이 안 믿을 줄 알았어요. 하지만 이건 정말 사실이에요.」

「그 물고기가 뭐라고 말했는지 알고 싶군.」

「물고기는 거의 죽은 상태였기 때문에 그 말은 일종의 속삭임이었죠. 그래서 노인이 몸을 숙여 귀를 물고기의 입술에 갖다 댔더니…….」

「물고기는 입술이 없어.」

「하여튼 그게 뭐든 간에, 그 입 주변에 갖다 댔어요. 그러자 물고기가 말했죠. '가서 사람들에게 날 씻어주라고 말하시오. 난 더 이상 살고 싶지 않소. 조금 전에 저기서 죽은 저 물고기가 내 아내요.'」

「그러니 물고기가 결혼을 했군. 물고기도 남편과 아내가 있어!」

마메하가 소리를 쳤다.

「그건 전쟁 전의 얘기예요. 전쟁이 끝난 다음에는 물고기들도 결혼할 형편이 못 돼요. 그냥 헤엄치면서 일거리나 찾아 돌아다니죠.」

내가 거들자, 호박은 얼른 말을 받았다.

「이건 전쟁 전에 일어난 일이었어요. 전쟁 전에 일어난 일이라구요. 우리 엄마가 태어나기도 전에 말이에요.」

「그럼 사실인지 아닌지 자네가 어떻게 아는가? 틀림없이 그 물고기가 자네에게 얘기하지는 않았을 텐데.」

노부가 의문을 제기했다.

「물고기는 그때 그 자리에서 죽었어요. 난 그때 태어나지도 않았는데, 어떻게 나한테 이야기할 수 있겠어요? 게다가 난 러시아말도 몰라요.」

「그러니까 넌 이 물고기도 말하는 물고기라고 믿는다는 말이구나?」

「그런 말은 하지 않았어. 하지만 정말 말하는 물고기처럼 보여. 난 배가 고파 죽을 지경이라도 안 먹을 거야.」

「만약 자네가 그때 태어나지 않았다면, 그리고 자네 어머니도 태어나기 전의 일이라면, 그 물고기가 어떻게 생겼는지 어떻게 아나?」

「회장님은 수상이 어떻게 생겼는지 아시죠, 그렇죠? 하지만 수상을 만나본 적이 있으세요? 물론 만나보셨을 수도 있겠죠. 좀더 좋은 예를 들어보겠어요. 회장님은 천황을 만날 영광을 가져본 적은 없겠지만, 그래도 천황이 어떻게 생겼는지 알고 계시잖아요.」

「회장님은 그런 영광을 가졌네, 호박.」

노부가 말했다.

「제 말뜻을 아시잖아요. 천황이 어떻게 생겼는지 누구나 다 알아요. 제가 하려던 말은 그거였어요.」

「천황은 사진이 있으니까. 하지만 그 물고기의 사진은 없을 텐데?」

「그 물고기는 제가 자란 곳에서는 유명해요. 우리 어머니가 그 물고기에 대해 자세하게 얘기해주었어요. 그래서 하는 말인데, 그 물고기는 테이블에 있는 이 물고기와 똑같이 생겼다구요!」

「자네는 우리를 좋은 의미에서 멍청하게 만드는군.」

회장이 말했다.

「자, 그게 내 얘기예요. 난 또 다른 이야기를 하나 더 하지는 않겠어요. 여러분들이 '새빨간 거짓말쟁이' 게임을 하고 싶으시다면, 누가 시작해보세요.」

「내가 시작하겠어요.」

마메하가 얼른 나섰다.

「첫번째 이야기예요. 내가 여섯 살 때, 어느 날 아침 우리 오키야의 우물로 물을 푸러 나갔어요. 그때 어떤 남자가 목을 가다듬으며 기침하는 소리가 들렸어요. 그 소리는 바로 우물 안에서 들려왔어요. 나는 여주인을 깨웠고, 밖으로 나온 여주인도 그 소리를 들었죠. 전등을 우물 위로 비췄지만 아무것도 발견하지 못했어요. 하지만 해가 뜰 때까지 그 소리는 멈추지 않았어요. 그 이후로는 못 들었지만.」

「두 번째 이야기가 사실이겠군 그래. 나머지 이야기는 들을 필요도 없네.」

「두 가지 이야기를 다 들으셔야 해요. 자, 두 번째 이야기예요. 한번은 아키타 마사이치 집에서 접대를 하기 위해 몇몇 게이샤들과 함께 오사카로 갔어요.」

그는 전쟁 전에 상당한 재산을 모은 유명한 사업가였다.

「몇 시간 동안 노래하고 술을 마시고 나자, 아키타 상이 다다미 위에서

422

굶아떨어졌어요. 그러자 한 게이샤가 우리 모두를 옆방으로 데리고 가더니 커다란 금고를 열어 보였는데, 그 안에는 온갖 종류의 춘화로 가득 차 있었어요. 거기에는 히로시게가 그린 그림을 포함해서 목판 춘화가 들어 있었어요. 그리고 또 살찐 유럽인들의 춘화도 있었고, 영화 필름도 몇 개 있었어요.」

「히로시게는 절대 춘화를 그리지 않아요.」

「아니, 그렸네. 내가 봤지.」

회장이 호박의 말에 제동을 걸고 나섰다.

「하지만 난 아키타 마사이치를 잘 알아. 그는 춘화를 수집할 사람이 아니야. 첫번째 이야기가 사실이네.」

「회장님, 회장님은 우물에서 들려오는 남자 목소리에 대한 이야기를 믿으신단 말씀입니까?」

노부가 의문을 제기했다.

「내가 그걸 믿을 필요는 없지. 문제는 마메하가 그걸 사실이라고 생각한다는 거니까.」

호박과 회장은 우물 속의 남자가 사실이라고 손을 들었다. 사토와 노부는 춘화에 손을 들었다. 나는 그 이야기를 전에 들은 적이 있어서 우물 속의 남자가 사실임을 알고 있었다. 사토는 아무 불평 없이 벌주를 마셨다. 하지만 노부가 계속 투덜거렸기 때문에 우리는 그에게 다음 차례를 주었다.

「난 이 게임을 하지 않겠네.」

「하시든지, 아니면 매번 순서가 돌아갈 때마다 벌주를 마시든지 해야 해요.」

「좋아, 이야기를 두 가지 하라는 말이지? 그럼 해보겠네. 첫번째 이야기, 내게 쿠보라는 흰 개가 있었는데, 어느 날 밤 집에 돌아오니 쿠보의 털이 완전히 파랗게 되었네.」

「알겠어요. 그 개는 아마 어떤 악마한테 붙잡혀 있었을 거예요.」

노부는 호박이 진지하게 하는 말인지 의아해하며 멀뚱하게 쳐다보았다.

「그런 일이 있고 나서 바로 그 다음날, 이번에는 쿠보의 털이 밝은 빨간

색이 되어버렸네.」

「악마가 분명해요. 악마들은 빨간색을 좋아하거든요. 그건 피의 색이에요.」

「두 번째 이야기네. 지난주에 내가 너무 일찍 회사에 가는 바람에, 비서가 아직 출근하지 않았네. 좋아, 어느 쪽이 사실인가?」

물론 우리 모두는 비서 이야기를 택했지만, 호박만은 아니었다. 그래서 호박은 벌주를 마셔야 했다. 작은 잔이 아니라 큰 유리잔으로 마셔야 했다. 사토가 호박에게 술을 따라주었는데, 유리잔이 꽉 찬 다음에도 한 방울씩 더 따라서 마침내 가장자리까지 넘쳐 올랐다. 잔을 집어들기도 전에 우선 한 모금 마셔야 할 정도였다. 난 그런 호박을 보자 걱정이 앞섰다. 왜냐하면 호박은 알코올에 아주 약하기 때문이었다.

「그 개에 관한 이야기가 사실이 아니라니, 믿을 수가 없어요. 어떻게 그런 이야기를 지어낼 수 있죠?」

잔을 다 비우고 나서 호박이 말했지만, 이미 말소리가 분명치 않았다.

「어떻게 그런 이야기를 지어낼 수 있냐고? 문제는 바로 자네가 어떻게 그 말을 믿을 수 있는가 하는 거지. 개들은 파랗게 변하지 않아. 빨개지지도 않고 말이야. 그리고 악마는 없어.」

그 다음은 내 차례였다.

「첫번째 이야기는 이거예요. 몇 년 전 어느 날 밤, 가부키 배우인 요에고로가 몹시 술에 취해서는 나를 늘 아름답게 여겼다고 말했어요.」

「그건 사실이 아니야. 난 요에고로를 알아.」

호박이 또 나섰다.

「네가 안다는 거 알아. 그렇지만 그 사람은 내가 아름답다고 했어. 그리고 그날 이후로, 그는 내게 종종 편지를 보내왔어요. 편지 모서리마다, 돌돌 말린 검은 털을 하나씩 붙여서 말이에요.」

그 말에 회장은 웃었지만 노부는 화난 표정으로 이렇게 말했다.

「그 가부키 배우들, 정말 짜증나는 인간들이야!」

「난 무슨 말인지 모르겠어. 그 돌돌 말린 검은 털이 뭐야?」

호박은 그렇게 말했지만 표정을 보면, 그 대답을 정확하게 알고 있음이 분명했다.

　모두들 조용히 앉아 내 두 번째 이야기를 기다리고 있었다. 게임을 시작하던 순간부터 난 그 이야기를 마음에 두고 있었다. 그러나 막상 이야기를 꺼내려니 긴장이 되었고, 또 그게 옳은 일인지 확신이 서지 않았다.

　「내가 어린아이였을 때, 너무 절망했던 나는 어느 날 시라카와 강둑으로 가서 울기 시작했어요…….」

　이야기를 시작하면서, 나는 나 자신이 마치 회장의 손을 만지기 위해 테이블을 건너가고 있는 기분이 들었다. 왜냐하면 방 안의 어느 누구도 내 이야기에서 이상한 점을 느끼지 못할 테니까. 반면에 회장은 아주 개인적인 그 이야기를 이해할 것이다. 아니 적어도 그래야 했다.

　말을 꺼내려고 하니 점점 더워졌다. 다음 말을 잇기 직전, 난 회장을 한 번 쳐다보았다. 그가 궁금한 표정으로 날 쳐다보기를 기대하면서 말이다. 하지만 그는 아무런 관심도 보이지 않았다. 그 순간 난 쓸데없는 짓이라는 생각이 들었다. 사람들에게 과시하기 위해 일부러 치장하고 외출한 소녀가 텅 빈 거리를 접했을 때와 마찬가지로.

　방 안에 있던 사람들 모두 지루하게 내 말을 기다리고 있었다. 마메하는 계속해보라고 재촉했고, 호박도 뭐라고 중얼거렸지만 알아듣지는 못했다.

　「다른 이야기를 할게요. 오카이치라는 게이샤, 생각나세요? 그 여자는 전쟁 중에 사고로 죽었어요. 몇 년 전, 나는 그녀와 이야기를 나눈 적이 있었어요. 그녀는 무거운 나무 상자가 바로 자기 머리 위로 떨어져 죽게 될까봐 늘 두렵다고 말했어요. 그런데 그 여자는 정말 그렇게 죽었어요. 강철 조각이 가득 담긴 나무 상자가 선반에서 떨어졌거든요.」

　나는 너무 당황해서, 그때까지도 두 이야기 모두 거짓이라는 사실도 깨닫지 못했다. 그러나 별로 개의치 않았다. 왜냐하면 대부분 게임을 하면서 속임수를 쓰기 때문이었다. 그래서 난 회장이 어떤 이야기든 선택해주기를 기다렸는데, 그는 요에고로의 돌돌 말린 털이 사실이라고 말했고, 난 그가 맞다고 선언했다.

　호박과 사토는 다시 벌주를 마셔야 했다. 그 다음은 회장 차례였다.

「난 이런 게임에는 별로 소질이 없네. 거짓말에 아주 능한 자네 게이샤들과는 다르단 말이지.」

「회장님!」

마메하가 눈을 치켜 떴다.

「좋아, 그럼 하지. 난 호박이 걱정스러워서 쉬운 이야기를 하겠네. 호박이 또 술을 마셔야 할 경우가 생긴다면, 더 이상 못 버틸 것 같아서 말이야.」

사실 호박은 초점을 잃은 지 오래였다. 회장이 자기 이름을 꺼내기 전까지는 그의 말을 듣지도 않는 눈치였다.

「잘 듣게, 호박. 내 첫번째 이야기네. 오늘밤 난 이치리키 찻집의 파티에 참석하기 위해 왔다. 이제 두 번째 이야기, 며칠 전에 어떤 물고기가 내 사무실로 걸어왔다. 아니지, 자네는 걸어다니는 물고기를 믿을지도 모르지. 이건 어떤가, 며칠 전에 내가 책상 서랍을 열었더니 제복을 입은 남자가 튀어나와서 춤추고 노래하기 시작했다. 자, 어느 쪽이 사실인가?」

「회장님은 내가 서랍 속에서 튀어나온 남자 이야기를 믿을 거라고 생각하세요?」

「둘 중 하나만 고르게. 어떤 것이 사실인가?」

「다른 이야기요. 그게 뭐였는지 기억이 안 나지만.」

「회장님이 벌주를 마셔야겠어요.」

마메하의 말을 잘못 알아들었는지 호박은 이번에도 자기가 틀렸다고 생각하고 술잔을 반쯤 비웠다. 그래서 상태가 좋지 않아 보였다. 그 사실을 먼저 알아챈 회장이 호박의 손에서 잔을 빼앗았다.

「자네는 하수구가 아니네, 호박.」

호박이 너무 멍하게 쳐다보았기 때문에, 회장은 자기 말을 들었느냐고 다시 물어보았다.

「말은 들릴 겁니다. 하지만 회장님이 보이지는 않을 거예요.」

노부가 고개를 저으며 말했다.

「이리 오게, 호박. 집까지 같이 가주지. 아니면 끌고 가든지.」

회장의 말에 마메하가 돕겠다고 나섰다. 두 사람이 호박을 끌고 나가자,

노부와 사토만이 나와 함께 테이블에 앉아 있었다.

「오늘 저녁은 어떠셨습니까?」

노부가 사토에게 물었다. 사토도 호박만큼이나 취한 것 같았지만, 그는 아주 즐겁다고 중얼거렸다.

「정말 재미있었소, 정말이오.」

그는 몇 차례 고개를 끄떡이며 술을 따르라고 내게 잔을 내밀었으나, 노부가 잔을 빼앗아버렸다.

32

그해 겨울과 이듬해 봄 동안, 노부는 사토를 매주 한두 번씩 기온으로 데리고 왔다. 그동안 두 사람이 함께 보낸 시간을 생각하면, 사토도 자신에 관한 노부의 감정이 어땠으리라는 것쯤은 짐작했으리라는 생각이 들었다. 사토가 얼음이라면 노부는 얼음 깨는 송곳이었으니까. 그렇지만 사토는 전혀 그런 내색을 하지 않았다. 사실상, 어떤 일에도 별로 관심이 없는 사람 같았다. 그의 관심사는 오로지 내가 옆자리에 앉는지 아니면 술잔에 술이 가득한지 그뿐이었다. 사토의 그런 집착으로 인해 내 인생은 더욱 힘들어졌다. 내가 좀 지나치게 관심을 쏟을라치면, 금세 흉터투성이의 노부 얼굴이 붉으락푸르락해졌다. 그 탓에 회장이나 마메하, 호박이 함께 자리해주면 좀 분위기가 나았다. 그들은 바구니를 짤 때 필요한 짚과 같은 역할을 해주었다.

물론 내가 회장의 참석을 소중하게 생각한 데에는 다른 이유가 있었다. 나는 예전에 비해 훨씬 더 자주 그를 만났다. 침상에 누울 때마다 떠오르는 영상은 실제의 회장 모습과 조금 달랐다. 예를 들어 내 마음속의 모습은 거의 속눈썹이 없는 부드러운 눈꺼풀이었는데 반해, 실제로 그의 눈꺼풀은 작은 붓처럼 부드러운 털로 가장자리가 빽빽하게 둘러싸여 있었다. 그리고 입도 내 생각보다 훨씬 더 표정이 풍부해서 자신의 감정을 종종 드러내곤 했다. 어떤 일로 기분이 좋은 상태이지만, 그걸 감추고자 할 때는 입가가 떨리곤 했다. 생각에 빠져 있을 때는 손으로 술잔을 빙빙 돌리다

428

가 입가에 깊은 주름을 만들곤 했는데, 그러면 턱 양옆이 아래로 축 늘어졌다. 회장이 그런 모습으로 앉아 있는 경우 나는 그를 태연하게 응시할 수 있었다.

어느 날 밤, 마메하가 긴 이야기를 들려주는 동안, 회장을 뚫어지게 쳐다보고 있던 나는 갑자기 누군가가 나를 주시하고 있음을 알아차렸다. 다행히 사토는 너무 취해서 정신이 없었고, 젓가락으로 접시를 쑤셔대며 뭔가를 씹고 있던 노부는 나와 마메하에게 조금도 주의를 기울이지 않았다. 나를 지켜보던 사람은 바로 호박이었다. 내가 쳐다보자 호박은 웃음을 지었는데 난 그 웃음을 어떻게 해석해야 할지 알 수가 없었다.

2월이 끝나가는 어느 날 밤, 독감에 걸린 호박은 이치리키에서 우리와 합류할 수가 없었다. 그날 밤 회장도 아직 도착하지 않아서 한 시간 정도 나와 마메하만이 노부와 사토를 접대하고 있었다. 마침내 우리는 춤을 선뵈는 게 좋겠다고 결정했다. 다른 이유보다도 우리 스스로를 위해서였다. 노부는 춤에 그다지 열광하는 사람이 아니었고, 사토도 전혀 관심이 없는 사람이었다. 그러나 시간을 보내기 위해서는 어쩔 수 없이 춤을 출 수밖에 없는 상황이었다.

내가 반주를 하는 동안, 마메하가 먼저 아주 짧은 작품을 공연했다. 그리고 나서 마메하의 반주로 내가 춤을 추었다. 첫번째 작품의 시작 동작을 하려는 순간—부채가 바닥으로 향하도록 하기 위해 몸을 숙이고 다른 팔은 한쪽으로 내뻗은 상태—문이 열리면서 회장이 들어왔다. 인사를 한 뒤 회장이 테이블에 자리를 잡는 동안 기다렸다.

그가 와서 난 무척 기뻤다. 물론 무대 위에서 춤을 보여준 적은 있었지만, 그렇게 친밀한 공간에서는 처음이기 때문이었다. 처음에는 '희미한 빛의 가을 낙엽'이라는 소품을 보여줄 생각이었으나, 마음을 바꿔 '잔인한 비'라는 곡을 연주해달라고 요청했다. '잔인한 비'의 줄거리는, 한 젊은 여자가 폭풍우 속에서 자신의 연인이 기모노 재킷을 벗어 그녀 어깨에 걸쳐주었을 때 몹시 마음이 아팠다는 내용이었다. 마법에 걸린 그녀의 연인은 몸이 젖으면 녹아 내린다는 사실을 그녀도 알고 있기 때문이었다.

무용 선생님들은 내가 여인의 슬픔을 제대로 표현한다고 칭찬하곤 했다. 무릎을 천천히 굽혀야 하는 부분에서 난 다른 무희들처럼 다리를 떠는 법이 없었다. 이노우에 무용학교에서는 표정을 팔이나 다리 동작보다 더 중요하게 여겼다. 춤을 추는 동안 회장을 한번씩 훔쳐보고 싶었지만, 시선은 항상 적당한 위치에 놓여야 했기 때문에 한번도 쳐다볼 수가 없었다. 대신 감정을 더하기 위해, 내가 생각할 수 있는 가장 슬픈 일에 신경을 모았다. 가장 슬픈 일이란 바로 내 단나가 거기 방 안에 있다는 상상이었는데 그 단나는 회장이 아니라 노부였다. 그런 생각을 하는 순간, 주위의 모든 사물이 땅 밑으로 무겁게 내려앉는 느낌이 들었다. 바깥 처마에서는 유리구슬이 떨어지는 듯한 빗소리가 들렸다. 다다미조차도 바닥을 내리누르는 느낌이었다. 춤을 추는 동안 내가 염두에 두었던 사실은 마법에 걸린 연인을 잃은 한 여자의 고통이 아니라, 내가 그토록 소중하게 여겨왔던 대상을 마침내 빼앗겨버렸을 때 당하게 될 고통이었다. 나는 그때 사추도 생각하면서 영원한 이별의 슬픔을 춤으로 표현했다. 마침내 나는 비탄에 젖어들었다. 그래서 몸을 돌려 회장을 본 나는 그만 당황하고 말았다.

회장은 테이블 모서리에 앉아 있었기 때문에, 공교롭게도 나를 제외하고는 아무도 그를 보지 못했다. 그는 놀라운 표정을 짓고 있었지만, 웃지 않으려고 애쓸 때처럼, 입이 어떤 감정으로 긴장하여 비틀리고 있었다. 확실하지는 않았지만, 눈에 눈물이 글썽거리고 있는 것 같기도 했다. 그는 코 옆쪽을 긁는 척하면서 문 쪽을 쳐다보았는데, 그건 손가락으로 눈가를 훔치기 위한 동작이었다. 그러다가 마치 눈썹이 말썽이라는 듯 눈을 비볐다. 나는 너무 충격을 받은 나머지 혼란에 빠지고 말았다. 내가 테이블로 돌아가자, 잠시 후 회장이 말을 꺼냈다.

「호박은 오늘밤 어디 간 건가?」

「회장님, 호박이 아파요.」

「그게 무슨 말인가? 그럼 오늘밤엔 여기 안 온다는 말인가?」

「네, 못 와요. 호박은 독감에 걸려서 못 오는 거예요.」

마메하는 다시 얘기에 열중했다.

회장은 손목시계를 들여다보더니 아주 불안한 목소리로 이렇게 말했다. 「마메하, 미안하지만 가봐야겠네. 오늘밤에는 기분이 별로 좋지 않아.」

회장이 문을 닫으려 할 때, 노부가 뭔가 재미있는 얘기를 하던 중이어서 모두들 웃음을 터뜨렸다. 하지만 나는 마음속에 떠오른 한 가지 생각 때문에 괴로웠다. 춤을 추면서 나는 이별의 고통을 표현하고자 애썼다. 춤을 추는 동안 마음이 산란해 있었고, 그건 회장도 마찬가지였다. 그러나 회장의 마음이 산란했던 이유는 호박 때문이었다. 결국, 그 자리에 없었던 사람은 호박뿐이었으니까. 호박이 아프다는 얘기를 듣고 금방 눈물을 글썽이다니, 내 마음은 암울하고 복잡한 느낌으로 뒤숭숭해졌다. 회장은 호박이 아프다는 얘기를 듣자마자 가버렸다. 나는 그 사실을 믿을 수가 없었다.

만약 회장이 그러니까……, 말하자면 마메하에게 그런 감정을 느꼈다면 난 별로 놀라지 않았을 것이다. 그런데 호박에게? 어떻게 회장은 그렇게 세련되지 못한 사람에게 갈망을 느낀다는 말인가? 상식이 있는 여자라면 그 순간에 자신의 희망을 포기해야 한다고 생각할 것이다. 그래서 나는 날마다 점쟁이를 찾아가 평상시보다 책력을 더 주의 깊게 읽었다. 피할 수 없는 운명에 복종해야 하는지 아닌지 알아보기 위해서 말이다.

물론 우리는 희망이 산산조각 난 시대에 살고 있었다. 그러나 한편으로 많은 사람들은 일본이 언젠가 다시 일어날 거라고 믿고 있었다. 나라가 어두운 질곡에서 벗어날 수 있다면, 나도 나만의 어두운 질곡에서 벗어날 수 있지 않을까.

꽃이 만발하는 그 해 3월 초부터, 마메하와 나는 '고도의 춤' 공연 준비에 바빴다. 전쟁이 끝나고 다시 기온이 문을 연 이래 처음으로 무대에 올려지는 공연이었다. 좀더 시간이 흘러 6월 어느 날, 이와무라 전기가 그날밤 이치리키 찻집에서 열리는 파티에 참석을 요청해왔다. 그날 나는 빠지면 안 되는 파티 출연 약속을 벌써 몇 주 전부터 해놓은 상태였다. 그래서 이치리키에 30분 정도 늦게 도착했다. 놀랍게도 테이블 둘레에는 늘 모이던 사람 대신 노부와 사토만이 앉아 있었다.

난 노부가 화나 있음을 금방 알아챘다. 물론 나는 그 이유가 사토와 너무 오랫동안 시간을 보낸 탓일 거라고 생각했다. 그들은 다람쥐가 같은 나무에 살고 있는 곤충과 시간을 보내는 것보다 더 어울리지 못했다. 노부는 아주 기분 나쁜 표정으로 테이블을 두드리고 있었고, 사토는 창가에 서서 정원을 내다보고 있었다.

「좋습니다! 바깥 덤불은 이제 그만 쳐다보십시오. 우리가 밤새도록 여기 앉아서 당신을 기다려야 합니까?」

내가 테이블에 자리를 잡았을 때 노부가 말했다.

약간 움찔한 사토는 사과의 의미로 약간 몸을 숙이더니, 내가 깔아놓은 방석 위에 자리를 잡았다. 평소에는 할말을 생각해내기가 힘들었지만, 그날 밤에는 그다지 어렵지 않았다. 오랫동안 그를 만나지 못했기 때문이었다.

「사토 상은 더 이상 나를 좋아하지 않는군요!」

「뭐라구?」

인상을 다시 바로잡으려던 사토는 그만 놀란 표정이 되어버렸다.

「한 달 이상 나를 만나러 오시지 않았어요. 노부 상이 자주 이곳으로 모시지 않아서 그런가요?」

「노부 상 때문이 아니오. 내가 부탁한 일이지.」

「한 달 동안 사토 상을 멀리해달라고 말이죠? 노부 상은 정말 불친절해요. 재미있는 일들이 많은데 말이에요.」

「그렇지. 술을 흥청망청 마셔댈 수 있으니까.」

노부가 끼어들었다.

「세상에, 노부 상은 화가 잔뜩 나 있네요. 오늘밤 내내 이랬어요? 그리고 회장님과 마메하와 호박은 어디 있어요? 오늘밤 여기 안 오나요?」

「회장님은 오늘밤 여기 못 오시네. 다른 사람들은 어디 있는지 모르겠고. 그 두 사람은 자네 문제이지 내 문제가 아니야.」

그 순간 문이 열리더니, 하녀들이 남자들에게 대접할 저녁을 가지고 들어왔다. 두 사람이 저녁식사를 하는 동안 난 성의를 다해 접대했다. 나는 노부에게 말을 걸려고 애써 보았지만, 그는 말할 기분이 아니었다. 그러고 나서 사토에게도 말을 걸어보았으나, 차라리 접시에 놓인 튀긴 잉어에게 말을 붙여보는 게 현명한 생각 같았다. 마침내 포기하고 하고 싶은 말만 그냥 지껄이고 있으려니, 내가 두 마리 개와 이야기하고 있는 늙은 부인 같은 기분이 들었다. 그러면서도 술잔은 꼬박꼬박 채워주었다. 노부는 많이 마시지 않았으나, 사토는 매번 기분 좋게 술잔을 비웠다. 사토의 눈이 방금 잠에서 깨어난 사람처럼 흐리멍덩해지자, 노부가 갑자기 자기 잔을 테이블에 탁 내려놓더니 냅킨으로 입을 닦으며 말했다.

「좋습니다, 오늘밤은 이걸로 충분합니다. 이제 집으로 돌아가실 시간입니다.」

「노부 상, 내가 보기에 노부 상 손님은 이제 기분이 좋아지기 시작하는 것 같은데요.」

「사토 상은 충분히 즐거운 시간을 가졌네. 이번에는 집에 일찍 보내드리는 게 좋겠어. 자, 그럼, 일어나시죠. 사모님께서 고마워하실 겁니다.」

「난 결혼하지 않았소.」

그렇게 말하면서도 그는 이미 양말을 신으며 일어날 준비를 하고 있었다.

나는 사토를 현관까지 안내하고 신발 신는 걸 도와주었다. 휘발유 배급 문제로 아직 택시가 일반적이지 않았기 때문에 하녀가 사토를 위해 인력거를 불러주었다. 그날 밤 사토는 무릎 쪽으로 눈길을 두더니 작별인사도 하지 않았다.

현관에 남아 있던 노부는 마치 모여드는 구름을 지켜보기라도 하듯 밤하늘을 응시하고 있었다.

「노부 상, 도대체 두 사람 무슨 일이에요?」

그는 내게 혐오스런 눈길을 보내더니 찻집 안으로 들어갔다. 그러고는 텅 빈 술잔을 한 손으로 들고 테이블을 두드렸다. 술을 마시고 싶냐고 물었지만 그는 내 질문을 무시했다. 나중에 보니 술병도 비어 있었다. 노부가 뭔가 할말이 있을 거라고 생각하면서 한참 기다렸다.

「노부 상, 얼굴을 한번 보세요. 길 위에 파인 자국처럼 두 눈 사이에 깊은 주름이 나 있어요.」

「난 더 이상 예전처럼 젊지 않아.」

「그게 무슨 말씀이시죠?」

「그 말은 이제 나도 주름이 생겼고, 자네가 그렇게 말한다고 해서 그 주름이 사라지지 않는다는 말이지.」

「좋은 주름도 있고 나쁜 주름도 있어요. 그걸 잊어서는 안 돼요.」

「자네도 예전처럼 젊지 않네.」

「나를 모욕하려고 하시는군요! 노부 상은 내가 걱정했던 것보다 훨씬 기분이 좋지 않아요. 왜 여긴 술이 없죠? 노부 상은 술이 필요해요.」

「난 자네를 모욕하는 게 아니야. 사실을 말하고 있는 거지.」

「좋은 주름도 있고 나쁜 주름도 있어요. 그리고 좋은 사실도 있고 나쁜 사실도 있는 법이구요. 나쁜 사실들은 피하는 게 상책이죠.」

나는 하녀에게 위스키와 물을 가져오라고 시키고는, 노부가 저녁을 별로 안 먹었다는 생각이 떠올라 안주로 마른 오징어도 시켰다. 하녀가 쟁반을 가져오자, 난 잔에 위스키를 부어 물과 섞은 다음 노부 앞에 내밀었다.

「여기 있어요. 약이라고 생각하고 마시세요.」

그는 한 모금 들이켰으나, 아주 조금만 마셨을 뿐이었다.

「다 마시세요.」

「내가 마시는 속도대로 마시겠네.」

「의사가 환자에게 약을 먹으라고 지시하면, 환자는 그 약을 먹어야 해요. 자, 들이켜요!」

노부는 나를 쳐다보지도 않고 잔을 다 비워버렸다. 술을 더 따른 나는 다시 마시라고 명령했다.

「자네는 의사가 아니야! 내 속도대로 마시겠네.」

「노부 상, 말을 하면 점점 더 힘들어지기만 해요. 심하게 아플수록 환자는 약이 더 필요한 법이에요.」

「싫어, 혼자 술 마시는 게 싫다구.」

「알았어요. 내가 함께 마시겠어요.」

나는 얼음 몇 조각을 띄운 뒤 노부에게 따라달라고 잔을 내밀었다. 그러자 노부는 처음으로 흐릿한 미소를 지었다. 그리고 내가 부어준 양보다 두 배나 많은 위스키를 내 잔에 아주 조심스럽게 부었다. 나는 그의 잔을 뺏어서 내 잔만큼 채운 뒤, 별로 조금 더 부어주었다.

위스키 맛은 길거리의 빗물보다 나을 게 없었다.

「오늘밤 노부 상에게 무슨 일이 있었는지 모르겠군요. 사토 상도 그렇구요.」

「그 사람 얘기는 하지 말게. 그 사람을 잊으려고 하는데 자네가 또 상기시키는군 그래. 그가 아까 뭐라고 했는지 아는가?」

「노부 상, 노부 상이 술을 더 마시고 싶어하든 아니든 당신을 기쁘게 하는 게 내 책임이에요. 노부 상은 매일 밤 사토 상이 술에 취하는 모습을 지켜보셨어요. 이제 노부 상이 취할 차례예요.」

노부는 다시 찬성할 수 없다는 눈길을 보냈지만, 마치 사약이라도 마시는 사람처럼 술잔을 받아 들더니 한참 쳐다보고 나서 단숨에 들이켰다. 그는 술잔을 내려놓더니 손등으로 눈을 문질렀다.

「사유리, 자네한테 할말이 있네. 지난주에 사토 상과 나는 이치리키의 여주인과 이야기를 나눴는데……, 우리는 사토 상이 자네 단나가 될 수 있을지에 대해 의논했다네.」

「사토 상이오? 노부 상, 이해 못 하겠어요. 그게 노부 상이 바라던 일인가요?」

「물론 아니지. 하지만 사토 상은 우리를 많이 도와주었고, 난 달리 선택의 여지가 없네. 점령 당국은 이와무라 전기에 불리한 최종 결정을 준비하고 있는데 회사가 몰수될지도 모르지. 내 생각에 회장과 나는 콘크리트나 뭐 그런 걸 붓는 법을 배워야 할지도 몰라. 왜냐하면 우린 다시 경영에 참여할 수 없을 테니까. 하지만 사토 상이 이번 경우를 다시 조사하도록 한데다가 우리가 너무 가혹한 처분을 받았다면서 사람들을 설득시켰다네.」

「하지만 노부 상은 내내 사토 상 욕만 했잖아요. 내가 보기에는…….」

「그는 내 욕을 들어도 싼 사람이지! 난 그 사람을 좋아하지 않네, 사유리. 내가 빚을 졌다고 해서 그 사람이 좋아질 이유도 없고.」

「그렇군요. 그러니까 사토 상에게 날 주는 이유가……」

「아무도 자네를 사토 상에게 주려는 게 아닐세. 그는 자네의 단나 비용을 지불할 능력이 없는 사람이지. 한때는 이와무라 전기가 기꺼이 그 비용을 댈 수 있을 거라고 확신시켰지만, 이제는 일이 어렵게 됐네. 난 일이 이렇게 될 거라고 미리 짐작하고 있었어. 그렇지 않았다면 그런 제안을 하지 않았겠지. 사토 상은 몹시 실망했네. 나도 그 사람한테 미안한 마음이 들었고.」

노부 말은 전혀 재미가 없었다. 그런데 갑자기 사토 상이 아래턱을 툭 내민 채 내 쪽으로 몸을 기울이는 영상이 떠오르자 웃음이 터져 나왔다.

「그러니까 자네는 이 일을 재미있어하는군, 그렇지?」

「노부 상, 죄송해요. 하지만 사토 상의 모습을 그려보니까……」

「사토 상을 그려보고 싶지 않네! 그 사람 옆에 앉아서 이치리키의 여주인과 얘기를 나눴던 것만으로 충분하니까.」

나는 노부를 위해 다시 위스키와 물을 섞어주었고, 노부도 나를 위해 술을 한잔 만들어주었다. 나는 정말 그 술을 마시고 싶지 않았다. 이미 방이 흐릿하게 보일 지경이었다. 하지만 노부가 술잔을 들었기 때문에 거절할 수가 없었다.

「정말 살기 힘든 때네, 사유리.」

「노부 상, 술은 기분이 좋아지려고 마시는 줄 알았는데요.」

「우린 정말 오랫동안 알고 지냈네. 아마 20년 정도 됐지? 맞는가? 아니, 대답하지 말게. 자네에게……, 할말이 있네. 그러니 여기 똑바로 앉아서 잘 듣게. 오래 전부터 이 말을 하고 싶었는데……. 난 게이샤들을 별로 좋아하지 않네. 아마 자네도 이미 알고 있겠지. 하지만 항상 자네, 사유리는 다른 게이샤들과 다르다고 생각해왔네.」

노부가 계속 말을 잇기를 기다렸으나 그는 말이 없었다.

「하고 싶었던 말이 그건가요?」

「글쎄, 그 말은 내가 자네를 위해 많은 선물을 해야 했다는 뜻이겠지? 예를 들면, 보석을 사준다든지 말이야.」

「노부 상은 제게 보석을 사주셨어요. 사실, 노부 상은 언제나 제게 너무

436

친절하셨지요. 제가 보기에 노부 상은 어느 누구에게도 그렇게 친절하지 않으셨어요.」

「글쎄, 자네한테 더 많은 보석을 사줬어야 했는데. 어쨌든, 그 말을 하려고 했던 건 아닐세. 내가 하고 싶은 말은, 내가 얼마나 바보인가를 깨닫게 되었다는 것이지. 자네는 조금 전에 사토 상을 단나로 갖는다는 생각에 웃었어. 하지만 나를 좀 보게. 외팔에다가 피부는……, 사람들이 날 뭐라고 부르는가? 도마뱀?」

「노부 상, 자신에 대해 그렇게 말씀하시면 안 돼요…….」

「드디어 이런 순간이 왔군. 난 여러 해 동안 기다려왔네. 자네가 장군과 지내던 그 시간 내내 난 기다려야 했어. 자네가 그 사람과 함께 있는 상상을 할 때마다……, 그건 생각조차 하고 싶지 않아. 그런데 이 어리석은 사토 상의 생각이라니! 오늘밤 그가 뭐라고 했는지 내가 말했던가? 정말 최악이었네. 그 사람은 자네 단나가 될 수 없다는 사실을 알고 나자, 여기 한참 동안 흙덩이처럼 앉아 있다가 이렇게 말했다네. '내가 사유리의 단나가 될 수 있다고 당신이 말했던 걸로 기억하는데.' 난 그런 말을 한 적이 없네. 하지만 최선을 다했는데도 일이 잘 안 됐다고 말했지. 그랬더니 '단 한 번만 성사시켜 줄 수는 없소?' 하고 묻더군. '무엇을 성사시켜 달라는 말씀인가요? 단 한 번이라도 사유리의 단나가 되도록 말씀인가요? 단 하룻밤만이라도요?' 그랬더니 사토 상이 고개를 끄떡이더군. 그래서 내가 그랬지. '잘 들으세요. 찻집 여주인에게 당신 같은 남자를 사유리의 단나가 되게 하면 어떻겠냐고 제안한 것부터 잘못이었어요. 그렇게 안 되리라는 걸 알았기 때문에 난 그런 제안을 한 겁니다. 하지만 당신이 그렇게 생각하신다면…….'」

「설마 그렇게 말씀하시지는 않았겠지요?」

「그렇게 말했네. 그리고 이렇게 말했지. '내가 그런 만남을 주선할 수 있다고 생각하시는군요. 사유리는 내 사람도 아니지 않습니까? 내가 그녀한테 가서 그런 부탁을 한다고 한번 생각해보십시오.'」

「노부 상, 사토 상이 이 일을 너무 기분 나쁘게 받아들이지 않기를 바랄 뿐이에요. 노부 상 회사를 위해 그렇게 많이 애써주셨는데 말이에요.」

「잠깐, 내가 그 사람한테 감사하지 않았다고 생각하진 말게. 난 지난 몇 달 동안 그를 잘 접대했고, 앞으로도 그럴 걸세. 하지만 그렇다고 해서 10년이 넘도록 가슴속에 품어온 대상을 넘겨줄 수는 없네. 내가 자네한테 사토 상의 부탁을 전한다면, 자네는 어떻게 하겠는가? 그렇게 하겠어요, 이렇게 말하겠는가?」

「그런 질문에 내가 어떻게 대답하겠어요?」

「간단한 일이지. 절대 그런 일은 없을 거라고 말하면 그만이니까.」

「하지만 노부 상, 난 노부 상에게 신세진 게 너무 많아요. 노부 상이 뭔가를 부탁하신다면, 난 결코 가볍게 거절할 수가 없어요.」

「그래? 이런 얘긴 처음이군. 자네가 변한 건가, 아니면 내가 몰랐던 부분이 예전부터 있었던 건가?」

「노부 상이 날 너무 높이 평가하신다는 생각을 자주 했어요……..」

「난 사람들을 잘못 평가하지 않네. 자네가 내가 생각했던 그런 여자가 아니라면, 이 세상도 내가 생각했던 그런 세상이 아닐 테고. 자네 말은 사토 상 같은 남자에게 자네를 내줄 수도 있다는 말인가? 자네는 이 세상에 옳고 그른 게 있다는 사실을 느끼지 못하나본데……, 선과 악을 말이야. 아니면 기온에 너무 오래 살았던 탓인가?」

「노부 상, 노부 상이 이렇게 노하시는 건 정말 오랜만에 보는군요……..」

그 말은 정말 하지 말았어야 했다. 순간 노부의 얼굴이 분노로 달아올랐기 때문이었다. 그는 금이 갈 정도로 세차게 잔을 탁 내려놓더니 테이블 위에 있던 얼음 조각을 채워 넣었다. 노부의 손바닥에서 핏줄기가 흘러내렸다.

「노부 상!」

「대답해보게!」

「지금은 질문이 무엇이었는지도 생각나지 않아요. 제발……, 손에 바를 약을 가져와야겠어요.」

「자신을 사토 상에게 내줄 의향이 있느냐 말이네. 누구의 부탁이든 간에 말이야. 자네가 그럴 수 있는 여자라면, 지금 당장 이 방에서 나가게. 다시는 말하고 싶지 않아!」

왜 그런 위험스런 순간이 닥쳐왔는지 이해할 수 없었다. 그러나 내가 해줄 수 있는 대답은 오직 한 가지뿐이었다. 손을 감쌀 헝겊을 가져오고 싶다는 말. 피가 이미 테이블 위로 떨어졌지만, 노부가 나를 너무나 강렬하게 쳐다보는 바람에 난 감히 움직일 생각도 하지 못했다.

「절대 그런 짓을 하지 않겠어요.」

그 말이 노부를 진정시킬 거라고 생각했으나, 그는 한참 동안 나를 노려보기만 했다.

「다음 번에는 내가 상처를 내기 전에 대답하게.」

나는 여주인을 데리러 방을 뛰쳐나갔다. 여주인은 하녀 몇 명을 데리고 왔다. 사실, 상처는 걱정했던 것만큼 그렇게 심하지 않았다. 여주인이 가고 나자, 노부는 이상하게도 입을 다물었다. 다시 대화를 시작해보려 했지만, 그는 아무런 흥미도 보이지 않았다.

「처음에는 노부 상을 진정시킬 수가 없었어요. 그런데 이제는 노부 상에게 말을 시킬 수가 없군요. 술을 더 권해야 할지 아니면 술 자체가 문제인지 잘 모르겠군요.」

「우린 충분히 마셨네. 사유리, 이젠 자네가 가서 그 돌덩이를 가져올 시간이네.」

「무슨 돌덩이오?」

「지난가을에 자네한테 줬던 그 돌덩이 말이야. 공장에서 가져온 콘크리트 조각 말이지. 어서 가서 가져오게.」

그 말을 듣는 순간, 몸이 싸늘해졌다. 마침내 노부가 내 단나가 되겠다고 제안할 때가 온 것이었다.

「솔직히 술을 너무 많이 마셔서 걸을 수 있을지 모르겠어요. 다음에 만날 때 가져오면 안 될까요?」

「오늘밤에 가져오게. 왜 내가 사토 상이 가고 없는데도 여기 남아 있다고 생각하는가? 여기서 기다리고 있을 테니 어서 가서 가져오게.」

하녀를 보낼까 하는 생각을 해보았다. 그러나 그 돌덩이가 어디 있는지 전혀 생각나지 않았다. 그래서 힘들게 복도를 걸어간 나는 신발을 신고 천천히 길을 걸었다.

오키야에 도착한 나는 내 방 선반 위에서 실크로 포장된 콘크리트 조각을 찾아냈다. 난 그 천을 풀어 마루 위에다 떨어뜨렸는데, 왜 그랬는지는 잘 모르겠다. 다시 떠나려고 하다가, 내가 넘어지는 소리를 듣고 뛰쳐나온 아줌마와 이층 복도에서 마주쳤다.

「아줌마, 이걸 노부 상에게 주러 가는 길이에요. 제발 날 좀 말려줘요!」

「사유리, 넌 취했어. 오늘밤 무슨 일이 있었니?」

「이걸 그 사람한테 갖다줘야 해요. 이걸 갖다주면 내 인생도 끝장날 거예요. 제발 날 좀 말려줘요…….」

「취한데다 흐느끼기까지 하는구나. 하추모모보다 상태가 더 안 좋아. 이런 모습으로 다시 나갈 수는 없어.」

「그럼 제발 이치리키에 전화 좀 해주세요. 그리고 노부 상에게 내가 못 간다고 좀 전해주세요. 그렇게 해주실 수 있죠?」

「노부 상이 뭐하러 그 돌멩이를 가져오라고 했단 말이냐?」

「설명할 수 없어요. 도저히…….」

「그건 아무래도 상관없다. 하지만 그가 기다리고 있다면, 넌 가야 해.」

아줌마는 나를 다시 방 안으로 데리고 가더니 얼굴을 수건으로 닦아주고는 불빛 아래에서 화장을 해주었다. 화장을 하는 동안 아줌마는 내 턱을 손으로 받쳐 머리가 떨어지지 않도록 붙들어야 했다. 그러다가 점점 인내심을 잃은 아줌마는 두 손으로 내 머리를 움켜잡더니 똑바로 있으라고 말했다.

「사유리, 네가 다시는 이런 행동을 보이지 않았으면 좋겠구나. 너한테 무슨 일이 있었는지는 하느님만이 아시겠지.」

「난 바보예요, 아줌마.」

「그래, 오늘밤에는 틀림없는 바보 같구나. 노부 상한테 무례한 짓을 하면, 어머니가 몹시 화를 낼 거야.」

「아직은 하지 않았어요. 하지만 아줌마도 이런 일을 당한다면…….」

「그렇게 말하는 게 아니다.」

아줌마는 그렇게 말하고 나서 화장을 끝낼 때까지 아무 말도 하지 않았다.

두 손으로 그 무거운 돌덩이를 든 채 난 이치리키 찻집으로 다시 돌아갔다. 그 돌덩어리가 정말 무거웠는지 아니면 너무 술을 많이 마셔서 그런 생각이 들었는지는 잘 모르겠다. 하지만 방으로 들어가자, 기운을 다 써버린 듯한 느낌이었다. 노부가 내 단나가 되겠다고 말하더라도 내가 감정을 잘 억누를 수 있을지 자신할 수가 없었다.

나는 그 돌덩어리를 테이블 위에 올려놓았다. 노부는 그 돌을 집어들더니, 손에 둘렀던 수건으로 감쌌다.

「이만큼 큰 보석을 주겠다고 약속하지는 않았던 것 같네. 나한테 그렇게 많은 돈은 없어. 하지만 예전에는 불가능했던 일들이 지금은 가능할 수도 있지.」

나는 당혹스러움을 감추며 몸을 숙여 절을 했다. 그 말이 무슨 뜻인지 노부로부터 설명을 들을 필요가 없었다.

33

그날 밤 침상에 누워 있는 동안, 주위가 빙빙 도는 듯한 기분이 들었다. 나는 마치 어부가 어망으로 고기를 낚아 올리는 것처럼 생각을 낚아보려고 했다. 회장 생각이 마음속에 휘몰아칠 때마다, 하나도 남김없이 그 생각들을 낚아 올리고 싶었다. 그러나 그에 대한 생각이 단 하나라도 떠오르면 채 붙잡기도 전에 곧 놓쳐버리고 말았다.

회장 생각은 하지 마, 여러 번 나는 스스로를 제지하며 그렇게 혼잣말을 했다. 대신 노부 생각이나 하자고 말이다. 그리고 일부러 교토 어딘가에서 노부와 만나는 나 자신을 그려보았다. 하지만 그럴 때마다 뭔가 틀어지곤 했다. 마음으로 그려보는 그 장소는 회장과 만나는 내 모습을 상상해보던 바로 그 장소였으며……, 그러다가 한순간 나는 다시 회장 생각에 빠져들곤 했다.

난 그런 식으로 스스로를 추스르면서 몇 주를 보냈다. 잠시 회장 생각에서 벗어날 때면, 마치 내 안에 구멍이 뻥 뚫린 듯한 기분이 들었다. 어린 에추코가 밤늦게 묽은 죽 한 사발을 가져왔을 때에도 난 먹을 기분이 아니었다. 몇 번이나 노부에게 정신을 집중하려고 했지만, 감각을 잃어버려 아무 느낌도 들지 않았다. 화장을 하는 동안에, 내 얼굴은 장대에 걸린 기모노 같았다. 아줌마는 내가 유령처럼 보인다고 했다. 평상시처럼 파티와 연회에 다녔지만 무릎 위에 손을 올려놓은 채 가만히 앉아 있기만 했다.

난 노부가 곧 내 단나가 되겠다고 제안하리라는 사실을 직감하고 있었다. 그래서 매일 내게 다가올 운명을 기다렸다. 그러나 아무 소식도 없이 몇 주가 흘러갔다.

6월 말경, 내가 돌덩어리를 돌려준 지 거의 한 달이 지난 어느 더운 오후, 점심을 먹고 있는 동안 어머니가 신문을 들고 와서 내게 펼쳐 보였다. 그곳에는 '이와무라 전기, 미쓰비시 은행으로부터 재정 보증'이란 제목하에 기사가 실려 있었다. 난 노부와 사토, 혹은 화장에 관한 기사가 있을 줄 알고 찾아보았지만, 기사 대부분은 지금은 기억조차 나지 않는 정보들로 가득 차 있었다. 이와무라 전기의 선임은 점령 당국에 의해 무슨무슨 급에서 다른 무슨무슨 급으로—지금은 기억도 나지 않는다—바뀌었다고 적혀 있었다. 그 말은 회사가 계약을 체결하거나 차관을 신청하는 일 등등에 있어 더 이상 아무런 제약이 없다는 뜻이었다. 일련의 신용대부와 이자율에 관한 기사가 몇 줄 더 있었고, 그 뒤로 미쓰비시 은행으로부터 전날 보증을 받은 차관에 대해 적혀 있었다. 숫자와 경제 용어로 가득 찬 그 기사는 이해하기 힘들었다. 기사를 다 읽고 나서, 나는 테이블 저쪽에 앉아 있는 어머니를 올려다보았다.

「이와무라 전기의 재산이 완전히 바닥났던 모양이구나. 왜 나한테 말 안 했지?」

「어머니, 난 방금 읽은 내용도 이해 못 했어요.」

「그래서 지난 며칠 동안 노부 토시카주 소식이 그렇게 자주 들려왔구나. 그 사람이 네 단나가 되겠다고 제안했다는 사실을 잊지 말아라. 난 그 사람은 안 된다고 말할 생각이었는데……, 누가 장래가 불확실한 남자를 원하겠니? 이제야 지난 몇 주 동안 네 마음이 왜 그렇게 심란했는지 이해가 가는구나. 자, 이젠 안심해도 괜찮아. 드디어 일이 잘 풀렸으니까. 몇 년 동안 네가 노부를 얼마나 좋아하고 있었는지는 우리 모두 다 아는 일이지.」

나는 얌전한 딸처럼 테이블을 내려다보며 앉아 있었다. 하지만 내 얼굴에는 괴로운 표정이 서려 있었던 게 틀림없었다. 왜냐하면 바로 그때 어머니가 이런 말을 했기 때문이었다.

「노부가 너를 침대로 데려가려 할 때 이런 식으로 맥없이 굴어서는 안 돼. 네 건강이 좋지 않은 것 같구나. 네가 아마미에서 돌아오는 대로 의사에게 보내주마.」

내가 아는 아마미는 오키나와에서 멀지 않은 곳에 있는 작은 섬이었다. 어머니가 말하는 아마미가 거기일 거라고는 상상도 할 수 없었다. 하지만 어머니의 설명에 따르면, 이치리키 여주인이 바로 그날 아침 이와무라 전기로부터 전화를 받아, 다음 주말에 아마미 섬으로 여행 간다는 말을 들었다는 것이다. 마메하와 호박과 함께 내가 초대를 받았으며 또 다른 게이샤도 한 명 초대를 받았는데 어머니는 그 게이샤 이름은 기억하지 못했다. 우린 다음 금요일 오후에 떠나기로 되어 있었다.

「하지만 어머니, 그건 정말 말이 안 돼요. 아마미까지 주말 여행을 간다구요? 배를 타고 가는 데만 하루종일 걸릴 텐데요.」

「그런 여행이 아니야. 이와무라 전기가 너희들이 비행기로 여행할 수 있도록 해놨다는구나.」

바로 그 순간, 노부에 대한 걱정거리들을 잊은 나는 누가 핀으로 찌르기라도 한 듯 벌떡 일어났다.

「어머니, 난 비행기를 못 타요.」

「비행기가 이륙할 때 넌 그냥 가만히 앉아 있기만 하면 돼!」

어머니는 자신의 농담이 아주 재미있다고 생각했는지 그 특유의 신경질적인 웃음을 지어 보였다.

휘발유가 그렇게 부족한데 비행기를 타고 갈 리가 없다고 생각한 나는 걱정하지 않기로 했다. 그러다가 다음날 이치리키 여주인과 그 이야기를 하게 되었다. 그러나 여주인은, 오키나와 섬에 있는 미군 장교들이 주말마다 비행기로 오사카 여행을 한다고 했다. 비행기가 텅 빈 채 출발했다가 며칠 지난 뒤 그들을 태우고 돌아오는 그런 식이었다. 이와무라 전기는 우리를 위해 왕복 운항을 요청했다. 목적지가 아마미로 결정된 이유는 바로 비행기 여행이 가능했기 때문이었다. 그렇지 않았다면 온천 휴양지에나 갔을 테고, 목숨을 잃을 걱정은 안 해도 되었을 텐데.

속도 모르는 이치리키 여주인은 이런 말을 덧붙였다.

「그런 걸 타는 사람이 내가 아니라 너여서 얼마나 다행인지 몰라.」

금요일 아침이 되자, 우리는 기차를 타고 오사카로 향했다. 공항까지 트렁크를 운반해주러 온 베쿠를 합해 일행은 나와 마메하, 호박, 시주에라는 좀 나이 든 게이샤로 이루어져 있었다. 시주에는 기온이 아니라 폰토초 구역에서 온 게이샤로, 멋없는 안경과 은발 때문에 실제보다 더 나이가 들어 보였다. 더욱이 턱 중간에 가슴처럼 두 부분으로 갈라진 자국이 있어 더욱더 보기 흉했다.

시주에는 삼나무가 그 아래 자라는 잡초를 내려다보듯이 우리들을 바라보았다. 그녀는 기차 여행의 대부분을 창 밖을 내다보며 보냈는데, 빨간 핸드백을 열어 사탕을 꺼내다가도 우리 때문에 성가셔서 죽겠다는 표정을 짓곤 했다.

오사카 역에서 공항까지는 승용차보다 별로 크지 않은 작은 버스를 이용했다. 그 버스는 석탄으로 움직였는데 몹시 더러웠다. 한 시간 정도 지나, 우리는 날개에 커다란 프로펠러가 달린 은색 비행기 옆에 내렸다. 비행기 꼬리 부분에 얹혀 있는 작은 바퀴를 보자 더욱 마음이 불안해졌다. 안으로 들어가자, 통로가 너무 급작스럽게 아래로 꺼져 있었기 때문에, 난 비행기가 부서진 줄로만 알았다.

남자들은 이미 뒤쪽에 자리를 잡고 앉아 사업 이야기를 나누고 있었다. 회장과 노부 외에, 사토가 자리하고 있었으며 나이 든 남자도 한 명 있었다. 나중에 알고 보니 그는 미쓰비시 은행의 지점장이었다. 그 옆에는 시주에와 똑같은 턱을 가진 30대 남자가 하나 앉아 있었다. 나중에 알게 된 바에 의하면 시주에는 오랫동안 미쓰비시 지점장의 정부였고, 옆에 있던 30대 남자는 그들 사이에 태어난 아들이었다.

비행기 정면 쪽으로 자리를 잡은 우리는 남자들이 지루한 대화를 나누도록 내버려두었다.

곧 엔진이 그르렁거리더니 비행기가 흔들렸다. 창 밖을 내다보자, 커다란 프로펠러가 돌기 시작했다. 그 순간 칼날 모양의 날개가 시끄러운 소리를 내며 조금씩 움직였다. 날개가 비행기 옆쪽에서 떨어져 나와 내 몸을 반으로 자를 것만 같았다. 마메하는 바깥 풍경이 마음을 진정시켜 줄 거라며 날 창가에 앉혔지만, 프로펠러가 도는 걸 보더니 자리를 바꾸자는 내 말을 일언지하에 거절해버렸다. 엔진 소리가 점점 더 심해졌고 비행기는 이리저리 돌면서 덜거덕거렸다. 이윽고 소음이 극에 달하더니, 통로가 비스듬히 기울어졌다. 다음 순간 쿵 소리와 함께 우리는 공중으로 올랐다. 땅에서 멀리 오르고 나서야 누군가가, 아마미까지는 7백 킬로미터인데 한 시간 정도 걸릴 거라는 얘기를 해주었다. 그 말을 듣는 순간 내 눈은 눈물로 가득 찼고, 모두들 나를 보고 웃었다.

난 창문에 커튼을 치고 나서 마음을 가라앉히기 위해 잡지를 읽었다. 한참 지나 내 옆에 있던 마메하가 잠들고 난 뒤 고개를 들어보니, 통로에 노부가 서 있었다.

「사유리, 괜찮은가?」

노부는 마메하를 깨우지 않으려고 작은 소리로 물었다.

「노부 상이 그런 질문을 하시다니, 의외로군요. 아주 기분이 좋으신가봐요.」

「장래가 이처럼 유망한 적은 없었네!」

우리 얘기에 마메하가 잠을 설치자, 노부는 입을 다물고 화장실을 향해 걸어갔다. 화장실 문을 열기 전, 그가 잠시 내 쪽을 돌아보았다. 그 시선에는 자신의 장래에 대한 자신감이 어려 있었다. 반면에 난 내 장래에 대해 걱정하고 있었다. 그런 생각이 들자, 노부가 나를 그렇게밖에 이해하지 못한다는 게 정말 이상하게 느껴졌다. 물론 자신의 단나로부터 이해받기를 원하는 게이샤는 뱀에게 동정을 구하는 쥐나 다름없었다. 어쨌든 노부가 나를 단지 한 사람의 게이샤로만 본다면, 그래서 내 진짜 자아는 조심스럽게 감춰져 있다면, 그가 어떻게 나를 이해할 수 있겠는가?

내가 치요이면서 게이샤 사유리로 접대했던 남자는 회장뿐이었다. 그날 시라카와 강둑에서 만난 사람이 노부였더라면 그는 어떻게 했을까? 분명히 그는 나를 지나쳤을 것이다. 만약 그렇게 되었더라면 모든 일이 쉬워졌을 텐데……. 회장을 그리워하며 밤을 보내지 않아도 되었을 테고, 때때로 화장품 가게에 들러 활석향을 맡으며 그의 살갗에서 풍기던 냄새를 상기하지 않아도 되었을 테고, 상상 속의 장소에서 내 옆에 앉아 있는 그

446

의 모습을 그려보려 애쓰지 않아도 되었을 테니까. 만약 누군가가 나한테 왜 그런 것들을 원하느냐고 묻는다면, 나는 이렇게 반문할지도 모르겠다. 왜 익은 감이 맛있는가라고 말이다.

화장실 문이 다시 열렸을 때, 내 얼굴에는 고뇌의 빛이 드리워져 있었다. 난 노부에게 그런 모습을 보여주기 싫어 머리를 창문 쪽으로 기대고 잠든 척했다. 그가 지나가고 나서 난 다시 눈을 떴다. 머리를 기댄 탓에 커튼이 조금 젖혀지자, 이륙한 이래 처음으로 나는 비행기 밖을 내다보게 되었다. 푸른 물결이 넘실대는 넓은 바다 위로 종종 마메가 사용하는 머리 장신구 같은 비취색이 점점이 찍혀 있었다. 바다 위로 그런 푸른색이 떠 있으리라고는 상상도 해보지 못한 일이었다. 요로이도의 절벽에서 보면 바다는 언제나 석판색을 띠고 있었다.

바다는 하늘이 시작되는 곳에서 털실처럼 한줄기 선으로 뻗어 있었다. 그 경치는 전혀 위협적이지 않고 말로 표현할 수 없을 정도로 아름다웠다. 심지어 어렴풋한 프로펠러의 모습조차 나름대로 아름답게 느껴졌으며 미군 전투기와 같은 심볼이 새겨진 은색 날개는 장엄함을 띠고 있었다. 전쟁이 벌써 5년 전에 끝났음을 고려해볼 때, 아직도 그런 심볼이 새겨져 있다는 사실이 좀 의외였다. 우리는 함께 잔인한 전쟁을 치렀다. 그런데 지금은 무엇이란 말인가? 우리는 과거를 포기했다. 나도 한때 과거를 포기한 적이 있었기 때문에 난 그 점을 완전히 이해할 수 있었다. 단지 내 미래를 포기하는 방법을 알 수만 있다면······.

그때 위협적인 영상이 하나 마음속에 떠올랐다. 내가 노부와 나를 묶고 있는 운명의 끈을 잘라내자, 노부가 저 아래 바다 속으로 떨어지는 모습이었다.

그건 어떤 생각이나 백일몽이 아니었다. 난 어떻게 해야 하는지를 즉각 알아챘다. 물론 노부를 정말 바다 속으로 던져버릴 생각은 아니었지만, 마음속 창문이 하나 열리듯 그와의 관계를 영원히 망쳐버릴 수 있는 한 가지 묘안이 떠올랐다. 노부는 나를 묶어두는 하나의 장애물이었다. 그러나 난 그를 분노의 화염에 휩싸이도록 할 수 있었다. 노부 자신이 바로 몇 주 전, 이치리키 찻집에서 손을 벤 직후 어떻게 하면 되는지 가르쳐주었다.

그가 말하기를, 내가 사토에게 나 자신을 내던질 수 있는 여자라면 당장 방을 나가라고 하면서 다시는 나와 말하지 않겠다고 했다.

그 말을 떠올리자 열병 같은 기운이 온몸을 휘감았다. 마메하가 자고 있어서 정말 다행이었다. 내가 숨을 헐떡거리거나 손으로 이마를 닦으면 틀림없이 무슨 일인가 하고 놀랐을 테니까.

과연 생각대로 해낼 수 있을까? 사토를 유인하는 건 문제가 아니었다. 그건 주사를 맞으러 의사에게 가는 정도에 불과했다. 잠시 한눈을 팔고 있으면 일은 벌써 끝나 있을 테니까 말이다. 그러나 내가 노부에게 그런 일을 할 수 있단 말인가? 그의 친절함에 대한 보답치고는 너무 끔찍한 일이었다.

수많은 게이샤들이 당한 고통을 생각해본다면 노부는 가장 이상적인 단나였다. 하지만 내 희망은 아니었다. 영원히 희망이 사라져버린 인생을 내가 견뎌낼 수 있을까? 하추모모가 어떻게 하다 그렇게 잔인하게 되었고, 또 할머니는 어떻게 하다 그렇게 야비하게 되었는지 좀 이해할 수 있을 것도 같았다. 그때까지 나를 붙들어준 것은 바로 희망이었다. 그런데 희망을 붙들기 위해 그런 구역질나는 행동을 할 수 있단 말인가?

남은 비행 동안 난 그 생각과 싸웠다. 그런 일을 꾸미는 나 자신은 생각해본 적도 없었지만, 나는 장기를 둘 때처럼 한 수 한 수 머릿속을 정리했다.

사토를 따로 여관으로 유인한다? 아니, 여관이 아니라 다른 곳이어야 해. 그리고 노부가 우리를 발견하도록 일을 꾸미고……, 아니면 다른 사람 입을 통해 이 끔찍한 사실을 전해줄까?

비행이 끝날 때쯤 난 지쳐버렸다. 비행기에서 내려서까지도 내 얼굴에 근심이 서려 있었던 게 틀림없었다. 왜냐하면 마메하가 이제 비행은 끝났노라며 계속 나를 안심시켰기 때문이었다.

해가 지기 한 시간 전쯤 우리는 여관에 도착했다. 사람들은 우리가 묵게 될 방에 감탄했으나, 마음이 너무 심란했던 나는 감탄하는 척했을 뿐이었다. 그 방은 이치리키 찻집의 가장 큰 방만큼이나 넓었는데, 다다미와 아름다운 가구로 꾸며져 있었다. 기다란 벽면 하나는 전체가 유리문으로 되어 있었다. 그 유리문 너머로는 잎이 거의 사람만큼이나 큰 색다른 열대 식물들이 자라고 있었다. 나뭇잎이 떨어진 포장된 산책길이 강둑으로 나 있었다.

짐을 모두 정리하고 나서 우리는 목욕할 준비를 했다. 우리는 방 한가운데에 병풍을 쳐놓고 가운으로 갈아입은 뒤, 여관 다른 한쪽에 있는 호화스런 온천장으로 가기 위해 산책길을 따라 내려갔다. 입구는 남자와 여자가 따로 들어갈 수 있게 나뉘어져 있었지만, 물 속으로 들어가고 나서 칸막이를 치우면 남자와 여자는 물 속에 함께 있게 되었다.

은행 지점장은 계속 마메하와 내게 온천 옆의 숲 속에서 자갈을 갖다달라는 둥 아니면 무슨 작은 나뭇가지 같은 걸 갖다달라면서 농담을 했는데, 우리의 벗은 몸을 보기 위함이었다. 그의 아들은 호박과 얘기를 나누느라 정신이 없었는데, 그 이유를 알아내기까지는 시간이 얼마 걸리지 않았다. 호박이 재잘거릴 때마다 상당히 큰 가슴이 수면 위로 올라오곤 했기 때문이었다.

남녀가 함께 목욕하는 모습이나 나중에 밤에 같은 방에서 자기로 되어 있다는 사실이 이상하게 들릴지도 모르겠다. 그러나 실제로 게이샤들은 최고의 고객에게 늘 그렇게 해주었다. 아니 적어도 그 시절에는 그랬다. 명성이 있는 게이샤는 단나가 아닌 남자와 단둘이 있는 모습을 결코 남에게 들키는 법이 없었다. 하지만 몸이 안 보일 정도로 그렇게 짙은 물 속에서 일행과 함께 목욕하는 건……

일행과 함께 자는 것을 지칭하는 단어도 있었다. 자코네, 즉 '물고기 수면'이었다. 고등어 한 무리가 바구니 속에 던져져 있는 모습을 그려본다면 무슨 뜻인지 알 수 있을 것이다.

단체 목욕은 그다지 음란한 풍경이 아니었다. 그렇다고 해서 어떤 손이 슬쩍 딴 짓을 하지 않는다는 뜻은 아니지만. 그런 생각은 온천 속에 잠겨 있는 동안 내내 마음속에서 지워지지 않았다. 만약 노부가 희롱을 좋아하는 남자라면, 아마 내 쪽으로 다가와 얘기를 나눈 후 갑자기 내 엉덩이나 아니면…… 글쎄, 솔직히 아무 데나 만질 수도 있었다. 그래봐야 내가 소리를 지르고 노부는 웃어버리면 그만이니까.

하지만 노부는 희롱할 사람이 아니었다. 그는 다리만 물에 담그고 엉덩이에 젖은 수건을 두른 채 바위에 앉아 있었다. 그는 우리에게 조금도 관심을 기울이지 않은 채 팔이 잘려나간 부분을 문지르면서 멍하니 물 속을 들여다보고 있었다. 해도 져서 어둑어둑했지만, 노부는 밝은 등불 아래 앉아 있었다. 그렇게 적나라하게 드러난 노부의 모습을 본 적은 없었다. 어깨에 난 상처는 내가 가장 심한 상처라고 생각했던 얼굴 한쪽에 나 있는 상처만큼이나 심했다. 그러나 다른 쪽 어깨는 달걀처럼 아름답게 내려와 있었다. 그리고 나는 그를 배신할 생각을 하고 있었다…….

다음날 아침, 아침식사 후 우리는 열대 숲을 지나 근처 바닷가 절벽 쪽으로 걸어갔다. 여관에서부터 흘러온 냇물이 작은 폭포를 이루며 그림같이 바다로 떨어지고 있었다. 우리는 그 광경에 감탄하며 한참 서 있었다. 우리가 떠날 채비를 하고 있는데도 회장은 움직일 생각조차 하지 않았다.

돌아오는 길에 난 노부 옆에서 걸었는데, 노부는 그 어느 때보다도 활기에 차 있었다. 그리고 나서 우리는 의자가 달린 군용 트럭 뒤에 앉아 섬을 여행했다. 나무 위에 달린 바나나와 파인애플, 그리고 아름다운 새들을 보았다. 산꼭대기에서 보니, 바다는 짙은 색으로 얼룩진 쭈글쭈글한 터키색 담요처럼 보였다.

그날 오후 우리는 작은 마을의 거리를 돌아다니다가 창고처럼 보이는 오래된 목재 건물에 이르렀다. 우리가 그 집을 한 바퀴 돌아보는 동안, 노부는 돌계단을 올라가 건물 코너에 있는 문을 열었다. 그러자 판자로 만든 먼지 쌓인 무대 위로 햇살이 비쳤다. 한때는 창고였는데 마을 극장으로 사용하는 모양이었다.

안으로 발을 들여놓았을 때는 별 생각이 들지 않았으나 문이 쿵 닫힌 뒤 다시 거리로 나오자, 열병과 같은 느낌이 들기 시작했다. 문이 조금 열려 있어 햇살이 비치는 가운데, 내가 사토와 함께 마룻바닥에 누워 있는 모습이 떠올랐다. 몸을 숨길 만한 곳도 없고, 결국 노부는 우리를 보게 될 테고……, 여러 가지 면에서 그곳은 내가 찾고자 했던 바로 그런 곳이었다.

우리가 다시 여관을 향해 언덕을 올라오는 도중, 나는 소매에서 손수건을 꺼내느라 일행들 뒤로 처지게 되었다. 오후 햇살이 얼굴 가득 내리쬐면서 몹시 더웠다. 나만 땀을 흘리고 있는 게 아니었다.

노부가 내 뒤로 오더니 괜찮은지 물어왔다. 난 제대로 대답할 수가 없었다.

「사유리, 주말 내내 자네는 안 좋아 보였네. 교토에 남아 있을 걸 그랬나 몰라.」

「그럼 이 아름다운 섬은 언제 보게요?」

「자네가 고향에서 이렇게 멀리 떠난 건 이번이 처음 같군.」

다른 사람들은 휘어진 길을 돌고 있었다. 나뭇잎 사이로 튀어나온 여관 처마가 노부의 어깨 너머로 보였다. 노부 말에 뭐라고 대답하고 싶었으나, 난 비행기에서 나를 괴롭혔던 바로 그 생각에 빠져 있었다. 노부는 나를 전혀 이해하지 못하고 있었다. 교토는 내 고향이 아니었다. 노부가 말한 그런 의미의 고향은 아니었지만, 내가 자라난 곳이고 내가 잘 아는 곳이기는 했다. 바로 그 순간 강렬한 태양 속에 서 있는 노부를 보면서 나는 내가 두려워했던 그 일을 저질러야겠다고 결심했다. 난 떨리는 손으로 손수건을 쑤셔 넣고는 한마디 말도 없이 언덕을 올라갔다.

내가 방에 들어갔을 때, 회장과 마메하는 벌써 테이블에 자리를 잡고 앉아, 시주에와 그녀의 아들이 보는 가운데 은행 지점장과 게임을 하고 있었다. 유리문은 열려 있었다. 사토는 한쪽 팔꿈치를 기대고 서서 밖에서 가지고 들어온 작은 나무 줄기를 벗기고 있었다. 난 노부가 다가와 말을 걸까봐 마음을 졸였으나, 노부는 곧장 테이블로 가서 마메하와 이야기를 나누었다.

어떻게 하면 사토를 극장으로 유인할 수 있을까? 어떻게 하면 그곳에 있는 우리를 노부한테 보여줄 수 있을까? 내가 부탁하면 호박이 노부를 데리고 산책을 해줄 수도 있지 않을까? 마메하에게는 그런 부탁을 할 수 없겠지만 호박과 나는 같이 자라났으니까. 아줌마 말처럼 난 호박이 거칠다고는 생각하지 않았지만, 사실 호박의 성격에 거친 점이 전혀 없는 것도 아니었다. 그래서 내 계획을 듣고도 그다지 놀라지 않으리라는 확신이 섰다. 난 호박에게 노부를 낡은 극장으로 데려오도록 분명하게 부탁해둘 생각이었다. 우연히 그곳에 오는 일은 결코 없을 테니까 말이다.

한참 동안 나는 무릎을 꿇고 앉아 햇빛에 반짝이는 잎들을 내다보며 그 아름다운 오후를 음미해보고자 했다. 온전한 정신으로 그런 계획을 세우고 있는 건지 몇 번이고 반문해보았다. 하지만 어느 정도의 불안한 마음은 들었어도 그 계획을 포기해야겠다는 생각까지 끌어내진 못했다. 무슨 일이든 일어나기 위해서는 우선 사토를 따로 불러내야만 했다. 사토는 조금 전에 하녀에게 간식을 갖다달라고 부탁하더니, 지금은 쟁반을 옆에 둔 채, 젓가락으로 오징어 젓갈을 집어들고는 입 안으로 맥주를 퍼붓고 있었다.

「좀더 맛있는 것으로 갖다드릴까요?」

「아니오. 배가 안 고프오.」

그럼 그건 왜 먹고 있을까 하는 생각이 들었다. 그때 마메하와 노부는 이야기를 나누며 뒷문으로 빠져나갔고, 호박을 포함한 다른 사람들은 장기를 두기 위해 테이블에 둘러앉아 있었다. 회장이 장기짝을 잘못 두자 모두들 웃었다. 마침내 사토를 유인할 기회가 온 것 같았다.

「지루해서 드시고 있는 중이라면, 나와 함께 여관을 둘러보는 게 어떨까요? 정말 둘러보고 싶었는데, 그럴 시간이 없었어요.」

나는 그의 대답도 기다리지 않고 일어서서 방을 나와버렸다. 잠시 후 그가 나를 따라 복도로 나왔다. 아무 말도 없이 복도로 내려온 나는 누가 다가오는지 양쪽을 모두 확인할 수 있는 모퉁이에 이르자 걸음을 멈추었다.

「죄송합니다만……, 마을로 함께 산책하러 가시지 않겠어요?」

그 말을 들은 사토는 아주 당황해했다.

「밤이 되려면 아직 한 시간 정도 남았어요. 정말 다시 보고 싶은 것이 있어서 그래요.」

긴 침묵이 흐른 뒤 사토가 입을 열었다.

「우선 화장실부터 다녀와야겠소.」

「네, 그러세요. 화장실을 다녀오세요. 용무를 마치면 바로 이 자리에서 날 기다려주세요. 그리고 함께 산책하도록 해요. 제가 올 때까지 아무 데도 가지 마세요.」

사토가 복도를 올라간 뒤, 나는 방으로 돌아왔다. 막상 계획을 실행에 옮기려는 순간이 되자 멍한 기분이 들었다. 문을 열려고 손을 갖다 대는 순간, 손가락에 아무런 감각도 없었다.

　호박은 여행용 트렁크에서 뭔가를 찾고 있는 중이었다. 난 뭔가 말해보려 했으나, 아무 말도 나오지 않았다. 목을 가다듬고 나서 다시 한 번 시도해보았다.

　「미안해, 호박아. 잠깐 시간 좀 내주겠니?」

　호박은 하던 일을 별로 멈추고 싶은 기색이 아니었으나, 어질러진 트렁크를 내버려두고 복도로 나왔다. 나는 그녀를 조금 떨어진 곳으로 데려갔다.

　「호박아, 너한테 부탁이 하나 있어.」

　난 호박이 기꺼이 도와주겠다고 말하기를 기다렸으나, 그녀는 나를 쳐다보며 서 있을 뿐이었다.

　「내 부탁을 들어주었으면 하는데…….」

　「말해봐.」

　「사토 상과 산책을 가려고 해. 난 사토 상을 낡은 극장으로 데려갈 생각인데…….」

　「왜?」

　「그 사람과 단둘이만 있고 싶어서 말이야.」

　「사토 상하고?」

　호박은 믿을 수 없다는 듯한 표정을 지었다.

　「자세한 건 다음에 말해줄게. 하지만 네가 도와줄 일이 하나 있어. 노부 상을 데리고 거기 와줄래? 호박아, 아주 이상하게 들리지? 네가 노부 상을 데려와서 우리를 발견해줘.」

　「발견해주라는 게 무슨 말이니?」

　「네가 노부를 데리고 와서 아까 본 그 뒷문을 열어주었으면 해. 그래서 노부가 우리를 볼 수 있도록 말이야.」

　내가 설명하는 동안, 호박의 눈이 산책로에서 날 기다리고 있는 사토에게 머물렀다. 호박이 다시 날 쳐다보았다.

　「무슨 일을 꾸미고 있는 거니, 사유리?」

「지금 설명할 시간이 없어. 하지만 이건 아주 중요한 일이야. 솔직히 내 앞날이 모두 네 손에 달려 있어. 다른 사람이 아닌 너와 노부가 와야 한다는 걸 명심해. 회장이나 다른 사람은 절대 안 돼. 네가 원하는 대로 나중에 보답할게.」

호박은 한참 동안 나를 쳐다보았다.

「다시 호박에게 부탁할 때가 온 거구나, 그렇지?」

난 그 말이 무슨 뜻인지 알 수 없었으나, 호박은 그 말에 대해 아무런 설명도 하지 않은 채 그냥 가버렸다.

호박이 도와주기로 작정했는지 아닌지 확실치가 않았다. 그러나 내가 할 수 있는 일은……, 말하자면 주사를 맞으러 의사에게 가는 방법뿐이었다. 나는 산책로에 있던 사토를 만나 함께 언덕을 내려갔다.

여관을 뒤로하고 길을 돌아 나오는데, 마메하가 내 다리를 찢어 게박사에게 데려가던 날이 생각났다. 그날 오후, 난 알지 못할 위험을 느꼈는데, 그때도 똑같은 기분이 들었다. 오후 햇살을 받아 얼굴이 달아올랐다. 사토 얼굴을 보니 관자놀이에서 목으로 땀이 흘러내리고 있었다. 일이 잘 된다면 곧 그 목이 내 알몸을 눌러오리라는 생각이 들었다. 그런 생각이 들자, 나는 오비에서 부채를 꺼내 들고는 두 사람이 시원해지도록 팔이 아플 때까지 부쳤다. 걷는 동안 내내 나는 말을 멈추지 않았다. 어느덧 우리는 이엉 지붕을 얹은 낡은 극장 앞에서 걸음을 멈추었다. 사토는 어리둥절해하면서 목을 가다듬더니 하늘을 올려다보았다.

「잠시 안으로 들어가시겠어요?」

도대체 무슨 일인지 의아해하면서도, 사토는 내 뒤를 따라 성큼성큼 걸어왔다. 나는 돌계단을 올라 그를 위해 문을 열어주었다. 그는 안으로 들어가기 전에 잠시 주저했다. 그가 기온을 자주 드나들었던 사람이라면, 내가 저지르려는 일을 금방 이해했을 것이다. 왜냐하면 남자를 고립된 장소로 유인하는 게이샤는 자신의 명성을 위험에 빠뜨릴 수가 있으며, 일류급의 게이샤라면 절대 그런 짓을 저지르지 않기 때문이었다. 그러나 사토는 햇빛 속에서 버스를 기다리는 사람처럼 극장 안에 그냥 서 있기만 했다. 난 손이 너무 떨렸기 때문에 부채를 접어 오비 속으로 집어넣었다. 내 계획이 완성될 수 있을지 자신할 수가 없었다. 단지 문을 닫는 간단한 행동조차 혼신의 힘을 모아야 했다. 그러고 나서 우리는 처마 아래로 스며드는 어두운 빛 속에 서 있었다. 사토는 무대 구석의 짚더미 쪽으로 얼굴을 돌리고 있었다.

「사토 상…….」

목소리가 크게 울려 퍼졌기 때문에 나는 좀더 나직하게 말했다.

「이치리키 여주인과 나에 관해 얘기 나누셨다고 들었어요. 그랬지요?」

그는 깊은숨을 들이쉬었지만, 결국 아무 말도 하지 않았다.

「괜찮으시다면, 카주요라는 게이샤에 대해 말씀드리고 싶군요. 그 게이샤는 지금은 기온에 없지만, 한때 잘 알고 지내던 사이였어요. 당신처럼 아주 중요한 한 남자가 어느 날 카주요를 알게 되었지요. 그는 카주요를 만나기 위해 매일 밤 기온으로 왔어요. 그녀의 접대를 아주 마음에 들어했던 거예요. 그런 일이 있은 지 몇 달 후에, 그는 카주요의 단나가 되고 싶다고 청했지만, 그 찻집 여주인은 미안하지만 그건 안 된다고 했지요. 그 남자는 아주 실망했어요. 그래서 어느 날 오후 카주요가 그와 단둘이 있을 수 있는 조용한 장소로 데려갔지요. 이 텅 빈 극장 같은 곳으로 말이에요. 카주요는 그에게 설명했어요. 비록 단나가 될 수 없다 하더라도…….」

마지막 말을 듣는 순간, 사토의 얼굴에서 구름이 걷히더니 햇빛이 들었다. 그는 나를 향해 서툰 걸음을 옮겼다. 심장 두근거리는 소리가 북소리처럼 내 귀에 들렸다. 나는 그에게서 시선을 거두고 눈을 감았다. 다시 눈을 떴을 때는, 그가 너무 바싹 다가와 있어서 거의 몸이 닿을 만한 거리였다. 살 냄새도 맡을 수 있었다. 그는 천천히 몸을 내 쪽으로 향했고, 우린 서로 껴안았다. 그가 나를 판자 위로 눕히려고 했지만, 난 그를 제지했다.

「이 무대는 너무 더러워요. 저기에서 다다미를 하나 가져오세요.」

「저쪽으로 갑시다.」

만약 우리가 그쪽으로 간다면, 노부가 문을 열어도 우리를 못 보리라는 생각이 들었다.

「안 돼요. 다다미를 이쪽으로 가져오세요.」

사토는 내가 시키는 대로 하더니 손을 내리고는 나를 쳐다보며 서 있었다. 그 순간까지 난 어느 정도, 무슨 일인가 일어나서 우리를 방해하리라는 상상을 하고 있었다. 그러나 아무 일도 일어나지 않았다. 시간이 더디게 흘렀다. 신발을 벗고 다다미 위로 올라갔지만 다른 사람 발처럼 아무 느낌이 없었다.

그와 동시에 사토도 신발을 벗어 던지더니 내 쪽으로 와서 팔로 나를 감싸고는 오비 매듭을 풀려고 했다. 난 아직 기모노를 벗을 준비가 되어 있지 않았기 때문에 그를 제지했다. 그날 아침 옷을 입을 때까지 어떻게 하겠다는 결정을 내리진 못했지만, 나는 준비를 해두기 위해 일부러 내가 별로 좋아하지 않는 회색 속옷을 입었다. 날이 저물기 전에 그 옷이 더러워질 거라고 생각하면서 말이다. 그리고 푸른색 기모노와 튼튼한 은색 오비를 맸다. 코시마키를 허리까지 말아 올렸는데, 그건 사토를 유혹하기로 결정할 경우, 그가 힘들이지 않고 제대로 찾을 수 있도록 해주기 위해서였다.

내가 몸에서 그의 손을 떼어내자, 그는 당혹스런 눈길을 보냈다. 내가 자신을 제지하려고 하는 줄 안 모양이었다. 그래서 내가 다다미 위로 몸을 눕히자 아주 안심하는 눈치였다. 다다미가 실하지 못해 등 밑으로 딱딱한 감촉이 그대로 전해졌다. 내가 기모노와 속옷을 한쪽으로 제치자, 다리가 무릎까지 드러났다. 사토는 옷을 입은 채, 내 위로 몸을 눕혔다. 그가 내 등의 오비 매듭을 강하게 누르는 바람에 나는 좀더 편안한 자세를 취하기 위해 엉덩이를 들어 올려야 했다. 그리고 머리가 망가지지 않도록 옆쪽으로 돌렸다.

확실히 불편한 자세이긴 했지만, 그런 불편함 따위는 내가 느꼈던 불안과 근심에 비하면 아무것도 아니었다. 내가 스스로를 곤경에 빠뜨리고자 했을 때 그런 고통을 미리 생각이나 했는지 갑자기 의심이 들었다.

사토는 한 팔로 몸을 의지한 채, 내 허벅지를 긁으면서 기모노 솔기 안으로 손을 넣어 더듬기 시작했다. 아무런 생각도 없이 나는 그의 어깨에 손을 얹어 그를 밀어냈다. 그때 단나로서의 노부 생각과 아무런 희망도 없이 살아야 하는 내 인생이 떠올랐다……. 그래서 나는 손을 거두어 다다미 위에 다시 올려놓았다. 사토의 손가락이 허벅지 안쪽을 따라 자꾸 위로 꿈틀거리며 올라왔다. 나는 문에 시선을 집중해보려 했다. 더 이상 일이 진행되기 전에 문이 열릴지도 모를 일이었다. 그러나 바로 그때 벨트가 짤랑거리며 울리더니 바지 지퍼 내리는 소리가 들렸다.

잠시 후 그가 내 안으로 밀고 들어왔다. 그 느낌이 이상하게도 계박사를 연상시켰기 때문에 나는 다시 열다섯 소녀가 된 기분이었다. 내가 흐느끼는 소리가 들릴 지경이었다. 내 얼굴 위로 고개를 쳐든 그는 팔꿈치에 몸을 기대고 있었다. 나는 곁눈질로 그를 볼 뿐이었다. 턱이 툭 튀어나온 사토를 그렇게 가까이에서 보고 있노라니, 사람이라기보다는 동물에 가까워 보였다. 하지만 그게 전부가 아니었다. 앞으로 툭 튀어나온 턱 때문에 아랫입술이 마치 컵에 고여 있는 침 같았다. 그가 먹었던 오징어 젓갈이었는지 모르겠지만, 그의 침에는 회색의 이물질이 섞여 있었다. 그 이물질은 생선을 다듬고 난 뒤 도마 위에 남은 찌꺼기 생각이 나게 만들었다.

그날 아침 옷을 입을 때, 난 아주 흡수력이 강한 두꺼운 종이 몇 장을 오비 뒤에다 쑤셔 넣었다. 그런데 침이 내 얼굴 위로 떨어지면 그 종이가 당장 필요할 것 같았다. 그러나 엉덩이를 짓눌러오는 무게로 인해 나는 손을 오비 뒤쪽으로 가져갈 수가 없었다. 손을 뻗으려고 애쓰다가 몇 번인가 작은 신음소리를 냈는데, 난 사토가 그 소리를 흥분으로 인한 신음소리로 오인할까 두려웠다. 어쨌든 그는 갑자기 더 격렬해졌고 입술 안의 침이 격렬한 흔들림으로 인해 출렁거리다가 금방이라도 떨어질 것만 같았다. 나는 눈을 꽉 감고 기다리기로 마음먹었다. 마치 작은 배 바닥에 누워 있다가 파도에 흔들려 머리가 이쪽저쪽 부딪힐 때처럼 구역질이 났다. 그러던 어느 순간 갑자기 신음소리를 낸 사토가 조용해졌다. 동시에 내 뺨으로 침이 흘러내렸다.

나는 다시 오비 속에 있는 종이를 끄집어내려고 해보았으나, 그는 아직도 나를 짓누르고 있었다. 달리기를 끝낸 사람처럼 심하게 숨을 몰아쉬면서 말이다. 밖에서 무슨 긁는 소리가 들리자, 나는 그를 밀어내 보려고 했다. 마음속에서 혐오감이 점점 강하게 고개를 들더니 막 터지려고 했기 때문이었다. 또다시 밖에서 긁는 소리가 들렸다. 누군가가 돌계단을 올라오는 소리였다. 사토는 무슨 일이 닥칠지 전혀 모르고 있었다. 그는 고개를 들더니 별 관심 없이 문 쪽을 쳐다보았다. 마치 그곳에 새가 있기라도 하듯이 말이다.

마침내 문이 열리자 햇빛이 우리 두 사람 위로 쏟아졌다. 눈을 가늘게 뜨고 보니 두 사람의 형체가 눈에 들어왔다. 호박이었다. 그녀는 내가 바라던 대로 극장으로 와주었던 것이다. 그러나 옆에서 내려다보고 있는 남자는 노부가 아니었다. 왜 그런 짓을 했는지 전혀 알 길이 없었지만, 호박은 노부 대신 회장을 데려왔다.

34

온몸의 피가 싸늘하게 식으면서, 난 추위를 느꼈다. 사토가 내 몸에서 내려왔던지 아니면 내가 그를 밀어냈던 모양이었다. 난 얼굴을 닦은 뒤 저기 문 쪽에 서 있는 사람이 정말 회장인지 사토에게 물어보았다. 회장의 등뒤로 늦은 오후 햇살이 비쳤기 때문에 난 회장의 표정에서 아무것도 읽어낼 수가 없었다. 다시 문이 닫히고 나서야, 난 회장의 얼굴에서 언뜻 충격의 빛을 본 듯한 느낌이 들었다. 우리가 고통을 느낄 때면, 꽃이 핀 나무조차 고통스럽게 보이듯이, 그런 현상이 나한테도 일어났는지 모르겠다······. 무엇을 쳐다보았더라도 난 거기에서 고통을 보았을 테니까.

그렇지만 난 압도적인 근심과 공포, 혐오감을 느끼는 와중에도 어떤 쾌감을 느꼈다. 문이 열리기 바로 직전, 마치 물이 불어나는 강물처럼 내 인생이 넓어지리라는 생각이 들었다. 그 이전에는 앞날을 변화시키기 위해 그런 극적인 조치를 취해본 적이 없었다. 나는 바다가 내려다보이는 절벽을 따라 발끝으로 살금살금 걸어가는 어린아이와 같았다. 거대한 파도가 몰려와 나를 덮치리라는 사실을 생각도 못하는 어린아이 말이다.

혼동스런 감정이 사라지고 나자, 나는 다시 서서히 의식을 찾게 되었고 나를 내려다보고 있는 마메하를 보게 되었다. 내가 있는 곳이 낡은 극장이 아니라, 어두운 여관방 다다미 위라는 사실이 이상할 뿐이었다. 극장을 떠난 기억이 전혀 없었지만, 어쨌든 빠져 나와 있었다.

나중에 마메하가 들려준 바에 따르면, 내가 여관 주인에게 가서 조용히 쉴 곳을 부탁한 모양이었다. 주인은 내 몸이 좋지 않다고 생각하고는 곧 마메하를 부르러 갔다.

다행히 마메하는 내가 진짜 아프다고 믿었고, 쉴 수 있도록 나를 혼자 내버려두었다. 나중에, 어리둥절하고 불안한 마음으로 다시 방으로 돌아오다가 저 앞 포장된 산책길로 나서고 있는 호박을 보았다.

나를 보자 호박은 걸음을 멈췄다. 난 그녀가 서둘러 사죄할 줄 알았으나, 호박은 마치 쥐를 발견한 뱀처럼 시선을 천천히 내게로 돌렸다.

「호박아, 회장이 아니라 노부를 데려오라고 했잖아. 난 정말 이해 못 하겠어…….」

「그래, 넌 이해하기 힘들겠지, 사유리. 인생이 완벽하게 뜻하는 대로 되지 않는다는 게 어떤 건지 말이야!」

「완벽하게라고? 그보다 더 나쁜 일은 없을 거야. 내 부탁을 잘못 알아들었니?」

「넌 정말 내가 바보라고 생각하는구나?」

당황한 나는 한참 동안 아무 말 없이 서 있었다.

「난 네가 내 친구라고 생각해왔어.」

「나도 한때는 네가 내 친구라고 생각했어. 하지만 그건 아주 오래 전의 일이야.」

「넌 마치 내가 너한테 잘못한 일이라도 있다는 듯이 말하는구나, 호박아. 하지만…….」

「절대 잘못한 일이 없겠지, 안 그래? 그 완벽한 니타 사유리 양이 말이야! 오키야의 딸이라는 내 자리를 차지했으면서도 넌 아무 상관 없다는 말이지? 기억하니, 사유리? 그 사람 이름은 모르겠지만 무슨 박사와의 일 때문에 내가 널 도와주고 난 뒤의 일을 말이야. 하추모모가 화를 낼지도 모른다는 위험을 감수하면서까지 난 너를 도와주었어. 그 뒤 우리 입장이 바뀌더니 넌 내 것을 훔쳤어. 이 몇 달 동안 난 네가 왜 사토 상과의 모임에 나를 끌어들였는지 의아해했어. 미안하지만 이번에는 나를 이용하기가 쉽지 않았을 거야.」

「하지만 그냥 거절할 수도 있었잖아? 왜 회장을 데려와야 했니?」

「난 네가 그 사람에 대해 어떻게 느끼고 있는지 잘 알고 있어. 아무도 보는 사람이 없으면, 네 눈은 언제나 회장에게 가 있지.」

너무 화가 난 호박이 자신의 입술을 깨무는 순간, 이에 립스틱 자국이 묻었다. 호박은 최악의 방법을 이용해 나를 망치려 하고 있었다.

「사유리, 넌 벌써 오래 전에 내 것을 빼앗아갔어. 이제 기분이 어떻지?」

호박의 콧구멍이 벌렁거리더니 얼굴이 불붙은 나뭇가지처럼 분노로 달아올랐다. 마치 하추모모의 영혼이 수년 동안 호박 안에 갇혀 있다가 마침내 자유롭게 풀려난 것만 같았다.

그날 밤, 난 몹시도 두려움에 떨었다. 다른 사람들이 웃고 마시는 동안, 내가 할 수 있었던 일은 웃는 척하는 것뿐이었다. 열이 있는지 보기 위해 마메하가 종종 내 목을 만져보았다. 난 회장과 눈이 마주치지 않도록 될 수 있는 대로 멀리 떨어져 앉았다. 그날 밤 난 그와 한번도 부딪치지 않고 보낼 수가 있었다.

그러나 모두 잠자리에 들 준비를 할 때, 난 복도로 나갔다가 방으로 돌아오는 회장과 마주쳤다. 길을 비켜서야 마땅했지만, 너무 부끄러움을 느낀 나머지 나는 간단하게 절을 하고는 서둘러 그를 지나쳐왔다. 애써 비통함을 숨기지도 않은 채 말이다.

모두 잠자리에 들고 난 지 얼마 되지 않아, 난 망연한 생각이 들어 여관에서 빠져 나와 절벽으로 다가갔다. 발 아래로 포효하는 파도 소리를 들으며 어둠 속을 내려다보고 있자니 바다의 으르렁거리는 소리가 비통하게 느껴졌다. 난 그 어둠 속에서 모든 잔인함들을 보았다. 마치 그곳에 있는 나무와 바람, 심지어 바위조차도 내 어린 시절의 적인 하추모모와 동맹을 맺은 것 같았다. 윙윙 부는 바람 소리와 나무가 흔들리는 모습은 영락없이 나를 조롱하고 있었다.

인생이라는 강은 이제 정말 영원히 갈라졌단 말인가? 난 소매에서 회장의 손수건을 꺼내 얼굴을 닦은 다음, 바람 속으로 흔들었다. 어둠 속으로 막 그 손수건을 놓으려는 순간, 몇 년 전에 다나카 씨가 보내왔던 작은 위패 생각이 났다. 우리는 우리 곁을 떠난 사람들을 기억하기 위해 늘 무엇인가 간직해야 한다. 오키야에 있는 그 위패들은 언제나 내 어린 시절을 생각나게 해주었다. 회장의 손수건도 내 남은 인생을 기억 나게 해주는 물건이 되리라는 생각이 들었다.

교토로 돌아온 나는 며칠 동안 일상적인 일들을 하며 보냈다. 평상시대로 화장을 하고는, 세상에 아무 일도 없었다는 듯 찻집 행사에 참석하는 수밖에 달리 도리가 없었다. 슬픔을 잊기 위해서는 일보다 더 좋은 게 없다던 마메하의 말을 계속 떠올리면서 말이다. 그러나 일은 조금도 도움이 되지가 않았다. 이치리키 찻집에 갈 때마다, 곧 노부가 나를 불러 드디어 일을 진척시킬 때가 왔다고 말할 것만 같았다.

수요일 아침, 그러니까 아마미에서 돌아온 지 3일이 지난 후에, 이와무라 전기가 이치리키 찻집에 전화를 걸어 그날 밤 행사에 내 참석을 부탁해 왔다.

그날 오후 늦게 나는 푸른색 속옷과 노란 기모노를 입고는 금실을 섞어 짠 진한 파란색 오비를 맸다. 아줌마는 내가 아름답게 보인다고 확신을 주었으나, 거울 속에 비친 내 모습은 절망한 여자 같았다. 평상시처럼 서구 스타일의 화장을 했는데도 광대뼈 아래가 푹 들어가 있었다. 풀이 죽은 모습을 감추려고 난 베쿠에게 오비를 손가락 넓이만큼 위로 해서 다시 매어달라고 했다.

그날 첫번째 행사는 교토의 새 도지사를 환영하기 위해 미군 대령이 베푸는 연회였다. 그 연회는 수미토모 집 안의 옛 별장에서 열렸는데, 그 당시는 미 육군의 제7사단 본부로 쓰이고 있었다. 정원의 아름다운 돌들이 모두 흰색으로 칠해져 있었고, 여기저기 나무마다 붙어 있는 영어로 된 표지판—물론 난 읽을 수가 없었다—을 보니 놀랍기만 했다.

파티가 끝나고 이치리키로 발길을 돌린 나는 하녀의 안내로 위층으로 올라갔다. 하녀가 안내한 방은 기온이 문을 닫던 당시 노부와 내가 만났던 특이하게 작은 그 방이었다. 바로 그곳에서 난 노부로부터 전쟁에서 안전하게 지켜줄 피난처에 관한 얘기를 들었다. 노부가 내 단나가 되는 것을 축하하기 위해서는 그 방이 아주 적절할 것 같았다. 물론 내게는 결코 축하할 일이 아니었지만 말이다.

노부가 오면, 움푹 들어간 벽면을 마주하고 앉을 수 있도록 나는 테이블 한쪽에 무릎을 꿇고 앉아 있었다. 테이블에 방해받지 않고 노부가 한 손을 사용해서 술을 따를 수 있도록 난 특별히 자리에 신경을 썼다. 노부는 협상이 종결되었다고 말한 뒤, 내게 술을 한잔 따라주고 싶어할 것이다. 노부에게는 멋진 밤이 될 것이고, 나는 그 밤을 망치지 않도록 최선을 다해야 할 것이다.

　흐릿한 불빛과 차 빛깔의 벽에서 비치는 붉은 빛으로 인해 방 안의 분위기는 아주 유쾌했다. 난 한동안 그 방만의 특별한 향기를 잊고 있었다. 그러다 나무 광택을 내기 위해 사용한 기름 냄새를 다시 맡자, 몇 년 전에 노부와 보냈던 그날 밤에 대한 세세한 부분까지 생각이 났다. 그때 만났을 때는 노부의 양말에 구멍이 나 있었다. 구멍을 통해 발톱이 말쑥하게 다듬어진 긴 발가락 하나가 툭 튀어나와 있었다. 정말 그날 밤으로부터 5년 반밖에 지나지 않았다는 말인가?

　내가 한때 알고 지냈던 많은 사람들이 죽었다. 이런 인생을 살기 위해 기온으로 돌아온 걸까? 언젠가 마메하가 했던 말이 옳았다. 우리는 행복해지기 위해 게이샤가 되는 게 아니라, 다른 선택의 여지가 없기 때문에 게이샤가 된 것이었다. 인생이 이보다 더 나빠질 수 있을까? 노부는 한때 내게 이렇게 말했다.

　'난 아주 이해하기 쉬운 사람이네. 난 내가 가질 수 없는 게 내 앞을 가로막으면, 좋아하지 않아.'

　아마 나도 그런 사람인 모양이었다. 기온에서 나는 언제나 내 앞에 있는 회장을 그려보았지만, 난 그를 가질 수가 없게 되어버렸다.

　노부를 기다린 지 10분인가 15분 정도 지나자, 나는 그가 정말 오기는 올 건지 궁금했다. 그래서는 안 된다는 사실을 알았지만, 난 머리를 테이블 위에 올려놓고 잠시 쉬었다. 며칠 동안 밤에 잠을 설친 탓이었다. 잠이 들지는 않았지만, 잠시 비참한 기분에 빠져들었다. 그런데 곧 이상한 현상이 일어났다. 멀리서 북소리가 들려오고 수도꼭지에서 쉿 하는 물소리가 들리더니, 누군가가 내 어깨를 만지는 기분이 들었다. 테이블에서 고개를 들어 누가 나를 만지는지 보았더니 바로 회장이었다. 북소리 같던 소리는 그의 발소리였고, 쉿 하는 소리는 문이 열리는 소리였다. 뒤에 하녀를 거느리고 회장이 나를 내려다보며 서 있었다. 난 절을 하고는 잠이 들어 죄송하다고 말했다. 너무 혼란스러웠던 나는 정말 생시인지 잠시 어리둥절했다. 그러나 꿈이 아니었다. 회장은 노부가 앉으리라고 기대했던 바로 그 방석 위에 자리를 잡았다. 그러나 노부는 어디에도 보이지 않았다.

하녀가 테이블 위로 술을 내려놓은 동안, 끔찍한 생각이 고개를 쳐들었다. 노부가 사고를 당했거나, 아니면 무슨 끔찍한 일이 생겨 대신 알려주러 온 걸까? 내가 회장에게 막 물어보려던 찰나, 찻집 여주인이 방으로 들어왔다.

「아니, 회장님, 몇 주 동안 뵙지 못했군요.」

여주인은 손님들 앞에서 언제나 명랑하긴 했지만, 목소리가 긴장한 걸로 보아 뭔가 마음에 담고 있음이 분명했다. 그녀도 아마 나처럼 노부에 대해 의아해하고 있을지도 모를 일이었다. 내가 회장을 위해 술을 따르는 동안, 여주인은 테이블 앞에 자리를 잡았다. 술을 마시려던 회장의 손을 잡은 여주인은 입내를 풍기며 그를 향해 몸을 숙였다.

「회장님, 회장님이 왜 다른 술보다 특별히 이 술을 좋아하시는지 이해가 안 되는군요. 우리는 오늘 오후에, 몇 년 동안 갖고 있던 가장 좋은 술통을 열었어요. 노부 상은 분명히 그 술을 좋아하실 거예요.」

「그렇겠지. 노부는 좋은 물건을 알아보니까. 하지만 노부는 오늘밤 안 올 거요.」

그 말을 들은 나는 깜짝 놀랐다. 얼른 주제를 바꾸는 모습으로 보아, 찻집 여주인도 나처럼 놀란 게 틀림없었다.

「아, 그렇군요. 어쨌든 간에, 오늘밤 우리 사유리가 정말 매혹적으로 보인다고 생각하지 않으세요?」

「이봐요, 주인 양반. 사유리가 언제 매혹적이지 않을 때가 있었소? 그 말을 들으니 생각나는군. 내가 뭘 가져왔는지 보시오.」

회장은 파란 실크로 포장한 작은 뭉치를 테이블 위에 올려놓았다. 그러고는 뭉치를 풀더니, 짧고 통통한 족자를 하나 꺼냈다. 그것은 오래되어 주름이 잡힌 족자로, 황실 풍경이 밝은 색으로 조그맣게 그려져 있었다.

족자 위로 술자리의 모습이 보였고, 귀족들이 공을 차고 있는 모습도 보였다. 그리고 천황의 방 앞으로는 열두 겹의 아름다운 옷을 입고 무릎을 꿇고 앉아 있는 젊은 여자가 보였다.

「자, 이걸 보니 무슨 생각이 나시오?」

「족자로군요. 회장님은 그걸 어디에서 찾아내셨어요?」

「몇 년 전에 샀소. 여기 있는 이 여자를 한번 보시오. 이 여자 때문에 샀지. 이 여자에 대해 아무것도 느끼는 게 없소?」

여주인이 그림을 들여다보고 나자, 회장은 나에게도 보여주었다. 젊은 여자의 모습은—비록 커다란 동전보다도 작긴 했지만—아주 상세하게 그려져 있었다. 처음에는 알아채지 못했지만 그 여자는 창백한 눈을 하고 있었는데……, 좀더 자세히 들여다보니 눈빛이 푸른 회색이었다. 금세 우치다가 날 모델로 그린 그림들이 떠올랐다. 얼굴이 붉어진 나는 족자가 참으로 아름답다는 등 그런 말만 중얼거렸다. 여주인도 잠시 그 족자에 감탄하다가 이렇게 말했다.

「자, 그럼 두 사람을 남겨두고 그만 가볼게요. 그리고 아까 말씀드렸던 신선하고 차가운 술을 좀 올려 보낼게요. 안 그러면 다음 번에 노부 상이 오실 때 주려고 내가 아껴놓는다고 생각하시겠죠?」

「그럴 필요 없소. 지금 이 술로도 충분하니까.」

「노부 상은……, 잘 지내시죠?」

「그럼, 아주 잘 있소.」

그 말을 듣자 안심이 되면서도, 그렇다면 회장이 뭐하러 왔을까 하는 의문이 일었다. 내가 한 짓에 대해 꾸짖으러 왔는지도 모를 일이었다. 교토로 돌아온 이래, 나는 회장이 보았음직한 그 장면을 떠올리지 않으려고 애썼다. 바지를 벗은 사토와 헝클어진 기모노에서 빠져 나온 내 맨다리…….

여주인이 방을 나가면서 문 닫히는 소리가 칼집에서 칼이 떨어지는 소리처럼 들렸다.

「저기, 회장님, 아마미에서의 제 행동은…….」

난 할 수 있는 한 침착하게 말을 꺼냈다.

「사유리, 자네가 무슨 생각을 하고 있는지 알고 있네. 하지만 자네 사과를 받자고 여기 온 건 아니야. 그냥 조용히 앉아 있게. 자네에게 몇 년 전에 있었던 일에 대해 말해주고 싶네.」

「회장님, 정말 뭐가 뭔지 모르겠어요. 제발 절 용서해주세요.」

「그냥 들으라니까. 내가 왜 이런 얘기를 하는지 자네도 곧 이해하게 될 거야. 추미요라는 이름의 식당이 기억 나는가? 대공황이 끝나갈 무렵 문을 닫았지만…… 글쎄, 그건 신경 쓸 것 없고. 그 당시 자네는 아주 어렸지. 어쨌든, 오래 전—정확히 말해 17년 전—나는 몇몇 동료들과 함께 점심을 먹으러 그곳에 갔지. 우린 그때 폰토초 구역 출신의 이주코라는 게이샤와 함께 있었네.」

나는 당장 이주코라는 이름을 알아들었다.

「그 당시 그녀는 누구나 좋아하던 게이샤였지. 우린 조금 일찍 점심을 끝냈기 때문에 내가 시라카와 강을 따라 극장까지 산책을 하자고 제안했지.」

그때 나는 오비에서 회장의 손수건을 꺼내 조용히 테이블 위에다 올려놓고는 그의 이니셜이 분명히 보이도록 폈다. 세월이 흐르면서 손수건 한 귀퉁이에는 얼룩이 생겼고 천도 누렇게 변했다. 하지만 회장은 그 손수건을 한눈에 알아보았다. 그는 말을 중단한 채 그 손수건을 집어들었다.

「이게 어디서 났는가?」

「회장님, 그동안 전 회장님이 그때 말을 걸었던 그 작은 소녀를 기억하시는지 늘 궁금했어요. 그날 오후 회장님이 제게 이 손수건을 주셨어요. '시바라쿠'라는 연극을 보러 가시는 길에 말이에요. 회장님은 제게 동전도 주셨지요.」

「그러니까 자네 말은……, 견습생이었을 때에도 그때 말을 건 사람이 나였다는 사실을 알고 있었다는 말인가?」

「스모 경기장에서 다시 회장님을 보는 순간 전 한눈에 알아보았어요. 솔직히 회장님이 저를 기억해주시다니 놀랍기만 하군요.」

「그럴까? 사유리, 자네는 종종 거울을 들여다봐야 할 것 같군. 특히 눈물로 눈이 젖어올 때 말일세. 왜냐하면 그럴 때의 자네 눈은…… 아, 난 설명할 수가 없어. 그 눈에 나 자신이 그대로 비치는 것 같은 기분이 들었네. 나는 많은 시간을 거짓말이나 하는 남자들과 마주보며 지내지. 그런데 여기, 절대로 나를 쳐다보는 법이 없는 여자가 이제는 똑바로 자신의 눈을 쳐다보게 하는군 그래.」

그리고 나서 회장은 말을 잠시 끊었다가 다시 이었다.

「자네는 왜 마메하가 자네 언니가 되었는지 의아해한 적 없나?」

「마메하가요? 무슨 말씀인지 모르겠군요. 이 일과 마메하가 무슨 상관이죠?」

「자네는 정말 모르고 있군, 그렇지?」

「회장님, 뭘 모른다는 말씀이세요?」

「사유리, 마메하에게 자네를 보살펴주라고 말한 사람이 바로 날세. 마메하에게 내가 만났던 회색 눈의 아름다운 여자에 대해 얘기했지. 그리고 자네를 보살펴달라고 도움을 청했네. 필요한 경우 비용도 지불하겠다고 말했어. 그러자 몇 달 지나지 않아 마메하가 자네를 맡게 되었네. 그 이후에 그녀가 한 말에 따르면, 마메하의 도움이 없었다면 자네는 절대 게이샤가 되지 못했을 거라고 하더군.」

회장의 말이 내게 어떤 영향을 끼쳤는지 설명한다는 건 거의 불가능한 일이었다. 난 마메하가 개인적인 이유 때문에 나를 맡은 줄 알았다. 하츠모모를 기온에서 몰아내기 위해 말이다. 하지만 회장 때문에 마메하 밑에서 지도를 받게 되었다는 사실을 알게 되자……, 그녀가 내게 했던 모든 말들을 다시 돌이켜보았다. 그리고 그 뒤에 숨은 참된 의미를 알아내고 싶었다. 그러나 내 눈에 갑자기 떠오른 사람은 마메하가 아니었다. 무릎 위에 놓인 내 손에 시선이 머물자, 난 그 손 자체도 회장이 만든 건 아닐까 하는 생각이 들었다. 즉시 난 기분이 유쾌해졌으며 두려움과 함께 고마운 마음이 들기도 했다. 난 그에게 절을 하고 감사의 말을 전하기 위해 테이블에서 몸을 일으켰다. 하지만 먼저 해야 할 말이 있었다.

「회장님, 용서해주세요. 하지만 저로서는 회장님께서 이 모든 일에 대해 좀 일찍 말씀하셨더라면 좋았을 거예요. 제겐 정말 중요한 일이니까요.」

「내가 결코 말할 수 없었던 이유가 있었네. 마메하더러 자네에게 말하지 말라고 한 것도 마찬가지고. 그건 노부와 관계 있는 일이네.」

노부의 이름을 듣는 순간, 모든 감정이 빠져나가는 느낌이었다.

「회장님, 전 회장님의 친절함을 받을 자격이 없어요. 지난 주말에 제가…….」

「지금 고백하는데, 아마미에서 있었던 일이 내게 많은 것을 생각하게 해주었네.」

회장은 나를 보고 있었지만, 난 그를 마주볼 수가 없었다.

「자네와 의논하고 싶은 게 있네. 하루종일 어떻게 하면 좋을까 고심했네. 난 몇 년 전에 있었던 일을 머리에 떠올렸지. 나 자신을 설명하기 위해 더 좋은 방법이 있겠지만……, 지금부터 내가 하려는 말을 이해해주면 좋겠군.」

거기서 말을 멈춘 그는 재킷을 벗어 옆에 접어두었다. 그의 셔츠에서 세탁할 때 사용하는 풀 냄새가 났는데, 그 냄새를 맡으니 수루야 여관으로 장군을 방문하던 때가 생각났다.

「이와무라 전기가 설립된 지 얼마 되지 않았을 때, 이케다라는 이름의 어떤 남자를 알게 되었는데, 그 사람은 마을 다른 쪽에 있던 공급업체 중 한 곳에서 일했지. 그 사람은 전선에 생긴 문제를 해결하는 데에는 천재적인 사람이었어. 전선을 가설하는 데 문제가 생길 때마다, 우리는 그 사람을 하루 정도 불렀고, 그는 우리를 위해 모든 것을 해결해주었지. 어느 날 오후 일을 끝내고 집으로 가는 길에 약사에게 가는 그 사람을 우연히 만나게 되었어. 그 사람은 직장을 그만두었기 때문에 아주 마음이 홀가분하다고 말하더군. 나는 왜 직장을 그만두었느냐고 물었지. 그가 말하기를, '그만둘 때가 되었어요. 그래서 그만두었어요!' 라는 거야. 그래서 나는 그 자리에서 그를 채용했어. 몇 주가 지난 뒤 다시 물어보았어. '이케다 상, 직장은 왜 그만두었소?' 그가 이렇게 답하더군. '이와무라 씨, 몇 년 전부터 전 이곳에 와서 당신 회사를 위해 일하고 싶었어요. 하지만 당신은 제게 한번도 그런 말씀을 하지 않으셨어요. 당신은 문제가 있을 때만 저를 부르셨지, 함께 일하자고 부르신 적은 없었어요. 그러던 어느 날 전 당신이 결코 그런 말씀을 안 하시리라는 걸 깨달았어요. 왜냐하면 당신은 공급업체에서 저를 빼내 당신의 사업 관계를 위험에 빠뜨리는 일은 원치 않으셨기 때문이지요. 그래서 전 생각했지요. 제가 먼저 직장을 그만두어야, 당신이 저를 고용할 기회가 생기겠다고요. 그래서 그만두었어요.'」

난 회장이 내 대답을 기다리고 있음을 알았지만, 감히 한마디도 할 수가 없었다.

「내 생각에, 자네가 사토 상과 만난 건 아마도 이케다가 자기 일을 그만둔 경우와 비슷할 걸세. 왜 이런 생각이 떠올랐는지 얘기하지. 호박이 나를 그 극장으로 데려간 후에 했던 말 때문일세. 난 호박에게 몹시 화가 나 있었지. 그래서 왜 그런 짓을 했느냐고 물었네. 한참 동안 아무 말도 못 하더군. 그리고 나서 호박이 한 말을 처음에는 이해하지 못했네. 자네가 노부를 데려오라고 했다더군.」

「회장님, 제발……. 정말 큰 실수를 했어요.」

「다른 말은 필요 없고, 내가 알고 싶은 건 자네가 왜 그런 짓을 했느냐하는 거야. 자네는 아마도 이와무라 전기에 뭔가……, 호의를 베풀고 싶었던 것 같은데. 글쎄, 아니면 내가 모르는 것을 사토에게 빚지고 있었을 수도 있고.」

내가 약간 머리를 흔들자, 회장이 갑자기 말을 끊었다.

「정말 부끄럽습니다, 회장님. 하지만 제 동기는 순전히 개인적인 일 때문이었어요.」

마침내 난 겨우 입을 열었다.

한참 후 회장은 한숨을 쉬더니 술잔을 들었다. 나는 그를 위해 술을 따라 주었는데, 내 손이 마치 다른 사람의 손처럼 느껴졌다. 그는 입 안으로 술을 털어 넣더니 삼키지 않은 채 그대로 있었다. 그의 입이 약간 부풀어오른 모습을 보자, 마치 나 자신이 수치로 부풀어오른 텅 빈 그릇 같다는 생각이 들었다.

「좋아, 사유리. 내가 왜 이런 말을 하는지 정확하게 말해주지. 자네는 내가 오늘밤 여기 왜 왔는지, 그리고 몇 년 동안 왜 자네를 그런 식으로 대해왔는지 이해하기 힘들 걸세. 나와 노부와의 관계를 이해하지 못한다면 말이야. 노부가 가끔 얼마나 힘든 사람인지는 누구보다도 내가 잘 알지. 하지만 그 사람은 천재야. 난 그 사람을 여러 명이 합친 팀보다도 더 높이 평가하네.」

나는 뭐라고 말해야 할지 알 수가 없어서, 떨리는 손으로 술병을 집어들어 회장에게 술을 더 따라주었다. 하지만 그는 술잔을 들지 않았다.

「내가 자네를 다시 만난 지 얼마 되지 않았던 어느 날, 노부가 선물로 빗을 가져와서는 파티의 모든 사람들이 보는 앞에서 자네에게 주었지. 바로 그 순간 난 노부가 자네에게 느끼는 애정이 얼마나 큰지 깨닫게 되었어. 그전에도 그런 눈치가 분명히 있었겠지만, 내가 못 봤던 게 분명해. 노부가 자네를 어떻게 느끼는지, 어떻게 쳐다보는지 깨닫는 순간……, 난 그가 그렇게 원하는 대상을 뺏을 수 없다는 생각을 했네. 그렇다고 해서 자네 행복을 염려하는 마음이 사라진 건 아니야. 사실, 시간이 지날수록 점점 힘들어졌지. 사유리, 내 말을 듣고 있는 건가?」

「네, 회장님. 물론이죠.」

「자네가 알아야 할 필요는 없겠지만, 난 노부에게 큰 빚을 지고 있네. 내가 이 회사의 설립자이고 또 노부의 회장인 것도 틀림없는 사실이야. 하지만 이와무라 전기가 아직 시작 단계에 있을 때, 우린 자금 유통에 큰 어려움을 겪었고 거의 파산할 뻔했네. 난 회사의 경영권을 포기하고 싶지 않았기 때문에, 투자자들을 끌어들이자는 노부의 말을 들으려고 하지 않았네. 그 일 때문에 사이가 한동안 벌어지긴 했지만, 결국 그의 말대로 했지. 하지만 노부의 생각이 완전히 옳았고, 내가 틀렸더군. 노부가 없었더라면 난 회사를 잃었을 걸세. 그런 사람에게 자네라면 어떻게 보상하겠나? 내가 '사장'이 아니라 왜 '회장'이라고 불리는지 아는가? 노부가 사장이 될 수 있도록 내가 그 직책을 사양했기 때문일세. 물론 노부는 거절했지만 말이야. 바로 이런 이유 때문에 자네에 대한 노부의 애정을 깨닫자마자 난 노부가 자네를 차지할 수 있도록 자네에 대한 관심을 숨겨왔던 걸세. 하지만 사유리, 인생은 노부에게 너무 잔인했네. 그 사람은 운이 별로 없었어.」

게이샤로 지내는 동안, 난 한번도 회장이 내게 특별한 호감을 느낀다고 생각해본 적이 없었다. 그런데 노부를 위해 그런 감정을 숨겨왔다는 말을 들으니…….

「내가 자네에게 별로 관심이 없었다는 말은 아니네. 하지만 자네도 알겠지만, 노부가 내 감정을 조금이라도 눈치챘다면, 그 사람은 당장 자네를 포기했을 걸세.」

어린 소녀 시절부터, 나는 줄곧 언젠가 회장이 나를 좋아한다는 말을 해주기를 꿈꾸어왔다. 그러나 정말 그런 일이 일어나리라고 믿지는 않았다.

그 순간, 적어도 회장과 함께 방 안에 앉아 있는 그 순간만큼은 내 깊은 마음속을 털어놔야겠다는 생각이 들었다.

「이런 말씀을 드리는 저를 용서해주세요.」

마침내 난 말을 꺼냈지만 다음 말을 목으로 삼켜버렸다. 그러나 내가 삼켜버린 게 무엇인지 알 수가 없었다. 아마도 억눌러왔던 작은 감정 덩어리였는지도 모르겠다.

「저도 노부 상을 대단히 좋아해요. 하지만 아마미에서 그런 짓을 한 건…….」

바로 그 순간 목에서 뜨거운 기운이 올라오는 바람에 난 말을 이어갈 수가 없었다.

「회장님, 아마미에서 제가 그런 짓을 한 건, 회장님에 대한 감정 때문이었어요. 어린아이였을 때부터 저는 오직 회장님과 가까워지고 싶다는 희망 아래 모든 일을 해왔어요.」

그 말을 하자, 온몸의 열기가 얼굴로 솟구치는 느낌이 들었다. 나는 타나 남은 재처럼 공기 중으로 붕 떠오르는 기분이 들어 어디에도 정신을 집중할 수가 없었다. 테이블 위에 나 있는 얼룩을 찾아보려 했지만 테이블 자체가 흐릿해지며 이미 저쪽으로 시야에서 사라져갔다.

「나를 쳐다보게, 사유리.」

나는 회장이 시키는 대로 하고 싶었으나 그러질 못했다.

「정말 이상한 일이군. 몇 년 전엔 아주 솔직한 눈으로 나를 쳐다보던 바로 그 여자가 지금은 그러질 못하니 말이지.」

그는 혼잣말을 하듯이 조용히 중얼거렸다.

사실, 눈을 들어 회장을 보는 일은 아무것도 아니었다. 그러나 교토의 모든 사람들이 쳐다보는 가운데 무대 위에 혼자 서 있다 하더라도 그보다 더 긴장하지는 않았으리라는 생각이 들었다. 우리는 테이블 모서리를 사이에 두고 아주 가까이 앉아 있었다.

결국 눈을 닦고 고개를 들어보니, 그의 눈의 홍채 둘레로 검은 테두리가 보였다. 난 시선을 거두고 약간 몸을 굽혀 절을 한 뒤, 그에게 술을 한잔 따라주어야 할지 말아야 할지 고민했다. 하지만 어떤 행동을 하더라도 긴장을 깨지는 못하리라는 생각이 들었다. 내가 그런 생각들을 하고 있는 동안, 회장은 술병을 옮겨 술잔 옆에 두더니 손을 뻗어 내 옷깃을 잡아 자신에게로 이끌었다. 너무 가까이 붙어 있었기 때문에 그의 온기가 느껴질 정도였다. 난 그때까지도 무슨 일인지 알아내고자 애쓰고 있었다. 무슨 말을 해야 할까 아니면 어떤 행동을 해야 할까 생각하면서 말이다. 그때 회장이 나를 가까이 끌어당기더니 입을 맞췄다.

첫 키스, 누군가가 내 인생에서 진정으로 해준 첫 번째 입맞춤이었다. 돗토리 장군이 단나였을 때, 그는 종종 내 입술에 자기 입술을 갖다 댔지만 거기에는 열정이 하나도 담겨 있지 않았다. 야수다 아키라조차—내게 기모노를 사준 사람으로, 어느 날 밤 난 타테마추 찻집에서 그를 유혹했다—내 목과 얼굴에 수십 번도 더 키스를 했지만, 입술은 결코 건드리지 않았다.

회장과의 키스에는 은밀한 감정이 숨어 있었다. 난 회장으로부터 뭔가를 받았고, 또 나도 그에게 뭔가를 주었다는 느낌이 들었다. 지금까지 받았던 그 어떤 것보다도 더 개인적인 선물, 거기에는 아주 놀라운 맛이 담겨 있었다.

키스를 하는 순간, 어깨가 나른해지며 속이 끓어올랐다. 어떤 이유에서인지 여러 가지 장면들이 머리를 스쳐갔다. 오키야의 부엌에서 요리사가 밥통 뚜껑을 들어 올렸을 때 나던 김이 떠오르기도 했고, 폰토초의 작은 골목길이 떠오르기도 했다. 키치사부로가 가부키 극장에서 은퇴하던 날, 마지막 공연을 끝내고 팬들한테 둘러싸여 있던 그 골목길 말이다. 그 외에도 수백 가지 다른 생각들이 떠올랐다. 마치 내 마음속의 장벽이 무너져 내 모든 기억이 한꺼번에 풀려난 기분이었다.

그때 회장이 내 목에 한 손을 얹은 채 내게서 몸을 뗐다. 얼굴이 너무 가까이 있어서 입술에 반짝이던 물기도 볼 수 있었고 방금 나눈 키스의 향기도 아직 느낄 수 있었다.

「회장님, 왜죠?」

「뭐가 왜지?」

「모든 것이……, 왜 그러냐구요? 왜 제게 키스하셨죠? 방금까지만 해도 저를 노부 상에게 줄 선물이라고 말씀하셨잖아요?」

「사유리, 노부는 자네를 포기했네. 난 그 사람에게서 아무것도 빼앗을 필요가 없게 되었지.」

감정의 혼란 속에서 나는 그가 하는 말을 제대로 알아들을 수가 없었다.

「사토와 함께 있을 때, 자네는 오래 전 시라카와 강가에서 지었던 바로 그런 눈길을 하고 있었네. 누가 말리지 않는다면 곧 물에 뛰어들 사람처럼 절망적으로 보였지. 호박한테서 자네가 노부를 데려오라고 했다는 말을 듣고 나는 내가 본 것을 노부에게 말해야겠다고 결심했지. 만약 그가 몹시 화를 낸다면…… 글쎄, 자네 행동을 그가 용서하지 못한다면 노부가 자네의 진정한 운명이 될 수 없다는 사실은 명백한 일이지.」

요로이도 시절, 어느 오후 기수케라는 어린 소년이 호수로 뛰어들기 위해 나무로 올라간 적이 있었다. 그런데 그 소년이 너무 높이 올라가는 바람에 우리는 뛰어내리지 말라고 소리쳐야 했다. 하지만 그는 나무 아래 있던 바위 때문에 무서워서 다시 내려올 수도 없는 입장이었다. 나는 마을로 뛰어가 그의 아버지 야마시타 씨를 찾았다. 그러나 그가 어찌나 침착하게 언덕을 올라오던지, 도대체 자신의 아들이 위험에 빠졌다는 사실을 알고나 있는 걸까 하고 의아해했다. 아버지가 와 있는 줄도 모르던 그 소년이 균형을 잃고 떨어지던 바로 그 순간 아버지는 나무 밑으로 다가섰다. 야마시타 씨는 떨어지는 자루를 받기라도 하듯, 가볍게 아들을 받더니 똑바로 일으켜 세웠다. 우리 모두는 너무 기뻐서 소리를 질렀고, 놀란 기수케는 물기 묻은 눈을 깜빡거리며 서 있었다.

그제야 난 기수케의 기분을 정확하게 알 수 있었다. 나는 바위를 향해 곤두박질치고 있었고, 회장이 나를 붙들어주었던 것이다. 너무 안도감을 느낀 나는 솟구치는 눈물을 닦아낼 수도 없었다.

회장은 더 가까이 다가오더니, 마치 담요라도 되듯 팔로 나를 감싸 안았다.

기모노 솔기가 벌어져 살갗이 드러난 목 주위로 곧장 입술이 다가왔다. 목에서 그의 뜨거운 숨결을 느낄 수 있었다. 나를 태워버릴 듯 조급하게 구는 회장의 모습을 보자, 몇 년 전의 일이 떠올랐다. 오키야의 부엌에 들어가다가 나는 어떤 하녀가 입 안 가득 잘 익은 배를 물고 있는 모습을 보게 되었다. 그런데 하녀가 그 모습을 감추느라 싱크대에 몸을 숙이고 있었기 때문에 배 즙이 목을 타고 흘러내리고 있었다. 오랫동안 참아왔던 욕망은 그토록 무서운 것이었다.

35

　이제 30년도 더 지난 지금, 나는 회장과의 그날 밤을 비탄에 젖은 내 마음속의 목소리들이 잠들게 되었던 순간으로 회고하고 있다. 요로이도를 떠난 이래, 나는 인생이라는 바퀴가 혹시 내 앞길에 다른 장애물을 가져다주지는 않을까 하고 걱정만 하면서 살았다. 그러나 내 인생을 정말 생기 있게 만들어준 것은 바로 그런 걱정과 투쟁이었다.

　바위가 많은 물살을 거슬러 헤엄치다 보면, 한 발짝 내디딜 때마다 절박감을 느낄 것이다. 그러나 회장이 단나가 되고 나서 내 인생은 좀더 유쾌하게 변해갔다. 나는 마침내 기름지고 촉촉한 토양 깊숙이 뿌리를 내린 나무가 된 기분이었다. 전에는 한번도 나 자신이 다른 사람보다 운이 좋다고 생각해본 적이 없었으나, 이제는 달라졌다. 그러나 내가 과거를 되돌아보고 내 인생이 한때 얼마나 절망적이었던가를 인정하기까지는 오랜 시간이 흘렀다. 그렇지 않았더라면 난 결코 내 이야기를 할 수 없었으리라. 우리 모두 고통을 극복할 수 있을 때만 자신의 고통에 대해 말할 수 있으리란 생각이 든다.

　이치리키 찻집에서 회장과 내가 의식을 치르면서 술을 마셨던 그날 오후, 뭔가 이상한 일이 벌어졌다. 왜 그랬는지 모르겠지만, 우리가 사용했던 세 개의 잔 중에서 가장 작은 잔으로 술을 받아 마시던 나는 입가에 한 방울의 술을 흘리고 말았다. 나는 그때 다섯 개의 문장이 찍힌 검은 기모노를 입고 있었는데, 그 기모노는 옷단에서부터 허벅지까지 금색과 붉은

색 용이 휘감고 있었다. 팔 위로 떨어진 한 방울의 술이 검은 실크를 타고 내려가더니 용의 이빨를 수놓은 묵직한 은색 실 위에 멈추었다. 다른 게이샤들이라면 나쁜 징조라고 생각했겠지만, 난 그 방울이 내 인생을 이야기해주는 눈물 방울 같았다. 그 눈물 방울은 운명이 어떻든지 간에 아무런 제지도 받지 않고 흐르다가 용의 이빨 위에서 멈추었다.

아라시노의 집 밖에 서서 가모 강으로 꽃잎을 던지던 생각이 났다. 난 그 꽃잎이 회장한테로 가는 길을 찾아내리라고 상상하면서 던졌다. 마침내 꽃잎이 그 길을 찾아냈다는 생각이 들었다.

소녀 시절부터 품어왔던 어리석은 희망과 함께 나는 회장의 정부가 되기만 하면 내 인생이 완벽해지리라는 상상을 해왔다. 유치한 생각이었으나, 난 성인이 될 때까지도 그 생각을 품고 있었다. 하지만 내가 간과했던 일이 하나 있었다. 우리 육체에서 갈고리가 벗겨지기를 그렇게 바라지만, 결국 치유할 수 없는 깊은 상처를 남기고 만다는 가슴 아픈 교훈을 이미 얼마나 많이 겪었단 말인가? 내 인생에서 노부를 영원히 몰아낸다는 사실은 우정을 잃는다는 의미 이상이었다. 나는 결국 기온을 떠나야 했다.

그 이유는 너무나 간단했다. 그런 일이 생기리라는 사실을 미리 예측하지 못했다는 게 이상할 뿐이었다. 친구가 몹시 갈망하던 포획물을 손에 넣은 사람은 어려운 선택에 직면하는 법이다. 친구가 결코 볼 수 없는 곳으로 자신의 포획물을 숨기든지 아니면 우정에 금이 가는 고통을 감수해야 한다. 난 호박과의 문제에서도 그런 경험을 했다.

회장이 내 단나가 되기 위해 어머니와 몇 달에 걸쳐 협상을 벌였음에도 불구하고, 결국 난 더 이상 게이샤로 남지 않기로 했다. 물론 내가 기온을 떠나는 첫번째 게이샤는 아니었다. 도망친 게이샤도 있었고 결혼을 해서 아내로 남는 게이샤도 있었다. 또 어떤 게이샤들은 직접 찻집이나 오키야를 세우기 위해 떠나기도 했다. 그러나 난 이상하게 어중간한 입장이었다. 내가 노부의 시야에서 벗어날 수 있도록 회장은 나를 기온에서 빼내고자 했다.

그는 이미 결혼한 몸이었기 때문에, 나와 결혼할 입장이 아니었다. 완벽한 해결책이란 바로 회장의 제안처럼 내가 나 자신의 찻집이나 여관을 만드는 방법이었다. 노부가 결코 방문하지 않을 그런 곳에다 말이다. 그러나 어머니는 내가 오키야를 떠나는 게 내키지 않는 모양이었다. 내가 만약 니타 오키야를 떠난다면 나와 회장과의 관계에서 어머니는 아무런 수입도 얻지 못할 것이기 때문이었다. 그래서 결국 회장은 어머니가 나를 놓아주는 조건으로 매달 상당한 금액을 오키야에 지불하기로 결정했다.

나는 몇 년 동안 그래왔듯이 계속 오키야에 머물렀다. 그러나 더 이상 학교에 가지 않았으며, 특별한 행사에 성의를 표시하느라 기온을 돌아다니지도 않았다. 물론 밤에는 접대도 하지 않았다.

내가 게이샤가 되기로 마음먹은 이유는 오직 회장의 관심을 끌기 위해서였기 때문에 기온에서 물러난다고 해서 무슨 상실감을 느끼리라고는 생각지 않았다. 그러나 그동안 나는 다른 게이샤들뿐만 아니라 알고 지내던 남자들과도 우정을 진전시켜 왔다. 접대를 하지 않는다고 해서 다른 사람들로부터 배척받은 건 아니었지만, 따로 사람들을 만날 만한 기회가 없었다. 게이샤들이 방금 다녀왔던 파티 얘기를 하며 웃음을 터뜨리면, 종종 질투심이 생겼다. 난 그들에게 장난스러운 즐거운 밤이 남아 있다는 사실이 부러웠다.

나는 자주 마메하와 만났다. 적어도 한 주에 서너 차례 우리는 함께 차를 마셨다. 어린아이였을 때부터 마메하가 나를 위해 해준 일을 생각해보면—그리고 회장을 대신한 그녀의 특별한 역할에 대해 생각해보면—내가 얼마나 마메하에게 큰 빚을 지고 있는지 이해가 될 것이다. 어느 날 난 가게 근처를 지나다가, 젊은 여자가 어린 소녀에게 서예를 가르치고 있는 18세기 그림을 발견했다. 아름다운 계란형 얼굴의 선생이 자애롭게 학생을 쳐다보고 있는 그림을 보자 당장 마메하 생각이 나서, 나는 그녀에게 선물하기 위해 그 그림을 샀다. 비가 내리는 어느 오후, 마메하가 자신의 적막한 집 벽면에 그 그림을 거는 동안, 나는 나도 모르게 히가시오지 거리에서 들리는 차 소리에 정신을 빼앗겼다.

가슴 아픈 상실감을 느끼면서 난 몇 년 전에 마메하가 살았던 그 우아한 집 생각을 했다. 무릎 높이의 폭포가 시라카와 강으로 떨어지던 모습이 창 밖으로 펼쳐지던 집, 그러나 그동안 많은 것이 변했다. 이제 마메하의 단순한 단칸방 집에는 썩은 차 빛깔의 다다미가 깔려 있었으며, 아래 한약방에서는 약초 냄새가 심하게 나서 마메하의 기모노에서도 종종 흐릿한 약 냄새가 풍겨오곤 했다.

마메하는 그림을 벽에 걸고 나서 잠시 감탄하더니 다시 테이블로 와서 앉았다. 그녀는 김이 나는 찻잔을 손으로 감싼 채, 할말을 찾는 사람처럼 골똘하게 찻잔을 들여다보고 있었다.

「앞으로 어떻게 될지 정말 모를 일이야. 절대로 너무 많은 걸 기대하지 않도록 주의해, 사유리.」

회장이 내 단나가 되고 난 뒤 봄이 되자, 회장은 교토 북동쪽에 호화로운 집을 한 채 구입해서 '번창하는 진실의 집'이란 이름을 붙였다. 원래는 회사 손님을 위한 집이었으나, 사실 회장이 누구보다 그 집을 더 많이 이용했다. 우리는 1주일에 3,4일 정도 그 집에서 만나 저녁을 함께 보냈다. 회장은 보통 해가 질 때쯤 집에 돌아와 이야기를 나누며 저녁을 먹고는 하인들이 정원에 켜둔 불빛을 바라보곤 했다. 하지만 일이 한창 바쁠 때면, 밤늦게 귀가해 뜨거운 목욕물 속에 몸을 푹 담그고 내 이야기를 듣고 싶어했다.

집에 돌아오면, 회장은 우선 하루 일에 대해 잠시 이야기를 들려주었다. 새 상품에 생긴 문제점이나 교통사고 뭐 그런 이야기였다. 물론 그런 이야기를 듣고 앉아 있는 건 행복한 일이었다. 하지만 회장은 나한테 그런 사실을 알리고 싶어서 이야기해주는 게 아니었다. 회장은 양동이에서 물을 퍼내듯이 마음속에 있는 이야기들을 깨끗이 비워내고 싶어했다. 그래서 난 그의 말이 아니라 그의 어조에 귀를 기울였다. 양동이가 텅 비게 되면 소리가 높아지듯이, 회장의 목소리가 부드러워지는 순간이 있었다. 그 순간이 오면 난 얼른 대화의 주제를 바꿨고 그러면 우리는 곧 좀더 가벼운 이야기를 나누곤 했다. 예를 들면 그날 회사에 가면서 있었던 일이라든지 며칠 전에 보았던 영화 이야기, 마메하에게서 들었던 재미있는 이야기 등등……, 마메하도 종종 함께 와서 저녁을 보내곤 했다.

우선 그가 집에 도착하면, 나는 뜨거운 수건으로 손을 닦아주었다. 그럴 때 그의 손가락은 굵은 나뭇가지처럼 빳빳하지만, 잠시 얘기를 나누고 나면 잠잘 때처럼 부드러워졌다.

1952년 가을, 나는 회장의 두 번째 미국 여행에 동행하게 되었다. 회장은 그 전 겨울에도 미국을 여행한 적이 있었는데, 거기에서 그는 깊은 감명을 받았다. 그는 난생 처음으로 행복의 진정한 의미를 이해하게 된 것 같다고 말했다. 예를 들어 그 당시 대부분의 일본인들은 특정한 시간에만 전기를 사용했다. 그러나 미국의 도시들은 밤새도록 전기를 켜두었다. 교토에 살 당시, 우리는 새 기차 역사 바닥이 구식 목재가 아니라 콘크리트로 되어 있다는 사실에 자부심을 느꼈다. 그러나 미국의 기차 역사 바닥은 단단한 대리석으로 지어져 있었다. 회장은 미국의 작은 마을 극장조차 우리의 국립극장만큼 크다고 했다. 회장을 가장 놀라게 만든 건 미국의 모든 가정이 냉장고를 소유하고 있다는 사실이었다. 일본에서 그런 물건을 사려면 노동자가 15개월 동안 임금을 모아야 했다.

어쨌든, 회장은 두 번째 미국 여행에 나를 데려갔다. 나는 혼자 기차를 타고 도쿄로 간 뒤, 그곳에서 회장과 함께 비행기를 타고 하와이로 갔다. 하와이에서 회장은 내게 수영복을 사주었는데, 그때 난 수영복을 처음 입어보았다. 수영복을 입은 나는 주위의 다른 여자들처럼 머리를 어깨까지 늘어뜨린 채 해변가에 앉아 있었다. 이상하게도 하와이는 아마미를 연상시켰다. 회장도 똑같은 생각을 할까봐 걱정했지만, 혹시 그랬다고 하더라도 회장은 거기에 관해 한마디도 언급하지 않았다.

우리는 하와이에서 로스앤젤레스를 거쳐 마침내 뉴욕에 도착했다. 난 영화에서 본 것말고는 미국에 대해 아는 게 하나도 없었다. 뉴욕에 정말 그렇게 많은 빌딩이 있으리라고는 믿지 않았다. 드디어 월도프 애스토리아 호텔 방에 도착해서 창 밖으로 높은 빌딩과 말쑥한 거리를 내려다보니, 난 무엇이든지 가능한 세상에 와 있는 듯한 기분이 들었다. 사실 난 일본을 떠난 적이 한번도 없었기 때문에, 어머니 품에서 떨어진 어린아이 같은 기분이 들 거라고 짐작했다.

미국 방문이 그토록 호의적이었던 이유는 회장의 열정 때문이었다. 그는 사업상 방을 하나 따로 얻었지만, 나와 함께 스위트룸에서 지내기 위해 매일 밤 내게로 건너왔다. 한번은 새벽 2시경에 회장이 내 손을 잡아 창가로 이끌었다. 가로등 불빛 아래에서 젊은이 한 쌍이 키스를 하고 있었다.

그 후 3년 동안 나는 회장과 함께 미국을 두 번 더 여행했다. 그가 일을 보는 낮 동안, 나와 하녀는 박물관이나 레스토랑, 아니면 발레를 보러 다녔는데 그건 정말 굉장한 일이었다. 뉴욕에서 찾아낸 몇 안 되는 일식집 중 한 곳의 사장이 마침 전쟁 전 기온에서 알고 지내던 사람이었다. 어느 날 오후 점심식사 동안, 나는 그 식당 뒤쪽에 자리잡은 사장의 개인 방에서 몇 년 동안 보지 못했던 남자들과 만나게 되었다. 일본 전신전화국의 부사장, 고베의 시장이었던 새 일본 총영사, 교토 대학의 정치학 교수 등. 다시 한 번 기온에 돌아온 기분이었다.

아들은 없이 딸만 둘을 둔 회장은 1956년 여름, 큰딸을 니시오카 미노루라는 젊은이와 결혼시킬 계획이었다. 회장의 의도는 니시오카가 이와무라의 성을 물려받아 후계자가 되었으면 하는 것이었다. 그러나 마지막 순간에 마음이 변한 니시오카는 회장에게 결혼하지 않겠다고 통보해왔다. 그는 아주 변덕이 심한 젊은이였지만, 회장 눈에는 아주 총명한 사람으로 비쳤던 모양이었다. 그 일로 아주 상심해 있던 회장은 하인들과 내게 직접 화를 내지는 않았지만 1,2주 동안 아주 신경질적으로 대했다. 난 회장이 무슨 일로 그렇게 근심하는 모습을 본 적이 없었다.

지난여름 동안, 일본의 가장 큰 보험회사 중 한 곳의 설립자가 사장인 자신의 아들을 해고한 뒤, 그보다 훨씬 젊은 사람에게 회사를 넘겨준 일이 있었다. 그 젊은이는 그 설립자가 도쿄 게이샤에게서 얻은 서자였다. 당시 그 사건은 커다란 물의를 일으켰다. 그런 일들이 전에도 자주 있었지만, 보통은 규모가 훨씬 작았다. 가족이 운영하는 기모노 상점이나 과자가게 같은 사업 정도였으니까. 그 보험회사 설립자는 신문에서 자신의 장남을 이렇게 묘사했다. '정직한 젊은이이긴 하지만, 안타깝게도 재능은 별로 없다……' 그리고 나서 자신의 서자 이름을 거론했다. 자신과의 관계에 대해서는 언급하지 않은 채 말이다. 하지만 그가 관계를 언급했느냐

안 했느냐는 문제가 되지 않았다. 모두들 곧 그 사실을 알아냈기 때문이었다.

니시오카 미노루가 회장의 상속자가 되기로 결정한 후, 새로운 정보를 얻게 되었다고 상상해보자. 예를 들어 회장이 최근에 서자를 하나 얻게 되었다든가……. 그렇다면 니시오카로서는 결혼을 주저할 수도 있었다. 아들이 없는 걸 한탄스럽게 여기던 회장이 두 딸한테 깊은 애정을 쏟고 있다는 건 널리 알려진 사실이었다. 만약 그에게 서자가 있다면 어떨까? 회장이 마음을 고쳐먹고 자신의 회사를 서자에게 넘겨주는 경우도 충분히 생각해볼 수 있었다. 실제로 일이 그렇게 되든 안 되든 간에 난 정말 회장의 아들을 하나 낳았다……. 그러나 난 거기에 대해서는 별로 입을 열지 않았다. 그런 일이 알려지면 누구에게도 도움이 되지 않기 때문이었다. 당신도 그 점은 이해해주리라 믿는다.

니시오카 미노루가 마음을 바꾼 지 1주일 정도 지난 뒤, 나는 회장에게 그 민감한 문제에 대해 말을 꺼내야겠다고 결심했다. 우리는 이끼가 덮인 정원이 내다보이는 베란다에서 저녁을 먹고 바깥에 앉아 있었다. 뭔가 골똘히 생각에 빠진 회장은 저녁식사 전부터 한마디 말도 없었다.

「제가 말씀드렸나요? 최근에 이상한 기분이 들었다는 걸 말이에요?」

나는 그를 쳐다보았지만, 그가 내 말을 듣고 있는지조차 알 수가 없었다.

「줄곧 이치리키 찻집을 생각했어요. 솔직히 제가 얼마나 접대하는 일을 그리워하는지 몰라요.」

회장은 아이스크림을 한 입 먹고는 스푼을 다시 접시 위로 올려놓았다.

「물론 전 다시 기온으로 일하러 갈 수 없어요. 그건 저도 잘 알아요. 하지만 제가 알고 싶은 건……, 뉴욕에 조그마한 찻집을 열 만한 곳이 없을까요?」

「무슨 말을 하는지 모르겠군. 자네가 일본을 떠나고 싶어할 이유가 없어.」

「요즘 일본 사업가나 정치가들은 호수로 풍덩 빠져드는 거북이만큼이나 쉽게 뉴욕을 출입하잖아요. 그 사람들 대부분이 제가 수년 동안 알고 지내던 남자들이에요. 일본을 떠나겠다는 결심이 갑작스러운 줄은 알아요. 하지만 당신이 미국에서 보내는 시간이 점점 더 많아진다는 사실을 생각해보면…….」

그 말은 사실이었다. 회장은 이미 미국에 지사를 하나 열 계획이라고 말한 터였다.

「사유리, 이런 말을 할 기분이 아니네.」

그가 뭐라고 계속 말할 거라고 생각했으면서도, 난 마치 그의 이야기를 못 들었다는 듯 내 말을 계속했다.

「두 문화 사이에서 자라난 아이는 아주 어려운 생활을 하게 된다고들 하더군요. 그래서 아이와 함께 미국 같은 곳으로 옮겨서 그곳에서 영원히 머물 곳을 찾는 게 현명한 일 같아요.」

「사유리, 그 말은…….」

「그런 선택을 하는 어머니는 자신의 아이를 절대로 다시 일본으로 데려오지 않을 거라는 뜻이죠.」

그제야 회장은 내 말을 이해했던 모양이었다. 그렇게 되면 니시오카 미노루를 상속자로 받아들이는 데 있어서 유일한 장애물은 일본을 떠나게 되는 셈이었다. 그는 잠시 놀란 표정을 지었다. 그러다가 내가 곁을 떠난다는 데에 생각이 미치자, 눈가를 훔쳤다.

같은 해 8월, 뉴욕으로 옮겨 온 나는 미국을 여행하는 일본인 사업가와 정치가들을 위해 아주 작은 찻집을 하나 열었다.

어머니는 내가 뉴욕에서 어떤 사업을 시작하더라도 그것이 니타 오키야의 확장이란 점을 분명히 하고자 했으나, 회장은 그런 협정을 거절해버렸다. 어머니는 내가 기온에 남아 있는 동안은 나한테 권한을 행사할 수 있었다. 그러나 나는 기온을 떠남으로써 어머니와의 끈을 끊어버렸다. 회장은 자신의 회계원 두 명을 어머니에게 보내 내가 받아야 할 마지막 한푼까지도 확실히 받아내게 했다.

수년 전, 월도프 애스토리아에 있는 내 집 문을 처음 나서던 날, 전혀 두려움을 느끼지 않았다고는 말하지 않겠다. 그러나 뉴욕은 흥미 있는 도시였다. 기온이 그랬던 것처럼 얼마 지나지 않아 뉴욕도 결국 고향처럼 생각하게 되었다. 사실 회고해보면, 이곳에서 회장과 보냈던 그 몇 주 동안의 기억이 어떤 점에서는 일본에서보다 더 내 인생을 풍부하게 만들어주었다.

5번가 밖, 낡은 클럽 이층에 자리잡은 내 작은 찻집은 초기부터 성공을 거두었다. 그곳에서 일하기 위해 기온에서 게이샤 몇 명이 함께 왔다. 마메하도 종종 방문하곤 했다.

요즘 난 가까운 친구들이나 오랜 지인들이 오는 경우에만 찻집으로 나가고, 대신에 여러 가지 다른 방법으로 시간을 보냈다. 아침에는 종종 일본인 작가와 예술가들과 만나는데 그들은 우리의 흥미를 끄는 주제, 이를테면 시나 음악, 뉴욕의 역사 등을 공부하기 위해 이곳에 온 사람들이었다. 난 대부분 친구와 점심을 함께 했다. 그리고 오후에는 화장대 앞에 앉아 파티에 갈 채비를 하는데 가끔 여기 내 아파트에서 파티를 여는 경우도 있었다.

거울 위에 덮어놓은 능라를 들어올릴 때면, 기온에서 종종 바르곤 했던 하얀 화장품의 우윳빛 냄새가 떠오르곤 했다. 난 정말이지 기온을 방문하고 싶지만, 한편으로는 많이 변한 기온의 모습을 보면 마음이 심란해질까 두렵기도 했다. 교토를 여행하고 온 친구들이 가져온 사진을 보면, 기온은 형편없이 가꾸어져 잡초로 무성한 정원처럼 초라한 느낌을 주었다. 몇 년 전 어머니가 돌아가시고 나자, 니타 오키야는 철거되고 그 자리에는 서점이 딸린 작은 콘크리트 삼층 건물이 들어섰다.

내가 처음 기온에 갔을 때는 8백 명의 게이샤가 일하고 있었지만, 지금은 그 수가 채 60명도 되지 않았다. 그리고 얼마 되지 않은 견습생 수도 점점 줄어들고 있었다. 회장이 뉴욕을 마지막으로 방문했을 때, 회장과 나는 센트럴 파크를 함께 산책했다. 우리는 예기치도 않게 지나간 일에 대해 얘기를 나누게 되었다. 그러다가 소나무 사이로 나 있는 길에 이르자 갑자기 회장이 걸음을 멈추었다. 회장은 가끔 자신이 자랐던 오사카 외곽의 소나무 얘기를 했다. 회장이 그 소나무들을 생각하면서 걸음을 멈추었음을 알 수 있었다. 그는 허약한 두 손을 지팡이에 의지하고 눈을 감은 채 과거의 향기를 깊이 들이마시고 있었다.

「때때로 내가 기억하고 있는 일들이 내가 보는 것보다 더 사실적이란 생각이 드네.」

그는 말을 하면서 한숨을 지었다.

나는 열정이란 나이가 들면서 사라지는 감정이라고 믿었다. 마치 컵에 담긴 내용물이 점차 공기 중으로 사라지듯이 말이다. 아파트로 돌아온 회장과 나는 숱한 동경과 욕구를 풀어헤치며 술을 마실 대로 마셔댔다. 달콤한 잠에 빠진 나는, 기온의 연회에 참석하는 꿈을 꾸었다. 꿈속에서 어떤 중년 남자는 자신이 깊이 사랑했던 부인이 정말 죽은 게 아니라고 설명해주었다. 왜냐하면 함께 했던 즐거운 시간이 마음속에 살아 있기 때문이었다.

그가 그런 말을 하는 동안 나는 아주 이상한 국을 맛보았다. 그 짠맛이 일종의 환희를 느끼게 해주었다. 내가 알고 지내던 사람들 중에서 죽었거나 나를 떠났던 모든 사람들이 사실은 가버린 게 아니라는 생각이 들었다. 그 부인이 그 남자 마음속에 살아 있듯이, 나를 떠난 사람들도 내 안에 계속 살아 있었다. 그렇게 어려서 나를 떠나 도망쳤던 언니 사추, 엄마와 아버지, 친절에 관해 별난 의견을 가진 다나카 씨, 나를 절대 용서하지 못하는 노부, 그리고 회장까지도 말이다. 그 국은 내가 일생 동안 좋아했던 모든 대상들로 채워져 있었다. 국을 마시는 동안, 그 남자는 내 마음에다 대고 직접 이야기를 해주었다. 관자놀이에 눈물이 흘러내리는 가운데 난 잠을 깼다. 회장이 죽거나 나를 떠나버린다면, 그 사람 없이는 결코 살아갈 수 없으리라는 두려움으로 인해 나는 그의 손을 붙잡았다. 그 당시 회장이 너무 쇠약해져 있었기 때문에, 그가 자고 있는 동안 나는 요로이도의 우리 엄마 생각을 하지 않을 수가 없었다. 그러고 나서 바로 몇 달 후 그가 죽음을 맞이했을 때, 나는 회장이 나무에서 떨어지는 잎새처럼 그렇게 자연스럽게 긴 일생의 마지막 순간에 나를 떠났음을 이해하게 되었다.

사람들의 인생을 이끄는 힘이 무엇인지는 자신할 수 없지만, 나는 마치 돌이 땅으로 떨어지듯 회장에게 이끌렸다. 내가 다나카 씨를 만난 때는 내 입술이 찢어졌을 때였다. 우리 엄마가 죽을 무렵, 잔인하게도 난 팔려

나가는 신세가 되었다. 마치 바다에 이르기도 전에 바위투성이의 절벽으로 떨어지는 강물처럼 말이다.

이제 그 사람은 갔지만 나는 아직도 그를 소유하고 있다. 내 풍부한 기억속에 말이다. 당신에게 이 이야기를 들려줌으로써 난 다시 한 번 내 인생을 살아갈 수 있으리라 믿는다.

종종 파크 애버뉴를 지날 때마다 이국적인 주변 환경에 이상한 느낌을 받곤 한다. 노란 택시들이 경적을 울리며 곁을 지나가고, 가방을 든 여자들이 거리 모퉁이에 기모노를 입고 서 있는 작은 일본 노인네를 보고서는 당혹스런 표정을 짓는다. 그러나 내가 다시 요로이도로 간다면 그곳이 정말 더 이국적으로 보이지 않을까?

젊었을 때는, 만약 다나카 씨가 나를 그 비틀거리는 집에서 빼내오지 않았더라면 결코 내 인생이 그렇게 고달프지 않았으리란 생각을 했다. 하지만 이제 나는 안다. 우리의 세계가 바다에 넘실거리는 파도보다 더 생명이 짧음을.

우리의 모든 몸부림과 승리는 종이 위의 물감처럼 그 자국을 남기는 법이다.

〈끝〉

역자의 말

1936년 봄 어느 날 저녁, 그러니까 내가 열네 살 어린 소년이었을 때, 아버지는 나를 교토의 무용 발표회에 데려갔다. 그 발표회에 대해서는 단지 두 가지 일만 기억이 난다. 첫번째는 관객 중에서 아버지와 내가 유일한 서양 사람이었다는 것. 우리가 네덜란드에서 교토로 간 지 몇 주 안 됐을 무렵이었다. 나는 문화적 고립감에도 적응하지 못했지만, 그게 무엇인지 제대로 느끼지도 못하던 때였다. 두 번째는 몇 달 동안 집중적으로 일본 어를 공부한 덕에 흘려들은 몇 마디를 나도 이해할 수 있게 되었다는 사실 이었다. 나는 그 사실이 무척이나 자랑스러웠다. 무대 위에서 춤을 추던 젊은 여성에 대해 말하자면, 밝은 색상의 기모노에 대한 인상을 제외하고 는 거의 기억이 없다. 당시로써는, 50년이 지나 내가 그 여자들 중 한 명과 친한 친구가 되고 또한 그녀가 내게 자신의 비범한 회고록을 들려주게 되리라고는 생각지도 못했다.

역사가로서 나는 언제나 회고록을 주요한 자료로 인식해왔다. 회고록에 서는 집필자의 관점을 별로 다루지 않는다. 회고록 집필자는 전기작가가 당연히 갖고 있는 비전을 결코 손에 넣을 수 없다는 점에서, 회고록은 전기와 구별되어야 한다. 자서전이란—그런 게 정말 있다면—마치 풀밭을 뛰어다니는 토끼에게 우리가 어떻게 보이는지 설명해달라고 요구하는 경우와 같다. 그 토끼가 어떻게 알 수 있단 말인가? 한데 우리가 그 풀밭에 대해 알고 싶어한다고 하자. 토끼가 관찰할 입장이 아니라는 사실만 배제

486

한다면, 우리는 토끼보다 이를 더 잘 설명해줄 수 있는 주체도 없다고 생각할 것이다.

그런 것들을 구별할 수 있을 정도의 명확한 지식을 가지고 난 이런 말을 하고 있다. 그러나 내 좋은 친구인 니타 사유리의 회고록이 내게 이런 관점을 재고하도록 했다는 점을 고백하는 바이다.

그렇다. 사유리는 우리를 위해 자신이 살아왔던 그 비밀스런 세계에 대해 들려주었다. 원한다면 풀밭을 보는 토끼의 관점이라고 해도 좋다. 그러나 게이샤의 그 특이한 일생에 관한 기록으로는 사유리 같은 게이샤가 들려주는 이야기보다 더 좋은 이야기는 없을 것이다. 사유리에 관한 '일본의 화려한 보석(Glittering Jewels of Japan)' 이란 책이나 수많은 잡지 기사들에서보다 그녀는 이 책에서 자신에 관해 더 완벽하고 상세한 기록을 남기고 있다.

사유리가 그렇게 유명하게 된 데에는 기회가 좋았다고 할 수 있다. 다른 여자들도 비슷한 인생을 살았다. 제이 피어폰트(J. Pierpont)의 조카인 조지 모건의 마음을 사로잡은 그 유명한 게이샤, 가토 유키도 어떤 점에서는 사유리보다 더 특이한 인생을 살았다고 할 수 있다. 그러나 사유리만이 자신의 파란만장한 일생을 그토록 완벽하게 기록해냈다. 오랫동안 나는 그녀의 그런 선택이 우연이라고 믿어왔다. 만약 사유리가 계속 일본에서 살았더라면, 그녀는 자신의 일생이 너무 방대해서 회고록으로 묶을 생각도 하지 못했을 것이다. 그러나 1962년에 사유리는 어쩔 수 없이 미국으로 이민을 오게 되었다. 30년이라는 세월 동안 뉴욕의 월도프 타워에 거주했는데, 그 타워 32층에 우아한 일본식 스타일의 스위트룸을 꾸몄다. 그때까지도 사유리의 열정적인 인생은 계속되었다. 그녀의 스위트룸에는 일본인 예술가, 지식인, 사업가, 각료들은 물론 갱들도 한두 명 모여들었다. 내가 그녀를 만난 때는 1985년, 어떤 지인이 우리를 소개해주고 난 뒤였다. 우리의 우정은 두터워졌고 그녀는 점점 더 나를 신뢰하게 되었다. 어느 날 나는 그녀에게 자신의 이야기를 들려줄 수 있는지 물어보았다.

「글쎄요, 제이콥 상, 내 이야기를 기록하는 사람이 당신이라면 할 수도 있지요.」

이렇게 해서 우리의 작업은 시작되었다. 사유리는 자신의 이야기를 직접 쓰기보다는 받아쓰게 하고 싶다는 뜻을 분명히 했다. 그녀 설명에 따르면, 자신은 사람을 마주 대하고 이야기하는 데에 너무 익숙해서, 방 안에 듣는 사람이 아무도 없으면 이야기를 어떻게 전개해나갈지 자신이 없다는 것이었다. 나는 동의했고, 그 후 18개월에 걸쳐 원고를 받아쓰게 되었다. 우리는 대부분 밤에 만났다. 오랜 습관으로 인해 사유리의 정신이 가장 맑은 때가 바로 밤이었다. 그녀는 보통 월도프 타워의 자기 방에서 일하기를 좋아했지만, 때때로 우리는 그녀의 명성이 잘 알려져 있는 파크 애버뉴의 일식집에서 만나기도 했다. 한 번 만날 때마다 보통 두세 시간을 함께 보냈다. 사유리는 절대로 녹음기나 비서에게 말하는 법이 없었다. 그녀는 언제나 내게 말을 했다. 어디서 말을 이어나가야 할지 몰라 사유리가 어리둥절해할 때, 올바로 조종해준 사람은 바로 나였다. 내가 만약 신용을 얻지 못했더라면, 결코 이야기를 끝어낼 수 없었을 것이다. 그러나 이제 나는 그 반대가 진실일 수도 있음을 이해하게 되었다. 사유리는 확실히 나를 자신의 서기로 선택했다. 그녀도 자신의 이야기를 들려줄 적절한 상대를 찾기 위해 내내 기다려왔을지도 모를 일이었다.

이 사실은 우리를 가장 중요한 질문으로 이끈다. 왜 사유리는 자신의 이야기를 들려주고자 했을까? 게이샤들이 비밀을 엄수하겠다는 공식적인 맹세를 하지는 않는다. 그러나 아침에 사무실에서 일어나는 일과 저녁에 퇴근하고 나서 일어나는 일은 서로 아무 관계가 없으며, 이 둘은 항상 구분되어야 한다는 일본인들의 신념에 게이샤는 기반을 두고 있다. 게이샤들은 단지 자신의 경험을 기록하기 위해 입을 여는 법이 없다.

하류층의 매춘부들처럼, 게이샤들도 이런저런 공적인 인물들이 일반인들과 마찬가지로 정말 평범하다는 사실을 꿰뚫고 있다. 그래서 이들 밤나비들이 일종의 공적 신용의 차원에서 자신의 역할을 이해하고 있는지도 모르겠다. 그래서 이런 신용을 깨뜨리는 게이샤는 스스로를 위험에 빠뜨리게 된다. 그렇다면 사유리의 입장은 어땠을까? 이제 더 이상 자신에게 권력을 행사할 사람이 일본에는 없었다. 자신이 태어난 나라와의 끈은 이미 단절된 상태였다. 이는 부분적으로 그녀가 왜 더 이상 침묵하지 않기로 했는지는 설명해주지만, 왜 말하기로 했는지에 대해서는 아무런 설명도 되지 못한다. 난 감히 그 질문을 꺼내지 못했다. 만약 그랬다가 이 문제에 대해 곰곰이 생각해본 그녀가 마음을 바꿔버리면 어쩌나 해서였다. 원고가 다 완성되었을 때에도 난 그 질문만큼은 주저했다. 출판사로부터 사유리가 선금을 받았다는 소식을 듣고 난 후에야 난 안심하고 거기에 관해 물어볼 수 있었다. 왜 사유리는 자신의 일생을 기록으로 남기고자 했을까?

「그럼 뭘 하면서 시간을 보낼 수 있겠어요?」

사유리의 대답이었다. 그녀의 동기가 정말 이토록 단순한 것이었는지 아니었는지에 대해서는 독자들 판단에 맡기겠다.

자신의 이야기가 기록되기를 원했던 사유리이긴 하지만 그녀는 몇 가지 조건을 내세웠다. 자신은 물론 그녀 일생에 특별했던 몇몇 남자들이 죽고 난 후에야 이 원고가 출판되어야 한다는 조건 말이다. 나중에 알게 된 바에 의하면 그 남자들은 모두 사유리보다 앞서 세상을 떠났다. 자신의 폭로가 누군가를 당혹스럽게 만들지 않도록 한 사유리의 배려였다.

가능하면 언제나 이름들을 바꾸긴 했지만, 그래도 사유리는 게이샤들 사이의 일반적인 관습대로 별명을 써서 손님들을 칭함으로써 특정한 남자들의 정체는 나에게조차 감췄다. 비듬 때문에 별명이 붙은 '미스터 눈발'과 같은 인물과 맞닥뜨릴 때, 그녀가 단지 재미있게 표현하고자 그런 이름을 붙였다고 생각하는 독자가 있다면, 그녀의 진짜 의도를 이해하지 못한 것이다.

사유리에게 녹음기를 사용할 수 있도록 허락해달라고 요구했을 때, 내 의도는 단지 원고를 옮길 때 생길 수 있는 실수를 막기 위한 안전장치였을 뿐이었다.

그러나 지난해 사유리가 죽고 난 뒤, 나는 혹시 다른 동기가 있었던 건 아닐까 의아한 생각이 들었다. 즉, 그녀의 목소리를 남겨놓고 싶다는 욕심 말이다. 사유리의 목소리에는 흔히 들을 수 없는 풍부한 표정이 담겨 있었다. 일반적으로 그녀는 남자를 접대한 경력이 있는 여자에게서 기대할 수 있는, 그런 부드러운 목소리로 말을 했다. 그러나 내 앞에서 인생의 장면들을 펼쳐 보일 때면, 마치 방 안에 다른 사람들이라도 있는 듯한 착각을 불러일으켰다.

밤에 가끔 서재에서 그녀의 테이프를 틀어놓고 있노라면, 그녀가 더 이상 이 세상 사람이 아니라는 사실이 의아하기만 하다.

뉴욕 대학 일본사 교수
제이콥 하아휴이스 아놀드 루소프

감사의 말

사유리란 인물과 그녀의 스토리가 소설 속의 이야기이긴 하지만, 1930
년대와 1940년대 게이샤의 일상생활은 역사적인 사실을 바탕으로 하여
쓴 것이다. 난 여기에 관한 광범위한 연구를 하던 중 특히 한 사람에게 많
은 신세를 지게 되었다.

그 사람은 1960년대와 1970년대 기온의 일류급 게이샤 중 한 사람이었
던 이와사키 미네코로, 그녀는 1992년 5월에 나를 자신의 교토 집으로 초
대해 게이샤의 일생에 관해 내가 잘못 알고 있는 부분들을 바로잡아 주었
다. 내가 알고 있던 사람 중에서 교토에 살았던 적이 있거나 아직도 그곳
에 살고 있는 사람들은 그 게이샤가 솔직하게 얘기해주리라는 기대는 하
지 말라고 했다. 비행기 안에서 내 일본어 실력을 가다듬는 동안, 나는 아
직 한번도 만난 적이 없는 미네코가 날씨 얘기나 하면서 그걸 인터뷰라고
할까봐 걱정했다. 하지만 그녀는 남편인 준과 언니 야에치요, 그리고 지
금은 고인이 된 쿠니코와 함께 기온을 속속들이 보여주면서, 게이샤의 의
식에 관한 사항까지 내 모든 질문에 대해 참을성 있게 대답해주었다. 그
녀는 내 좋은 친구가 되었고 아직도 좋은 친구로 남아 있다. 그녀 가족이
보스턴의 우리 집을 방문했던 일은 가장 즐거운 추억이다. 옛 전통으로
교육받은 마지막 게이샤 중 한 명인 40대의 일본인 친구, 그 친구와 함께
거실에 앉아 TV를 통해 테니스 경기를 지켜보고 있자니, 아내와 나는 다
른 세상에 와 있는 듯한 착각에 빠졌다.

미네코에게 모든 것에 대해 감사한다.

미네코는 레이코 나구라 여사로부터 소개받았는데, 우리 어머니 세대였던 레이코 나구라 여사는 정말 지적인 여성으로 오랫동안 친구로 남아 있다. 그녀는 일본어, 영어, 독일어를 유창하게 할 줄 안다. 그녀는 대학을 다니는 동안 영어로 쓴 단편소설로 상을 받은 적이 있었는데, 그건 미국으로 공부하러 온 지 얼마 되지 않았을 때의 일이었다. 그녀는 곧 우리 할머니와 일생 동안 친구가 되었다. 그녀의 가족과 우리 가족간의 사랑은 이제 네 세대를 이어오게 되었다. 그녀의 집은 내가 도쿄를 방문할 때마다 거처가 되어주었다. 내게 베푼 친절 외에도 그녀는 내 원고들을 모두 읽어보고 귀중한 제안들을 해주었다.

소설을 쓰는 동안, 내 아내 트루디가 많은 도움을 주었으며 그 도움은 내 기대 이상이었다. 이 말은 아내의 스케줄이 훨씬 더 바빠졌다는 의미이다. 끝없는 인내 외에도 아내는 기꺼이 모든 것을 포기한 채, 내가 그녀의 안목과 솔직함과 사려 깊은 생각을 필요로 할 때마다 내 글을 읽어주었다. 그 밖에도 아내는 가장 좋은 선물인 일관성과 이해력을 내게 선사했다.

크노프 출판사의 로빈 데서는 모든 작가들이 꿈꾸는 그런 편집자이다. 열정적이고 통찰력 있으며 능력 있고 또 언제나 도울 준비가 되어 있는 사람이다. 재미있기도 하고.

따뜻한 마음과 솔직함, 프로 정신, 매력에 대해 생각한다면 리 펠드먼 같은 사람도 또 없을 것이다. 그녀와 함께 일할 수 있었다는 자체가 대단한 행운이었다.

처음부터 나를 도와준 사람은 헬렌 바틀렛이었다. 그녀와 데니스 스튜어트에게 감사한다.

원고를 주의 깊게 읽어주고 많은 유용한 제안과 아이디어를 제공해준 내 좋은 친구 사라 래셔버에게 감사한다.

전쟁 당시 교토의 여학생이었던 테루코 크라이그는 친절하게도 몇 시간 동안 자신의 일생에 대해 이야기를 들려주었다. 미국 여자로서는 유일하게 게이샤가 되었던 리자 댈비에게도 감사한다. 게이샤 문화를 인류학적으로 연구한 리자 댈비의 책 〈게이샤〉도 많은 도움이 되었다. 그녀는 이 책에서 폰토초 구역에서의 자신의 경험을 재구성했다. 그녀는 너그럽게도 개인적으로 소장하고 있던 수많은 일어본과 영어본 책들을 내게 빌려주었다.

도쿄의 심바시 구역에서 게이샤로 활동하며 자신의 경험에 대해 책을 썼던 키하루 나카무라에게도 감사드린다. 그녀는 내 연구를 위해 친절하게도 많은 이야기를 들려주었다.

내 형인 스티븐의 사려 깊은 통찰력과 감정이입을 통한 관심에도 역시 감사드린다.

로스앤젤레스 예술 박물관의 일본 예술 담당자였던 로버트 싱거는 내가 교토에 있는 동안 그곳의 귀족들이 한때 어떻게 살았는지 보여주기 위해 많은 수고를 해주었다.

비행기 안에서 만났던 보웬 디스는, 연합통치 기간 동안 일본에서 겪은 자신의 기록을, 아직 출판되지도 않았는데 내가 먼저 읽어볼 수 있도록 허락해주었다. 또한 일본의 다도와 미신에 관한 광범위한 지식들을 제공해준 앨런 파머에게도 감사드린다.

존 로젠필드는 누구보다도 일본 예술사에 대해 많은 지식을 가르쳐주었다. 그는 하버드 대학도 작게 느껴질 만큼 거대한 대학의 역할을 해주었는데, 유용한 충고에 대해 감사한다.

이 소설을 출판할 당시 많은 수고를 해준 배리 민스키에게도 큰 신세를 졌다.

그 밖에도 많은 도움을 메리 화이트, 카주미 아오키, 야수 이쿠마, 메구미 나마타니, 데이비드 샌드, 요시오 이마키타, 마메브 메드웨드, 고인이 된 실리어 밀워드, 커밀러 트린치에리, 바바라 샤피로, 요시카타 추카모토, 크노프 출판사의 캐롤 제인웨이, 린 플레셋, 데니스 루소프, 데이비드 슈밥, 앨리슨 톨먼, 리디아 요고다에게도 감사를 드린다.

아서 골든

게이샤의 추억

지은이 : 아서 골든
옮긴이 : 임정희
펴낸이 : 양장목
펴낸곳 : 현대문화센타
      (122-030) 서울시 은평구 대조동 191-1
      전화 : 384-0690~1   팩스 : 384-0692
      E-mail : hdpub@chol.com
출판등록일 : 1992년 11월 19일(제3-448호)

초판 3쇄 인쇄일 : 2006년 2월 1일
초판 3쇄 발행일 : 2006년 2월 6일

값 12,000원

ISBN 89-7428-099-X